LE

FILS DU DIABLE

ou

LES TROIS HOMMES ROUGES

TOME SECOND

TABLE DES MATIÈRES

DU SECOND VOLUME

QUATRIÈME PARTIE

LE CABARET DES FILS-AYMON

(SUITE.)

CHAPITRE VI. — Polyte.		1
— VII. — Cent vingt francs.		6
— VIII. — Chez Hans Dorn		12
— IX. — La fée.		19
— X. — Petite sœur.		24
— XI. — Mademoiselle d'Audemer.		31
— XII. — Le tête-à-tête.		38
— XIII. — Le clou		43
— XIV. — La maison de jeu.		47
— XV. — L'inconnue.		53
— XVI. — Derrière le rideau.		57
— XVII. — La quittance.		62
— XVIII. — Un coup de lansquenet		68
— XIX. — Après minuit.		73
— XX. — Ivresse.		78

CINQUIÈME PARTIE

LE MYSTÈRE DE LA TRINITÉ

CHAPITRE I. — Auguy.		85
— II. — La cloche.		91
— III. — La boutique d'Araby		96
— IV. — Cent trente mille francs.		102
— V. — Le Carreau du Temple		108
— VI. — Drame en plein vent		116
— VII. — Adieux.		121
— VIII. — Compagnons de route.		126
— IX. — Toilette de Petite.		133
— X. — Deux docteurs.		138
— XI. — Toilette de Franz.		143
— XII. — L'invitation.		148
— XIII. — Trois ambassadeurs.		154
— XIV. — Hôtes qu'on n'attend pas		162
— XV. — Paris, Londres, Amsterdam		166
— XVI. — Homme ou démon		172

SIXIÈME PARTIE

LES BATARDS DE BLUTHAUPT

CHAPITRE I. — Le trésor.		181
— II. — Avant le départ.		188
— III. — La chaise de poste.		193
— IV. — Cinq points d'écarté.		198
— V. — La danseuse.		204
— VI. — Petite.		210
— VII. — L'échelle humaine.		216
— VIII. — Vieilles histoires.		223
— IX. — Le feu d'artifice.		229
— X. — La chambre de Franz.		233
— XI. — Le passage du comte Noir.		238
— XII. — Chanson de Gertraud.		243
— XIII. — La Tête-du-Nègre.		248
— XIV. — L'apparition.		255
— XV. — Gaieté de Johann.		260
— XVI. — Jean et Gertraud.		264

SEPTIÈME PARTIE

LE BARON DE RODACH

CHAPITRE I. — La chambre de Zachœus.		271
— II. — Conciliabule.		276
— III. — Triomphe de Reinhold.		282
— IV. — La tour du Guet.		286
— V. — Consultation.		293
— VI. — Caresses qui tuent.		300
— VII. — Arme de femme.		303
— VIII. — L'ermite.		307
— IX. — Fantasmagorie.		314
— X. — Comme on intrigue.		321
— XI. — Aventures de bal.		324
— XII. — Lia.		330
— XIII. — Le départ pour la chasse.		335
— XIV. — La chasse aux flambeaux		338
— XV. — Les ruines.		341
— XVI. — Deux coups de feu		343
— XVII. — Après la chasse.		347
— XVIII. — La justice de Bluthaupt.		354
— XIX. — La justice de Dieu.		359
ÉPILOGUE. — Maître Blasius		362

Sceaux. — Impr. M. et P.-E. Charaire.

LE

ou

LES TROIS HOMMES ROUGES

GRAND ROMAN DRAMATIQUE

PAR

PAUL FÉVAL

TOME SECOND

F. ROY, Libraire-Éditeur, rue Saint-Antoine, 185

PARIS

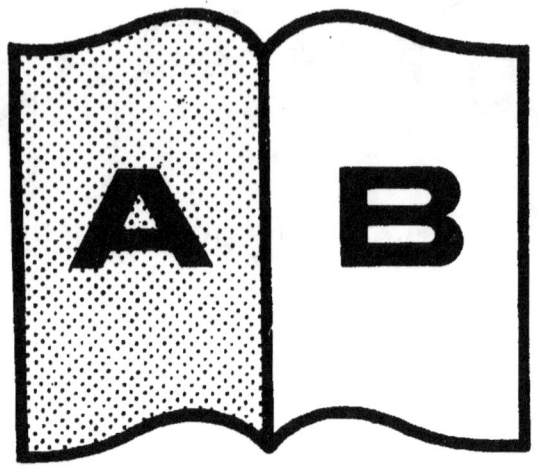

Contraste insuffisant
NF Z 43-120-14

Contraste hétérogène

Conforme à l'original

Monte, dit Polyte, et dépêche-toi ; moi, je vais t'attendre ici. (Page 8, col. 2.)

QUATRIÈME PARTIE

LE CABARET DES FILS AYMON

(SUITE)

VI

POLYTE

En sortant du cabaret de *la Girafe* pour aller faire la digestion sur les boulevards, le brillant Polyte passa devant Johann et le chevalier, sans les apercevoir. Ce n'était point aux petits bourgeois du Temple qu'il pouvait songer en ce moment ; il avait presque dîné deux fois ; sa canne à pomme dorée faisait le moulinet d'elle-même dans sa main ; son chapeau s'inclinait à la mauvais sur son oreille, et il mâchait un cure-dents de cet air vainqueur qui parle hautement de truffes et de champagne. Il n'avait mangé que beaucoup de veau.

Mais il aimait le veau.

Il allait le nez au vent et touchait à peine la terre. A quelques pas de la rue de Vendôme, sa marche fut arrêtée brusquement. Il venait de heurter un individu arrêté sur le trottoir, qui se rangea sans mot dire et céda la place d'un air humble.

L'individu heurté ne releva point sa tête baissée tristement; ses bras tombaient le long de son corps; on ne voyait point son visage, caché sous cette pauvre casquette, commune aux commissionnaires et aux joueurs d'orgue ambulants.

D'instinct, la vaillante canne de Polyte se releva terriblement; dans un litre de vin à douze sous, il y a des idées de bataille; mais la canne de Polyte retomba sans avoir frappé.

Le pauvre diable, qui continuait son chemin lentement et d'un pas pénible, avait l'air brisé par la douleur; or, en ces quartiers, c'est la douleur physique qui règne; le long de ces rues détournées, il n'est pas rare de trouver des malheureux chancelant sous l'angoisse de la faim.

Polyte s'arrêta.

Le plus charmant de nos artistes, l'observateur inépuisable qui met plus de philosophie dans un coup de crayon et plus d'esprit dans une seule ligne qu'il n'en faudrait pour défrayer un gros livre, Gavarni a dit, d'après un chansonnier fameux : « Le plaisir rend l'âme si bonne ! »

Absolument parlant, la pensée est peut-être discutable. Elle devient axiome, si on l'applique aux plaisirs de l'estomac, quand l'estomac fonctionne avec aisance et promptitude.

Or tous les Polytes du monde, qu'ils soient époux de reines ou favoris de mercières sur le retour, sont forcés d'avoir un excellent estomac. C'est là une des qualités les plus indispensables de l'emploi.

Polyte avait mangé raisonnablement chez Batailleur et consommé vingt-cinq sous à *la Girafe. La Girafe* donne immensément de choses pour vingt-cinq sous !

Polyte avait en ce moment l'âme très-bonne; il daigna se retourner et regarder le pauvre passant. Il reconnut en lui un de ses anciens camarades d'enfance, un condisciple de l'école mutuelle.

— Tiens ! tiens ! se dit-il, c'est Jean Regnault ! comme on se perd de vue! et comme la chance sépare les hommes ! Me voilà devenu un monsieur; j'ai une position; je suis bien habillé ; un jour ou l'autre, je dois faire fortune, c'est évident. Lui, au contraire, il a gardé la veste courte et la casquette, il est resté peuple. Tout ça dépend des caractères. Il faut bien qu'il y ait du petit monde !

Polyte, comme on le voit, avait en lui l'étoffe d'un moraliste.

— C'est égal, reprit-il, c'était un bon enfant autrefois. Il a l'air drôlement vexé; ça lui fera peut-être plaisir de revoir un ancien.

Il fit quelques pas en redescendant la rue du Puits.

— Ohé ! Jean ! cria-t-il. Petit-Jean ! comme tu passes fier à côté des amis !

Jean Regnault n'entendait pas, il poursuivait son chemin, tête baissée.

Polyte courut après lui et le prit par le bras.

— Eh bien ! oh bien ! dit-il, es-tu devenu sourd, Petit-Jean?

Celui-ci s'arrêta enfin et leva les yeux d'un air étonné. Au premier aspect, il ne reconnut point son camarade d'école. L'hésitation qu'il montrait fit sourire Polyte et le flatta très-évidemment.

— Tu ne me remets pas, mon petit? prononça-t-il d'un ton protecteur en relevant sa cravate affaissée. Je conçois ça, on prend de la taille. Et puis, faut dire que j'ai un peu changé de manières. Mais je n'en suis pas plus fier pour cela, mon bonhomme. Une poignée de main, vivement!

La figure de Jean Regnault, qui était chargée de tristesse, s'éclaira pour un instant; il eut presque un sourire.

Polyte et lui avaient été grands amis autrefois.

— Comme te voilà devenu beau! murmura-t-il. J'aurais passé auprès de toi sans te reconnaître!

Le protégé de madame Batailleur caressa ses gants demi-propres, et dit :

— Je crois bien!

Le regard de Jean le parcourut de la tête aux pieds.

— Au temps où nous nous connaissions, Polyte, reprit-il avec un gros soupir, nous étions heureux!

— Tu trouves, toi, mon bon? Eh bien! pas moi!

— C'est vrai, poursuivit Jean ; ce que les uns regrettent comme du bonheur, les autres voudraient l'oublier. On dirait que tu es riche?

— Oh! oh! fit Polyte, riche n'est pas le mot, mais je suis légèrement à mon aise.

— Tu as une place?

— Et une crâne! Mais d'où sors-tu donc, mon petit, si tu ne sais pas que je suis avec madame Batailleur?

— Ah! fit Jean.

Cette exclamation n'impliquait ni étonnement ni répugnance. Jean Regnault était un honnête cœur; il n'y avait en lui que de bons instincts, et l'honneur, qu'il comprenait sans le savoir, l'eût gardé personnellement contre toute action honteuse; mais, chez autrui, le vice ne le surprenait point. Il vivait, depuis son enfance, dans un milieu où la morale inconnue ou faussée admet d'étranges accommodements; il voyait autour de lui l'infamie acceptée et admise jusque dans la vie de famille.

A Paris, les mœurs populaires sont ainsi faites : le vice s'y arrange tranquillement et s'y fait une bonne place. Les mots et les idées tournent. De même que l'honneur commercial ressemble peu à l'honneur chevaleresque, de même la vertu se modifie et se transforme jusqu'à devenir, dans certaines classes de notre société, un absurde et hideux contre-sens. Ce qui s'appelle ainsi, c'est le vice organisé, paisible, payant son loyer, montant sa garde.

Le vice légal, qui se montre bonnement et qui arrive à cette extrémité monstrueuse d'avoir la paix de la conscience !

Ces gens ont un Évangile négatif : tout ce que le Code ne punit point expressément est le *nec plus ultrà* du moral. Encore discutent-ils les menaces du Code, qu'ils trouvent aveugles et sévères!

Le mariage est pour eux une exception, un luxe; ils s'accouplent au hasard; ils jettent dans les boues de Paris, sans remords aucun, cette multitude de misérables enfants qui, plus tard, vont peupler les bagnes et fournissent des acteurs aux drames aimés de la cour d'assises.

Ces gens ne sont pas le peuple (que Dieu nous garde de le dire! mais ils forment une immense minorité dans la capitale des lumières. Ils n'habitent pas un quartier spécial : ils sont dans tous les quartiers, ils appartiennent nominalement à toutes les religions.

Quelques-uns, assis sur de hauts degrés de l'échelle sociale, sont ainsi par système; on les appelle, ma foi, des philosophes! Le plus grand nombre a, du moins, l'excuse de l'ignorance et de la misère.

Qui oserait nier ces choses? Certaines familles, bien meublées et bien logées, poussent la naïveté de l'infamie jusqu'à pleurer comme perdue l'enfant qui s'est mariée avec un homme pauvre, tandis qu'elles citent avec orgueil cette autre enfant possédant équipage et cachemire, parce que sa jeunesse fut avantageusement escomptée.

Cette nuit profonde se fait jusque dans le cœur des mères!

De tous les quartiers de Paris, celui du Temple, qui s'adonne presque exclusivement aux petits commerces usuraires et à tous les genres de gain peu licite, est assurément le moins gardé contre la honte; il est pauvre; il a le voisinage dissolvant des bals et des théâtres; sa voie est l'usure séculaire; la récompense de ses labeurs est l'orgie de la Courtille.

Il y a certainement dans le Temple un très-grand nombre d'honnêtes gens; mais leur honnêteté ne peut avoir ces *haines vigoureuses* dont parle Molière; ils s'accoutument, ils tolèrent, ils acceptent. Le vice n'est point à eux, mais ils se frottent au vice sans répugnance et par nécessité de vivre.

Jean Regnault était d'une famille où, de père en fils, l'honnêteté semblait un héritage. Il n'y avait jamais eu qu'une tache dans cette maison de braves gens, et la faute d'un seul avait été cruellement expiée par la famille entière. Mais les Regnault avaient des voisins; Jean, depuis son enfance, était habitué aux histoires du Temple. Il savait les mœurs des marchandes: Jean ne devait pas plus s'étonner de voir un adolescent aux prises avec l'âge mûr de madame Batailleur, que de voir une jeune fille présentée à un monsieur de cinquante ans et « comme il faut ». Les deux choses rentrent dans l'acception de ce mot, qui fait la joie des fabricants de vaudevilles et qui est le plus impudent des euphémismes: une *connaissance honnête*.

Tout ce qu'on peut dire, c'est que Jean

serait mort avant de tomber lui-même jusque-là.

— Voilà ma place, reprit Polyte en activant le moulinet de sa canne: bien boire, bien manger, bien dormir, une toilette assez agréable, de temps en temps le spectacle, le bal à discrétion, et rien à faire.

Il regarda Jean pour voir s'il l'avait fasciné.

Jean, distrait un moment par la rencontre de son ancien camarade, retombait dans sa tristesse morne.

— Que dis-tu de ça, toi? demanda brusquement Polyte; ça te chausserait, n'est-ce pas, mon petit?

Jean ne répondait point.

Polyte lui secoua le bras et l'attira jusque sous un réverbère.

— Mais comme tu es changé, mon bonhomme! s'écria-t-il avec une nuance de véritable intérêt; tu es pâle comme un mort; tes yeux sont rouges. Es-tu malade?

Jean secoua la tête.

— Alors tu es amoureux! reprit le lion du Temple. Vous autres, jeunes premiers candides, qui ne connaissez pas la vie, vous prenez les femmes au sérieux; en plein xix° siècle, si on a vu des petitesses pareilles! Voyons, n'est-ce pas que j'ai deviné, mon vieux?

Jean secoua encore la tête.

— Ce qu'il y a de sûr, poursuivit Polyte, c'est que tu n'es pas énormément bavard! Allons, mon bonhomme, déboutonne-toi un peu avec un ancien. Qui sait? je pourrai peut-être te tirer de peine! on a vu des choses plus drôles que ça!

Au lieu de répondre, Jean mit son front entre ses mains.

— C'est donc bien dur ! murmura le dandy avec une sorte d'effroi.

Un sanglot souleva la poitrine de Jean ; ses deux mains retombèrent, et Polyte vit son visage inondé de larmes.

Cette douleur le frappa beaucoup plus vivement qu'on n'aurait pu s'y attendre. Il demeura tout interdit et ne trouva plus de paroles.

Ce fut Jean qui rompit le premier le silence.

Quelques mots tombèrent de sa bouche, pénibles et embarrassés ; Polyte écoutait. Jean s'anima peu à peu ; le plaisir mélancolique qu'éprouvent à s'épancher les âmes blessées prenait insensiblement le dessus ; il raconta sa douloureuse histoire, la venue des recors dans la maison, le danger qui pesait sur la mère Regnault et l'impossibilité où il se trouvait de satisfaire son créancier impitoyable.

A mesure qu'il parlait, les traits fades et grossiers du dandy de bas ordre prenaient une expression d'intérêt croissant ; sa figure, qui n'avait ordinairement d'autre caractère qu'une épaisse insouciance, arrivait à peindre de véritables émotions.

— Si c'est possible ! grommelait-il de temps en temps ; faire du mal comme ça à une pauvre bonne femme !

Lorsque Jean eut fini, Polyte ferma son poing avec colère, et frappa violemment le pavé du bout de sa canne.

— Et c'est ce coquin de Johann qui fait tout cela ! s'écria-t-il. Si j'avais su, du diable si je lui aurais porté mes vingt-cinq sous tout à l'heure ! Quant au bausse, il paraît que c'est un fameux sans-cœur tout de même, car elle est vieille, vieille ! n'est-ce pas, la mère Regnault, Petit-Jean ?

— Oh ! oui, elle est bien vieille ! et la prison la tuera !

— Quant à ça, mon bonhomme, la prison ne tue personne. On fait de drôles de noces à Clichy, sais-tu bien ?

— Tu n'y penses pas, mon Dieu ! ma pauvre grand'mère !

— C'est juste, ça ne sait pas nocer, répliqua Polyte avec un léger sentiment de dédain ; mais, Dieu de Dieu ! s'écria-t-il aussitôt après, faut-il que je sois gueux comme un rat ! Je n'ai que mes effets, moi, vois-tu ! Ah ! si j'avais seulement fait des économies !

Il fouilla dans les deux goussets de son gilet et en retira deux pièces de trente sous.

— Il y a bien ma chaîne d'or, poursuivit-il en pesant ce bijou, dont l'apparence était magnifique ; mais c'est du cuivre...

Jean lui tendit la main.

— Merci, mon pauvre Polyte, dit-il ; je vois bien que tu as toujours un bon cœur, mais tu ne peux rien pour moi.

— Minute ! répliqua le dandy, on peut consommer un franc cinquante à l'estaminet. Pendant ce temps-là, les idées viennent.

— Je n'ai pas le cœur à cela, murmura Jean.

— Ça, c'est selon les tempéraments. Moi, un verre de quelque chose me fait toujours plus de bien que de mal. Mais cherchons ici, puisque tu le veux. Voyons, combien te faudrait-il en tout ?

— Avec les frais, ça va bien maintenant à plus de huit cents francs.

— Huit cents francs ! répéta Polyte. Si je demandais la somme à Joséphine, elle me mettrait bien huit cents fois à la porte !

Il regarda tour à tour son pantalon, son gilet et son habit.

— Tout ça vaut trente francs, murmura-t-il, au plus juste prix. Reste sept cent soixante et dix points à trouver.

Le côté comique de cette scène disparaissait sous l'émotion des deux interlocuteurs.

Jean était attendri puissamment et serrait la main de Polyte avec reconnaissance.

— Ce n'est pas tout ça! s'écria celui-ci. J'ai beau chercher, je ne trouve rien.

Il resta, durant quelques secondes, immobile, tortillant les mèches pommadées de ses cheveux et rongeant la pomme de sa canne.

Tout à coup il ôta son chapeau et fit une gambade sur le pavé.

— Ne m'as-tu pas dit que tu avais une centaine de francs? s'écria-t-il avec autant de joie que s'il eût découvert une mine d'or.

— Cent vingt francs, répliqua Jean Regnault.

— Eh bien, mon bonhomme, poursuivit Polyte en le prenant par la taille et en commençant une polka, Johann nous est inférieur! Nous nous moquons du bausse! Nous nous fichons de la prison! Toutes nos dettes sont payées en grand! Et nous aurons bien encore quelques *croix* de reste pour déjeuner demain matin aux *Vendanges!*

VII

CENT VINGT FRANCS

Ces promesses tenaient de la féerie : le pauvre Jean Regnault, tout simple qu'il était, hésitait à y croire; mais Polyte parlait avec tant de chaleur; son enthousiasme était si vrai; il semblait si profondément convaincu!

Jean restait devant lui, bouche béante, l'interrogeant du regard et n'osant parler, de peur de retarder l'explication espérée.

— Ah! nous y sommes! disait Polyte qui ne se possédait pas de joie; on a eu de la peine à y venir, mais on y est! Va me chercher tes cent vingt francs, mon fils, et je te garantis qu'avant minuit nous avons un billet de mille!

— Comment feras-tu? demanda Jean.

— Ce n'est pas moi qui ferai, c'est toi. Je te donnerai seulement la poudre de perlimpinpin et la manière de s'en servir.

— Est-ce que tu plaisanterais? demanda Jean tristement et avec un accent de reproche.

— Non pas! s'écria Polyte, ma parole sacrée! J'ai trouvé le moyen, et le moyen est bon.

— Mais enfin?

Le lion du Temple se campa en face du joueur d'orgue et mit ses deux mains sur la poignée de sa canne.

— Tu n'aurais jamais songé à cela, toi, Jean? dit-il d'un air de triomphe; et pourtant c'est simple comme bonjour! le trente-et-quarante n'est pas fait pour les chiens!

— Le trente-et-quarante!... répéta Jean chez qui ces deux nombres accouplés n'éveillaient aucune espèce d'idée.

— Tu as appris le mot tout de suite, mon petit, poursuivit Polyte; c'est déjà bon signe. Le trente-et-quarante est un jeu de cartes qu'on appelle comme ça, parce que... Enfin, n'importe! C'est toujours un jeu qui n'est pas usité parmi les personnes du commun. C'est facile et ça va vite. Avec cent francs seulement, tu auras ton affaire dans une demi-heure.

Le joueur d'orgue l'avait écouté jusqu'au bout. Il attendit deux ou trois secondes encore, puis il baissa la tête.

— Et c'est là ton idée? murmura-t-il avec découragement.

— Un peu, mon fils.

— Tu n'as pas d'autre espoir que celui-là?

— Comme c'est bête, s'écria Polyte, les gens qui n'ont pas vécu! Ça parle à tort et à travers! Puisque je te dis, moi, que c'est une affaire sûre.

— On peut perdre, pourtant...

— Jamais!

Le pauvre Jean désirait trop passionnément cette somme qu'on lui promettait, pour être bien difficile à persuader; cependant sa raison droite et son bon sens se révoltaient contre cette assertion dénuée de toute vraisemblance.

Bien qu'il ne fût pas joueur, il ne pouvait ignorer que tout jeu implique la possibilité de perte.

Polyte s'indignait à le voir mettre si peu d'empressement à se réjouir.

— C'est étonnant! grommelait-il avec mauvaise humeur; c'est dans le pétrin jusqu'au cou et ça fait des façons pour se tirer de presse! As-tu tes cent vingt francs sur toi?

— Non, répondit Jean, ils sont à la maison.

— A ta place, moi, mon bonhomme, je serais déjà parti en double et j'aurais été chercher le magot.

Jean ne bougeait pas.

Polyte le prit par les épaules et lui fit faire quelques pas dans la direction du marché; le joueur d'orgue se laissa entraîner d'abord, puis il opposa de la résistance et s'arrêta.

— Je ne veux pas aller chercher les cent vingt francs, murmura-t-il avec une sorte de honte.

— Pourquoi cela?

— Parce que, si ma pauvre grand'mère va en prison, elle aura grand besoin de cet argent.

— Mais tu n'as qu'à vouloir pour empêcher ta grand'mère d'aller en prison.

Jean découvrit son front qui brûlait, et tortilla sa casquette entre ses doigts.

— Jean, mon pauvre Jean, dit Polyte en colère, j'ai bonne envie de t'envoyer au diable voir si j'y suis, mais il faut avoir un peu de patience avec les amis. Écoute, c'est une chose connue, il y a plus de cinq cent mille personnes qui me l'ont dit, et toutes des personnes comme il faut : la première fois qu'on tente la carte, on gagne toujours.

Le dandy parlait d'un ton de conviction profonde; Jean se sentait ébranlé malgré lui.

— Pourquoi la première fois plutôt que les autres? demanda-t-il encore pourtant.

Polyte haussa les épaules et le regarda en souveraine pitié.

— Que veux-tu que je te dise? s'écria-t-il. « Je ne peux pas t'expliquer cela, moi! c'est des choses au-dessus de ta portée; tu ne me comprendrais pas. Pour saisir ça, vois-tu bien, il faut avoir été un peu dans la société. Mais, voyons, as-tu confiance en ton vieux Polyte?

— Je crois que tu as envie de me tirer d'embarras, répondit Jean; mais...

— A bas les *mais!*... je n'en veux pas. Si tu as confiance en moi, ma parole doit te suffire. Eh bien, aussi vrai comme voilà un bec de gaz, je suis certain de ce que je dis : la première fois qu'on joue, on gagne; ça ne fait pas un pli!

— Si je le croyais!... commença le joueur d'orgue à demi persuadé.

— Dieu de Dieu! interrompit Polyte, est-il entêté, ce garçon-là! Moi qui te parle, j'en ai fait l'expérience. La première fois que j'ai touché une carte, j'ai gagné plein mes poches de pièces de cent sous, avec deux francs cinquante que j'avais. Juge de ce qu'on peut faire avec cent francs.

— C'est pourtant la vérité, pensa tout haut le pauvre joueur d'orgue.

— Quant à perdre dans ce cas-là, poursuivit Polyte dont l'éloquence s'échauffait, ça ne s'est jamais vu, au grand jamais! Et réfléchis donc un petit peu, mon bonhomme! quand la mère Regnault s'éveillera demain matin, et qu'elle verra de l'argent sur sa table de nuit, comme elle sera contente!

— Mon Dieu! mon Dieu! si ça se pouvait!

— Comme elle joindra ses mains, la pauvre vieille femme! comme elle remerciera le bon Dieu!

Le souffle de Jean s'embarrassait dans sa poitrine, tant il était puissamment ému à l'idée de cette joie.

— Tu seras auprès de son lit, toi, poursuivit encore Polyte; tu te cacheras dans quelque coin; tu la regarderas pleurer et rire.

Jean avait de grosses larmes sur sa joue.

— Et puis, acheva Polyte, tu t'approcheras petit à petit, bien doucement sur la pointe des pieds, tu iras te mettre auprès de son chevet, elle t'embrassera!... comme vous serez heureux!

Jean posa ses deux mains sur sa poitrine qui haletait.

— Ma mère! murmura-t-il, ma pauvre bonne mère! Oh! tu ne voudrais pas me tromper, Polyte! Je te crois et je veux suivre tes conseils.

Le dandy frappa dans ses mains, comme s'il eût remporté une grande victoire; il mit le bras de Jean sous le sien et l'entraîna vers la place de la Rotonde.

— Ce n'est pas malheureux, dit-il en changeant de ton. Allons chercher l'argent bien vite et menons la chose en deux temps!

Il ne leur fallut pas plus d'une minute pour descendre la rue de la Petite-Corderie et gagner l'allée étroite qui conduisait à la pauvre demeure des Regnault.

— Monte, dit Polyte, et dépêche-toi; moi, je vais t'attendre ici.

Le joueur d'orgue entra précipitamment dans l'allée, et Polyte se mit à faire les cent pas devant la porte.

En traversant la cour, Jean ne donna pas même un regard aux fenêtres de Hans Dorn, tant il était absorbé par l'espoir qu'on venait de faire naître en lui. Il y avait de la lumière chez Hans Dorn; les rideaux de grosse mousseline retombaient le long des carreaux et laissaient voir les chambres éclairées.

Sur ce fond demi-transparent, quelques ombres venaient se dessiner tour à tour : on aurait pu distinguer aisément la silhouette mignonne de Gertraud et la taille plus déliée d'une autre femme.

Il y avait un homme avec elles. Pour être bien certain que ce n'était point le bon marchand d'habits Hans Dorn, il suffisait de regarder l'ombre projetée sur le rideau.

Cette ombre reproduisait une taille fine et hardie, une tournure de charmant cavalier.

Jean ne vit rien de tout cela; il monta quatre à quatre les marches vermoulues de l'escalier, et se trouva bientôt devant la porte de sa mère.

La porte ne fermait qu'au loquet; mais Jean s'arrêta, comme s'il n'eût point osé franchir le seuil.

En quittant Polyte, il était tout fou; quelque chose le poussait en avant; il y avait en lui de la foi et de l'enthousiasme; mais les quelques secondes employées à traverser l'allée et la cour avaient suffi pour le refroidir. Au lieu de pousser la porte, il demeura longtemps immobile sur l'étroit palier; une main

Non, monsieur, dit Gertraud qui baissa les yeux sur sa broderie.

mystérieuse l'attirait en arrière ; il doutait. Pour la première fois de sa vie, il s'effrayait à la pensée de voir sa mère et son aïeule.

Quand il souleva enfin le loquet, ce fut avec cette brusquerie de l'homme qui brûle ses vaisseaux et met un voile volontaire sur sa conscience.

Il entra. La grande chambre nue était éclairée par les restes d'une chandelle qui achevait de consumer sa mèche longue et inclinée. Les trois quarts de la pièce étaient dans l'ombre ; la lueur, faible et inégale, s'absorbait dans les murailles sombres. Çà et là seulement, un objet dont la forme ne se distinguait point sortait vaguement de la nuit.

Quand la cendre amassée au bout de la mèche venait à tomber d'elle-même, la chandelle, ranimée pour un instant, jetait quelques éclairs plus vifs ; l'œil cherchait alors quelque chose et ne trouvait rien. C'était le vide, l'indigence arrivée à son période suprême. On avait tout vendu, pièce à pièce : il ne restait plus que la serpillière grise de la fenêtre et la couverture amincie qui s'étendait sur le grabat.

En entrant, le joueur d'orgue n'entendit

aucun bruit dans la chambre. Un instant, il put croire que la maison était déserte ; mais son regard, qui s'était tourné tout de suite vers le lit, distingua, aux lueurs mourantes de la chandelle, une masse sombre et confuse qui tranchait sur le blanc de la couverture.

Il s'approcha sur la pointe des pieds. A mesure qu'il approchait, son oreille saisissait le bruit de deux respirations pénibles et oppressées.

— Elles dorment, se dit-il, toutes deux ; je vais pouvoir !...

Il redoubla de précaution et parvint jusqu'au grabat, sans avoir fait le moindre bruit.

La masse noire, aperçue de loin, était un groupe immobile et endormi, composé de l'aïeule et de sa bru Victoire.

La vieille femme était à moitié couchée sur la couverture ; ses pieds pendaient en dehors du lit ; sa tête se renversait sur l'oreiller. Elle sommeillait, les yeux entr'ouverts et la bouche béante.

Ce n'était point du repos, c'était une sorte d'insensibilité lourde que secouaient à l'improviste de douloureux tressaillements.

La mère Regnault n'avait point changé son costume des grands jours : elle était revenue de l'hôtel de Geldberg, épuisée et presque anéantie ; elle s'était assise sur son lit et n'en avait plus bougé.

Aux questions tendres et pieuses de Victoire, elle avait répondu par le silence.

Une seule fois sa bouche s'était ouverte : ç'avait été pour adresser à Dieu une prière où était mêlé le nom de son fils.

Elle n'avait point raconté ce qui s'était passé à l'hôtel ; elle n'avait point dit la dureté barbare de Jacques ; elle avait voulu cacher son martyre.

Durant cette longue soirée, ses yeux éteints n'avaient pas trouvé une larme.

Maintenant que la fatigue l'avait vaincue, son sommeil ressemblait à la mort.

Ses traits vieillis et tirés gardaient, dans l'anéantissement de son être, leur expression de navrante angoisse. Sa pâleur avait des teintes plombées ; ses paupières, perdues dans leurs orbites creuses, semblaient attendre la main chrétienne qui ferme les yeux des morts.

Son souffle, faible, sifflait tout bas dans sa gorge ; ses cheveux blancs s'échappaient de son bonnet et mêlaient leurs mèches autour de sa face amaigrie.

Auprès d'elle, Victoire était agenouillée sur la terre ; sa tête s'appuyait contre la couverture, que ses larmes avaient baignée.

Le sommeil l'avait évidemment surprise au milieu de son devoir pieux ; elle avait dû s'interrompre à moitié d'une consolation entamée en voyant la mère Regnault succomber enfin à la fatigue ; puis elle n'avait plus osé bouger, de peur de troubler ce sommeil qui était une trêve aux douleurs de la pauvre aïeule.

On ne voyait point son visage, qui s'appuyait à la couverture ; ses mains, qui pendaient sous elle, restaient jointes et gardaient l'attitude de la prière.

C'était un tableau triste et tout plein de désolation. Le visage de Victoire n'avait pas besoin de parler ; sa pose seule semblait dire toute l'immensité de sa détresse.

Quant à la vieille femme, la lumière jouait dans les rides de sa face et montrait son agonie.

Jean s'était arrêté à deux pas du lit ; il voyait tout cela ; il avait le cœur brisé.

En ce moment, il oubliait le motif de sa venue et ne savait plus que Polyte l'attendait au dehors.

Il ne savait plus rien ; sa pensée s'arrêtait ; ce désespoir muet et sans bornes agissait sur lui comme une contagion.

Il tomba sur ses genoux à côté de sa mère. Machinalement, sa tête brûlante voulut se cacher dans les couvertures ; mais il se redressa en frissonnant : son front avait touché l'humidité froide des larmes.

Il se remit debout et chercha ses idées dans son cerveau. La conscience de ce qu'il allait faire lui revint, et il se pencha au-dessus du lit pour tâter la robe de l'aïeule.

Victoire s'agita faiblement dans son sommeil, et sa poitrine courbée rendit un soupir.

Jean recula épouvanté.

— Mon Dieu! murmura-t-il en pressant son cœur à deux mains, comme je tremble! Est-ce donc un crime que je vais commettre?

Il baissa la tête et resta un instant immobile.

Puis il reprit, comme pour se forcer à oser :

— Il le faut! elles souffrent trop! Il n'y a que moi au monde pour les secourir!

Il fit un pas en avant; mais il se ravisa tout à coup et tourna la tête vivement vers le coin le plus obscur de la chambre.

— Geignolet! pensa-t-il.

Au lieu de s'approcher du lit, il traversa la pièce et gagna l'angle où l'idiot dormait d'ordinaire.

Il n'y avait personne sur le maigre matelas qui lui servait de couche.

— Geignolet n'est pas là! pensa Jean; elles dorment toutes deux! Mon Dieu, est-ce vous qui m'ouvrez cette voie, et vais-je les sauver?

En ces moments d'émotion profonde, l'âme, plus naïve, cherche partout des augures. Jean se disait que le ciel aplanissait les obstacles au-devant de lui, et il prenait espoir.

Il revint vers le grabat, et chercha de nouveau dans les plis de la robe de l'aïeule la poche où devait se trouver la petite bourse de Gertraud.

Quoique son intention fût pure et bonne, sa main tremblait toujours. Ceux qui l'eussent aperçu en ce moment l'auraient pris pour un malfaiteur.

Son émotion le rendait maladroit; il chercha longtemps. Pendant qu'il cherchait, le moindre mouvement de sa mère ou de son aïeule mettait le comble à son trouble et lui donnait envie de fuir.

Malgré ses précautions infinies, la vieille femme sentait en quelque sorte sa présence, car elle commençait à s'agiter et ses lèvres remuaient.

Le joueur d'orgue épiait ces signes d'un prochain réveil et il se hâtait; plus il se hâtait, plus ses mains embarrassées se perdaient dans les plis de sa robe.

Dans le sentiment qu'il éprouvait, il y avait de vagues craintes et comme un remords; la colère impatiente vint s'y mêler. De grosses gouttes de sueur mouillaient ses tempes.

Au moment où il commençait à désespérer, sa main sentit une ouverture dans l'étoffe de la robe et toucha l'or convoité à travers les mailles de la bourse de soie.

Il tenait sa proie; mais il ne pouvait s'en saisir encore : une des extrémités de la bourse était, en effet, engagée sous le corps de la vieille femme, et il fallait l'en arracher.

C'était un travail de patience. Jean se prit à tirer doucement, doucement; la bourse ne cédait point, et l'aïeule allait s'éveiller.

Sa tête roulait sur l'oreiller, tandis que des paroles inintelligibles tombaient déjà de sa lèvre.

Ses bras allaient dans le vide; on eût dit qu'ils cherchaient à presser un être cher.

— Mon fils! mon fils! murmura-t-elle enfin d'une voix étouffée, ne me tue pas! je suis ta mère!

Jean ne savait trop si ces paroles s'appliquaient à lui; sa tête se perdait, il sentait qu'il n'avait plus qu'un instant, et il tirait plus fort.

— Mon fils! oh! mon fils! disait la vieille femme en s'agitant et en pleurant dans son rêve, je t'en prie, laisse-moi mon dernier espoir!

Jean n'avait plus guère de courage, parce qu'il appliquait ces mots aux cent vingt francs de la bourse.

Un coup d'œil jeté sur la figure de l'aïeule lui démontra suffisamment qu'elle n'était pas éveillée; il essaya un dernier effort, et la bourse vint; mais cela fit un choc. La vieille femme se dressa en sursaut.

— Jacques! s'écria-t-elle.

Le joueur d'orgue prenait la fuite, il était à cinq ou six pas du lit déjà.

— Je n'ai pas rêvé, poursuivit madame Regnault en secouant le bras de sa bru; mes yeux n'y voient plus guère; mais j'entends les pas d'un homme. Victoire! Victoire!

Victoire leva la tête à son tour.

Mais, en ce moment, Jean passait auprès de la chandelle; il souffla dessus : la nuit se fit dans la chambre.

— Qui est là? s'écria Victoire. Est-ce toi, Jean?

Le joueur d'orgue ne répondit point; il passa la porte, et descendit l'escalier en courant.

Polyte l'attendait en sifflant un air à roulades. Jean le rejoignit et s'appuya contre la muraille, parce que son émotion l'accablait.

— Voici les cent vingt francs de la mère Regnault, prononça-t-il lentement et d'une voix éteinte. C'est tout ce qui lui reste en

ce monde, et c'est ma vie! car je les ai volés, Polyte, et, si je perds, je me tuerai!

VIII

CHEZ HANS DORN

Mais Polyte n'était plus à l'unisson. Il avait froid aux pieds, et l'émotion qui l'avait surpris à la vue de la douleur de son ancien camarade s'était changée en mauvaise humeur, pendant qu'il l'attendait les pieds dans la boue.

Il fit un moulinet avec sa canne, et haussa les épaules d'un air dédaigneux.

— Tout ça dépend des tempéraments, dit-il; moi, je pourrais bien perdre cinq cent millions de milliards de pistoles, sans songer à passer l'arme à gauche, comme disent les anciens militaires; je suis un beau joueur! Mais il ne s'agit pas de moi : tout ce que nous avons fait, vois-tu, c'est des bêtises, et, si tu te repens d'avoir pincé les cent vingt points, ça se trouve joliment bien, mon petit.

Jean le regarda d'un air étonné.

— Oui, reprit Polyte avec une froideur croissante; j'ai réfléchi, ça ne va plus. Mettons que je n'ai pas parlé.

— Je ne te comprends pas, murmura Jean.

— Ça se peut. Moi, je m'entends. Quand je t'ai vu comme ça, mon bonhomme, la larme à l'œil et blanc comme un linge, je ne peux pas te dire, moi, ça m'a fait un bête d'effet. Ma parole! j'ai cru que j'allais pleurer.

— Et maintenant, interrompit Jean, tu n'as plus déjà pitié de moi?

— Parole d'honneur! ce n'est pas vrai! s'écria Polyte en se réchauffant un peu; je donnerais tout ce que j'ai pour te tirer d'affaire, et même j'emprunterais si j'avais du crédit.

Il s'arrêta pour tâcher de s'asseoir sur la pomme de sa canne.

— Mais je n'ai pas de crédit, ajouta-t-il brusquement : que veux-tu faire?

— Tu parlais d'une maison de jeu, dit le joueur d'orgue en hésitant.

— C'est vrai, je ne suis pas à l'abri d'une sottise.

— Tu ne veux plus?

— Mon fils, tout en croquant le marmot dans ces lieux solitaires, je me suis lâché un petit bout de méditation : il faut bien tuer le temps. Quand j'ai eu réfléchi mon content, je me suis dit : « Polyte, vous êtes une huître, » et voilà!

Jean comprenait de moins en moins.

— Je ne me suis pas mâché ça, continua le lion du Temple; le fin mot, vois-tu, c'est qu'il n'y a pas moyen.

Tout à l'heure, Jean hésitait devant l'expédient proposé comme devant un crime; volontiers eût-il fait un pas en arrière. Maintenant qu'on lui barrait la route, la rage d'avancer le prenait. Tout homme est ainsi fait.

Cette maison de jeu, qui lui causait naguère tant de frayeur, il la convoitait maintenant avec une envie passionnée; il voulait jouer à toute force, il n'avait plus peur de perdre.

Il semblait qu'on lui arrachât une chance certaine de salut.

— Et pourquoi n'y a-t-il pas moyen? dit-il en se redressant avec vivacité.

— Tenez! tenez! grommela Polyte, le petit mordait tout de même! Ne va pas me manger, mon bonhomme, ajouta-t-il tout haut; ce n'est pas moi qui suis la cause de tout cela.

— Mais pourquoi? Dis donc pourquoi! répétait le joueur d'orgue avec dépit et colère.

— Il est étonnant qu'un homme comme moi, répliqua Polyte d'un ton de suffisance, ayant l'habitude de la société, n'ait pas pensé à la chose du premier coup. Le fait est qu'il y a plusieurs raisons, mon pauvre Jean. Avec de l'aplomb, tu pourrais entrer, quoique blanc-bec, car il n'y a pas de sergents de ville pour demander des extraits de naissance, mais c'est tous gens soignés et comme il faut dans ces endroits-là. Ta veste de velours et ta casquette ne seraient pas de mise.

Jean baissa la tête; cette objection lui parut accablante.

— Mon Dieu! mon Dieu! murmura-t-il, est-il possible d'être arrêté par une chose comme ça!

— C'est dur! répliqua le dandy; mais, que veux-tu! sans tenue, on ne passe nulle part.

Jean tourmentait de la main son front brûlant; il était tout prêt à pleurer de rage.

— Là-dessus, mon bonhomme, reprit Polyte, je vais te souhaiter meilleure chance et m'évanouir.

— Reste encore un peu! s'écria Jean avec prière.

— Je resterai tant que tu voudras, mon fils, mais ça ne sert à rien et ça ne m'amuse guère. A ta place, j'aimerais mieux accepter un verre de kirsch que de me désoler à vide. Quand on ne peut pas, que diable! on ne peut pas.

La tête de Jean se releva tout à coup.

— J'ai trouvé! s'écria-t-il avec une figure radieuse.

— Qu'as-tu trouvé ?

— J'ai trouvé le moyen d'avoir une tenue.

— Ah ! bah !

— Tu vas voir ! tout ce qu'il y a de mieux !

Jean ne se possédait pas de joie. Il avait oublié le malheur de sa famille ; l'avenir lui souriait ; il voyait des tas d'or, une vieillesse heureuse pour sa grand'mère. Il voyait sa mère dans une bonne boutique, et un habit neuf sur le dos de Geignolet. Et il lui restait encore assez d'argent pour épouser sa gentille Gertraud, dont la pensée ne le quittait jamais.

Que de bonheurs !

Il prit la main du dandy et la serra entre les siennes avec transport.

— Mon bon Polyte, dit-il, attends-moi seulement un petit quart d'heure.

Le lion fit une grimace d'invincible répugnance.

— Je t'en prie ! insista Jean qui craignait un refus.

— Je t'attendrai quinze jours s'il le faut, répliqua Polyte, mais pas ici. Quelqu'un pourrait passer et dire à Joséphine que je fais le loup-garou ; ça nous occasionnerait des malentendus... on bigne ma place et j'ai bien des envieux. Fais tes affaires ; prends ton temps et viens me rejoindre à l'estaminet de l'*Épi-Scié*, à côté du Cirque.

— C'est entendu, dit Jean qui eût été le rejoindre aux antipodes ; à bientôt !

— A bientôt !

Le dandy tira les pattes de son gilet, remonta sa cravate et assura son chapeau sur sa grosse chevelure ; cela fait, il prit la route du boulevard, en tendant le jabot, en effaçant les coudes et en se donnant toutes sortes de grâces.

Jean rentra précipitamment dans l'allée et traversa la cour une seconde fois ; mais, au lieu de prendre l'escalier de sa mère, il tourna sur la droite et se dirigea vers le logis de Hans Dorn.

— Si son père pouvait être sorti ! murmurait-il en grimpant lestement ; mais je parie qu'il va être sorti ! j'ai du bonheur, ce soir !

Il arriva devant la porte du marchand d'habits, et frappa trois petits coups, qui d'ordinaire étaient un signal entre lui et Gertraud.

Personne ne lui répondit.

Pourtant il avait vu des lumières aux fenêtres en passant par la cour. Le logis n'était pas abandonné.

Quand un homme timide se prend à éprouver un accès de hardiesse, rien ne refroidit sa vaillance comme ces retards vulgaires qui suspendent un honnête homme au cordon d'une sonnette.

Tel solliciteur oublie son discours d'entrée en ces perfides moments ; tel autre perd d'avance son sourire : après trois coups de sonnette, l'homme le plus brave cherche en vain son aplomb disparu.

Jean avait frappé avec confiance ; mais, à mesure qu'il attendait en vain la réponse, sa confiance tombait, son front se rembrunissait, sa timidité naturelle reprenait le dessus.

Hans Dorn pouvait être à la maison ; Gertraud était peut-être couchée. Jean se sentit venir la chair de poule en songeant que c'était peut-être le marchand d'habits lui-même qui allait lui ouvrir la porte.

Et il n'osait point redoubler son appel.

Pendant qu'il hésitait à frapper une seconde fois, son oreille tendue cherchait à deviner ce qui se passait à l'intérieur de la maison.

Il entendait bien quelque chose au delà de la porte : c'était comme le double murmure d'un intime et discret entretien ; mais, à la traverse de ce bruit, un autre bruit venait qui empêchait Jean de conjecturer, ou du moins d'être sûr.

Cet autre bruit arrivait on ne savait d'où ; il était faible, il était sourd, il ne cessait jamais.

Jean habitait la maison depuis son enfance, et il ne connaissait aucun métier qui pût produire ce son persistant et continu.

S'il avait été dans le voisinage d'une prison, il aurait cru entendre quelque condamné grattant la maçonnerie de sa cellule et tâchant de percer un mur.

Ses yeux ne pouvaient venir en aide à ses oreilles. L'étroit palier qui précédait la demeure de Hans était plongé dans une obscurité complète. Le bruit continuait. Il y avait des instants où Jean croyait qu'en étendant la main il allait saisir ce travailleur nocturne qui minait la muraille.

D'autres fois, il ne savait plus d'où partait le son ; il ne savait plus ce qu'était le son. La nuit, on entend parfois de ces mystérieux murmures qu'on ne peut ni expliquer ni définir. Dix-neuf fois sur vingt, ils ont la cause la plus naturelle du monde ; mais celui qui les écoute et qui cherche à deviner fait presque toujours appel à son imagination. C'est alors tout un roman bâti à la minute sur la pointe d'une aiguille.

Le lendemain matin, le roman s'évanouit, le drame s'affaisse. C'était une girouette qui tournait, une porte mal close qui battait au vent, un chien qui grattait, un épicier trop âpre à la besogne qui avait choisi l'heure effrayante de minuit pour casser un pain de sucre en petits morceaux.

Jean n'était point dans cette situation tranquille qui permet à l'esprit de faire la chasse aux hypothèses ; mais ce bruit l'intriguait malgré lui et presque à son insu. Il fit le tour du palier ; il tâta partout la muraille et ne trouva rien.

Il n'y avait personne. Si le son venait d'une source terrestre, il avait lieu chez Hans Dorn lui-même ou dans un petit bûcher noir appartenant également au marchand d'habits.

Et, au fait, on disait que le père Hans avait beaucoup d'argent chez lui pour un homme de sa sorte. Peut-être creusait-il une cachette pour son trésor.

Jean avança la main dans l'ombre pour tâter la porte du bûcher ; elle lui sembla solidement fermée en dedans.

Ce bruit, quel qu'il fût, avait commencé bien avant l'arrivée de Jean Regnault ; mais, lorsqu'il s'était fait entendre pour la première fois, il n'y avait nulle oreille ouverte pour le saisir.

Hans Dorn était sorti depuis la brune, et sa fille, la jolie Gertraud, avait bien autre chose à faire vraiment que d'écouter les rats travaillant dans le vieux mur.

Elle donnait soirée. Son père lui avait dit d'aimer Franz et de le servir : elle suivait ces recommandations en conscience.

C'était Franz que Petite avait aperçu deux heures auparavant, traversant la place de la Rotonde et se glissant dans l'allée sombre du marchand d'habits.

Franz voulait voir Gertraud. Il avait bien des choses à lui dire. Il avait tout un chapitre bizarre à joindre à son fantastique récit du matin. La joie débordait dans le cœur de Franz. Le roman de sa destinée marchait ; il était presque fou à force d'espoir ; il lui fallait un confident.

Et puis, quelques paroles échangées le matin avec Gertraud, tandis que le père Hans cherchait le fameux paquet d'habits, avaient ouvert à notre jeune homme tout un nouvel horizon.

Gertraud connaissait Denise : elle semblait l'aimer. Et combien Gertraud avait gagné dans l'esprit de Franz depuis qu'il savait cela ! comme il la trouvait meilleure et plus jolie ! comme il l'aimait sincèrement et d'un amour de frère !

Denise et lui étaient séparés depuis que son expulsion de la maison de Gelberg l'avait éloigné de ces riches salons, dont la porte s'entr'ouvrait pour lui autrefois. Il n'avait plus aucun moyen d'approcher mademoiselle d'Audemer. La veille, dans ce moment solennel où il se croyait sûr de mourir, il avait été obligé, pour lui adresser un dernier adieu, de prendre un de ces moyens romanesques qui n'aboutissent à rien d'ordinaire, sinon à compromettre la femme aimée. Sans cette circonstance du duel, Franz n'aurait jamais essayé de cette voie téméraire où tout le danger était pour Denise. Il était entreprenant; mais, malgré l'étourderie de son âge et de son caractère, il avait la délicatesse des belles âmes : il eût reculé toujours devant une tentative périlleuse pour celle qu'il aimait.

Maintenant Denise lui avait donné des droits. Il gardait comme un trésor, tout au fond du cœur, l'aveu de la jeune fille.

Mais, entre elle et lui, les mêmes obstacles subsistaient toujours. La porte de madame la vicomtesse d'Audemer était fermée pour Franz, aujourd'hui aussi bien que la veille. Il n'avait aucun moyen de voir Denise, et cette entrevue si charmante devant la porte de l'hôtel, et ce baiser accordé, dont le souvenir le faisait frissonner d'aise, tout cela semblait aboutir à la peine d'une longue séparation, d'une séparation qui pouvait n'avoir point de terme.

Si Franz n'avait pas rencontré la petite Gertraud, dont le gai sourire lui était comme un augure de bonheur, il eût douté de l'avenir.

Mais il avait rencontré Gertraud, et sa situation avait bien changé depuis la veille : il le croyait du moins ; son cœur était plein d'espoirs fougueux et presque insensés. Il rêvait pour lui, pauvre orphelin, ignorant jusqu'au nom de son père, la noblesse et la fortune ; il se voyait sur le point de percer l'obscur secret qui environnait sa vie.

Ce n'étaient que des espoirs, et, en attendant, il aimait Denise avec passion. L'idée de ne plus la voir le navrait. Maintenant qu'elle lui avait montré le fond de son cœur, il ne pouvait se faire à l'idée d'être séparé d'elle.

C'était Gertraud qui devait le tirer de cette peine. Il ne l'avait vue que deux fois encore ; mais les circonstances que Franz appelait un hasard avaient serré leur liaison d'une manière imprévue. Sans chercher à sonder la source de ce sentiment, Franz comptait sur Gertraud comme sur une vieille amie. Il n'expliquait point la confiance qu'il avait en elle ; il avait foi ; il croyait au dévouement de la jeune fille. Il y croyait jusqu'à placer sur cette chance fragile tous ses espoirs d'avenir.

Et il venait vers elle lui dire tout son cœur ; et il était heureux par avance, rien qu'à la pensée de ce qu'il allait confier et de ce qu'il allait apprendre.

Pourtant il n'y avait rien eu de nouveau entre lui et la jolie fille de Hans Dorn : quelques paroles rapides, échangées tout bas, à la suite desquelles il avait dit : « Je reviendrai. »

En était-ce assez pour que Gertraud pût savoir tout ce que Franz espérait d'elle ?

Peut-être. Franz ne doutait de rien et il ne s'était jamais senti si joyeux.

Quand il monta l'escalier de Hans Dorn, il y avait longtemps déjà que le marchand d'habits était sorti sans dire à sa fille où il se rendait. Gertraud était seule dans la chambre d'entrée. Le bruit mystérieux entendu par Jean Regnault sur le carré n'avait pas encore commencé.

Gertraud brodait, suivant son habitude. Elle était assise auprès d'une petite table qui supportait sa lampe et tous les menus ustensiles nécessaires à son ouvrage. Mille pensées riantes ou mélancoliques se succédaient en elle et mettaient leurs reflets tour à tour sur son gentil visage.

Elle n'avait pas revu Jean depuis le matin. Le plus souvent elle songeait à lui : ses traits prenaient alors une expression attendrie. Elle aimait Jean d'un amour sérieux, profond, sincère, et Jean était si malheureux !

Mais elle avait seize ans. La tristesse ne s'obstine point à cet âge et s'enfuit au premier vent de gaieté. Elle croyait d'ailleurs

Je pensais que monsieur allait entrer dans son appartement dès ce soir. (Page 23, col. 1.)

que les cent vingt francs, fruit de son économie, auraient suffi à la mère Regnault pour apaiser ceux qui la poursuivaient.

De temps en temps, sur son front qui s'inclinait, rêveur, un rayon passait. Sa tête se relevait. Un éclair souriant s'allumait dans son œil.

C'était bien alors la petite espiègle que nous avons vue aux premiers chapitres de cette histoire, la joyeuse et bonne fille, au cœur ouvert, à l'âme franche ; c'était encore la malicieuse enfant, amante du rire et guettant la joie au passage.

En ces moments où son front s'éclairait, où ses yeux brillaient et jetaient leur voile de mélancolie, son regard se portait toujours vers la porte d'entrée. Elle attendait quelqu'un, et ce quelqu'un tardait au gré de son impatience.

Enfin elle entendit un pas dans la cour, puis dans l'escalier.

— Je savais bien ! murmura-t-elle en souriant avec triomphe.

Jusqu'alors, elle n'avait point eu l'idée de

chanter ; mais en ce moment elle activa sa
broderie et entama un couplet au hasard.

On frappa. Elle continua de chanter.

On frappa plus fort.

— Petite Gertraud, dit en même temps
une voix de l'autre côté de la porte, je vous
entendrai bien mieux quand vous aurez
ouvert.

La jeune fille s'interrompit en un éclat de
rire.

— Qui êtes-vous ? demanda-t-elle sans se
lever encore.

La voix du dehors prit un accent piteux
et en même temps moqueur.

— Mam'selle Gertraud, répondit-elle, je
suis le pauvre Jean, votre voisin, et je
viens...

— Chut ! s'écria la jeune fille qui se leva
rougissante.

— Je veux bien me taire, reprit encore la
voix ; mais, si vous n'ouvrez pas, je vous
joue *la Parisienne* sur mon orgue de Barbarie !

Gertraud ne riait plus. Son front était
pourpre. Il y avait dans ses yeux une étincelle de colère.

Elle ouvrit cependant. Franz fit son entrée
ordinaire et la baisa sur les deux joues à la
fois, en riant de son mieux.

Gertraud se recula toute sérieuse.

— Mon père n'est pas là, monsieur, dit-
elle.

— Tant mieux ! s'écria Franz qui referma
la porte ; mon ami Hans serait de trop entre
nous deux ce soir, petite Gertraud. Nous
avons tout plein de secrets à nous dire.

— Pas moi, du moins, répliqua la jeune
fille qui baissait les yeux et dont le joli visage gardait une expression de rancune.

— Vrai ? dit Franz désappointé.

— Bien vrai, monsieur.

Franz perdit son sourire et resta devant
elle les bras pendants.

Gertraud s'était assise et avait repris sa
broderie. Elle semblait toute à son travail.

Franz était muet ; il y eut un long silence.

Au bout d'une grande minute, la jeune
fille souleva imperceptiblement la soie de
ses beaux cils, et glissa un regard oblique
vers son compagnon.

Le pauvre Franz avait l'air bien triste, et
cela contrastait péniblement avec sa récente
gaieté. Le regard de Gertraud, qui était
d'abord sournois et hostile, se radoucit par
degrés insensibles.

Mais elle ne parla point encore.

— Vous ne l'avez donc pas vue ? murmura
Franz.

— Non, monsieur, répondit Gertraud, qui
baissa les yeux sur sa broderie, avec le parti
pris d'être impitoyable.

Franz poussa un gros soupir.

Il y eut un nouveau silence.

Au bout d'une autre minute, Gertraud
releva une seconde fois ses longs cils. Franz
avait la tête inclinée ; ses impressions, soudaines et vives comme celles d'un enfant,
exagéraient tout ; il était désespéré.

La jeune fille eut pitié cette fois ; sa voix
redevint douce et bonne.

— Aussi, murmura-t-elle avec un petit
reste de rancune, pourquoi vous moquez-
vous de Jean Regnault ?

La figure de Franz s'éclaira.

— Vous l'avez vue, s'écria-t-il, et c'est
pour vous venger que vous avez dit tout
cela !

— Non, monsieur ; il ferait beau vraiment
prendre tant de peine pour un méchant !

— Gertraud ! ma petite Gertraud ! supplia Franz, n'est-ce pas que vous l'avez vue?

— On serait bien payée, monsieur, si l'on s'occupait de vos affaires !

— Mon Dieu ! s'écria Franz qui aurait passé par le trou d'une aiguille, ce pauvre Jean ! ce bon Jean ! mais je l'aime, moi, savez-vous bien? Gertraud ! en grâce, dites-moi si vous l'avez vue !

— Vous ne vous moquerez plus de lui?

— Sur mon honneur, jamais ! Ah ! si Denise m'aimait seulement la moitié autant que cela !

Franz prononça ce souhait les mains jointes et les yeux au ciel.

Le sourire de Gertraud était tout à fait revenu.

— Je ne sais pas si on vous aime, dit-elle : mais on était bien triste quand je suis arrivée ; on avait les yeux rouges de larmes. Quand j'ai parlé de vous, on a pâli. Quand j'ai dit que vous étiez sauvé, on m'a embrassée et l'on a joint ses jolies petites mains blanches pour remercier Dieu en pleurant.

IX

LA FÉE

Franz riait ; Franz pleurait ; Franz couvrait de baisers la main de Gertraud.

— Et vous me cachiez tout cela ! dit-il d'une voix qui voulait être gaie, mais qui tremblait ; oh ! méchante ! méchante !...

— Vous vous étiez moqué du pauvre Jean ! murmura Gertraud.

— Parlez-moi d'elle encore, reprit Franz insatiable ; dites-moi tout, maintenant que nous avons la paix !

Il alla chercher une chaise et s'assit auprès de la jolie brodeuse.

— Oh ! oui, reprit Gertraud, elle vous aime bien, la pauvre demoiselle ! et, si l'on se moquait de vous devant elle, je crois qu'elle vous défendrait mieux encore que je ne sais défendre Jean Regnault. Quand elle est entrée dans la chambre où je l'attendais, j'ai eu peur, tant je l'ai trouvée changée ! Il y avait quelque chose d'égaré dans ses yeux. Au lieu de venir à moi comme d'ordinaire, car elle est toujours si affable et si bonne ! elle se jeta dans un fauteuil et couvrit son visage de ses mains.

« J'avais les larmes aux yeux, monsieur Franz, à entendre les sanglots qu'elle voulait étouffer.

« — Votre servante, mademoiselle Denise, lui dis-je ; je viens pour la broderie... »

« Elle ne m'écoutait pas. Je m'approchai d'elle bien doucement, et je m'assis sur un coin de chaise, à son côté.

« Et je repris tout bas :

« — Ne voulez-vous point m'entendre, ma chère demoiselle Denise? Je voudrais tant vous consoler et vous voir joyeuse.

« — Joyeuse ! répéta-t-elle ; oh ! ma pauvre Gertraud ! si tu savais ! »

« Elle me regarda en disant cela, et ses mains cessèrent de couvrir son visage. On eût dit que des années de chagrin avaient pesé sur son front. Moi qui l'avais vue, la veille, si joyeuse et si belle, je ne la reconnaissais plus. Oh ! monsieur Franz, il faut l'aimer bien et l'aimer toujours ! »

Franz prit la main de Gertraud et la mit sur son cœur, qui sautait dans sa poitrine. La jeune fille sourit.

— Je ne savais comment faire, poursuivit-elle, car il y avait une vieille domestique qui allait et venait dans la chambre voisine. Pourtant je ne pouvais pas la laisser souffrir ainsi.

«'Je pris sa main, qui était toute froide et que je réchauffai entre les miennes.

« — Je sais pourquoi vous pleurez, dis-je ; il devait se battre en duel ce matin. »

« Sa prunelle morne s'anima pour exprimer de l'étonnement.

« — De qui parlez-vous, Gertraud ? » murmura-t-elle.

« Je me penchai sur sa main et je la baisai longtemps pour ne point l'embarrasser de mon regard, au moment où elle allait rougir.

« Je pris mon grand courage et je répondis :

« — Je parle de M. Franz. »

« Sa main trembla légèrement dans la mienne ; je me gardai de relever les yeux.

« Je sentis qu'elle s'inclinait vers moi. Son bras libre entoura mon cou ; elle m'attira jusque sur son sein, qui battait comme bat votre cœur.

« — Gertraud, Gertraud ! murmura-t-elle, nous étions amies dans notre enfance, et je vous ai toujours gardé mon affection... »

« Elle s'arrêta ; je crus l'avoir offensée.

« Mais, au moment où j'allais relever la tête, une larme brûlante tomba sur mon front.

« — Dites-moi tout, reprit-elle ; je ne sais pas comment vous m'avez devinée ; mais c'est bien vrai, mon Dieu ! je l'aimais ! oh ! je l'aimais, et je n'aimerai jamais que lui !

« — Dieu merci ! ma chère demoiselle, m'écriai-je en relevant la tête cette fois, pour entendre ce que vous venez de dire, je suis bien sûre que M. Franz se battrait encore demain matin de grand cœur ! »

— Vous êtes un bon petit ange, Gertraud, interrompit Franz qui trépignait sur sa chaise. Et que fit Denise ?

— Elle n'osa pas comprendre tout de suite, poursuivit la jeune fille, tant elle avait peur de se tromper ! Peu à peu, tandis qu'elle m'interrogeait timidement du regard, une nuance rose revenait à sa joue, cela me réchauffait le cœur.

« Je la regardais en souriant et je devinais la question qui se pressait sur sa lèvre.

« — Ma chère demoiselle, dis-je, et je n'ai jamais prononcé une parole avec tant de plaisir, j'ai vu M. Franz depuis son duel.

« — Il vit ! » s'écria-t-elle.

« Puis elle ajouta précipitamment :

« — Et n'est-il point blessé ? »

« Après ma réponse, elle demeura un instant silencieuse et recueillie ; elle avait les mains jointes, elle remerciait Dieu.

« Si vous saviez, monsieur Franz, comme elle était belle !

« Je lui dis alors ce que je connaissais de votre duel ; je lui dis qu'elle était votre unique pensée, et que, si j'étais venue, c'était sur votre prière.

« Elle était heureuse. A mesure que je parlais, je voyais de fraîches couleurs revenir à sa joue ; la trace des larmes récentes s'effaçait autour de ses beaux yeux.

« Sa joie était celle d'un enfant. Elle m'embrassait comme si j'eusse été sa sœur. Elle admirait ma broderie. Elle trouvait l'air doux, le ciel brillant...

« Tout lui servait de motif à se montrer contente !

« Puis, tout à coup, son front se rembrunit légèrement.

« — Mon pauvre frère ! murmura-t-elle ; il est arrivé de ce matin et je ne l'ai pas encore embrassé! Mon Dieu! cette crainte me rendait folle... »

« Elle me quitta pour réparer le temps perdu auprès de son frère, et lui payer sa dette de caresses.

— Et, en partant, demanda Franz, elle n'a rien dit pour moi?

Gertraud se retint de rire et prit un petit air scandalisé.

— N'est-ce donc pas assez, monsieur? dit-elle.

— Oh! si, répliqua Franz; que de grâces j'ai à vous rendre, Gertraud, ma bonne petite sœur!

Pendant tout le récit de la jeune fille, Franz était resté silencieux. Une émotion profonde et sérieuse avait remplacé le caractère sémillant de son visage. Durant quelques secondes encore, il se recueillit en lui-même pour savourer la plénitude de sa joie. Mais cela ne pouvait durer, sa nature pétulante voulait s'agiter et s'épandre au dehors.

— Merci, petite sœur, dit-il en approchant sa chaise de celle de Gertraud, et en redonnant à ses traits leur expression de gaieté vive; je vous aime dix fois plus qu'il ne faut, voyez-vous, pour avoir le droit de m'appeler votre frère. Que vous êtes gentille et bonne! laissez-moi baiser ces petites mains qui ont réchauffé les siennes!

Gertraud n'y voyait point de mal.

Mais Franz, après avoir baisé les deux petites mains, ensemble et l'une après l'autre, mit ses lèvres sur le front de la jeune fille, qui rougit cette fois et s'esquiva.

— Ne craignez rien, ma sœur, dit Franz, qui, pour le moment, était sentimental; c'est la place où tomba cette larme... vous savez?

Gertraud éclata de rire et revint s'asseoir.

— Et vous, reprit-elle, qu'aviez-vous donc de si intéressant à me dire?

— Oh! moi, dit Franz, dont la physionomie mobile se transforma encore une fois, c'est toujours la suite de mon histoire fantastique. Je crois, ma parole d'honneur, que je vais devenir un personnage d'importance! Vous souvenez-vous bien de mes aventures de cette nuit, Gertraud?

— Oh! oui, répondit la jeune fille, dont la fraîche figure prit soudain une expression d'intérêt avide.

— Eh bien! poursuivit Franz, cela continue. Nous marchons de mystère en mystère. Il faut que je sois le fils de quelque prince, bien sûr!

— D'un prince! répéta Gertraud naïvement.

— A moins, continua Franz, moitié riant, moitié sérieux, qu'une fée puissante n'ait pris à tâche de me protéger.

Gertraud ne répondit point; elle écoutait.

— En tout cas, reprit Franz, je m'y perds complétement et je déclare que je ne suis pas de force à résoudre ce problème. Voici les faits, petite Gertraud; nous verrons si vous devinez mieux que moi : vous savez bien ce cadeau qu'une main mystérieuse avait glissé dans ma poche au bal Favart?

— La bourse pleine d'or? dit la jeune fille.

— Précisément! Eh bien! je ne suis pas encore très-vieux et je ne me pique pas d'une sagesse énorme. Cette bourse, d'ailleurs, m'avait déjà mis des idées plein la tête. Je rapportais la chose à ma famille inconnue, et il me semblait impossible que ce cadeau ne fût point suivi de quelque autre. Aussi, tant qu'a duré la journée, je me suis imposé la tâche de commettre folie sur folie...

— Je m'en rapporte à vous! murmura Gertraud.

— Petite sœur, vous avez raison, car je m'y entends d'une manière admirable.

— Vous avez dépensé la bourse jusqu'au dernier louis?

— Fi donc! j'ai dépensé le quadruple, et je n'ai pas acheté tout le nécessaire, tant s'en faut!

— Et qu'allez-vous devenir? demanda Gertraud.

— Bah! s'écria Franz, et la fée, s'il vous plaît! J'avais commandé d'assez jolis meubles chez Monbro. Quoique je sois le plus mauvais cavalier du monde, j'avais donné des arrhes à Crémieux pour un petit anglais qui n'a pas son pareil dans tous les Champs-Élysées. J'avais bien jeté çà et là quelque autre argent par la fenêtre, et je revenais flottant un peu entre le plaisir de la fantaisie satisfaite et une manière de remords. Il y a si peu de temps que je suis riche! Je rentrais dans mon hôtel de la rue Dauphine, et j'allais demander la clef de ma petite chambre à la portière. Tout en tournant le bouton de la loge, je me reprochais une omission grave : n'avais-je pas oublié de retenir un autre appartement!

Franz haussa les épaules avec une fatuité si bonne et si naïve, que personne n'aurait pu la lui imputer à mal. Il se posait ici en Mondor dans cette même chambre où il était entré, la veille, avec sa garde-robe entière sous le bras.

Et il parlait de folies prodigues, de meubles rares, de chevaux ; et il s'excusait presque de n'avoir point loué un palais pour abriter sa jeune opulence.

Mais tout cela était dit si gaiement et de si bonne foi! le rire qui accompagnait ces forfanteries était si franc! la bouche d'enfant qui les prononçait était si rose et si charmante!

Il en est des paroles comme de certaines parures qui enlaidissent la laideur et qui font rayonner la beauté.

La petite Gertraud était à mille lieues de ces réflexions. L'impression qui les fait naître n'existait même pas en elle ; Franz aurait pu pousser ses énormités au centuple, sans la choquer le moins du monde. Elle écoutait de tout son cœur, affriandée par la bizarrerie mystérieuse du premier récit de Franz. S'il y avait en elle un autre sentiment que la curiosité, c'était d'abord beaucoup d'intérêt pour le conteur, et un peu d'impatience excitée.

Elle était comme ces lecteurs impitoyables qui maugréent contre le romancier, chaque fois que le drame se ralentit et que la passion reprend haleine.

Elle attendait.

— Et, sans appartement, reprit Franz, où diable mettre mes meubles de Monbro?

« Mais j'étais fatigué! continua-t-il ; chaque jour a son travail ; je pensais que je pouvais remettre la chose à demain.

« J'entrai. Au lieu de me laisser prendre ma clef, comme à l'ordinaire, ma concierge, qui est une femme d'importance, et qui ne m'avait témoigné jusqu'alors qu'un intérêt légèrement dédaigneux, où perçait le sentiment de son immense supériorité, ma concierge quitta son fauteuil de cuir et me tira honnêtement ses lunettes rondes. C'est sa manière de saluer.

« Son mari cessa de travailler et souleva même sa casquette avec respect. Ce concierge, qui raccommode de vieux souliers, possède au plus haut degré l'orgueil de sa position sociale ; il ne m'avait jamais fait l'honneur de me montrer son crâne à découvert.

« Les enfants, qui jouaient dans un coin de la loge, mirent fin à leur tapage, et me regardèrent avec de grands yeux tout pleins d'étonnement et de vénération.

« Il était alors six heures et demie du soir environ, peut-être sept heures. A quelle heure mon bon ami Hans Dorn est-il sorti, Gertraud?

— Vers cinq heures et demie, répondit la jeune fille qui ne savait point où tendait cette question.

Franz réfléchit un instant avant de reprendre le fil de son histoire.

— A la rigueur, murmura-t-il entre ses dents, ce pourrait être lui. Mais comment penser?...

« Cette réception de mes concierges et de leur jeune famille, poursuivit-il tout haut, était si puissamment extraordinaire, que je restai comme ébahi, rendant salut pour révérence, et ne sachant trop si l'on se moquait de moi.

« — Je viens prendre ma clef, dis-je en balbutiant.

« — Est-ce que vous allez remonter tout là-haut? demanda la concierge.

« — Mais, ma chère dame, il me semble... »

« La portière sourit; le portier sourit; les enfants sourirent.

« Moi, j'étais sur le point de me fâcher.

« Mais la concierge, qui voyait la tempête, s'empressa de mettre et d'ôter ses lunettes; puis elle me dit tout doucement ;

« — Je pensais que monsieur allait entrer dans son appartement dès ce soir.

« — Mon appartement? » répétai-je.

« Je croyais rêver!

« — Monsieur a loué l'appartement du premier : six pièces de plain-pied, fraîchement décorées, avec la grande terrasse sur la cour.

« — Allons! me dis-je, c'est le second chapitre du bal masqué. L'action marche, ça promet énormément!

« Et, pour ne pas rester au-dessous de la situation, je plantai mon chapeau sur ma tête en pleine loge, comme il convient à un locataire de premier étage.

« — C'est bien, ma chère dame, repris-je du bout des lèvres ; je trouve seulement qu'on s'est un peu pressé, vu les ordres que j'avais donnés. Mais montrez-moi cet appartement, je vous prie. »

« La concierge passa devant moi, les lunettes à la main, et se mit à monter l'escalier, en s'arrêtant à chaque marche pour m'adresser d'agréables sourires.

« Je la suivis, très-grave et très-froid.

« On ouvrit la porte. Je trouvai l'appartement coquet, frais, gentil, gai, convenable enfin au demeurant, mais un peu mesquin.

« — Cela me semble petit, dis-je à la concierge.

« — L'ancienne chambre de monsieur... » commença-t-elle.

« Je la compris à demi-mot, et mon regard la foudroya, faut-il croire, car il me sembla qu'elle allait rentrer sous terre.

« — J'ose espérer, balbutia-t-elle, que je n'ai pas mécontenté monsieur ? »

« Je fis un geste ; elle se tut ; pour donner une autre direction à mes idées, elle ouvrit une petite armoire d'attache, et y prit un portefeuille qu'elle me remit.

« — Monsieur sait ce que c'est, dit-elle ; les billets de banque... »

« Je veux être décapité, Gertraud, si j'en savais le premier mot !

« — C'est bien, c'est très-bien, répondis-je pourtant ; je sais, ma chère dame... »

« Et j'eus la vertu de mettre le portefeuille dans ma poche, sans même regarder les billets de banque !

« Que dites-vous de cela, petite Gertraud ?...

— C'est étrange ! répliqua la jeune fille qui ne songeait point assurément à l'aplomb de Franz, mais bien aux aventures racontées.

— En définitive, continua le jeune homme, l'appartement tel qu'il est pourra contenir tant bien que mal mes meubles de Monbro. Je l'ai gardé.

« Mais ce n'était pas là le principal. Pendant que j'avais ma digne concierge sous la

main, j'ai voulu m'informer quelque peu et
tâcher de voir clair au fond de toutes ces
complications mystérieuses.

« Ceci était d'autant plus difficile que la
position prise par moi me défendait les
questions directes. J'étais censé savoir ; je
m'étais campé en maître ; tout ce qu'on avait
fait, c'était moi qui l'avais ordonné.

« Comment interroger, après cela ?

« Heureusement, pour faire parler les concierges, il n'est pas besoin de s'épuiser en
questions ; une simple permission tacite
suffit à leur délier la langue, et, une fois
que leur langue est en branle, Dieu sait
qu'elle ne s'arrête point !

« J'appris de cette manière, sans grands
efforts de diplomatie, que mes prétendus
chargés d'affaires sortaient de l'hôtel, juste
au moment où j'y étais rentré moi-même.

« Ils étaient deux, dont l'un était resté à
la porte, dans sa voiture, tandis que l'autre
retenait le logement en mon nom et payait
deux termes d'avance.

« La chose s'était faite avec une certaine
précipitation ; on eût dit, ceci est une remar-
que de la concierge, que mon chargé d'affaires craignait mon retour.

« Il avait parcouru l'appartement et donné
un coup d'œil rapide à toutes choses ; il avait
mis dans une armoire, sous la garde ex-
presse de la concierge, le portefeuille aux
billets de banque ; puis il s'était retiré comme
il était venu, en laissant pour moi ses compliments anonymes... »

Franz se tut.

— Après ? dit Gertraud qui attendait
quelque chose encore.

— C'est tout.

— Vous n'avez rien appris de plus sur ces
deux hommes ?

— Rien de plus.

— Et vous ne soupçonnez pas qui ce peut
être ?

— Si fait, répondit Franz.

Gertraud écoutait plus attentive. Elle attendait impatiemment les conjectures de
Franz touchant ces inconnus qui s'étaient
chargés de lui retenir un appartement, rue
Dauphine, et de faire descendre ses pénates
de la mansarde au premier étage.

Franz fut quelque temps avant de reprendre la parole. Il repassait en sa mémoire des
réflexions déjà faites et cherchait de nouveau.

— Si fait, répéta-t-il enfin : pour l'un des
deux, j'ai plus que des soupçons, c'est presque une certitude.

— Qui est-ce ? demanda Gertraud impatiente.

— Mais cette certitude, reprit Franz, ne
me mènera pas très-loin, car j'ignore le nom
de cet homme. N'importe ! on peut chercher.
Ce qu'il y a de certain, c'est que, d'après les
descriptions de ma concierge, l'homme resté
dans la voiture était ma vision du bal Favart.

— Ah ! fit Gertraud qui resta la bouche
béante ; l'homme aux trois costumes !

— Le fameux cavalier allemand en personne, ajouta Franz, le major, l'Arménien !
ce personnage triple qui me poursuit de sa
protection.

— Et l'autre ? demanda la jeune fille.

Franz hésita et regarda Gertraud en face.

— L'autre, répéta-t-il, c'est plus malaisé.
Si j'en crois le portrait fait par ma concierge,
nous saurions parfaitement le nom de celui-
là... et vous le connaîtriez mieux encore que
moi, petite sœur.

Gertraud n'en était que plus intriguée.

— Costume et tournure, continua Franz,

Franz, dit-elle à voix basse, je suis bien heureuse de vous revoir. (Page 34, col. 1.)

tout se rapporte complétement à l'homme dont je vous parle... l'âge aussi ; il n'y pas jusqu'à son léger accent allemand !... Quant à sa figure, on m'a dit qu'il avait l'air de l'honnêteté en personne, et de plus en plus j'ai cru reconnaître votre père, Gertraud.

— Mon père ! s'écria la jeune fille stupéfaite.

Ce mot arrachait Gertraud aux espaces fantastiques où son imagination galopait na-

guère ; le nom de son père la ramenait en pleine réalité.

Son premier mouvement fut la surprise, parce que l'idée de son père était en elle à cent lieues de ces autres idées capricieuses et bizarres éveillées par le récit de Franz. Elle éprouvait un sentiment analogue à celui d'un enfant qui tomberait à l'improviste sur un nom ami et réel, au milieu des pages merveilleuses des *Mille et une Nuits*.

Mais, au plus fort de sa surprise, elle se souvint de ce qui s'était passé dans la matinée. Ce personnage étrange, que Franz appelait le cavalier allemand, son père le connaissait, son père l'aimait, son père semblait le respecter comme un maître.

La physionomie de Gertraud, habituée à ne rien dissimuler, changea, et ce changement n'échappa point à Franz, qui la regardait toujours fixement.

— Je vous en prie, murmura-t-il, répondez-moi. Pensez-vous que ce puisse être votre père ?

La jeune fille ouvrit la bouche pour répliquer affirmativement ; mais, au moment où elle allait parler, elle eut comme un scrupule.

Son père avait peut-être intérêt à se cacher ainsi ; ou plutôt il ne pouvait en être autrement, puisqu'il s'enveloppait d'un si grand mystère.

Gertraud avait surpris ce secret sans le vouloir et par hasard ; la conduite que Hans Dorn avait tenue vis-à-vis de Franz, dans la matinée, semblait tracer impérieusement la conduite qu'elle devait tenir à son tour.

Son père n'avait point parlé. Devant les questions de Franz, il s'était renfermé dans une réserve complète. Gertraud pensa qu'il fallait se taire également.

Il fallait feindre l'ignorance. Et pourtant, à mesure qu'elle réfléchissait, il lui était impossible de garder même un doute.

Cette étrange histoire, racontée par le jeune homme, prenait pour elle un caractère frappant de vérité. Le mystérieux agent de cette féerie était bien son père, sous les ordres du cavalier allemand.

N'avaient-ils pas parlé de Franz tous les deux dans la matinée ?

Et quel amour inexplicable Hans Dorn avait montré pour cet enfant inconnu !

Et puis encore, au moment où finissait l'entretien, le cavalier allemand avait demandé l'adresse de Franz. Et c'était elle-même, Gertraud, qui avait été chercher cette

adresse auprès de mademoiselle d'Audemer.

La réponse, cependant, demeurait suspendue sur sa lèvre. Elle n'osait plus ; il y avait une rougeur épaisse à son front qui ne savait point mentir.

Ses yeux baissés évitaient le regard de Franz.

Celui-ci l'examinait toujours attentivement. Il y avait sur son visage une expression complexe et malaisée à définir.

On eût dit une grande joie contenue et cachée sous une apparence de dépit.

— Vous ne voulez pas me répondre ? prononça-t-il d'un ton de tristesse. Vous aussi, vous me trompez, Gertraud !

La jeune fille rougit davantage ; mais elle ne répliqua point encore. Elle souffrait véritablement ; elle était entre son père et Franz : Franz, qui l'appelait sa sœur et qu'elle se sentait aimer à chaque instant davantage ; son père chéri, dont chaque désir était pour elle un ordre respecté.

Le cœur de la jeune fille était bon et tendre ; mais elle avait pour beaucoup la nature décidée des filles élevées par un homme. Quand une fois sa volonté s'était déclarée au dedans d'elle-même, elle se roidissait, ferme et forte.

Mais, si elle avait le bon vouloir de ne point céder, ses connaissances en diplomatie n'étaient pas bien grandes. Il lui semblait que mettre fin aux questions de Franz par un refus de répondre bien net et bien positif, c'était accomplir héroïquement son devoir et garder intact le secret de son père. Elle ne savait pas qu'un refus de répondre équivaut à un aveu dans une multitude de circonstances ; elle ne savait pas que la première règle de la discrétion considérée comme art, c'est de savoir bel et bien mentir.

— Écoutez-moi, monsieur Franz, dit-elle

sans lever les yeux, mais d'un petit air résolu qui la faisait plus gentille ; si vous voulez que nous restions amis, il ne faut point m'interroger à ce sujet. Une fois pour toutes, je ne sais rien, je ne suppose rien, je n'ai rien à répondre.

Un sourire vint à la lèvre de Franz.

— Eh bien ! petite sœur, dit-il d'un accent soumis, ne parlons plus de cela, puisque vous le voulez. J'aurais donné beaucoup pour savoir, mais je vois bien que vous êtes intraitable à l'endroit de la discrétion.

Gertraud poussa un grand soupir de soulagement ; elle triomphait naïvement au dedans d'elle-même. Elle n'avait rien dit.

Franz, de son côté, n'avait point l'air trop désolé pour un vaincu. Le refus péremptoire qu'il venait de subir ne le plongeait point dans un découragement très-amer. Un observateur même médiocre eût deviné, à l'expression de son visage, qu'il savait à peu près tout ce qu'il voulait savoir.

De sorte que les deux enfants étaient enchantés tous les deux, Gertraud d'avoir gardé son secret, Franz de l'avoir surpris. Heureuse bataille où il n'y avait ni vainqueur ni vaincu, et où les deux armées, comme cela se fait souvent sur de plus grands théâtres, chantaient le *Te Deum* à l'unisson.

— Je vous obéis, petite sœur, reprit Franz, tandis que Gertraud calmée le regardait en souriant, et je mets de côté ces questions qui vous déplaisent ; nous avons ma foi bien autre chose à dire ! cet homme qui n'est pas votre père n'a laissé nulle trace à mon hôtel ; je ne sais pas si je pourrai le retrouver jamais : mais qu'importe, en définitive ? La manière dont on agit avec moi signifie quelque chose : mon père est évidemment là-dessous, et l'on ne traite pas ainsi un enfant qu'on a l'intention d'abandonner ensuite.

— Je suis bien sûre... commença Gertraud vivement.

Puis elle rougit de nouveau et s'arrêta, décontenancée.

Franz fit semblant de ne point remarquer ce trouble.

— Me voilà riche ! poursuivit-il. C'est un fait acquis, et vous ne sauriez croire, petite sœur, combien cela me va d'être riche ! Mon Dieu, je n'aime pas beaucoup l'argent et je ne crois pas être avare, mais, si j'avais une chambre pleine d'or, je serais l'homme le plus heureux du monde.

— Bon Dieu ! s'écria Gertraud, que feriez-vous de tout cela ?

— J'ouvrirais la porte et les fenêtres, répliqua Franz.

Puis son regard devint rêveur, et il ajouta d'un ton grave :

— Savez-vous que ce doit être une bien belle chose, Gertraud ! J'ai vu la misère de près ; je sais ce qu'on souffre à Paris. Oh ! ce serait une belle vie ! toujours la main ouverte ! Autour de soi l'on verrait se sécher toutes les larmes. Cette pauvre jeune fille qui s'incline toute pâle auprès du grabat de son vieux père, on la verrait se redresser et sourire. Elles sont si heureuses, les fleurs que la sécheresse a couchées sur le sol aride et que relève une goutte de rosée ! Cet homme fort, que la faim va pousser dans le découragement et dans le crime, on le verrait tourner le dos au précipice et remonter fièrement la pente de la vie. Les plaintes s'étoufferaient, les sanglots se tairaient ; si loin que pussent se porter les regards, on verrait le bonheur sourire ! Oh oui ! Gertraud, l'or est un Dieu puissant, et je voudrais des millions !

La jeune fille le regardait émue.

Franz l'attira contre lui d'un geste gracieux et se mit à caresser sa main doucement.

— Que de joies on achèterait pour un peu

d'or! reprit-il d'une voix basse où vibrait comme une harmonie voilée; que de hontes on pourrait laver! que de fautes expier! que d'insultes réparer! Mais tenez, petite sœur, sans aller chercher ces misères horribles qui se cachent dans Paris, et que le riche découvre de temps en temps avec un étonnement effrayé, il est d'autres peines, silencieuses aussi, qu'il serait si aisé de changer en allégresse! Je connais un jeune homme qui est beau, brave, fort, qui soutient sa famille indigente, et qui aime une jolie enfant voisine...

Gertraud baissa les yeux.

— La jeune fille, poursuivit Franz, lui rend amour pour amour. C'est elle qui me l'a dit. Leurs premiers jeux furent communs; jamais ils n'ont été séparés l'un de l'autre.

«Si on les mariait, il n'y aurait point, dans cet immense Paris, une félicité pareille à la leur! car je vous le répète, Gertraud, ces deux enfants s'aiment du sincère amour des belles âmes; le garçon est un noble cœur, la jeune fille est un ange. »

Franz souriait : une nuance rose descendait du front de Gertraud jusqu'à la naissance de sa gorge chastement cachée sous sa robe de laine.

— Elle est douce comme vous! reprit Franz, jolie comme vous! bonne comme vous!

Il se pencha et sa lèvre effleura le front de la jeune fille.

— Ne rougissez pas, petite sœur, murmura-t-il à son oreille ; vous êtes tout cela et mieux que cela. Eh bien! si je suis riche comme je le crois, ajouta-t-il en relevant la tête tout à coup avec un élan de chaleur, qui m'empêchera de doter ce jeune homme comme un frère? N'est-il pas mon frère,

Gertraud, puisqu'il vous aime et que vous l'aimez?

L'accent de Franz donnait à ses paroles un parfum d'exquise tendresse.

Les beaux yeux de Gertraud étaient humides.

— Pauvre Jean ! murmura-t-elle, mais il est fier, et moi aussi, monsieur Franz.

Le vent avait déjà tourné dans la cervelle de ce dernier.

— Nous verrons bien! s'écria-t-il en changeant de ton tout à coup; figurez-vous, petite Gertraud, que j'enrage en songeant au temps qu'il me faudra pour avoir mes meubles de Monbro! Vraiment, je n'avais pas de soucis comme cela hier, et la fortune a bien aussi ses inconvénients. Mais à quoi pensez-vous donc, petite sœur? Vous voilà toute triste !

Gertraud pensait à Jean.

— Voyons, de la gaieté! s'écria Franz en redoublant ses caresses. Je vous donne ma parole d'honneur que nous serons tous heureux !.

Pendant qu'il parlait ainsi joyeusement et le rire aux lèvres, une expression de mélancolie vint voiler de nouveau son gracieux visage.

— Il y a deux heures à peine que tout cela m'est arrivé, murmura-t-il, et que de pensées dans ces deux heures ! Parfois il me semble encore que c'est un rêve. Cet homme est-il mon père, Gertraud? Je l'ai bien vu cette nuit au bal : il y a un cœur fier et vaillant dans son regard; je crois que je l'aimerais... Et ma mère ! ma mère, que je la vois belle et sainte !

Il s'arrêta en une sorte d'extase.

— Mais peut-être n'est-ce pas l'envoyé de

mon père, reprit-il brusquement; que sais-je? Le sang qui coule dans mes veines brûle parfois comme du feu. Il me semble que mon père doit être un prince !

Gertraud eut un sourire. Franz fit comme s'il s'éveillait.

— Prince ou non, s'écria-t-il, je ne changerais pas mon sort contre celui d'âme qui vive ! je suis jeune, je suis heureux ! Que peut-il y avoir dans l'avenir, sinon de la joie?

— Dieu vous entende, monsieur Franz ! murmura Gertraud ; vous êtes bon et vous pensez à ceux qui souffrent. Vous méritez d'avoir du bonheur.

— Puis-je en avoir davantage, répliqua Franz, et ne m'en avez-vous pas donné vous-même, ce soir, petite sœur? Vous m'avez dit qu'elle m'aimait...

— Je vous ai dit ce que je crois vrai, interrompit la jeune fille ; mais, le pauvre Jean et moi, nous nous aimons bien aussi ; pourtant nous ne sommes pas heureux.

Ce fut comme une pluie froide tombant sur l'enthousiasme de Franz.

— Vous avez raison, petite sœur, prononça-t-il avec un peu d'amertume dans la voix ; j'étais trop joyeux ; vous avez bien fait de m'éveiller de mon rêve. Hélas ! je le sais, il reste bien des obstacles entre Denise et moi, et, si je perdais Denise, que me feraient toutes les autres joies ?

Sa tête se courba. Passant toujours d'un extrême à l'autre, il demeura un instant comme accablé : si bien que Gertraud, en le voyant attristé tout à coup, se repentit de ses paroles.

Mais, avant qu'elle eût ouvert la bouche pour le consoler et l'encourager, l'accès de mélancolie était passé ; Franz avait repris confiance.

— Il faudra combattre, dit-il résolûment ; c'est clair ! mais j'ai des armes... Enfin Gertraud, hier, je ne désespérais pas, et combien ma position est changée depuis hier ! En somme, ai-je un rival sérieux ?

— Monsieur le chevalier de Reinhold...

— Une charge vivante ! Une vieille coquette mâle !

— Il est riche, mon pauvre monsieur Franz, il est noble !

— Eh bien, et moi ?

Gertraud secoua lentement sa jolie tête.

— On ne sait pas encore, murmura-t-elle.

Franz frappa du pied avec un dépit d'enfant.

— Vous êtes méchante ! dit-il.

Le sourire ami de Gertraud démentait complétement cette parole.

— Oh ! monsieur Franz, répliqua-t-elle, je vous assure que je vous aime bien tous les deux, vous et mademoiselle Denise, mais j'ai peur.

— Peur de quoi ? s'écria Franz en parlant avec autant de feu que si Gertraud eût été l'arbitre de cette cause ; combien de temps me faut-il désormais pour connaître ma famille ? De gré ou de force, je vous en donne ma parole, avant qu'il soit un mois, je saurai le nom de mon père ! et ce nom, j'en suis sûr, vaut bien celui du chevalier de Reinhold. Quant à la fortune, ce qui se passe me semble annoncer qu'elle est grande... et puis je ne suis pas absolument sans protection auprès de la vicomtesse ; son fils est mon ami.

— Comptez-vous sur lui? demanda Gertraud.

Franz hésita longtemps avant de répondre.

— Pas à présent, dit-il enfin ; mais quand je pourrai prouver...

— Quand vous pourrez prouver, interrompit la jeune fille, vous n'aurez plus besoin de l'aide de M. le vicomte d'Audemer. D'ici là, qui sait ?

— Gertraud ! Gertraud ! interrompit Franz à son tour, vous voulez donc me désespérer !

— Je veux vous prémunir.

— Mais n'ai-je pas l'appui de Denise elle-même ! Je la verrai...

— Monsieur Franz, dit Gertraud qui ne put défendre sa voix contre un léger accent de raillerie, le trottoir qui passe devant l'hôtel d'Audemer est un lieu de rendez-vous bien chanceux !

Franz se mordit la lèvre et ses sourcils firent mine de se froncer. Mais, au lieu de cela, il prit la taille de Gertraud en se jouant.

— Eh bien ! petite sœur, s'écria-t-il, puisque vous voulez absolument que je vous le dise, je compte sur vous et je ne compte que sur vous !

— Bon Dieu ! dit la jeune fille en riant, quelle puissante protection vous avez là, monsieur Franz !

— C'est la meilleure, et vous le savez bien, puisque vous m'avez montré le néant de toutes les autres. Vous avez un si excellent cœur !

— Bon ! interrompit Gertraud, je ne suis plus méchante. Voilà les compliments qui vont venir !

— Vous savez que je vous aime tant ! reprit Franz, et que j'aurais une joie si vraie à vous rendre la pareille !

Gertraud faisait ce qu'elle pouvait pour garder son petit air moqueur ; mais Franz était un heureux enfant, dont la voix savait d'instinct les routes tortueuses qui descendent au cœur de la femme.

Dès qu'il le voulait bien, on ne lui résistait plus.

En ce moment, d'ailleurs, il plaidait une cause gagnée d'avance ; Gertraud avait pour Denise une affection dévouée, et rien ne lui disait de combattre le sentiment qui l'entraînait vers Franz.

Son âme toute franche et toute bonne ne demandait qu'à s'ouvrir.

— Vous irez vers elle, reprit le jeune homme, je sais que vous irez, petite sœur. Vous lui direz combien je souffre loin d'elle, et combien j'ai besoin de la voir.

Le sourire de Gertraud se fit plus espiègle en ce moment, parce que le coucou suspendu à la muraille rendit ce bruit faible qui annonce l'heure une ou deux minutes à l'avance.

Elle regarda le cadran ; l'aiguille allait marquer neuf heures.

Franz ne put deviner ce que signifiaient ce regard et ce sourire.

— Vous la prierez, continua-t-il, vous la supplierez, de ma part, à genoux.

— Seigneur ! comme vous y allez !

— Est-ce que vous me refuseriez ?

— Je crois que oui.

— Gertraud !

— Monsieur Franz !...

— Ma petite sœur !

— Mon pauvre monsieur Franz !

Le coucou sonna neuf heures. Comme le timbre commençait à retentir, on entendit le bruit sourd et lointain d'une voiture sur la place de la Rotonde.

— Écoutez ! dit Gertraud en serrant le bras de Franz.

Ils se turent tous les deux. En ce moment de silence, leurs oreilles saisirent pour la première fois cet autre bruit sourd aussi et continu que nous avons entendu avec Jean Regnault sur l'escalier.

Ils n'y firent attention ni l'un ni l'autre.

La voiture s'approchait rapidement. Quand elle s'arrêta, on put conjecturer que c'était à la porte de l'allée de Hans Dorn.

Gertraud frappa dans ses mains, et sa charmante figure s'épanouit.

— Voilà de l'exactitude ! murmura-t-elle.

— Vous attendez quelqu'un ? demanda Franz.

— Oui, répondit Gertraud.

— Dois-je me retirer ?

— Non pas ! vous ne serez pas de trop, et la visite vous regarde peut-être un peu. Veuillez passer seulement dans la chambre de mon père.

— Qui est-ce donc ? demanda Franz en se levant pour obéir.

Un léger bruit de pas se fit dans la petite cour.

Franz voulut répéter sa question ; mais Gertraud le poussa dans la chambre de Hans Dorn et ferma la porte sur lui.

XI

MADEMOISELLE D'AUDEMER

A peine Franz fut-il entré dans la chambre du marchand d'habits, que le pas léger entendu dans la cour s'étouffa sur les marches de l'escalier. L'instant d'après, on frappait à la porte, et, cette fois, Gertraud ne se fit pas prier pour ouvrir.

Les deux portes étaient placées l'une vis-à-vis de l'autre ; quand celle de l'escalier tourna sur ses gonds, Franz, qui avait mis son œil à la serrure, faillit tomber à la renverse. Gertraud venait de lui refuser si obstinément son entremise, qu'il s'était préparé à tout plutôt que de reconnaître dans cette personne attendue mademoiselle d'Audemer.

Ce fut Denise qui entra. La voiture dont le roulement lointain avait interrompu la con-

versation de Franz et de Gertraud était celle de la vicomtesse. Elle contenait mademoiselle d'Audemer et la vieille Marianne, toujours chargée de l'accompagner. Denise avait rendu une visite dans la soirée à une de ses amies. En revenant, elle avait témoigné le désir de passer chez sa brodeuse, afin de voir les divers ouvrages commandés pour la grande fête du château de Geldberg.

Depuis le matin, la belle jeune fille, jusque-là si indifférente aux pensées de plaisir, s'était prise d'enthousiasme soudain pour la fête annoncée; elle en avait parlé longuement avec sa mère, qui chérissait fort ce sujet d'entretien. Elle semblait s'intéresser à tout, aux bals promis, aux parties de chasse, aux longues courses dans les montagnes sauvages qui entouraient, disait-on, le vieux château de Geldberg.

La vicomtesse ne la reconnaissait plus. Parfois, elle était tentée d'attribuer cette charmante humeur de Denise à l'arrivée de son frère Julien; mais cette cause était un peu bien naturelle pour une observatrice aussi subtile que madame la vicomtesse d'Audemer. Son expérience ne lui permettait pas d'envisager les choses à un point de vue si commun; elle aimait mieux expliquer le fait par quelque chose d'inconnu : le vent, les nerfs, la fantaisie.

Et, du fond du cœur, elle répétait son exclamation favorite :

— Ah ! les jeunes filles ! les jeunes filles !

Cette exclamation, la vicomtesse en abusait bien un peu; mais n'était-elle pas excusable? Quand on a trouvé comme cela un mot puissant, profond, universel, répondant à tout, expliquant tout, s'adaptant aux cases les plus anguleuses de la discussion, touchant le joint des plus difficiles problèmes, et valant à lui seul deux ou trois systèmes de philosophie, on peut bien s'y attacher sans crime.

Un mot de cette sorte dispense de réfléchir et de craindre; c'est un doux oreiller sur lequel l'esprit paresseux se repose.

On y doit d'autant plus tenir, à ces formules précieuses, que le nombre en est assez limité. Nous pourrions les compter.

A part *les jeunes filles! les jeunes filles!* il y a *les femmes! les femmes!* ceci à l'usage des vieux garçons; il y a *les enfants! les enfants!* à l'usage des maîtres d'étude; il y a *la sottise! la sottise!* à l'usage du rapin refusé au salon, du comédien sifflé, de l'auteur chuté, du candidat vaincu et de l'écrivain soi-disant *littéraire* que le public ingrat s'obstine à ne point admirer.

En obliquant un peu, soit à droite, soit à gauche, on arrive dans ce même ordre d'idées à des résultats vraiment sublimes. Qui n'a connu en sa vie quelqu'un de ces bonnes gens possédant une clef politique pour toutes les énigmes de l'histoire? Il y a mieux encore : le roi des généralisateurs est cet hidalgo qui fait un crime des mauvaises récoltes à la Révolution de 89, ou cet épicier de génie qui met les inondations, la sécheresse, les hannetons et le choléra sur le compte de la *prétraille*.

Durant toute la journée, madame d'Audemer avait abondé dans le sens de sa fille; la fête avait été déclarée par avance une merveille que les siècles futurs ne pourraient point égaler. Et, à propos de la fête, la vicomtesse avait glissé quelques mots très-adroitement au sujet des qualités aimables et séduisantes de ce bon chevalier de Reinhold.

Denise était d'humeur si charmante, qu'elle n'avait point trouvé d'objections contre le panégyrique du chevalier.

Si bien que la vicomtesse, enchantée, vit, à travers les splendeurs de la fête de Geldberg, une autre fête plus modeste, où elle devait jouer un rôle principal : elle rêva mariage, bouquet de fleurs d'oranger, millions et autres choses délicieuses.

Le soir, Denise sortait sous la garde de Marianne. Quand sa visite fut achevée, au lieu de rentrer à l'hôtel, elle donna ordre au cocher de la conduire place de la Rotonde.

— Mais, mademoiselle, dit Marianne, M. le chevalier doit être à la maison maintenant.

— Ma bonne, répliqua Denise, il faut bien aussi songer un peu à la fête! Si je ne presse pas Gertraud, je n'aurai que de vieilles choses au château de Geldberg!

Denise avait trouvé aussi, pour quelques jours du moins, son argument-oreiller où elle pouvait se reposer en paix. La fameuse fête répondait à tout; Marianne se tut, persuadée.

Quand on arriva devant la porte de Hans, Denise mit pied à terre lestement.

— Restez, si vous voulez, ma bonne, dit-elle; j'ai deux mots à dire et je reviens.

Marianne était vieille; c'était à peu près l'heure où elle se couchait d'habitude; la voiture avait de bons coussins moelleux et doux. Denise savait qu'elle retrouverait Marianne endormie.

Elle s'engagea dans l'allée de Hans Dorn.

Cette visite avait été convenue entre elle et Gertraud, dans l'entrevue du matin. Gertraud n'avait pas pu tout dire, d'abord parce que le temps pressait, ensuite parce qu'elle ne savait pas toute l'histoire de Franz. Elle avait promis de le revoir et de s'informer encore; elle avait promis surtout de savoir s'il n'y avait point de suites possibles à ce duel, et si Franz était à l'abri de tout danger.

Ceci était un prétexte pour la conscience de Denise, comme la broderie était un prétexte auprès de Marianne. Denise savait, en réalité, à peu près tout ce qu'elle pouvait savoir; mais elle voulait parler de Franz encore, entendre prononcer son nom; elle avait tant souffert la nuit précédente! elle avait eu des frayeurs si cruelles!

En entrant, elle tendit la main à Gertraud, qui lui faisait une belle révérence. Bien qu'el-

Bien des pardons de venir vous voir à cette heure-là Mams'elle Gertraud. (Page 44, col. 2.)

les eussent partagé les mêmes jeux dans leur enfance, Gertraud, qui avait tous les genres de tact, n'essayait point d'établir une égalité impossible et mettait comme un vêtement de respect à son dévouement affectueux. Denise, au contraire, effaçait volontairement de son mieux la distance que leurs positions sociales établissaient entre elles.

Quoique Gertraud eût cessé depuis longtemps de la tutoyer, Denise employait toujours avec la jolie brodeuse cette formule amie.

Elle étaient toutes deux dans leur rôle. Elles s'aimaient ; la loyauté de leurs cœurs, jointe à la délicatesse de leurs caractères, réalisait ce problème difficile d'une liaison sincère entre une riche demoiselle et la fille d'un homme travaillant de ses mains.

Liaison sans jalousie d'un côté, sans orgueil de l'autre ; liaison qui ne blessait même pas les convenances étroites du monde, car chacune des deux amies restait parfaitement à sa place, et, si quelque pas était fait en dehors des règles rigides de l'étiquette, ce n'était jamais la brodeuse qui le risquait.

— Je ne t'ai pas assez remerciée, ma bonne Gertraud, dit Denise en entrant, pour la joie que tu m'as donnée ce matin. Si tu savais tout ce qu'il m'avait dit hier au soir! c'est à peine si je pouvais garder quelque espérance.

On voyait une sorte d'embarras sur la physionomie de Gertraud, et quelque chose manquait à son accueil, d'ordinaire si franc et si cordial.

On eût dit qu'elle avait une pensée de crainte ou quelque petit remords.

Elle offrit une chaise à Denise, qui s'assit.

Franz, qui était toujours derrière la porte, avait reconnu d'un coup d'œil mademoiselle d'Audemer. Son premier mouvement avait été tout entier à la surprise; puis la joie était venue, puis l'impatience. Il y avait deux ou trois secondes à peine que Denise était entrée, et déjà les doigts de Franz le démangeaient; il sentait grandir en lui l'irrésistible envie d'ouvrir cette porte qui le séparait seule de mademoiselle d'Audemer.

Il ne la voyait plus. Après avoir passé le seuil, Denise avait quitté la ligne droite tirée d'une porte à l'autre, et c'était seulement dans cette ligne que le trou étroit de la serrure donnait accès au regard.

Il y avait bien la ressource de mettre l'oreille à la place de l'œil et d'écouter; mais c'était une bonne porte que celle de Hans Dorn, et les deux jeunes filles parlaient sans doute à voix basse. Du moins, le pauvre Franz n'entendait rien du tout.

Tandis qu'il maugréait contre son malheur, Gertraud avait pris place auprès de sa compagne. Elles causaient.

— L'as-tu vu? demandait mademoiselle d'Audemer.

— Je l'ai vu, répondit Gertraud.

— Eh bien?

Au lieu de répliquer, Gertraud jeta un regard furtif vers la porte de son père. Des idées nouvelles venaient de surgir dans son esprit. Elle n'osait plus. Cette entrevue, si joyeusement préparée, lui faisait peur maintenant.

Elle s'étonnait de n'avoir pas eu ces scrupules d'avance. Comment Denise allait-elle accueillir son audace, et de quelle façon lui annoncer la présence de Franz?

Quant à pouvoir la cacher, Gertraud ne l'espérait point. Elle devinait la position du jeune homme, comme si elle eût été auprès de lui en ce moment. Elle devinait jusqu'à sa physionomie, où l'impatience menaçante grandissait de seconde en seconde.

Il se taisait encore; on ne l'entendait point remuer; mais il allait parler bientôt sans doute; il allait s'agiter à tout le moins et attirer de quelque manière l'attention de Denise.

Et si Denise allait se fâcher! Gertraud s'accusait, la pauvre fille; elle se repentait amèrement.

Jusqu'à l'arrivée de mademoiselle d'Audemer, elle n'avait songé qu'au plaisir de les voir tous deux surpris, tous deux bienheureux, rougir, balbutier, et s'entre-sourire. A présent, elle avait des doutes plein l'esprit; elle ne savait plus si son zèle n'était point une offense.

Elle restait là auprès de sa compagne, l'œil effarouché, le front pourpre.

— Eh bien? répéta Denise.

— Mon Dieu, ma chère demoiselle, répliqua Gertraud qui était tout entière à sa frayeur, je vous promets que j'ai fait pour le mieux!

Sa voix tremblait légèrement. Denise leva les yeux sur elle et son visage prit une expression inquiète.

— Serait-il donc arrivé un malheur? murmura-t-elle.

— Non, oh non! s'écria Gertraud vivement; j'ai vu M. Franz; il n'a plus rien à craindre. Au contraire, je crois qu'il a sujet d'être bien content.

— Tu ne me trompes pas, Gertraud?

— Oh! mademoiselle!

Ces deux mots avaient un accent de reproche ; mais Gertraud tenait toujours ses yeux baissés.

Denise la considéra un instant en silence. Elle remarqua que le regard de la gentille brodeuse glissait bien souvent entre ses paupières demi-closes, et allait chercher la porte de Hans Dorn.

— Qu'avez-vous, Gertraud ? dit-elle. Jamais je ne vous ai vue ainsi !

C'était la première fois, depuis bien longtemps, que Denise omettait de la tutoyer ; mais Gertraud n'eut pas le loisir de s'attrister, parce qu'un bruit se fit dans la chambre de son père. C'était Franz, dont la courte patience était à bout déjà.

Gertraud remua sa chaise et se mit à tousser ; son embarras devenait de plus en plus visible.

— Gertraud, reprit mademoiselle d'Audemer qui ne pouvait manquer de rapporter ce trouble à sa position personnelle, je suis forte, vous le savez. Je vous en prie, ne me cachez rien !

— Je ne vous cache rien, chère demoiselle, répliqua Gertraud.

Mais, comme elle allait continuer, l'idée de Franz embusqué dans la chambre voisine lui coupa la parole. Au moins ne voulait-elle point mentir.

Denise lui prit la main. Cette réticence l'avait alarmée plus que tout le reste.

— Ma bonne petite Gertraud, dit-elle avec prière, je sais bien que tu m'aimes... C'est ton amitié qui te pousse à me dissimuler la vérité en ce moment. Mais parle, je t'en supplie ! Si tu savais tout ce que tu me fais craindre !

— Mon Dieu ! mon Dieu ! murmura la pauvre Gertraud, qui avait pourtant un sourire sous son air de grande détresse.

Un tiers, entrant à l'improviste et non initié au secret de la situation, n'aurait rien compris à ce qui se passait entre ces deux charmantes jeunes filles. Les yeux de Denise restaient secs ; mais un voile de pâleur était sur son visage, dont l'expression devenait à chaque instant plus douloureuse. Gertraud, au contraire, avait aux joues, au front et jusqu'à la gorge un vermillon vif ; ses yeux baissés semblaient prêts à pleurer ; mais, par-dessous la longue frange de ses cils, elle lançait des regards sournois vers la porte de Hans, et, derrière cette larme qui était au seuil de sa paupière, on voyait poindre son espiègle sourire.

Elle hésita encore durant quelques secondes ; puis, Franz ayant fait un mouvement plus bruyant dans sa cachette, elle releva tout à coup la tête d'un air mutin.

— Eh bien ! tant pis, s'écria-t-elle ; j'aime mieux tout vous dire que de vous laisser ainsi dans l'inquiétude. Si vous vous fâchez, c'est moi qui aurai du chagrin, et cela vaut mieux.

Elle se tourna encore vers la porte de son père, mais cette fois tête haute et les yeux grands ouverts.

— Il est là, dit-elle en rassemblant tout son courage.

Un incarnat fugitif vint colorer la joue de mademoiselle d'Audemer. Gertraud s'attendait à des reproches ; Denise se leva et lui dit doucement :

— Je veux le voir.

Gertraud l'eût embrassée pour ce mot, qui lui mit du baume dans le cœur.

Elle s'élança, heureuse et légère, vers la porte de Hans Dorn, qu'elle ouvrit précipitamment. Elle entra ; Denise la suivait de près.

Franz était debout derrière la porte. Il fut pris à l'improviste, et demeura comme interdit.

— Denise! balbutia-t-il. Mademoiselle...

Il prit la main que la jeune fille lui tendait et n'osa pas même la porter à ses lèvres.

Il était dans un de ses accès de timidité. Tout à l'heure, au beau milieu de son impatience, une pensée lui avait traversé l'esprit; une de ces pensées qui mettent une rougeur épaisse au front des enfants orgueilleux; un coup de foudre : la crainte de paraître ridicule aux yeux de la personne aimée.

Et rappelez-vous vos jeunes ans : ce n'est pas là un petit malaise, c'est une angoisse profonde qui vous terrasse plus vite et plus rudement que le malheur sérieux!

On se souvient d'une parole malencontreuse, d'un geste maladroit, d'une gaucherie; la poitrine se serre, la sueur perle aux tempes; on souffre, et le remords lui-même n'est pas plus cuisant que cela.

La porte s'était ouverte au moment même où Franz se débattait contre l'aiguillon subtil de cette honte qui trouve si bien le chemin des cœurs adolescents. Il se souvenait, le malheureux, et il avait la fièvre. Cette entrevue de la veille, dont naguère encore il gardait si chèrement la mémoire, lui apparaissait désormais odieuse.

Quel rôle, bon Dieu! quel pitoyable rôle! c'est dans tous les vaudevilles, et dans les plus niais, un grand garçon qui menace de mourir, qui extorque un aveu, qui ne meurt pas!

Car la chose est tombée dans le domaine banal; on sait que le grand garçon ne meurt jamais; on le sait; les bourgeois en rient.

Franz aurait voulu être mort.

Quand Denise parut sur le seuil, au lieu de se réjouir, il lui prit envie de se cacher.

S'il eût rencontré en ce moment le malin sourire de Gertraud, nous ne saurions dire à quelles extrémités son désespoir aurait pu le pousser.

Mais Gertraud lui tournait le dos discrètement, et arrangeait de la lumière sur le petit bureau du marchand d'habits.

Mademoiselle d'Audemer ne partageait point le trouble de Franz; elle ne le remarquait même pas. Elle gardait le silence, mais c'était parce que son cœur était plein. Elle le voyait sauvé encore de cet autre danger que l'embarras de Gertraud lui avait fait redouter naguère.

Il y avait longtemps déjà qu'elle l'aimait. Ils s'étaient rencontrés à l'époque où Denise sortait de pension, dans le monde doré de la finance. Nous n'avons ni motif ni désir de parler en mal des jeunes héritiers de la banque; ce sont nos seigneurs : que Plutus les tienne en joie! Nous dirons seulement que Franz ne leur ressemblait point.

Au milieu de tous ces beaux fils, dont le moindre avait une valeur marchande de cinq à six cent mille francs, le pauvre petit commis tenait assurément bien peu de place. Il n'avait point de chevaux, partant point de jockey; il n'avait pas même cette chose banale et que les mulâtres eux-mêmes se donnent : un nom, un titre, un malheureux morceau d'écusson!

Il était exactement dans la position précaire de ces bergères antiques qui épousaient les rois; il n'avait que son bon cœur et sa jolie figure.

Et aussi quelques petites choses que nous ne saurions point exactement décrire, un charme latent, une distinction innée qui était douce et qui était fière; un don; ce je ne sais quoi qui plaît et qui impose.

Quand il s'agit de chevaux, les gentlemen appellent cela le *sang* ou la *race*.

La nature de Denise était d'aimer ce qui est noble. La distinction l'attirait; elle était elle-même le type charmant de ces grâces simples et bonnes dont l'aristocratie véritable garde seule le secret.

Il n'y avait pas en elle un atome de coquetterie, dans le sens bourgeois du mot. Elle ne cachait rien, elle ne feignait rien;

un mot écouté par hasard ne mettait point sur sa joue cette rougeur effarouchée qui veut être une enseigne de pudeur et qui prouve seulement trop de science. Ses beaux yeux aux regards tranquilles et limpides ne recouraient pas trop souvent aux voiles de leurs paupières. Dans sa physionomie, comme au fond de son cœur, tout était naturel et pur.

Elle ne savait point jouer ce vieux rôle tout chargé de grimaces et de mensonges que la routine impose aux jeunes filles ; elle était elle-même toujours, c'est-à-dire gracieuse, décente et digne.

Dans le monde où sa mère l'avait conduite, il y avait assurément beaucoup de ravissantes demoiselles et beaucoup de jeunes messieurs tout pétris de séductions ; mais Denise, soit qu'elle fût trop difficile, soit qu'elle eût le goût malheureux, n'y avait trouvé que deux êtres à qui donner sa sympathie : Lia de Geldberg, qui était bonne et simple comme elle, et Franz.

Dans tout le reste, elle n'avait vu que de beaux yeux, de beaux teints, de belles robes, de belles moustaches et de beaux gilets.

Encore n'avait-elle point ce qu'il faut d'expérience pour faire la juste part des postiches.

Elle avait trié le pauvre Franz au milieu de cette riche foule. Bien que l'éducation et les circonstances eussent singulièrement terni chez lui cette fine fleur de race dont nous parlions tout à l'heure, elle l'avait séparé du gros de ces bons gentilshommes qui se fâchent quand on les appelle par le nom de leur père. Elle avait senti sous son étourderie folle les instincts du chevaleresque honneur.

Ils s'étaient aimés en même temps et sans se le dire. Leurs aveux s'étaient croisés la veille seulement ; mais c'était une liaison déjà vieille. Il y avait des mois que l'échange était fait entre leurs cœurs.

Nous avons dit qu'il existait entre leurs visages une ressemblance assez grande, et qui devenait frappante lorsque leurs physionomies se trouvaient exprimer le même sentiment par hasard. Au moral, il n'y avait entre eux d'autres rapports que la franchise égale de leurs cœurs. Leurs caractères, sans être opposés, ne se ressemblaient point. Franz était vif, pétulant, oseur ; Denise était plutôt calme et timide. Franz poussait la gaieté jusqu'à la folie ; Denise était sérieuse. Mais il est certain que Dieu n'a point fait les caractères humains suivant les règles de l'art poétique ; l'homme se transforme incessamment, suivant les circonstances. Les parts que nous avons faites à Franz et à Denise pouvaient varier comme toutes choses, au point d'arriver à une bascule complète.

En ce moment, par exemple, où elle franchissait les limites des convenances mondaines, la jeune fille timide n'éprouvait aucun symptôme d'embarras. Elle était tout entière à son contentement, tandis que Franz, le page hardi, perdait la tête à force d'être déconcerté.

Et, à mesure que le silence continuait, sa puérile angoisse lui serrait davantage le cœur.

— Mademoiselle, balbutia-t-il enfin, en ouvrant ses paupières à demi, rien de ce que vous pourrez me dire n'égalera les reproches de ma conscience ; je suis un fou ! par par pitié, ne me regardez pas comme un lâche !

Gertraud écoutait et tâchait de ne point rire, ce à quoi l'aidait la mine profondément désolée du pauvre Franz.

Quant à mademoiselle d'Audemer, on eût dit qu'elle n'avait pas entendu.

Elle avait toujours la main de Franz entre les siennes ; elle le parcourait de la tête aux pieds d'un regard charmé.

— Franz, dit-elle enfin à voix basse et en laissant ses yeux exprimer toute la profon-

deur de son émotion, je suis bien heureuse
de vous revoir !

Il y avait tant d'amour dans ces simples
paroles, que la honte de Franz s'évanouit
comme par enchantement. Il ne songea plus
à son crime imaginaire et se réhabilita lui-
même au fond de l'âme.

Il releva enfin les yeux sur Denise et
toucha de ses lèvres la douce main de la
jeune fille.

Denise souriait ; ils étaient tout près l'un
de l'autre et leurs regards heureux se parlaient.

Gertraud, sans savoir pourquoi, se sentait
rougir. Par un mouvement irréfléchi, elle
traversa la chambre d'un pas furtif, et voulut se retirer dans la pièce d'entrée.

Franz, sans savoir aussi peut-être, la suivait de l'œil et s'applaudissait.

Mais, au moment où la petite brodeuse
allait franchir le seuil, Denise se retourna
vers elle.

— Reste, ma bonne Gertraud, dit-elle de
sa voix tranquille et douce ; tu n'es pas de
trop entre nous deux.

XII

LE TÊTE-A-TÊTE

Gertraud alla chercher sa broderie et revint prendre place auprès de la table de
travail de son père.

Denise et Franz s'assirent l'un près de
l'autre. Les dernières paroles de mademoiselle d'Audemer, prononcées sans nulle
affectation, et qu'on aurait pu interpréter
comme une marque de confiance accordée
à Gertraud, donnaient néanmoins à l'entrevue un petit air de gravité. Ce pouvait être
désormais une causerie très-intime, mais ce
n'était plus un tête-à-tête. Denise n'avait eu
qu'un mot à dire pour enlever à la situation

son apparence douteuse et louche. La sim-
plicité, ce fier et doux charme, était entre
les mains de la jeune fille comme un talisman.

Sa physionomie sérieuse n'exprimait ni
inquiétude ni trouble ; son regard se reposait sur Franz avec un bonheur ingénu ; et
si quelque parole s'arrêtait sur sa lèvre,
c'était la secrète prière adressée à Dieu, qui
la faisait heureuse.

Franz aurait voulu peut-être un peu plus
de roman. Il éprouvait une sensation mêlée
de surprise grande et de quelque dépit à voir
le mystère lui échapper sans cesse. Denise
éclairait tout ; toute voie devenait droite en
quelque sorte, dès qu'elle y mettait le pied.
Rien qu'au son de sa parole franche et digne,
l'aventure perdait son air de gaillardise. Il
y avait là une belle jeune fille qui souriait
avec un abandon plein de tendresse, et pourtant Franz se sentait le mors entre les dents.
La solitude de cette pauvre chambre lui dic-
tait un respect craintif, qu'il n'eût point
éprouvé peut-être sous l'empire de l'étiquette mondaine.

Ce fut encore Denise qui rompit la première le silence.

— Je ne m'attendais pas à vous rencontrer ici, Franz, dit-elle ; si je l'avais pensé,
je serais également venue... car j'avais le désir et le besoin de vous voir.

— Que vous êtes bonne !... murmura le
jeune homme.

Sa voix était ménagée de manière à ne
point arriver jusqu'aux oreilles de Gertraud.
Il tenait à son tête-à-tête.

La voix de Denise, au contraire, s'élevait
sonore et calme.

— Je voulais vous voir, reprit-elle, parce
qu'hier vous m'avez forcée à lire au fond de
mon cœur... Il y avait longtemps que je savais votre amour, Franz, et il y avait long-

temps que je soupçonnais le mien... mais je m'efforçais de douter encore.

— Est-ce donc un si grand malheur de m'aimer? demanda Franz avec reproche.

Les grands yeux bleus de mademoiselle d'Audemer prirent un regard sérieux et pensif. Son sourire mourut sur sa lèvre.

— Je ne sais, répondit-elle en baissant la voix involontairement; — je suis bien jeune et j'ignore la vie... et vous, Franz, n'êtes-vous pas un enfant?

Ce mot vibre mal toujours aux oreilles de vingt ans. Franz jeta une œillade sournoise du côté de Gertraud, pour voir si elle avait entendu.

La petite brodeuse avait un malin sourire sous un air de grand sérieux. Elle poussait son aiguille avec prestesse, et ses longs cils noirs ne cachaient qu'à demi l'étincelle allègre de ses yeux.

Depuis que Denise était entrée dans la chambre du marchand d'habits, ce bruit inexplicable entendu par Jean Regnault sur l'escalier, et dont nous avons parlé plusieurs fois, avait fait trève. — En ce moment, il reprit, mais timide et si faible, que l'attention des deux amants ne fut point excitée.

Gertraud seule l'entendit; elle releva vivement la tête et se mit à écouter. Le bruit partait de l'angle de la pièce qui touchait à la cloison de la chambre d'entrée et où se trouvait le lit de Hans Dorn.

C'était un grincement sourd et continu, qui semblait partir de la ruelle du lit. — On eût dit qu'un invisible ouvrier minait le mur extérieur.

Gertraud écouta un instant, inquiète; puis, comme l'entretien des deux amants attirait de nouveau son attention, elle se dit que, dans le Temple, il y a bien des métiers divers. Le bruit venait sans doute de la maison voisine...

— Je ne sais, reprit Denise qui secouait

lentement sa jolie tête, — et si je voulais vous parler, Franz, c'était pour savoir... Ce que je vous ai dit hier est la vérité, je vous aime... mais que pouvons-nous espérer?

La figure de Franz rayonna.

— Hier, répliqua-t-il, au milieu de ma joie, cette question m'eût rendu bien malheureux, car je n'aurais pas pu y répondre... mais aujourd'hui, mademoiselle, si vous saviez comme tout est changé!... Si vous saviez ce que l'avenir semble me promettre... Mais c'est une longue histoire...

— Et j'ai bien peu de temps, interrompit Denise.

— Notre bonne Gertraud sait tout, poursuivit Franz: je lui ai conté mon secret; elle pourra vous le dire.

— Gertraud et vous, demanda mademoiselle d'Audemer en adressant à la fille de Hans Dorn un regard amical, vous êtes donc de vieilles connaissances?

— Oh! oui... commença Franz étourdiment.

Puis il s'arrêta, déconcerté, parce que la gentille brodeuse partait d'un franc éclat de rire.

— Oh! oui, répéta-t-elle; ce n'est pas par semaines... ni par mois... ni par années que se compte notre connaissance!

— Et je ne le savais pas!... interrompit Denise.

— Ni moi non plus! s'écria Gertraud; ni M. Franz non plus, je le promets bien... Nous nous sommes vus hier pour la première fois.

Franz était rouge comme une cerise; il n'avait point cru mentir, tant Gertraud lui paraissait une ancienne et fidèle amie.

— Et déjà des confidences?... murmura Denise étonnée.

— Oh! dit Gertraud, depuis hier il s'est passé tant de choses!... M. Franz a été en danger de mourir... Cela compte pour dix ans, mademoiselle.

En prononçant ces dernières paroles, l'accent de la jeune fille se fit sérieux et pénétré.

Puis elle baissa de nouveau ses yeux sur sa broderie.

Denise aurait voulu l'embrasser.

Franz était toujours à l'embarras de son mensonge involontaire.

— Sur mon honneur! dit-il, je n'ai point voulu vous en imposer, mademoiselle... Je ne me connais pas d'autres amis que Gertraud et son père... Il me semble qu'ils m'ont toujours aimé comme ils m'aiment, et si je vous ai trompée, c'est bien malgré moi...

— Merci, ma bonne Gertraud, murmura Denise; je ne savais pas te devoir tant de reconnaissance.

— Mais j'aurai des amis, maintenant, reprit Franz avec un élan subit. — Je veux vous dire tout en deux mots, Denise. Je suis riche et je suis noble.

— Dites-vous vrai? murmura la jeune fille étonnée.

— Et le plus cher de mes bonheurs, poursuivit Franz, c'est d'avoir eu votre amour alors que j'étais pauvre et sans nom!

Il parlait avec une conviction profonde, et le sentiment exprimé par lui était si bien celui d'un homme élevé tout à coup au-dessus du malheur, que Denise ne conçut pas l'ombre d'un doute.

Gertraud, au contraire, malgré son ignorance de la vie, sentait vaguement tout ce qu'il y avait d'obstacles et d'incertitude entre la position réelle de Franz et ce bonheur espéré. Son cœur se serrait à le voir si confiant. Une voix s'élevait au dedans d'elle comme un écho funeste, et répondait : « Malheur! » à ces élans de joie.

Elle, si gaie d'ordinaire, elle ne savait pourquoi ces paroles d'allégresse sonnaient faux à son oreille et la rendaient triste.

— Vous avez raison, Franz, dit mademoiselle d'Audemer, je vous aimais pauvre; je vous aurais aimé toujours... mais que Dieu soit béni! car je n'aurais point désobéi à ma mère et nous aurions été bien malheureux!

Franz se frotta les mains, comme si la pensée du danger évité eût redoublé tout à coup son contentement.

— Mon Dieu! dit-il avec une pitié profonde pour son sort de la veille, — je ne sais pas vraiment comment j'avais le front d'espérer!... C'était vous, Denise, qui souteniez mon courage; je connaissais votre cœur; je savais qu'il n'y avait en vous que noblesse et bonté... Je ne songeais point à ma misère, étourdi que j'étais! et l'idée de la vicomtesse ne me venait point, parce que je ne pensais qu'à vous.. Mais maintenant, ajouta-t-il en prenant un air grave, il faut voir les choses sérieusement... dès qu'il s'agit de vous, Denise, la légèreté devient un crime... Écoutez! il me faut quelques jours encore pour connaître le nom de mon père; d'ici là, je resterai à l'écart, et j'attendrai une certitude pour me présenter à madame la vicomtesse d'Audemer.

C'était de la sagesse; Denise fit un signe d'approbation.

— Et pensez-vous, reprit Franz, qu'en arrivant avec mes titres et ma fortune, je sois exposé à essuyer un refus?

— Ma mère est bonne, répondit Denise; je lui dirai que je vous aime...

Franz serra la main de la jeune fille contre ses lèvres.

— Chaque fois que j'entends tomber ce

On y jouait gros jeu. Si l'on y trouvait des courtauds, les marquis n'y manquaient pas, non plus que les jolies femmes. (Page 48, col. 1.)

mot de votre bouche, dit-il, j'ai peur de faire un songe trop heureux... C'est bien vrai, pourtant, vous êtes là! Tout ce que je voyais dans la folie de mes rêves, Dieu l'a réalisé... Oh! que vous êtes belle, Denise, et que j'aime à vivre!... Nous sommes jeunes, notre avenir est long comme un siècle, et pas un nuage! partout votre beau sourire! rien que du bonheur!

Il s'arrêta; son cœur était plein. Les paroles manquaient à son enthousiasme. Un instant il demeura silencieux et recueilli, contemplant Denise avec adoration.

La jeune fille le regardait aussi : elle était entraînée et convaincue. Nul doute ne venait à son esprit charmé. L'illusion contagieuse passait de l'âme de Franz dans son âme, et sa pensée ravie se berçait en de molles caresses. Elle ne songeait point à interroger : elle croyait.

Elle était si heureuse de croire!

Leurs chaises s'étaient rapprochées, nous ne savons comment. Ils étaient là près l'un de l'autre : leurs traits semblables se touchaient presque; les anneaux gracieux de leurs chevelures blondes mariaient leurs nuances amies : c'était un tableau suave comme le souriant espoir de l'adolescence.

On eût dit, au premier aspect, le frère et la sœur. Mais le regard voilé de Franz couvait d'ardents éclairs, et il y avait de la passion dans cette fatigue douce qui alanguissait la prunelle de Denise. L'amour perçait, l'amour charmant et jeune qui orne toutes choses et sait embellir jusqu'à la beauté...

De même que la fleur, épanouie sous l'ombrage et chèrement admirée, va trouver des nuances inconnues et nouvelles, si le soleil, perçant tout à coup la feuillée, vient mettre un rayon d'or sur sa vierge corolle...

Gertraud n'osait plus les regarder. Elle avait le rouge au front et son cœur lui pesait.

Le bruit continuait sourd, patient, uniforme, dans la ruelle du lit de Hans Dorn...

— Vous souvenez-vous, Denise, dit Franz avec lenteur, — de ce bal où je vous vis pour la première fois ?... Il me sembla que tout mon être défaillait, et, quand j'entendis le son de votre voix, je crus que j'allais mourir... J'étais un enfant alors, et mon regard ne s'était jamais levé sur une femme... Savez-vous pourquoi je vous aimai ?

— Sais-je pourquoi j'écoutai en tremblant vos premières paroles ?... murmura Denise.

— C'est qu'il y a une chose étrange ! reprit Franz ; — je vous aurais aimée sans cela, car un amour comme le mien ne peut naître sans la volonté de Dieu... mais vous ressemblez tant à ma mère !

— Votre mère ?... répéta Denise.

— Je ne l'ai point connue, poursuivit Franz qui secoua la tête avec tristesse ; — mais j'avais son portrait suspendu dans la ruelle de mon lit comme une image sainte... ce fut bien longtemps mon seul amour... Quand je vous vis, Denise, il me sembla voir ma mère... Jusque-là, je ne l'avais comparée qu'aux anges, et je la retrouvais en vous... c'était la même beauté calme et sereine, la même franchise douce, le même regard dévoilant le même cœur... Allez,

Denise, c'était notre destinée ! Depuis ce premier jour, votre image s'est gravée tout au fond de mon âme, et, quand je rentrais le soir sans vous avoir vue, je vous contemplais dans le portrait de ma mère...

Il s'arrêta pour sourire. Denise avait les yeux humides.

— Oh! certes, s'écria Franz gaiement, — je ne songeais point, en ce temps-là, aux obstacles qui nous séparaient... je ne songeais à rien qu'à vous trouver belle et à vous adorer de loin... N'ai-je pas du bonheur, Denise ? je n'ai vu le danger qu'au moment où ma bonne étoile me donne une victoire facile... J'avais bien dire entendu que le chevalier de Reinhold avait obtenu de madame d'Audemer la promesse de votre main ; mais j'évoquais par le souvenir votre front si pur, vos grands yeux bleus et cette blonde auréole que je vois dans mes rêves : vos longs cheveux, Denise, qui font un doux cadre à votre joue, — je mettais tout cela auprès du visage grotesque de M. de Reinhold et je me disais : « C'est impossible... »

Franz s'interrompit encore, ses yeux se baissèrent, il devint pâle.

— Mon Dieu ! murmura-t-il en frissonnant, — il paraît que c'était possible !... Mais pourquoi s'attrister ? ajouta-t-il en secouant la mélancolie qui le reprenait. — Denise, Denise ! nous n'avons plus rien à craindre !... Vous ne savez pas tout, votre frère est mon ami ; dans quelques jours, quand je vais avoir appris le nom de mon père, ce sera sous les auspices de Julien que je me présenterai à madame la vicomtesse d'Audemer.

Denise ne répondit point, mais la joie pointe sur son visage parlait. Elle remerciait Dieu dans son âme.

Elle était aussi persuadée que Franz. Chaque mot de ce dernier lui enlevait une doute. En entrant dans la maison de Hans Dorn, c'est à peine si elle avait eu une vague espérance ; maintenant, la crainte lui semblait impossible.

Le temps passait ; elle oubliait la vieille Marianne qui l'attendait dans la voiture ; elle oubliait tout, elle s'endormait dans la quiétude de son bonheur.

Franz avait passé son bras autour de sa taille ; la tête de Denise, inclinée et pensive, s'appuyait doucement à l'épaule de Franz.

Ils auraient pu rester ainsi de longues heures, car un instinct secret éloignait d'eux, à leur insu, l'idée de la séparation. Ce fut Gertraud qui les éveilla.

La jolie brodeuse venait d'achever la collerette qui avait motivé la visite de mademoiselle d'Audemer. Comme elle finissait d'arrêter la dernière fleur, il lui sembla que le bruit entendu dans la ruelle du lit de son père devenait plus fort et plus voisin.

Elle s'approcha doucement et mit sa tête entre les rideaux. Le lit, contre lequel sa hanche s'appuyait, roula brusquement et alla heurter la muraille.

Le bruit cessa.

XIII

LE CLOU

Gertraud écouta un instant encore auprès du lit de son père ; puis elle revint vers les deux amants, qui ne l'apercevaient point, et jeta en courant la collerette sur les épaules de Denise.

— Voici un prétexte à votre longue visite, mademoiselle, dit-elle ; vous aurez attendu votre broderie afin de l'emporter.

Denise s'était redressée en tressaillant.

— Y a-t-il donc si longtemps que je suis ici ? murmura-t-elle.

— Un quart d'heure, dit Franz.

— Une grande heure ! s'écria Gertraud ; mais comment trouvez-vous cela, monsieur Franz ?

Franz toucha le travail délicat et charmant.

— Adorable ! répondit-il.

— Tu es une fée, Gertraud ! dit mademoiselle d'Audemer en admirant la broderie ; mais je déteste cette collerette, ajouta-t-elle avec un gros soupir.

— Pourquoi cela ?

— Parce qu'elle me fait penser à cette fête d'Allemagne et à ce long voyage.

— Pauvre monsieur Franz ! dit Gertraud ; quinze jours d'absence !

Franz ne comprenait pas.

Gertraud disposait les plis de la collerette avec cette coquetterie de l'auteur qui lit lui-même son œuvre.

— Je viens d'apprendre que les invitations vont être lancées, poursuivit Denise. Le départ suivra, dit-on, de près l'invitation.

— Et vous êtes absolument forcée d'aller à cette fête ? demanda Franz.

— Ma mère compte les jours depuis un mois, répondit la jeune fille ; nous avons accepté d'avance et tous nos préparatifs sont faits.

— On dit que ce sera si beau ! murmura Gertraud dont l'accent trahissait un peu d'envie.

— Que je t'y céderais ma place volontiers ! répliqua Denise. Ce seront des jours pénibles et je n'y puis pas penser sans frayeur. Vous n'aurez pas le temps d'ici là, Franz, de recevoir ces bonnes nouvelles qui vous donneraient accès auprès de ma mère. Elle va partir avec toute son envie de me voir mariée au chevalier de Reinhold, et là-bas, au milieu de cette famille de Geldberg...

Franz avait baissé la tête ; il la releva vivement.

— La fête serait-elle au château de Gold-berg? dit-il.

— Oui, répliqua Denise, et, comme vous le devinez, je serai circonvenue, obsédée. Si encore c'était à Paris, si je pouvais vous entrevoir quelquefois, cela me donnerait du courage, mais je serai seule!

— Non, interrompit Franz d'un ton délibéré, ce sera mieux qu'à Paris, et vous me verrez tant que vous voudrez. Je compte vous suivre au château de Goldberg.

Gertraud le regarda en dessous.

— Quelle folie! dit mademoiselle d'Audemer; dans votre position vis-à-vis des Geldberg, vous ne pouvez être invité.

Franz rougit. Il pensait à Sara.

— Je serai invité pourtant, répliqua-t-il, et je vous donne ma parole que vous me verrez à la fête.

— Il le fera comme il le dit, mademoiselle! s'écria Gertraud d'un ton où l'admiration naïve et la raillerie se mêlaient à doses égales; M. Franz, depuis qu'il est riche et fils d'un prince, vous promettra, si vous voulez, de sauter la Seine à pieds joints, et qui sait s'il ne tiendrait point sa promesse! ajouta-t-elle en baissant la voix tout à coup sous l'impression d'un souvenir superstitieux; il y a autour de lui des choses étranges, et, quand on réfléchit à ce qui lui est arrivé depuis hier, on ne sait plus que penser.

Ce fut en ce moment que Jean Regnault frappa pour la première fois à la porte de l'escalier.

Gertraud n'entendit pas. Jean fut obligé de répéter deux ou trois fois son appel. Quand la jeune fille entendit enfin, elle s'élança dans la chambre d'entrée, en fermant la porte sur les deux amants.

Ce devait être Hans Dorn. Gertraud n'était point troublée, parce que sa conscience ne lui reprochait rien. Elle ouvrit la porte sans hésiter et tendit le front au baiser de son père.

Le pauvre Jean ne songea point à profiter de l'aubaine.

— Bien des pardons de venir vous voir à cette heure-là, mamselle Gertraud, dit-il en restant sur le seuil de la porte; mais c'est que j'ai un grand service à vous demander.

Le pauvre Jean avait l'air plus timide encore que de coutume, et le mouvement involontaire que fit Gertraud en le reconnaissant doubla son embarras. En quittant Polyte sur la place de la Rotonde, il était tout feu et tout espoir; il songeait à jouer, à gagner, à sauver la mère Regnault qu'il aimait tant : l'éloquence du favori de madame Batailleur l'avait électrisé.

Mais il y avait maintenant deux ou trois minutes que la parole encourageante de Polyte lui manquait. Son ardeur se refroidissait; sa timidité revenait.

D'ordinaire, l'accueil avenant et cordial de Gertraud mettait fin bien vite à l'embarras du joueur d'orgue.

Ce soir, Gertraud avait l'air presque aussi embarrassée que lui. Jean subit le contrecoup de ce trouble. Il avait commencé son explication le rouge au front, mais la voix libre; au bout de quelques mots, sa phrase s'embrouilla; il balbutia, il ne savait plus.

— Dites-moi bien vite ce que vous voulez, Jean, murmura Gertraud : je suis pressée.

Le joueur d'orgue eut grande envie de s'en aller, et, pour le retenir, il fallut la pensée de sa vieille mère.

— Est-ce que M. Dorn est rentré? demanda-t-il bien bas et les yeux à terre.

Gertraud rougit. Elle hésita. Il lui semblait que le murmure de la conversation des deux amants devait arriver jusqu'aux oreilles de Jean.

Pour expliquer le son de ces voix, il lui eût suffi de dire que son père était de retour ; mais elle ne savait point mentir.

— Non, répondit-elle.

La figure de Jean s'éclaira.

— Alors tout n'est pas perdu! s'écria-t-il ; ma bonne demoiselle Gertraud, mon espoir est en vous... Voulez-vous me prêter, jusqu'à demain, un pantalon, un gilet et un habit de monsieur?

— Pourquoi faire? demanda Gertraud étonnée.

Jean ne répondit point.

Gertraud songea qu'on était au lundi gras.

— Voudriez-vous donc aller au bal? demanda-t-elle encore avec une surprise croissante.

Jean releva sur elle des yeux tristes et humides.

— Au bal! répéta-t-il.

Il y avait dans ce mot tant de reproches douloureux, que Gertraud eut comme un remords.

— Jean, mon pauvre Jean, dit-elle en lui prenant les mains, je suis folle! Mais aussi que voulez-vous faire d'un habit de monsieur, à cette heure de la nuit?

Jean secoua la tête, et sa paupière se baissa de nouveau.

— J'aurais mieux aimé que vous ne m'interrogiez pas, mamselle Gertraud, répliqua-t-il, car vous me direz peut-être que j'ai tort. Mais je n'ai rien à vous cacher, vous le savez bien, et, si vous voulez bien m'écouter, je vais tout vous apprendre.

Les yeux de Gertraud étaient pleins de curiosité.

Mais il se fit en ce moment, dans la chambre de Hans Dorn, un bruit de chaise qu'on remue. Depuis deux ou trois secondes, la jeune fille avait oublié Franz et Denise. Sa physionomie changea.

— Je vous crois, je vous crois, mon bon Jean, dit-elle précipitamment ; qu'ai-je besoin de savoir? Attendez-moi ici un instant et je vais vous apporter ce que vous me demandez.

— Pourtant, reprit le joueur d'orgue, si vous avez envie de connaître...

— Non, non, non! dit par trois fois la jeune fille, attendez-moi ici ; je vais revenir.

Elle gagna vivement la porte de son père ; mais, avant de l'ouvrir, elle s'arrêta indécise.

Les yeux de Jean la suivaient, brillants de gratitude et d'amour.

C'était ce regard qui l'arrêtait ; car la chambre de Hans Dorn était éclairée, et Jean allait voir les deux amants si elle ouvrait la porte.

Et néanmoins il fallait agir.

Elle s'avisa d'un moyen naïf comme son âme et infaillible, en égard à la nature obéissante du pauvre joueur d'orgue.

— Écoutez, Jean, dit-elle en se donnant un petit air solennel ; je veux bien aller chercher les habits que vous me demandez, mais il faut tourner le dos à cette porte. Il y a de l'autre côté quelque chose que vous ne devez point voir. C'est le secret de mon père !

Jean se tourna aussitôt du côté de l'escalier. Gertraud emportait la lumière ; il restait dans l'obscurité.

Gertraud se hâta de passer dans la chambre de Hans. Elle crut refermer la porte derrière elle; mais le pène glissa sur la serrure vieillie, et le battant resta entre-bâillé.

Franz et Denise causaient, les mains entrelacées. C'est à peine s'ils virent la jeune fille traverser la pièce pour se diriger vers le cabinet où Hans Dorn était allé pendre dans la matinée la garde-robe de Franz.

Gertraud déposa sa lumière sur un coffre et se mit à chercher un habillement à la taille de Jean.

Celui-ci était à son poste, la figure tournée vers l'escalier sombre, et ne songeant guère à pénétrer le prétendu secret de Hans Dorn.

Le bruit mystérieux, entendu successivement par Gertraud dans la ruelle du lit de son père, et par Jean Regnault sur l'escalier, se taisait maintenant. Seulement il semblait à Jean que quelqu'un essayait d'ouvrir en dedans le bûcher de Hans Dorn.

Il allait sortir pour examiner de nouveau et tâcher de découvrir enfin la nature de ce bruit, lorsqu'un autre incident attira irrésistiblement son attention.

L'escalier envoyait à l'intérieur un vent froid et vif. La porte, que Gertraud avait cru refermer derrière elle, battait et s'entrouvait à chaque instant davantage. Par cette issue, des chuchotements vagues parvenaient aux oreilles de Jean.

Ce fut d'abord un murmure confus; puis Jean crut distinguer la voix d'un jeune homme.

Un premier élancement de jalousie lui blessa le cœur; ses yeux brûlèrent; ses veines eurent froid; il avait besoin de toute sa force pour ne point se retourner et jeter un regard en arrière.

Il résistait pourtant et demeurait immobile. Mais Gertraud cherchait en vain, parmi les nombreuses dépouilles entassées dans le cabinet, un costume complet et convenable. Elle s'impatientait, et, comme

toujours, l'impatience, loin de l'avancer, retardait sa besogne.

Elle ne revenait point. Jean Regnault entendait toujours derrière lui ces chuchotements accusateurs. La fièvre lui montait au cerveau. Des visions jalouses passaient devant ses yeux.

En un moment où sa volonté défaillait, et où il n'était plus retenu que par un vague instinct de docilité, il crut ouïr le son d'un baiser.

Il tressaillit, comme si un aiguillon vif lui eût percé la chair. Il se retourna; son œil avide plongea dans la chambre de Hans Dorn.

Il vit une blonde tête d'adolescent qui se penchait sur une main blanche, et il entendit un second baiser.

La figure de l'adolescent le frappa; il la connaissait sans pouvoir dire en ce moment où il l'avait aperçue. Le visage de la femme se cachait derrière la cloison; mais Jean n'avait point besoin de la voir: pour lui, ce ne pouvait être que Gertraud.

Un courant d'air se fit en sens inverse; le battant retomba. Machinalement Jean se retourna, et reprit la position qu'on lui avait commandée.

Il ne pensait plus guère. Il était comme un homme qui vient de recevoir un coup de massue.

— Tenez, Jean, dit Gertraud qui apportait enfin les habits; mon père va rentrer; allez-vous-en bien vite, et rendez-moi tout cela demain, de bon matin.

Jean ne bougea pas: il garda le silence. Ses yeux s'attachaient sur la jeune fille, mornes et comme stupéfiés.

— Eh bien? dit Gertraud en lui tendant le paquet.

Jean Regnault se retourna lentement et mit son regard sur la porte de Hans, qui était maintenant fermée.

Gertraud frappa le carreau de son petit pied avec impatience.

— Oh! Gertraud! Gertraud! murmura Jean qui joignit ses mains d'un air suppliant, je vous en prie, ayez pitié de moi!

Gertraud ne comprenait point le motif de cette subite détresse, et Denise venait de lui dire en passant qu'elle voulait se retirer.

Elle mit le paquet entre les mains de Jean et le poussa en se jouant jusque sur l'escalier.

Puis elle referma la porte sur lui.

Jean descendit les marches une à une, suivant l'impulsion donnée, et avec la roideur d'un automate.

Quand il fut arrivé dans la cour, il couvrit de ses deux mains son visage en feu. Une pensée venait de luire parmi la nuit de sa cervelle; il se souvenait.

C'était à cet endroit-là même où il se trouvait maintenant qu'il avait aperçu pour la première fois ce beau jeune homme, et encore avec Gertraud!

Il releva la tête vers la fenêtre éclairée de sa maîtresse, puis il s'enfuit en étreignant son cœur qui défaillait.

L'instant d'après, Franz et Denise quittaient à leur tour la maison de Hans Dorn.

— Dieu veuille que vos espoirs se réalisent, Franz! dit mademoiselle d'Audemer en arrivant au seuil de l'allée; mais, que vous soyez heureux ou malheureux, je suis votre fiancée, et, si je ne vous appartiens pas, jamais un autre homme ne m'appellera sa femme.

La vieille Marianne s'éveilla en sursaut, au moment où Denise s'asseyait auprès d'elle sur les coussins de la voiture.

— Comme cette jeunesse est leste! murmura la vieille femme; je n'aurais jamais cru qu'on pût monter et descendre en si peu de temps!

Gertraud était seule dans sa chambre et préparait son petit lit. Hans Dorn n'était pas rentré; il n'y avait plus personne ni dans l'escalier ni dans la cour. Au bout de quelques minutes, la porte du bûcher s'ouvrit lentement et se referma sans bruit. Une masse noire glissa dans les ténèbres et descendit l'escalier en rampant.

Elle traversa la cour, puis l'allée sombre, pour gagner la place de la Rotonde.

La lueur lointaine des becs de gaz éclaira la face hâve de l'idiot Geignolet.

Il tenait à la main un énorme clou, qui était tout blanc de plâtre.

Il s'assit sur le pavé, le dos contre la muraille. Il tira de sa poche le lambeau qui lui servait de mouchoir et s'essuya le front. Puis il mesura de l'œil la partie de son clou que le plâtre avait blanchie.

— C'est dur! grommela-t-il, et j'ai grand mal à mes mains! mais le trou est profond de ça!

Il se mit à aiguiser la pointe de son fer contre le pavé.

Son chant rauque et monotone se joignit bientôt au grincement du métal.

Les premiers mots du couplet se perdirent en un murmure sourd et haletant; puis sa voix s'éleva, et l'on aurait pu entendre:

J'ai vu le vieux Hans Dorn ouvrir son armoire,
Il a mis la boîte tout en haut, tout en haut!...
Demain, mon trou sera fini,
Et je sais où sont les jaunets.
La bonne aventure, ô gué!...

XIV

LA MAISON DE JEU

La maison de jeu de madame la baronne de Saint-Roch, située rue des Prouvaires, était un tripot d'ordre moyen, où la proxi-

mité des halles et de la rue Saint-Denis se
faisait parfois trop sentir.

Pour emplir ses salons, madame la baronne était obligée de recevoir bien des petites gens, ce qui est déplorable pour une
personne de sa sorte. Elle ouvrait sa maison
à des caissiers en débauche, à des commis
pervers, à de petits commerçants, mauvais
sujets timides, qui lésinaient dans le vice et
comptaient avec la passion.

Heureusement que le voisinage du Palais-
Royal lui fournissait un noyau d'habitués
plus sortables : des roués de province, des
seigneurs d'aventures, des étrangers enfin,
cette proie enviable que tous les tripots se
disputent.

Il est assurément fort désobligeant, pour
un aigre-fin qui s'intitule M. le comte, de
s'asseoir côte à côte auprès d'un teneur de
livres de la rue des Lombards; mais les maisons de jeu, montées sur un certain pied, se
font rares, et la police a le diable au corps.
On ne peut plus choisir. Les beaux jours de
la roulette sont passés, et le joueur, qui est
naturellement philosophe, prévoit d'un cœur
stoïque le moment où le roi de carreau per-
sécuté ira cacher sa tête proscrite parmi les
hontes lointaines du quartier Saint-Marceau.

S'il faut le suivre jusque dans les boues
de la Bièvre, on le suivra. De nos jours, il
n'est plus que cette royauté-là qui puisse
trouver dans l'exil une armée de fidèles.

La maison de la rue des Prouvaires était
loin de ces extrémités. En égard au malheur
des temps, elle pouvait passer pour un établissement très-convenable. On y jouait gros
jeu. Si l'on y trouvait des courtauds, les
marquis n'y manquaient pas, non plus que
les jolies femmes. Madame la baronne de
Saint-Roch n'avait jamais eu maille à partir
avec la police.

Elle était, comme on le pense bien, veuve,
et veuve d'un homme considérable. Elle
avait éprouvé de grands malheurs.

Une série de désastres lamentables l'avait
réduite à la position qu'elle occupait main-

tenant et qui n'était certes point faite pour
elle.

Ah! si les morts peuvent voir ce qui se
passe sur cette terre, feu M. le baron de
Saint-Roch devait être un mort bien malheureux! Du moins sa noble veuve gardait-
elle, dans la détresse où le sort injuste l'avait
mise, toute la dignité possible. Les aides
dont elle s'entourait méritaient beaucoup de
considération : son bras droit, le banquier
du trente-et-quarante, n'était pas moins que
M. de Navarin, ancien officier supérieur au
service du roi des Grecs, décoré sur un champ
de bataille illustre par la propre main du
plus glorieux des Héllènes, le grand Kolo-
kopoulo!

Nous n'avons point eu occasion encore de
parler de M. de Navarin ; quant à madame
la baronne de Saint-Roch, nous la connaissons sous le nom de Joséphine Batailleur,
marchande de *frivolités* au Temple.

A part M. de Navarin, Batailleur avait eu
le secours et les conseils d'une personne éminemment compétente en ces sortes d'affaires : madame de Laurens s'était mêlée de
tout et l'on reconnaissait dans tout sa main
experte. Rien n'annonçait au dehors l'indus-
trie pratiquée à l'intérieur. La maison avait
une apparence modeste et sage ; c'est à peine
si les voisins se doutaient de ce qui se passait
si près d'eux.

On entrait dans la rue des Prouvaires ;
mais il y avait une seconde issue donnant
sur la halle aux volailles. L'escalier, éclairé
parcimonieusement, ne prodiguait point ce
gaz accusateur qui est comme une enseigne
aux lieux publics. On arrivait au premier
étage après avoir jeté au portier, discret et
payé, le nom de madame la baronne.

A la porte, on était reçu par un vieux domestique à mine vénérable, front chauve,
livrée grise, sourire bénin et patriarcal.

Ce brave homme était contrôleur de l'établissement. Il recevait les bons, il éconduisait
les suspects. Et ceux qu'il éconduisait res-

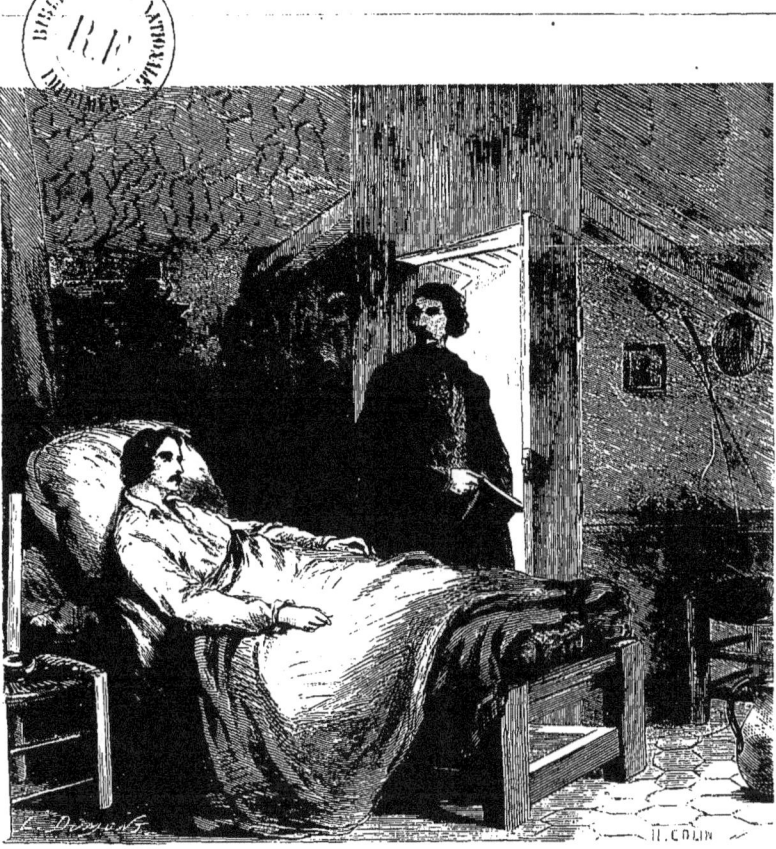

Oh! que je souffre et que je suis faible! reprit Verdier. (Page 63, col. 2.

taient persuadés qu'ils avaient fait une fausse démarche.

Un vieillard si respectable pouvait-il être le cerbère d'un tripot?

Il faut savoir se meubler. C'était Petite qui avait choisi ce serviteur précieux.

Du seuil, on n'entendait aucun bruit, sinon parfois un murmure étouffé, lorsque la voix des joueurs s'élevait par hasard au-dessus du diapason ordinaire.

La chose était rare, car une consigne sévère faisait loi dans la salle et ordonnait de se ruiner tout bas. Mais, en ce cas-là même, les voix perdaient leurs éclats en traversant les portes rembourrées. Elles arrivaient à l'oreille du profane comme un doux écho de conversations courtoises.

On n'entendait point le tintement de l'or; on n'entendait point la monotone mélopée du banquier menant le jeu à l'aide de ces paroles sacramentelles qui frappent l'oreille, d'ordinaire, dès qu'on aborde les avenues d'un tripot.

Une fois admis, on entrait dans une antichambre de bonne maison, n'ayant que le nombre voulu de porte-manteaux, mais flanquée d'un prudent cabinet dont les murailles s'ornaient d'un cordon de patères.

Après l'antichambre venait un petit salon où quelques dames, jeunes et jolies pour la plupart, semblaient réunies pour passer la soirée.

Ceci était sans doute un leurre pour la police, en cas d'accident ; — c'était peut-être autre chose.

Dans la troisième pièce, il y avait une table de lansquenet, présidée par un employé de la maison.

Dans la quatrième, qui était la dernière, un vaste tapis vert, en forme de carré long, entouré d'un quadruple rang d'amateurs, servait à jouer le trente-et-quarante.

Dans cette pièce se tenaient madame la baronne de Saint-Roch et son ministre responsable, M. de Navarin, ancien officier supérieur.

Les trois premières pièces étaient meublées assez simplement ; celle-ci était presque nue. A ne voir que les murailles, on eût dit une salle de billard. Il n'y avait, en effet, aux lambris ni tableaux ni gravures, mais seulement deux de ces cadres en palissandre que l'on voit dans tous les cafés, et un râtelier contenant deux douzaines de queues munies de leurs *procédés*. L'un de ces cadres présentait ces trois chapelets de petites billes enfilées qui servent à marquer les points ; l'autre renfermait le code du jeu de billard.

Le billard seul manquait.

A part ces cadres, dont la destination ne se devinait point au premier abord, deux autres particularités empêchaient cette chambre de ressembler exactement aux salles de trente-et-quarante des anciens jeux publics.

C'était d'abord une énorme châssis sur lequel se tendait un drap vert et uni, et qui était planté contre la muraille, derrière le banquier. A droite et à gauche de ce châssis, deux laquais de vigoureuse apparence se tenaient debout et immobiles.

C'était ensuite une sorte de boîte grillée qui rompait disgracieusement la symétrie de la pièce. Elle figurait une véritable loge pouvant contenir trois ou quatre personnes à l'intérieur, et fermée complétement par des rideaux de soie.

Elle tenait d'un côté à la muraille, qui sans doute était percée pour lui donner une issue à l'extérieur, et de l'autre à la table de trente-et-quarante, dont elle n'occupait pas exactement le centre.

Madame la baronne de Saint-Roch s'asseyait toujours entre la loge et Navarin, le banquier, qui tenait le milieu de la table.

Les joueurs étaient accoutumés à voir madame la baronne coller son oreille aux rideaux de soie de temps en temps, afin de recueillir des paroles que nul n'entendait excepté elle.

On n'apercevait à la boîte grillée d'autre ouverture qu'une sorte de guichet en forme de petite fenêtre qui s'ouvrait sur la table même, et par où passaient de blanches mains, éparpillant sur les diverses chances de l'or et des billets de banque.

A de rares intervalles, des mains d'homme s'étaient montrées à cette petite fenêtre.

Personne, parmi les habitués de la maison, n'avait su percer le mystère de cette loge dont nous avons parlé déjà. On l'appelait *le confessionnal de la princesse*. On s'en occupait énormément, et Dieu sait toutes les suppositions qui se faisaient à l'entour !

Les joueurs heureux la lorgnaient en souriant, comme si elle eût caché quelque divinité favorable ; les malheureux lui jetaient des regards irrités et l'accusaient de leur chance mauvaise. Ceux que la superstition du jeu ne tenait point s'accordaient à penser qu'il y avait derrière ces rideaux, fermés toujours, un ou plusieurs grands personnages.

Et cette énigme, qui restait éternellement insoluble, ne nuisait en rien à l'achalandage de la maison ; au contraire, c'était un attrait de plus. Cette main blanche, qui maniait tant de billets de banque, fascinait les plus froids ; il y avait des gens qui ne venaient que pour la loge et dont toutes les paroles étaient à l'adresse de la loge.

Ceux-là voyaient au travers des rideaux de soie, les uns une ravissante figure, les autres un vieux visage de duchesse millionnaire.

Et chacun se mettait en frais pour conquérir son rêve.

On voulait séduire la princesse, et l'histoire de Franz, appelé dans le *confessionnal*, prouvait du moins que l'espoir des habitués n'était pas tout à fait une chimère.

Il pouvait être dix heures et demie du soir. Le personnel de la maison était au grand complet. M. de Navarin, ancien officier supérieur, occupait son poste à droite de la loge ; à côté de lui était la caisse, et de l'autre côté de la caisse se tenait l'homme qui taillait.

M. de Navarin était un personnage à l'air doux et martial à la fois. Il avait des façons graves, dignes, courtoises, et sa manière de jeter le râteau à la pêche des louis d'or sur le tapis indiquait un bien bon gentilhomme.

Son emploi était multiple. A part l'office important de banquier, qu'il remplissait à la satisfaction générale, sa moustache grise était spécialement chargée d'imposer aux joueurs turbulents ou malappris qui prétendaient discuter les arrêts du sort. En cas d'alerte, il avait en outre mission de sauver la patrie, concurremment avec ces deux grands laquais à livrée grise, qui se tenaient debout derrière lui.

Petite avait eu raison de dire, en parlant de sa maison de jeu à Esther, que toutes les précautions étaient prises. M. de Navarin avait sous sa main un bouton de cuivre fixé à la table même, et que nous pouvons comparer au ressort d'une soupape de sûreté.

La manœuvre était simple et facile. Au premier bruit suspect, les joueurs avaient ordre de se lever ; l'ancien officier supérieur pressait son bouton, qui faisait surgir aux quatre côtés de la table carrée des bandes de billard. Les deux grands laquais soule-

vaient le châssis, tapissé de drap vert, qui s'adaptait exactement entre les bandes, recouvrant à la fois les mises éparses, les cartes et les signes accusateurs du véritable tapis.

La loge, poussée au même instant, se prenait à rouler sans bruit et rentrait dans une chambre voisine, laissant seulement à fleur de muraille sa paroi antérieure, qui figurait une porte grillée.

Au lieu de cet antre où le trente-et-quarante agitait tant d'or naguère, il ne restait qu'une inoffensive salle de billard.

Des répétitions nombreuses avaient assuré la main des machinistes ; pour opérer ce changement, il fallait juste le quart d'une minute.

Du reste, comme nous l'avons dit, ces sages précautions avaient été jusqu'alors inutiles. La maison de madame de Saint-Roch était vierge de tout démêlé avec la police.

Les rangs se serraient cependant autour de la table ; le jeu marchait au mieux. L'or glissait sur le tapis, et les soyeux chiffons de la banque dépliaient çà et là leur papier transparent et doux. Le guichet du confessionnal restait fermé : la *princesse* n'était pas encore arrivée.

Madame la baronne de Saint-Roch, dans tout l'éclat de sa toilette voyante, trônait à son poste avec une véritable majesté. L'homme qui maniait les cartes, ex-croupier de Frascati, remplissait son rôle en virtuose et retournait tout le jeu en un clin d'œil.

Autour de la table, les figures bizarres ne manquaient point.

Le démon du jeu animait toutes les physionomies de son souffle grotesque et terrible tour à tour. Quelques-unes prodiguaient des poignées de louis avec une vaillance folle ; d'autres jetaient timidement sur le tapis le modeste écu de cinq francs ; d'autres enfin, plus prudents encore, se bornaient à suivre de loin la chance et pointaient soigneusement sur des cartes le relevé de leurs parties imaginaires.

Ceux-là sont bien connus de quiconque a mis le pied dans un tripot une fois en sa vie. Ce sont des fous graves et tristes, de vrais philosophes, entêtés à rêver l'impossible, à spéculer sur la fantaisie, à vouloir fixer l'instabilité même.

. Au bon temps du Palais-Royal, ils étaient nombreux et gagnaient quelque dix francs, dans leur soirée, à faire des trous d'épingle dans du carton. Maintenant ils végètent, misérables et déchus, dans l'attente du messie qui restaurera la roulette.

A part madame la baronne de Saint-Roch, nous ne connaissons que deux personnages parmi cette foule attentive et avide.

Le vaudevilliste Amable Ficelle, auteur de *la Bouteille de champagne*, et son Pylade, M. le comte de Mirelune, étaient entrés là comme ils entraient partout, pour tuer le temps et occuper au hasard leur oisiveté ennuyée.

Ils n'étaient joueurs ni l'un ni l'autre ; mais le temps était froid au dehors, et il faut bien faire quelque chose.

Ils se tenaient au dernier rang, bras dessus bras dessous comme toujours, et le lorgnon à l'œil.

— Comme cela, disait Ficelle, vous avez reçu, vous aussi, un message de l'hôtel de Geldberg?

— Un message par exprès.

— Et qui contient?...

— Oh! c'est très-aimable!... il s'agit de cette grande fête dont on parle tant... vous savez, au château d'Allemagne.

— Parbleu!

— On vous en a parlé aussi?

— Je crois bien! on n'a pas même eu l'idée de se passer de moi!... J'ignorais qu'on vous eût écrit et je comptais vous présenter.

— Moi de même, mon bon, dit Mirelune un peu piqué ; en tout cas, merci de l'intention!

— Eh bien! reprit Ficelle, je vois qu'on nous a traités en vrais amis... je devine votre lettre d'après la mienne. On compte sur vous, n'est-ce pas, pour donner à la chose quelque gaieté?

— Mais oui, répondit Mirelune, pour mettre de l'entrain dans tout cela.

— Pour animer la fête...

— Pour chauffer...

— Pour dire et faire des folies...

— Enfin, pour amuser tout ce monde d'argent!

Les deux amis se regardèrent, et il y eut un incommensurable bâillement échangé entre eux.

Les renommées parisiennes sont ainsi faites. Personne ne bâille plus largement qu'un de ces gaillards réputés joyeux par excellence. L'arbre qu'on cite, l'arbre qu'on célèbre pour sa floraison prématurée, le fameux marronnier du 20 mars, aux Tuileries, ouvre à peine ses bourgeons illustres, que déjà ses obscurs voisins sont en pleine fleur!

— Et avez-vous une idée? reprit Mirelune.

— J'en ai soixante!

— Diable!... il faudra nous entendre, si vous voulez ; moi, je n'en ai pas encore.

— Nous mêlerons, dit Ficelle avec magnanimité. — D'abord il faudra un théâtre...

— Évidemment... et une troupe!

Ficelle haussa les épaules d'un air de supériorité profonde.

— Il s'agit d'amuser ces gens-là, répliqua-t-il ; les petites banquières et les petites baronnies aimeront bien mieux jouer elles-mêmes que d'écouter des artistes de Paris. Mettons qu'il y ait dix actrices et dix acteurs improvisés : cela fera déjà vingt heureux!

Mirelune ne paraissait pas convaincu.

— Pensez donc! reprit Ficelle ; quelle occasion à plumes, à fleurs, à diamants! et puis les jeunes premiers qui auront des pantalons collants et des souliers à la poulaine !...

— C'est vrai pourtant ! murmura Mirelune, ceux-là s'amuseront ; mais les autres ?

— Mettons que les autres soient six cents. Il y aura, d'une part, vingt élus heureux comme des rois qui offriront naïvement leur personne à l'admiration générale, et six cents spectateurs, contents comme des dieux, qui mordront les élus à belles dents et les déclareront burlesques, dans leur équité unanime.

— Amable, dit Mirelune, quand vous n'écrivez pas, comme vous avez de l'esprit ! Mais que jouera-t-on ?

— D'abord, *la Bouteille de champagne*...

— C'est bien vieux !

— Je change le nom des personnages et je trouve un nouveau titre : *le Triomphe du champagne et de l'amour*. Qu'en dites-vous ?

— C'est troubadour, mais joli... Tenez, tenez, voici la princesse !

Le guichet de la loge mystérieuse s'ouvrait en effet à ce moment, et une main d'un modèle exquis poussait un billet de banque sur le tapis, à l'aide d'un petit râteau d'ivoire.

XV

L'INCONNUE

Le mot *princesse*, prononcé par M. le comte de Mirelune, au moment où le guichet s'ouvrait, courut tout autour de la table. Chacun leva les yeux et la loge devint le point de mire de tous les regards.

Ce qui se passait n'était pourtant pas un fait extraordinaire. Presque tous les jours, le même guichet s'ouvrait pour montrer la même main ; mais, depuis tant de mois que l'énigme se posait ainsi chaque soir, elle restait toujours insoluble ; et les mystères gagnent de l'importance à vieillir.

Les hypothèses s'amoncellent peu à peu ; on épuise le vraisemblable : les esprits les plus terre à terre arrivent au romanesque.

Des centaines de versions couraient sur la joueuse du *confessionnal*, sur la princesse, comme on l'appelait, et son apparition causait toujours une sorte d'émoi dans l'assemblée.

Madame la baronne de Saint-Roch avait fort à faire pour résister aux innombrables attaques dirigées contre sa discrétion. Elle était obsédée, entourée, traquée ; les vieux habitués, passés à l'état d'amis de la maison, la prenaient par les sentiments. Les étrangers empruntaient à leur bourse des arguments plus irrésistibles encore ; mais rien n'y faisait : la fidélité de madame la baronne résistait à tous les assauts, et les curieux en étaient pour leurs peines.

Quand on la serrait de trop près, la rusée baronne employait une manœuvre analogue à celle des vieux cerfs qui mettent les biches sur pied et donnent le change à la meute ; elle lançait elle-même dans la circulation quelque nouvelle hypothèse ; elle brouillait le chaos davantage, si bien que les plus habiles se trouvaient déroutés complétement.

Durant une bonne minute, et c'est bien long dans un lieu pareil, il y eut autour de la table un murmure contenu. Le jeu éprouva un temps d'arrêt. La partie modeste de l'assemblée, les petits marchands égarés loin du comptoir, les commis en vacances et autres ouvraient des yeux énormes et semblaient vouloir dévorer cette main qui sortait du *confessionnal*. Les quelques femmes éparses autour de la table pinçaient la lèvre en voyant pâlir leur étoile, et affirmaient tout bas que la princesse était quelque vieux monstre, ayant de bonnes raisons pour se cacher. — Il y a des douairières qui gardent des mains charmantes. — Les étrangers braquaient le binocle ; les Anglais, qui sont partout où l'on joue, caressaient leur portefeuille et s'interrogeaient gravement pour savoir de quelles extravagances Leurs Seigneuries étaient capables en cette occasion.

Mais il n'y avait rien à faire : la baronne était muette, même pour les portefeuilles britanniques ; et les meilleurs binocles ne pouvaient rien absolument contre les rideaux de soie.

— Allons, allons, messieurs ! dit l'ancien officier supérieur au service du roi des Grecs, — veuillez faire votre jeu, s'il vous plaît.

Cet appel eut un succès médiocre ; tous les yeux étaient occupés à séduire la loge.

— Du diable si je ne connais pas cette main-là ! dit Mirelune à Ficelle.

— C'est tout à fait étonnant ! murmura ce dernier ; il y a là-dedans un vaudeville à succès !

— Regardez bien, Amable, c'est la main de la petite marquise du Vieux-Lieu !

— Je vois trois actes, répliqua Ficelle : — le mari qui cherche sa femme et qui la retrouve innocente dans cette boîte ; Arnal en fossile, occupé à piquer la carte ; un caissier honnête mais faible, qui vient là perdre son honneur...

— En somme, interrompit Mirelune, la main de la marquise est plus forte... et je voudrais parier que ces petits doigts-là sont tout bonnement à la vicomtesse de Longpré.

— De jolis couplets, reprit Ficelle ; des mots, un petit peu de cœur : je garantis quatre-vingts représentations !

Le vaudevilliste respira longuement ; son visage était radieux ; ce n'était pas tous les jours qu'il mettait la main sur une idée.

Pendant qu'il s'applaudissait de tout son cœur et que l'ingénieux Mirelune trouvait un troisième nom pour la propriétaire de la jolie main blanche, le calme se faisait au-

tour de la table et l'intérêt du jeu reprenait lentement le dessus. M. de Navarin allait donner le signal de tailler, lorsque la porte s'ouvrit au milieu de ce silence profond qui précède l'arrêt de la fortune.

Ordinairement, à cet instant solennel, un roi aurait pu franchir le seuil sans distraire l'attention de l'assemblée ; mais il y avait ce soir comme un vent d'émotion dans la salle, les nerfs étaient agités : chacun se retourna involontairement.

On vit entrer un personnage de grande taille, portant avec noblesse un costume à la fois élégant et sévère. C'était un homme jeune encore, au visage remarquablement beau.

Personne ne le connaissait dans la salle. A sa vue, madame la baronne de Saint-Roch elle-même laissa échapper un mouvement de surprise.

Il traversa, tête haute et d'un pas tranquille, l'espace qui le séparait des joueurs ; puis il fit le tour de la table et vint se placer à gauche de la loge, dont la baronne de Saint-Roch occupait la droite.

Il se fraya un chemin jusqu'au premier rang.

La main de la mystérieuse personne qui occupait le *confessionnal* reposait toujours sur le tapis ; l'étranger se pencha en avant et toucha cette main, qui se retira comme effrayée.

L'étonnement général était au comble ; le jeu s'arrêta une seconde fois. Anglais et commis regardaient, bouche béante. Ficelle oubliait son embryon de vaudeville, et Mirelune négligeait de chercher un quatrième nom de comtesse.

On entendit cependant un mouvement léger à l'intérieur du *confessionnal*. Madame la baronne de Saint-Roch, avertie sans doute par un signe convenu, colla son oreille au rideau de la loge.

Au bout de deux ou trois secondes, elle se leva et alla rejoindre l'étranger.

— Ça se noue! dit Ficelle.

— Que diable signifie tout cela? murmura Mirelune.

Madame de Saint-Roch prononça quelques paroles à l'oreille de l'étranger, qui s'inclina en signe d'assentiment.

On la vit se diriger vers une porte latérale. L'étranger l'accompagnait. Il sortit comme il était entré, sans avoir ouvert la bouche.

Les habitués de la maison de jeu de la rue des Prouvaires avaient trouvé pour la loge grillée un nom qui était toute une description. Le *confessionnal* ressemblait, en effet, à cette partie du meuble saint où le prêtre s'assied, caché à tous les regards.

A l'intérieur, c'était un microscopique boudoir, une boîte mignonne entièrement tapissée de soie et décorée avec toute la coquetterie possible.

Au moment où l'inconnu, qui avait eu l'audace grande de toucher sans façon la blanche main au râteau d'ivoire, quittait la salle de jeu sur les pas de madame de Saint-Roch, Petite était seule dans la loge. Elle se tenait debout, la main appuyée au bras de son fauteuil et dans l'attitude d'une attente inquiète.

L'intérieur de la loge était beaucoup plus sombre que la salle elle-même; on n'y était éclairé que par la lumière du lustre, filtrant à travers la transparence des rideaux.

Grâce à ce demi-jour, Petite pouvait voir et n'être point vue. L'œil curieux des joueurs ne pouvait point percer les draperies de la loge obscure, tandis que le regard de Sara, trouvant des issues ménagées, faisait à son aise le tour de la table.

Quand l'assemblée se composait d'une certaine façon et que la fantaisie de Petite était de se mêler aux joueurs, on donnait à la porte une consigne plus sévère, et Sara, préalablement changée par une sorte de toilette théâtrale, venait bravement s'accouder au tapis vert. Madame la baronne de Saint-Roch avait vraiment un talent précieux pour

habiller une tête et grimer galamment un visage. En sortant de ses mains, madame de Laurens aurait pu, à la rigueur, affronter le regard de ses amis; mais c'était une femme prudente dans ses hardiesses et qui n'osait jamais qu'à bon escient.

Aujourd'hui, madame de Saint-Roch n'avait pas eu besoin de s'occuper de sa toilette; la présence du vaudevilliste et de M. le comte de Mirelune, qui avaient tous les deux leur entrée à l'hôtel de Geldberg, commandait à Petite de ne point se montrer à la salle commune. Elle était arrivée depuis quelques minutes à peine, lorsque l'étranger, qui possédait le mot de passe sans doute, s'était introduit dans la maison.

Petite ne l'avait point vu entrer. Elle était en ce moment toute rêveuse et songeait aux événements de la journée. Sa main avait machinalement ouvert un petit coffret d'un travail exquis, placé auprès d'elle et qui lui servait de caisse. Elle y avait pris un billet de banque qu'elle avait poussé sur le tapis par habitude pure. Ce fait de risquer un enjeu à cette table qui était à elle et dont le banquier faisait valoir des fonds fournis par elle, était, du reste, un enfantillage de joueuse émérite. Le combat sérieux était entre M. de Navarin et la foule. En jouant contre lui, Sara jouait contre elle-même. Mais l'ancien officier supérieur au service du roi des Grecs prétendait que cette petite manœuvre n'était pas absolument inutile : les billets de banque attirent les billets de banque; cela ouvrait les portefeuilles, cela faisait aller la partie.

Les jours où Sara voulait jouer pour tout de bon et par elle-même, elle avait, d'ailleurs, la table de lansquenet, où sa présence ne manquait jamais d'amonceler des tas d'or.

Mais, ce soir, elle avait en tête autre chose que le jeu. Sa mémoire était comble en quelque sorte et son esprit travaillait malgré elle. Que de choses en vingt-quatre heures, sans parler même des aventures du bal Favart! La maladie de son mari, qui semblait abor-

der son suprème période, le duel de Franz,
qui était sorti vainqueur de l'épreuve et qui
restait pour elle comme une menace vivante,
sa fille enfin, cette pauvre enfant chétive et
pâle qu'elle avait vue à travers les planches
mal jointes de la devanture d'Araby!

Judith, la fille unique de la grande dame,
l'héritière de tous ces millions dérobés labo-
rieusement, — Nono la Galifarde, l'esclave de
l'usurier, la martyre de l'idiot, la misérable
créature qui s'étiolait, entourée de la pitié
dédaigneuse des gens du Temple!

Judith, qui demain peut-être allait changer son maigre matelas, jeté à nu sur la
pierre, contre une couche somptueuse, son
indienne humide et usée contre les dentelles
et le velours, ses larmes contre des sourires,
sa pauvre petite face hâve contre la beauté
de la jeunesse heureuse!

C'est qu'elle était belle, même sous sa
souffrance!

Que de rayons la joie inconnue allait mettre dans ses grands yeux alanguis! que ses
cheveux incultes allaient briller doucement!
que de grâces dans cette taille affaissée par
le besoin et enlaidie par d'ignobles haillons!

Sara souriait. Jamais elle ne l'avait si bien
vue; jamais elle n'avait plongé si avant dans
l'affreuse misère où se mourait sa fille, et
c'était à la veille de la délivrance, à la veille
du triomphe et de l'allégresse!

Mon Dieu! Judith n'avait pas quinze ans.
Toute une vie de joie, pour quelques années
de peines! Combien de jours lui faudrait-il
pour oublier sa souffrance passée! La jeunesse refleurit bien vite et le malheur qui
ne menace plus est un charme.

Sara songeait ainsi. Elle arrangeait l'avenir de sa fille; elle le faisait beau, doux, radieux : elle avait toutes ces prévoyances
bonnes, toutes ces tendres délicatesses qui
font du cœur des mères comme un nid moelleux où repose la pensée de l'enfant.

Puis d'autres idées venaient; un nuage
passait sur son sourire; son front se ridait,
menaçant. N'était-ce pas encore pour Judith?

Elle songeait à M. de Laurens, qui était
l'obstacle placé entre Judith et la vie; elle
songeait à Franz, qui voulait tuer l'avenir
de la fille en perdant la mère.

Et son front se redressait terrible, ses cils
demi-baissés voilaient son regard impitoyable et froid.

Il fallait tuer pour se défendre.

Et, parmi toutes ces pensées, d'autres se
glissaient, perverses et frivoles. L'âme de
cette femme était un chaos. Tous les degrés
du mal s'y mêlaient, impuissants à éteindre
une étincelle de feu divin.

Madame de Laurens rêvait à Lia, sa jeune
sœur : tandis que Judith souffrait, Lia était
heureuse.

Lia était belle comme un ange et son cœur
ressemblait à son visage.

Pauvre Judith! c'était pour elle encore
que madame de Laurens détestait Lia.

Pour elle, qui souffrait si doucement et à
qui sa torture n'avait pu enseigner la haine!

Après Lia, Esther. Esther était comtesse,
elle était veuve, elle n'avait que vingt-cinq
ans : Sara l'enviait pour toutes ces choses.
Et puis il y avait l'instinct de propagande,
qui entre au cœur en même temps que le
vice lui-même.

L'éducation d'Esther était commencée;
Sara ne la voulait point laisser à moitié
route.

Esther avait une part dans sa rêverie, le
docteur aussi, et tout le monde et toutes
choses...

. Au moment où elle poussait son premier
enjeu sur le tapis, à l'aide de son râteau
d'ivoire, elle arrivait à penser à ce baron
Albert de Rodach qu'elle avait rencontré
d'une façon si étrange à l'hôtel de Geldberg.

Depuis la veille, elle l'avait trouvé à trois
reprises sur son chemin. Au Temple d'abord,
puis au bal de l'Opéra-Comique, puis à
l'hôtel. Il connaissait Esther; Sara en était
à se demander qui lui avait enseigné la route
de l'hôtel de Geldberg, lorsque sa main, qui

Que vous êtes beau, mon Albert! reprit-elle après quelques secondes.

sortait du guichet à son insu, ressentit le contact d'une autre main.

Elle s'éveilla en sursaut et regarda vivement autour d'elle. A gauche du *confessionnal*, il y avait un homme debout et le bras tendu encore. Sara l'examina au travers des rideaux, et reconnut le baron de Rodach.

Elle eut un véritable mouvement d'effroi.

— Encore lui!... murmura-t-elle.

XVI

DERRIÈRE LE RIDEAU

Rodach était immobile auprès de la loge. Il tenait ses yeux fixés sur le grillage, et le hasard les dirigeait vers le point précis où se trouvait Sara. Il semblait que son regard eût le pouvoir de percer la draperie.

A cette vue, Petite se pencha précipitamment de l'autre côté de la loge et appela Batailleur à voix basse. L'oreille obéissante de madame la baronne de Saint-Roch vint aussitôt se coller au grillage.

Petite prononça quelques paroles rapides, et madame de Saint-Roch se leva pour exécuter ses ordres.

Il s'agissait de faire entrer le baron dans la loge.

La sortie de ce dernier intrigua les joueurs comme avait fait son apparition. Durant quelques secondes, on attendit pour voir s'il ne reviendrait point.

— Allons, allons, messieurs, dit l'ancien officier supérieur que ces distractions impatientaient; occupons-nous de notre affaire. s'il vous plaît... Le jeu est fait, rien ne va plus!

Les cartes retournées s'alignèrent.

En ce moment, madame de Saint-Roch et le baron traversaient un corridor conduisant à la chambre qui confinait aux derrières de la salle de jeu.

C'était par cette pièce qu'on entrait dans le *confessionnal;* c'était là également que le *confessionnal* pouvait être roulé en cas d'alorte.

Petite avait ouvert la porte d'avance, et se tenait sur le seuil; son visage exprimait une singulière agitation. Dès que madame de Saint-Roch apparut, précédant le baron, Petite l'arrêta d'un geste impérieux.

— C'est bien, ma bonne Batailleur, dit-elle; laissez-nous.

La marchande déguisée en baronne s'arrêta et fit volte-face. M. de Rodach, qui la dépassait en ce moment, se retourna au nom de Batailleur avec vivacité; la marchande était déjà au bout du couloir qu'il demeurait immobile et les yeux fixés sur la porte par où elle avait disparu.

Cette circonstance n'échappa point à Petite, et, sans qu'elle sût pourquoi, son trouble s'en accrut.

Madame de Saint-Roch, au contraire, ignorant l'effet que son nom avait produit, rentrait fort tranquillement dans la salle de jeu et replaçait entre les bras de son fauteuil sa taille rondelette, emmaillottée de soie.

— Où diable l'a-t-elle conduit? demanda Mirelune au vaudevilliste.

Ficelle montra du doigt la loge.

— Tiens! tiens! murmura le gentilhomme.

— C'est une idée... Je donnerais décidément quelque chose pour savoir si la main blanche appartient à la marquise ou à la comtesse...

— Quelle scène on aurait là!... dit Ficelle; le diable, c'est qu'on ne pourrait pas mettre ce *confessionnal* au théâtre!...

Ce fut tout. Le silence régnait maintenant autour de la table; le jeu marchait; la distraction n'était plus de mise.

Quand le baron de Rodach fut las de contempler la porte par où la Batailleur était sortie, il se tourna vers madame de Laurens et lui baisa la main avec une grave courtoisie. L'agitation de Petite était loin d'être calmée; ses sourcils se fronçaient et le rouge lui montait au visage. Ce trouble qu'elle ne savait point dissimuler faisait ressortir la sérénité calme qui brillait sur la belle figure de Rodach.

— Charmante dame, dit-il en se redressant, je pense que vous ne m'attendiez pas.

Les yeux de Sara se baissèrent; elle fut deux ou trois secondes avant de répondre.

— Albert! Albert! murmura-t-elle enfin d'une voix qui trahissait son trouble, — vous êtes un homme étrange! Qui vous a conduit ici, et comment y avez-vous pu entrer?... Était-ce moi que vous y veniez chercher?

Le baron eut un sourire froid.

— Voici bien des questions, belle dame, répliqua-t-il. Procédons par ordre... Ce qui m'a conduit ici, c'est le hasard un peu et beaucoup ma volonté... Je suis entré en me disant l'ami de M. de Navarin et en prononçant le nom respectable de madame la baronne de Saint-Roch...

Sara pâlissait à l'entendre.

— Quant à la troisième question, reprit

le baron, pouvez-vous douter, charmante dame, que je sois venu ici pour vous?

Il s'arrêta et poursuivit presque aussitôt, en mêlant à sa gravité une imperceptible nuance d'ironie :

— Seulement je suis venu peut-être pour autre chose encore...

— Et cette autre chose?... demanda Petite qui tâcha de sourire.

Le baron s'inclina et répondit :

— Ceci est mon secret.

Petite releva sur lui son regard, comme si elle eût voulu lire sa pensée dans ses yeux. Mais les yeux de M. de Rodach, fiers, brillants, expressifs, étaient en ce moment comme un miroir où nul objet ne vient se peindre.

D'ordinaire, Petite jouait supérieurement la comédie; mais quel rôle prendre à cette heure? La pensée intime du baron lui échappait : elle ne savait s'il était ami ou s'il était ennemi.

Jamais il ne lui était venu à l'idée de prévoir un danger de ce côté. Elle avait aimé Albert, et peut-être eût-elle rallumé volontiers pour quelques jours le feu de paille de son caprice éteint : ceci d'autant mieux que l'objet de ce caprice lui apparaissait sous un aspect nouveau.

Elle l'avait connu vif, étourdi, fougueux en actions comme en paroles; elle le retrouvait grave et froid. C'était un masque, sans doute; mais, pour un homme de ce caractère, un masque est chose lourde à porter. Et Albert portait le sien, comme s'il n'eût fait autre métier de sa vie.

La veille, au milieu de la foule du bal, Petite l'avait retrouvé semblable à lui-même; mais elle n'avait fait que l'entrevoir sous ce pimpant costume de majo qui accompagnait si bien les allures spirituelles, alertes, fanfaronnes, de son ancien amant.

Quelques heures avaient changé tout cela; ce soir, à l'hôtel de Geldberg, Albert s'était enveloppé déjà d'un sévère manteau de froideur. Maintenant cette froideur semblait augmenter encore, et Sara croyait voir de l'amertume dans l'austère sourire qui était sur la lèvre du baron.

Un instant, elle eut envie de recourir à l'arme éprouvée de sa coquetterie; puis l'idée lui vint d'opposer roideur à roideur et de se draper dans son orgueil. Elle était experte à toute lutte, et savait comment on met les hommes à genoux.

Mais un secret instinct lui ôtait ici sa vaillance. Elle n'osait plus. Rodach, maître d'une si grande part de son secret, lui semblait trop redoutable pour qu'on pût l'attaquer à l'étourdie.

— Mon Dieu! que je suis folle de me creuser la tête ainsi! dit-elle tout à coup en se forçant à rire; ce n'est pas en effet pour moi seule que vous venez, Albert. Ma sœur, qui vous connaît presque aussi bien que moi, m'a donné d'avance le mot de l'énigme... Vous êtes joueur.

Rodach garda le silence.

— Eh bien! reprit Sara gaiement, c'est un lien sympathique de plus entre nous deux. Mais pourquoi m'aviez-vous caché cela?

— Chère dame, répliqua Rodach, vous m'aviez caché, vous, tant de choses!

Les sourcils de Petite se froncèrent légèrement.

— C'est décidément une guerre que vous me faites, monsieur, murmura-t-elle. Après une si longue absence, vous n'avez pour moi que des paroles de reproche, et vous venez me glacer le cœur, quand il vous faudrait faire si peu pour me rendre la plus heureuse des femmes !

En prononçant ces dernières paroles, la

voix de Petite devint douce et comme im-
prégnée de prières ; son regard glissa, pénétrant et subtil, entre ses paupières demi-
closes.

Le baron ne parut point s'émouvoir.

Petite laissa échapper un geste de colère.

— Au demeurant, s'écria-t-elle, si vous
ne m'aimez plus, pourquoi cette poursuite
acharnée? Depuis hier, je vous trouve partout. Il faut vous souvenir, monsieur, que
la passion seule peut servir d'excuse à
l'homme qui pénètre certains secrets.

Rodach ne répondit point encore.

— Monsieur! monsieur! reprit Sara dont
l'œil eut une lueur haineuse, prenez garde!
Jusqu'à présent, tous ceux qui m'ont atta-
quée ont eu lieu de s'en repentir !

— Je le sais, murmura le baron qui la
regarda fixement, mais pas tant que ceux
qui vous ont ont aimée.

Sara tressaillit. Sa bouche s'ouvrit, tremblante et contractée. Elle demeura muette.
Ses yeux étaient cloués au sol.

Le baron la regarda encore un instant
d'un air dédaigneux et froid. Puis il fit effort sur lui-même, comme si le rôle qu'il
s'imposait eût répugné puissamment à sa
fierté.

Il prit la main de Sara et la toucha de
ses lèvres.

— Oh! oui! poursuivit-il en donnant à sa
voix un subit accent de douleur, ceux qui
vous aiment souffrent, madame, et je sais
un homme qui payerait bien cher la chance
de ne vous avoir point connue.

Rodach en savait plus d'un, et malgré lui
sa parole se teignait d'amertume, parce qu'il
songeait à son entretien avec le docteur José
Mira.

Le docteur lui avait dit bien des choses.

— Et quel est donc cet homme? demanda
Petite sans lever les yeux.

— Vous le devinez, madame, répliqua le
baron, puisque vous me voyez venu d'Allemagne pour vous retrouver.

Petite eut besoin de toute sa force pour
ne point laisser éclater son triomphe. Son
cœur bondissait; sa détresse se changeait
pour elle en victoire. Encore un esclave !

Car elle ne doutait point; elle était si
bien faite à être adorée!

— Écoutez-moi, Sara, reprit M. de Rodach avec lenteur; le jour approche où
vous saurez tout ce qu'il y a au fond de
mon âme. Vous saurez qui m'a mis à même
de pénétrer votre secret.

— Pourquoi pas ce soir? demanda madame de Laurens.

— Parce que ce soir je veux vous parler
de moi, de vous et de moi seulement. Tous
vos secrets sont à moi, madame, hormis
un seul qui me regarde, et c'est celui-là justement que je veux savoir.

— Tous mes secrets! répéta Sara dont
l'effroi revenait.

Son œil interrogea les traits du baron à
la dérobée. Rodach semblait rêver.

Petite le contempla durant un instant, faisant pour ainsi dire une comparaison rapide
entre sa force, à elle, et la puissance de
cet homme qui osait lui dire : « Je sais
tous vos secrets. »

Ne se trompait-il point ?

A mesure que Sara songeait, son regard
s'assurait et les plis de son front disparaissaient.

Tous ses secrets! Quelle folie ! Et, d'ailleurs, elle croyait que Rodach l'aimait encore; n'était-elle pas sûre de son empire?
ne savait-elle pas qu'elle pouvait envahir
et tyranniser tout cœur qui s'ouvrait imprudemment à elle? sa vie ne s'était-elle point
passée à séduire, à fasciner, à vaincre ?

Y avait-il pour elle des faibles et des forts? n'avait-elle pas courbé les âmes les plus fières sous le niveau de son joug ?

Elle attendit, prête à tout désormais et sûre de la victoire.

— Sara, reprit M. de Rodach après quelques secondes de silence, un aveu franc peut tout réparer. Le cœur s'égare parfois et ceux qui aiment pardonnent. Qu'êtes-vous allée faire ce soir chez ce jeune homme de la rue Dauphine ?

Petite était résolue à ne s'étonner de rien, et pourtant elle fut étonnée.

— Quoi! balbutia-t-elle, vous savez aussi cela ?

— Ce que j'ignore et ce que je voudrais expliquer avantageusement pour vous, répliqua le baron, c'est le motif de cette démarche. Il me semble que l'amour seul...

Sara respira bruyamment.

— Vous êtes jaloux ! dit-elle avec vivacité.

— N'en ai-je pas sujet? demanda le baron.

A vrai dire, si son rôle lui pesait, du moins n'avait-il pas grand'peine à le jouer. Sara l'y aidait à son insu, et cette créature si habile, gâtée par l'habitude de triompher, fermait les yeux et se livrait en aveugle.

Elle réfléchit un instant. Une circonstance oubliée lui revenait tout à coup à la mémoire.

— J'y suis! s'écria-t-elle en frappant ses mains l'une contre l'autre ; mon Dieu ! que n'ai-je pensé à cela plus tôt ! vous ne m'auriez pas effrayée comme une petite fille, Albert, avec vos graves fadaises et votre tenue de tuteur castillan ! Je me souviens maintenant de votre apparition à la porte du cabinet du *café Anglais*. C'est depuis cette heure, sans doute, que vous avez perdu votre air gaillard, pour prendre ce long visage morose. Ai-je deviné ?

Rodach fit un geste équivoque. Il avait toute l'apparence d'un homme qui veut paraître au fait de la chose dont on parle et qui ne sait pas.

Petite prit cet embarras pour le dépit que Rodach éprouvait à voir son grand mystère ainsi percé à jour. Elle chérissait trop son idée pour la perdre un seul instant de vue.

— Voilà le motif de votre arrivée théâtrale à l'hôtel de mon père, reprit-elle ; vous êtes jaloux, mon pauvre Albert! jaloux comme un barbon ou comme un collégien ! Fi donc ! un si beau cavalier ! un don Juan ! finir par où les bergers commencent ! Et, après votre visite à l'hôtel, vous avez été comme une âme en peine. Quand je suis sortie, vous étiez quelque part dans la rue, vous m'avez suivie chez Batailleur, chez Franz.

— Ah! interrompit Rodach qui joua l'ignorance, il se nomme Franz ?

— Vous m'avez suivie jusqu'ici. Quant à la manière dont vous y avez pu entrer, quant aux moyens que vous avez employés pour apprendre les noms du banquier et de la baronne, je l'ignore ; mais, après tout, il n'y a pas besoin d'être sorcier pour cela !

Rodach la laissait parler sans l'interrompre et ne semblait point avoir envie de ranimer son inquiétude.

— Et ce jeune Franz... dit-il avec une hésitation feinte, vous l'aimez ?

— Peut-être, répondit Sara en minaudant.

Les noirs sourcils de Rodach se contractèrent.

— Si je l'aimais, poursuivit Petite qui mettait des grâces provocantes dans son sourire, que feriez-vous, Albert?

Rodach baissa les yeux et répondit d'un air sombre :

— Je le tuerais !

Petite le contempla durant une ou deux secondes à la dérobée et avec un plaisir évident.

Puis elle lui prit la main et l'attira bien doucement jusqu'au fond de la loge. Elle s'assit tout auprès de lui, les mains dans les siennes et la tête appuyée sur son épaule.

Ses beaux cheveux noirs ruisselaient en ondes soyeuses sur la poitrine de Rodach ; ses yeux, dans le demi-jour de la loge, brillaient d'une lueur étrange. Elle était belle comme la passion qui tente et qui enivre !

— Si un homme faisait ce que vous venez de dire, murmura-t-elle d'une voix pénétrante et basse, je serais à lui pour la vie !

.   .

XVII

LA QUITTANCE

Après les dernières paroles de madame de Laurens, il y eut un assez long silence dans le confessionnal de la princesse. Petite avait prononcé ces mots, qui demandaient un meurtre, de sa voix la plus douce et sans perdre son gracieux sourire.

Mais, sous cette voix suave et derrière ce sourire, une volonté si impitoyable se faisait jour, que le baron ne put s'empêcher de tressaillir.

Rodach ne connaissait pas madame de Laurens si intimement qu'elle pouvait le croire elle-même, mais il la jugeait à ce premier contact ; il devinait l'énergie virile qui se cachait sous ces grâces mignonnes. Cette femme l'effrayait bien plus que Reinhold et Mira : c'était l'ennemi le plus redoutable entre tous ceux qui voulaient le sang de Franz.

Sara ne s'était pas trompée tout à fait en disant que le baron l'avait suivie ; seulement elle avait pris les choses de trop haut, en faisant remonter l'aventure au déjeuner du *café Anglais*. Le baron ne la suivait que depuis une heure, et pour l'avoir rencontrée rue Dauphine à la porte du logis de Franz.

C'était sur les pas de Petite qu'il était, en effet, arrivé à la maison de jeu. Mais il eût probablement trouvé le chemin sans cette circonstance, car il avait pris plusieurs notes, dans sa conversation confidentielle avec le docteur José Mira ; et, parmi ces notes, se trouvaient les noms de M. de Navarin et de madame de Saint-Roch.

Après avoir quitté l'hôtel de Geldberg vers cinq heures et demie, M. de Rodach avait passé une heure avec le marchand d'habits Hans Dorn. Ils s'étaient rendus tous les deux à la maison de Franz, et, pendant son absence, le marchand d'habits avait loué pour lui l'appartement du premier étage, ceci au grand ébahissement de la portière.

Ils ne voulaient point, paraîtrait-il, se rencontrer avec le jeune homme, car l'expédition fut faite en toute hâte, et Hans Dorn prit à peine le temps d'examiner le logement en détail.

Dès qu'ils furent descendus, la voiture partit au galop. Le long de la route, le baron et lui s'entretinrent en allemand de choses qui s'étaient passées au loin, et qui mettaient des larmes dans les yeux du bon serviteur de Bluthaupt.

— L'enfant sera heureux ! disait-il avec une émotion profonde ; Dieu l'aime, mon gracieux seigneur, puisqu'il lui a gardé votre amour. Ah ! les juifs ont eu beau faire !... On dit que les portraits des vieux comtes sont retournés dans la grand'salle du château, et collent leurs nobles visages contre le mur. Par le nom de la Vierge! nous les retournerons, afin qu'ils voient le fils de leur sang assis dans le fauteuil seigneurial, sous le manteau de la cheminée.

Hans parlait ainsi et son cœur loyal battait à l'idée de la patrie reconquise: Rodach l'écoutait en rêvant.

Ils se séparèrent au moment où le baron rentrait à son hôtel pour la première fois depuis son arrivée à Paris.

— Sur toutes choses, mon brave ami, dit Rodach, veillez bien sur cette cassette que je vous ai confiée, c'est l'avenir entier de l'enfant, peut-être.

Hans, indépendamment de ce soin, avait de la besogne pour toute sa soirée; et il était bien joyeux, car il allait travailler pour le fils de ses maîtres.

Rodach, lui, était accablé de fatigue. Trois nuits s'étaient passées sans qu'il fermât l'œil.

Il avait deux heures pour se reposer.

Ces deux heures écoulées, le réveil placé auprès de lui le jeta en sursaut hors de sa couche, où il dormait tout habillé.

Il sortit de nouveau. Sa voiture le conduisit dans la rue Pierre-Lescot, une de ces voies étroites et lépreuses qui ont ouvert toutes grandes les portes de leurs masures pour recevoir les hontes exilées du Palais-Royal.

Rodach s'engagea dans cette boue qui sépare deux longues lignes de guinguettes empoisonnées et de garnis obscènes. Il se rendait chez Verdier, le champion vaillant de la maison de Geldberg.

Verdier était seul dans son taudis, au cinquième étage. S'il attendait une visite, ce n'était certes point celle de M. le baron de Rodach.

Verdier vivait au jour le jour, comme tous ses pareils; il était joueur, il était buveur; son état normal était de n'avoir ni sou ni

maille. La blessure qui le clouait sur son grabat le surprenait à une de ces heures de dénûment absolu, bien communes dans sa vie.

La veille, il avait dépensé joyeusement son dernier écu, comptant sur le prix du sang pour dîner le lendemain.

Sa blessure n'avait point de gravité; mais, faute d'être soignée convenablement, elle lui causait d'atroces souffrances. Sur une chaise de paille, à côté de son lit, il y avait une tasse fêlée, qui avait contenu quelque breuvage dont la dernière goutte se séchait maintenant.

Il avait la fièvre; la nuit qui régnait dans sa demeure nue se peuplait pour lui de fantômes. Il appelait d'une voix étouffée ses amis par leurs noms. Personne ne répondait.

Il tremblait; il pensait être à l'agonie.

Quand le baron poussa la porte, que rien ne retenait, il ne sut d'abord de quel côté se diriger dans cette obscurité profonde.

L'accablement du malade étouffait en ce moment ses plaintes: on n'entendait rien dans la mansarde, sinon un souffle haletant et oppressé.

— Verdier! murmura le baron.

— Qui est là? répliqua une voix rauque; est-ce vous, enfin, monsieur le chevalier de Reinhold?

Rodach se dirigea en tâtonnant vers le lit.

— Oh! que je souffre et que je suis faible! reprit Verdier; du diable si c'était prudent à vous, monsieur, de me laisser mourir comme un chien!... Avant de m'en aller, voyez-vous, je vous aurais légué un petit souvenir... A boire, s'il vous plaît; j'étouffe!

— Où prendre de la lumière? demanda le baron.

— Il y a un bout de chandelle sur ma malle, derrière la porte... Les allumettes sont sur la chaise, à côté de moi... prenez garde à ma pipe! Oh! oh! vous avez bien fait de venir, car j'avais presque autant d'envie du procureur du roi que d'un médecin!

Rodach frotta une allumette chimique contre le carreau ; la mansarde, éclairée soudain, montra la nudité de ses murailles poudreuses.

Verdier avait réussi à se mettre sur son séant.

A la vue de Rodach, il ouvrit de grands yeux effarés.

— J'ai le délire, grommela-t-il en se laissant retomber lourdement, ou c'est le diable !

Rodach cependant furetait de tous côtés, cherchant de quoi satisfaire la soif du malade. Il s'approcha bientôt du lit, tenant à la main la tasse pleine.

— Buvez ! dit-il.

Verdier se retourna, pâle d'effroi encore plus que de souffrance.

Il but et rendit la tasse au baron, sans oser lever les yeux sur lui.

— Merci, monsieur Goëtz, murmura-t-il ; j'espère que m'avez fait assez de mal et que vous ne tenez pas à m'achever ?...

— Le chevalier de Reinhold n'est donc pas venu ? demanda Rodach au lieu de répondre.

— Le misérable coquin ! s'écria Verdier qui retrouva quelque peu de force dans sa colère ; le lâche usurier ! Si vous saviez, monsieur Goëtz !...

— Je sais tout, interrompit Rodach.

— Vous le connaissez donc ?

— Je sors de chez lui.

— A-t-il reçu ma lettre ?

— Oui.

— Vous venez peut-être de sa part ?

— Non.

Verdier parut attendre que le baron s'expliquât davantage. L'effort qu'il venait de faire le lassait ; la réaction arrivait après cet élan de fièvre, et il se sentait retomber, plus épuisé que jamais.

— J'étais avec M. de Reinhold quand votre lettre est venue, reprit Rodach.

— Qu'a-t-il dit ?

— Pas grand'chose... Que vous étiez un maraud, je crois, et que vous n'aviez pas su gagner votre argent.

— Voilà tout ?

— A peu près... Il a jeté votre lettre au feu, en ajoutant qu'il ne vous donnerait pas un centime.

Verdier serra ses poings sous sa maigre couverture.

— Vous pouvez du moins le perdre, répliqua le baron.

Verdier se releva sur le coude : ses yeux éteints eurent un éclair.

— Écoutez-moi, mon pauvre garçon, reprit Rodach avec son calme ordinaire ; vous savez bien que je vous connais des pieds à la tête et que j'ai entre les mains quelques-unes de vos signatures, qui valent le bagne à présentation et sans escompte. Vous êtes en mon pouvoir ; vous n'y pouvez pas être davantage ; ainsi ne faites pas de façons, je vous le conseille, et acceptez mes offres sans marchander.

— Je ne les connais pas, balbutia Verdier dont le visage abattu prit une expression d'inquiétude.

Rodach tira son portefeuille de sa poche.

— Combien M. de Reinhold vous avait-il promis pour votre expédition de ce matin ? demanda-t-il.

— Deux mille francs, répondit Verdier.

Le baron déchira une page de ses tablettes et traça vivement quelques mots au crayon.

— Je vais vous donner un à-compte de sa part, reprit-il, si vous voulez me signer ce reçu.

Le regard de Jean revint, comme si un ressort l'y eût poussé, vers le tas de louis. (Page 71. col. 2.)

Il tendit le papier à Verdier, qui lut :

« Reçu de M. le chevalier de Reinhold la somme de cinq cents francs, à compte sur le prix convenu entre nous pour mon duel contre M. Franz.

« Paris, le 6 février 1844. »

« — Je ne peux pas signer cela, dit-il.

— Mon pauvre garçon, répliqua le baron en haussant les épaules, — qu'aurais-je be- soin de cela, s'il ne s'agissait que de vous ?... Croyez-moi, signez !

— Mais, mon bon monsieur Goëtz !...

Le baron tira sa bourse, et compta vingt- cinq pièces d'or sur la chaise qui faisait of- fice de table de nuit.

Au moral comme au physique, Verdier était dans un état de faiblesse extrême ; il lorgna la somme d'un œil de convoitise.

— Je vous jure sur l'honneur, reprit le baron, que je ne ferai jamais usage de cet écrit contre vous.

— C'est que, balbutiait Verdier qui hésitait encore ; c'est que...

— Finissons !... Reinhold, qui vous a traité d'une manière infâme, sera puni...

— Oh ! le coquin !... grommela Verdier.

— Ces vingt-cinq louis sont à vous...

— J'en ai grand besoin, Dieu le sait !

— Si vous ne voulez pas, je remporte mon argent, votre vengeance vous échappe, et je vous fais arrêter comme faussaire.

A l'appui de cette dernière menace, M. le baron de Rodach tira de son portefeuille quatre ou cinq bons de la caisse Laffitte, manifestement contrefaits, et portant au dos le nom de J.-B. Verdier.

Le blessé voulut réfléchir encore, mais sa tête affaiblie se perdait ; il fit un geste de fatigue et signa l'étrange quittance.

Puis il se laissa choir tout de son long et s'assoupit.

Rodach remit son portefeuille dans sa poche. Une fois au bas des cinq étages de Verdier, il se fit conduire chez un médecin qu'il dépêcha auprès du malade.

La quittance, soigneusement serrée, était destinée à grossir le contenu de la cassette confiée au dévouement loyal de Hans Dorn.

C'était au sortir de la rue Pierre-Lescot que M. de Rodach avait gagné la demeure du jeune Franz. Au lieu de Hans qu'il croyait rencontrer là, il avait reconnu Sara au travers des vitres de la loge.

La vue de madame de Laurens avait fait surgir en lui tout un ordre d'idées ; c'était là un danger nouveau peut-être, et peut-être une arme nouvelle.

Il fallait savoir.

Son cocher avait reçu l'ordre de suivre le coupé de Petite.

Il y avait déjà trois ou quatre secondes que le silence durait dans le confessionnal ; Rodach restait sous le coup des dernières paroles de Sara, qui l'avaient frappé comme une terrible menace.

Il avait la tête penchée et semblait méditer ; Sara s'appuyait toujours contre lui ; la lumière faible qui pénétrait dans la loge, à travers les draperies, effaçait sur le visage de Petite les imperceptibles traces que l'âge y pouvait avoir laissées ; on eût cru voir une jeune fille dans toute la fleur de la première beauté.

Elle s'abandonnait, molle et confiante ; sa pose avait une indicible grâce ; son regard voilé parlait de tendresse et son sourire enchantait.

Elle passait ses doigts effilés et blancs dans les boucles brunes de la chevelure de Rodach.

Il fallait avoir entendu pour croire ! — Et, à voir ce front angélique, où tant de douceur calme souriait, on pouvait presque douter encore après avoir entendu...

Cette femme qui venait de parler de meurtre, la gaieté aux lèvres, ressemblait à une sainte.

— Que vous êtes beau, mon Albert ! reprit-elle après quelques secondes, en donnant à sa voix une expression plus caressante, — et que je suis folle de vouloir mettre à prix le sentiment qui m'entraîne vers vous !... Quoi que vous fassiez, ne faudra-t-il pas que je vous aime !

Rodach avait les yeux baissés ; il tardait à répondre.

— Et pourtant, reprit Sara, quelle confiance j'aurais en votre bras, Albert !... Vous êtes si brave !... A Bade, vous aviez réduit au silence les plus entêtés spadassins !

Elle s'interrompit pour prendre la main du baron et la serrer entre les siennes. Puis elle poursuivit avec un soupir tentateur :

— Je vous aimerais trop après cela !

— Vous le détestez donc bien ?... murmura Rodach.

Petite se redressa, et mit ses blanches

épaules contre le dossier de son fauteuil. Sa voix et sa physionomie changèrent.

— Mon Dieu! cher, dit-elle d'un ton leste et dégagé, — vous avez tort de croire cela... Je ne hais personne, mais, ajouta-t-elle plus bas, il y a des gens qui me gênent.

— Et ce jeune homme est du nombre?

— Précisément, baron.

— Vous l'avez donc aimé?

— Jaloux!... prononça Petite avec coquetterie. A parler sérieusement, je ne sais trop que répondre. Je ne l'ai pas aimé comme je vous aime, Albert; mais...

— Mais?... répéta Rodach.

— Eh bien! s'écria Petite en jouant l'impétuosité, si vous aimiez une femme seulement comme cela, mon Albert, cette femme me ferait horreur! Vous voyez que je suis franche; mon Dieu! je ne puis rien cacher.

C'était une cause plaidée dans les formes et avec la tortueuse éloquence d'un vieil avocat. La question, abordée de front, était reprise en flanc. Rodach mesurait avec une involontaire frayeur la froide perversité de cette femme qui lui mettait en se jouant un poignard dans la main, et qui avait peur de voir sa main trop lente, et qui cherchait à l'enivrer, pour ainsi dire, comme ces vulgaires scélérats qu'on emplit de vin à l'heure du meurtre.

Il avait de la peine à poursuivre son rôle; l'indignation faisait bouillir son sang, et il avait besoin de toute sa volonté pour rester calme en apparence.

— Vous êtes franche, madame, répondit-il avec une nuance d'amertume dont Sara ne pouvait, certes, point s'étonner; mais il faut que j'en sache davantage encore. Qu'alliez-vous faire ce soir chez ce jeune homme?

Petite baissa les yeux et s'efforça de rougir.

— Vous sentez bien, murmura-t-elle, vous sentez bien que j'ai des ménagements à garder. Ce jeune homme pourrait parler et me perdre... et si vous saviez toutes les idées nouvelles que votre vue a fait germer en moi, mon Albert! C'est à peine si je songeais à toutes ces choses avant votre retour; mais, depuis hier, j'ai bien réfléchi. Pour être heureuse, il faut que je sois toute à vous, et ce jeune homme à présent me fait peur.

Comme elle achevait, la porte de la salle de jeu s'ouvrit avec un fracas inusité; deux nouveaux initiés entrèrent. Ceux-ci n'avaient point les allures prudentes et discrètes du gros des habitués. Ils traversèrent la salle, bras dessus, bras dessous, et firent le tour de la table pour s'approcher de madame la baronne de Saint-Roch.

Petite serra fortement le bras de Rodach et poussa un soupir de commande, tandis que son regard se dirigeait vers les nouveaux arrivants.

L'œil de Rodach prit la même direction.

— Serait-ce lui? demanda-t-il.

— C'est lui! répondit Sara comme à regret.

— Lequel?

— Le plus petit.

— Mais c'est un enfant!

Sara eut peur que Rodach ne se fît des scrupules.

— Un enfant qui vaut un homme, répliqua-t-elle, et qui a tué en duel, ce matin même, une des plus fortes lames de Paris!

— Peste! fit Rodach qui ne put s'empêcher de sourire en songeant au pauvre Verdier; eh bien! nous le verrons à l'œuvre! Mais, j'y pense, cette forte lame, dont je déplore le destin malheureux, n'était-il pas un peu de vos amis?

Petite hésita franchement cette fois...

— Non, répondit-elle enfin à voix basse; mais, s'il faut vous parler vrai, Albert, ce duel m'avait ouvert les idées, et je comptais...

— Vous comptiez?

— Croyez-moi, je vous en prie, c'était pour vous, pour être à vous, sans contrôle ni partage! Je suis riche... Mon père doit donner une grande fête en Allemagne, à son château de Geldberg; je comptais...

Rodach eut un frisson; il comprenait.

— Vous avez donc un autre champion que moi? demanda-t-il en tâchant de garder son air d'indifférence.

— Je suis riche! répéta Sara froidement; et maintenant je puis vous le dire : si je suis allée ce soir chez ce jeune homme, c'était pour l'inviter à la fête de Geldberg.

Sara ne remarqua point la pâleur qui couvrait le visage du baron.

XVIII

UN COUP DE LANSQUENET

Le baron connaissait, faut-il croire, le château de Geldberg. Il frémit à la pensée du péril que nulle prudence humaine n'aurait pu prévoir ni éviter.

Il fit sur lui-même un effort puissant et prit la main de Sara, qu'il porta jusqu'à ses lèvres.

— Merci! murmura-t-il; merci mille fois, madame!... me voilà délivré de ce doute qui me rendait si malheureux !... Mais êtes-vous bien sûre qu'il se rendra à votre invitation?

Sara eut un sourire orgueilleux.

— Il m'aime comme un enfant et comme un fou! répliqua-t-elle.

— Eh bien! madame, dit le baron, si vous le permettez, je serai, moi aussi, de cette fête au château de Geldberg!

Sara tendit son front, toute joyeuse; Rodach y mit un baiser. — Le pacte était conclu; Verdier avait un remplaçant.

Franz, pendant cela, donnait des poignées de main à droite et à gauche, et agissait en homme qui se sent de la maison. Il salua familièrement l'ancien officier supérieur au service du roi des Grecs, et présenta son compagnon, qui était le jeune vicomte Julien d'Andemer, à madame la baronne de Saint-Roch.

— Il me semble, dit Mirelune à Ficelle, que je connais ces deux figures-là.

— Le plus grand est le prétendu de la comtesse Lampion, répondit le vaudevilliste; — quant à l'autre...

— Eh! pardieu! s'écria le gentilhomme. — l'autre est ce bambin que nous avons vu hier au soir prendre une leçon de duel à la salle Grisier... On ne se sera pas fait tuer ce matin ! .

— C'était lundi gras, on aura déjeuné...

— Comme un homme, ma parole d'honneur !... il n'y a plus d'enfants !...

— Est-ce que Louise n'est pas ici? demanda Franz à madame de Saint-Roch.

Louise était, on le sait, le nom d'aventures de madame de Laurens.

— Non, mon petit, répondit la rouge marchande, qui avait envie de rire en songeant au grand monsieur qu'elle avait introduit auprès de Sara.

Franz désigna le confessionnal d'un regard interrogateur.

— Il n'y a personne là-dedans? demanda-t-il encore.

— Personne, mon mignon.

Franz pirouetta sur ses talons.

— Aimez-vous le trente-et-quarante, vous, Julien? reprit-il. — Moi, je trouve que c'est souverainement soporifique... Faisons un tour au lansquenet.

— Va pour le lansquenet! dit Julien.

Franz avait ce soir un petit air avantageux et triomphant, qui eût été insupportable chez un autre, mais qui lui allait fort bien. Sa mine éveillée et spirituelle respirait la joie; tout parlait en lui de bonheur et d'orgueil satisfait.

Il ne pouvait dire son secret à Julien; il lui fallait cacher soigneusement les événements de cette belle soirée, qu'il aurait eu tant de plaisir à conter. Cette confidence, refoulée, lui laissait au cœur comme un trop plein de bien-être : il avait besoin de se mouvoir, de parler, de vivre.

Quand on est tout jeune, cet état moral se traduit d'ordinaire par un surcroît d'airs tapageurs et de bruyantes étourderies.

Franz s'appuya au bras du vicomte d'Audemer, et gagna la salle voisine, en se dandinant comme un petit étudiant qui fait le mauvais.

Il y avait en lui du débraillé, du casseur d'assiettes; Fronsac devait être ainsi vers le milieu de son premier souper. On ne pouvait s'empêcher de sourire en le regardant; mais dans ce sourire il n'y avait ni pitié ni raillerie.

C'était un si charmant enfant! Ses grands yeux bleus, espiègles et doux à la fois, avaient des regards si francs et si bons! toute sa personne respirait tant de jeunesse et tant de grâce!

Son aspect plaisait et attirait; sa bonne humeur était contagieuse. Les femmes le caressaient de l'œil, rêvant une éducation délicieuse; les hommes n'étaient point jaloux de lui, parce qu'ils le trouvaient trop jeune; les vieillards se ragaillardissaient à le voir, et se figuraient, dans leur fatuité revenue,

qu'ils avaient été ainsi à l'âge de dix-huit ans.

— Messieurs, dit-il en entrant dans la salle de lansquenet, je vous préviens loyalement que je suis en veine... j'ai déjà gagné ce soir de quoi me faire heureux toute ma vie!

— Eh bien! monsieur Franz, dit l'employé qui représentait officiellement madame la baronne de Saint-Roch, — asseyez-vous là... vous allez le reperdre.

Franz s'assit et ménagea une place auprès de lui à Julien d'Audemer.

Autour de la table, tous les joueurs le connaissaient. Chacun lui envoya un bonsoir amical, à l'exception cependant d'un jeune homme, habillé en noir, qui s'asseyait à table, juste en face de lui.

Ce jeune homme faisait une mine fort étrange, et qui prouvait surabondamment son peu d'habitude du monde.

Il était gêné dans ses habits, qui ne semblaient point faits exactement à sa taille; il se tenait sur l'extrême pointe de sa chaise, immobile et roide comme un saint de bois; des gouttes de sueur perlaient à ses tempes; son visage était pâle et comme décomposé.

On voyait devant lui, sur le tapis, un petit monceau d'or assez respectable, une couple de mille francs, peut-être. Il gagnait avec un bonheur constant et qui ne s'était pas démenti une seule minute.

Il y avait une demi-heure environ qu'il était là. Personne ne le connaissait; on l'avait vu entrer d'un air gauche et timide, escorté par un garçon de son âge, à la mise de mauvais goût et à la tournure commune; ce garçon se tenait maintenant debout derrière lui.

Notre jeune homme cependant s'était assis à la première place vacante; il avait tiré de son gousset six pièces d'or qu'il avait étalées sur la table. Il avait joué, conseillé d'abord par son camarade, puis selon ses propres inspirations.

Et il n'avait pas perdu un seul coup.

Depuis son entrée, soit timidité, soit avarice, son regard restait obstinément fixé sur son petit trésor, qui allait sans cesse grossissant. Sa paupière ne s'était point relevée ; nul n'aurait su dire la couleur de ses yeux.

L'entrée bruyante de Franz elle-même n'avait pu parvenir à le distraire.

La jolie Gertraud, pénétrant à l'improviste chez madame la baronne de Saint-Roch, n'aurait peut-être pas reconnu le pauvre Jean Regnault dans ce joueur taciturne et absorbé. Il était bien changé ; l'émotion, plus encore que la différence de costume, faisait qu'il ne ressemblait plus à lui-même.

Le jeu l'absorbait ; sa physionomie peignait la tension extrême de son esprit plein de lassitude : il souffrait ; il s'efforçait à vide ; il ne vivait plus : — il jouait !

Et déjà la pensée qui l'avait amené dans cette maison se voilait devant la passion inconnue. Cet or, qui était devant lui, ne lui présentait plus le salut de son aïeule ; c'était de l'or, rien que de l'or ! le démon avait parlé : l'atmosphère du tripot avait agi. Jean avait la fièvre ; il jouait pour jouer.

Derrière lui, Polyte contenait sa joie à grand'peine ; il faisait de son mieux pour paraître indifférent, ce qui est de bonne compagnie.

Il lorgnait du coin de l'œil le magot en voie de progrès, et il n'avait garde de dire à Jean de s'arrêter.

Il y avait là pourtant, hélas ! de quoi sauver la pauvre mère Regnault, et même de quoi déjeuner chez Deffieux par-dessus le marché.

Mais Polyte comptait sur l'axiome qui promet un gain assuré à l'homme jouant pour la première fois. Pendant qu'on y était, autant valait arrondir l'aubaine !

Polyte se posait, se drapait, passait ses doigts rougeauds dans ses cheveux crêpés et regrettait l'absence de sa canne à pomme dorée par le procédé Ruolz, que les règlements du lieu l'avaient contraint à déposer

au vestiaire. Il lorgnait les dames de vertu médiocre qui s'asseyaient çà et là autour de la table. Il faisait la roue. Il était détestable.

De temps en temps, il traversait la chambre sur la pointe du pied et allait entr'ouvrir la porte de la salle de trente-et-quarante, pour y glisser une œillade craintive.

Batailleur était là, — sa suzeraine ! — et Batailleur lui avait défendu péremptoirement de mettre le pied dans la maison de jeu.

Or Polyte, vu son sexe faible et sa position politique, ne pouvait pas enfreindre les ordres sacrés de sa reine.

Il était là en contrebande. — Un soir d'amour, Batailleur, à l'exemple de Jupiter, qui séduisait les filles des mortels en leur montrant sa gloire, avait voulu éblouir son Polyte, le fasciner, l'anéantir. Elle l'avait fait monter dans sa voiture et l'avait conduit rue des Prouvaires, où elle trônait sous le noble nom de Saint Roch.

L'effet une fois produit, elle avait manifesté sa volonté royale et ordonné à son favori de ne plus sortir des limites du Temple. Mais l'aventureux Polyte savait désormais le chemin et tout ce qu'il fallait pour franchir les portes du sanctuaire.

L'arrivée de Franz ne changea rien à la veine prolongée de Jean Regnault. Franz ne s'était pas trompé, pourtant ; il avait du bonheur ce soir, et bientôt son tas de pièces d'or fut égal à celui de Jean.

Autour de la table, presque tout le monde perdait ; eux seuls faisaient de bonnes affaires.

Mais si leur fortune était pareille, leurs personnes contrastaient étrangement.

Franz était d'une gaieté folle : il caquetait, il riait, il plaisantait ; les perdants eux-mêmes se déridaient à l'entendre. Jean Regnault, au contraire, ne desserrait pas les dents. Depuis son entrée, il ne s'était dérangé qu'une seule fois pour ramasser un louis d'or qui avait roulé jusqu'à terre ; encore Polyte l'avait-il prévenu en mettant le louis dans sa poche.

. Jean respirait avec peine ; il avait les sourcils froncés; ses cheveux, tourmentés par sa main, s'ébouriffaient autour de son front. A mesure que son gain grossissait, la fièvre montait plus chaude à son cerveau : il ne se possédait plus.

Deux billets de banque étaient venus se joindre aux pièces d'or; il avait à peu près quatre mille francs devant lui.

Polyte se pencha par derrière à son oreille.

— Tu as crânement travaillé, mon petit, murmura-t-il; mais faut pas s'emporter!... Voilà minuit qui sonne... Nous sommes déjà à demain... Ça fait que tu n'en es plus à ton premier jour de passer la carte, et que la veine pourrait bien changer...

Jean haussa les épaules avec impatience.

— Excusez! grommela Polyte; — on fait sa tête, à ce qu'il paraît!... Puisque tu n'as plus besoin de moi, mon bon, je file... Débrouille-toi!

Polyte abandonna son poste et s'en alla donner un coup d'œil à la porte du trente-et-quarante. Chaque fois que son regard rencontrait Batailleur, rouge, dodue, fleurie, allumée, il se sentait heureux et fier du rang qu'il occupait dans le monde.

Franz tenait la banque en ce moment et passait avec un remarquable bonheur ; sa mise, forte dès le principe et doublée de partie en partie, arrivait à former une véritable somme. Pour lui faire tête, les joueurs étaient obligés de se cotiser d'un bout à l'autre de la table ; il y en avait pour tout le monde, et les derniers étaient admis à perdre leur argent tout comme les premiers.

En face de cette banque si heureuse, la fortune de Jean ne pâlissait point encore ; il ne gagnait plus, mais il perdait à peine, risquant çà et là quelques louis.

— Il y a mille francs à faire, dit Franz.

Les perdants étaient quelque peu rebutés ; on eut de la peine à compléter la somme. Franz gagna encore.

— Deux mille francs! dit-il gaiement en prenant une nouvelle poignée de cartes dans l'immense paquet servant à la banque.

Après bien des hésitations, les deux mille francs se trouvèrent. Franz gagna encore.

— Quatre mille francs! s'écria-t-il.
— Je fais cent francs, dit son voisin.
— Moi, trois cents.
— Moi, cinquante...

Et ainsi de suite.

Quand le dernier joueur eut parlé, il manquait environ le quart de la somme.

Il y avait deux ou trois minutes que Jean n'avait gagné. Une colère folle s'amassait au dedans de lui. Ses pieds trépignaient sous la table, et ses doigts crispés cherchaient quelque chose à broyer.

La difficulté de faire le jeu prolongea cette fois l'intervalle entre les deux coups. Jean bouillait d'impatience.

— Ça ne va pas ce soir, dit Franz. — Deux cents louis vous mettent en déroute... ça fait pitié !

Le regard de Jean, qui n'avait pas encore dépassé le milieu de la table, se releva un peu et alla jusqu'au tas d'or qui était devant Franz.

Il s'arrêta là. Des sons confus tintèrent dans les oreilles du pauvre joueur d'orgue ; il se retourna comme pour chercher Polyte et se retenir à lui.

Polyte était à l'autre bout de la chambre.

Le regard de Jean revint, comme si un ressort l'y eût poussé, vers le tas de louis qui lui faisait face ; ses narines s'enflèrent ; sa poitrine rendit un souffle fort et bruyant.

Jusqu'à ce moment, il avait avancé sa

mise avec timidité et sans mot dire ; sa voix inconnue s'éleva tout à coup au milieu du silence et fit relever la tête à tous les joueurs.

Polyte interrompit, en tressaillant, sa promenade, et regagna en trois bonds son poste abandonné.

— Je tiens tout, avait dit Jean Regnault d'une voix brève et rauque.

— A la bonne heure ! s'écria Franz. — Voilà un brave !

Les autres joueurs retirèrent leur mise et regardèrent : c'était un duel fort intéressant. La partie commença.

Dès la première carte retournée, Jean se sentit comme ivre ; le sang monta violemment à sa joue, et ses yeux se troublèrent. Il couvait avidement le jeu : il cherchait à voir, mais il ne pouvait pas.

Un voile rougeâtre était entre lui et les cartes.

Polyte, immobile et retenant son souffle, voyait pour deux.

Il y eut deux ou trois secondes d'attente, deux siècles ! Puis une rumeur se fit autour de la table.

— Gagné ! disait-on.

— Qui ? demanda Jean d'une voix faible.

Les joueurs se prirent à rire, et un blasphème étouffé de Polyte apprit à Jean la vérité.

Sa joue redevint blême ; il chancela sur son siège.

— Compte, dit Polyte, — tu as peut-être plus de quatre mille francs.

Jean se mit à compter ; ses mains étaient molles et tremblantes ! — Il avait moins de quatre mille francs !

— C'est fini, grommela Polyte d'un ac-

cent découragé. — Tu n'as plus rien ! allons-nous-en !

Jean ne bougea pas : il paraissait ne point comprendre.

Quand le râteau de l'employé saisit son tas d'or pour l'amener vers Franz, Jean suivit le râteau d'un œil ébahi et morne.

On riait toujours autour de la table. Le désespoir naïf de ce pauvre diable était quelque chose de très-drôle.

— Allons-nous-en ! répéta Polyte.

Jean comprit enfin. Il voyait le tapis vide devant lui.

Il passa le revers de sa main sur son front ruisselant de sueur, et, pour la première fois depuis qu'il était entré dans cette maison, il releva les yeux tout à fait.

Son regard chercha l'homme qui l'avait gagné.

— Huit mille francs ! disait Franz avec sa gaieté intrépide.

— Voyez donc, murmura Julien à son oreille, comme ce jeune homme vous regarde !

Julien parlait de Jean Regnault, dont les yeux agrandis et brûlants se fixaient sur Franz avec une effrayante expression de haine.

La joue du joueur d'orgue était livide : ses dents, serrées à se briser, refusaient passage à son souffle.

La figure de Franz, gracieuse et souriante, venait de lui apparaître comme la face d'un démon. C'était cette blonde tête qu'il avait aperçue dans la chambre de Hans Dorn ! Le baiser dont le bruit l'avait blessé au cœur, comme un coup de poignard, était tombé de cette bouche rose !

Et qu'il semblait heureux, ce beau jeune homme, en face de sa misère à lui, plus profonde, et de son désespoir !

Leurs regards se croisaient en ce moment.

Gertrand! murmura-t-il, elle est jolie et douce comme sa mère.

La physionomie de Franz prit une expression de regret et de pitié. Il ne reconnaissait point le joueur d'orgue ; mais il voyait sa détresse, et, de grand cœur, il lui eût rendu l'argent gagné.

Jean comprit : une rage sourde et envenimée lui étreignit le cœur : ses mains crispées se retinrent au tapis et le déchirèrent.

Un instant, les muscles de son corps se ramassèrent, comme s'il eût voulu bondir en avant. La démence était dans son cerveau : ses doigts frémissaient d'aise et de désir, à l'idée d'étrangler son ennemi.

Il venait de songer à Gertrand, qui le trompait peut-être, et à la mère Regnault couchée sur son grabat et que cet or eût sauvée !...

Il eut peur de lui-même ; il sentait que le délire victorieux allait le jeter sur cet homme qui lui arrachait à la fois ses derniers espoirs de bonheur.

Il se leva et s'enfuit.

XIX

APRÈS MINUIT

Minuit était sonné depuis une demi-heure.

Les rues qui passent à travers les compartiments irréguliers des halles de Paris étaient plongées dans le silence. Çà et là, quelque bouchon montrait encore sa porte entr'ouverte, malgré les ordonnances de police, et c'est à peine si, de loin en loin, un ivrogne égaré essuyait les murailles, le long des trottoirs déserts.

Dans la rue de la Ferronnerie et tout le long du marché des Innocents, jusqu'à la pointe Sainte-Eustache, les marchandes campagnardes dormaient entre leurs paniers. Il faisait froid ; les cabaretiers privilégiés de la rue aux Fers versaient leur trois-six illustre à de nombreux chalands. Des rondes muettes glissaient sous les réverbères, trois ombres noires d'un côté de la rue, trois ombres de l'autre, faisant aux voleurs trop fins une chasse toujours malheureuse.

Deux hommes allaient lentement dans l'obscurité profonde qui règne à cette heure sous les piliers des halles.

Ils avaient l'air triste et tout déconfit ; l'un d'eux chancelait en marchant comme un homme vaincu par l'ivresse, et son camarade était obligé de le soutenir.

C'étaient Jean Regnault et Polyte sortant de la maison de jeu de madame la baronne de Saint-Roch.

Polyte n'avait plus cette apparence triomphante qui le rendait si cher à madame Batailleur. Il avait oublié de mettre son chapeau sur l'oreille, et c'est à peine si sa canne ébauchait à de rares intervalles un timide moulinet.

Mais son abattement n'était rien auprès de celui du pauvre Jean Regnault. Quand le gaz venait à éclairer entre deux piliers ses traits pâles et défaits, vous eussiez dit un fantôme. Il allait les yeux baissés, la bouche morne ; il n'y avait plus sur son visage ni pensée ni vie.

Il ne répondit rien aux récriminations bavardes de Polyte, il ne les entendait pas.

— C'est connu, disait tristement le lion du Temple ; on ne peut pas comme ça gagner deux jours de suite ! Tu avais commencé le lundi soir et nous étions au mardi matin. J'aurais dû te prendre par le collet et t'emmener de force, mais je ne suis pas libre, moi, dans cette maison-là. Si j'avais fait un esclandre, on aurait appelé Joséphine, et minute !

Jean semblait un somnambule qui marche sans écouter ni voir.

— Si c'est possible, reprenait Polyte de perdre comme cela quatre mille francs en un coup de carte ! De l'argent sûr, qu'on pouvait mettre dans sa poche et emporter très-bien. Et dire que je n'étais pas là pour te fermer la bouche, en criant : « Ne l'écoutez pas, il est fou ! » Car tu es fou, mon garçon, ou je veux être pendu !

Jean poussait de gros soupirs. Polyte et lui venaient de s'engager dans la rue de Rambuteau, large voie qui fera pénétrer jusqu'aux coins les plus reculés du Marais la belle civilisation de la pointe Saint-Eustache.

Tandis que Polyte radotait ses inutiles reproches, une réaction se faisait chez le joueur d'orgue : son abattement cédait de nouveau à la fièvre. Il s'éveillait peu à peu ; son pas traînant et lourd se relevait par saccades ; il murmurait des paroles sans suite, que son geste convulsif accompagnait au hasard.

Au bout d'un quart d'heure de marche, il s'arrêta brusquement sur la chaussée boueuse de la rue du Temple.

— Je vais retourner, dit-il en serrant avec force la main de son compagnon.

Polyte fit trêve enfin à son interminable sermon.

— Où ça ? demanda-t-il étonné.

— Il doit y être encore, reprit Jean sans se mettre en peine de répondre ; je veux le tuer !

— Tuer qui?

Jean tourna sur ses talons et se dirigea en sens contraire. Polyte courut après lui afin de le retenir.

Jean se débattait; son visage était pourpre et ses yeux avaient des regards insensés.

— Je veux le tuer! répétait-il; le tuer! Si tu savais ce que j'ai vu ce soir! il était assis auprès d'elle et lui baisait la main. Je sais bien que c'est mon mauvais génie. La mère Regnault va mourir sur la paille, dans sa prison, et Gertraud! oh! Gertraud qui ne m'aimera plus!

Deux larmes roulèrent sur sa joue brûlante.

— Je ne croyais pas si bien dire, pensait Polyte; le pauvre garçon est fou à mettre en cage! Allons, Jean, mon fils, sois raisonnable et viens nous coucher!

Jean fit un dernier effort pour se dégager, mais son abattement le reprenait; il cessa bientôt de se débattre, baissa la tête jusque sur sa poitrine, et suivit machinalement Polyte, qui l'entraînait vers le quartier du Temple.

Le dandy ne grondait plus; il avait pitié; son éloquence s'employait maintenant à remonter le moral du joueur d'orgue.

— On reverra ça, disait-il; ça va et ça vient. Si nous pouvons rattraper la reine, nous ne ferons plus de bêtises! Dieu de Dieu! ajoutait-il en aparté, c'est un peu de boisson qu'il faudrait à cet homme-là... As-tu soif, Jean?

— Oui, répondit le joueur d'orgue qui mit sa main sur sa poitrine oppressée, grand'soif!

— Comme ça se trouve! Moi, je boirais la Seine. Mais du diable si nous trouvons un endroit ouvert, et puis, d'ailleurs, *nib de braise!* absence générale de monnaie!

Ils avaient longé la rue Percée et arrivaient sur la place de la Rotonde. *L'Éléphant, les Deux-Lions* et les autres cabarets étaient fermés.

Polyte, par un geste qui lui était familier, mit sa main dans le gousset de son gilet.

— Si la pièce de cinq francs ne manquait pas, poursuivit-il, je sais bien où nous trouverions notre affaire. Et j'aimerais assez ça, étant agoni de raisons par mon portier chaque fois que je rentre après minuit. Il y a *les Quatre Fils Aymon,* où la mère Taburot laisse toujours un petit bout de porte ouverte pour les connaissances. Mais la pièce de cent sous!

Polyte s'interrompit et poussa un cri de joie; ses doigts venaient de rencontrer, tout au fond de sa poche, le louis d'or ramassé auprès de la table du lansquenet.

— Voilà de quoi payer les violons! s'écria-t-il en gambadant sur le pavé; vive la joie, petit Jean! Je te fais la politesse d'une noce en grand, avec pâté, vin blanc, saucisson et punch au rhum pour dessert. Nous allons nous soigner comme il faut et boire jusqu'à demain matin.

Jean restait immobile.

— Boire, répéta-t-il en se parlant à lui-même; le vieux Fritz dit toujours qu'il boit pour oublier. Est-ce vrai que, quand on est ivre, on ne se souvient plus?

— Ah çà! dit Polyte stupéfait, est-ce que tu ne t'es jamais grisé, petit Jean?

— Jamais. Il y a si longtemps que nous sommes pauvres!

— Eh bien! mon fils, s'écria Polyte, je vais t'initier à cet agrément de la vie. Quand on a du chagrin, vois-tu, il n'y a que cela de bon. Ça vous berce; on se croit propriétaire; on ne changerait pas de sort avec un rentier! Ah! dame! c'est un joli état!

— Mais est-ce vrai qu'on oublie tout?

— Tout! commença Polyte, qui allait improviser une description poétique de l'ivresse.

Jean l'interrompit en lui saisissant le bras.

— Alors, dit-il, allons boire!

Polyte ne demandait pas mieux. Quelques secondes après, les deux amis avaient franchi l'allée noire au-devant de laquelle la lanterne peinte brillait encore faiblement; ils traversèrent le petit jardin planté d'un basilic, et Polyte, se faisant un marteau du bout de sa canne, frappa à la porte du billard.

— Qui êtes-vous? demanda-t-on de l'intérieur.

— *Guipe* [1], répondit Polyte.

— Que voulez-vous?

— *Guiper* un petit peu, vieux farceur de François. Il gèle ici; ouvrez-nous la porte!

Le garçon de madame veuve Taburot parut hésiter deux ou trois secondes, puis la porte fut ouverte.

Le billard était désert comme.à l'heure où nous sommes entrés pour la première fois au cabaret des *Quatre Fils Aymon*; mais de ce bruit, de ce mouvement, de cette gaieté folle qui régnaient naguère dans la salle voisine, il ne restait absolument rien. Au lieu de la lumière abondante qui éclairait, durant le bal, les groupes remuants des danseurs, une seule lampe fumeuse et pâle, placée sur le comptoir, essayait de combattre l'obscurité.

Toutes les tables étaient vides, sauf deux ou trois qui servaient d'oreiller à des buveurs endormis. On n'entendait d'autre bruit qu'un murmure confus, formé par ces ronflements prolongés que l'ivresse lourde donne au sommeil.

1. Mot qui a passé du Temple dans le quartier latin et ailleurs. Il veut dire bon compagnon, viveur.

A la première vue, on n'apercevait que des gens assoupis sur les tables; mais, à regarder mieux, on finissait par distinguer, dans les demi-ténèbres, des hommes et des femmes en costume de carnaval, étendus pêle-mêle, qui sur les banquettes, qui sur des tabourets rapprochés, qui sur le sol même.

Hommes et femmes semblaient avoir été jetés comme au hasard et gardaient des poses étranges. Pitois, dit Blaireau, couché sur le dos, avait les deux bras en croix et suait à grosses gouttes, parce que la duchesse, tombée en travers sur sa poitrine, lui enlevait le souffle. Malou, plus heureux, avait une banquette pour lui tout seul; la tête gracieuse de Bouton-d'Or, qui souriait à un rêve d'enfant, s'appuyait contre son épaule.

Les autres étaient couchés çà et là, aux endroits où l'ivresse victorieuse les avait terrassés.

L'atmosphère était chaude, fétide, étouffante; l'air était saturé de ces odieux parfums d'orgie qui enivrent et soulèvent le cœur.

Madame veuve Taburot avait quitté son comptoir, après avoir lu la dernière ligne de son journal et bu la dernière goutte de sa tisane au rhum. L'établissement restait à la garde du garçon François, chargé d'ouvrir la porte aux *connaissances* altérées.

A part François, il y avait encore dans la salle deux personnages qui ne dormaient point. Ils étaient attablés devant une chopine d'eau-de-vie, dans le coin le plus obscur de la pièce.

En sortant avec le chevalier de Reinhold, Johann avait dit à Pitois et à Malou de lui garder Fritz jusqu'à son retour; — on lui avait gardé Fritz.

Les deux hommes attablés devant la chopine d'eau-de-vie étaient Johann et l'ancien courrier de Bluthaupt.

Johann s'était chargé de fournir quatre travailleurs de bonne volonté, sachant l'allemand et aptes à certaine besogne qui devait être accompli de l'autre côté du Rhin. Sur les quatre ouvriers, il n'en avait trouvé que deux encore. Il était en train d'embaucher le troisième.

Fritz était un malheureux dont une ivresse de chaque jour avait usé toutes les facultés ; on ne pouvait plus savoir ce qu'il avait été autrefois ; ceux-là seulement qui l'avaient connu dans sa jeunesse disaient que Fritz avait uni un cœur loyal à un esprit intelligent.

Mais comment les croire ? Il ne restait rien en lui, que la volonté de s'enivrer sans cesse.

Fritz avait été beau ; c'était maintenant un débris humain dont l'aspect effrayait et repoussait.

Il y avait vingt ans qu'on ne l'avait vu sourire, vingt ans à dater de la nuit de la Toussaint, où le dernier comte de Bluthaupt était mort de vieillesse auprès de sa femme expirée...

Cette nuit-là, Fritz revenait de Francfort sur-le-Mein, où il avait été accomplir un message.

On l'avait fait boire à Francfort, et il avait bu tout le long de la route. La nuit était noire ; la tempête sifflait dans les mélèzes qui bordaient l'avenue de Bluthaupt. Fritz, esprit superstitieux et faible, se souvenait, en cheminant, des étranges légendes racontées aux veillées du vieux schloss.

En passant auprès du précipice appelé l'*Enfer de Bluthaupt* (la Hœlle), il vit deux ombres se glisser entre les arbres et il eut peur, parce que maître Blasius, le majordome, disait souvent comme quoi, dans les nuits de tempête, Rodophe de Bluthaupt, — le comte Noir, — décédé en état de péché mortel au temps des croisades, allait prendre les voyageurs égarés pour les conduire jusqu'aux lèvres de l'abîme...

Fritz eut peur. Ne comptant point sur son cheval rendu de fatigue, il se cacha derrière un gros tronc d'arbre.

Un cri d'agonie retentit dans le silence de la nuit, cri déchirant et terrible, qui devait venir, plus tard, bien souvent, troubler ses rêves. En même temps, les nuages qui couraient au ciel se déchirèrent, et Fritz put voir, à la clarté de la lune, le visage du prétendu comte Noir.

C'était M. le chevalier de Regnault, un des amis de l'intendant Zachœus Nesmer.

Fritz venait d'être témoin d'un horrible et lâche assassinat.

Il descendit la montagne et gagna la traverse de Heidelberg, où il trouva un cadavre. Fritz avait vécu au château du comte Ulrich. Dans le corps inanimé qui était devant ses yeux, il reconnut Raymond d'Audemer, le mari de la jeune comtesse Hélène.

Les événements de la nuit qui suivirent ce meurtre donnèrent pour maîtres, à Fritz, Zachœus Nesmer et ses associés. Le meurtrier était l'un d'eux : Fritz n'osa pas accuser ; il se tut.

Mais depuis lors une voix impitoyable criait au fond de sa conscience, et Fritz cherchait dans l'anéantissement de l'ivresse un refuge contre ses remords.

Il y avait au monde trois hommes qui connaissaient son secret : d'abord Johann et M. le chevalier de Reinhold, qui avait achevé de coudre ses lèvres en payant son silence à plusieurs reprises ; — le troisième était Otto, le bâtard du comte Ulrich, à qui Fritz avait fait autrefois sa confidence.

Tel était l'homme que Johann voulait enrôler dans le bataillon de son maître. Et cette œuvre, à vrai dire, ne présentait point de grandes difficultés : Fritz avait une bonne âme ; il gardait au fond du cœur un souvenir fidèle à la race des Bluthaupt ; c'était comme un instinct vague d'amour et de respect qui pouvait, les circonstances aidant, arriver jusqu'au dévouement, mais qui pouvait se voiler, sinon se perdre, et s'oublier et se tromper.

Fritz n'avait plus rien pour soutenir une lutte morale ; il avait perdu l'intelligence qui éclaire l'attaque, et la volonté qui rend fort.

Sa seule défense était un reste de religion,

de cette religion ignorante et superstitieuse qui oublie presque d'adorer Dieu, tant elle s'occupe à conjurer le diable.

Johann connaissait son Fritz sur le bout du doigt. Vers minuit, après avoir fermé son cabaret, il était revenu aux *Quatre Fils Aymon*. Fritz ronflait dans un coin du billard. Le marchand de vins l'avait secoué et l'avait conduit jusqu'à la table où nous les voyons maintenant, en lui faisant flairer une chopine d'eau-de-vie.

Ils étaient là depuis une demi-heure environ, lorsque Polyte et Jean firent leur entrée. Johann buvait pour faire boire Fritz, et, comme il avait éprouvé une résistance inattendue, il s'accoudait maintenant sur la table, la face pourpre et la langue épaissie.

Il était lui-même à moitié ivre.

Fritz s'asseyait en face de lui, morne et immobile comme toujours. La lumière de la lampe éclairait faiblement sa joue hâve, marbrée de plaques rouges, et encadrée par les masses rudes de sa grande barbe grise.

XX

IVRESSE

Fritz buvait ; ses yeux éteints se fixaient sur Johann, lourds et sans pensée.

— Eh bien ! mon vieux Fritz, disait ce dernier, — tu vois que c'est une affaire où il y a du bon à gagner.

— Les juges d'Allemagne condamnent à mort comme ceux de France, répliqua le courrier de Bluthaupt.

Johann haussa les épaules.

— As-tu peur de mourir ? demanda-t-il en riant.

Le courrier eut comme un frémissement de terreur.

Il but un grand verre d'eau-de-vie.

— Après la mort, il y a l'enfer, murmura-t-il ; l'enfer, où l'on brûle toute une éternité !... Si je n'avais pas peur de cela, maître Johann, voilà longtemps que vous ne verriez plus le pauvre Fritz dans le marché du Temple.

— Parce que ?...

— Parce que bien souvent, quand il passe le long des quais après la nuit tombée, il se penche au-dessus de la Seine avec envie... Oh ! si la mort était un sommeil, reprit-il tout à coup avec véhémence, comme je m'endormirais bien vite, maître Johann ! mais Satan rit au fond de l'eau verdâtre... l'enfer me guette... je ne veux pas mourir !...

Sa tête s'inclina sur sa poitrine et ses yeux se baissèrent.

— La bonne folie ! s'écria Johann : — tâche donc de réfléchir, mon vieux camarade... Ne te souviens-tu pas du trou de Bluthaupt et de ce que tu as vu sur la lande dans la nuit de la Toussaint ?...

Le courrier frissonna.

— Eh bien ! reprit Johann, le chevalier en est-il mort ? Voilà vingt ans de cela, et Dieu sait s'il se porte à merveille !... Il y a des juges en Allemagne comme en France ; mais les juges d'Allemagne ne voient pas plus loin que le bout de leur nez... Crois-moi, vieux Fritz, je ne voudrais pas mettre dans la peine un ancien camarade... Il n'y a rien à craindre, et c'est une affaire d'or... Peut-on compter sur toi ?

Fritz secoua lentement sa tête chevelue.

— Non, répondit-il.

Johann frappa du pied avec impatience et

but un plein verre d'eau-de-vie sans s'en apercevoir.

Jean et Polyte venaient d'entrer ; ils s'é-taient mis à la table la plus voisine du comp-toir, et ne pouvaient point distinguer nos deux convives, perdus dans l'ombre éloi-gnée.

Ces derniers, au contraire, n'avaient qu'à tourner les yeux pour voir ; mais Fritz ne faisait jamais attention à ce qui l'entourait, et le marchand de vins était en ce moment trop occupé pour se montrer curieux.

Le bruit que faisait Polyte attira un in-stant son regard distrait, puis il se remit tout entier à sa besogne.

— Allons ! François, allons ! criait Polyte qui avait retrouvé toute sa bonne humeur ; — du pâté d'Italie, de la galantine, des sar-dines à l'huile et du vin cacheté ! Le prix ne fait rien... nous avons de quoi !

François, qui dormait debout, alla chercher tout ce que l'établissement de madame veuve Taburot contenait de vivres, et les plaça sur la table ; en même temps, il déboucha deux bouteilles de vin, dit de Bordeaux, et le festin commença.

Polyte mangeait tout seul, mais il man-geait pour deux ; Jean, lui, se forçait à boire.

— Au diable les soucis ! disait Polyte ; ça n'a pas été ce soir ; une autre fois, ça ira mieux !... Mange donc, petit Jean, voilà du fricandeau froid, comme on n'en trouverait pas aux *Vendanges de Bourgogne*, le chic des chics, en fait de cuisine soignée !

— J'ai beau boire, répondit Jean dont la joue commençait à reprendre ses fugitives couleurs, — ça ne me fait pas oublier.

— Ça va venir, mon bonhomme !... tu n'as pas encore une bouteille... Bois toujours !

Jean buvait, son œil s'animait, sa joue s'empourprait peu à peu, et il disait en te-nant son verre d'une main déjà tremblante :

— Je n'oublie rien... rien !

On voyait, par terre et sur les banquettes, des jambes s'agiter, des bras remuer ; on en-tendait, parmi le concert des ronflements, quelques voix confuses qui parlaient dans un rêve.

A l'autre bout de la salle, Johann pour-suivait sa tâche.

— Ça fait pitié, mon pauvre Fritz, disait-il, — de voir les haillons que tu portes !... Quand je pense que tu étais si pimpant au-trefois !

Fritz regarda les lambeaux de son pa-letot gris avec une sorte de honte.

— Je ne gagne pas beaucoup d'argent, répondit-il, et il me faut tous les soirs ma chopine d'eau-de-vie.

— Je conçois ça... Mais si nous faisions notre affaire, mon camarade, tu aurais tous les soirs ta chopine d'eau-de-vie et même la bouteille... et ça ne t'empêcherait pas de mettre sur tes épaules de bons habits cossus.

Fritz passa le revers de sa main sur son front.

— Écoute, Johann, dit-il, tu m'as déjà fait donner de l'argent, et, depuis que je l'ai reçu, je souffre davantage... Parfois, quand je suis ivre, j'ai envie de mettre le feu à ta maison, car c'est toi qui as glissé dans ma poche le prix du sang. Jusqu'à l'heure où je l'ai accepté, je n'étais pas damné tout à fait... Prends garde, je sens que je deviens ivre... va-t'en !

Le marchand de vin recula instinctive-ment son siége, et jeta sur Fritz un regard sournois. Fritz était miné par des excès de vingt ans ; mais ç'avait été un vigoureux compagnon autrefois : Johann pouvait s'en souvenir.

— Quelle mouche te pique, mon vieil ami? murmura-t-il avec douceur. — Ce que j'en dis est dans ton intérêt... Je voudrais te faire gagner quelques sous : voilà l'histoire.., parce que, vois-tu bien, si tu avais une fois un petit magot, ton commerce irait sur des roulettes. Et, crois-moi, quand on est heureux et qu'on peut faire bombance avec les amis, on se moque joliment des peccadilles du temps passé.

L'indignation de Fritz s'en était allée comme elle était venue ; il n'y pensait plus.

Son œil, que la colère avait fait briller durant un instant, redevenait morne et stupide.

Il tendit son verre et le vida ensuite d'un seul trait.

— Comment s'appelle l'homme qu'on veut tuer? demanda-t-il d'une voix basse et creuse.

— Pierre, Paul, Jacques, répondit le marchand de vin, que t'importe cela?... Tu ne le connais pas.

— Est-il jeune?

— Assez.

— Est-il heureux?

— Ma foi ! je n'en sais rien... Voici la chose, mon garçon... Tu feras un voyage au pays... on te mettra un *quidam* au bout de ton fusil... tu tireras ; et puis tu reviendras avec du foin dans tes bottes... Pas vrai que ça te va?

Fritz ne répondait point ; il semblait penser à autre chose et ne plus comprendre.

— J'ai songé parfois, murmura-t-il après quelques secondes, — que, si j'avais une femme auprès de moi, jeune, douce, pieuse, je serais moins malheureux...

— Parbleu ! interrompit Johann qui vit là une nouvelle voie ouverte à sa tentation.

— Elle m'aimerait peut-être, reprit l'ancien courrier de Bluthaupt, dont l'œil hagard

s'adoucit jusqu'à exprimer une émotion tendre ; — je l'entendrais prier Dieu... elle me garderait contre les terreurs de mes nuits.

Johann se prit à rire derrière son verre.

— Le vieux fou ! pensa-t-il.

Puis il ajouta tout haut, en dissimulant autant que son ivresse croissante pouvait le permettre :

— C'est juste, mon camarade, voilà une idée qui ne m'était pas venue... Il te faut une femme, et, pour avoir une femme, il te faut de l'argent.

Comme il allait poursuivre, la voix de Polyte s'éleva auprès du comptoir. Le magnifique lion en était à sa troisième bouteille. La joie le débordait ; il commençait à chanter les gaudrioles à l'aide desquelles il embellissait d'ordinaire le dessert de sa souveraine.

Car, pour être le favori d'une femme importante, il ne suffit pas d'être beau garçon, il faut encore avoir des talents agréables.

Le bruit attira de nouveau les regards de Johann, qui, cette fois, reconnut Jean Regnault.

— Tiens, tiens, tiens ! grommela-t-il en plaçant son verre vide sur la table ; — que fait-il ici, celui-là?

Il détestait le pauvre Jean, qui était le rival du neveu Nicolas auprès de la jolie Gertraud.

Et, tandis qu'il le regardait, en cherchant un moyen de tourner contre lui le hasard de cette rencontre, une pensée subite éclaira son ivresse.

— Tiens, tiens, tiens ! répéta-t-il ; — ça doit savoir l'allemand... la petite Gertraud

Auguy! auguy! disaient les enfants; ohé! vieux père Araby! (Page 91, col. 2.)

lui aura servi de maître... Il doit avoir grand besoin d'argent... j'ai envie d'essayer!

Sa longue et triste figure se dérida une seconde fois jusqu'à s'épanouir tout à fait.

Depuis cet instant, tout en continuant à endoctriner le pauvre Fritz, il ne perdit plus de vue Polyte et son compagnon.

— Buvez, mes petits, pensait-il ; — buvez roide et ferme : ça diminuera ma besogne...

Polyte et Jean n'avaient pas besoin d'être excités ; ce dernier surtout vidait son verre avec une sorte d'emportement.

Quand le lion eut fini de chanter, ils trinquèrent.

— Quand je serai riche, dit Polyte, je prendrai Joséphine Batailleur pour cirer mes bottes. Ah! ah! ah! elle enragera bien, la vieille, et ce sera drôle! connais-tu madame Huffé, petit Jean?

— Il me semble que je me noie, murmura le joueur d'orgue ; j'étouffe!...

— Il faut boire! Madame Huffé a été Cosaque : en voilà une qui a eu des malheurs ! Quand mes bottes ne seront pas bien cirées, je condamnerai Joséphine à une heure de bataille rangée avec madame Huffé. Ah ! ah ! ah ! mon Dieu ! mon Dieu ! comme on rira !

Polyte avait les larmes aux yeux.

— Ma tête tourne, murmura Jean, et pourtant je n'oublie pas. Ils mentent, ceux qui disent que le vin fait oublier ! je vois la pauvre mère Regnault sur son grabat ; je vois Gertraud qui lève sa main ; j'entends le bruit d'un baiser...

Il étreignit convulsivement sa poitrine oppressée.

— Et n'est-ce pas lui que voilà devant nous ? s'écria-t-il avec une violence soudaine ; je le reconnais bien avec son sourire insolent et ses grands cheveux de femme. Ah ! il est bien beau et bien riche ! Gertraud, Gertraud, que Dieu vous pardonne !

Il montra le poing au fantôme que son imagination exaltée voyait dans l'ombre ; puis il voulut se lever dans un élan de rage folle, mais il ne put et retomba pesamment sur son tabouret.

Polyte chantait à tue-tête ; François, debout au milieu de la chambre, oscillait sur ses longues jambes et rêvait qu'il dormait.

— Eh bien ! vieux Fritz, reprenait Johann, cherchons une petite femme à nous deux. En as-tu quelqu'une en vue ?

— Non, répondit le courrier.

— Voyons, que dirais-tu de la gentille Gertraud, la fille de notre camarade Hans ?

— Un ange ! murmura Fritz.

— Et un fameux, mon brave !

— Elle est si bonne et si pure ! Ah ! le remords ne pourrait point descendre jusqu'à l'oreiller où reposerait sa tête.

— Ça me paraît évident ! Avec ça, le père Hans a de l'argent placé pas mal. Il y a plus d'un bon garçon dans le Temple qui songe à la petite ; mais si on voulait bien s'en mêler, vois-tu, ce serait toi qui l'aurais.

Pour la première fois, depuis bien des années, un sourire vint sur les traits flétris de l'ancien courrier de Bluthaupt.

— Gertraud ! murmura-t-il ; elle est jolie et douce comme sa mère, et avant que le page Hans Dorn vînt au château, je croyais que sa mère m'aimerait.

Johann partagea, entre son verre et celui de Fritz, le reste de la chopine d'eau-de-vie. Sa tête tournait ; il suivait sa tâche avec une obstination machinale ; mais il était, en réalité, plus ivre que son compagnon lui-même.

— A ta santé, vieux Fritz ! reprit-il joyeusement, et à celle de ta fiancée. C'est moi qui ferai la demande, si tu veux, et je fournirai gratis le vin de la noce.

Fritz vidait lentement son verre et souriait toujours. Ses paupières commençaient à battre, et il tombait dans une sorte de sommeil béat.

— C'est un beau rêve ! disait-il tandis que sa tête alourdie branlait sur ses épaules. Ce matin, je l'ai vue sous les piliers de la Rotonde. C'est à peine si sa mère avait un plus gracieux sourire. Pour ce prix-là, je crois que je vais te donner le reste de mon âme, Satan.

Ses sourcils se froncèrent, et il appuya ses deux coudes sur la table.

— Est-ce une affaire faite, mon bon garçon ? demanda Johann.

Fritz le regarda, et fit un signe de tête affirmatif.

Pendant que le marchand de vin lui serrait la main pour sceller le marché, il s'endormit.

— Et de trois! dit Johann qui se mit sur ses jambes avec effort; je n'aurai pas volé mes rentes. Mais où diable prendre mon quatrième, maintenant? Il me semble pourtant que j'avais eu une idée.

Son regard ébloui fit le tour de la salle; il compta sur ses doigts : Màlou, d'abord, puis Blaireau, puis Fritz.

— Ça ne fait jamais que trois, grommela t-il en cherchant de l'eau-de-vie dans la chopine vide. Ah! ah! se reprit-il tout à coup, je savais bien!

Son œil, réveillé, venait de tomber sur Polyte et son compagnon!

Polyte s'était endormi à peu près en même temps que Fritz; il avait essayé de fumer; le tuyau brisé de sa pipe restait entre ses dents.

Jean Regnault, pris par un vague désir de regagner la maison paternelle, tâchait péniblement de se lever.

— A-t-il bu, le petit drôle! pensait Johann; moi qui ai ma raison, je vais lui faire faire tout ce que je voudrai.

Jean se dirigeait en chancelant vers la porte du billard; Johann le suivit, se démêlant de son mieux parmi les membres entrelacés des dormeurs. Il n'écrasa guère çà et là qu'une main, une joue, une poitrine, et parvint, sans autre encombre, à sortir de l'étrange dortoir.

Jean et lui touchèrent presque en même temps le pavé de la place de la Rotonde. L'air du dehors les saisit à la fois et les acheva.

Johann prit le bras de Jean, qui ne le reconnut point, et tous deux commencèrent à traverser la place en s'appuyant l'un contre l'autre et en décrivant des courbes multipliées.

Chacun d'eux gardait son idée fixe : Johann croyait gagner ses rentes et faire de très-sérieuse besogne; Jean répétait entre ses dents serrées :

— Ils ont menti!... on n'oublie rien... rien.

— De sorte que tu sais l'allemand, toi? dit Johann en manière d'exorde; ça va joliment te servir, mon enfant, et si tu veux travailler comme un joli garçon, ta respectable bonne femme de grand'mère ne restera pas longtemps au *bloc*.

Jean s'arrêta et releva ses reins qui ployaient.

— Ce n'est plus Polyte! murmura-t-il avec un étonnement profond; où donc ai-je mis Polyte?...

Johann prit un air mystérieux.

— De la discrétion surtout! dit-il croyant répondre à une question qui n'avait point été faite; ça sera bien facile. Pour tuer un homme, on n'en meurt pas, mon mignon.

— Oh! gronda le joueur d'orgue en serrant ses poings convulsivement, il y a un homme que je voudrais tuer!

— Bon! s'écria Johann; comme ça se trouve! C'est le même.

Jean n'écoutait pas.

— Je reconnaîtrai ma route, pensait-il tout haut; il m'a volé mon argent, l'argent qui devait sauver ma grand'mère, et ce n'est rien que cela. Oh! ne l'ai-je pas vu baiser la main de Gertraud!

— Vraiment? fit Johann. Pas bête, pas bête!

La voix de Jean prit un accent plaintif.

— Gertraud! Gertraud! répéta-t-il; mon seul bonheur! elle ne m'aime plus Vous voyez bien, ajouta-t-il en se redressant une seconde fois; il faut que je le tue!

— Ça me paraît clair, dit Johann; d'autant que tu feras d'une pierre deux coups. En voilà un petit qui a de la chance de gagner un bon billet de mille francs comme ça sans se déranger!

— Mille francs! prononça Jean dont un fugitif éclair de raison traversa la cervelle troublée; pourquoi me parlez-vous de mille francs?

— Parce que c'est le même, mon fils, et qu'il nous a volé aussi quelque chose.

— Et vous voulez le tuer?

— Juste!

Jean quitta brusquement le bras de son compagnon.

— Allez-vous-en, dit-il à voix basse; je ne vous connais pas.

Ils passaient à ce moment à l'angle du marché, devant l'échoppe des Regnault.

— Voilà pourtant une fameuse place! dit le marchand de vins, et, avec ce qui resterait des mille francs, la pauvre bonne femme pourrait reprendre ses petites affaires. Ah! ah! mais tu aimes mieux laisser vivre le beau jeune homme, mon fils, afin qu'il baise encore la main de la jolie Gertraud.

Jean lui saisit le bras de nouveau.

— Qui êtes-vous? s'écria-t-il d'une voix étouffée; de qui parlez-vous?

Avant que Johann eût pu répondre, le joueur d'orgue poursuivit fougueusement:

— Il ressemble à une femme, n'est-ce pas?

Il a la joue blanche et rose avec de grands cheveux blonds bouclés?

— C'est que c'est vrai! pensa Johann étonné; le diable est fin: si c'était vraiment le même! Tu fais là tout son portrait, mon garçon, ajouta-t-il à voix haute.

— Il sourit doucement, continua Jean; on dirait une jeune fille déguisée.

— C'est que c'est ça!

— Eh bien! s'écria le joueur d'orgue en serrant avec folie le bras de Johann, donnez-moi votre argent, je le tuerai!

Johann n'était pas en état de sentir tout ce qu'avait d'incertain cette promesse faite par un enfant ivre et en fureur. Il se proclama décidément au fond de l'âme le plus adroit et le plus heureux des négociateurs.

Ses rentes étaient gagnées.

Il attira le joueur d'orgue sous un bec de gaz et lui montra son visage.

— Tu te souviendras de ça, mon fils, lui dit-il; et nous nous reverrons demain!

Il regagna, content et fier, son cabaret de la *Girafe*. Une minute après son départ, Jean, qui traversait l'allée sombre conduisant à la pauvre demeure de sa grand'mère, ne se souvenait plus de lui.

Mais, en revanche, les événements de la soirée restaient obstinément gravés au fond de sa mémoire. La souriante beauté de Franz lui apparaissait dans l'ombre, et le piquait au cœur comme un sarcasme continuel. Sa haine grandissait, envenimée; sa lèvre murmurait, à son insu, ces mots, qui étaient maintenant une sanglante menace:

— Je n'ai rien oublié, rien!

CINQUIÈME PARTIE

LE MYSTÈRE DE LA TRINITÉ

I

AUGUY

On était au matin du mardi gras. Les rues du faubourg Saint-Honoré, calmes et désertes encore, gardaient leur physionomie de tous les jours. Rien n'y annonçait la fête prochaine ; le noble quartier ne s'émouvait point à l'approche des joies populaires ; il dormait, fatigué de son carnaval à lui, si parfumé, si truffé, si doré. C'est à peine s'il savait que deux cent mille Parisiens allaient courir aujourd'hui la ville pour voir un bœuf hydropique, conduit par des garçons bouchers en goguette.

Il était environ neuf heures du matin ; le soleil, empourpré par la brume, semblait suspendre son disque sans rayons au-dessus de la Madeleine. On ne voyait sur les trottoirs que des ouvriers, le nez dans leur blouse, et quelques employés gagnant le bureau à contre-cœur.

Les portes de l'hôtel de Geldberg étaient ouvertes ; c'était, nous l'avons dit, une maison modèle qui voulait un petit saint dans chacun de ses commis.

Depuis quelques minutes, du côté de la rue opposé à la porte cochère, un homme se promenait avec lenteur et cachait son visage frileux derrière les collets de son manteau. Deux ou trois fois, il s'était approché de l'entrée de l'hôtel, et son regard s'était glissé dans la cour, où quelques valets vaquaient aux soins matiniers. Il semblait chercher quelqu'un et ne le point trouver.

Examen fait, il traversait de nouveau la chaussée et regagnait le trottoir, où sa promenade continuait.

Tout en se promenant, il guettait avec attention la porte cochère, et son regard interrogeait, les unes après les autres, les fenêtres closes de l'hôtel.

Il y avait dix minutes à peu près qu'il était là. Au bout de ce temps, il put remarquer que sa promenade obstinée commençait à exciter l'attention des valets épars dans la cour et des employés arrivant à leur poste.

Apparemment, ce n'était point son compte. Il tourna, en effet, l'angle de la rue d'Astorg, et s'engagea dans le passage long qui conduisait à la rue d'Anjou en côtoyant les murs du jardin de Geldberg.

Dans cette nouvelle position, il pouvait apercevoir les fenêtres de l'arrière-façade, ainsi que celles des deux pavillons, et il ne se faisait point faute de les lorgner de son mieux.

Mais c'était en vain ; toutes les persiennes étaient fermées, et, de ce côté surtout, l'hôtel présentait un aspect de complète solitude.

Il fallait aviser ou prolonger indéfiniment cette promenade matinale ; or notre promeneur n'avait pas beaucoup de temps à perdre ; et, d'autre part, d'excellentes raisons lui défendaient en ce moment l'entrée de l'hôtel. Cet homme était M. le baron de Rodach.

Il venait là pour voir Lia de Geldberg, et il comptait sur Klaus pour lui faire parvenir un message.

Il y avait à Paris deux personnages qu'on eût étonnés bien profondément, en leur mon-

trant à l'improviste M. le baron dans le passage
d'Anjou. Vous leur eussiez affirmé ce fait,
sous serment, qu'ils auraient refusé de vous
croire; vous leur eussiez montré de loin le
promeneur, qu'ils auraient haussé les épaules; enfin vous eussiez rabattu le collet du
manteau protecteur, découvrant ainsi le mâle
visage de Rodach, qu'ils auraient douté encore, et douté sérieusement!

Ils se seraient crus le jouet d'une illusion,
d'un songe. Ces deux personnages avaient
nom : Reinhold et Abel de Geldberg.

Jugez! le jeune M. Abel revenait en ce
moment à franc étrier, monté, ma foi! sur
Victoria-Queen, sa jument de race; il revenait
de Luzarches, premier relais sur la route
des Pays-Bas, où il avait quitté, après une
chaude accolade, le baron de Rodach partant pour Amsterdam.

Et il n'y avait pas d'erreur ou de supercherie possible : Abel avait fait la conduite
au baron; il avait passé une heure et demie
côte à côte avec lui dans une chaise de poste;
il lui avait donné tous les renseignements
nécessaires à la négociation que le baron allait entamer auprès de meinherr Fabricius
Van Praët.

Comment se tromper? c'était de la veille
qu'il connaissait Rodach : l'impression produite par ce personnage étrange avait été
bien vive; elle était toute fraîche; Abel n'a-
vait point eu le temps d'oublier.

Aussi la pensée même d'un doute lui eût
semblé bouffonne et impossible; il revenait
au trot anglais de sa Reine-Victoria, content
du baron et content surtout de sa propre
personne au degré suprême.

Il avait montré une habileté si rare! il
avait dépensé dans toute cette affaire tant de
subtile et fine diplomatie! Sa tâche était accomplie; il pouvait désormais s'endormir
dans une sécurité douce, et partager tranquillement ses tendresses éclairées entre sa
jument et sa danseuse.

Quant au chevalier de Reinhold, il n'avait
pas été si loin qu'Abel; sa course s'était bor-

née aux Messageries royales, où il avait mis
M. de Rodach dans un coupé de diligence.
Il n'avait quitté la cour des Messageries qu'a-
près avoir vu la diligence partir pour Boulogne, au galop de ses cinq chevaux.

Et le chevalier, comme le jeune M. Abel,
avait regagné la rue de la Ville-l'Évêque en
se frottant les mains joyeusement; Rodach
lui avait semblé, ce matin, plus martial encore que la veille; c'était vraiment l'homme
qu'il fallait pour mettre le rude madgyar à
la raison.

Reinhold était, pour le moins, aussi certain de son affaire que le jeune M. de Geldberg. Nous pourrons voir plus tard lequel
des deux se trompait, ou s'ils se trompaient
tous les deux.

Ce qui est certain, c'est qu'ils avaient une
foi robuste et assurément motivée; pour l'un,
le baron galopait sur la route d'Amsterdam;
pour l'autre, le baron brûlait le pavé dans
la direction de Londres. Ce qui est certain encore, c'est que, pour nous, le baron,
mettant de côté ce double voyage, se promenait à pied dans le passage d'Anjou, derrière l'hôtel de Geldberg.

Et quiconque eût aperçu, entre les collets
de son manteau, relevés sans doute à cause
du froid piquant de cette matinée d'hiver,
son mâle et noble visage, ne l'eût point jugé
propre à mêler le triple fil de cette comédie
étrange; cela supposait, en effet, une faculté
d'intrigue presque diabolique, et la franchise, peinte sur les beaux traits de Rodach,
éloignait jusqu'à la pensée de l'astuce.

Qu'était-ce donc?

Le baron patienta encore durant quelques
minutes, espérant toujours que le hasard
amènerait Klaus à sa rencontre, ou que la
charmante figure de Lia se montrerait à l'une
des fenêtres; mais ni Lia ni Klaus ne parais-
saient, et les rares passants qui s'engageaient
dans la ruelle commençaient à le regarder
curieusement.

La moindre circonstance pouvait amener

là, d'un instant à l'autre, des personnes que le baron avait intérêt à éviter.

Il s'avança jusqu'au bout du passage et jeta son regard des deux côtés du trottoir. A l'angle des rues d'Astorg et de la Ville-l'Évêque, il aperçut un Auvergnat, assis auprès de ses crochets.

C'était tout ce qui lui fallait. Il arracha une page blanche de ses tablettes et se mit à tracer au crayon quelques mots à l'adresse de Klaus.

Tandis qu'il écrivait sur son genou, un grincement léger se fit derrière lui.

Le dernier coup de neuf heures sonnait à l'horloge de l'hôtel.

Rodach se retourna au bruit et vit s'ouvrir doucement une sorte de poterne, percée dans le mur du jardin de Geldberg.

Une figure jaune et ridée, ensevelie sous l'énorme visière en abat-jour d'une casquette de peau, se montra, puis un corps étique, emmitouflé dans une houppelande pelée que recouvrait un manteau court.

Rodach n'eut besoin que d'un coup d'œil pour reconnaître ce vieillard à la tournure bizarre qui lui était apparu, la veille, dans le corridor, au moment où il sortait de la chambre de Lia.

Cette fois, comme l'autre, le vieillard surgissait avec une figure effarouchée ; il jeta son regard cauteleux et vif par-dessous sa grande visière, à droite, puis à gauche. Au moment où il aperçut Rodach, il fit un soubresaut et rentra dans son mur.

La porte s'était refermée comme par enchantement.

Rodach resta un instant les yeux fixés sur cette porte close ; son visage, où il y avait de la surprise, était pensif.

Ses idées venaient de changer leur cours.

Il déchira le billet commencé et tourna l'angle du passage, de manière à se cacher derrière la saillie du mur.

Et il attendit. Le lieu était découvert : il se trouvait là exposé aux regards des gens qui se rendaient à l'hôtel ; mais, bien qu'il

lui importât évidemment de n'être point reconnu, il demeura ferme à son poste, se bornant à rabattre davantage les larges bords de son chapeau.

Deux ou trois minutes s'écoulèrent ; la petite porte restait close. Au bout de ce temps, le grincement léger, entendu déjà, se produisit de nouveau ; la porte tourna sur ses gonds, et le petit vieillard reparut au seuil.

Son regard, plus timide, fit l'examen du passage ; personne ne s'y trouvait en ce moment. Le petit vieillard referma la poterne vivement, et se mit à marcher d'un pas mal assuré dans la direction de la rue d'Anjou.

Rodach sortit de sa cachette et le suivit.

Le vieillard allait, courbé en deux, et s'emmaillotant de son mieux dans les plis de sa houppelande. Sa marche incertaine et tremblante [décrivait des zigzags dans l'étroit passage, et l'on devait s'attendre à le voir trébucher contre la première aspérité du chemin ; mais ses petits yeux gris et perçants étaient meilleurs que ses jambes ; il évitait les obstacles avec prudence, et poursuivait sa route, menaçant chute toujours et ne tombant jamais.

Rodach faisait tout ce qu'il pouvait pour étouffer le retentissement sonore de son pas : mais c'était en vain ; le talon de ses bottes sonnait malgré lui contre lui le pavé sec et gelé. A moitié du passage, ce bruit parvint jusqu'aux oreilles du vieillard, qui tressaillit sans se retourner, et dont l'allure laissa deviner de l'hésitation et de l'inquiétude.

Il fut longtemps avant de se déterminer à glisser un regard en arrière. Rodach voyait sa casquette de peau tourner à demi à droite, puis à gauche. Le vieillard n'osait pas. Il attendit un coude de la voie pour lancer un rapide coup d'œil sur la route parcourue.

Il vit ce qu'il craignait de voir : la grande taille du baron qui se dressait au milieu du passage solitaire. Vous eussiez dit alors un de ces pauvres petits chevaux, écrasés sous une charge trop lourde, se traînant la tête basse, les jambes amollies, mais qui bondissent tout à coup, réveillés par la piqûre aiguë de l'éperon. Le vieillard serra davantage autour de son corps maigre les plis de sa houppelande et déploya soudain une agilité inattendue. Son torse courbé se redressa ; il se mit à courir, trottant menu comme une chèvre, et suivant désormais une ligne presque directe.

Malheureusement, la lutte était loin d'être égale, et, pour garder sa distance, le baron n'eut besoin que d'allonger un peu ses enjambées.

On sortit du passage ; on prit la rue d'Anjou. A de courts intervalles, le vieillard se retournait, et Rodach pouvait voir l'étrange grimace que le désappointement mettait sous sa visière.

La course se continuait cependant, facile d'un côté, désespérée de l'autre ; quoi qu'il pût faire, le bonhomme à la houppelande ne gagnait pas un pouce de terrain. Évidemment il commençait à perdre courage.

Au bout de deux ou trois cents pas, il écarta les pans de son manteau court, déboutonna sa houppelande, et s'essuya le visage avec un mouchoir de coton à carreaux. Sa marche ne se ralentissait point encore ; mais ses efforts devenaient convulsifs, et il n'allait plus que par saccades.

Au coin de la rue d'Anjou, il se retourna une dernière fois ; sa figure maigre et ridée exprimait une véritable détresse. Il tourna l'angle, Rodach le perdit de vue un instant et pressa le pas.

Mais les vieux cerfs qui n'ont plus de jarrets savent au moins donner le change. Quand Rodach tourna l'angle à son tour, le petit vieillard avait complètement disparu.

La rue, sans être déserte, n'avait point de foule qui pût gêner le regard ; le baron jeta les yeux de tous côtés, et ne découvrit point l'issue par où le mystérieux vieillard avait pu s'évanouir.

Il demeura un instant désorienté. Aux environs, il n'y avait ni ruelles ni allées ; toutes les maisons voisines étaient closes, comme c'est assez l'habitude dans le quartier de la Madeleine.

C'était un véritable coup de théâtre. Rodach, qui ne pouvait comprendre cette disparition soudaine, s'obstinait à fouiller du regard les enfoncements des portes cochères et les moindres recoins, comme s'il se fût attendu sans cesse à voir surgir quelque part la figure jaune et plissée, derrière son vaste abat-jour.

Rien ! — En désespoir de cause, Rodach rebroussa chemin vers l'hôtel de Geldberg.

Mais, au bout de quelques pas, il se ravisa, et sa montre consultée lui rappela une tâche nouvelle. Précisément à l'endroit où il s'était arrêté naguère, stationnait une citadine dont les stores étaient baissés ; les chevaux, abandonnés à eux-mêmes, prenaient leur repas dans de longs sacs de toile.

Rodach chercha des yeux le cocher absent et mit la main sur les poignées de la portière.

— Il y a quelqu'un..., dit une voix de vieille femme à l'intérieur.

Rodach n'en entendit pas davantage, et hâta sa marche vers le boulevard.

A peine avait-il disparu, que la portière de la citadine s'ouvrit sans bruit et avec lenteur. — Le bonhomme à la houppelande montra timidement sa large visière, sous laquelle il y avait un sourire sournois.

Il avait manifestement envie de rester quelque temps encore dans sa cachette ; mais le cocher de la citadine, qui avait terminé ses libations matinales au cabaret prochain, revenait à ses chevaux.

— Le coquin serait capable de me faire payer la course ! grommela le bonhomme qui l'aperçut de loin.

Il descendit et reprit sa route au pas accéléré, pour réparer le temps perdu. . .

. . . .

Le carreau du Temple était encombré.

Je ne suis pas venu pour subir vos questions; mais j'ai besoin de cent trente mille francs.

C'était l'heure de cette foire bizarre, où la friperie parisienne entasse ses monceaux de guenilles, et où la spéculation indigente manœuvre sur des loques, ni plus ni moins que la spéculation riche sur des millions réels ou imaginaires.

Au premier aspect, on pourrait croire que des loques sont à tout le moins une vérité; mais, hélas! partout où la spéculation met la main, qu'il s'agisse de rouges liards ou de billets de banque, l'atmosphère se change en un prisme trompeur, et l'œil abusé ne voit que mensonges...

« Vous qui êtes nus et qui avez la légitime envie de vous vêtir, n'allez pas dans la Forêt-Noire, sur ce carreau décevant, patrie des chaussettes collées, des souliers cartonnés, des habits reteints à la craie et dont le drap pelé a retrouvé, au moyen du charbon, une sorte de velouté sophistiqué! N'allez pas! ce pantalon qui vous séduit est une chimère; ce gilet presque propre n'existe pas : c'est le néant rapetassé; ce chapeau si brillant, cette *niolle*, pour parler le langage technique, va se changer en béret à la première ondée; cette cravate, passée au cirage (dan-

guin), va donner à votre cou ce qui lui
manque à elle-même, une bonne et solide
couleur; ô pudeur! cette chemise elle-
même!

N'allez pas! vous seriez entraînés à coup
sûr. Il y a là des séductions irrésistibles! les
chineurs ont des charmes qui aveuglent, et
les *râleuses*, ces terribles sirènes, vous dés-
habillent, rien qu'à vous regarder.

Tout se tient; tout est hostile au chaland;
c'est une association étroite dont les statuts
déclarent la guerre à tout profane. Drapez-
vous dans un manteau troué comme les
philosophes grecs; faites-vous, à l'exemple
de Chodruc-Duclos, un costume complet
à l'aide de votre barbe; mais n'allez pas sur
le carreau du Temple!

On ne peut pas savoir avant d'avoir vu. Il
y a des fanfarons qui disent : « Je résisterai. »
C'est là l'impossible! Dès qu'on est entre la
Rotonde et la Forêt-Noire, un éblouissement
vous fait battre la paupière; ces nippes
amoncelées se transforment et se parent; les
taches disparaissent, les souillures s'effacent,
les trous se bouchent comme par enchantement.

Le plus affreux lambeau prend une tournure coquette; il n'y a plus de haillons.

Et, tout autour du pauvre diable qui passe,
des paroles perfides sont prononcées; l'argot prodigue, d'un bout à l'autre de la place,
ses trompeuses métaphores. En vain veut-on
se roidir, la fascination opère; on achète, on
troque. Il est si flatteur, en définitive, de renouveler sa garde-robe avec un écu de cent
sous!

On échange son cheval borgne contre un
aveugle, mais on donne si peu de retour!

Il va sans dire que le marché du mardi-
gras est un des plus beaux de l'année. Le
carreau fait les travestissements en temps de
carnaval, et il est toujours possible d'y tro-
quer sa redingote contre un bien joli costume
de bal.

Au moment où nous entrons sur la place
de la Rotonde, vendeurs et chalands regor-

geaient de toutes parts; on reconnaissait l'accent juif allemand des chineurs, qui exal-
taient les mérites *t'eine hâpit* ou les charmes
t'eine banddlon. A cet agréable langage, la
voix nasale des Bas-Normands, qui abondent
aussi dans le Temple, répondait en vantant
une *leuvite*, un bon *gilais*, ou toute autre
pièce de toilette devant aller comme un gant
au petit *bourjouais*, sans mentir!

Aux portes des marchands de vin, c'était
un va-et-vient continu. Les râleuses triom-
phantes amenaient là leur proie; un clin
d'œil suffisait pour déshabiller le chaland, un
autre pour lui essayer sa toilette nouvelle.

Tout allait parfaitement; rien ne boitait
jamais; le cabaretier, consulté, déclarait, en
versant les deux canons d'impôt, que la
chose ne faisait pas un pli.

Parmi la foule, nous eussions reconnu bon
nombre de nos connaissances. Au plus fort
de la mêlée, madame Batailleur, infatigable
et âpre toujours à la besogne, colportait
des pantalons de velours et quelques *frivolités* à l'usage masculin; elle vendait, elle
achetait, elle se démenait, sans respect pour
le noble nom de Saint-Roch, qu'elle portait
si bien après huit heures du soir; elle ne dé-
daignait pas de mettre la main à l'œuvre, et
de faire concurrence aux râleuses, en essayant elle-même ses articles.

Sa tenue était de circonstance; l'indienne
avait remplacé la soie, et son splendide bonnet de dentelle à rubans couleur de feu
cédait la place à un mouchoir noué à la sans-
gêne.

Elle travaillait de tout son cœur, elle ne
méprisait aucune aubaine : c'était la marchande modèle, le négoce fait chair, qui, à
défaut d'or, caresse et chérit les gros sous.

Fritz montrait, au seuil des *Deux-Lions*,
sa face blême et stupéfiée; personne ne lui
achetait; il restait dans son indolence morne.
Il avait bu déjà sa pitance matinale, et sa
raison engourdie se berçait en une sorte de
sommeil.

Un peu plus loin, sous le péristyle, Màlou,

dit Bonnet-Vert, et Pitois, dit Blaireau, vendaient fraternellement les pantalons volés en commun ; il y avait autour d'eux un cercle de dandys, parce que leurs pantalons étaient beaux et pas chers. Polyte était là, lorgnant le drap fin d'un œil de convoitise et accusant amèrement la parcimonie de sa reine.

Polyte avait essuyé avec trop de conscience, cette nuit, les tables grasses du cabaret des *Quatre-Fils*. Ses coudes portaient de cruels stigmates ; son gilet avait des taches nombreuses, et on l'eût presque pris pour un prince en non-activité de service.

Çà et là, dans la cohue, Hermann et les autres Allemands, habitués de la *Girafe*, faisaient leur métier avec plus ou moins de bonheur.

Johann se promenait sur la lisière du marché, grave et fier, comme il convenait à un homme de son importance. Il saluait ses connaissances, mais sans familiarité : il avait déjà la fierté de ses rentes futures.

De l'autre côté de la Rotonde, Nono, la petite Galifarde, qui venait de recevoir l'aumône quotidienne de Gertraud, attendait son maître en balayant la boutique.

Araby se trouvait notablement en retard, et c'était chose étrange ; car, les jours de grand marché, il venait toujours de meilleure heure.

Quelques emprunteurs nécessiteux s'étaient déjà présentés devant l'échoppe du vieil usurier ; la Galifarde avait été obligée de les renvoyer.

Elle regardait en vain du côté de la rue de la Petite-Corderie ; elle tendait en vain l'oreille pour saisir cette rumeur lointaine, composée de rires enfantins et de cris moqueurs, qui annonçait le plus souvent l'arrivée d'Araby.

Elle crut ouïr enfin ce bruit précurseur de la venue de son maître ; elle se dressa sur la pointe des pieds et vit en effet, à l'angle de la place, un joyeux attroupement d'où partaient des huées et des éclats de rire.

— Auguy ! [1] auguy ! disaient les enfants ; ohé ! vieux père Araby !

Hans Dorn sortait en ce moment de l'allée qui conduisait à sa demeure ; il accompagnait M. le baron de Rodach, dont la voiture stationnait à la porte.

Le flot des enfants perçait la foule à quelque cinquante pas d'eux.

Le nom d'Araby vint à plusieurs reprises frapper l'oreille du baron ; son attention parut enfin excitée, et il tourna la tête vers l'attroupement, qui déjà s'éloignait.

Le doigt de Hans guida son regard. Il aperçut quelque chose de fauve et de tremblotant qui perçait la foule aux abords de la Rotonde.

Il ne put distinguer. Le bonhomme Araby, cependant, harassé de fatigue, plié en deux et pouvant à peine se soutenir sur ses jambes chancelantes, dépassa les piliers du péristyle et disparut dans son trou.

La troupe de ses petits persécuteurs resta un instant devant sa boutique ; puis elle se dispersa en courant, après avoir jeté une dernière huée :

— Ohé ! Araby ! auguy ! auguy !

II

LA CLOCHE

Le baron était arrivé au Temple vers neuf heures et demie, à la suite de la chasse infructueuse qu'il avait faite au petit vieillard du passage d'Anjou. En traversant la cour, commune à la famille Regnault et au marchand d'habits Hans Dorn, M. de Rodach entrevit un groupe de trois hommes à mines néfastes, qui semblaient garder la porte des Regnault.

1. Cri particulier au Temple, et dont nous ne ferons pas remonter la source au temps des druides. Les enfants l'accompagnent d'un geste singulier qui consiste à tirer un coin de leur blouse, roidi « en oreille de porc ». Ce cri et ce geste réunis constituent le plus sanglant des outrages.

En dedans de l'escalier, Geignolet, à cheval sur la rampe, regardait le groupe avec
un sourire idiot.

Le baron ne songeait guère, il faut le dire,
à la pauvre femme rencontrée, la veille, dans
l'antichambre de Geldberg. Il ne savait point,
d'ailleurs, où demeurait madame Regnault.

Son regard glissa sur les trois hommes,
qui avaient le mot *recors* écrit en grosses
lettres sur le visage. Il monta l'escalier de
Hans, tandis que Geignolet improvisait un
couplet nouveau pour célébrer l'arrivée des
hommes noirs qui venaient chercher sa
grand'mère, et la disparition de son frère
Jean, que l'on n'avait point revu depuis la
veille au soir.

Il disait en finissant :

> Après le Carreau, je m'échapperai
> Pour aller jusqu'à la Morgue,
> Voir s'il est avec les noyés :
> La bonne aventure, ô gué !...

Geignolet, à l'instar d'Homère, mettait
l'histoire en chansons.

Tout en regardant les recors avec ses gros
yeux hébétés, il caressait sous sa blouse le
grand clou aiguisé sur le pavé du Temple.
C'était son arme ; il attendait avec patience
le moment de s'en servir.

Geignolet ne regardait pas seul les trois
recors ; d'autres yeux les guettaient depuis
leur arrivée, deux beaux yeux remplis d'effroi naïf et de détresse.

Gertraud était debout derrière les rideaux
de sa croisée ; elle cherchait à percer la serpillière sombre tendue devant la fenêtre de
Jean.

Pourquoi Jean ne se montrait-il pas ? Gertraud devinait ce que venaient faire dans la
cour ces hommes à visage sinistre. Pourquoi
Jean n'était-il pas là, lui qui aimait tant son
aïeule ?

Que s'était-il passé durant cette nuit ? Gertraud se reprochait amèrement son indifférence de la veille. Tout entière à son devoir,
qui était de protéger le secret de mademoiselle d'Audemer, elle avait repoussé Jean.

Il lui semblait revoir à cette heure le dernier
regard du joueur d'orgue ; il souffrait ; il
était jaloux !

Et, ce matin, elle ne l'avait point vu revenir, suivant sa promesse, pour rendre les
habits empruntés.

Il était si malheureux ! Gertraud avait
peur.

Oh ! qu'elle eût voulu le retrouver, lui
sourire, sécher ses larmes avec des caresses !
Comme elle avait de bonnes paroles toutes
prêtes pour le consoler et guérir sa pauvre
âme froissée !

Mais la serpillière, dont le coin se soulevait toujours à cette heure, restait immobile ;
la chambre de Jean était déserte. Et les
hommes arrêtés dans la cour se consultaient.
Gertraud traduisait leurs gestes et devinait
leurs paroles. Ils allaient monter pour arracher la vieille femme à son grabat et l'entraîner jusqu'à la prison redoutée.

Quand le baron entra, Gertraud n'eut point
pour lui de sourire. Elle lui montra du doigt
la porte de Hans et retourna, triste, à sa fenêtre.

Le marchand d'habits réparait son absence
de la veille et mettait ses comptes à jour ; il
ferma son gros livre, pour recevoir M. de
Rodach avec empressement et respect.

— Ami Hans, dit ce dernier qui prit un
siége, c'est maintenant que je vais avoir
besoin de votre aide. Ils sont partis tous les
deux ; je suis seul, et le danger que nous
croyions évité reparaît plus menaçant. Nous
ne connaissons pas encore le terrible ennemi de notre Franz.

— N'est-ce pas cet homme qui a voulu le
faire assassiner par Verdier ?

— C'est une femme ! une femme qu'il a
aimée qu'il aime peut-être encore.

Hans, qui avait froncé le sourcil avec inquiétude, eut un sourire rassuré.

— Gracieux seigneur, dit-il, ma petite

fille a vu Franz hier au soir, et je crois savoir le nom de celle qu'il aime.

— Madame de Laurens? commença le baron.

— Mademoiselle d'Audemer, interrompit Hans.

Les traits de Rodach s'éclaircirent un instant.

— Denise! murmura-t-il ; je l'ai vue autrefois. Elle me rappelait, enfant, les beaux traits de Margarethe.

— Quand Franz est auprès d'elle, on dirait le frère et la sœur.

— Et ils s'aiment! reprit le baron à voix basse.

Sa paupière tomba lentement ; il rêvait.

Des idées de bonheur calme et gracieux venaient à la traverse de son inquiétude ; l'avenir dépouillait pour un instant son voile sombre et lui souriait.

Il y avait pour lui dans cet amour quelque chose de charmant et aussi quelque chose de providentiel.

Il lui semblait que la main de Dieu lui-même avait conduit l'un vers l'autre les enfants des victimes : la fille de Raymond d'Audemer et le fils de Margarethe de Bluthaupt.

Une prière ardente jaillit du fond de son cœur; puis la pensée soucieuse revint plisser son front, qui s'inclina davantage.

— Ce n'est point de Denise que je veux parler, reprit-il, ami Hans; c'est un sang chaud et hardi qui coule dans les veines de l'enfant. Les vices de sa race bouillante et la jeunesse folle le poussent aveuglément à toutes les joies. Je le connais déjà comme si je ne l'avais pas quitté d'un jour depuis sa petite enfance. C'est un cœur bon et fier avec une tête légère. Ses sens de feu n'ont jamais eu le frein et les conseils d'un père. Des passions libres, des désirs inquiets, désordonnés, la fièvre vive de l'adolescence !... Était-ce assez d'un amour pour cette âme ivre de force et de sève?

Son regard, qui brillait derrière ses paupières demi-closes, avait, malgré lui, un rayonnement d'orgueil.

— L'aimerais-je mieux sage? reprit-il encore; n'est-il pas tel que l'ont rêvé mes nuits de solitude, vaillant, fougueux, prodigue de lui-même, et jetant le surplus de sa riche adolescence aux femmes, au jeu, aux aventures?... Nous le corrigerons, ami Hans ; mais fi du cheval paisible et dompté d'avance, qui ménage ses bonds avant d'avoir senti le mors!...

— Parfois, dit Hans à voix basse et d'un accent de tristesse, le cheval ardent ne voit point le précipice ouvert au-devant de sa course étourdie...

— Nous sommes là, répliqua Rodach en redressant sa tête hautaine, et Dieu, qui a protégé dans la misère obscure le sang méconnu des nobles comtes, ne laissera point son œuvre inachevée... Soyons prêts seulement, ami Dorn, et veillons.

Hans mit la main sur son cœur.

— Gracieux maître, dit-il, je suis prêt, et ma vie est à vous.

— Cette femme dont je parlais, reprit Rodach, l'a aimé d'un caprice tôt assouvi. Elle le craint ; elle le déteste. C'est un de ces êtres puissamment organisés pour le mal, qui appliquent au crime le calcul profond d'une expérience consommée. J'avais quitté l'Allemagne pour livrer à Paris une dernière bataille, et c'est en Allemagne qu'il nous faudra combattre cependant. Nous sommes forts; le hasard et ma volonté ont mis entre nos mains des armes redoutables ; mais j'ai peur de cette femme, qui saura peut-être attirer Franz dans le piège et le perdre au moment de la victoire.

Hans Dorn ne comprenait point ; il attendait une explication.

Rodach lui raconta la scène qui avait eu lieu, le soir précédent, à la maison de jeu de la rue des Prouvaires entre lui et Petito. Hans avait entendu parler déjà de la fameuse fête de Geldberg ; un frisson courut par ses veines à la pensée du vieux schloss et des sauvages montagnes qui l'entouraient.

— Il faut que le petit Gunther reste à Paris ! s'écria-t-il rendant à Franz, dans ce moment d'émotion, un nom qu'il avait promis de ne plus prononcer ; oh ! croyez-moi ! ne le laissons pas aller dans ce château maudit qui garde le secret de tant de crimes. Il y a des lieux qui portent malheur !

Rodach réfléchit pendant quelques secondes.

— Paris est bien grand, répliqua-t-il enfin ; et, avec de l'or, on y trouve des mains promptes à toutes les besognes. Si je pouvais rester ici et veiller sur Franz, je suivrais votre avis, sans doute. Mais nous serons tous de cette fête.

— Parlez-vous pour moi ? demanda Hans étonné.

— Je parle pour vous et pour tous ceux de vos compagnons dont le cœur est resté fidèle à la mémoire de Bluthaupt... En notre absence, un autre Verdier pourrait se rencontrer... Et qui viendrait mettre alors une épée entre la poitrine de l'enfant et le fer exercé de l'assassin ?... Il faut que Franz aille au château de Bluthaupt.

Le marchand d'habits s'inclina silencieusement ; mais sa franche physionomie, qui ne savait rien dissimuler, gardait une expression de doute et de frayeur.

— Il faut qu'il aille au château de Bluthaupt ! répéta le baron ; ce qui est à craindre surtout, c'est le danger inconnu, et je

sais les armes préparées pour cette fête d'Allemagne. Une méprise m'a donné la confiance de la fille aînée de Mosès Geld ; elle m'a dit ses desseins à elle et les desseins des trois associés. Ceux-ci suivent toujours l'ornière de leur premier crime, et ils recrutent en ce moment des meurtriers qui doivent être aussi de la fête. C'est votre camarade Johann qui est chargé de ce soin.

L'œil de Hans eut un éclair d'indignation.

— J'aurais dû m'en douter ! dit-il d'une voix sombre. Je l'ai appelé mon ami durant bien des années, mais nous nous trouverons face à face quelque jour ; et alors, que Dieu lui pardonne !

— Quant à la femme de l'agent de change de Laurens, reprit encore Rodach, elle ne se borne pas à tremper dans le complot des associés, elle agit par elle-même. C'est elle qui amènera Franz au château ; en même temps que Franz, elle attirera en Allemagne un homme à qui ses duels ont fait une célébrité.

— Encore un combat inégal ! interrompit Hans.

— Elle y compte.

— Et pensez-vous pouvoir l'empêcher ?

— Je l'espère.

Hans secoua la tête.

— C'est qu'elle est bien belle ! dit-il, et ceux qui l'aiment perdent leur conscience.

— Celui dont je vous parle, interrompit le baron dont la lèvre fut effleurée par un sourire, ne l'aime pas. Mais ce n'est là qu'une chance faible ; la volonté de cette femme est de fer, et, si les bras des hommes lui manquent, elle frappera elle-même.

— Gracieux seigneur, dit Hans qui pâlit à l'idée de cette femme cachant la mort sous la grâce décevante de ses caresses, le danger est partout, je le sais bien ; mais, à

Paris, maintenant que nous sommes prévenus, nous pouvons lui faire une garde et veiller sur lui nuit et jour. Là-bas, dans ce sauvage pays...

— Nuit et jour nous veillerons, interrompit Rodach. Souvenez-vous, ami Dorn, que nous n'avons pas seulement une vie à garder, mais aussi à reconquérir un noble héritage. Qu'importe que Bluthaupt vive, s'il vit obscur et vaincu! C'est en Allemagne, sur les domaines mêmes des vieux comtes, que je vois notre vrai champ de bataille. Il est encore sur la montagne des gens qui se souviennent de Bluthaupt... Entre des ennemis puissants et des amis fidèles, que Dieu soit avec l'enfant! Il restera dans la maison de son père, vainqueur ou mort.

Le visage de Rodach était hautain et grave; son accent seul trahissait la profondeur de son émotion.

Il avait les bras croisés sur sa poitrine. Tandis qu'il prononçait ces dernières paroles, ses yeux allèrent au ciel avec une expression d'ardente prière.

Hans Dorn l'écoutait, les mains jointes et la tête inclinée.

Il y eut quelques seconde de silence.

— Mais pourquoi parler de mort? s'écria tout à coup le baron, dont la voix se releva changée; ne dirait-on pas que nous l'abandonnons sans défense aux hasards de cette lutte qui va décider du sort des Bluthaupt? Je veux qu'il soit sur la brèche comme il convient au fils de ses pères; mais je veux auparavant lui donner une solide armure. Ami Dorn, je pense à cela sans relâche; quand le sommeil surprend mes yeux lassés, j'en rêve. Toutes les nuits, ne vois-je pas sa douce mère, Margarethe, qui vient me dire avec son sourire confiant : « J'espère en toi; je prie Dieu pour toi. Le dernier nom qui vint sur ma bouche avec mon dernier soupir, ce fut le tien. Oh! travaille! travaille! et tu le sauveras!... »

— Elle vous aimait bien, murmura Hans Dorn dont la paupière devint humide, parce qu'il revoyait au fond de sa mémoire la pauvre femme, blanche et pâle, couchée sur son lit de douleur.

— Et moi, reprit le baron d'une voix tremblante, et moi, ne l'ai-je pas aimée uniquement depuis les jours de ma jeunesse? Y eut-il une sœur plus saintement, plus fidèlement chérie?

Ses yeux s'égaraient dans le vide et poignaient comme un vague remords.

— C'est vrai, poursuivit-il en se parlant à lui-même, une autre image est venue se graver au fond de mon cœur! Lia! ma pauvre Lia, que je vais faire si malheureuse! Je l'ai aimée. Oh! je l'aime!

Il pressa son front à deux mains. Hans le regardait avec étonnement.

— Ma sœur! ma sœur! reprit Rodach dont le visage exprimait une angoisse amère, si ce fut un crime, pardonne-moi! N'as-tu pas vu mes combats et ma peine? Ce fut dans la vie mon espoir unique, mon seul bonheur! J'y renoncerai.

La sueur inondait son front pâle; la fièvre était dans ses yeux qui brûlaient, hagards et sombres.

— J'y renoncerai! s'écria-t-il avec une sorte de transport; cette image, je la chasserai de sa place usurpée! j'étreindrai mon cœur pour en exprimer jusqu'au souvenir!

Il cacha sa figure entre ses mains, qui frémissaient convulsivement, et le marchand d'habits entendit un sanglot déchirer sa poitrine.

Hans demeura triste et muet; il n'osa pas interroger.

Au bout d'une minute de combat douloureux, la belle tête de Rodach se redressa sereine et résignée.

— Parlons de Franz, dit-il, et ne parlons que de Franz. D'après ce que j'ai appris hier, les Goldberg doivent hâter cette fête, qui sert leurs intérêts en détournant les regards de leur situation commerciale. Les invitations seront improvisées et les intimes, dit-on, devançant le gros de l'assemblée, partiront au commencement de la semaine prochaine. Il ne faut pas que Franz quitte Paris avant nous.

— Franz est pressé de partir, répondit le marchand d'habits, et mademoiselle d'Audemer sera très-certainement au nombre des premiers invités.

— Nous chercherons un moyen de le retenir. Nous aussi, nous avons des préparatifs à faire. Ils sont forts contre Franz, pauvre et obscur; le seront-ils autant contre un brillant jeune homme, entouré d'un luxe prodigue et menant un train de prince? L'armure dont je parlais tout à l'heure, ami Dorn, c'est la fortune. Ils avaient trop beau jeu, vraiment, jusqu'à ce jour! Un enfant isolé, vivant dans sa pauvre mansarde, un commis sans place, que personne ne connaît, dont personne ne s'occupe, cela se frappe, cela se tue, sans que le monde songe à s'en inquiéter! Mais le jeune fou qui jette l'or à pleines mains, qui fait parler de lui, qui attire les regards, n'est pas de défaite aussi facile. Je veux que Franz soit le lion de la fête. Les femmes n'auront des yeux que pour lui; les hommes seront jaloux de lui, de telle sorte qu'une égratignure à son petit doigt deviendra un événement, que toute l'adresse du monde ne saurait point cacher.

Hans eut un sourire de naïve admiration.

— C'est pourtant vrai! murmura-t-il; mais je n'aurais jamais songé à cela.

Au dehors, on entendit le son lointain de la cloche, annonçant l'ouverture de cette foire quotidienne, connue sous le nom du Carreau.

III

LA BOUTIQUE D'ARABY

Au son de la cloche, Hans se leva d'instinct; il avait l'habitude d'obéir tous les jours à ce signal. Il prit dans un coin de la chambre son sac de toile et mit son chapeau sur sa tête.

Puis le rouge lui vint au front, et il se découvrit précipitamment.

— Pardon, gracieux seigneur, balbutia-t-il, cette cloche...

— C'est l'heure du marché? interrompit Rodach en se levant à son tour.

— C'est l'heure, répliqua Hans Dorn qui avait jeté son sac de toile, et j'oubliais que je ne suis plus marchand d'habits, mais bien, comme autrefois, le serviteur de Bluthaupt. Je ne l'oublierai plus.

Tout en parlant ainsi, Hans roulait son chapeau entre ses doigts d'un air d'indécision.

— Et pourtant, reprit-il, si je ne me montre pas sur le carreau un jour de grand marché, les amis clabauderont, et ce coquin de Johann pourra bien se douter de quelque chose.

— Vous êtes sûr qu'il ne sait rien jusqu'à présent? demanda vivement le baron.

— J'en suis sûr. Quand vous entrâtes, l'autre soir, au cabaret de la *Girafe*, Johann était allé chercher du vin. A son retour, les camarades n'ont point parlé. Jusque-là, on n'avait pas grande raison de se défier de lui; mais le bon Dieu met, bien sûr, quelque chose sur le visage des traîtres : personne ne l'aime, et, quand il attache sur vous ses yeux

Araby se traîna sur ses genoux jusqu'au moment où le baron toucha la clef. (Page 106, col. 1.)

sournois, la parole confiante s'arrête dans le gosier.

— Les autres m'ont reconnu? demanda encore Rodach.

— Tous, gracieux seigneur, jusqu'au courrier Fritz, le pauvre malheureux !

— Et vous allez les retrouver sur le carreau ?

— Ils y viennent chaque jour.

Rodach se dirigea vers la porte.

— Eh bien ! ami Dorn, dit-il, soyez mar-

chand aujourd'hui encore. Trompez les soupçons de ce Johann et assurez-vous de l'aide des autres tenanciers de Bluthaupt.

— Ce sont de braves cœurs ! répliqua Dorn, et je répondrais d'eux comme de moi-même.

— Prévenez-les ; il faut qu'ils soient prêts à tout quitter au premier signal, pour se rendre dans le Wurzbourg.

— Ils seront prêts.

Le baron et son compagnon passèrent par la chambre de Gertraud. La petite brodeuse vint, suivant son habitude, demander un baiser à son père, qui ne vit point une larme trembler sous ses paupières baissées.

Gertraud attendait toujours le pauvre Jean, qui n'arrivait pas. Et les trois hommes noirs, à la mine sinistre, venaient de disparaître enfin dans l'escalier étroit de la vieille mère Regnault.

Qu'allait-il se passer?

Rodach et le marchand d'habits traversèrent la cour, déserte maintenant.

— J'avais autre chose encore à vous dire, poursuivit le baron; mais je vous reverrai dans la journée. Ce qu'il me faut à présent, c'est de l'argent, beaucoup d'argent!

Hans s'arrêta.

— J'ai ramassé une bonne somme, pièce à pièce, répliqua-t-il, depuis que je suis à Paris; c'est la dot de ma Gertraud. Mais Bluthaupt avant tout, gracieux seigneur! la dot de ma Gertraud vous appartient.

Rodach serra la main de l'ancien page entre les siennes.

— Merci! dit-il avec émotion; Dieu vous récompensera, mon brave compagnon, mais vos économies seraient une goutte d'eau dans la mer. Ce sont des sommes énormes qu'il me faut. Quand je suis arrivé ici, je me croyais bien riche, et, en trois jours, mes ressources ont été presque épuisées. Si vous saviez comme l'or glisse entre mes mains! J'ai à soutenir la maison de Geldberg qui tombe.

— La maison de Geldberg! interrompit Hans stupéfait; la maison des ennemis mortels de Bluthaupt!

— Plus tard je vous expliquerai ce mystère. Outre cela, je vais avoir les équipages de notre Franz à monter sur un pied royal. Jeudi, je pourrai puiser à certaine source, que je crois abondante, mais, d'ici-là...

Il mettait le pied en ce moment sur le pavé de la place de la Rotonde, et il fut interrompu par les huées enfantines qui accueillaient l'arrivée du bonhomme Araby.

— Qu'est cela? demanda-t-il.

— C'est un homme qui pourrait bien faire votre affaire, répondit Hans Dorn en souriant, si vous aviez des gages à lui donner.

Rodach essaya de voir; il n'aperçut qu'un morceau de fourrure pelée se balançant à hauteur des têtes et glissant vers le bâtiment de la Rotonde.

Hans poursuivait :

— C'est le grand banquier du Temple! il achète les hardes volées et prête de l'argent à dix pour cent par semaine. C'est Araby l'usurier.

— J'ai entendu parler de lui déjà plus d'une fois, répliqua Rodach dont le regard se dirigeait toujours du côté de la Rotonde. Ce nom d'Araby doit être un sobriquet?

— On n'en sait rien. Depuis le premier jour où son trou s'est ouvert, je l'entends appeler ainsi.

— Mais d'où venait-il?

— On l'ignore.

— Et personne n'en sait plus long que vous à ce sujet?

— Personne.

— Mais il doit avoir des amis, des connaissances, à tout le moins?

— Tous ceux qui entrent dans son trou le détestent et le maudissent... Il y a bien des malheureux dans le Temple; mais vous n'y trouveriez pas une seule main pour toucher la sienne.

— Il est riche?

— On le dit.

Rodach se retourna vers Hans; il avait l'air pensif et intrigué.

— Je suis fâché de n'avoir pu l'apercevoir,

pensa-t-il tout haut. Dites-moi un peu, ami Dorn, comment est fait ce personnage?

— Est-ce que vous auriez vraiment l'idée de vous adresser à lui? demanda Hans.

— Peut-être.

Le marchand d'habits hocha la tête d'un air de répugnance.

— Ce serait une démarche vaine, dit-il; Araby ne prête que sur gages et joue la pauvreté, comme tous ses pareils.

— Vous ne m'avez pas répondu?... interrompit Rodach.

— C'est que j'ai bien peu de chose à répondre. A peine ai-je entrevu par hasard un coin de son visage jaune et ridé sous la grande visière de sa casquette...

— Une casquette de peau? interrompit encore Rodach, dont la curiosité devenait inexplicable pour le marchand d'habits.

— Une casquette de peau.

— Après?

— Il est petit, chétif, caduc, tremblotant...

— Ensuite?

Les questions de Rodach se succédaient toujours plus vives, et un intérêt puissant se lisait dans son regard.

— Une houppelande presque aussi vieille que lui, répondit Hans, et, par-dessus la houppelande, un manteau court...

Le front de Rodach s'inclina durant deux ou trois secondes: il parut réfléchir profondément, puis sa haute taille se redressa tout à coup.

— Conduisez-moi chez cet homme, dit-il.

— Gracieux seigneur, balbutia Hans, avez-vous donc pris au sérieux des paroles que je regrette?

Un geste impérieux de Rodach l'arrêta; il dut obéir en silence.

Il traversa la foule bavarde et affairée qui bourdonnait comme une ruche et prodiguait les bizarres métaphores de l'argot du Temple.

— C'est là, murmura-t-il en montrant, sous le péristyle de la Rotonde, l'étroite devanture de l'échoppe d'Araby.

Rodach se plia en deux pour passer sous la porte, et disparut dans les demi-ténèbres de la boutique.

Il n'y avait personne dans la petite antichambre où les pauvres emprunteurs abondaient d'ordinaire, apportant à l'usurier leurs gages indigents, ou essayant de revendre leurs reconnaissances du mont-de-piété. Nous ne parlons point de Nono la Galifarde, que personne dans le Temple ne se fût avisé de compter pour quelque chose.

Elle était assise par terre, contre la portière du corridor conduisant à l'arrière-magasin; elle grelottait dans ce coin obscur, attendant les ordres de son maître.

Le baron de Rodach ne l'aperçut point en entrant, et la petite fille put regarder tout à son aise, avec ses grands yeux ébahis, cet homme à mine fière et haute qui ressemblait si peu aux chalands de tous les jours.

La pauvre enfant était bien faible; l'air humide et froid de la nuit précédente avait saisi son sommeil, que rien ne protégeait. Elle s'était réveillée les membres engourdis sous l'étoffe légère de sa robe d'indienne; une sueur gelée était sur son corps et l'oppression lourde accablait sa poitrine.

De temps en temps, une toux douloureuse et qu'elle tâchait en vain de contenir agitait convulsivement ses poumons.

En ce moment, sa tête, que le sourire eût faite si belle, se renversait contre le bois de la porte; les boucles éparses de ses cheveux se mêlaient sur sa joue amaigrie et pâle, où la fièvre mettait une tache de vermillon.

Elle souffrait, indolente et brisée; elle n'essayait même pas de se révolter contre son martyre; la douleur était sa vie; elle n'avait pas connu la joie; elle ne regrettait rien; elle n'espérait rien.

Parfois, peut-être, ces beaux rêves, si frais, si gracieux, qui ne manquent jamais à l'enfance, étaient venus visiter sa solitude. Elle avait entrevu, comme d'autres songent à l'impossible, la douceur d'un baiser de mère; elle avait deviné cette félicité sans égale d'aimer et d'être aimée.

Mais c'étaient de bien courts instants. Elle rejetait vite ces illusions qui lui rendaient la réalité plus morne et plus amère. Elle n'y voulait point croire. Il n'y avait de vrai pour elle en ce monde que les frissons glacés de ses nuits, que les mauvais traitements de son maître, que les cruautés impitoyables de son persécuteur, l'idiot Geignolet.

Un seul être lui avait été secourable, et, sans la douce Gertraud, qui l'avait consolée bien souvent et qui lui avait appris à implorer Dieu, la mort eût mis depuis longtemps un terme à sa lente torture.

Elle se souvenait bien d'un autre visage de femme, plus beau que celui de Gertraud elle-même, qu'elle avait rencontré à de longs intervalles, ému et souriant à son réveil.

Une fois surtout qu'elle s'était endormie de fatigue dans la boutique de madame Batailleur, oh! elle ne pouvait point l'oublier! elle s'était éveillée au contact d'une caresse qui effleurait son visage.

Ses yeux, en s'ouvrant, étaient tombés sur la figure charmante et inconnue d'une femme, une grande dame, sans doute, car ses habits étaient de velours et de soie, et Batailleur la traitait avec respect.

Le cœur de la petite Galifarde s'était élancé vers cette femme, dont le sourire restait gravé au plus profond de son cœur.

Et que de beaux songes! que d'espérances chères!

Mais il y avait de cela bien longtemps! La Galifarde gardait un vague amour et ne gardait point d'espoir.

La misère la tuait lentement; elle s'était fait de souffrir toujours une habitude; c'est à peine si elle sentait venir la mort, dont l'approche flétrissait déjà sa joue et roidissait la souplesse de ses muscles d'enfant.

Rodach s'était avancé tout droit vers le petit guichet qui servait de comptoir à l'usurier.

Il se pencha jusqu'à mettre sa figure au niveau du trou en forme de demi-lune, et voulut glisser un regard de l'autre côté de la cloison; mais le bonhomme était toujours sur le qui-vive, et la manœuvre du baron n'eut aucun résultat. Il ne vit que deux mains sèches et plissées qui s'étendaient en éventail au-devant du guichet.

Un instant il demeura indécis, ne sachant plus par quel bout prendre l'aventure.

— Est-ce à M. Araby que j'ai l'honneur de parler? dit-il enfin à tout hasard.

Point de réponse.

Il tira de sa poche une demi-douzaine de souverains et les déposa sur la planchette en reprenant:

— Je voudrais changer cet or contre de l'argent de France.

La main ridée s'avança et saisit les souverains, qu'elle compta un à un. On entendit à l'intérieur un petit bruit de balances; puis la main ridée, passant de nouveau par le trou, compta sur la planchette, en écus de cinq francs, la valeur des souverains, déduction faite d'un fabuleux escompte.

Le baron voulut s'appuyer sur cette circonstance pour nouer la conversation. Au premier mot qu'il prononça, la main ridée fit un mouvement et le guichet se ferma.

C'était un congé en bonne forme. Mais le baron n'était pas homme à se tenir vaincu pour si peu.

Après avoir réfléchi un instant, il résolut d'attendre la venue d'un nouvel emprunteur, et resta de pied ferme à son poste.

La petite Galifarde se collait, timide, au bois de la porte, et retenait sa toux qui voulait éclater; mais, au bout de quelques instants, sa poitrine irritée se souleva convulsivement, et le baron, qui ne l'avait point aperçue, tourna les yeux vers elle.

A son aspect, il tressaillit légèrement, comme si une pensée soudaine eût frappé son esprit à l'improviste. Il se rangea pour laisser parvenir les rayons du jour jusqu'au coin obscur où s'asseyait la petite fille.

Durant deux ou trois secondes, il la contempla en silence ; son regard exprimait une pitié grave et profonde.

Nono la Galifarde avait baissé les yeux et n'osait plus les relever.

— Pauvre enfant! murmura le baron, sans savoir qu'il parlait; qu'y a-t-il donc dans le cœur de cette femme?

Au son de sa voix, la petite fille glissa vers lui un regard timide ; mais l'expression de pitié qui était naguère sur les traits de M. de Rodach avait déjà disparu ; le but de sa visite remplissait de nouveau sa pensée.

— Ma fille, dit-il avec une douceur froide, allez prévenir votre maître que j'ai besoin de l'entretenir encore... Prenez ceci, ajouta-t-il en tirant une bague de son doigt, et que je sache ce qu'il en veut donner.

La Galifarde, obéissante, disparut avec la bague par la porte du magasin. Rodach crut ouïr un murmure confus derrière la cloison, quelques paroles rapidement échangées, puis le guichet se rouvrit.

La main jaunie tenait la bague et la pesait attentivement.

— Je donne de cela trois louis, dit l'usurier après une grande minute d'examen.

Le son de cette voix frappa vivement Rodach, et, pendant quelques instants, il chercha en vain où il l'avait entendue.

Au moment où il allait renoncer et répondre à l'offre de l'usurier, sa mémoire s'éclaira tout à coup. Cette voix, il l'avait entendue dans la matinée, au coin de la rue d'Anjou, derrière les rideaux baissés d'une citadine, tandis qu'il poursuivait le petit vieillard de l'hôtel de Geldberg, évanoui comme par enchantement.

C'était bien ce même timbre cassé, faible, chevrotant qu'il avait pris pour la voix d'une vieille femme.

Il s'expliquait maintenant la disparition subite du bonhomme à la houppelande. Mais cette pensée glissa dans son esprit; il avait vraiment bien autre chose en tête.

Son front incliné se redressa; un sourire fier courut autour de ses lèvres. Sa main, rapidement glissée sous le revers de sa redingote, tira d'un portefeuille une étroite bande de papier, couverte d'écritures et de timbres divers.

C'était une traite de cent trente mille francs échue et protestée sur Geldberg, Reinhold et compagnie.

Rodach arracha la bague des mains de l'usurier et mit la traite sur le comptoir, en disant :

— Mon digne monsieur, laissons ces bagatelles... Vous convient-il de m'escompter cela?

La tête d'Araby, couverte toujours de sa fourrure, sortit à moitié du guichet pour examiner le papier qu'on lui montrait à distance. Pendant qu'il regardait, la casquette antique et la grande visière avaient des frémissements. Puis tout cela se replongea dans le trou, qui rendit une plainte étouffée.

La main ridée s'avança deux ou trois fois à vide et se retira sans oser.

Le guichet se referma à demi, se rouvrit et se referma. L'agitation du vieillard était évidemment à son comble.

Rodach avait sa main sur la traite dépliée ; il attendait.

Au bout de deux ou trois secondes, le guichet se ferma définitivement, et, presque aussitôt après, de gros verrous grincèrent de l'autre côté de la cloison. La porte étroite qui servait d'entrée au bonhomme Araby s'ouvrit avec lenteur.

Le vieillard se montra sur le seuil, accroché des deux mains aux côtés de la porte.

Ses jambes l'abandonnaient.

Il regarda longtemps Rodach par-dessous son vaste abat-jour. On voyait la partie inférieure de sa figure se contracter à chaque instant davantage ; ses rides se choquaient et se mêlaient ; quelques paroles confuses tombaient de sa bouche comme au hasard.

— Voilà trois fois ! murmura-t-il enfin, trois fois que j'aperçois cet homme, dont le spectre a tant poursuivi mes rêves ! Est-ce un avertissement de Dieu ? Est-ce une illusion de Satan ?

Son corps, usé par la vieillesse, défaillait sous l'émotion. Rodach crut, à deux ou trois reprises, qu'il allait tomber à la renverse.

IV

CENT TRENTE MILLE FRANCS

Le vieillard parvint enfin à se raffermir sur ses jarrets et put traverser la petite antichambre, afin de clore la porte extérieure de sa boutique.

— Entrez ! dit-il à Rodach en revenant vers son bureau.

Rodach passa le premier.

Il se trouva dans une pièce très-obscure et de médiocre étendue, ayant pour tous meubles un fauteuil usé, une table boiteuse et un petit poêle de fonte où il n'y avait nulle trace de feu, malgré le froid intense. Cette chambre, dans la mesure de ses proportions exiguës, rappelait un peu le magasin de Mosès Gold, le prêteur sur gages de la Judengasse, à Francfort-sur-le-Mein.

Ici comme là, c'était la laideur nue des murailles, où l'araignée tendait en paix sa toile flasque et poudreuse ; c'était le plafond jaune et crevassé, le sol couvert d'une épaisse couche de poussière.

Le long des quatre murs, des dépouilles pendaient comme au vestiaire funèbre de la Morgue ; çà et là, dans les coins et derrière le poêle, des objets, qu'il faudrait un volume pour décrire et nombrer, formaient de véritables monceaux. C'étaient, en général, des débris informes, des haillons sans nulle valeur.

A gauche de la petite porte, un des monceaux s'élevait beaucoup plus haut que les autres ; il tenait l'angle de la pièce et représentait pour le moins un plein fourgon de chiffons.

Et encore n'était-ce point là le vrai magasin du bonhomme Araby, qui avait un autre trou sur le derrière.

Araby, au lieu de se rasseoir dans son fauteuil, l'offrit au baron d'un air humble et s'appuya contre le poêle de fonte.

— Je suis un pauvre vieillard, dit-il avec hésitation et les yeux cloués à terre ; Dieu ne m'a point laissé l'intelligence forte de mon âge mûr. Hâtez-vous de me dire qui vous êtes et ce que vous voulez, car ma tête se perd et j'ai des pensées qui ressemblent au délire.

— Vous croyez revoir, n'est-ce pas, murmura le baron dont le regard tombait sévère et fixe sur le visage décomposé de l'usurier, vous croyez revoir l'homme qui ne devait plus revenir ?

— C'est vrai, balbutia le vieillard, trop accablé pour dissimuler.

— Ceux qu'on a tués restent dans le cercueil, poursuivit Rodach. Vous avez peur ;

la tache du sang redevient rouge au fond de votre conscience !

— C'est donc bien vous ? prononça l'usurier d'une voix qu'on n'entendait presque plus,

Une nuance de pitié méprisante parut dans les yeux de Rodach.

— Je ne suis pas venu ici pour subir vos questions, meinherr Mosès, reprit-il ; mais j'ai besoin de cent trente mille francs.

A ce nom de Mosès, les rides d'Araby s'étaient creusées davantage ; mais ces mots : « Cent trente mille francs, » parurent lui porter un coup en sens contraire et réveiller brusquement sa raison, plongée en une sorte de sommeil.

Il releva ses paupières à demi et glissa vers le baron une œillade cauteleuse.

— Il y a vingt ans de cela ! pensa-t-il ; et cet homme est jeune encore... L'âge me rend fou !... Seigneur ! Seigneur ! comme il lui ressemble pourtant !...mais c'est la nuit toujours que les morts reviennent, et il fait jour !

— Je suis pressé, dit Rodach.

Araby fit un geste comme pour réclamer patience.

On eût pu voir sa physionomie se transformer peu à peu ; l'effroi superstitieux y faisait place à l'avarice inquiète et à l'astuce rappelée.

Cent trente mille francs !... ce chiffre formidable sonnait à son oreille comme l'éclat d'une trompette, et l'eût éveillé de son agonie.

Il redevenait lui-même ; il sentait renaître en lui la passion de débattre, de marchander, de tromper.

— On n'ouvre pas cette porte-là tous les jours, dit-il avec une intention de flatterie ; et bien peu de gens peuvent se vanter de

s'être assis à la place que vous occupez maintenant, mon bon monsieur... S'il y avait quelque chose dans cette pauvre demeure, je vous offrirais le pain et le vin pour vous montrer encore plus de respect. Mais les temps sont difficiles, Dieu le sait ! L'argent se cache, et ce n'est pas avec mon petit malheureux métier qu'on peut se donner les aises de la vie.

— Je vous tiens quitte à ce sujet, meinherr Mosès, répliqua Rodach : — c'est de l'argent qu'il me faut.

Araby essaya de sourire.

— De l'argent ! répéta-t-il ; à quoi bon railler un pauvre vieillard ? Regardez autour de vous, mon bon monsieur : ce que vous voyez, c'est toute ma fortune !

Rodach éleva entre ses doigts la traite que le bonhomme Araby n'avait pas cessé de suivre d'un regard sournois.

— Alors, dit-il, vous ne pouvez m'escompter cela ?

L'usurier joignit ses mains dont les doigts s'emboîtèrent avec un bruit de parchemin froissé.

— Seigneur ! Seigneur ! murmura-t-il, on vendrait tout ici sans trouver la centième partie de cette somme !

Le baron reprit son portefeuille et l'ouvrit.

— Attendez ! attendez ! poursuivit le vieillard ; c'est une riche maison que Geldberg. Reinhold et compagnie, une maison comme on en voit peu, mon bon monsieur. Ai-je rêvé, ou m'avez-vous bien dit que la traite était protestée ?

Il n'y avait plus entre eux de cloison qui pût faciliter un tour de passe-passe ; Rodach tendit le papier, dont le vieillard s'empara précipitamment.

Ce dernier fixa sur son nez ses lunettes larges et rondes; il palpa l'effet, le retourna, le sentit pour ainsi dire, et mit à l'examiner dans tous les sens une minutieuse lenteur.

— Et Geldberg a laissé protester cela! murmura-t-il avec un gros soupir; la maison de Geldberg! la grande maison de Geldberg!

Il s'interrompit; sa tête se pencha.

— De mon temps, poursuivit-il en se parlant à lui-même, c'était ce Zachœus Nesmer qui était notre débiteur! Ils l'ont voulu, les enfants ingrats!

— Eh bien? dit Rodach.

L'usurier fit un pas vers lui, tenant toujours la traite à la main.

— C'est impossible! grommela-t-il entre ses dents; cent trente mille francs! Qu'est-ce que cette bagatelle pour la caisse de Geldberg! Il y a là-dessous quelque chose, et vous ne dites pas tout, monsieur!

— Il y a là, répondit Rodach opposant toujours son calme imperturbable à la croissante agitation du prêteur, il y a que la caisse est vide, et qu'avec ce chiffon je puis mettre la maison en faillite.

— Seigneur! Seigneur! balbutia le vieillard, tant de richesses amassées! une fortune qui m'a coûté si cher! Oh! mes enfants! mes enfants!

— En cette circonstance, reprit le baron dont la voix semblait plus tranquille à mesure que celle du vieillard tremblait davantage, j'ai dû réfléchir: la justice est lente; j'ai pensé qu'en m'adressant à l'ancien chef de la maison de Geldberg...

Araby frissonna de la tête aux pieds, et tâcha, par un mouvement instinctif, de cacher sa figure derrière sa grande visière.

— J'ai mal entendu, balbutia-t-il; mon bon monsieur, je ne vous comprends pas. Que parlez-vous du chef de la maison de Geldberg?

Rodach se leva; Araby aurait voulu fuir, mais ses jambes étaient de plomb. Quand il sentit le doigt de Rodach poser sur son épaule, il faillit perdre l'équilibre et tomber à la renverse sur le sol.

— Vous êtes monsieur de Geldberg, reprit Rodach.

— Non, non, non! murmura le vieillard; par le nom trois fois saint du Dieu vivant...

— Ne blasphémez pas.

— Je jure...

— Regardez-moi.

L'usurier ne voulait point obéir.

— Je suis Araby, disait-il avec détresse, je suis le pauvre Araby.. demandez aux gens du Temple.!...

— Regardez-moi, répéta Rodach d'une voix sévère.

Araby releva enfin ses yeux, qui clignotaient éblouis.

— Et voyez, reprit le baron sans perdre sa froideur impassible, si j'ai pu vous oublier!

Le vieillard se couvrit le visage de ses deux mains et tomba sur ses deux genoux.

Sa frayeur superstitieuse le reprenait terriblement. C'était un fantôme qu'il avait devant lui, le fantôme d'un homme assassiné!

— Comte Ulrich, balbutia-t-il en rampant aux pieds du baron, ayez pitié! c'était pour eux, c'était pour mes enfants! Dieu seul sait comme je les aimais.

Il resta durant deux ou trois secondes la face contre terre. Rodach gardait le silence.

Il ne put qu'enfoncer ses doigts crochus dans la chair de l'enfant. (Page 108, col. 1.)

— Et pour votre amour, dit-il enfin, cédant, sans y songer à une sorte de pitié amère, ils vous ont chassé, pauvre vieillard !

— Non, oh ! non, s'écria l'usurier en se relevant à demi : ce sont de bons enfants... de bons enfants qui m'aiment... Tous les soirs, ils se rassemblent autour de moi... Et comme je suis heureux !... Abel, mon fils, est plus fier qu'un gentilhomme... Esther est la veuve d'un comte chrétien... Sara enfin, mon ange, mon beau trésor, Sara, la perle de ma maison, suffirait toute seule à me rendre le plus heureux des pères !

Le sourcil de Rodach se fronça ; un mot cruel vint sur sa lèvre : mais il eut pitié encore, et le mot ne fut pas prononcé.

— Que m'importe tout cela ! dit-il brusquement ; une dernière fois, voulez-vous escompter cette traite ?

— Je le voudrais, répondit le vieillard perdant encore ses terreurs pour revenir à sa nature d'usurier ; mon bon monsieur, n'eussé-je que cette somme, je vous la donnerais... mais je n'ai rien... rien au monde... je leur ai tout laissé.

— Est-ce votre dernier mot ? demanda Rodach.

Le regard d'Araby fit le tour de la chambre.

— Voulez-vous que je vende tout cela! s'écria-t-il en montrant les loques amoncelées; voulez-vous?

— Je veux cent trente mille francs.

L'usurier se tordit les mains et répéta en gémissant :

— Seigneur! Seigneur!

Rodach se dirigea vers la porte.

Araby le suivait avec des sanglots et des cris de détresse; il le saisit par son manteau, et se traîna, brisé, à ses genoux.

Il priait, il pleurait ; vous eussiez eu scrupule de soupçonner la douleur de ce père, qui implorait en faveur de ses enfants!

Que d'efforts! Las de supplier et jugeant le cœur d'autrui à sa mesure, il se réfugiait dans la tromperie. C'était son centre. Vous l'eussiez vu fuir, se dérober comme Protée sous l'étreinte patiente de son adversaire, et, vaincu dix fois, chercher encore, avec une astuce enfantine, à faire prendre le change.

A tout cela, Rodach n'opposait que froideur et silence ; il laissait le vieillard s'épuiser en efforts infructueux, en protestations tôt démenties, en feintes, en promesses, en prières et même en menaces.

Car la raison du pauvre Araby fléchissait et chancelait tout aussi bien que son corps. La pensée de se dépouiller, jointe au choc moral qu'il avait ressenti à la vue du baron, mettait par trop de trouble dans son intelligence usée ; il se laissait aller tantôt à de puériles colères. Puis il s'agenouillait, dompté, repentant, la prière à la bouche.

Cela dura dix minutes, pendant lesquelles la petite Galifarde, l'oreille collée à la porte du magasin, écoutait, stupéfaite, et cherchait à comprendre.

Enfin Rodach se dégagea des étreintes suppliantes du juif et gagna la porte d'un pas délibéré.

Araby se traîna sur ses genoux jusqu'au moment où la main du baron toucha la clef.

Alors il se releva d'un bond sur ses jambes soudain raffermies.

— Maudit sois-tu! s'écria-t-il en grinçant des dents, toi qui viens m'arracher le cœur!...

La clef tourna dans la serrure. Araby s'élança.

— Écoute, reprit-il essoufflé, je veux bien te payer, je chercherai, je tâcherai. Attends jusqu'à demain.

Rodach fit un signe de tête négatif.

— Jusqu'à ce soir, poursuivit l'usurier.

Nouveau refus.

— Attends une heure!

— Pas une minute, répondit Rodach d'un ton ferme ; j'ai trop attendu, et, si je sors d'ici les mains vides...

Il n'eut pas besoin d'achever, le juif avait compris. Sa casquette de peau gisait à terre ; on voyait son crâne chauve luire comme de l'ivoire jauni. Ses dents s'entre-choquaient ; la sueur coulait dans ses rides ; sous ses sourcils blancs et touffus, ses yeux brûlaient d'un feu sombre ; toute sa figure exprimait la rage contenue et poignante.

— Reste, murmura-t-il d'une voix entrecoupée, reste! tu es le plus fort! Oh! si mon bras pouvait tenir une arme! Depuis que j'existe, je n'ai jamais touché une épée, mais toi! toi qui viens me tuer, je te frapperais!

Il montra le poing à Rodach avec une véritable folie ; puis il se retourna vers ce coin de la chambre où les débris amoncelés atteignaient presque le plafond.

Rodach le suivait d'un regard curieux.

La petite Galifarde écoutait toujours. — Depuis qu'elle était au service d'Araby, jamais homme n'avait franchi le seuil de son sanctuaire.

L'usurier s'arrêta un instant devant le monceau poudreux. Il jeta un coup d'œil oblique vers le baron, puis il écarta les débris un à un.

Il y allait lentement et bien à contre-cœur.

Quand il eut enlevé par douzaines les pantalons déchirés, les bottes moisies, les habits hors d'usage, on vit apparaître, sous les derniers lambeaux, la corniche noire d'une grande caisse de fer.

Il s'arrêta ; sa poitrine oppressée lui refusait le souffle.

— Allons ! dit Rodach.

Araby lui jeta un regard de sang.

— Puisses-tu mourir désespéré ! murmura-t-il en passant sa main sous les revers pelés de sa houppelande.

Il tira de son sein une clef qu'il introduisit dans la serrure de la caisse de fer. Celle-ci s'ouvrit avec un grincement criard.

L'usurier saisit son cœur à deux mains ; c'était pour lui comme le râle d'agonie de son ami le plus cher. Son âme était déchirée.

— Allons ! dit encore Rodach.

— Oh ! grinça l'usurier, si mes dents avaient du venin comme celles du serpent ! si mes ongles déchiraient comme ceux du tigre !...

Il plongea ses deux mains à la fois dans la caisse et en fouilla les vastes recoins durant quelques secondes ; puis la porte de fer cria de nouveau sur ses gonds.

Araby revint vers son bureau ; il avait un paquet sous le bras.

— Venez, dit-il à Rodach.

Ils se penchèrent tous deux sur la tablette, et l'usurier défit son paquet, qui était composé de billets de banque.

Le compte fut long et difficile ; plus d'une fois Araby ressaisit son trésor, comme s'il ne pouvait supporter l'idée de s'en séparer.

Son souffle râlait, des larmes brûlantes se séchaient sous ses paupières dépouillées.

D'autres fois, changeant de tactique, il essayait de tromper et de soustraire çà et là un billet de la somme totale.

Toute son intelligence se concentrait sur ce désir : voler un billet, ne fût-il que de cinq cents francs !

C'eût été une consolation.

Mais Rodach le surveillait de près, et déjouait aisément ces tentatives désespérées.

Lorsque le cent trentième chiffon fut étalé sur la table, Rodach mit la lettre de change dans les mains d'Araby, qui tomba épuisé sur son fauteuil.

— Quand je n'en aurai plus, dit-il, je reviendrai vous voir, meinherr Mosès...

Araby ne bougea pas sous cette menace. Rien ne pouvait plus l'atteindre.

C'était un triste et repoussant spectacle. Le vieillard suivait d'un œil éteint et amoureux ces chers billets qui représentaient tant de cruautés patientes, tant de spoliations impitoyables, tant de ruses, tant d'avarice, tant d'efforts ! Il y avait là le sang de plusieurs milliers de victimes.

Et ce trésor aimé si tendrement, ce trésor amassé sou à sou avec des délices si chères, il fallait y renoncer, ne plus le voir, ne plus compter ces papiers doux et dont le toucher donne aux nerfs des frémissements d'aise, ne plus les contempler durant de longues heures, dans l'extase de la solitude ! Jamais, hélas ! jamais !...

Le vieillard se sentait mourir.

— Va-t'en ! dit-il d'une voix épuisée, ne pouvant plus supporter les tortures de cette séparation.

Rodach obéit en silence. Au moment où il ouvrait la porte de l'antichambre, une bouffée de vent s'engouffra dans le bureau et poussa celle du magasin, découvrant ainsi la petite Galifarde aux écoutes.

Araby se souleva; sa figure bouleversée prit une expression de joie méchante. Il allait se venger.

Le baron avait oublié la Galifarde; quand il l'aperçut attentive et agenouillée derrière la porte, il fit quelques pas en arrière.

— Mosès Geld, dit-il, tu aimes bien Sara, ta fille aînée, n'est-ce pas?

— Va-t'en! va-t'en, répéta le vieillard.

— Si tu l'aimes, reprit Rodach, sois humain envers cette pauvre enfant...

L'usurier ne comprit point; mais ces paroles lui donnèrent l'idée que Rodach voulait protéger la petite fille.

Il se força à sourire.

— Je suis bon, répondit-il d'un ton mielleux et paternel; ma petite Nono est bien heureuse avec moi. N'est-ce pas, ma petite Nono?

— Oui, répondit l'enfant qui tremblait.

Rodach, préoccupé d'intérêts bien graves, n'en demanda pas davantage; il sortit.

Dès qu'il fut dehors, Araby se dressa de son haut; il remit les verrous à la porte et appela du doigt la Galifarde.

Il souriait encore, mais ses dents grinçaient.

Nono vint vers lui, en pleurant d'avance.

Quand elle fut à portée, l'usurier la saisit aux cheveux et la renversa sur le carreau. La fureur achevait de le briser. Il se coucha de tout son long auprès d'elle.

Sa bouche écumait; ses membres étiques s'agitaient convulsivement.

La Galifarde fermait les yeux et retenait son souffle, fascinée par l'épouvante. Si Araby avait eu la force, il l'aurait tuée.

Mais la force lui manquait; il ne put qu'enfoncer ses doigts crochus dans la chair de l'enfant, qui, pauvre martyre, n'opposait aucune résistance.

Il tâchait; le sang coulait le long de sa main velue.

Il riait de rage impuissante. Il blasphémait. Ses cris aigres et hideux étouffaient les plaintes faibles de sa victime.

Et il balbutiait, parmi sa fièvre insensée, ces paroles qui l'excitaient sans cesse et qui rendaient ses ongles plus aigus :

— Cent trente mille francs! cent trente mille francs!

V

LE CARREAU DU TEMPLE

On n'entendait, sur la place de la Rotonde, ni le râle furieux d'Araby ni la plainte de la petite Galifarde.

Si l'on eût entendu, personne ne se fût dérangé assurément. Le Temple est philosophe et laisse faire; d'ailleurs le Code est précis à cet égard et porte, en argot choisi :

« Tout *ddh* a le droit de *donner du tabac* à son galifard [1]. »

Et, comme ces pauvres créatures ne sont pas des nègres, aucun poëte académique, aucun député païen, larmoyant et philanthrope, n'a encore pris la spécialité de pleurer sur leur sort.

Ce sont des Français et des citoyens, malgré leur jeune âge; n'ont-ils pas le droit magnifique de quitter le tyran qui les opprime et d'aller mourir de faim sur le trottoir?...

Ce matin, sur le carreau, on n'avait pas vraiment le temps de s'occuper de bagatelles. Les affaires allaient supérieurement, et la langue du Temple, si riche en métaphores imprévues, manquait de formules pour exprimer la joie de chacun. Le péristyle de la Rotonde, paré de ses plus belles loques, luttait de vieux draps et de galons rougis avec les façades pavoisées du *Pou-Volant* et de la *Forêt-Noire*. — *Refaçonneurs, resuceurs,*

1. Voir la dernière partie, *la Rotonde du Temple.*

niolleurs et fafiotteurs[1] attendaient la pratique de pied ferme. Il n'y avait pas jusqu'aux modestes *rebuiseurs*, ces plébéiens du commerce des savates, qui ne trouvassent à placer avantageusement leurs *bottins* au malodorant mastic.

Chacun de ces industriels, riche ou pauvre, était muni d'un collègue chargé de *battre comtois* (faire le compère) et de *lever* la pratique. Cette comédie est traditionnellement connue ; mais on s'y laisse prendre encore, surtout quand le comtois est une *ménesse* à la langue bien pendue, qui manie comme il faut le *crachoir*[2].

Il faut aller au Temple par une de ces matinées de bonne vente pour avoir un échantillon de cette langue métaphorique et hardiment imagée, qui donne à l'éloquence des revendeurs un irrésistible entrain. On y trouve des figures si pittoresques et si vives, qu'on les regrette, en vérité, pour la langue de tout le monde. Écoutez un instant... Parmi des explications ignobles dans leur bizarrerie, vous allez reconnaître de vigoureuses images, du comique et du terrible, de la peinture parlée, pour ainsi dire, et jusqu'à du gracieux !

Voulez-vous du terrible ? Ce misérable, assassin de sang-froid, qui a retourné le couteau dans la plaie, a donné tout bonnement, au dire de cette râleuse qui passe, le *demi-tour de clef ;* cet autre, qui a broyé la tête d'un camarade, n'a fait en définitive que lui *dévisser le coco.*

Voulez-vous de la comédie ? Ce banqueroutier, qui s'est réfugié aux Batignolles (au Temple, on ne va pas jusqu'en Belgique), *s'est déguisé en cerf ;* ce brave homme, que sa femme trompe, et qui n'ose se plaindre, *s'est collé le béguin.* Ce parasite, qui dîne aux dépens d'autrui, *fait un voyage en Écosse,* où, comme chacun sait, l'hospitalité se donne et ne se vend jamais.

Ceci est éminemment littéraire.

---

1. Voir la dernière partie, *la Rotonde du Temple.*
2. Une femme qui parle bien.

Et que de fines observations dans certaines métaphores ! La jalousie avide du marchand n'est-elle pas peinte au naturel dans cette expression : *tirer le rideau,* qui veut dire monter la garde autour d'un chaland et l'empêcher d'entrer chez le voisin ? Cette autre ne vous dit-elle pas en trois mots l'allégresse folle du trafiquant qui gagne cent pour cent tout d'un coup : *faire la culbute,* ou bien encore : *sauter par la fenêtre ?* C'est du délire ; on dirait un joueur de loterie qui vient de tomber sur le gros lot.

Il faut s'arrêter ; on n'en finirait pas, si on voulait tout dire. Un philologue de bien grand mérite a imprimé cette phrase : « L'argot du Temple est un français perfectionné. »

Parmi la foule babillarde, disputeuse et âpre à la besogne, Jean Regnault se glissait silencieux et morne. Un cercle bleuâtre était autour de ses yeux ; son pas restait chancelant et lourd, comme s'il eût été ivre encore.

Il s'était réveillé, vers le point du jour, au pied de l'escalier de sa mère, dans la petite cour commune à Hans Dorn et aux Regnault. L'ivresse l'avait jeté là, sur le pavé, au sortir de son entretien avec Johann.

Quand les premiers rayons du jour vinrent frapper son visage, il se souleva, la cervelle vide et le corps paralysé ; le froid de la nuit avait gelé son sang dans ses veines.

En ce premier moment, l'instinct et l'habitude le poussèrent tout naturellement vers l'escalier de sa demeure ; mais ses jambes roidies avaient à peine franchi deux ou trois marches qu'une répugnance, vague encore, l'arrêta tout à coup.

Son cœur se serra ; quelque chose lui dit qu'il ne pouvait point rentrer chez sa mère.

Il redescendit l'escalier et gagna la place de la Rotonde, où pas un être humain ne se montrait. Ces souvenirs confus se pressaient au seuil de sa mémoire ; sa tête, pesante, brûlait ; il ressentait cet accablant malaise que laisse après soi la première orgie.

Longtemps il erra sans but par les rues solitaires; au lieu de rappeler à lui les événements de la soirée précédente, il retenait de toute sa force le voile qui était sur son intelligence : il avait peur de savoir; il ne voulait point se souvenir.

Mais la mémoire est comme la conscience, elle parle indépendamment de la volonté. Au bout d'une heure, le joueur d'orgue fut obligé de s'asseoir sur une borne, parce que ses jambes défaillaient.

Une voix venait de s'élever au dedans de lui; son malheur était devant ses yeux : il n'y avait plus moyen de s'aveugler et de repousser obstinément la lumière.

C'était comme un livre dont les pages se déroulaient une à une. Jean demandait grâce; les pages tournaient...

La vieille mère Regnault, la prison, les cent vingt francs, Gertraud infidèle, tout cela revenait à la fois; et, parmi ce chaos de navrantes pensées, une image railleuse se dessinait : Jean voyait une figure d'adolescent, belle, souriante, sereine, encadrée dans les boucles brillantes d'une chevelure prodigue.

Et son cœur bondissait de colère; car cet adolescent, à la blonde chevelure de femme, était pour lui comme le démon du malheur!

Il avait vu cette bouche fraîche et rose s'appuyer, frémissante, sur la main de Gertraud; il avait vu ce grand œil bleu luire joyeusement à l'heure fatale où le sort lui enlevait la rançon de sa vieille mère!

C'était cette main blanche et efféminée qui lui avait arraché son trésor, le salut de sa famille écrasée sous la misère!

Oh! Jean se souvenait maintenant! les moindres détails revenaient lumineux à son esprit. Il avait l'âme brisée. —Et il s'étonnait de n'avoir pas noué ses deux mains autour du cou de cet enfant qui le faisait si misérable!

A mesure qu'il éclairait sa mémoire, il voulait savoir davantage et ne rien oublier; mais, par un effet bizarre qui suit parfois

l'ivresse complète, ses souvenirs s'arrêtaient brusquement à l'heure où il avait perdu connaissance dans le cabaret des *Quatre Fils Aymon.* Il cherchait, il ne trouvait rien. Parfois, une lueur fugitive le mettait pour un instant sur la voie; mais la lueur s'éteignait pour faire place à des ténèbres plus profondes.

Il savait seulement d'une façon vague, et sans pouvoir se l'expliquer, qu'un homme lui avait proposé de sauver sa vieille mère.

Qui était cet homme, et quel était ce moyen? Jean avait beau faire; à cette question, point de réponse.

Las de se creuser la tête en vain, il tourna de force son esprit vers d'autres pensées; l'idée lui vint de se vendre comme soldat. Mais ce n'était pas la première fois; il s'était informé déjà : la prime était trop faible...

Que faire? Engager son gain de plusieurs années chez le prêteur Araby? Il y avait bien peu d'espoir que le vieillard, soupçonneux et défiant, pût accepter une transaction pareille; mais, quand tout manque à la fois, la plus faible chance semble une planche de salut; Jean voulut essayer; il quitta sa borne et se dirigea vers le marché du Temple. Araby venait de fermer sa porte pour mettre son entrevue avec le baron de Rodach à l'abri de toute oreille curieuse.

Jean demeura comme frappé de la foudre devant cette porte close; on eût dit que c'était une espérance certaine qui venait à lui manquer tout à coup.

Le malheur est fait ainsi.

Jean se prit à errer sous le péristyle. A chaque instant, quelque pauvre homme, quelque marchande indigente, venaient comme lui, leur gage sous leur bras, affronter l'antre du prêteur, et tous se lamentaient, déplorant l'absence inattendue du bonhomme Araby, de cette impitoyable sangsue qui les épuisait sans vergogne.

L'usure n'est-elle pas chez nous l'unique providence de la misère?

Ils tournaient autour de l'échoppe; ils frappaient à la devanture; ils s'asseyaient consternés sur le seuil. L'absence d'Araby eût été, pour une bonne part des habitants du Temple, une réelle calamité.

Le bonhomme était pour ses clients ce que l'opium est aux Chinois, qui se tuent lentement à l'aide du narcotique chéri, — mais qui meurent tout de suite, dès qu'on les en prive.

Jean s'était replongé dans sa rêverie sombre; il se promenait depuis la porte d'Araby jusqu'à la devanture des *Deux Lions*, où Fritz, debout et appuyé contre la muraille, cuvait sa première chopine d'eau-de-vie, en regardant la foule avec des yeux morts.

A quelques pas de là, Mâlou, dit Bonnet-Vert, et Pitois, dit Blaireau, entourés d'un cercle compact, faisaient tranquillement leur vente. Les agents de police abondaient; mais les deux voleurs de pantalons avaient sur la poitrine de larges plaques de marchands d'habits; auprès d'eux, la grande duchesse et la petite Bouton-d'Or, qui avaient quitté leurs costumes de bal pour des toilettes plus modestes, *battaient comtois* de tout leur cœur.

— Si c'est possible de voir un plus joli montant (pantalon) ! disait Bouton-d'Or avec enthousiasme. — C'est *bath* (beau) ! mais bath pour de bon !... ça ne se porte que sur les boulevards chics !

— J'en donne *deux croix* (12 francs), ajoutait la duchesse.

Blaireau retirait le pantalon d'un air indigné.

— Deux *croix* et deux *petits philippes* avec, ma *fée* (fille), répliquait-il; pour une pièce comme ça, ce n'est pas trop de dix-huit *points* (francs).

Polyte regardait le pantalon d'un air triste.

— Le fait est qu'il est *batif* (gentil) tout de même ! murmurait-il avec convoitise; dommage que j'aie tout bu !...

Batailleur arrivait en ce moment, escortée de madame Huffé, sa suivante.

— Oh! oh! s'écria Bonnet-Vert, — voici la fine des fines... une *arcasienne* (maligne) rompue, quoi! Il n'y a pas à lui *jouer l'harnache*, à celle-là!... Deux croix sèches, maman Batailleur, et un bouillon en deux verres (un demi-setier en deux canons), pour mouiller le marché !

Batailleur fit sonner le drap entre ses doigts.

— Allons, *débuge* (la mère), reprit Mâlou, achetez-moi ça pour faire plaisir au petit Polyte, qui est gentil comme tout !

— J'en donne une croix, dit Batailleur qui ne songea point à se scandaliser.

— Deux croix ! riposta Mâlou.

— Je mets le petit philippe...

— Allons ! un *point* de plus, et c'est fait... Tenez, voilà l'ami Polyte qui me l'aurait acheté mieux que ça; mais...

— *Réguisé* (gueux), répondit Bouton-d'Or avec un geste intraduisible; pas un radis, le pauvre mignon !...

Batailleur se tourna vers Polyte, qui faisait le moulinet avec sa canne pour se donner un maintien. Madame Huffé eut l'honneur de lui envoyer de loin une belle révérence.

Batailleur donna les dix francs, et on alla essayer le pantalon au beau milieu de la salle commune des *Deux Lions*.

Le Temple n'a ni faiblesses ni pruderie.

— En voilà un qui a de la chance ! murmura Pitois en dépliant un autre pantalon ; *faire le lézard* (rester oisif) toute la sainte journée, *becquiller* (manger), boire, être *rupin* (bien mis), pas mal *gambiller* (danser) le soir, dans la bonne société...

— Eh bien ! moi, j'aimerais pas ça, si j'étais homme ! interrompit gaillardement la petite Bouton-d'Or.

Le cercle entier haussa les épaules devant

cette hérésie. Blaireau jeta un regard de mépris sur la jeune fille, presque honteuse d'avoir dit une énormité pareille, et cria son autre pantalon.

En ce moment, Jean, qui venait de passer pour la vingtième fois devant la porte close du bonhomme Araby, aperçut par hasard, au coin de la *Forêt-Noire*, le profil revêche du cabaretier Johann.

Sans qu'il sût pourquoi, il éprouva une sorte de choc moral à cette vue ; il s'arrêta, troublé, les bras tombants et les yeux fixés sur le marchand de vin.

Celui-ci semblait chercher quelqu'un dans la foule.

Jean, après l'avoir contemplé un instant, redressa tout à coup sa taille affaissée ; son œil morne eut un éclair ; un rouge fugitif vint nuancer la pâleur de sa joue.

Il s'élança au travers de la cohue et poussa droit vers Johann qui ne le voyait pas.

— C'est vous qui m'avez parlé cette nuit, n'est-ce pas ? dit-il en saisissant le bras du marchand de vin.

Celui-ci se retourna et le toisa de la tête aux pieds d'un air équivoque. Puis un sourire, où perçait une intention pateline, vint à sa lèvre.

— Ça se pourrait bien, mon petit, répliqua-t-il.

— C'est vous, oh ! c'est vous ! répliqua le joueur d'orgue ; vous m'avez parlé à l'endroit même où nous sommes.

— Je ne dis pas non, mon fils... mais pas si haut !

— Vous m'avez dit comment sauver ma mère...

— Eh bien !... fit Johann qui ne put réprimer un mouvement d'inquiétude.

— Eh bien ! poursuivit le joueur d'orgue en pressant son front à deux mains, je ne m'en souviens plus !

Johann respira. Ses lèvres minces s'ouvrirent en un sourire silencieux.

— Pauvre garçon ! murmura-t-il, étais-tu ivre cette nuit ! mais il n'y a pas d'offense en temps de carnaval ! Je t'ai touché, en effet, quelques mots de ta grand'mère, et je ne me dédis pas ; seulement, tu vas trop loin. Je t'ai dit que je chercherais, et tu as rêvé le reste.

— Non, non ! s'écria Jean ; je n'ai rien rêvé...

— Plus bas ! mon fils. C'est étonnant, les rêves qu'on fait quand on est ivre !

Johann regarda le joueur d'orgue en face, puis il baissa les yeux.

— Faudrait savoir avant tout, murmura-t-il, si ça te conviendrait de quitter Paris pour quelque temps.

— Tout me conviendra, si ma pauvre grand'mère est sauvée !

— A la bonne heure ! C'est que, vois-tu, il y a des gens qui n'aiment pas à voyager. Puisque tu as du goût pour la chose, toi, ça ne fera pas un pli : un petit tour en Allemagne, une promenade où tu gagneras, bien gentiment et sans te fatiguer, quelque chose de bon.

— Mais, pour cela, il faudra travailler ?...

— Un peu.

— A quoi ?

Le regard de Johann se glissa une seconde fois, sournois et craintif, jusqu'au visage du jeune homme.

— Nous reparlerons de ça... murmura-t-il.

— Non, non, non ! s'écria Jean ; il faut en parler tout de suite ! J'ai entendu dire souvent que vous étiez un homme dur et sans pitié, voisin Johann. Le bausse a des millions ; sans vous, songerait-il à mettre en prison de pauvres malheureux ?...

Johann, la face violette et les yeux gonflés déjà, ne se défendait plus. Jean serrait, serrait de toute sa force.

(Page 119, col. 1.)

— Allons donc !... fit Johann.

— Écoutez, je crois que vous avez bon cœur ; si vous me dites seulement un mot qui me donne à espérer... Vous avez perdu ma grand'mère ; ne niez pas, je le sais !... si vous m'aidez à la sauver, j'oublierai tout, voisin Johann ; j'oublierai que j'ai rôdé souvent, le soir, devant la porte de la *Girafe*, et que j'ai eu besoin de toute ma force pour ne pas vous faire payer avec du sang les larmes de ma mère !

La physionomie du joueur d'orgue, si douce et si timide d'ordinaire, venait de se transformer tout à coup. Il y avait dans ses yeux, fixés sur Johann avec assurance, une menace sombre et farouche.

Le cabaretier tourna la tête pour éviter ce regard.

— J'oublierai tout, reprit Jean ; mais parlez vite, car je souffre trop ce matin, et je ne sais pas ce qu'il y a dans ma tête !

Le mouvement de la foule les avait entraînés malgré eux ; ils se trouvaient entre la maison de Hans Dorn et le bâtiment de la Rotonde. Johann furetait à droite et à gauche, demandant au hasard une rencontre opportune qui pût le débarrasser de son partner. Mais Jean le tenait par le bras et ne paraissait point d'humeur à le lâcher.

Johann se souvenait parfaitement de la rencontre nocturne et des propositions qu'il avait faites au jeune homme dans son ivresse. C'était un esprit sceptique, niant volontiers chez autrui l'honnêteté qu'il n'avait point.

A jeun, il n'eût peut-être pas eu l'idée de s'adresser à Jean pour la fameuse affaire du château de Geldberg; mais une fois l'ouverture faite, il ne s'en était point trop repenti. Qu'y avait-il, en effet? Une somme à gagner vis-à-vis d'un homme nécessiteux : les règles étaient observées.

Mais au milieu de cette foule curieuse, et parmi toutes ces oreilles ouvertes, Johann se trouvait mal à l'aise. Un mot saisi au vol pouvait lui susciter de terribles embarras. Jean, d'ailleurs, lui apparaissait ce matin sous un aspect nouveau, et il lui semblait que la conversation prenait une tournure alarmante.

Il fut quelque temps avant de répondre; puis il tâcha d'appeler sur son visage revêche une expression de bonhomie, et passa le bras de Jean sous le sien.

— Mon petit homme, dit-il, je gagne ma vie comme je peux; si je ne faisais pas les affaires du bausse, un autre les ferait à ma place, et la maman Regnault n'en serait pas plus riche. Quant à notre rencontre de cette nuit, tu étais ivre, moi de même, et si je t'ai promis quelque chose, je pourrais m'excuser aisément; mais ce n'est pas ça, je t'ai vu tout enfant, tu me plais, et les petites confidences que tu m'as faites cette nuit...

— Des confidences ! murmura Jean étonné.

Le cabaretier cligna de l'œil.

— Ah! ah! mon fils, s'écria-t-il, le vin de madame Taburot vous arrache les paroles du corps!

— Qu'ai-je donc dit?

— Ceci et ça, des enfantillages : la jolie Gertraud qui se laisse baiser la main...

La paupière de Jean se baissa.

— Et un *quidam*, poursuivit Johann, un gant jaune qui te fait du chagrin et que tu veux...

Il s'arrêta et ajouta, en se penchant à l'oreille du jeune homme :

— Mettre à l'ombre, mon fiston !

Jean tressaillit de la tête aux pieds. Des gouttes de sueur vinrent à ses tempes. Bien qu'il eût les yeux cloués au sol, on pouvait lire sur son visage l'effort soudain et violent de sa mémoire qui s'éveillait.

Cette idée de meurtre l'avait piqué comme un coup de stylet; le choc avait en même temps déchiré cette brume qui enveloppait ses souvenirs.

Il dégagea brusquement son bras, qui était sous celui de Johann, et fit un pas en arrière.

— C'est vrai, prononça-t-il d'une voix altérée, je le hais mortellement; et j'ai dû parler de meurtre. Mais vous aussi, je me le rappelle maintenant, cet argent que vous me promettez, c'est l'assassinat qui doit le gagner.

Johann se rapprocha vivement.

— Silence! mon fils, silence! balbutia-t-il; je suis un honnête homme, et tu te trompes.

— Je ne me trompe pas ! répliqua Jean qui étendit la main comme pour faire un serment; vos paroles sont encore dans mon oreille : c'est un meurtre lointain qui payerait le salut de ma mère...

Jean avait croisé ses bras sur sa poitrine ; ses yeux s'étaient baissés de nouveau. Johann le regardait attentivement, cherchant à deviner sa pensée.

Ils se tenaient en ce moment un peu en dehors de la cohue, tout auprès des maisons qui prolongent la rue de la Petite-Corderie.

Johann réfléchissait. Il regrettait maintenant son imprudence et s'effrayait à voir les rides profondes qui sillonnaient le front du joueur d'orgue ; mais le pas était fait ; avancer pouvait être dangereux, reculer était impossible.

Et Johann se disait dans sa sagesse :

— Si une fois je le tenais là-bas, du diable si je m'inquiéterais de lui !... on le payerait suivant ses mérites, et, s'il faisait le méchant, on s'arrangerait... mais, ici, pas moyen de brusquer les choses !... ce gamin-là pourrait mettre des bâtons dans mes roues... Parlementons !

Si Jean avait pu lire en ce moment au fond de l'âme du cabaretier, il n'aurait eu qu'à prononcer une parole pour conquérir la rançon de son aïeule.

Mais la tête de Jean était pleine de trouble et de détresse ; la fièvre le brûlait ; il se perdait en ces méditations laborieuses et impossibles de l'homme qui croit raisonner et qui délire.

C'était un enfant ; il était faible : la douleur le brisait. Il ne voyait pas l'occasion, et, l'eût-il vue, peut-être n'en eût-il point su profiter. Johann, au contraire, avait toutes les expériences, et ne connaissait point de frein moral. A mesure que le silence se prolongeait, le marchand de vin reprenait son sang-froid et observait son compagnon de plus près ; il traduisait, à sa manière, le trouble muet du joueur d'orgue : il devinait ; il voyait plus clair que Jean lui-même au fond de la pensée de Jean.

Et ce qui lui apparaissait naguère comme une équipée folle arrivait à devenir pour lui une négociation sérieuse. L'ivresse l'avait bien servi ; en étendant la main au hasard, il avait touché le but. A tout prendre, Jean était peut-être l'homme qui lui convenait le mieux.

— Eh bien ! reprit-il d'un ton confidentiel et insinuant, puisque tu te souviens à moitié, mon pauvre garçon, je ne veux plus rien te cacher... mais de la prudence ; rappelle-toi qu'un seul mot pourrait te perdre !

— Me perdre ! répéta Jean.

— Mon fils, poursuivit Johann en donnant à son accent des inflexions toutes paternelles, je vois bien que tu ne sais pas jusqu'à quel point tu t'es engagé cette nuit ; nous n'étions pas seuls, et ce ne serait pas contre moi que témoigneraient ceux qui ont entendu notre entretien !

Jean se redressa indigné.

— Laisse-moi finir, reprit Johann avec calme ; je ne menace pas, entends-tu bien ? je raconte. Ces deux hommes que tu vois là-bas (il montrait du doigt dans la foule Malou et Pitois) étaient derrière toi quand tu as parlé, et ces deux hommes m'appartiennent.

Jean avait vu ces deux figures dans les demi-ténèbres du cabaret des *Quatre Fils ;* il eut un vague souvenir ; il crut.

— Tu m'as dit, poursuivit Johann, que, pour la jolie Gertraud, qui t'aime, et pour ta mère, tu étais prêt à tout. Alors moi qui avais pitié de ton désespoir, je t'ai donné le moyen d'être heureux et tu as fait un serment.

— Qu'importe un serment de cette sorte ! s'écria Jean.

— Cela importe peu, répliqua Johann, quand on n'est pas forcé de le tenir.

Jean le regarda en face et secoua la tête lentement.

— Je suis trop malheureux, dit-il, pour avoir peur.

— Ça te regarde. Je te préviens que nous sommes forts, et tu sais bien que tu es faible. Ce que tu appelles ton malheur peut se changer, aujourd'hui même, en bonheur. Que te faut-il pour épouser Gertraud? Une dot; tu l'auras.

Jean serra sa main contre son front brûlant.

— Gertraud, si douce, si jolie, et qui te ferait si heureux! dit Johann.

— Laissez-moi! murmura Jean.

— Que te faut-il pour sauver ton aïeule, reprit le marchand de vin; un peu d'argent? Tu en auras beaucoup.

Jean perdait le souffle.

— Ta pauvre vieille grand'mère, poursuivit Johann, si bonne et si malheureuse! je la voyais l'autre jour passer dans la rue. Comme elle tremble en marchant! comme sa tête grise se penche! comme ses yeux sont creusés par les larmes! Ah! tout le monde le dit: cette prison l'achèvera!

Deux pleurs brûlants roulèrent sur la joue livide du joueur d'orgue.

— Non! non! balbutia-t-il par un suprême effort de résistance; mon Dieu, ayez pitié de moi!

Johann le regardait avec une joie cruelle; en sa pensée, il n'avait plus besoin que de porter un dernier coup.

Mais, comme il allait reprendre la parole, un peu de force revint au pauvre joueur d'orgue, qui, chancelant et la tête baissée, fit un pas pour s'éloigner.

— Gertraud! murmura-t-il, le cœur défaillant et brisé; Gertraud et ma mère! Oh! je me tuerai, mais je ne tuerai pas!

Johann avait froncé le sourcil en voyant sa proie lui échapper; mais un sourire triomphant revint soudain froisser sa lèvre mince. Il se faisait un bruit confus du côté de la maison de Hans Dorn, et la foule, riant, bavardant, se pressant, courait en masse dans cette direction.

Johann rattrapa le joueur d'orgue fugitif en deux enjambées; il le saisit par le bras.

— Regarde! dit-il en montrant du doigt la porte de Hans Dorn.

Jean regarda; sa poitrine rendit un râle sourd. Ses jambes faiblirent, et il tomba sur ses deux genoux, comme foudroyé.

Dans la foule rieuse, on criait:

— Ohé, les autres! venez donc voir la bonne femme Regnault qu'on *emballe* (qu'on arrête)!

— *Emballée*, la Regnault!

VI

DRAME EN PLEIN VENT

C'était une chose curieuse et digne d'être vue. Tous ces gens, vendeurs, acheteurs, râleuses et compères, avaient motif vraiment de se déranger! On ne se trouve pas tous les jours en face de tant de souffrances; et, pour regarder de près une si amère détresse, il est bien permis de faire quelques pas.

Les théâtres pleureurs n'ouvrent que le soir; quand on peut attraper, dès le matin, un petit bout de drame, c'est une excellente aubaine, la journée commence bien. Ce peuple, amoureux de calamités, court après les sanglots, et payerait sa place volontiers aux fêtes matinales de la guillotine. Il regarde avec intérêt le malfaiteur qui passe entre deux gendarmes; il se loge dans la Cité, pour avoir plus voisines les joies du

pilori et de la cour d'assises. Son cœur bat
tout doucement au seuil froid de la Morgue.
Au milieu de ces luttes honteuses qui passent de plus en plus dans nos mœurs populaires, quand un couteau s'ouvre lâchement,
quand un homme éventré tombe et crie, la
rue s'encombre, on arrive, on se hâte ; la
curiosité heureuse enflamme le visage des
commères, et, pendant huit jours, on viendra
en pèlerinage voir si le pavé garde quelque
bonne petite tache de sang.

Nous sommes la plus tendre nation qui
soit au monde. Fi des corridas espagnoles,
où l'on massacre de pauvres taureaux ! fi du
pugilat britannique ! fi de ces combats cruels,
où deux malheureux coqs, armés d'éperons
tranchants, se déchirent à outrance ! Nos
âmes sont trop douces pour ces atrocités.
Mais s'il était possible, en notre âge lumineux, de brûler quelqu'un comme au temps
de barbarie ; si un bûcher (qu'on nous passe
cette absurde hypothèse) pouvait s'élever au
milieu du Champ-de-Mars et s'entourer de
places réservées, depuis deux louis jusqu'à
deux sous, on ferait des millions de recette !

Nous sommes bons, civilisés, compatis-
sants ; mais voir griller un homme !

Sur la place de la Rotonde, ce n'était rien
de pareil ; mais les spectacles ont leur degré
d'intérêt, et le théâtre ne chôme point, bien
que les succès soient rares. Il s'agissait d'un
drame intime en quelque sorte, d'un martyre silencieux et obscur ; et le peuple est
éclectique dans ses instincts cruels : il aime
presque autant les larmes que le sang.

Il venait de voir deux hommes, exécuteurs
impassibles de la loi commerciale, traîner en
prison une pauvre vieille femme, à demi-
morte de douleur, et qui s'étouffait dans ses
sanglots.

Elle était si faible et si pâle, qu'on l'aurait
crue à l'agonie. On pouvait deviner qu'elle
n'avait point su conserver, au moment suprême, la dignité calme du malheur ; elle
était si vieille, et son esprit usé avait subi
des chocs si rudes !

Cela se voyait : la pauvre femme avait dû
résister et se roidir contre la main des recors ;
sa coiffe était arrachée, ses cheveux gris
tombaient en mèches éparses sur sa face ter-
reuse, rejoignant les lambeaux de sa robe
déchirée ; ses yeux hagards et comme aveu-
glés indiquaient de la folie ; elle se laissait
traîner par les recors, et, de temps en temps,
elle essayait une résistance vaine.

Et sa poitrine rendait des plaintes sourdes
qui donnaient froid au cœur, comme le râle
d'un mourant.

Un fiacre attendait au coin de la rue Du-
petit-Thouars, juste en face de la pauvre
échoppe que la mère Regnault avait occupée
durant trente années.

De la porte au fiacre, la route était bien
courte ; mais la vieille femme allait si lentement ! La foule avait le temps de jouir.

— Ce que c'est que de nous ! disait une des
doyennes du marché ; j'ai vu ça rouler sur
les pièces de six francs, du temps de
Louis XVIII.

— On a des hauts et des bas, répondit sentencieusement madame Huffé ; moi qui vous
parle, j'ai occupé des positions. Et je suis
maintenant chez les autres !

— Comme elle a l'air malade !

— Tiens ! tiens ! sa robe noire qu'on lui
connaît depuis quinze ans est finie pour le
coup ! dit l'époux Batailleur.

— Ça voulait être plus honnête que tout
le monde, reprenait une fripière de la *Forêt-
Noire.*

— Ça faisait des *épates* (embarras) ! nasil-
lait le gros neveu Nicolas ; ça gâtait le métier.

— Est-ce vrai, demanda Màlou, qu'elle a
levé le bausse, et qu'il est le *bœuf* pour huit
cents francs, le cher homme ?

— Huit cents francs et les frais.

— Eh bien ! alors, il n'y a pas de risque
qu'elle sorte en vie du *bloc !*

— Mais pleure-t-elle, au moins, pleure-
t-elle !

— Et Victoire, donc !

— Et jusqu'à Geignolet! s'écria Blaireau ; il se lâche du *blavin* (mouchoir), ma parole !...

— Il n'y a que Jean, le joueur d'orgue, qui a pris de l'air pour ne pas voir tout ça.

— Pas bête !

Et le chœur reprenait, coupant ces mille bavardages par son refrain solennel :

— Voilà ce que c'est que de faire des *épates !*

Derrière la mère Regnault venait en effet sa bru, Victoire, qui joignait les mains avec angoisse, et tâchait de fléchir par ses prières le cœur sourd des recors. De temps en temps, son regard, voilé de larmes, se tournait vers la foule et cherchait son fils, sans doute ; mais elle ne voyait rien.

Derrière elle venait Geignolet, l'air étonné, le corps demi-nu, qui regardait cela d'un œil stupide.

Il avait à la main un lambeau de toile dont il frottait ses yeux secs par esprit d'imitation.

— Oh ! oh ! oh ! grommelait-il ; c'est pour son mardi gras ! Maman Regnault ne reviendra plus !...

C'était ce spectacle que le cabaretier Johann avait montré du doigt au joueur d'orgue.

Jean était brisé d'avance. Sa vie s'était écoulée jusqu'alors triste, mais tranquille ; le malheur du jour était le même que celui de la veille ; l'habitude s'était faite, et l'espoir qui sourit à la jeunesse lui rendait sa pauvreté supportable. La vraie souffrance était venue pour lui au moment où il avait reconnu la position désespérée de son aïeule ; il avait voulu combattre ; ses efforts avaient redoublé ; son orgue, éveillé dès le point du jour, avait chanté dans les quartiers riches jusqu'au milieu de la nuit ; peine inutile ! son effort ressemblait à celui du pauvre matelot, demi-noyé dans la cale submergée,

et qui pompe encore, et qui lutte en vain contre la voie d'eau victorieuse.

C'était un enfant doux et bon, plein de courage tant qu'il restait de l'espérance ; mais faible, mais sans armes contre le désespoir. Sa nature mélancolique et tendre, où dominait une sorte de rêveuse poésie, n'avait point de résistance ; les tortures de ces derniers jours l'avaient comme affolé. A cet affaissement moral s'ajoutait maintenant l'atonie lourde produite par les fatigues de la nuit précédente, où l'orgie avait suivi les furieuses émotions de la maison de jeu.

Depuis son réveil, Jean n'avait dans la tête que des idées vacillantes et comme voilées : son intelligence était dans un sommeil fiévreux, et il ne se sentait vivre que par les blessures aiguës de son cœur.

La vue de son aïeule entraînée par les recors fut pour lui comme le dernier coup qui achève le soldat couvert de blessures ; il tomba sur ses genoux, accablé, incapable de se mouvoir ; le souffle lui manqua, il se sentit mourir.

Durant quelques secondes, il resta sur le pavé, immobile et comme anéanti ; les quelques pas qu'il avait faits pour fuir l'avaient porté jusqu'au bâtiment de la Rotonde, et un pilier du péristyle le protégeait contre les regards de la foule.

Il était seul avec Johann. Johann l'examinait d'un œil curieux où il y avait un peu d'inquiétude, mais point de pitié. Pendant que le joueur d'orgue gisait à ses pieds, il tourna la tête plusieurs fois pour voir si la besogne des recors s'avançait. Il s'était servi de ce tableau navrant comme d'une arme ; mais le voisinage de la vieille marchande lui donnait à craindre maintenant : il redoutait le réveil de Jean ; il ne savait pas s'il était son maître encore. L'heure arrivait où il avait promis au chevalier de Reinhold de lui fournir son contingent d'hommes de bonne volonté pour la fête de Geldberg ; cette négociation, entamée dans un moment d'ivresse et poursuivie d'abord avec assez d'indifférence, devenait sérieuse. Plus le jour avançait, moins Johann avait le temps pour se retourner; la récompense promise à son zèle était trop forte pour qu'il fût prudent de fournir le plus léger prétexte à rupture. Les hommes de la trempe du chevalier sont sujets à se raviser, et il s'agissait pour Johann d'une fortune.

En somme, que lui fallait-il? Un homme sachant l'allemand et partant pour Geldberg. Quant à ce que ferait plus tard cet homme, on avait du loisir...

Jean ne se relevait point : la vieille femme, malgré ses efforts, était entraînée vers le fiacre. Les bavardages qui couraient dans la foule envoyaient jusque sous le péristyle un murmure criard et railleur.

Jean se redressa enfin à moitié, l'oreille blessée par ce bourdonnement ennemi. Il se prit à écouter comme au sortir d'un rêve. Il entendit le nom de son aïeule avec le mot *prison*, qui se répétait sur tous les tons de la cohue.

Sa joue, naguère si pâle, devint pourpre; son œil rougi s'égara. D'un bond, il fut sur ses pieds, et ses mains, rapides comme la pensée, se nouèrent autour du cou de Johann.

Celui-ci essaya de crier; mais Jean, qui avait la vigueur de la folie, l'étranglait : la voix du marchand de vin s'étouffait dans son gosier.

Et Jean disait, en mettant toujours ses doigts plus avant dans la chair :

— Ah! tu veux que je tue? Eh bien! je vais te tuer! La mère Regnault va mourir en prison, mais tu mourras avant elle!

Jean riait et sa lèvre écumait. Il tenait Johann écrasé contre le pilier. Tous les regards étaient dirigés vers le fiacre, et cette scène n'avait point de spectateurs.

Johann, la face violette et les yeux gonflés déjà, ne se défendait plus. Jean serrait, serrait de toute sa force.

En un moment où les bavardages de la foule faisaient une courte trève, Jean crut entendre la voix plaintive de son aïeule; son regard quitta Johann, pour s'élancer dans la direction du fiacre.

Il vit, au milieu d'un cercle de têtes agitées qui allait se rétrécissant, l'aïeule, dont les doigts roidis se cramponnaient aux vêtements des recors.

Johann se ressentit de cette vue; ses yeux s'enflèrent pleins de sang et sa langue pendit hors de ses lèvres bleuies...

Une minute de plus et la menace de mort eût été accompli. Mais Jean lâcha prise soudain et mit ses deux mains sur les épaules du cabaretier.

Il n'y avait plus de courroux sur son visage. Parmi le trouble de son cerveau, une idée nouvelle avait surgi et dominait tout le reste.

Tandis que Johann reprenait haleine péniblement, le joueur d'orgue fixait sur lui ses yeux brillants et soudainement agrandis.

— Voisin Johann, dit-il en composant son air et son accent avec une sorte de naïve diplomatie, si je vous promets d'aller là-bas, me donnerez-vous de quoi sauver ma grand'-mère?

Johann, saisi à l'improviste, n'avait pu opposer aucune résistance; il eût accepté des conditions bien plus dures. Il fit un signe affirmatif.

— Eh bien! voisin Johann, reprit Jean qui le tenait toujours solidement appuyé contre la colonne, j'irai! Le diable est le plus fort. Sur ma parole sacrée, j'irai!

— Est-elle partie? demanda Johann qui était comme enchaîné au pilier et ne pouvait plus voir.

Sa voix était rauque, étouffée, à peine intelligible.

Les marques des doigts de Jean restaient autour de son cou.

— Non! non! voisin Johann, s'écria le jeune homme : elle n'est pas partie. Si elle était partie, vous seriez bien près, vous, de descendre en enfer.

Ses sourcils se froncèrent, et il ajoutait rudement :

— Le marché est fait : payez!

Johann avait sur lui le billet de banque que le chevalier de Reinhold lui avait donné la veille au soir comme arrhes de leurs conventions.

Il le prit dans sa poche. Les forces et la présence d'esprit lui revenaient à la fois. Il était beaucoup plus vigoureux que le joueur d'orgue, et, tandis que celui-ci lorgnait avidement le billet, il eut un instant l'idée d'user de représailles.

Mais il se contint, parce que son intérêt parlait plus haut que sa rancune.

— Tu m'as carossé rudement, mon garçon, dit-il avec un sourire contraint; mais je crois que tu es encore un peu ivre, et je ne t'en veux pas.

— Donnez, donnez! s'écria Jean qui bouillait d'impatience.

Johann le repoussa d'un effort vigoureux.

— Minute, mon petit! reprit-il; il n'est plus temps de jouer des mains, et si je te donne les mille francs, c'est que ça me conviendra. Posons nos faits!

Jean fit le geste de s'élancer de nouveau.

— La paix! dit Johann froidement, ou je te casse la tête contre le pilier!

Tout en parlant, il s'était emparé des deux bras du joueur d'orgue, qui craquaient sous son étreinte.

Jean, réduit à l'impuissance, se débattait en grinçant des dents.

— Calme-toi, mon petit, poursuivit Johann; tu vas avoir ton argent, nous sommes d'accord; seulement, je veux te dire que, dans une heure, je t'attendrai ici pour te conduire à la voiture. Tu pars à midi pour l'Allemagne.

— Si tôt? murmura Jean.

— C'est comme ça. Refuses-tu?

— J'accepte, mais donnez, donnez!

Johann tendit le billet; mais, au moment où le joueur allait le saisir, il le retira une seconde fois.

— Pas de bêtise! reprit-il encore en fronçant le sourcil et d'une voix plus basse; rien ne me répond de toi, sinon ton serment : j'en veux un bon.

— Je jurerai tout ce que vous voudrez! s'écria Jean qui se démenait avec folie.

— Tu aimais bien ton père, dit Johann en le regardant fixement; promets-moi de partir dans une heure, par la mémoire de ton père!

— Par la mémoire de mon père, je le jure!

Johann lâcha le billet : Jean se précipita dans la foule tête baissée.

— J'ai juré de partir, pensait-il, ivre de joie cette fois; mais je n'ai pas juré de tuer!

Johann le suivait d'un regard sardonique, et tâtait les meurtrissures vives de son cou.

— Je pense bien qu'il y en aura plus d'un à rester là-bas, grommela-t-il; l'affaire est faite, en tout cas, et j'ai fameusement gagné mes rentes!

La foule avait suivi pas à pas la mère Regnault, et les recors étaient maintenant sur le point d'atteindre le fiacre. La scène entre Johann et le joueur d'orgue n'avait pas duré plus d'une minute.

Et, tout en s'approchant, la cohue s'était

Jean ne parlait point. Après deux ou trois minutes, devant lesquelles la jeune fille se recueillait en son bonheur... (Page 124, col.)

épaissie peu à peu au point de former une barrière compacte et circulaire.

Jean avançait lentement, bien que tout le monde fit effort pour lui livrer passage. Sa venue tardive était un coup de théâtre; elle fouettait la curiosité, qui commençait à languir; on avait lieu maintenant d'espérer du scandale : le drame marchait à souhait.

— Laissez passer! criait-on sur les derrières du cercle; laissez passer le petit *camaro* qui va crosser un peu les corbeaux!

— Hardi! Jean, mon mignon! Si tu tapes,

n'oublie pas le coup de poing sous le menton, ça coupe la langue!

— Et le talon dans le jarret, ça casse la jambe!

— Laissez passer, vous autres! laissez passer!

VII

ADIEUX

Sur le devant du cercle, on n'avait pas encore connaissance de l'arrivée de Jean; mais on s'amusait tout de même.

On était là aux premières places ; on pouvait voir l'angoisse peinte sur le visage de la vieille femme, les larmes désespérées de Victoire et l'étonnement triste de l'idiot, qui, pour la première fois de sa vie, se sentait le cœur ému vaguement.

On pouyait voir les effets et les contorsions des aides de la justice, qui avaient presque honte de leur rôle, et qui gardaient, certes, plus de compassion dans l'âme que les neuf dixièmes des curieux.

C'était charmant ! et, en conscience, cette dernière journée du carnaval commençait d'une façon bien gaie !

A cet instant, la mère Regnault, à bout de résistance, atteignait justement le fiacre, et se trouvait, par conséquent en face de son ancienne échoppe. La vue de cette place, qu'elle avait occupée pendant si longtemps, et qui gardait pour elle tant de souvenirs chers, de cette place où une nombreuse famille l'avait entourée autrefois, où elle avait été riche, heureuse, honorée, lui toucha le cœur comme la pointe aiguë d'un couteau ; elle se révolta contre l'accablante détresse ; un effort convulsif la dégagea des mains de ses gardiens ; la foule hurla : « Bravo ! »

— On la rattrapera ! cria Pitois.
— On ne la rattrapera pas ! riposta la grande duchesse.

Et la cohue, donnant à pleine tête dans ce jeu bien connu, de répéter avec enthousiasme :

— On la rattrapera !
— On ne la rattrapera pas !

Le pauvre idiot pleurait ; mais il riait à entendre ces clameurs joyeuses, auxquelles se mêlait malgré lui sa voix égarée.

Et il grommelait entre ses dents :

— J'irai ce soir... le trou est presque fait... je prendrai les jaunets, j'achèterai de l'eau-

de-vie et des bouteilles pour mettre l'eau-de-vie... et une grande cave pour mettre les bouteilles... et, s'il reste des jaunets, je les donnerai à maman Regnault, pour qu'elle sorte de prison.

Il poussa un cri de joie et fit la cabriole.

— Bravo, Geignolet ! dit la foule.

Et comme la vieille femme, ressaisie, se débattait en pleurant devant le marchepied du fiacre, le chœur reprit en mesure :

— Elle montera !
— Elle ne montera pas !...

Ce fut à ce moment que Jean, baigné de sueur et les habits en désordre, perça les derniers rangs des curieux.

— Mon fils ! mon fils ! criait la vieille femme épuisée.

Ce cri suprême s'adressait, non pas à Jean, mais à cet autre enfant, toujours cher, hélas ! dont la dureté impie assassinait sa vieillesse, à Jacques Regnault, le parricide, à M. le chevalier de Reinhold !

Jean arriva au centre du cercle de toute la vigueur de son élan, repoussa les recors à trois pas, et se mit, le front haut, les narines gonflées, au-devant de son aïeule.

La joie de la cohue était au comble.

Ça va chauffer, dit Pitois. Tape, mon petit, ou tu n'es pas un homme !
— Vas-y, Jean !
— Jean, *attige-les* (arrange-les).

— Lâche le coup de tampon, ma chatte !...

Bouton-d'Or dansait sur ses petits pieds impatients ; la grande-duchesse trépignait ; Batailleur avait envie de pleurer, et madame Huffé, oubliant ses malheurs, exécutait à son insu diverses révérences.

Mais l'allégresse devait aller plus loin encore. Quand on vit Jean présenter le billet libérateur, et donner ainsi à la pièce un dénouement dans toutes les règles, ce fut un véritable délire. Chacun s'attendrit outre mesure; on ne se souvint plus d'avoir raillé; on avait pour ces pauvres gens un vif et chaud intérêt.

— Une si brave bonne femme! disait Bouton-d'Or, les larmes aux yeux.

— Du monde si honnête et qui n'ont jamais fait de tort à personne! ajoutait une râleuse sensible avec componction.

— A l'eau, les corbeaux! cria Pitois.

Une clameur immense, courroucée, menaçante, accompagna la fuite précipitée des malheureux recors.

Et, tandis que la famille Regnault s'échappait par l'allée de sa demeure, on portait Geignolet en triomphe autour de la place de la Rotonde...

Hans Dorn n'avait eu aucune connaissance de cette scène; pendant qu'elle avait lieu, il était retiré avec son camarade Hermann et nos autres convives du cabaret de *la Girafe*, dans un cabinet particulier des *Deux Lions*. Là il exécutait les derniers ordres du baron de Rodach.

Il demandait à tous ces émigrés d'Allemagne, anciens vassaux de la maison de Bluthaupt, s'ils étaient prêts à quitter Paris pour le service du fils de leur maître.

Et tous promettaient leur concours à cette œuvre fidèle.

Tous sans exception.

De sorte que, si des assassins soudoyés devaient prendre la route du château de Geldberg, il devait s'y trouver aussi de loyaux défenseurs.

Et la bataille pouvait être égale entre les meurtriers du vieux Gunther et les serviteurs de son fils.

Dans la pauvre chambre de la mère Regnault avait lieu une scène de muet bonheur, que troublait seulement l'air sombre et sou-

cieux du joueur d'orgue. Lui qui aurait dû être joyeux, il restait froid et triste, répondant par le silence aux caresses passionnées de sa mère heureuse.

La vieille femme, assise sur le pied du grabat, reprenait haleine et se souvenait des récents événements, comme d'un rêve lointain. Instinctivement, elle murmurait une prière d'action de grâces; mais son intelligence, trop violemment frappée, ne retrouvait pas son assiette.

Victoire couvrait de baisers le front de Jean; elle pressait les mains de Jean contre son cœur et lui disait:

— Mon enfant! mon cher enfant! que Dieu est bon de t'avoir choisi pour nous sauver!...

Dans ce premier moment, elle ne songeait point à demander compte au jeune homme de cet argent trouvé si à propos. Quand elle y songea enfin, une demi-heure environ s'était écoulée.

Elle parla. Jean se leva, au lieu de répondre, et la serra entre ses bras. Puis il s'agenouilla auprès de l'aïeule et lui mit un baiser sur la main.

Puis encore Victoire effrayée, prise d'un soupçon accablant, le vit ouvrir la porte et disparaître sans prononcer une parole.

Il restait à Jean une demi-heure. Au lieu de prendre l'allée qui conduisait au dehors, il monta rapidement l'escalier de Hans Dorn.

Gertraud était seule à la maison, depuis que son père était sorti en compagnie de M. le baron de Rodach. Elle avait quitté le voisinage de la fenêtre où longtemps elle était restée en sentinelle, guettant le passage de Jean Regnault. Elle n'avait vu ni le départ navrant ni le joyeux retour de la famille.

Elle s'asseyait contre son petit lit blanc, les mains croisées sur ses deux genoux, l'œil triste et la tête inclinée.

Pauvre Jean! peut-être lui était-il arrivé malheur? La veille, il avait voulu s'expli-

quer; c'était elle, Gertraud, qui avait repoussé impitoyablement ses confidences!

Mon Dieu! que n'eût-elle point donné ce
matin pour savoir!...

Car elle avait grand'peur; Jean avait promis de revenir, et il ne revenait pas! Jean
avait la tête faible; le désespoir conseille
mal...

Elle se repentait. Bien des fois, depuis son
réveil, ses beaux yeux, habitués au sourire,
s'étaient mouillés de larmes. Elle eût voulu
regagner les heures passées et se trouver
face à face avec son amant dans la soirée de
la veille.

Comme sa conduite eût été différente!
comme elle se serait montrée tendre et curieuse! comme elle eût interrogé!

Mais les regrets sont vains; elle s'était sa-
crifiée à son dévouement pour Denise; elle
avait repoussé Jean, et Jean ne revenait pas.

A mesure que la journée s'avançait, l'inquiétude de Gertraud augmentait. Son joli
visage, qui d'ordinaire exprimait tant de
joie espiègle et naïve, peignait l'abattement
et une sorte de terreur. Elle sentait, au fond
de l'âme, l'angoisse inconnue d'un pressentiment funeste.

Mais au plus fort de sa méditation douloureuse, vous eussiez vu ses traits s'épanouir
tout à coup, et la gaieté revenir pétiller
dans ses grands yeux.

Un pas se faisait entendre dans l'escalier,
et le cœur de Gertraud eût reconnu ce pas
entre mille.

Elle se leva. Plus de traces de larmes. Elle
gagna, leste et sémillante, la porte, qu'elle
ouvrit avant qu'on eût frappé.

—Jean! mon pauvre Jean! s'écria-t-elle en
descendant à la rencontre du joueur d'orgue,
que vous est-il arrivé?... D'où venez-vous?
Entrez! entrez bien vite! Ôh! que vous m'a-
vez fait peur!

Elle tendit son front, que Jean toucha de sa
lèvre; l'escalier était obscur: elle ne vit point
en ce premier moment la détresse amère
qui était sur les traits du jeune homme.

Elle le prit par le bras et l'entraîna dans
sa chambrette, où elle l'assit auprès d'elle,
tout auprès, serrant sa main entre les siennes,
et heureuse de toute l'inquiétude oubliée.

Jean ne parlait point. Après deux ou trois
minutes, durant lesquelles la jeune fille se
recueillait en son bonheur, elle s'étonna du
silence de Jean et leva sur lui ses yeux
brillants de plaisir.

Elle eut un frisson, et sa joue rose redevint plus pâle que naguère.

— Qu'avez-vous, Jean?... balbutia-t-elle
épouvantée.

Jean essaya de sourire.

La jeune fille répéta deux fois sa question sans obtenir de réponse, et, pendant
cela, son regard avide parcourait Jean de
la tête aux pieds; elle voyait ses habits déchirés dans l'orgie de la veille et dans son
passage récent à travers la cohue, elle voyait
ses cheveux mêlés, son œil cave et hagard,
sa joue, rendue, par une seule.nuit, hâve
comme la joue d'un malade qu'une longue
fièvre enchaîne entre ses draps.

— Par pitié, dit-elle, parlez-moi... je veux
tout savoir!

Il y avait de la contrainte parmi les dé-
sordres de Jean, et ses yeux semblaient
éviter le regard de Gertraud.

— Je suis venu vous dire, mademoiselle,
murmura-t-il avec effort, que, si je ne vous
rends pas les habits en bon état...

— Il ne s'agit pas de cela, interrompit la
jeune fille, les larmes aux yeux; il s'agit de
vous!

— De moi? répliqua Jean, dont l'accent
prit une nuance d'amertume.

Il s'arrêta et poursuivit presque aussitôt
après, en secouant la tête avec lenteur:

— Oh! moi, mamselle Gertraud, pourquoi vous ennuierais-je de ce qui me regarde? Hier au soir...

— Est-ce pour cela que vous m'en voulez, Jean? Si vous saviez comme j'ai souffert depuis ce matin!

— Je ne vous en veux pas, dit le joueur d'orgue froidement; ce que vous avez fait, vous aviez droit de le faire. On dit que le moindre souffle emporte les promesses des femmes. Vous êtes riche et je suis pauvre, mademoiselle. J'étais un fou et je devrais être puni rien que pour avoir espéré!

Les larmes qui perlaient dans les yeux de Gertraud roulèrent à grosses gouttes sur sa joue.

— Est-ce. que vous ne m'aimez plus, Jean? dit-elle.

Le malheur rend cruel. Jean répondit en détournant la tête :

— Je crois que je ne vous aime plus.

Un sanglot souleva la poitrine de Gertraud. Jean avait le cœur brisé, mais il n'ajouta pas une parole.

Il éprouvait comme une barbare jouissance à voir souffrir.

Une voix s'élevait en lui, qui proclamait l'innocence de Gertraud et qui le poussait à demander une explication; mais il se roidissait, il se complaisait en quelque sorte dans la torture partagée.

Un silence de quelques minutes suivit.

Au bout de ce temps, le joueur d'orgue s'agita sur sa chaise et tourna son chapeau entre ses doigts avec embarras.

— Et maintenant, dit-il, mamselle Gertraud, je vais vous faire mes adieux.

— Vous partez? demanda la jeune fille que les pleurs étouffaient.

— Je pars, répondit Jean, pour longtemps peut-être; je pense bien que nous ne nous reverrons jamais.

Sa voix trembla et l'émotion triompha de sa froideur empruntée.

— Je le pense! reprit-il; hier encore j'aurais été bien malheureux de cette séparation, mais aujourd'hui... Oh! Gertraud! Gertraud! que Dieu vous pardonne! Un autre ne vous aimera point comme je vous aimais!

— Mais pourquoi me parlez-vous ainsi? s'écria la jeune fille navrée; que vous ai-je fait? que vous ai-je fait?

Les sourcils de Jean se froncèrent; puis ses yeux, arrêtés un moment sur Gertraud, eurent une expression attendrie.

Il fut sur le point de s'expliquer; mais la rancune l'emporta.

Il se leva.

— Vous ne m'avez rien fait, mamselle Gertraud, dit-il; de quoi me plaindrais-je? vous étiez libre!

La pauvre enfant n'avait garde de comprendre.

Jean se dirigea vers la porte.

— Mais où allez-vous, au nom de Dieu? dit-elle. Par pitié! dites-moi quelque chose et ne me quittez pas ainsi!

Jean s'arrêta, irrésolu, sur le seuil même.

— Écoutez, reprit-il à voix basse, je vous ai trop aimée pour vous oublier en un jour. Bien des fois je penserai à vous, et ce sera ma peine la plus cruelle! Adieu, Gertraud, je vais au loin. Il y a désormais autour de mon sort un mystère que ma famille elle-même ne saurait point percer, mais, quoi qu'il arrive, ne croyez pas que je puisse devenir criminel!

Ce mot, qui répondait à la préoccupation secrète de Jean, frappa Gertraud d'étonnement et de frayeur.

— Criminel! répéta-t-elle. Comment pourrais-je vous croire criminel?

Jean s'était avancé imprudemment, parce que, à son insu, il éprouvait une consolation triste à prolonger ces adieux. Le rouge lui monta au front : il ne pouvait ni ne voulait répondre.

Il balbutia quelques mots inintelligibles, jeta un dernier regard à Gertraud, et descendit l'escalier en courant.

La jeune fille l'appela d'une voix épuisée. Comme il ne revenait point, elle descendit l'escalier à son tour, et s'élança sur ses traces jusqu'au bout de l'allée.

Au bout de l'allée, elle rencontra l'idiot Geignolet, qui s'en revenait à la maison : la foule, ennuyée de le porter en triomphe, l'avait jeté contre une borne et ne songeait plus à lui.

L'idiot rentrait, heureux et fier comme un roi.

— As-tu vu passer ton frère? demanda Gertraud.

— Ils m'ont porté, répondit l'idiot avec emphase, porté par-dessus leurs têtes, tout autour de la place... Ils criaient : « Vive Geignolet! » Tout le monde a entendu cela!

— As-tu vu ton frère? répéta Gertraud en lui secouant le bras.

— Ne me touchez pas! s'écria l'idiot avec un geste d'empereur, ou bien je vais leur dire de vous battre... Ils font tout ce que je veux!

— Geignolet, mon petit Geignolet! répéta encore Gertraud, je te donnerai de l'argent. As-tu vu passer ton frère?

Au mot argent, l'idiot dressa l'oreille.

— Oui, répliqua-t-il en montrant le bâtiment de la Rotonde, je l'ai vu ; il est là.

— Eh bien! cours après lui, mon petit Joseph! suis-le partout, tâche de savoir où il va... et, si tu peux me le dire, je te donnerai des sous plein tes deux mains !

Geignolet arrondit ses deux mains, longues et difformes, de manière à figurer une sorte de récipient dont il mesura de l'œil la capacité.

— Ce sera bon, grommela-t-il, en attendant que j'aie les jaunets. On y va !

Il se prit à courir, en dégingandant son corps étique, et disparut dans la foule qui emplissait encore le marché.

Gertraud rentra dans l'allée, et s'appuya, défaillante, contre le mur.

VIII

COMPAGNONS DE ROUTE

Cependant Geignolet se coulait dans la foule, et Jean, son frère, arrivait au lieu du rendez-vous assigné par le cabaretier Johann.

C'était sous le péristyle de la Rotonde, du même côté que l'échoppe du bonhomme Araby.

La porte de l'usurier était ouverte, et il attendait maintenant la pratique, comme à l'ordinaire, derrière le trou en demi-lune de son bureau privé ; mais le marché arrivait à sa fin, et les emprunteurs, rebutés, qui avaient trouvé porte close dans la matinée, s'étaient pourvus ailleurs.

Le bonhomme avait eu ce matin du malheur ; il avait beau guetter, nulle proie ne venait le consoler de la brèche terrible faite à sa caisse secrète.

Il était plié en deux dans son vieux fauteuil, et il supputait dolemment ce qu'il faudrait de gros sous, arrachés à l'indigence, pour refaire cent trente mille francs.

Cent trente mille francs !...

Dans un coin, Nono, la petite Galifarde, portant sur le visage et sur le cou les traces de la démence brutale de son maître, se tapissait, transie de froid ; ses yeux étaient fixés sur le bonhomme avec épouvante ; elle n'osait pas se plaindre ; à peine osait-elle respirer.

Johann et Jean se rencontrèrent devant la porte extérieure de la boutique. Le cabaretier venait de faire le tour de la place ; il avait passé la revue de ses hommes : tous étaient prêts. Fritz avait bu sa chopine d'eau-de-vie, et les deux amis inséparables, Màlou et Pitois, venaient de vendre leur dernier pantalon volé.

— Voilà ce que j'appelle être exact ! dit Johann ; sais-tu, petit Jean, que tu as une bonne poigne et que je garderai longtemps la marque de tes caresses !... mais ne parlons plus de ça, l'heure nous presse, et ta place est retenue à la diligence de tantôt.

— J'ai promis de partir, répondit-il, je partirai.

L'idiot arrivait en ce moment, suivant la trace de son frère, comme un limier tient une piste. Il essaya de se mettre aux écoutes derrière un des piliers du péristyle ; mais Johann et le joueur d'orgue parlaient bas et se promenaient, faisant trois ou quatre pas en avant, trois ou quatre en arrière. L'idiot, qui tendait l'oreille de son mieux, ne saisissait pas un mot de leur entretien.

Tout autre que lui eût déserté la tâche, dans l'impossibilité de s'approcher davantage ; mais le hasard avait singulièrement servi Gertraud dans le choix de son messager. Geignolet, comme presque tous les malheureux privés de raison, avait dans sa nature une part de cette adresse instinctive qui fait, en certains cas, la supériorité du sauvage sur l'homme de la civilisation. Il passait sa vie à guetter comme une bête fauve à l'affût, à se cacher pour dérober une proie convoitée, à se glisser dans les trous comme un serpent.

Et, comme personne ne daignait faire attention à ses manœuvres folles, il était réellement la perle des espions.

Durant deux ou trois minutes, il suivit Johann et son frère, de pilier en pilier, avec une patience rusée qui lui était propre ; puis, voyant l'inutilité de ses efforts, il parcourut le lieu de la scène d'un regard rapide pour chercher un abri plus proche. Dans ses yeux, mornes d'ordinaire, brillait, par éclairs intermittents et soudains, une intelligence farouche.

Il n'y avait point de cachette sous le péristyle, mais l'œil de l'idiot s'arrêta sur la porte ouverte du bureau d'Araby.

C'était pour lui un lieu connu. Pendant plusieurs mois, il avait été le galifard d'Araby, et, depuis que la petite Nono l'avait remplacé dans ce poste peu enviable, il venait presque tous les matins épier la sortie de l'enfant pour la battre ou lui arracher son déjeuner.

Il saisit l'instant où Johann et son frère avaient le dos tourné, pour traverser d'un seul bond le péristyle. Quand ils se retournèrent, il était tapi déjà derrière la porte de l'usurier.

De là il entendait beaucoup mieux.

Lorsque les deux interlocuteurs passèrent devant la porte, c'était Johann qui parlait. Il répondait sans doute à une question du joueur d'orgue, touchant le but du voyage.

— Tu auras tout le temps de savoir cela en route, mon garçon, disait-il ; je vais te mettre avec un gaillard qui t'expliquera la chose... tout ça ne sera pas la mer à boire, crois-moi, et tu auras gagné facilement ton argent !

Ils étaient tous les deux, vis-à-vis l'un de l'autre, dans une situation analogue. Entre eux, il s'agissait d'un meurtre que Johann prenait fort au sérieux sans doute, mais

pour lequel il ne comptait nullement sur le
joueur d'orgue ; Jean était à ses yeux un
comparse, chargé uniquement de compléter
sa troupe, et qu'il embauchait pour avoir
droit à la récompense promise.

Quand on a deux estafiers comme Màlou
et Blaireau, sans parler de l'honnête Fritz,
un pauvre garçon de la trempe de Jean
Regnault est assurément du luxe.

Mais le chevalier avait exigé quatre hommes, pour le moins, et il fallait lui en donner
pour son argent.

C'était sous l'influence de la roide eau-
de-vie des *Quatre Fils Aymon* que Johann
avait entamé cette conquête à peu près
inutile ; à jeun, peut-être eût-il agi différemment. Néanmoins, une fois l'affaire
commencée, autant celui-là qu'un autre. Il
savait l'allemand, et Johann ne songeait
pas, sans un certain plaisir, que l'absence
du joueur d'orgue laisserait le champ libre
au neveu Nicolas auprès de la gentille Gertraud.

Johann avait l'estime la plus profonde
pour les économies du père Hans.

Quant à Jean, nous savons que sa détresse lui avait enseigné la ruse, et qu'il
avait fait avec sa conscience une sorte de
compromis. L'idée du meurtre était à cent
lieues de sa cervelle.

Pourtant Johann et lui vinrent naturellement à parler du meurtre. Geignolet saisit
quelques paroles à la volée et les mit telles
quelles dans sa mémoire.

Au bout de dix minutes, il vit Johann tirer de sa poche une bourse qu'il remit à
Jean, et tous d'eux s'éloignèrent.

— Hue ! gronda l'idiot en les suivant de
loin ; je vais dire tout ça à la petite Gertraud.

Johann et Regnault abordèrent Fritz sur
le seuil des *Deux Lions ;* Johann prononça
quelques mots, et l'ancien courrier de Bluthaupt, affaissé déjà sous les libations mati-

nales, marcha silencieusement à ses côtés.

Ils arrivèrent tous trois, suivis toujours
par Geignolet, jusqu'à l'allée humide et
noire conduisant au cabaret des *Quatre Fils.*

— Ohé ! fit Johann sans se donner la peine
d'entrer ; ohé ! les camaros ! en route !

Màlou tenant au bras Bouton-d'Or, et Pitois remorquant la grande-duchesse, arrivèrent à ce signal.

— Nous voilà parés, dit Màlou ; faites-
vous la conduite, papa Johann ?

— Et vos bagages ? demanda celui-ci.

— Pas de bagages, répondit Blaireau ; nous
ne nous chargeons que de passe-ports très-
bien faits, et de nos épouses.

— Comment ! vous ne partez pas seuls !
murmura le cabaretier, dont les sourcils se
froncèrent.

Bouton-d'Or et la grande-duchesse lui ri-
rent au nez le mieux du monde, et la petite
fille ajouta, en dessinant un geste de polka
très-avancé :

— Ça t'étonne, mon vieux vilain !... Comment se portent l'Amour et sa perruque ?

Johann secoua la tête avec une mauvaise
humeur croissante.

— On n'avait pas mis ça dans le marché,
dit-il.

— Nous nous y mettons, mon *bœuffeton,*
riposta Bouton-d'Or.

— Que voulez-vous, papa Johann ? ajouta
Màlou ; ces dames veulent faire un voyage
sur les bords du Rhin.

Johann haussa les épaules et ouvrit la marche. La caravane s'ébranla sur ses traces.

Jean marchait côte à côte avec Fritz. A
voir la répugnance pointe sur son visage, on
eût dit que l'anneau de fer des bagnes rivait

L'idiot resta deux ou trois secondes à la regarder. (Page 133, col. 1.)

son poignet à celui de ce taciturne compagnon.

Les deux couples venaient ensuite, joyeux et bavards. Ils étaient joyeux comme pinsons; ils chantaient de tout leur cœur, et, quand la rue s'y prêtait, ils essayaient un temps de galop sur le trottoir. Eu égard à leurs mœurs aimables et à leur charmant caractère, ils allaient faire là un véritable voyage d'agrément.

Par derrière, Geignolet se coulait le long des maisons; il regardait tout cela d'un air surpris et s'amusait assez.

On arriva aux Messageries. Màlou, Pitois et leurs compagnes se juchèrent délibérément sur la banquette; Fritz et Jean se placèrent dans la rotonde, où ils se trouvèrent seuls.

Geignolet, mêlé aux gamins et aux commissionnaires, achevait de remplir son rôle d'éclaireur.

— Dès que vous serez là-bas, dit Johann à Màlou, vous vous établirez dans les environs du château, et vous accoutumerez les bonnes gens de Geldberg à votre visage.

Tàchez surtout de vous conduire comme il faut, et de ne pas gâter les choses à l'avance !

— Entendu, papa Johann ! répondirent les deux voleurs.

— Et bien des choses à l'Amour ! ajouta Bouton-d'Or.

Johann revint vers la Rotonde.

— Toi, Fritz, reprit-il, tu es du pays et tu sauras comment te retourner... Tu aideras un peu les autres et tu feras la leçon à ce petit bonhomme que je te confie.

Fritz, suivant sa coutume, mit ses gros yeux éteints sur le cabaretier et ne répondit point.

Le fouet du postillon retentit ; le cornet du conducteur sonna une douzaine de notes surprenantes, et la diligence écrasa le pavé au galop de ses cinq chevaux.

Johann et Geignolet reprirent, chacun de son côté, la route du Temple.

Jean connaissait Fritz pour l'avoir vu bien des fois sur le carreau, mais il ne lui avait jamais parlé. A peine la voiture avait-elle fait dix tours de roues, que l'ancien courrier de Bluthaupt s'enfonça dans un coin de la rotonde et ferma les yeux pour dormir.

Jean se prit à l'examiner, et sa répugnance ne diminua point en voyant l'aspect misérable du camarade qu'on lui imposait. Il remarqua ses habits usés et souillés de taches innombrables, sa barbe hérissée, où le peigne semblait n'avoir point passé depuis dix ans, — ses traits flétris, ses orbites caves et la pâleur livide de ses joues, aux pommettes desquelles rougissaient deux étroites taches de sang.

Quand il eut fini son examen, il se prit à songer, et sa tête s'emplit de pensées amères. Tout ce qu'il avait souffert lui revint en mémoire, et il sentit son cœur se serrer à l'idée de ce qu'il devait encore souffrir.

Parmi sa rêverie douloureuse passaient de vagues épouvantes. Johann s'était refusé à toute explication ; Jean ne savait rien, et pouvait deviner seulement qu'il faisait partie d'une bande d'assassins payés d'avance.

Qu'allait-il se passer dans ce château lointain ? Jean était résolu à feindre l'obéissance, et à tâcher d'empêcher le meurtre, tout en jouant le rôle de meurtrier. Mais tout était pour lui mystère ; il ne savait rien de ce qui l'attendait au bout du voyage. Son cerveau, incessamment sollicité, s'échauffait peu à peu ; la solitude augmentait son agitation, et la fièvre, qui l'avait brûlé dans la matinée, le reprenait, plus vive.

A quelques lieues de Paris, il éveilla Fritz d'un brusque mouvement.

— On vous a ordonné de me faire une leçon, dit-il ; j'ignore tout, et je veux savoir. Qu'allons-nous faire en Allemagne ?

Fritz ouvrit les yeux lentement et les referma de même.

— Éveillez-vous, éveillez-vous ! s'écria le joueur d'orgue en le secouant ; je ne puis rester davantage dans cette incertitude qui me rend fou !

Le courrier ouvrit encore les yeux et son regard tomba lourdement sur son jeune camarade.

— Je connais un homme qui voudrait bien être fou, murmura-t-il de sa voix creuse et sourde ; mais celui-là ne peut pas !

Sa paupière appesantie semblait avoir peine à se tenir ouverte.

— Je rêvais, reprit-il en se parlant à lui-même. Toujours le même rêve ! Deux hommes au bord de l'Enfer... La lune blanche, courant sous les nuages... et un cri... Oh ! ce cri qui me passe au travers du cœur !...

Jean l'écoutait, bouche béante ; il ne comprenait point ; mais un frisson glissait par ses veines.

— Vous êtes bien jeune, poursuivit Fritz, et vous aurez de longues années pour vous souvenir. J'avais votre âge à peu près, et ce ne fut pas moi qui commis le crime... pourtant, le crime est là, comme un poids glacé, sur ma conscience. Je ne vous connais pas, mais j'ai pitié de vous.

Jean restait muet ; quelque chose arrêtait les paroles dans sa gorge.

— Nous retournons là-bas, poursuivit encore Fritz, dont la voix somnolente s'embarrassa. Je reverrai l'Enfer et les broussailles où je retrouvai des lambeaux de son manteau. J'irai le soir à la même heure et par un clair de lune pareil, je m'agenouillerai sous le mélèze, et j'essayerai de prier Dieu, pour voir une bonne fois si je suis damné.

— Mais de quoi parlez-vous ? balbutia Jean.

Fritz déboutonna son vieux paletot et prit une énorme bouteille, recouverte d'osier, qui pendait à sa ceinture. La bouteille contenait de l'eau-de-vie ; il but à longs traits.

Quand il eut fini de boire, il tendit le flacon à Jean.

— Faites comme moi, dit-il, — si vous avez déjà besoin d'oublier.

Jean repoussa l'offre du geste ; le courrier remit sa bouteille à sa ceinture et se renfonça dans le coin de la rotonde.

Jean était seul de nouveau. Fritz ronflait. Sur l'impériale, les deux voleurs et leurs compagnes chantaient à tue-tête. Leurs voix joyeuses arrivaient jusque dans le silence de la rotonde.

Jean retomba dans sa méditation accablante ; les heures passèrent ; le jour baissa ; la nuit vint noire et froide.

L'esprit de Jean était frappé ; des idées sinistres tournaient dans sa pensée et d'effrayants fantômes se couchaient auprès de lui dans l'ombre. Il y avait dans sa famille un pauvre être sans raison ; peut-être son intelligence à lui était-elle moins assurée que celle du commun des hommes. Les chocs répétés qu'il avait subis depuis peu avaient usé sa force, et il sentait ses pensées vaciller en lui, comme la veille, à l'heure folle de l'ivresse.

Il eût donné tout au monde pour avoir un ami à qui demander secours.

Mais il était seul. Auprès de lui, un homme dormait à qui le remords arrachait dans ses songes de sinistres paroles. Jean écoutait ; il surprenait, çà et là, quelques mots confus qui étaient toujours les mêmes : Crimes ! Enfer ! Assassin !

Sa tête se perdait.

Ses tempes s'inondaient d'une sueur froide ; le pacte sanglant qu'il avait signé lui apparaissait tout à coup, rigoureux et impossible à éluder. Sa main s'ouvrait, frémissante, comme pour lâcher le manche du couteau.

Il ne voyait plus Fritz ; mais il entendait son souffle rauque, et le souvenir lui montrait dans la nuit la figure hâve et lugubre de son compagnon. Parfois, lorsque la diligence arrivait aux relais, les lanternes de la poste égaraient un rayon jusque dans l'intérieur de la rotonde. La figure livide du courrier sortait alors de la nuit ; Jean voyait ses yeux ouverts et immobiles comme ceux d'un mort.

Quand la voiture s'éloignait, quand l'obscurité devenait plus opaque, Jean avait du froid dans les veines ; cette tête effrayante, que lui cachait la nuit, surgissait, vaguement illuminée. Jean avait beau fermer les yeux, il la voyait à travers ses paupières closes ; il essayait de prier et il ne pouvait pas ; il pensait alors au démon, et il se disait, affolé par l'épouvante, que Satan avait ratifié le pacte, et qu'il y avait là, près de lui, un être venu de l'enfer.

Puis d'autres pensées traversaient son délire. Il prenait le bruit continu des roues pour le sourd fracas de la mer prête à l'engloutir.

C'étaient ensuite les mille voix murmurantes d'une grande foule qui l'entourait, qui le pressait, qui l'étouffait ; parmi ce murmure, les chants qui tombaient de l'impériale grinçaient douloureusement à son oreille, et le blessaient à l'âme comme une poignante moquerie.

Il s'éveillait pour se retrouver seul, glacé, tremblant, dans les ténèbres pleines de terreur.

Dieu, impitoyable, n'entendait point sa plainte. La fièvre le secouait ; ses dents claquaient.

Hélas ! bien loin, bien loin, dans la nuit éclairée de ce Paris qui fuyait, il entrevoyait deux fantômes aux formes indécises qui glissaient vers lui, les bras entrelacés, les yeux émus, les bouches unies.

Il ne savait ; il voulait douter, mais la double vision approchait. Qu'ils étaient beaux et qu'ils étaient heureux !

Une main d'acier broyait le cœur de Jean. C'était Gertraud, Gertraud toujours adorée, et ce jeune homme aux blonds cheveux qui souriait comme une femme et dont la voix insultait à son martyre !

Si Jean eût senti à ce moment le manche d'un couteau dans sa main, il n'aurait point lâché prise.

Fritz s'éveilla en sursaut.

— Je crois que mon lit roule, dit-il d'une voix effrayée. Quelle nuit ! et que de sang j'ai vu depuis le coucher du soleil !

Il tâta les parois de la voiture autour de lui, en grondant des paroles confuses. Puis Jean sentit à l'improviste une main chaude et humide se serrer autour de son cou.

— Ah ! je te tiens ! s'écria Fritz. C'est toi que je vois dans mes songes ! C'est toi qui as rendu ma barbe grise et mis des cendres à la place de mon cœur ! assassin ! assassin !

Jean se débattait et perdait le souffle.

Les doigts du courrier se détendirent tout à coup.

— Mais je ne suis pas dans mon lit, grommela-t-il : je me souviens, nous allons en Allemagne. Il faut boire pour oublier !

Une odeur d'alcool se répandit dans l'intérieur de la rotonde. Fritz garda le silence durant la moitié d'une minute, parce qu'il buvait.

— En voulez-vous ? dit-il avant de reboucher sa bouteille.

La gorge de Jean brûlait ; il tendit sa main dans l'ombre avidement et colla le flacon à ses lèvres. Il but jusqu'à perdre haleine.

En cet instant de faiblesse, l'eau-de-vie lui monta tout d'un coup au cerveau et le jeta hors de sa raison.

Il éclata en un rire insensé.

— C'est vrai, balbutia-t-il, avec cela, on oublie ! Ah ! ah ! qu'avais-je donc à souffrir ?

— Quand vous aurez tué, dit Fritz à voix basse, il vous faudra plus d'une gorgée.

Jean haussa les épaules, et, saisissant au vol les bribes d'une chanson entonnée joyeusement sur la banquette, il s'endormit en murmurant :

Sur l'air du tra la la la,
Sur l'air du tra la la la,
Sur l'air du tra deri dera,
La la la !

. . . .

Geignolet l'idiot avait retrouvé Gertraud à la place où il l'avait laissée, au seuil de l'allée de Hans Dorn. Dès que la jeune fille l'aperçut, elle s'élança vers lui.

— Où est-il ? s'écria-t-elle.

— Je veux mes sous, répondit l'idiot.

Gertraud l'entraîna jusque dans sa chambre, et lui mit des sous plein les deux mains.

L'idiot poussa un cri de joie.

— Hue ! fit-il, en voilà-t-il des *jacques !* Vous êtes une bonne fille, Gertraud ! Le frère est en diligence, comme un monsieur.

— Quelle diligence ?

— Ils disent que ça va dans un pays qui s'appelle l'Allemagne, et qui est bien loin d'ici.

Gertraud joignit les mains.

— Et tu n'as rien appris de plus ? murmura-t-elle d'une voix étouffée.

— Oh ! que si fait ! répliqua l'idiot ; il va là pour tuer un homme.

Gertraud chancela.

— Il est parti avec ce vieux *chineur* de Fritz, reprit l'idiot, qui a un paletot gris déchiré et qui pompe du dur toute la journée... Et le papa Johann lui a donné de l'argent pour faire le coup là-bas.

Gertraud s'affaissa sur une chaise et ses yeux se fermèrent.

L'idiot resta deux ou trois secondes à la regarder ; puis sa physionomie prit une expression d'astuce singulière.

— Tiens, tiens ! pensa-t-il, la voilà qui dort pour tout de bon.

Il traversa la chambre sur la pointe des pieds et entr'ouvrit doucement la porte de Hans Dorn.

Son regard rapide fit le tour de la chambre.

— Les jaunets sont là, grommela-t-il en montrant du doigt l'armoire, et le trou est derrière le lit. Ça sera fait ce soir !

Il repassa devant Gertraud évanouie, sans lui accorder un coup d'œil, et descendit l'escalier en faisant sonner ses gros sous dans sa poche.

IX

TOILETTE DE PETITE

A l'heure où le cabaretier Johann rassemblait son armée et la conduisait jusqu'à la cour des Messageries, il ne faisait pas jour encore chez madame de Laurens. Elle était rentrée fort tard la nuit précédente, et ce sommeil prolongé réparait la double fatigue du bal Favart et de la maison de jeu de la rue des Prouvaires.

La pendule avait sonné midi depuis longtemps, mais la soie épaisse qui tombait le long des fenêtres faisait obstacle aux rayons pâles du soleil et continuait le crépuscule par delà le milieu du jour.

Il régnait dans la chambre un silence complet, qui n'était même pas troublé par cet inévitable roulement des voitures, courant sans cesse sur le pavé de Paris. L'agent de change M. de Laurens avait fait poser devant son hôtel un essai de pavage en bois, afin de protéger le repos de Sara.

C'était là une attention d'autant plus efficace, que la charmante femme faisait sa nuit, d'ordinaire, aux heures où la rue, éveillée, s'emplit de mouvement et de fracas.

Les portes étaient closes ; il n'y avait personne dans la chambre ; mais un feu doux, qui brûlait dans la cheminée, disait que des soins attentifs veillaient sur le sommeil de Sara.

Elle dormait derrière ses rideaux entr'ouverts. Sa pose abandonnée indiquait cette fatigue molle qui suit l'agitation du premier sommeil. Elle avait la tête tournée du côté du jour ; sa coiffe de dentelle laissait fuir les boucles magnifiques de ses cheveux noirs, qui ruisselaient, épars, sur l'oreiller blanc ; son bras nu, frais, ciselé, sortait du lit et pendait en dehors, sollicité par l'atmosphère chaude de la pièce.

Le demi-jour que tamisait parcimonieusement l'étoffe opaque des draperies tombait d'aplomb sur son visage où reposait, à cette heure, un sourire serein et heureux.

Son souffle égal glissait doucement à travers ses lèvres entr'ouvertes ; nulle ride à son front, nul pli autour de sa bouche. Quiconque n'eût point connu son âge aurait cru surprendre en ce moment le pur sommeil d'une vierge dont l'âme candide sourit à de beaux songes.

C'était, vous en auriez fait le serment, une fleur de beauté que le soleil trop vif n'avait point touchée encore de son regard ardent. Tout était charme en elle : la jeunesse rayonnait sur son front d'enchanteresse ; elle était la perfection exquise, et nulle imagination de poëte n'aurait pu ajouter à son irrésistible attrait.

C'était peut-être le demi-jour propice ; peut-être un décevant mirage, reflet d'un de ces rêves ailés qui remontent en se jouant le courant des années et vous couchent, rajeunis, au milieu des joies bonnes de l'adolescence ; mais, parmi cette beauté sans tache, il n'y avait rien, absolument rien qui trahît la femme expérimentée et cent fois ivre de fruit défendu, la femme qui a tout appris et tout éprouvé, la femme lasse de plaisirs et qui raffine sur le mal, comme un débauché vieux que le désir abandonne. Le vice avait glissé sans laisser de trace, le vice et le temps ; ce sommeil souriait comme le repos d'un ange.

Auprès de ce lit, tout homme qui n'aurait point connu le passé de Sara se fût agenouillé pour l'adorer comme une sainte.

Mais, en dehors d'elle-même, les objets qui entouraient madame de Laurens étaient choisis de manière à détruire l'illusion bien vite. Sa chambre était ornée avec un goût parfait, mais dans un sentiment de lascive fantaisie ; tout y parlait à l'encontre de l'impression que nous avons essayé de faire naître, et, après le premier regard, on oubliait toute pensée d'innocence : on s'étonnait presque d'avoir cru à la pudeur.

D'ordinaire, les femmes du monde cachent ce qu'elles aiment, et drapent un voile discret autour de leurs faiblesses. Il y a souvent des prie-Dieu dans les boudoirs, et telle alcôve facile est sanctifiée par une pieuse image. Mais Sara gardait son hypocrisie pour le dehors. Personne, excepté M. de Laurens, n'entrait jamais dans sa chambre ; elle en avait fait un petit sanctuaire, où le gracieux et le lascif se mêlaient en de ravissants caprices.

Les tableaux, peu nombreux et valant leur pesant d'or, représentaient de ces sujets aimables qui font la joie des célibataires, et devant lesquels un éventail féminin se change en écran de lui-même. C'était beau. Le nu frémissait sur ces toiles précieuses ; l'amour s'y étalait, luxurieux ou naïf. Les enchantements chevaleresques y faisaient assaut avec les raffinements de la poésie antique ; Anacréon y donnait la main au chantre d'Armide ; le génie de la peinture érotique semblait avoir effeuillé là toutes ses roses effrontément épanouies.

Alcibiade eût pris cette chambre pour un temple de sa chère Vénus.

De ces tableaux, les plus charmants et ceux qui dévoilaient les plus ardents mystères se suspendaient derrière les rideaux mêmes de l'alcôve. Ils laissaient un espace vide, occupé par une large glace qui tenait la ruelle du lit. Dans cette glace se mirait en ce moment la couverture, soulevée et dessinant vaguement d'admirables contours.

C'était pour elle-même que madame de Laurens avait réuni cet étrange musée ; on ne pouvait l'accuser d'y avoir jamais introduit un homme en fraude des lois conjugales ; et pourtant, ce n'était pas seulement un goût fantasque ou égaré qui l'avait portée à franchir aussi audacieusement les limites les plus extrêmes de la réserve féminine. Elle avait des caprices, assurément ; mais, derrière chacun de ces caprices, on devait s'attendre à découvrir un but caché.

Elle avait paré le temple avec réflexion ; c'était quelques années après son mariage, à l'époque où M. de Laurens était jeune et fort.

Car il y avait bien longtemps que durait ce lent assassinat !

Petite avait calculé ses séductions froidement et mis au complet son artillerie d'amour ; sa chambre était la fournaise brûlante où le malheureux agent de change, brisé par la jalousie, venait rallumer sans cesse sa passion épuisée, et prendre la force de porter encore à ses lèvres la coupe toujours pleine de poison...

Petite resta durant quelques minutes dans ce calme sommeil où nous l'avons surprise ; puis son rêve changea et devint plus conforme à la réalité de sa nature. Sa joue pâle se couvrit de rougeur ; son souffle s'embarrassa et sortit chaud de ses lèvres rapprochées ; ses narines se gonflèrent et tout son corps frémit doucement sous les couvertures.

Elle se retourna, renversa sa belle tête parmi les masses de ses cheveux ; ses deux bras sortirent du lit et s'arrondirent contre son sein palpitant.

La passion était maintenant sur son visage ; ses lèvres pâlissaient, et des plaintes, où perçait le nom de Franz, tombaient de sa bouche.

Elle était belle ainsi, plus belle peut-être que sous le masque trompeur, attaché naguère par la main du hasard.

La glace reflétait les lignes admirables de ses traits et ses formes trahies par la couverture agitée.

Quelques minutes encore s'écoulèrent ; puis son visage se transforma de nouveau.

La pâleur couvrit de nouveau sa joue ; ses sourcils, froncés violemment, se rapprochèrent ; des rides vinrent autour de sa bouche, dont les lèvres se serrèrent convulsivement.

Elle se retourna tout à fait, par une sorte de soubresaut vif et brusque. On ne la vit plus que dans la glace, où sa figure apparut décomposée tout à coup par la colère.

Il y avait un monde entre son sourire calme et pur et son voluptueux sourire, un monde encore entre son voluptueux sourire et l'expression de férocité soudaine qui ridait sa face maintenant, sans pouvoir lui enlever sa beauté. Ses mains s'agitaient au hasard ; ses doigts se refermaient sur la fine toile des draps, qui restaient, après l'étreinte, froissés et comme tordus.

On eût dit qu'elle cherchait une arme...

Et c'est miracle qu'une même physionomie puisse exprimer tant de douceur sereine et tant de cruauté implacable !

Le boudoir gardait son aspect de mollesse lascive ; le jour suave et timide glissait sur les peintures amoureuses ; l'air chaud, où nul parfum vulgaire ne jetait ses douteuses délices, avait pourtant je ne sais quelles émanations capables d'enivrer, vagues, subtiles, pénétrantes, et qui semblaient s'exhaler de la femme elle-même.

C'était toujours le temple érotique, mais la déesse s'était changée en furie ; Vénus fronçait le sourcil et les serpents tragiques étaient à son front, au lieu de sa riante couronne de grâces.

Elle s'efforçait ; ses tempes se mouillaient ; ses lèvres crispées prononçaient à demi des paroles confuses.

Parmi ces paroles un nom revenait, toujours insaisissable à l'oreille : le nom d'un homme.

Et malheur à cet homme détesté ! malheur ! car le rêve de Sara suait la haine, et sa bouche aride semblait demander du sang !

Elle s'agitait toujours de plus en plus ; son effort aveugle s'obstinait. Son cou se roidit ; sa tête se souleva lentement, vigoureuse et terrible.

Elle joignit ses mains, dont les articulations craquèrent, avec la force qu'on met pour étouffer un ennemi. Le nom glissa une dernière fois entre ses lèvres plissées, mais distinct et nettement prononcé.

— Franz! dit-elle encore.

Et ses sourcils se détendirent; sa tête retomba mollement sur l'oreiller. C'était le repos après la lutte victorieuse.

La panthère aussi se couche indolente et gracieuse, quand sa proie tuée ne bouge plus.

C'était toute la vie de Petite qui se reflétait fidèlement dans les trois phases de son sommeil; cette vie étrange, qui souriait au monde, innocente et tranquille; cette vie avide de voluptés derrière le voile, et où le plaisir gracieux arrivait au crime par le vice.

Un masque de pureté, voilant la couronne de roses des bacchantes, et, sous les roses effeuillées, de l'or avec du sang!

Elle s'éveilla. Son regard rencontra la glace, qui lui renvoya son visage, où il y avait maintenant de la fatigue; elle se souleva et mit sa tête inquiète tout auprès du miroir.

Elle regardait, attentive, et un nuage de tristesse descendait sur son front; une ride, ténue et perceptible à peine, plissait le poli de sa tempe.

Ses yeux prirent de l'effroi et se baissèrent, humiliés. Elle demeura un instant comme interdite et n'osant plus regarder la glace accusatrice. Puis sa joue reprit un incarnat léger; on eût dit qu'elle se révoltait contre l'insulte du miroir. Elle lui jeta un coup d'œil de défi; la ride avait disparu.

Sa bouche s'épanouit en un sourire d'orgueil; elle repoussa en arrière les boucles prodigues de sa chevelure noire et se mit sur son séant.

— Nina! dit-elle.

Il semblait que ce nom, prononcé presque à voix basse, dût s'étouffer entre les rideaux: pourtant la porte de la chambre s'ouvrit à l'instant même, et une cameriste, jeune, accorte, empressée, traversa le boudoir sans produire aucun bruit. Son pas, souple et lé-

ger, se taisait sur la toison épaisse du tapis.

Un peignoir, garni de dentelles, couvrit les épaules de Sara, qui mit ses pieds nus dans de petites mules de velours.

Sa toilette commença. L'eau tiède coula le long de son beau corps et retomba dans le bassin parfumé.

Nina, vive et adroite, semblait se jouer autour de sa maîtresse; sa main glissait rapide, laissant partout après soi la jeunesse et la fraîcheur.

Madame de Laurens n'avait pas besoin encore de cet art précieux et frisant la magie qui efface les rides, teint les cheveux et sait rendre un incarnat tout neuf aux joues flétries. Mais les années s'accumulaient; le jour venait où l'utile talent de Nina ne pourrait point se payer trop cher.

Aussi Nina était-elle une favorite: sa maîtresse la traitait avec une confiance flatteuse et lui disait absolument tout ce qu'il ne lui importait point de cacher.

Nina devinait peut-être le reste.

Elle présida seule aux premiers détails de la toilette, puis, quand un nouveau peignoir eut arrondi son tissu chaud sur les épaules rafraîchies de Petite, Nina mit en mouvement une sonnette, et une autre jeune fille entra dans la chambre à coucher à son tour.

Celle-ci, cameriste de second ordre, n'était point initiée aux intimes mystères du petit lever; elle n'avait jamais aperçu cette ride ennemie que Nina, entrant à l'improviste, avait plus d'une fois constatée.

Sara s'assit, enveloppée chaudement dans les plis de son peignoir. Les deux jeunes filles prirent à pleines mains les masses lourdes de sa chevelure, dont le peigne alerte lustra les anneaux étagés. Deux nattes brillantes, longues, épaisses, s'enroulèrent derrière sa tête, laissant sur le devant une double grappe, noire comme le jais, formant comme un gracieux cadre au plus joli visage du monde.

Sara, nonchalante et comme affaissée, cachait ses mains frileuses sous le peignoir; ses yeux étaient clos à demi, ramenant sur ses

Le peignoir tomba; un étroit corset dessina la souplesse de sa taille. (Page 137, col. 1.)

joues la frange soyeuse et longue de ses cils: elle semblait prolonger avec paresse le repos de sa nuit.

Quand les deux cameristes eurent achevé leur tâche, elle jeta vers la glace qui se penchait au-devant d'elle un regard distrait. La glace lui renvoya la radieuse beauté de son visage.

Les deux cameristes attendaient. Elle fit un petit signe de tête content, et les deux jeunes filles sourirent, récompensées.

Puis elle se leva comme à regret. Le peignoir tomba; un étroit corset dessina la souplesse fine de sa taille.

Par-dessus le corset, une robe du matin agrafa ses plis harmonieux dont la pudeur coquette laissait deviner les contours délicats d'une gorge de sylphide.

La toilette était achevée; Petite eut encore ce sourire orgueilleux qu'elle avait accordé à sa beauté sans parure.

— Suis-je bien? murmura-t-elle.

Les deux cameristes firent assaut de flatteries; mais la glace, qui ne flattait pas, en sut dire plus long qu'elles.

Sara était charmante, et la conscience

qu'elle avait de son charme mettait autour de son front comme une éblouissante auréole.

La toilette avait duré une grande heure, et, pendant tout ce temps, madame de Laurens n'avait point parlé.

Ce ne fut qu'au moment où Nina drapait sur ses épaules un riche et moelleux cachemire des Indes qu'elle demanda enfin des nouvelles de son mari.

— M. de Laurens est bien malade ! répondit Nina.

— Et vous ne me le disiez pas ! s'écria Petite en mettant bas tout à coup son sourire pour prendre un grand air d'inquiétude ; a-t-il donc passé une mauvaise nuit ?

— Très-mauvaise, répliqua la jeune fille, dont le visage espiègle copiait de son mieux celui de sa maîtresse.

— Mon Dieu ! mon Dieu ! murmura Petite, que ne donnerais-je pas pour lui rendre la santé !...

Nina baissa les yeux, comme si elle eût craint leur franchise indiscrète. L'autre cameriste, moins initiée, fut émue de bonne foi et plaignit de tout son cœur l'inquiétude douloureuse de madame de Laurens.

— Les deux médecins sont là, reprit Nina, depuis ce matin, et le valet de chambre de monsieur dit qu'ils ont l'air bien embarrassés !

— Il faut que je le voie ! s'écria Petite, qui avait dépouillé sa gracieuse nonchalance ; pauvre Léon ! Et moi qui dormais tranquille !

Elle s'élança, empressée, vers la porte qui conduisait à la chambre de l'agent de change ; mais, avant de franchir le seuil, elle appela du geste Nina, qui s'approcha aussitôt.

— Fais atteler, dit-elle à voix basse.
— Le coupé ? demanda la jeune fille.
— Le coupé.

V

DEUX DOCTEURS

L'agent de change Léon de Laurens était couché sur son lit, pâle et les traits creusés par la souffrance.

A son chevet s'asseyaient son médecin ordinaire, M. Saulnier, jeune homme savant et de grande espérance, et le docteur José Mira, qui prêtait à son collègue l'appui de sa haute expérience.

Mira n'exerçait plus guère, mais il avait un nom presque illustre dans les sciences, et le jeune médecin eût accepté son aide avec gratitude, lors même qu'il ne se fût point agi d'un membre de la famille de Geldberg.

Depuis plus d'une heure, ils étaient en conférence sérieuse, examinant le malade et se communiquant leurs observations à voix basse.

Il y avait dans le regard de Mira, tandis qu'il contemplait l'agent de change, une sorte d'intérêt inexplicable : sa physionomie, dure et si froide d'ordinaire, peignait une espèce d'émotion.

Était-ce la préoccupation ordinaire qui prend tout médecin en face d'un cas difficile ? ou n'était-ce pas plutôt un instinctif retour sur lui-même ?

Mira souffrait, lui aussi, cruellement, et depuis bien des années.

La main qui clouait Léon de Laurens à ce lit d'agonie l'avait blessé lui-même ; et cette blessure, si ancienne qu'elle fût, faisait encore saigner son cœur.

Cet homme qui se mourait était son frère en torture.

Et vis-à-vis de cet homme, la jalousie n'était plus possible. Le docteur oubliait que Léon de Laurens était le mari de Petite ; il ne voyait plus en lui que la victime.

Certes, on ne pouvait l'accuser d'avoir le cœur facile et trop ouvert à la pitié ; mais, dans cet homme, vaincu et succombant à son martyre, il se voyait lui-même et il avait compassion.

L'agent de change fermait les yeux ; il semblait plongé dans un assoupissement inerte. Son souffle était faible, et si de temps à autre ses mains amaigries n'avaient pas tressailli sur la couverture, on aurait pu le prendre pour un cadavre.

Mira et le jeune médecin échangeaient à de longs intervalles des paroles prononcées à voix basse.

— Il faut toute une longue vie pour étudier ces affections du système nerveux, disait M. Saulnier ; voilà dix ans que je travaille, et je vois bien que je suis un enfant vis-à-vis de ce mal bizarre ! Avant-hier, je croyais le malade sauvé ; nous avons fait ensemble une longue promenade, et il me semblait que tous les symptômes alarmants avaient disparu. Aujourd'hui, nous le retrouvons plus bas que jamais !

Le docteur portugais approuva d'un signe de tête ; ses yeux ne se détachaient point du malade.

— Et pourtant, reprit M. Saulnier, vous avez pu suivre mon traitement. Vous savez que j'ai combattu l'affection pied à pied, pour ainsi dire, dès son origine. Je suis spécial pour la maladie des nerfs, et j'avais, en outre, vos conseils si précieux.

Mira s'inclina encore.

— On s'y perd ! poursuivit le jeune docteur ; cet homme est riche ; sa position est enviable : il jouit d'un bonheur presque proverbial, et parfois on a la tentation de croire qu'il se meurt de chagrin !

Le regard de Mira quitta un instant la face amaigrie de M. de Laurens, pour tomber sur son collègue.

— Vous n'avez jamais vu personne autre mourir de chagrin ? murmura-t-il.

— Non, répondit Saulnier.

— Moi, je suis vieux et j'ai vu bien des choses ! Le chagrin ressemble à un poison lent et sûr qu'une main patiente verserait à doses calculées.

Le docteur s'interrompit ; ses yeux se baissèrent.

— C'est la vérité ! ajouta-t-il comme malgré lui ; j'ai vu l'un et l'autre : ce sont des morts pareilles. Seulement, l'une est encore plus cruelle que l'autre ! J'ai connu dans ma vie un homme qui, durant des mois entiers, versa chaque jour quelques gouttes d'un breuvage mortel dans la coupe d'un pauvre vieillard. Il fallait avoir pour cela un cœur impitoyable ! Eh bien ! je ne sais pas si cet homme, tout endurci qu'il était, aurait eu le courage de poursuivre jusqu'au bout un empoisonnement par le chagrin !

Mira fit une seconde pause ; puis il ajouta en laissant errer sur sa lèvre mince un sourire profondément amer :

— Il faut une femme pour cela !

Le jeune docteur écoutait, surpris, et se perdait à vouloir saisir le sens caché de ces paroles.

— Une femme ? répéta-t-il. On cite en effet de monstrueux exemples. Mais ici nous avons une femme qui est l'honneur de son sexe ; je l'ai vue penchée à ce chevet, monsieur. C'est un ange !

Un éclair sardonique s'alluma dans l'œil cave du Portugais.

— On disait pourtant que cet homme était un démon ! murmura-t-il.

— Quel homme ?

— L'empoisonneur qui mit un an à tuer un vieillard. Démon, ange, ce sont deux mots vides de sens, et il faut un œil bien subtil pour voir le fond du cœur de la femme !

L'étonnement de M. Saulnier augmentait à chaque mot de son collègue. Il ne voulait point comprendre encore ; mais la lumière se faisait, malgré lui, dans son intelligence.

Il contemplait le docteur d'un œil inquiet, comme s'il eût craint et désiré à la fois de le voir s'expliquer.

Mais le docteur gardait maintenant le silence ; on eût dit qu'il s'entretenait avec des souvenirs pénibles, évoqués à l'improviste.

En ce moment, la porte s'ouvrit ; madame de Laurens, belle et portant sur son visage les traces évidentes de sa tendre sollicitude, entra doucement.

Le regard de Mira s'était relevé au bruit de la porte. Saulnier, qui l'examinait toujours, suivit ce regard, et tressaillit en le voyant tomber, amer et accusateur, sur le charmant visage de Sara.

Ce regard valait toutes les explications du monde. Il n'était plus possible de se méprendre sur le sens voilé des dernières paroles du docteur.

Il avait fait volontairement allusion à un crime mystérieux dont la pensée seule épouvantait l'esprit du jeune médecin.

Que croire ? Sara s'avançait sur la pointe des pieds ; ses beaux yeux disaient sa tendresse inquiète, et derrière la pâleur de sa joue on devinait des larmes.

Cette femme aimait ; cette femme était la bonté noble et pure !

Le cœur du jeune médecin se révolta énergiquement ; car la calomnie était infâme auprès d'un lit de mourant et en face de cette douleur d'épouse !

Il se retourna vers le docteur avec une véritable indignation. La physionomie de ce dernier s'était tout à coup transformée : Saulnier n'y trouva plus trace de ce qui l'avait si fort irrité.

Le docteur Mira était debout ; il s'inclinait respectueusement et appelait un sourire sur sa froide figure.

Au moment où madame de Laurens passait devant lui, le docteur lui prit la main, qu'il toucha de ses lèvres avec tous les signes d'un profond dévouement.

. . . .

. . . .

La maladie de l'agent de change avait ces bizarres symptômes des affections nerveuses, qui laissent au patient, par intervalles, toutes les apparences de la santé, et qui le jettent, anéanti brusquement, sur le lit d'agonie. Comme le mal n'affecte ici aucune portion visible du corps, on n'a même pas le triste bénéfice de la souffrance ; les indifférents doutent, les ignorants se moquent, et chacun prononce tout bas le mot de malade imaginaire.

Par le fait, ces angoisses terribles de la névralgie qui tordent les robustes comme les faibles, et qui brisent en peu de jours les tempéraments les plus riches, semblent impuissantes à donner la mort, et laissent végéter leur victime jusqu'aux plus extrêmes limites de la vie commune.

La croyance populaire accorde même aux malheureux frappés de ce triste fléau un brevet gratuit de longévité.

Quelque jour, vous les voyez anéantis par une série de crises effrayantes, livides, pliés en deux, l'œil terne et la face décomposée ; le lendemain, après une nuit que l'épuisement a faite tranquille, vous les rencontrez marchant au soleil, et moins changés que l'homme qui vient de subir l'indisposition la plus légère.

Le mal semble jouer avec eux comme le tigre avec sa proie ; une main cruelle les terrasse incessamment sur le bord même de la tombe, et les laisse se relever toujours.

A ces affections, les praticiens sérieux ne connaissent guère de remède ; ils cherchent encore ; en attendant, ils recommandent la distraction, ils ordonnent le bonheur.

Car ce mal est pour eux l'indice manifeste

et le résultat direct d'une violente peine de l'âme.

Et voilà pourquoi justement l'état de M. de Laurens restait inexplicable pour le médecin Saulnier. Que manquait-il à cet heureux de la terre? Il était riche, honoré, envié ; il avait une femme délicieusement belle, qui l'entourait de soins et d'amour !...

Car, soit adresse de la part de Petite, soit effet du hasard, depuis que la maladie de l'agent de change avait pris un caractère alarmant, le jeune docteur avait toujours trouvé madame de Laurens veillant au chevet de son mari.

Et que de tendre sollicitude ! que de craintes charmantes ! que d'adorable dévouement !

Tout à l'heure, il avait prononcé le mot *ange* en s'entretenant avec Mira, et, certes, le mot n'était pas trop fort !

C'était bien un ange de beauté, de grâce et de douceur !

Aussi le docteur Saulnier fut-il scandalisé sincèrement, en voyant la grimace sceptique que le Portugais opposait à son enthousiasme.

Et, quand cette grimace se changea sur le visage de Mira en sourire respectueux, le jeune médecin crut s'être trompé, tant il lui semblait invraisemblable qu'un homme pût mettre en doute les perfections de Sara !

Elle s'avança vers le lit d'un pas empressé, mais toujours gracieux, et ne prit pas le temps de répondre aux saluts des deux docteurs.

L'aspect de son mari lui mit sur le visage une pitié désolée ; on eût dit qu'elle avait le cœur déchiré.

— Parlez-moi vrai, murmura-t-elle en arrachant ses paroles une à une, oh ! ne me cachez rien ! Y a-t-il du danger ?

— Non, répondit Mira froidement, pas encore.

Petite se tourna vers lui ; son regard avait une expression indéfinissable.

Saulnier, qui l'intercepta au passage, y vit de la reconnaissance et comme un doute effrayé.

— De l'espoir, madame ! dit-il ; l'état de M. de Laurens est toujours le même, et vous savez qu'il est fort abattu après chacune de ses crises.

— Quelle affreuse maladie ! s'écria Petite, qui avait des larmes dans la voix ; mon Dieu ! mon Dieu ! ne voulez-vous donc point le sauver ? Hier, quand vous l'avez quitté, docteur, ajouta-t-elle en s'adressant à Saulnier, j'ai cru pouvoir me retirer : il était bien ; il paraissait ne pas souffrir ; et maintenant, après quelques heures de repos, je le retrouve à peine reconnaissable !

Elle mit son front entre ses mains, et tira du fond de sa poitrine un poignant soupir.

— Oh ! oh ! fit-elle, comme si elle ne pouvait plus parler, j'en mourrai !

Saulnier jeta un regard au docteur Mira, comme pour lui dire :

— Voyez ! Et c'était cette femme que vous aviez l'air d'accuser.

Le Portugais avait repris son sourire amer, parce que Petite lui tournait le dos.

Le malade s'agita faiblement et ses yeux s'ouvrirent à demi. Petite se pencha au-dessus de son chevet ; elle prit ses deux mains pour les réchauffer dans les siennes.

Certes, le médecin Saulnier aurait eu raison près de tout le monde, et le Portugais en eût été pour ses grimaces ; personne n'eût voulu croire autre chose, sinon que Sara, douce providence, venait là, secourir et consoler.

Il y avait entre la femme que nous avons vue tout à l'heure dans le boudoir, livrée aux mains savantes de ses deux caméristes, et la femme inclinée maintenant au-dessus de ce lit de douleur, une différence presque complète ; vous eussiez voulu pour ornement à sa beauté, tout à coup transfigurée, la pieuse coiffe d'une sœur de charité ; sa prunelle n'avait plus que des rayons timides ; son visage semblait fait pour exprimer uniquement désormais la patience attentive de la garde-malade et sa dévote miséricorde.

A sa vue, l'agent de change fit un effort pour se soulever sur son séant ; mais il était trop faible, il ne put y réussir. Sa tête demeura lourde sur l'oreiller. L'effet bienfaisant de la présence de Sara n'en fut pas moins soudain et visible : les rides de son front s'effacèrent peu à peu, et ses sourcils contractés se détendirent ; ses yeux restèrent demi-fermés, comme s'il eût craint encore, dans le vague de son réveil, de voir la vision chère s'évanouir.

— Comment vous trouvez-vous,, mon ami ? dit Petite bien doucement.

Le malade tressaillit à cette voix et ouvrit les yeux tout à fait. Dans le regard qu'il jeta sur sa femme, il y avait une joie timide et beaucoup d'effroi. C'était un regard esclave, où l'âme domptée parlait, où se lisait l'amour obstiné, combattu en vain par la longue misère.

— J'ai bien souffert cette nuit, répondit-il d'une voix faible et changée.

— Et pourquoi ne m'avoir pas appelée ? demanda Petite avec un accent de reproche.

M. de Laurens baissa ses yeux et garda le silence. Saulnier s'était approché.

— Il y a du mieux, dit-il ; la crise est finie, et, à moins d'accident nouveau, nous aurons une bonne journée.

— Nous aurons ce qu'il lui plaira de nous donner ! murmura le Portugais.

Il contemplait toujours Petite avec une curiosité froide ; mais, sous cette apparence glaciale, perçait déjà la passion réveillée.

Pour lui, Sara était le destin ; il se courbait sous sa volonté, comme le chrétien plie sous la volonté de Dieu.

Lui seul savait au juste ce qu'il y avait entre elle et M. de Laurens ; lui seul avait pu plonger son regard jusqu'au fond du cœur de Petite.

Saulnier se tourna vers Mira pour voir son avis confirmé ; mais avant que le Portugais eût pris la parole, Sara faisait éclater sa joie.

— Que j'ai eu peur, dit-elle, mon pauvre Léon, en vous voyant étendu sur ce lit, immobile et pâle !

— Merci, murmura l'agent de change ; je tâche de vous croire et je suis heureux.

Saulnier avait fait discrètement un pas en arrière ; il n'entendait rien, mais les paroles échangées parvenaient jusqu'à l'oreille de José Mira, qui restait à sa place.

Et José Mira se disait :

— Quel coup de poignard y a-t-il derrière ces caresses ?

Un signe imperceptible que lui adressa Petite fut comme un commencement de réponse.

— Et moi qui venais ici parler de plaisirs et de fêtes ! reprit-elle ; car vous ne savez pas, Léon, le départ de ma famille est avancé de plusieurs jours ; et toute la matinée, en songeant à vous, je me disais : « Pauvre Léon ! je lui dois bien quelques petites réparations : souvent mon humeur fantasque l'a fait souffrir, et peut-être c'est affreux à penser ! suis-je pour quelque chose dans cette maladie qui nous désespère !

— Oh ! fit l'agent de change, qui croyait rêver et dont la faiblesse se laissait prendre toujours ; le mal vient de Dieu, Sara ; vous êtes, vous, la consolation et le remède.

XI

TOILETTE DE FRANZ

Madame de Laurens pressa tendrement les mains de son mari.

Le Portugais fronça le sourcil; il avait comme un pressentiment sinistre.

Le médecin Saulnier admirait de loin, et se demandait comment M. de Laurens, cet homme heureux entre tous, pouvait avoir la maladie des âmes blessées.

— Là-bas, poursuivit Sara, au château de Geldberg, — je vous dis tout ce que je pensais ce matin, Léon, — nous pourrions être seuls au milieu de la foule ; ce seraient de beaux jours !

— Ce serait le ciel ! murmura M. de Laurens en extase.

— Mais vous voilà si souffrant et si faible ! dit encore Sara en glissant un regard oblique du côté de Mira ; pourrez-vous supporter le voyage ?

Ce coup d'œil lancé à Mira était un ordre ; le Portugais affecta de ne le point comprendre.

— Pour vous suivre, répondit M. de Laurens, je trouverai de la force...

— C'est impossible ! reprit sèchement Mira.

Petite tressaillit comme un chef que ses propres soldats frapperaient par derrière.

Saulnier se rapprocha.

— Sans me prononcer aussi péremptoirement que mon savant confrère, dit-il, je crois qu'un long voyage pourrait avoir des inconvénients.

— Ne dites pas cela ! s'écria le malade, dont la joue recouvra un incarnat léger ;

vous êtes d'habiles médecins, vous savez tout , mais vous ne connaissez pas mon mal !

— Si fait ! interrompit encore le Portugais de ce même ton sec et cassant.

Laurens leva sur lui un regard effrayé. Petite ne bougea pas et continua de lui tourner le dos.

Mais c'était un grand effort qu'elle faisait sur elle-même. Sa bouche se fronçait malgré elle, et l'on voyait s'agiter, soumis à une tempête nerveuse, les muscles de ses doigts.

Laurens secoua sa tête renversée sur l'oreiller.

— Non, non, ami, dit-il avec lenteur et en s'adressant à José Mira, vous ne savez pas où je souffre ! personne au monde ne le sait ! Sara elle-même, cet ange que Dieu a mis auprès de moi pour diminuer mon martyre, Sara n'a jamais pénétré le secret de mon cœur.

Il y avait dans ces paroles une contre-vérité si navrante, que Sara elle-même, cuirassée contre tout remords, sentit un instant sa conscience ; mais ce ne fut qu'un instant.

A peine eut-elle le temps de baisser les yeux ; elle les releva dans un sourire.

Elle pressa les mains du malade contre son sein avec une reconnaissance douce et merveilleusement jouée.

Laurens souriait, lui aussi ; mais que de tristesse accablante derrière son sourire !

Il s'épuisait en un suprême effort pour conserver le dernier bien qui lui restât : l'opinion du monde et la renommée d'être heureux.

Le jeune médecin ne voyait rien de tout cela ; mais Mira lisait comme en un livre dans l'âme ulcérée du malade.

Il ne faudrait point affirmer que cette im-

mense détresse lui causât une véritable pitié.
Le sentiment qu'il éprouvait était surtout
égoïste ; il avait souffert, il souffrait encore
d'une blessure pareille : une tyrannie semblable pesait sur lui et il s'essayait à la révolte.

— Il ne faut pas me dire, poursuivit l'a-
gent de change en attirant la main de Sara
sur sa poitrine, que ce voyage me sera
nuisible. C'est Paris qui me tue ! Je le sais
et je le sens, J'ai encore de la force dès
que cette main de fer, qui broie mon âme,
vient à la laisser en repos. Quand partons-
nous ?

— Il faudrait savoir... commença Saulnier, qui n'osait pas se prononcer contre
l'expérience de son collègue.

Laurens fit un geste impatient et colère.
Petite eut un beau mouvement de comédie.

— Calmez-vous, mon ami, dit-elle avec
douceur ; M. Saulnier a raison. Le docteur
Mira nous est tout dévoué, vous le savez, et
nous devons avoir foi en sa science. Si vé-
tablement ce voyage...

— Je crois... interrompit une troisième
fois le Portugais d'un accent toujours sec et
péremptoire.

Avant qu'il eût achevé sa pensée, Petite
se tourna vers lui sans empressement et
de la façon la plus naturelle ; mais, quand
elle fut tournée, son visage prit cette expression effrayante que nous lui avons vue déjà
plusieurs fois ; ses lèvres blanches tremblaient ; ses yeux avaient un éclat fixe et
froid qui glaçait.

Mira essaya de soutenir son regard ; mais,
au bout d'une seconde, les paupières du Portugais battirent comme si un rayon trop vif
les eût frappées ; ses mains s'agitèrent au
hasard, cherchant une contenance.

Il changea de position sur son fauteuil :

il toussa, il demanda secours à sa large
boîte d'or, qu'il savait ouvrir d'un air si doc-
toral.

Rien n'y faisait, un trouble évident et in-
surmontable remplaçait sa roide impassi-
bilité.

Et, pourtant, ses yeux restaient fixés malgré lui sur Petite.

La bouche de celle-ci s'ouvrit et figura,
sans produire aucun son perceptible, ces
trois mots :

— Je le veux !

Puis elle se retourna, sans attendre la
réponse du Portugais.

Il y eut un silence d'une demi-seconde ;
puis le docteur José Mira reprit, d'une voix
suffoquée, la phrase interrompue par le regard de Petite.

Mais il n'avait plus ce ton tranchant et
plein d'une solennelle pédanterie qui jamais
ne l'abandonnait d'ordinaire.

— Je crois, répéta-t-il en hésitant et en
raccordant sa phrase de son mieux, je crois
que j'ai pu exprimer naguère mon opinion
d'une façon trop absolue. Il se peut que ce
voyage ne soit pas nuisible, à tout prendre ;
il se peut même que la santé de notre ami
en éprouve de bons effets.

— Ce fut toujours mon avis, dit Saulnier.

— Tout le monde est contre moi, reprit
Mira en tâchant de sourire ; je cède de
bonne grâce et je donne mon adhésion de
grand cœur.

Un air de contentement éclaira le visage
du malade ; Sara se pencha jusque sur
lui et lui effleura le front d'un baiser.

— Nous partirons dans quelques jours,
dit-elle.

L'agent de change la contemplait avec ra-
vissement.

Il fallut la voix douce et toute charmante de sa portière pour le tirer de sa méditation. (Page 147, col. 1.)

— Sara! Sara! murmura-t-il, aurez-vous donc désormais pitié de moi?

— Chut! répliqua Petite en se jouant, vous verrez!

— Vous m'avez dit si souvent que vous ne pouviez pas m'aimer!

— On ment quelquefois; quelquefois on se trompe.

— Voulez-vous donc que j'espère?

Sara mit dans son sourire une enivrante promesse.

Léon de Laurens ferma les yeux, épuisé par son émotion trop forte. Il eût voulu pro-longer ce moment, unique dans sa vie, mais la fatigue le dompta. Un voile confus tomba sur sa pensée, il s'assoupit.

Ses traits, naguère si pâles, avaient un rayonnement de bien-être; l'espoir, comme un souverain baume, avait guéri sa blessure en la touchant. Il était heureux.

. . . .

Franz n'avait guère été plus matinal que Petite; sa nuit s'était prolongée jusque par delà le milieu du jour; mais Dieu sait que ses songes n'avaient point ressemblé à ceux de madame de Laurens!

Il avait rêvé joie, plaisir, folie; peut-être,

dans son sommeil, quelque voluptueux souvenir avait amené le nom de Sara sur sa lèvre; mais il n'y avait certes aucune idée de vengeance attachée à ce joli nom, et le sommeil de Franz n'était pas plus tragique que la veille.

De l'amour frais et charmant, une ambition enfantine, de l'or, de la grandeur, des sourires...

Il s'éveilla, heureux comme dans son rêve; il regarda les magnificences nouvelles de son alcôve; il palpa la soie riche de ses rideaux; il bondit, les pieds nus, sur la noble opulence de son tapis.

Que tout cela était beau! que tout cela était bon! Fi de la mansarde d'hier!

Franz avait-il jamais habité une mansarde? Vraiment, il ne s'en souvenait plus!

Il était fait pour ce luxe brillant; son élégance allait avec toutes ces richesses; il était là dans son centre, et sa pauvreté passée lui apparaissait comme l'insulte d'un rêve.

Le soleil d'hiver passait à travers le tulle brodé qui drapait les croisées; la lumière ruisselait sur la moquette vierge du tapis et donnait aux couleurs, toutes fraîches, un éclat joyeux; le ciel semblait sourire. Oh! que la vie était belle!

Franz avait le cœur plein; il était comme oppressé d'allégresse.

Les fameux meubles de Mombro, placés la veille au soir, pendant son absence, dressaient leurs formes élégantes et choisies. Franz allait de chambre en chambre; il s'arrêtait en extase devant quelque groupe charmant de Cumberworth ou de Pradier; il admirait; il se couchait sur les divans; il sautait follement, prodiguant sa joie étourdie et ne sachant que faire pour user son allègre humeur...

On n'avait pas encore eu le temps de lui procurer un domestique; il était seul dans son vaste appartement; il pouvait s'en donner à cœur joie.

Quand il eut bien fatigué les sofas, bien gambadé sur les tapis, il revint dans sa chambre à coucher et s'assit auprès d'une table de palissandre où il avait jeté en rentrant son gain de la veille, or et billets, pêle-mêle.

Il croisa sur sa poitrine les revers de satin d'une splendide robe de chambre, et se prit à contempler son trésor.

Ce fut au premier moment une ardeur fiévreuse; il alignait les piles de louis avec soin et symétrie : il supputait, comme un caissier minutieux qui veut faire sa balance du soir.

Mais, à moitié de compte, une idée soudaine traversa sa cervelle éventée; le calcul ne lui allait plus; il donna un grand coup de poing sur la table, et les piles, alignées symétriquement, se mêlèrent.

Cela redevint un chaos de pièces d'or et de billets de banque qui avait son charme. Le désordre va bien à certaines choses, et le véritable amateur, l'avare, quelque peu artiste dans sa lésine, ne déteste pas ces joyeux fouillis où l'on peut baigner ses mains frémissantes, en produisant un cliquetis aimé...

Mais Franz était loin d'être avare; il jeta sur son trésor un dernier regard, distrait et ennuyé déjà, puis il n'y songea plus.

Il s'enfonça paresseusement dans son fauteuil Pompadour et se prit à rêver.

Toutes ces idées, qui avaient tant fait travailler son cerveau durant la journée de la veille, lui revinrent. Son père, sa famille, son nom, sa fortune; mais, à ces méditations, Franz ne trouvait point d'issue; c'étaient des conjectures, des possibilités, d'enivrants espoirs, parmi lesquels il n'y avait pas une certitude.

Franz était ce matin d'humeur indolente; il rejeta ces réflexions trop laborieuses et se reposa dans la pensée de Denise.

Là, il n'y avait que douceur et joie. Franz était renversé dans sa bergère, les yeux demi-clos, la bouche entr'ouverte; il causait avec ses riants souvenirs de la veille; tout ce qu'il se rappelait de Denise le portait à l'aimer davantage. Il la voyait toujours noble et franche; l'image caressée de la belle jeune fille était au fond de son cœur et gardait une au-

réole de sérénité suave. La veille, Franz
aurait voulu peut-être plus de romanesque
dans l'entrevue qui avait eu lieu chez Hans
Dorn; maintenant, et à son insu, il s'applaudissait; il était heureux de retrouver sans
tache le blanc voile de la vierge.

Mais pouvait-elle faillir ou se tromper?
Franz tressaillait d'aise et d'orgueil, chaque
fois qu'il se disait : « J'ai son amour! »

Car il la voyait comme une perle unique,
et il aurait mis en usage la leçon de duel de
Grisier contre quiconque eût voulu prétendre seulement qu'il pouvait exister, en ce
monde, une femme comparable à mademoiselle d'Audemer.

Et cette femme l'aimait, lui Franz, non
pas seulement depuis que la fortune lui souriait, depuis qu'il était fils de prince, mais
dès longtemps; elle l'avait aimé, pauvre,
chétif, sans nom!

Sa joie se mêlait de reconnaissance grave
et profonde; l'enfant étourdi devenait homme
et recueillait sa pensée, qui allait à Dieu
comme une prière.

Puis le rire espiègle étincelait soudain dans
son œil rallumé; la vive gentillesse de Gertraud venait de se mettre en tiers dans son
rêve.

Partout, autour de lui, de gracieuses images! Partout des figures amies!

La sonnette de son appartement, tirée
avec une discrétion timide, tinta faiblement;
il ne l'entendit pas. On sonna une seconde
fois, puis une troisième, puis enfin une clef
tourna dans la serrure de la porte d'entrée,
et l'on s'introduisit sans son aide.

Franz ne prenait pas garde. Il fallut la
voix douce et toute charmante de sa portière
pour le tirer de sa méditation.

La brave dame s'arrêta sur le seuil de la
chambre à coucher, et, à la vue de l'or étalé
sur la table, elle ôta respectueusement ses
lunettes.

— Monsieur me pardonnera, dit-elle en
saluant avec solennité, si je suis entrée

en me servant de ma double clef; mais
monsieur n'avait pas entendu la sonnette.

Franz se dressa sur son fauteuil; la portière continua :

— Il n'y a pas à dire, la jeunesse est la
jeunesse! Ce ne sont pas les vieux grigous,
l'homme et la femme de cinquante ans,
ou cinquante-cinq, peut-être soixante, qu'on
eus ici pour locataires pendant un bail de
trois, six, neuf, qui auraient relevé l'appartement comme ça!... Ah! mais non!... Ça
avait de vieux meubles! des commodes, des
tables à pieds de serpent, des chaises de
paille, des fauteuils d'avant le déluge!

— Vous venez pour le domestique que je
vous ai demandé, ma bonne dame? dit
Franz.

La portière remit ses lunettes, pour les
ôter de nouveau avec déférence.

— C'est joli! reprit-elle en faisant du
regard le tour de la chambre, c'est joli!
joli! joli! Ah! dame, c'est joli! Tout de
même, ça doit sembler drôle à monsieur de
se voir là-dedans après avoir été...

La concierge n'acheva pas; son instinct
diplomatique l'avertissait que la phrase était
éminemment périlleuse.

— Là-haut, à la mansarde? demanda Franz
en souriant.

La portière déplia un vaste mouchoir de
coton à carreaux rouges et bleus, et se mou-
cha bruyamment pour cacher son trouble.

— Ah! c'est joli! joli! reprit-elle ensuite;
ça fait honneur à une maison, d'avoir un
premier meublé comme ça, et des équipages qui s'arrêtent à la porte maintenant!

Elle s'interrompit brusquement pour s'é-
crier :

— Que je suis bête! je l'avais oublié, l'équipage! Et cette dame qui attend!

— Quelle dame? dit Franz vivement.

Les petits yeux de la portière se prirent à cligner d'une façon agréable.

— Une jolie dame, répliqua-t-elle, qui veut absolument parler à monsieur.

— Faites-la monter.

Autrefois, quand Franz était *là-haut*, on lui avait déclaré qu'on ne recevait point de femmes dans la maison, mais cette austérité de concierge ne regardait que la mansarde; la vertu, à Paris, n'est de rigueur que pour les petits loyers.

Au premier étage, on aime assez les mœurs régence; d'une part, ça fait aller le commerce; de l'autre, on ne peut pas dire à un homme qui paye deux mille écus par an, de ces vérités qu'on prodigue aux locataires de cent cinquante francs.

Les convenances s'y opposent.

— Je pensais bien que monsieur recevrait, poursuivit la portière en donnant à ses clignements d'yeux une portée manifestement égrillarde, mais pourtant je n'ai pas voulu me permettre...

— Faites monter, répéta Franz.

La portière salua du torse, de la tête et des lunettes.

Franz n'eut que le temps de nouer une cravate; la portière reparut au bout de quelques secondes, précédant une dame voilée.

— Deux lettres que j'avais oubliées tout à l'heure, dit-elle en les posant sur la table.

Puis elle prit congé bien discrètement.

Franz laissa les deux lettres pour recevoir la belle visiteuse qu'il avait reconnue sous le voile.

C'était madame de Laurens.

XII

L'INVITATION

En entrant, Sara regarda le luxe qui l'entourait avec un étonnement impossible à réprimer. Elle n'était jamais venue chez Franz, mais elle le savait pauvre. Tout à l'heure encore, elle croyait entrer dans quelque indigent cabinet d'étudiant, avec un lit maigre, un secrétaire boiteux, un fauteuil pelé, une carafe et des pipes.

Elle avait même compté sur cela pour l'effet de son entrée; elle avait espéré fasciner, étonner, éblouir.

Elle était trop habile, néanmoins, pour laisser paraître au dehors sa surprise désappointée; quand elle releva son voile, un intérêt tendre et empressé se lisait dans ses yeux.

Franz la conduisit jusqu'au divan, où il s'assit auprès d'elle.

— Vous ne m'attendiez pas? dit-elle.

— J'avoue... commença Franz.

— Vous êtes étonné de me voir!

— Je suis surtout heureux.

Sara passa le revers de sa main sur son front.

— Vingt-quatre heures sans un mot de vous, murmura-t-elle, quand je savais que votre vie était en danger! Ah! vous n'avez pas songé à mon inquiétude, Franz.

Franz rougit; il n'y avait pas songé du tout, en effet; et, dans la sincérité de son cœur, il se trouvait bien coupable.

Sara le regardait avec ses grands yeux noirs chargés de tristesse; il ne l'avait jamais vue si belle.

Il balbutia quelques excuses embarrassées.

— Vous n'avez pas besoin de vous justi-
fier, Franz, dit Sara mélancolique; votre excuse, je ne la devine que trop : vous ne
m'aimez plus.

— Pouvez-vous penser !...

— Il y a si longtemps que je le crains !
Vous êtes un enfant auprès de moi, et, au
bout de ces liaisons coupables, il y a toujours du malheur !

Franz était pris à l'improviste. Il n'avait
pas assez de sang-froid en ce premier moment pour découvrir la feinte sous le jeu
si vrai de Sara ; il ne sut faire qu'une chose,
protester de sa constance et jurer ses grands
dieux qu'il n'avait jamais tant aimé.

Et peut-être ne mentait-il pas tout à fait. Il
était jeune, ardent, facile, et Sara, l'enchanteresse, attaquait ce cœur ouvert avec des
armes éprouvées.

Quel enfant a résisté jamais à une plainte
d'amour ?

Sara, d'ailleurs, avait ici tous les avantages; sa plainte se modulait avec d'autant plus
d'art et de charme, qu'elle y pouvait mettre
son habileté consommée. Rien ne la préoc-
cupait, en effet, elle n'avait nulle raison de
se croire oubliée, et c'était par calcul qu'elle
jouait ce rôle d'Ariane.

Bien au contraire; elle pensait que l'a-
mour fougueux et jeune de Franz survi-
vrait à son propre caprice. Elle avait entendu
parler vaguement des assiduités de Franz
auprès de mademoiselle d'Audemer; mais
Sara, faite à tous les triomphes, pouvait-elle
craindre une rivale ?

Franz était jeune, bon, sincère. Elle avait
fouillé jusqu'au fond des secrets de la vie;
elle avait rongé jusqu'au noyau ce fruit mystique qui perdit notre mère Ève.

C'était Franz qui devait aimer le dernier.

En calculant ainsi, on arrive juste d'ordinaire, comme avec les quatre règles de l'a-
rithmétique. Petite était sûre de son fait.

Mais l'arithmétique elle-même est sujette
à errer, si elle néglige imprudemment un

des éléments du calcul. Petite ne tenait pas
compte de la possibilité d'un autre amour.

Et cependant le trouble de Franz lui donna
tout de suite à penser, car elle était plus habile encore que confiante; elle trouva qu'il
se défendait mal; elle douta.

En outre, à mesure qu'elle réfléchissait,
cette opulence inattendue qu'elle rencontrait
à la place de la pauvreté lui inspirait une inquiétude croissante.

Franz lui avait-il menti depuis des semaines, ou bien cette richesse était-elle toute récente ?

Dans l'un et l'autre cas, il y avait là-dessous un mystère, et, quoi qu'il en pût
être, il lui semblait de plus en plus urgent
d'atteindre son but et d'attirer le jeune
homme à cette fête de Geldberg, où l'intrigue aurait son dénouement fatal.

Un travail rapide se fit dans son esprit
expert; elle se dit que ce rôle de victime,
continué trop longtemps, détournerait l'entretien et pourrait éloigner le résultat; elle
changea de batteries, non pas tout de suite,
mais en feignant d'être insensiblement persuadée.

— J'ai attendu jusqu'à cette heure, mon
pauvre Franz, reprit-elle, et avec quelle
impatience ! J'espérais toujours un mot de
vous ! Rien ne venait. Mon Dieu ! j'ai
bien souffert ! Enfin je n'ai pas pu résister
davantage ; j'ai fait atteler ma voiture et je
suis accourue.

— Combien je vous remercie, Sara ! dit
Franz.

C'était froid. Au lieu de s'échauffer, le
jeune homme semblait prendre de la réserve.

Petite l'examina, cherchant à lire sa pensée intime sur son visage.

Cette pensée intime était une subite défiance. Franz venait de se reporter tout à
coup à sa dernière entrevue avec madame
de Laurens ; il se souvenait des paroles pro-

noncées au *Café Anglais*, à la fin du déjeuner. Petite avait soulevé là un coin du voile qui couvrait son cœur, et Franz n'y avait découvert que sécheresse cynique et profonde indifférence.

Au moment où il lui avait annoncé son duel, ces détails lui revenaient maintenant, un bâillement léger avait entr'ouvert la jolie bouche de Petite.

Sans savoir exactement pourquoi, il suspectait la sincérité de son empressement. Il n'avait assurément aucune idée du but poursuivi par madame de Laurens ; mais un instinct secret le poussait à se défier, sinon à feindre.

— Je ne suis pas si coupable que vous le croyez, dit-il reprenant son sang-froid : hier, je me suis rendu à la rue des Prouvaires, afin de vous voir.

— J'y étais et je vous attendais. ·

— Madame la baronne de Saint-Roch m'a dit que vous n'y étiez pas. Je suis rentré fort tard, espérant toujours que vous pourriez venir. Ce matin, je ne suis pas sorti encore, et ma première visite aurait été pour vous.

Il lui baisa la main avec galanterie.

Petite écoutait, les yeux baissés, ces explications trop précises à son gré ; elle eût voulu de l'émotion, elle ne trouvait que de la courtoisie.

Pour la première fois, depuis qu'elle engageait chaque jour de ces luttes coquettes où jamais la victoire ne l'avait abandonnée, elle eut comme un pressentiment de défaite.

Ses sourcils délicats se contractèrent malgré elle. C'était un enfant qui lui résistait ainsi ! Elle était indignée.

Mais elle eut bientôt honte d'elle-même. Qu'y avait-il, en somme ? Elle rougit comme ferait un soldat, vaillant d'ordinaire, qui se sentirait envie de fuir à la première décharge.

— Je me suis trompée , reprit-elle en relevant ses yeux où brillait un sourire , il n'y a pas de votre faute, Franz... Et je suis heureuse de mon erreur ! Maintenant que me voilà rassurée sur votre compte, il me reste une prière à vous adresser ; car j'avais deux motifs en venant chez vous.

Franz s'inclina et prit la pose d'un homme qui écoute.

— Je venais vous inviter, poursuivit Sara, à la fête champêtre que nous donnons au château de mon père.

Parmi les choses que Franz désirait le plus depuis son entrevue avec Denise, il fallait compter une invitation à la fête de Geldberg ; mais, en ce moment, il y avait au dedans de lui un sentiment hostile à Sara, et qu'il n'aurait point su définir. D'ailleurs, les enfants ont de la coquetterie, presque autant que les femmes.

— Je vous rends grâces, répliqua-t-il du bout des lèvres ; mais...

Il hésita ; il ne savait en vérité que dire.

— Vous ne voulez pas ? dit Sara, dont le front se couvrit d'une légère rougeur.

— Belle dame, répliqua Franz en minaudant, je suis flatté, honoré ; je suis reconnaissant...

— Mais vous refusez ?

— Je n'ose dire cela. Je ne sais...

Sara fit un mouvement comme pour se lever, tant il y avait en elle d'impatiente colère : mais elle se contint et réussit à rappeler sur ses traits ce sourire mélancolique qu'elle avait pris au commencement de l'entrevue.

—Autrefois, murmura-t-elle, vous eussiez accueilli bien chèrement cette occasion de me voir.

— Aujourd'hui encore, répondit Franz, veuillez croire que je ne suis point changé ; s'il n'y avait que vous...

Petite attendit une seconde ; puis, comme Franz n'achevait pas, son front s'éclaira ; elle crut deviner.

— Serait-ce rancune de votre part, dit-elle, et me feriez-vous payer les torts que certains membres de la maison de Geldberg ont eus à votre égard ?

Franz n'avait pas été si loin que cela ; il ne savait pas bien lui-même les motifs de son refus ; il était un peu comme ces enfants capricieux qui disent non et détournent la tête, tout en étendant la main pour accepter.

Mais ces paroles, prononcées imprudemment, lui ouvrirent un nouvel ordre d'idées ; sa lèvre se pinça en un sourire amer et rancunier.

— J'aurais bien mauvaise grâce à me souvenir de cela, madame, répliqua-t-il ; aux gens pauvre et faibles, on fait tout ce qu'on veut : c'est reçu, vous le savez, dans un certain monde, et j'étais alors si faible et si pauvre !

— Êtes-vous donc riche maintenant ? ne put s'empêcher de murmurer Petite.

Cette question à peine lancée, elle eût voulu la retenir ; mais il n'était plus temps.

Franz s'était levé d'un mouvement involontaire et parcourait sa chambre, livré à d'irritants souvenirs.

— Oui, madame, répondait-il en phrases entrecoupées, je suis riche... je serai plus riche encore... Je suis noble !... et ceux qui ont méprisé mon malheur seraient bien aises, peut-être, de s'associer à ma fortune.

Sans savoir ce qu'il faisait, il prit sur la table les deux lettres apportées par le concierge et les froissa entre ses mains.

Madame de Laurens poussa un gros soupir, qu'elle ménagea de manière à frapper l'oreille de Franz, et pencha sa tête sur sa poitrine.

— Si j'avais su que vous fussiez riche, dit-elle d'un ton profondément blessé, je ne serais pas venue.

Il y avait dans son accent une plainte douce et résignée.

Franz arrêta aussitôt sa promenade et se tourna vers elle ; il crut voir une larme briller sous ses longs cils.

— J'ai tort, s'écria-t-il ; je suis un fou, Sara ; je vous demande pardon ! Vous ne m'avez jamais fait que du bien, vous ! J'irai ! j'irai !

Un mouvement de joie fit bondir le cœur de Petite ; mais elle le contint, comme elle avait contenu sa colère, et rien ne parut sur son visage.

— Vous n'êtes pas un fou, Franz, dit-elle, et je vous remercie du fond du cœur, si c'est pour moi que vous oubliez vos rancunes.

— Pour vous seule, chère.

— L'homme qui vous a insulté vous fera des excuses.

— Le chevalier de Reinhold ? interrompit Franz, retrouvant pour un instant sa veine d'espièglerie. Il est trop vieux, trop ridé, trop fardé, trop chauve, trop rembourré, trop peureux ! je n'en veux pas !

Il s'était rapproché de Petite, et machinalement il rompait le cachet de l'une de ses deux lettres.

— Ce sera comme vous voudrez, reprit Sara ; mais je déteste cet homme pour ce qu'il vous a fait, et j'aurais aimé à l'humilier devant vous. Maintenant que vous avez accepté, Franz, parlons affaires, et prenons nos mesures. Ce sera une fête considérable ; le gros des invités partira dans le courant de la semaine prochaine ; mais la famille et les intimes quitteront Paris dimanche ou lundi. Voulez-vous être des nôtres?

Franz ne répondit point. Une fois la lettre décachetée, il avait achevé de l'ouvrir, et ses yeux s'y étaient portés avec distraction. Par un hasard étrange, la lettre parlait de la fête de Goldberg, et annonçait positivement la visite de Sara.

Bien plus, elle prophétisait, en termes précis, la dernière proposition que Sara venait de faire.

Elle était d'une écriture inconnue à Franz, et, dans ce premier moment, il n'y découvrit point de signature.

Voici ce que disait cette lettre :

« Une personne qui a ses raisons pour porter à M. Franz un intérêt sérieux croit devoir le prévenir qu'une invitation lui sera prochainement adressée pour assister à la grande fête que les banquiers Goldberg, Reinhold et compagnie doivent donner à leur château d'Allemagne.

« Il n'y a aucun inconvénient pour M. Franz à accepter cette invitation ; mais on doit le prier, en outre, d'anticiper sur le départ commun et de quitter Paris avec la famille de Goldberg. Là est le danger, c'est un danger de mort ! »

La phrase et la page finissaient ensemble à ce mot.

Franz froissa la lettre et la mit dans sa poche.

Sa tête se pencha sur sa poitrine ; cette bizarre concordance des paroles de la lettre avec celles de Petite le plongeait dans un inexprimable étonnement.

— Eh bien? dit Sara.

La volonté de Franz était de refuser, mais il ne répondit point encore.

Il rêvait. Dans sa rêverie, il ouvrit la seconde lettre comme il avait ouvert la première.

— Vous choisissez un singulier moment, murmura Petite en souriant, pour dépouiller votre correspondance.

Franz n'entendait pas. Il jeta les yeux sur la seconde lettre, qui contenait seulement deux lignes d'une écriture fine et mignonne.

A peine eut-il parcouru ces deux lignes que sa physionomie changea ; sa joue se couvrit de rougeur.

— Eh bien? répéta Sara, j'attends votre réponse, Franz...

Et comme le jeune homme hésitait encore, elle ajouta :

— Je vous demande si vous voulez...

— J'ai entendu, j'ai entendu! interrompit Franz précipitamment ; j'accepte et je vous rends mille grâces. J'irai, oh! j'irai !

Il y avait dix minutes que madame de Laurens était partie.

Franz restait seul ; il tenait à la main la seconde lettre ouverte, et ses yeux semblaient ne point pouvoir s'en détacher.

Deux ou trois fois, depuis la sortie de Petite, il avait approché le papier de ses lèvres pour le baiser tendrement. La lettre ne parlait pourtant point d'amour ; elle ne contenait qu'une seule phrase ainsi conçue :

« D... d'A... prévient M. Franz que son départ de Paris est avancé de quelques jours ; elle se rendra en Allemagne avec la famille de Goldberg. »

— Moi aussi! murmura Franz. Comme tout s'arrange pour moi dans cette bienheureuse semaine !... J'irai, je la verrai... Puisse la fête durer bien longtemps !...

Il entrevit une femme à la taille élégante et fine qui disparaissait. (Page 156, col. 1.)

Il resta encore deux ou trois minutes pensifs et perdu dans sa méditation joyeuse, puis un nuage vint à son front.

— Mais cette autre lettre !... pensa-t-il ; que veut dire cet avis menaçant ; et qui donc peut m'écrire ainsi ?

Il chercha la lettre sur la table et sur le divan où il s'était assis auprès de Petite ; il finit par la trouver froissée et changée en informe chiffon dans la poche de sa robe de chambre.

Il la déplia ; il la relut lentement et avec attention.

C'était étrange, étrange! La lettre disait tout ! et la menace qu'elle contenait empruntait à la vérité des autres assertions une importance réelle.

Mais de qui venait-elle ?

Après avoir relu, Franz regarda l'adresse, ce qui ne lui apprit rien. Comme le sens était fini au bas de la première page, Franz ne s'était point avisé de chercher plus loin.

En ce moment, et purement au hasard, il tourna la feuille.

Une exclamation s'échappa de ses lèvres.

La lettre n'était pas achevée. Elle contenait encore plusieurs lignes suivies d'une signature.

Franz lut avidement ; la lettre disait :

« M. Franz sera porté peut-être à mépriser cet avis, parce qu'il est brave et amoureux du danger; mais le danger, ici, n'est pas seulement pour lui ; mademoiselle D... d'A... fait partie des invités qui doivent partir avec les Geldberg ; elle partagerait le péril et ce serait sur sa tête que retomberait l'imprudence de M. Franz. »

— Il sait tout!... murmura ce dernier avec stupéfaction.

Le hasard semblait se charger de prouver une à une toutes les assertions de l'écrivain anonyme. Il annonçait la visite de madame de Laurens, madame de Laurens était venue ; il prédisait l'invitation, l'invitation avait été faite pour ainsi dire dans les termes mêmes de sa lettre ; il parlait enfin de mademoiselle d'Audemer, et Denise venait elle-même certifier son dire en quelque sorte et lui donner un dernier certificat de sincérité.

Mais, si bizarres et si inexplicables qu'elles fussent, ces coïncidences ne causaient pas seules la surprise profonde de Franz. C'est à peine s'il s'en rendait compte en ce moment.

Il hésitait; il ne savait plus ce qu'il devait faire par rapport à ce voyage ; mais son irrésolution n'était point réfléchie. Il n'y avait en son esprit que confusion et trouble ; il ne pensait pas.

Ses yeux, grands ouverts, restaient cloués à la signature de la lettre.

Ce n'était pas un nom. C'étaient deux mots qui résumaient pour lui toutes les émotions des jours précédents, deux mots qui le fascinaient, qui faisaient battre ses tempes, qui le ramenaient au plein milieu de cet impénétrable mystère dont s'enveloppait son avenir.

La lettre était signée :

LE CAVALIER ALLEMAND.

XIII

TROIS AMBASSADEURS

Les choses de la vie ordinaire se présentent parfois sous des aspects quasi surnaturels. Il suffit de deux ou trois hasards, combinés de certaine sorte, pour donner aux hommes ou aux événements des apparences fantastiques.

M. le baron de Rodach — le cavalier allemand — prenait dans les souvenirs de Franz, et surtout dans ceux de la jolie Gertraud, qui ne savait rien que par Franz, des proportions tout à fait merveilleuses.

Franz repoussait cette impression de tout le scepticisme de son éducation parisienne; Gertraud, au contraire, laissait travailler, avec une terreur mêlée de charme, son imagination allemande. Elle ajoutait à la bizarre histoire de Franz ; elle complétait la légende ; elle la teignait de ces nuances vagues qui forment comme un voile à travers lequel la poésie germanique nous montre ses nocturnes fantaisies. Elle passait du monde des vivants dans cet autre monde, rempli d'êtres surhumains que ne savent point arrêter les obstacles de la vie, qui peuvent tout, et dont l'histoire mystérieuse est écrite dans les vieilles ballades.

Franz n'allait pas si loin que cela ; mais, à l'idée du cavalier allemand, il ne pouvait pas se défendre toujours d'une superstitieuse émotion. C'était de l'espoir et c'était de l'effroi.

La plupart du temps, il se moquait de lui-même et souriait avec dédain, en prenant la conscience de sa faiblesse; mais l'idée revenait, tenace, et le philosophe se mettait à rêver miracles, tout comme la petite fille du marchand d'habits.

C'est qu'aussi ce cavalier allemand était un personnage bien étrange! Il s'était montré à Franz, toujours, sous des couleurs si extraordinaires et si imprévues! Encore Franz ne savait-il pas tout sur son compte.

S'il avait pu entendre ce que l'ordre logique de ce récit va nous forcer de dire en peu de mots au lecteur, sa philosophie eût sauté pour le coup comme le bouchon d'une bouteille de champagne. Si invraisemblable que puisse paraître l'aventure, il en savait trop long pour ne pas y croire, et ce qu'il avait vu au bal Favart devait suffire grandement à lui donner la foi. D'un autre côté, pourtant, la chose était manifestement impossible, et, pour l'admettre, il fallait s'appuyer tout de suite sur un diabolique et occulte pouvoir.

Quant à la petite Gertraud, aux premiers mots de notre histoire, elle eût ouvert tout grands ses beaux yeux pleins de naïveté crédule, et n'eût point trouvé sur sa lèvre un autre nom que celui de Satan.

Voici, du reste, le fait dont nous parlons. Quarante-huit heures s'étaient écoulées; on était au jeudi 8 février. M. le baron de Rodach s'était engagé solennellement à voir, ce jour-là même, avant l'heure de midi, madame de Laurens à Paris, meinherr Van Praët à Amsterdam, et le seigneur Yanos Georgyi à Londres.

Promettre, c'était déjà beaucoup; mais tenir...

C'était là un tour que Fabricius Van Praët lui-même, au temps où il était physicien aéronaute, n'aurait pas osé annoncer à son public.

C'était très-fort : cela mettait bien bas les chemins de fer, les pigeons voyageurs, les ballons à roues et même le télégraphe; tranchons le mot : c'était absurde ou magique.

Or, de notre temps, la magie ne sait plus guère escamoter que des muscades. Elle travaille en plein vent, avec des gobelets et pour un sou; la science, à cet égard, loin de progresser, a fait des pas en arrière, et nos sorciers modernes ne sont assurément pas de la force de ceux de Pharaon, qui

changeaient les chameaux en grenouilles. Quoi qu'il en soit, M. le baron de Rodach tint sa triple promesse.

A midi, le 8 février, le groom du madgyar Yanos, le serviteur hollandais du bon Fabricius Van Praët, et le valet de madame de Laurens annoncèrent, à quelques minutes d'intervalle, chez leurs maîtres respectifs : « M. le baron de Rodach! »

Et M. le baron entra de fort bonne grâce, sans laisser derrière lui la moindre odeur de soufre.

Tout commentaire, ici, serait puéril, toute explication impossible; nous énonçons le fait purement et simplement.

Il est une chose pourtant que nous devons dire. Dans ces trois diverses visites, M. le baron de Rodach, qu'il fût ou non un être en dehors des conditions ordinaires de l'humanité, avait su donner à son visage trois nuances d'expression tant soit peu différentes : on eût dit qu'il s'était composé une physionomie pour chacun de ses hôtes. A Paris, dans le salon coquet de madame de Laurens, il était grave, courtois et froid. A Amsterdam, dans la maison cossue, reluisante, savonnée du digne Hollandais, il avait pris un peu l'air épais et apathique d'un citoyen des Pays-Bas. Il ne pouvait point perdre sa beauté noble; mais il la baissait d'un cran, pour ainsi dire; il semblait employer, à l'égard de ses traits, ce procédé ingénieux dont usent certaines lorettes économes pour leur coiffure, coiffure unique, mais à plusieurs fins : chapeau splendide, où l'on voit se balancer un gracieux bouquet de plumes quand le thermomètre amoureux est aux équipages, chapeau modeste dont le panache tombe humblement dès que ces dames sont réduites au rôle d'infanterie.

Le baron, dans ce pays de pipes et de bière, sentait la drèche et le tabac.

A Londres, au contraire, auprès du belliqueux madgyar, il vous avait une mine fanfaronne à briser les vitres rien qu'en les regardant; mais, en même temps que sa moustache se redressait plus fière, on voyait dans son œil plus de jeunesse vive et plus de gaieté ; un physionomiste l'eût taxé pour étourdi, coureur de femmes et prompt à mettre flamberge au vent.

De ces trois qualités, la seconde se fit jour dès l'entrée du baron de Rodach dans l'antichambre du seigneur Yanos. Comme il passait le seuil, il entrevit une femme à la taille élégante et fine qui disparaissait par une porte latérale.

Il ne la vit qu'une seconde ; mais soit qu'il la reconnût, soit qu'il eût pour coutume de lancer au hasard ses galanteries banales, il trouva le temps de lui envoyer un baiser.

C'était un charmant cavalier ; la dame, de son côté, trouva le temps de sourire.

A part les détails, la conduite de M. de Rodach fut, du reste, la même à Londres, à Paris et à Amsterdam ; partout il demanda des entretiens particuliers qui lui furent partout accordés.

A la fin de son entrevue avec madame de Laurens, celle-ci monta en voiture, la colère et la frayeur peintes sur le visage ; elle se fit conduire au Temple, où elle requit Batailleur d'abandonner sa place au beau milieu de la journée, pour avoir avec elle une conférence importante.

Dans la maison de Fabricius Van Praët et dans celle du madgyar Yanos, tout fut confusion et trouble après la sortie de M. le baron ; Van Praët, d'ordinaire si tranquille, semblait furieux ; le madgyar était comme stupéfié par la rage.

Ils avaient éprouvé tous les deux, faut-il croire, quelque chose de semblable, car leur conduite fut pareille : ils firent à la hâte des préparatifs de voyage. . . . .

. . . .

Le surlendemain était ce samedi, jour d'échéance dont il a été question plusieurs fois dans cette histoire, et que la maison de Geldberg redoutait dès longtemps comme un moment de crise capitale.

Les bureaux s'étaient remplis dès le ma-

tin, et tous les employés, depuis le plus élevé en grade jusqu'au plus infime, avaient fait preuve d'une exactitude scrupuleuse.

Tout le monde était à son poste. D'ordinaire, la tenue des commis de Geldberg était excellente et faisait proverbe dans le haut commerce parisien ; mais, aujourd'hui, c'était de l'élégance et du luxe. Vous eussiez cru que le boulevard de Gand, dépeuplé de ses lions historiques, s'était démis en faveur des bureaux de la rue de la Ville-l'Évêque.

Les bottes vernies étincelaient ; les plumes de fer étaient tenues par des mains frais gantées ; les habits noirs séparaient leurs basques doublées de satin sur le cuir des tabourets.

Ces messieurs semblaient s'être donné le mot ; on ne voyait que pantalons collants et gilets habillés ; c'était à peine si deux ou trois cravates de fantaisie faisaient tache parmi la radieuse uniformité des cravates blanches.

On dit que, sous l'ancien régime, les officiers de notre marine se faisaient coiffer pendant le branle-bas de combat, et n'arrivaient jamais à leur poste de bataille qu'après avoir pris le temps de revêtir leur plus brillant costume.

C'était la coquetterie de la bravoure ; ils traitaient le danger comme le plaisir ; ils faisaient une héroïque confusion entre la bataille et le bal.

Peut-être, abstraction faite de l'héroïsme, les employés de Geldberg étaient-ils mus par un sentiment analogue.

Rien ne transpirait au dehors touchant l'état de crise où se trouvait la maison ; le crédit de Geldberg, Reinhold et Compagnie restait toujours le même ; mais il en est du commerce comme de la vie : bien longtemps avant que la maladie ait mis ses traces funestes sur le visage, le corps éprouve des angoisses sourdes, et, par le canal de chaque veine, des avertissements arrivent aux membres extrêmes.

De vagues rumeurs avaient circulé dans les bureaux de Geldberg. D'où ces bruits viennent d'abord, on ne sait, mais ils viennent.

Ils se glissent, ils rampent. Ce n'est rien de précis; des demi-mots, des choses qui n'ont point de sens.

Et l'effroi vient après. La maison tout entière a comme un frémissement inexplicable; on dirait d'un homme en santé qu'un rêve a menacé de mourir.

Personne n'avait formulé cette idée, que Geldberg, Reinhold et Compagnie allaient suspendre leurs payements, le 10 février 1844, après quinze ans d'existence, et à la veille de soumissionner l'un des plus importants de nos chemins de fer; et pourtant, telle était dans les bureaux la croyance commune.

On ne savait pas pourquoi cette croyance existait; il n'y avait dans les bureaux qu'un seul homme à même de lui donner une assiette logique, et cet homme, le caissier Moreau, était discret comme un bloc de marbre.

Il n'avait point parlé.

Mais, encore une fois, ces rumeurs arrivent on ne sait comment; les nouvelles de malheur sortent de terre, et il se glisse dans l'air une voix mystérieuse qui vous les murmure à l'oreille.

Il y avait quelque chose de solennel dans l'aspect des bureaux de Geldberg. Toute agonie a sa grandeur. Les employés se tenaient graves et tristes devant leur pupitre, dans l'attente d'un événement prévu; les salles étaient silencieuses; c'est à peine si quelques paroles brèves et timides étaient échangées, à voix basse, entre voisins.

Chaque fois qu'un nouveau venu se présentait à la caisse, il y avait un moment d'anxiété terrible; puis l'espoir revenait, parce que la caisse faisait droit, comme d'ordinaire, à toutes les demandes.

La journée avançait; aucune catastrophe n'était survenue, et l'inquiétude commune

aurait peut-être pris fin, si quelqu'un des chefs de la maison se fût montré dans les bureaux.

Mais, ce jour-là, justement, ils étaient tous les trois invisibles.

On commençait à dire bien bas que, peut-être, ils étaient partis d'avance.

Ceci se trouvait être une erreur. Les trois associés étaient réunis, depuis le matin, dans la chambre du conseil.

Ces inquiétudes que leurs employés avaient éprouvées vaguement et sans trop savoir, ils les avaient ressenties eux-mêmes de première main, comme on peut le croire.

Les premières heures de la réunion avaient été tristes et mornes; le bruit de la porte de la caisse, qui était située au-dessous d'eux, et qu'ils entendaient s'ouvrir et se refermer de minute en minute, retentissait jusqu'au fond de leurs cœurs.

Et, à mesure que les heures passaient, ils ne se rassuraient point; leur fièvre augmentait, loin de diminuer. Ils regardaient tour à tour le cadran de la riche pendule; puis leurs yeux se baissaient désespérés.

Ils n'échangeaient pas une parole; un silence profond régnait dans la chambre du conseil.

C'est qu'il leur était bien impossible de se communiquer leurs pensées; ils avaient essayé de se trahir l'un l'autre, et il n'y avait de commun entre eux que la perfidie et l'aversion.

Chacun d'eux avait des transes pareilles, mais qui lui étaient propres et ne se rapportaient point au bien de l'association. Ce qui les terrassait, ce n'était pas tant la catastrophe attendue que le silence de l'homme qui avait promis à chacun d'eux de lui donner des armes contre ses associés.

Ils attendaient une réponse du baron de Rodach ou le baron de Rodach en personne.

Mais rien! l'heure du courrier était passée. Rien.

Comme ils commençaient à désespérer tout à fait, le valet Klaus entra dans la chambre. Il tenait trois lettres à la main.

Reinhold, Abel et Mira lui-même ne purent réprimer la fièvre de leur impatience. Ils se levèrent tous à la fois et demandèrent ensemble :

— Est-ce pour moi ?

La réponse fut favorable pour tout le monde : il y avait une lettre pour le docteur José Mira, une lettre pour M. Abel de Geldberg, une lettre pour le chevalier de Reinhold.

Une de ces lettres venait de Paris, une autre d'Amsterdam, une autre enfin de Londres.

Dans le premier moment, les trois associés ne songèrent qu'à déchirer les enveloppes et à lire précipitamment. Ils ne remarquèrent point que les lettres étaient toutes semblables, sauf les timbres de poste, et que, très-évidemment, la même main les avait écrites toutes les trois.

Quand ils eurent achevé la lecture, leur premier soin fut de serrer la missive reçue. Ils avaient rompu les cachets ensemble, ensemble ils avaient lu, ensemble encore ils mettaient les lettres pliées dans leur poche. On eût dit qu'ils faisaient l'exercice.

Chacun d'eux, après avoir mis sa lettre en lieu sûr, fut pris par l'envie de surprendre le secret de ses voisins.

Et, comme cette pensée leur vint à tous les trois en même temps, leurs regards rapides et sournois se choquèrent.

Ils se connaissaient ; nul d'entre eux ne fut sans deviner le désir charitable de ses compagnons. Ils ne furent ni déconcertés, ni surpris.

Ce trio de lettres avait apporté chez eux un changement notable. Jusqu'à l'arrivée de Klaus, ils avaient été tristes et découragés ; maintenant, un joyeux et bon vent semblait avoir soufflé sur leurs fronts. Rein-

hold avait recouvré son air avantageux et fanfaron ; le visage fade du jeune M. Abel rayonnait de contentement et de fatuité ; le docteur lui-même avait déridé ses gros sourcils, et n'avait plus l'air sinistre qu'à moitié.

Ils se regardèrent en silence durant quelques secondes ; puis le chevalier de Reinhold, en sa qualité d'homme expansif et franc, se chargea de rompre la glace ; il se frotta les mains de tout son cœur.

— Allons ! dit-il en montrant du doigt la pendule qui marquait trois heures passées, dans une heure la caisse fermera, et nous l'aurons échappé belle !

— Bah ! dit le jeune M. de Geldberg ; échappé belle ! Comment l'entendez-vous ?

Il avait eu grand'peur, mais il ne s'en souvenait plus.

— J'entends, répliqua Reinhold avec suffisance, que, sans moi, les payements de la maison seraient vraisemblablement suspendus à l'heure qu'il est.

Abel haussa les épaules.

— Bah ! fit-il encore ; pour ma part, je n'ai rien craint du madgyar Yanos. Le vrai danger était du côté de Van Praët, qui est un homme d'argent ; et, si la maison était véritablement menacée, c'est moi qui lui ai servi de bouclier.

— Mon jeune ami, répliqua Reinhold avec un salut ironique, je n'attendais pas moins de votre modestie éclairée.

La discussion allait s'échauffer.

— Modérez-vous, messieurs ! dit le docteur ; le temps passe, il est vrai ; mais, jusqu'au coup de quatre heures, bien des choses peuvent arriver !

— Nous sommes gardés du côté du madgyar ! s'écria Reinhold.

— En êtes-vous bien sûr?

— Parfaitement sûr.

— Et nous n'avons rien à craindre de meinherr Van Praët, prononça fièrement Abel.

— C'est une chose certaine? demanda le docteur.

— Parbleu!

Mira les regardait l'un après l'autre; il y avait un peu d'étonnement sur son visage immobile.

— Ah çà! dit-il cachant un mouvement de curiosité sous son air grave et chagrin, comment avez-vous fait votre compte, puisque vous n'avez quitté Paris ni l'un ni l'autre?

— On a ses petites ressources, répliqua Reinhold en se faisant valoir.

— Les proverbes sont des sots, ajouta le jeune M. de Geldberg, et le plus sot de tous est celui qui recommande de faire soi-même ses propres affaires, quand on a un bon ambassadeur.

— Ah! interrompit Mira, vous avez traité avec Van Praët par ambassadeur?

La figure du jeune banquier peignait la plus magnifique satisfaction de soi-même. Il se contenta de s'incliner en signe d'affirmation.

— Et vous aussi? demanda encore Mira en s'adressant à Reinhold.

— Comme vous dites, répliqua le chevalier, et j'ai peine à croire que l'ambassadeur de notre jeune ami puisse aller seulement à la cheville du mien.

— Si je vous le nommais!... commença vivement Abel.

Mais il se retint et prit un grand air de discrétion affectée.

— Je me tais, reprit-il en se pinçant la lèvre; j'ajoute seulement que votre fameux intermédiaire et vous, monsieur le chevalier, vous avez enfoncé une porte ouverte.

— J'aurais voulu vous y voir, répliqua Reinhold, dont la figure épanouie se rembrunit pour un instant, rien qu'à l'idée d'affronter le madgyar en colère.

— Peuh! fit Abel, s'il ne s'était agi que de mettre à la raison ce vieux traîneur de sabre, je ne m'en serais fié à personne qu'à moi.

— Cela vous eût donné en effet, mon jeune ami, répliqua Reinhold aigre-doux, l'occasion de prouver, au moins une fois, ce que vous affirmez trop souvent, à savoir, que vous êtes très-brave.

Abel rougit jusqu'à la racine des cheveux.

Ce mot le piquait d'autant plus au vif, qu'il lui manquait réellement une demi-douzaine de duels pour être un parfait sporting-gentleman.

— Monsieur! s'écria-t-il, l'œil en feu et la langue embarrassée, si je croyais que vous avez voulu m'insulter!...

— La paix! la paix! interrompit le grave docteur; vous avez tous les deux bien mérité de la maison, au même degré; car, dans l'état présent de la caisse, il eût été impossible de faire droit à l'une ou l'autre des deux créances. Vous avez agi habilement, et je vous en remercie pour ce qui me regarde. Mais je crois avoir mieux fait que vous encore.

— Ah bah! s'écrièrent en même temps Reinhold et Abel.

— Vous allez en juger, reprit Mira; grâce à vous, la maison est sauvée pour aujourd'hui; mais demain?

— A chaque jour sa besogne, voulut dire le chevalier.

— Permettez, interrompit le docteur, les lieux communs n'ont jamais mis dans une caisse le quart d'un petit écu. Pour vivre, il faut des fonds, et vos négociations, si habiles qu'elles puisent être, ne nous ont pas donné un centime.

—Avez-vous donc trouvé de l'argent? demanda Reinhold.

—Nous toucherons cent mille écus demain, répondit le docteur.

Les deux autres associés relevèrent la tête, et l'indifférence dédaigneuse qui. était sur leurs visages fit place à un plaisir avide.

— En vérité? murmura le chevalier.
— Cent mille écus? dit le jeune M. Abel.
— Cent mille écus, répéta gravement Mira.
— Et par quelle voie?

Mira baissa le ton involontairement et prononça le nom de madame de Laurens.

Reinhold et Abel, qui ne songeaient plus à leur dispute, se prirent à rire en même temps et d'excellent cœur.

Cette idée des cent mille écus achevait de les mettre en belle humeur.

— A vous la pomme, docteur! s'écria Reinhold; il y a entre votre besogne et la notre toute la distance du négatif au positif. Mais comment diable avez-vous osé?

— Oui, interrompit Abel, vous n'êtes pas très-vaillant, d'habitude, vis-à-vis de ma bien-aimée sœur.

Mira eut presque un sourire.

— Ah çà! mes chers messieurs, dit-il, pensez-vous donc avoir le monopole des ambassadeurs?

— C'est juste! s'écria le jeune de Geldberg.

— Décidément, ajouta Reinhold, vive la diplomatie!

Ils se donnèrent tous la main, et, pour la première fois peut-être, ce fut sans arrière-pensée : l'enthousiasme du moment gagnait jusqu'au docteur.

—Nous sommes sauvés! dit-il, bien sauvés! et cette catastrophe évitée n'aura servi qu'à nous donner de la prudence... Maintenant, quelques mots, je vous prie, sur nos deux grandes affaires.

— La fête et le railway! s'écria Reinhold; la fête marche, et je me suis procuré, hier soir, dans un cabaret du Temple, ajouta-t-il en se penchant à l'oreille de Mira, quatre invités qui feront merveille.

Le regard du docteur fit une question muette.

Reinhold cligna de l'œil d'un air d'intelligence.

Le jeune M. Abel ne vit point ce manége; il avait quitté sa place et remuait des papiers sur le bureau.

— Quant au chemin de fer, dit-il de loin, ça marche à pleine vapeur.

Abel s'arrêta un peu pour rire tout seul de sa spirituelle plaisanterie, et reprit en brandissant un paquet de lettres :

— Dix mille demandes d'actions depuis lundi ! avant qu'il ait été fait pour un sou de publicité! C'est merveilleux!

— Dans huit jours, ajouta Reinhold, nous aurons deux fois le capital!

— Nous l'aurons dix fois dans un mois! riposta le jeune Geldberg.

— Et, à notre retour du château, reprit le chevalier, nos actions se feront à deux cent cinquante francs de prime!

Les yeux du docteur brillaient; l'allégresse était peinte sur les visages enflammés des deux autres associés.

Quatre heures sonnèrent à la pendule. Ils se levèrent tous les trois d'un commun mouvement : c'était l'heure où la caisse fermait.

Jusqu'à cet instant, une vague frayeur était restée parmi leur joie.

— C'est fini ! s'écria le docteur avec une

On entendait une voix de tonnerre qui ordonnait au valet d'ouvrir. (Page 161, col. 2.)

sorte de recueillement; il y a une muraille entre notre passé et notre avenir! le sort lui-même ne peut plus rien contre la maison de Geldberg.

Avant que les deux autres associés pussent répondre, et comme le dernier coup de quatre heures sonnait, il se fit un bruit soudain dans l'antichambre.

En même temps, on frappa rudement à la petite porte donnant sur l'escalier privé par où le caissier Moreau entrait dans la pièce voisine de la chambre du conseil.

Cette porte avait été fermée en dedans pour éviter les importunités inutiles; les associés en effet, faisant trève à leurs habitudes de déprédations égoïstes pour ce jour de crise suprême, avaient déposé, le matin, dans la caisse, d'un commun accord, toutes leurs ressources personnelles. Ils n'avaient plus rien en cas de malheur.

Le sourire se glaça sur les lèvres du Portugais. Abel et Mira restèrent bouche béante et les yeux effrayés.

Le bruit redoublait dans l'antichambre. On entendait une voix de tonnerre qui ordonnait aux valets d'ouvrir.

Reinhold devint pâle comme un mort au son de cette voix.

·Quand elle se taisait, un organe doux et débonnaire se faisait ouïr à son tour. C'était alors Abel qui ouvrait de grands yeux stupéfaits.

Enfin derrière la petite porte du caissier, une troisième voix s'élevait, une voix de femme inquiète et courroucée, qui prononçait distinctement le nom du docteur José Mira.

Les trois associés restaient immobiles auprès de la cheminée, et ressemblaient à des hommes frappés de la foudre,

XIV

HOTES QU'ON N'ATTEND PAS

Les trois associés restaient immobiles. Abel et Reinhold avaient leurs regards fixés sur la porte principale; Mira jetait les siens à la dérobée vers la petite pièce où M. le baron de Rodach avait surpris, quelque jours auparavant, le caissier Moreau en conférence secrète avec ses patrons.

Le bruit redoublait dans l'antichambre. Il y avait là une de ces voix fortes et tonnantes, dont l'éclat blesse l'oreille comme le son rapproché du cor.

On menaçait, on blasphémait. Le domestique de garde se défendait timidement, et son accent exprimait à chaque instant plus de terreur.

On frappait, en même temps, à coups redoublés, à la petite porte donnant sur l'escalier de la caisse.

Abel et Reinhold se regardèrent.

— Reconnaissez-vous cette voix ? murmura le jeune de Geldberg.

Les dents du chevalier claquèrent; il ne trouva point la force de répondre.

— Ouvrez! criait-on dans l'escalier de la caisse; monsieur le docteur, je sais que vous êtes là, et je vous ordonne d'ouvrir!

— C'est ma sœur! grommela le jeune M. Abel; on peut la laisser hurler et cogner à sa guise.

L'avis pouvait être sage; mais le docteur était incapable de le suivre. Une force irrésistible et mystérieuse semblait peser sur sa volonté; chaque fois que son nom prononcé arrivait jusqu'à son oreille, on le voyait reculer imperceptiblement et se rapprocher, malgré lui, de la chambre voisine. Quelque chose l'attirait de ce côté; il avait beau faire, toute résistance était vaine : il fallait se rendre et obéir.

Le timbre de la pendule, qui venait de sonner quatre heures, vibrait encore faiblement dans la chambre silencieuse. Il n'y avait pas un quart de minute que les visages des trois associés s'épanouissaient illuminés par une joie enthousiaste. De cette joie, il ne restait plus rien.

La foudre était tombée au milieu de cette allégresse. Ils étaient là comme on se représente Balthasar, l'œil fixé sur la menace divine qui vint glacer l'ivresse de sa dernière orgie.

Abel et le chevalier n'avaient point bougé; mais le docteur, cédant à l'effort mystérieux qui l'entraînait vers l'endroit d'où partait cette voix de femme impatiente et irritée, avait déjà traversé à son insu presque toute la largeur de la chambre du conseil.

— Ouvrez! ouvrez donc! criait Sara en meurtrissant son petit poing contre le bois de la porte.

Le docteur hésita un instant encore, puis il fit un geste d'insouciance désespérée, et franchit le seuil.

Un choc violent ébranlait à ce moment le battant sculpté de la porte principale.

— C'est lui! oh! c'est bien lui! soupira

le chevalier, dont les yeux battaient et cachaient leurs prunelles, comme ceux d'une femmelette en pâmoison.

— Et il n'est pas seul! ajouta le jeune M. Abel.

Ce dernier, grâce à sa nature lente et inerte, subissait moins vivement les brusques effets de cette terreur imprévue ; il avait, d'ailleurs, affaire à moins forte partie.

— Je crois que le mieux serait d'ouvrir, reprit-il.

— Non ! non ! s'écria Reinhold affolé ; la porte est bonne ; peut-être qu'ils ne pourront pas l'enfoncer !

Il était si aveuglé par la frayeur, que l'idée de fuir ne lui venait même pas.

Il restait là, frappé, anéanti ; ses jambes pliaient sous le poids de son corps.

Un second coup, lancé à l'extérieur, et plus vigoureux que le premier, déjoignit les battants de la porte ; un troisième fit sauter le pêne hors de la serrure.

Trois hommes apparurent sur le seuil ; l'un d'eux, qui avait le dos tourné, portait la livrée de Geldberg et s'obstinait à défendre l'entrée.

Il fut terrassé en un clin d'œil ; les deux autres entrèrent.

Ceux-ci formaient entre eux un contraste complet : le premier pouvait avoir cinquante ans ; c'était un personnage de grande taille et d'apparence athlétique ; une redingote à la hongroise, qui serrait son torse étroitement, faisait ressortir la forte carrure de sa poitrine ; il était coiffé d'un calpak de fourrure, orné de revers pourpres, d'où s'échappaient les boucles abondantes d'une chevelure noire où brillaient çà et là quelques poils argentés.

Sa moustache, large et recourbée, était noire comme le jais.

Ceux qui avaient fréquenté le Magyare Yanos Georgyi durant son séjour en Allema-

gne l'auraient reconnu d'un coup d'œil. Ces vingt ans écoulés n'avaient point opéré chez lui ce changement absolu que l'homme subit d'ordinaire dans un si long espace de temps. Sa riche taille n'avait point fléchi ; son œil n'avait rien perdu de son éclat farouche, et il savait porter haut, toujours, l'orgueilleuse beauté de son visage.

Mais, s'il n'avait rien perdu, en revanche il n'avait rien gagné ; l'élément intellectuel manquait toujours à cette fière statue ; il y avait là tout juste de quoi faire un soldat.

Son compagnon était un vieillard gros, court, rond, fleuri, pourvu d'un menton quadruple et d'un ventre parfaitement hémisphérique ; il avait peu de cheveux, et ces cheveux, d'une éclatante blancheur, se plantaient sur son crâne rouge.

Sa joue brillait de santé ; un contentement placide était dans son sourire ; ses yeux caressaient tout ce qu'ils regardaient : sa petite bouche rose semblait taillée adroitement dans une grosse cerise.

Tel était maître Fabricius Van Praët, ex-physicien aéronaute, à l'âge respectable de soixante-sept ans.

Autant il y avait de colère et de hautaine menace sur la figure du Magyare, autant il y avait de courtoisie débonnaire sur l'excellent visage de meinherr Van Praët.

Nous l'avons dit, ces deux hommes formaient entre eux un contraste absolu. Nous n'avons pas besoin d'ajouter que ce n'était pas l'honnête Van Praët qui avait enfoncé la porte et terrassé le valet de Geldberg.

Ce fut lui, par exemple, qui, une fois entré dans la chambre du conseil, prit la précaution de refermer cette porte et d'y mettre un prudent verrou.

Le Magyare était déjà devant la cheminée et posait sa large main sur l'épaule de Reinhold atterré.

— Mes traites !... dit-il en faisant un effort évident pour se contenir.

Le chevalier balbutia quelques paroles inintelligibles.

— Mes traites! répéta Yanos, dont la voix devenait sourde et qui avait au front de grosses veines gonflées.

En prononçant ces deux derniers mots, sa main se ferma sur l'épaule de Reinhold, qui poussa un douloureux soupir.

Le malheureux chevalier était plus mort que vif : le danger qu'il avait couru la veille aux *Quatre Fils Aymon* n'était rien auprès de cette terrible aventure. Il n'avait pas une goutte de sang dans les veines, et croyait, pour le coup, être à sa dernière heure.

Le bon Van Praët vint donner un peu de répit à son agonie.

— Allons, Yanos, mon fils, dit-il en traversant la chambre à petits pas précipités, ne cassons pas comme ça les vitres du premier coup, croyez-moi! Depuis soixante ans et plus, je traite toutes les affaires, indistinctement, par la douceur, et je m'en suis toujours bien trouvé.

Le Magyare lâcha l'épaule de Reinhold, qui, n'étant plus soutenu, se laissa choir sur un fauteuil.

Il allait mieux. Nous parlons ainsi, parce que la peur était chez lui une véritable maladie. Le secours inespéré que lui apportait le Hollandais lui faisait en ce moment l'effet d'une potion administrée à propos.

Il reprenait ses sens. A d'imperceptibles symptômes, ceux qui le connaissaient pouvaient prévoir le moment où, sans cesser de trembler tout bas, il allait reprendre une bonne part de son effronterie.

Le Hollandais donna une de ses mains à Abel et l'autre à Reinhold.

— Bonjour, mon jeune ami! dit-il, bonjour, mon vieux camarade! Le seigneur Yanos et moi, nous avons fait un long voyage pour vous rendre visite; j'espère vivement que nous allons régler à l'amiable tous nos petits différends.

— J'ai fait cent vingt lieues pour ravoir mes traites, interrompit le Magyare avec rudesse; il me les faut à l'instant même.

Van Praët le calma de la main, et adoucit son excellent sourire.

— Je ne sais pas exactement ce qu'il y a de lieues d'ici chez moi, dit-il ; mais qu'importe un bout de chemin de plus ou de moins, quand la maison d'un ami est le but du voyage! Ce qui est sûr, c'est que je viens, moi aussi, chercher mes petites traites, que vous allez me rendre, j'en ferais la gageure!

— C'est que... voulut dire Abel.

— Vous permettrez que je m'assoie, n'est-ce pas, mon jeune ami? interrompit Van Praët. J'ai pris de l'embonpoint sur mes vieux jours, et cette course m'a fatigué.

Il tira de sa poche un immense foulard et tamponna son front mouillé de sueur.

— Là! reprit-il en croisant l'une sur l'autre ses cuisses courtes et charnues. Savez-vous que vous êtes devenu un charmant cavalier, mon petit Abel? Comment se porte votre respectable père? Mais voyez donc comme on se rencontre! ajouta-t-il sans attendre la réponse; j'arrive d'Amsterdam, et le premier visage que je vois dans mon hôtel est celui de cet excellent Yanos, mon ami le plus cher, qui arrive de Londres!

Il tendit la main au Magyare, dans un élan de sympathie. Celui-ci lui abandonna son doigt d'assez mauvaise grâce; il avait l'œil sombre et les sourcils froncés; le bavardage du Hollandais le fatiguait manifestement.

A défaut de la main entière, Van Praët serra le doigt de tout cœur.

— Et maintenant, mes chers enfants, reprit-il, nous allons parler affaires, s'il vous plaît. Mon vaillant ami, le Magyare Yanos, réclame de vous une somme de onze cent mille francs à peu près, en traites échues sur Paris, qui lui ont été enlevées par des moyens que mon esprit de conciliation me défend de qualifier.

— Par un vol infâme ! dit le Magyare, qui regarda en face tour à tour Reinhold et Abel.

Le chevalier essaya un sourire soumis ; le jeune de Geldberg baissa les yeux.

— Le mot est peut-être bien fort, reprit meinherr Van Praët; mais il me paraît assez juste. Moi-même, je suis dans un cas tout pareil ; et, à part le plaisir de vous voir, je suis venu pour vous demander un million trois cent cinquante mille francs de traites qui m'ont été enlevées par un de vos agents.

— Et moi, dit une voix qui partait du seuil de la chambre voisine, je viens réclamer également trois cent mille francs écus, qu'un autre de vos agents m'a soustraits par une odieuse supercherie.

Tout le monde se retourna. Madame de Laurens s'avançait à pas lents.

Si le bon Hollandais n'eût point parlé sans relâche depuis deux ou trois minutes, on aurait entendu dans la chambre voisine, depuis le même espace de temps, le bruit étouffé d'une conversation à voix basse.

Le docteur avait ouvert à Petite, au moment même où le pied du Magyare jetait la porte en dedans.

A dater de cet instant, le Portugais avait employé toute son éloquence pour empêcher Sara de pénétrer plus avant; mais la

colère de Sara ne connaissait jamais d'obstacles, et puis elle voulait savoir.

Elle entra dans la chambre du conseil, la joue pâle et les lèvres serrées. Grâce aux rapports quotidiens qu'elle exigeait de Mira, elle connaissait à peu près la situation de la maison vis-à-vis de Van Praët et du seigneur Georgyi. Elle venait d'entendre les menaces du Magyare, et, bien qu'elle ignorât la cause précise de ce bruyant courroux, elle en savait assez pour comprendre ce qui allait se dire.

Derrière elle, le docteur Mira venait, esclave et vaincu; la lutte avait été courte entre lui et Petite, mais elle avait été rude. Sara était trahie, on avait donné son secret à un étranger qui s'en était servi contre elle comme d'une arme.

Sara cherchait le docteur depuis deux jours, et le docteur, sentant sa propre faiblesse, fuyait et se cachait, comme ces débiteurs sans expérience qui n'ont pas encore appris à braver la face imposante du créancier.

Au premier coup d'œil, Yanos et Van Praët durent hésiter à le reconnaître pour ce roide et orgueilleux adepte dont chaque parole était un apophthegme et qui n'abandonnait jamais, jadis, son masque de pédanterie austère.

Il avait le front bas et l'œil effarouché; sa gravité scolastique avait disparu, et son visage portait les marques de sa défaite acceptée.

Le plus heureux en tout ceci était, sans contredit, le jeune M. Abel, qui avait pour adversaire Fabricius Van Praët, la douceur et la mansuétude en personne.

Quant aux deux autres, nous ne saurions dire lequel était le moins mal partagé; le Magyare était un terrible homme, mais Sara ne le cédait à personne quand il s'agissait de mal faire.

A sa vue, Van Praët, Reinhold et Abel se levèrent et saluèrent; le Magyare les imita de mauvaise grâce; il lui déplaisait d'avoir à supporter en ce moment la présence d'une femme.

Reinhold, au contraire, rattrapa au vol la queue de son sourire ; c'était une diversion, et toute diversion lui était bonne. Plus il y avait de monde dans la chambre, moins l'entrevue lui semblait redoutable ; il se remettait tout doucement et son regard était sur le point de reprendre un peu d'effronterie.

— Eh ! mais, s'écria Fabricius, c'est notre adorable Sara ! Belle dame, je vous ai vue bien petite, mais vous étiez déjà charmante, et il me souvient que notre vénérable ami, Mosès Geld, vous appelait son trésor.

Madame de Laurens répondit à cette tirade par un salut cérémonieux, dont la dernière moitié s'adressa au Magyare ; celui-ci tordait sa moustache et rongeait son frein.

Reinhold offrit son fauteuil à Petite et la plaça comme un bouclier entre lui et son adversaire.

Après cet acte, où tant de prudence s'alliait à tant d'adresse, il éprouva ce mouvement de satisfaction naïve que ressent l'autruche poursuivie, quand elle a mis sa tête à l'abri derrière un caillou.

XV

PARIS, LONDRES, AMSTERDAM

Madame de Laurens prit le fauteuil que Reinhold lui offrait.

— Je viens ici, dit-elle en s'asseyant et comme si elle eût senti le besoin d'expliquer sa présence, pour remplacer mon mari, dont les intérêts sont indignement lésés par la conduite de ces messieurs. J'ai, d'ailleurs, le droit de m'asseoir à cette place, ajouta-t-elle en s'adressant au Magyare, qui gardait son air rébarbatif, en ma qualité de fille et d'héritière de Mosès Geld.

Yanos s'inclina, roide comme un élève de l'École polytechnique.

— Eh ! chère enfant ! s'écria Van Praët, — permettez-moi de vous appeler ainsi, à moi qui vous ai tenue si souvent sur mes genoux, — bon Dieu ! qui donc aurait l'idée de se plaindre de votre aimable présence ? Bonjour, savant docteur ! je ne puis dire toute la joie que j'éprouve à vous revoir. Allons ! à part Mosès Geld, notre respectable doyen, qui, je l'espère, jouit d'une heureuse vieillesse, et le pauvre Zachœus Nesmer (il essuya une larme réelle ou fantastique), nous voilà tous réunis encore une fois ! Je puis vous affirmer, mes pauvres bons amis, que nous ne venons point ici avec des pensées hostiles.

— Parlez pour vous ! interrompit sèchement le Magyare.

— Fi ! seigneur Yanos ! répliqua l'excellent Hollandais, dont la parole se faisait à chaque instant plus onctueuse, gardez-vous d'enlever à cette heureuse entrevue son caractère tout amical. Je crois comprendre que notre chère Sara est dans le même cas que nous. Hélas ! l'intérêt divise comme cela les familles ! mais, si son affaire est aussi simple que les nôtres, je veux que nous soyons tous d'accord avant dix minutes.

Il adressa un doux sourire à madame de Laurens.

— Procédons méthodiquement, reprit-il, et, puisque nous avons une dame parmi nous, cédons-lui la parole, comme l'exige la galanterie.

— La coutume de la maison, reprit Petite d'un accent libre et ferme qui eût fait honneur à un avocat, était, à ce qu'il paraît, de déléguer un de ses membres, qui avait charge de s'occuper d'un ou de plusieurs comptes particuliers...

— C'est parfaitement exact, interrompit Van Praët ; car, depuis la retraite du vénérable Mosès, je n'ai eu de rapports qu'avec mon jeune ami Abel.

— Moi, j'ai eu le malheur de traiter avec cet homme! ajouta Yanos en montrant du doigt sans façon M. le chevalier de Reinhold.

— Moi, poursuivit madame de Laurens, j'étais en relations directes avec le docteur José Mira, et je dois dire que j'avais en lui une confiance aveugle. Voici ce qui s'est passé : le docteur a feint une absence; il m'a dépêché un agent qu'il avait préalablement mis au fait de certains mystères, intéressant M. de Laurens...

Petite ne se troubla point en prononçant ces paroles.

— M. de Laurens! continua-t-elle en s'échauffant à froid, un mourant couché sur son lit d'agonie et dont le docteur Mira, en sa qualité de médecin, connaît mieux que personne la position désespérée ! Ah ! monsieur, s'écria-t-elle en s'adressant tout à coup au docteur, ne pouviez-vous le laisser finir en paix une vie d'angoisses et de souffrances! il avait encore quelques jours à passer sur cette terre! vous les avez empoisonnés!

Elle s'arrêta, comme si son émotion l'eût suffoquée.

Ces paroles faisaient sur le Magyare une impression visible; il la regardait, ébloui par sa beauté merveilleuse, et, un instant, il oubliait sa propre colère pour épouser le courroux de Sara.

Reinhold s'applaudissait à part lui, et jouissait de ce résultat précieux.

Quant au bon Van Praët, il essuyait ses yeux secs avec son grand foulard.

— Messieurs, reprit Sara en s'adressant aux deux étrangers, vous êtes les anciens amis de mon père, je vous regarde comme étant presque de la famille ; devant tous autres, j'aurais trouvé la force de me taire, mais je sais bien que je puis parler devant vous. Oui, cet homme a choisi un de ses pareils, rompu à l'astuce et à la tromperie! Il me l'a envoyé, à moi, pauvre femme sans défiance ! j'ai vu avec terreur entre les mains d'un inconnu des secrets qui pourraient perdre mon mari! Il a menacé, j'ai cédé, et M. le docteur doit avoir maintenant les cent mille écus arrachés à une femme qui était son amie !

La voix de Petite, où il y avait des larmes, était plus éloquente encore que ses paroles.

— C'est odieux et lâche! s'écria le Magyare en serrant les poings.

Reinhold et Abel gardaient le silence.

— Oh! docteur, cher docteur! murmura Van Praët, êtes-vous bien capable d'une action si noire?

Le docteur baissait les yeux; des paroles se pressaient sur sa lèvre tremblante et blêmie; mais il les contenait énergiquement, et affectait une résignation grave et sombre.

La comédie débordait dans cette scène, qui voulait toujours tourner au drame. Une chose étrange, c'est qu'on y parlait de vol, et que ce mot, accueilli avec indignation par la moitié au moins des assistants, aurait dû être écrit en belles lettres d'or sur les murailles de la salle.

Plaignants et accusés en étaient tous au même point; pour aucun d'eux, le mot *probité* n'avait de signification bien précise.

En fait, Abel de Geldberg n'avait aucun crime à se reprocher : mais c'était peut-être la faute des circonstances. Pour trouver un semblant de cœur entre ces six personnages, il eût fallu fouiller la brutale poitrine du Magyare.

Il avait tué, il avait volé; mais tout sentiment n'était pas mort au fond de son âme, et du moins avait-il le courage du bandit.

Les autres, à l'exception de Petite, étaient aussi peureux que corrompus.

Ils jouaient des rôles, les uns bien, les

autres médiocrement; mais aucun d'eux n'allait à la cheville de la comédienne consommée.

Le docteur avait eu raison de se cacher et de fuir; il était, sans contredit, le plus fort des trois associés; mais les trois associés réunis, en leur adjoignant même le farouche Magyare et l'insinuant Fabricius, n'auraient point été de force contre Sara toute seule.

Elle se taisait maintenant; son beau sein agitait l'étoffe de sa robe; elle semblait attendre la réponse de Mira.

Mira ne desserrait pas les dents.

— Comme cela, reprit Van Praët avec sa douceur inaltérable, nous voici arrangés fort symétriquement : trois contre trois. La cause de notre chère Sara me paraît jugée : elle a raison, cent fois raison. A votre tour, noble Yanos !

— J'ai déjà parlé, répliqua celui-ci, et je n'aime pas à parler deux fois. Mon histoire est, d'ailleurs, celle de la fille de Moses Gold. Un homme que je connaissais déjà de nom est venu vers moi de la part de Regnault.

— Reinhold, murmura le chevalier.

— Reinhold ou Regnault, répliqua Yanos durement, c'est le nom d'un infâme coquin ! qu'on ne m'interrompe plus ! Cet envoyé s'est servi auprès de moi de moyens dont il ne me plaît pas d'expliquer la nature.

Sa voix trembla légèrement, comme il prononçait ces paroles, et son front s'empourpra davantage.

Il enfonça son calpak sur les mèches épaisses de ses cheveux, et reprit en relevant la tête :

— Peu importent les détails ! Ces traites étaient à Paris, chez mon homme d'affaires, et, aujourd'hui même, en cas de non-payement, on devait commencer les poursuites. Votre envoyé, monsieur Regnault, est parvenu à m'extorquer un blanc-seing dont il s'est servi pour retirer les traites des mains de mon agent, et, quand je suis arrivé à Paris, suivant de près les traces de l'escroc, il était trop tard !

Malgré son épouvante, Reinhold eut envie de rire, tant le tour lui semblait parfait.

— Affaire jugée ! dit le gros Van Praët, qui s'administrait, de son autorité privée, l'office de président.

« Quant à moi, reprit-il, ma position était exactement la même que celle du vaillant Yanos. Il paraît que la maison de Geldberg a d'excellents et nombreux agents diplomatiques. Celui qui s'est présenté chez moi ne m'était pas absolument inconnu : je dois dire que c'est un gaillard extraordinairement habile ! Il m'a demandé un pouvoir pareil à celui dont vient de nous parler le seigneur Georgyi, car mes traites étaient aussi à Paris, chez un homme d'affaires qui devait en exiger le payement intégral aujourd'hui, sous peine de poursuites définitives. Le cher Yanos et moi, nous avions échangé, à ce sujet, une correspondance tout amicale, et nous étions convenus d'agir de concert. Ce pouvoir, de manière ou d'autre, je l'ai donné. Et, quand je suis tombé comme une bombe chez mon mandataire, à Paris, mes traites étaient allées rejoindre celles du seigneur Yanos. »

Van Praët s'essuya le front et retint la parole d'un geste.

— Voici ce que je propose, poursuivit-il quand il eut repris haleine; point d'esclandre. A quoi bon ? Nous sommes de vieux camarades. Le cher docteur va rendre les cent mille écus à notre petite Sara; Reinhold restituera les traites du brave Yanos; mon jeune ami Abel me remettra les miennes, et nous dînerons tous, ce soir, avec le respectable Moses Gold, pour célébrer notre réunion.

La sentence était, à coup sûr, toute remplie de mérite, et digne du sage roi Salomon.

Le nouveau venu avançait toujours. Il quitta l'ombre et entra dans la zone lumineuse. (Page 173, col. 1.)

Néanmoins, aucun des trois associés de Paris ne sembla vouloir y acquiescer.

Le Magyare attendit une seconde entière; après quoi, sa patience fut à bout.

Il déboutonna les revers de sa redingote, sous lesquels se cachait une très-riche paire de pistolets.

Reinhold aurait voulu être au Canada.

— Faites ce que vous voudrez pour les autres, dit Yanos; mais rendez-moi mes traites, ou je vais me faire justice moi-même!

Il prit à la main un de ses pistolets.

Reinhold, saisi d'un tremblement impossible à réprimer, se cacha derrière le fauteuil de Petito.

Le conciliant Van Praët s'interposa encore une fois.

— La paix! dit-il, la paix! Nous sommes à Paris, mon cher camarade, et, à Paris, on n'a pas besoin d'armes à feu pour se faire rendre justice.

— J'aime à ne compter que sur moi, répondit le Magyare; que cet homme parle sur-le-champ, ou je lui casse la tête!

Il avait armé un de ses pistolets, et son regard disait que sa menace n'était point vaine.

Avec lui, on ne pouvait compter ni sur la prudence, ni sur la crainte. Quel que fût le danger à courir, ce qu'il voulait faire, il le faisait.

L'excès du péril délia la langue du chevalier. Au moment où il vit le Magyare repousser rudement Van Praët, qui tâchait encore de le contenir, il se souleva sur ses jarrets chancelants.

Son regard épouvanté fit le tour de la chambre, cherchant une aide ou un asile.

Mais il n'y avait point de secours à espérer : Abel de Geldberg, pâle et immobile, crispait ses doigts sur les bras de son fauteuil; Mira tenait toujours ses yeux baissés; il ne voyait même pas la menace suspendue au-dessus de la tête du chevalier.

Quant à madame de Laurens, elle s'était renversée, nonchalante et gracieuse, sur le dossier de son siége; elle attachait sur le Magyare un regard où il y avait de la curiosité et cet effroi mêlé de charme qui prend les spectateurs d'un drame, au moment où l'acteur en scène court un grand danger imaginaire; où il y avait peut-être encore autre chose, car la figure du Magyare était en ce moment magnifique de colère sauvage et d'orgueil indompté.

— Sur mon honneur! balbutia Reinhold d'une voix étouffée, je n'ai pas reçu vos traites, seigneur Yanos.

— Tu mens! s'écria celui-ci, qui leva son pistolet.

Petite fit un geste menaçant; ce n'était pas une prière en faveur du chevalier; c'était seulement un signe indiquant qu'elle voulait prendre la parole.

Le pistolet du Magyare retomba, docile.

— J'ignore, dit Petite, si M. le chevalier ment ou non; mais l'impatience du seigneur

Yanos m'a empêchée d'obtenir la réponse de M. le docteur.

— Et, moi, celle de mon jeune ami Abel, ajouta Van Praët; il en faut un peu pour tout le monde.

— Monsieur le docteur, reprit Sara d'un ton d'ironie amère, prétend-il aussi n'avoir pas touché les cent mille écus?

— Je l'affirme sous serment, dit Mira sans lever les yeux.

— Ah! ah! fit meinherr Van Praët. Et vous, mon jeune ami?

— Sur ma parole, répondit Abel, je n'ai pas revu M. le baron de Rodach!

A ce nom, prononcé au hasard, toutes les têtes se relevèrent d'un commun mouvement. Puis tous les regards se portèrent sur Abel, interrogateurs et surpris.

Il faut excepter pourtant celui du digne Van Praët, qui n'exprimait aucun étonnement.

Au bout de deux ou trois secondes de silence, il se passa un fait bizarre. Pour un instant, chaque couple d'adversaires composant ce triple duel sembla faire trève.

Petite et le docteur échangèrent une rapide œillade.

Le Magyare lui-même laissa tomber sur Reinhold un regard où il n'y avait plus de colère.

Mira fut le premier à reprendre la parole.

— Vous avez dit : M. le baron de Rodach, Abel? prononça-t-il, comme s'il eût pensé que ce seul nom, répété, allait amener une rectification immédiate de la part du jeune homme.

Sara, Reinhold et le Magyare tendirent avidement l'oreille.

— Oui, répliqua Abel, j'ai dit : M. le baron de Rodach.

— Alors, vous vous trompez, répliqua péremptoirement Yanos.

Van Praët sourit.

— Mon brave camarade, dit-il doucement, cette fois, nous ne sommes pas du même avis. Mon jeune ami Abel a raison.

— Non pas! s'écria vivement Petite.

— Non pas! répétèrent Reinhold et Mira.

Le Magyare haussa les épaules.

— Il y a loin d'Amsterdam à Londres, dit-il, et, puisque ce baron de Rodach était chez moi jeudi, il ne pouvait être chez vous.

— C'est clair! murmura Reinhold, qui était bien aise de faire acte d'allié auprès de son terrible adversaire.

L'étonnement qui était sur le visage de Petite et de Mira se changeait en stupéfaction.

— Êtes-vous bien sûrs de ce que vous dites? murmura machinalement la première.

— Aussi vrai que j'existe!... commencèrent à la fois Abel et Van Praët.

— Laissez donc! interrompit le Magyare; est-ce bien ce Rodach que vous m'avez envoyé, monsieur Regnault?

— Oui, répondit Reinhold.

— Eh bien! c'est lui que j'ai reçu. Je l'ai vu, je l'affirme. Que dire à cela?

— Que je l'ai envoyé à meinherr Van Praët, répondit Abel timidement.

— Et que meinherr Van Praët l'a vu comme il vous voit, ajouta ce dernier.

— Il y a encore à dire, reprit le docteur, dont les yeux grands ouverts se fixaient sur Sara, que c'est ce même baron de Rodach que j'ai envoyé, moi, à madame de Laurens.

— Et que, moi aussi, je l'ai vu, appuya Petite, et qu'il était chez moi, à Paris, à l'heure que vous dites, jeudi dernier, 8 février.

— C'est impossible! s'écrièrent à la fois Van Praët et le Magyare.

— Cela est!

Tout le monde croyait rêver.

— A Paris! à Londres! à Amsterdam! murmura Van Praët, qui ne souriait plus.

Yanos avait les sourcils froncés et demandait vainement la lumière à son esprit, où il ne trouvait que ténèbres.

Les trois associés de Paris s'interrogeaient de l'œil à la dérobée.

Mais c'était en vain : le mystère restait pour tous également inexplicable.

— C'est impossible, conclut le Magyare après quelques instants de silence, et il y a quelque nouvelle perfidie là-dessous.

— Quant à moi, dit Reinhold, je puis prouver ce que j'avance. J'ai là une lettre du baron, datée de Londres.

— J'en ai une datée d'Amsterdam, riposta Abel.

— J'en ai une datée de Paris, ajouta le docteur Mira.

Et tous trois à la fois tirèrent de leur poche les lettres reçues quelques heures auparavant.

On fit cercle; les lettres dépliées furent mises l'une à côté de l'autre. Durant une seconde, les respirations s'arrêtèrent. On eût entendu voler une mouche dans le silence profond de la chambre du conseil.

Puis un murmure étouffé s'éleva.

C'était de la magie!

La même main avait écrit les trois lettres!

On ne parlait plus. Les esprits étaient frappés de stupeur. La raison se voilait.

Comment expliquer ce fait inexplicable? Et de vagues terreurs se glissaient parmi l'étonnement poussé jusqu'au comble. Chez quelques-uns, l'idée des choses surnaturelles s'éveillait involontairement.

— Si l'on croyait aux sorciers!... commença Van Praët à voix basse.

— A Paris, à Londres, à Amsterdam! répéta le Magyare lentement.

— C'est à devenir fou! dit le jeune M. de Geldberg.

Mira, Petite et Reinhold gardaient le silence, les yeux cloués au parquet.

— A Paris! à Londres! à Amsterdam! répéta encore Yanos; il faut que ce soit le diable!

Au moment où ce mot tombait de la bouche du Magyare, l'assistance tressaillit comme au choc d'une décharge électrique. La porte de la caisse venait de s'ouvrir avec fracas, et Klaus, debout sur le seuil, annonçait d'une voix retentissante :

— M. le baron de Rodach!

XVI

HOMME OU DÉMON

Il faisait presque nuit; la chambre du conseil n'était plus éclairée que par les derniers rayons du crépuscule, auxquels se mêlait la rouge lumière du foyer ardent.

Les meubles dessinaient confusément leurs formes le long des lambris, et les ombres grandies tremblaient au profond.

Ils étaient là, autour de la cheminée de Geldberg, cinq hommes et une femme qui avaient renié Dieu dès longtemps, et qui, bien souvent, avaient raillé avec pitié les faibles d'esprit qui croient aux choses de l'autre vie.

Et pourtant, parmi tous ces cœurs révoltés contre le ciel, il n'y en eut pas un qui ne frémît d'une terreur superstitieuse au nom, tout à coup prononcé, du baron de Rodach.

L'incrédulité, du reste, n'exclut point la superstition, et personne ne tremble si volontiers qu'un esprit fort.

Un fait venait d'être révélé, dépassant les limites du possible. On avait parlé, commenté, supposé.

Chaque parole ajoutée avait affermi la certitude commune.

Que croire? Était-ce un homme, cet être merveilleux qui se jouait des lois les plus étroites de la nature, pour qui le temps et l'espace n'existaient pas?

Les uns, comme Petite et le docteur, se roidissaient obstinément contre la frayeur victorieuse, et raillaient en frissonnant leur propre épouvante; d'autres ne discutaient point avec eux-mêmes; ils sentaient du froid dans leurs veines, et ne cherchaient point à reconnaître la main glacée qui serrait leur poitrine.

Un seul, le plus vaillant de tous, celui qui eût bravé sans pâlir tous les périls de la terre, comptait naïvement avec ses terreurs. Le Magyare Yanos, fils d'un pays chrétien où la religion s'enveloppe encore dans les rêves brumeux de la poésie du moyen âge, sentait renaître en foule, au fond de son âme, les croyances oubliées. Les personnages de ces mystérieuses légendes qui avaient bercé ses jeunes ans se dressaient devant lui; une corde, muette depuis longtemps, vibrait dans les ténèbres de son ignorance.

Il songeait au démon, au noir esprit qui plane sur toutes les traditions de la vieille Hongrie.

Sa main serrait machinalement, sous les revers de sa redingote, le canon d'un de ses pistolets; il cherchait instinctivement de quoi se défendre contre un péril inconnu; ses doigts frémissaient, ses cheveux se dressaient sur son crâne humide.

Klaus avait disparu.

La silhouette noire d'un homme de grande taille se dessina sur le seuil de la petite chambre communiquant avec l'escalier de la caisse.

Les six associés, roides sur leur siége, pâles et retenant leur souffle, attendaient.

Un silence profond régnait autour du foyer.

L'ombre noire s'avança lentement. Le bruit de ses pas résonnait à intervalles égaux sur le plancher sonore.

On ne voyait point encore la figure du nouvel arrivant, et chacun lui prêtait, selon le rêve de son imagination, une couleur fantastique et surnaturelle.

Et, en même temps, chacun doutait, se révoltant en secret contre l'impossible.

Le nouveau venu avançait toujours. Il quitta l'ombre et entra dans la zone lumineuse que projetait le foyer.

Un souffle contenu s'échappa en même temps de toutes les poitrines.

C'était bien M. le baron de Rodach. L'espoir secret de chacun était trompé. Il n'y avait point d'erreur.

Yanos reconnaissait l'homme de Londres, Van Praët l'homme d'Amsterdam, Sara l'homme de Paris.

Abel, Reinhold et Mira reconnaissaient le messager dont chacun d'eux avait fait choix.

Le miracle avait un corps. Il était là, pour ainsi dire, en chair et en os, et toujours plus inexplicable !

Le baron s'arrêta debout en face du foyer; sa belle tête, éclairée en plein, ressortait, puissante et lumineuse, sur un fond de ténèbres; l'esprit ébranlé des assistants voyait comme une auréole à son front.

A part toute fantasmagorie, c'était une fière et admirable figure. L'air de fatigue et de tristesse que nous lui avons vu au commencement de cette histoire avait complétement disparu. Tout en lui était force et vaillance; sa riche taille se dressait hautaine; le calme assuré de son regard semblait défier tout œil humain de lui faire baisser la paupière.

Il salua en silence. Les associés lui rendirent son salut avec un empressement craintif.

Abel, qui était le plus près de la porte, se leva et lui avança un fauteuil.

Avant de s'asseoir, le baron parcourut de l'œil le cercle des assistants. Il reconnut le Magyare, meinherr Van Praët et madame de Laurens. De la réunion de ces trois personnages et de l'attitude des trois associés parisiens, il ne put manquer de conclure qu'une explication venait d'avoir lieu, explication dont il était lui-même l'objet principal. S'il s'en émut intérieurement, nul n'aurait su le dire : ses traits ne parlèrent pas.

— Je venais ici, dit-il, pour rendre compte de trois missions que les chefs de la maison de Geldberg m'avaient fait l'honneur de me confier... Si ma présence dérange quelque entretien, je suis prêt à me retirer.

Cette question si simple demeura un instant sans réponse, tant il y avait de trouble dans l'assemblée. Le premier qui reprit un peu de sang-froid fut M. le chevalier de Reinhold, ce cœur de lièvre que nous avons vu s'agenouiller naguère devant la menace du Magyare.

Le péril avait changé de nature, et M. le chevalier l'aimait mieux comme cela; ce qu'il détestait le plus au monde, c'était une bouche de pistolet dirigée contre sa poitrine.

L'incident relatif à Rodach, tout en l'effrayant comme tout le monde dans une certaine mesure, avait été pour lui, en définitive, une heureuse diversion. La pensée du Magyare s'était tournée de ce côté tout entière, et Reinhold respirait.

Il était, en ce moment, le plus gaillard et le plus dispos de tous.

— Monsieur le baron sait bien, répliqua-t-il en retrouvant son air aimable, qu'il ne peut jamais être de trop dans la maison de Geldberg. Et, si ce n'était pour nous trop d'honneur, je dirais que monsieur le baron fait partie de la famille.

Il faut peu de chose, la plupart du temps, pour dégrossir une situation et lui ôter ce qu'elle a d'absolument insoutenable ; mais le premier mot coûte souvent plus encore que le premier pas.

Il ne s'agit que de le prononcer.

Les quelques paroles dites par Reinhold commencèrent à rompre le charme qui tenait engourdies toutes les volontés ; chacun se sentait un fardeau moins lourd sur la poitrine ; les plus prompts recouvrèrent une bonne part de leur présence d'esprit.

Le docteur rattacha son masque austère sur son visage ; Van Praët rappela son air de bonhomie honnête ; madame de Laurens retrouva son charmant sourire.

Le Magyare seul continuait de fixer sur Rodach un regard ébahi.

Le choc pour lui avait été rude : la faculté de réfléchir lui revenait lentement ; mais, à mesure qu'elle revenait, sa stupéfaction se mêlait de colère, et dans ses yeux fixes la haine rallumait un feu sombre.

— Je ne m'attendais pas à trouver si nombreuse compagnie, reprit-il ; heureusement que le seigneur Yanos, meinherr Van Praët et madame, ajouta-t-il en saluant courtoisement Sara, sont gens qu'on ne saurait rencontrer trop souvent. Ne voulez-vous point faire apporter des flambeaux, monsieur le chevalier, afin que nous puissions nous voir?

Cette demande sonna désagréablement à toutes les oreilles ; car chacun avait à dissimuler quelque impression secrète, et les ténèbres étaient propices à tous.

Mais refuser était impossible. Le chevalier, obéissant, sonna ; l'instant d'après, la chambre du conseil était brillamment éclairée.

Cette lumière soudaine fit un peu l'effet du premier rayon de soleil attaquant les prunelles effarouchées d'une troupe d'oiseaux de nuit.

On baissa les yeux à la ronde ; puis les regards errants ne surent où se fixer ; les assistants étaient dans cette position difficile de n'oser pas plus correspondre du regard entre eux qu'avec M. de Rodach.

Rodach était seul contre tous ; mais ils étaient tous les uns contre les autres.

Quand le baron fit une seconde fois de l'œil le tour de l'assemblée, il ne rencontra qu'une seule prunelle à découvert ; encore tremblait-elle, comme offusquée par l'éclat des bougies : c'était celle du Magyare Yanos, où il y avait de la haine, mais aussi de la crainte.

Le baron ne voulut point prendre garde.

— La présence de madame et de ces messieurs, poursuivit-il, me donne à penser qu'il serait peut-être superflu de rendre un compte détaillé de ma triple mission.

Les trois associés de Paris cherchèrent un biais pour s'incliner sans être vus de leurs hôtes.

— Vous savez d'avance, je le vois, reprit Rodach avec lenteur, vous, José Mira, que j'ai obtenu de madame de Laurens une faible partie de la somme en question.

Petite changeait de couleur derrière sa main étendue, mais sa bouche ne s'ouvrit point.

— Vous, monsieur Abel de Geldberg, continua le baron, vous savez que j'ai amené meinherr Van Praët à mettre entre mes mains les traites dont le paiement devait être exigé aujourd'hui même.

— Cher monsieur, murmura le Hollandais doucement, il est bien entendu que ces traites sont toujours ma propriété.

— Ce n'est pas mon avis, répliqua Rodach.

Le teint fleuri du Hollandais prit une légère nuance ponceau ; une parole vive se pressait sur sa lèvre, mais Rodach lui demanda le silence d'un geste ; il se tut.

— Vous, monsieur de Reinhold, reprit le
baron, vous aviez avec le seigneur Georgyi
une affaire toute semblable; vous savez qu'elle
est arrangée.

— Plût à Dieu! pensa le chevalier, qui
glissa vers Yanos une œillade timide.

Reinhold avait raison de douter ; la joue
du Magyare était livide, et ses sourcils se
contractaient violemment.

On lisait en quelque sorte l'insulte et la
menace sur sa lèvre, qui demeurait muette
pourtant. Pour la première fois de sa vie
peut-être, il essayait de dompter sa colère,
et c'était une rude tâche !

Le chevalier, que sa poltronnerie rendait,
en ces matières, un sûr observateur, s'étonnait sincèrement que la tempête n'eût point
éclaté encore; d'habitude, le Magyare n'y
mettait point tant de façons.

Pour avoir comprimé pendant plusieurs
minutes la fougue sauvage du seigneur
Yanos, il fallait vraiment que ce baron de
Rodach eût en poche un talisman !

Mais la tempête menaçait toujours les
nuages s'amassaient sur le front du Magyare.
Reinhold pensait avec effroi qu'on ne per-
drait rien pour attendre.

Malgré cette crainte, il s'applaudissait ; le
baron était désormais comme un bouclier
entre lui et la brutale vaillance du Magyare.
Si le Magyare devait faire voir le jour encore à ses grands pistolets, ce serait sans
doute un argument à l'adresse de M. le
baron.

Celui-ci semblait aussi parfaitement à son
aise que s'il eût été entouré d'amis dévoués.

Il garda un instant le silence, comme pour
attendre les félicitations de ses mandants,
touchant sa triple mission, si heureusement
accomplie.

En tête-à-tête, on l'aurait accablé d'actions de grâce ; mais ici, les félicitations
pouvaient avoir leur danger : on se taisait;
les regards mêmes n'osaient point parler
trop clairement.

— La maison de Geldberg est-elle contente de moi? demanda-t-il enfin.

— Certes ! dit bien bas le docteur.

— Assurément! balbutia le jeune M. de
Geldberg.

Reinhold, moins explicite, osa cependant
tousser affirmativement.

— C'est le cas de dire, fit observer
meinherr Van Praët, que l'on ne peut pas
contenter tout le monde.

— Et il m'étonne, ajouta madame de Laurens, que M. le baron de Rodach vienne
justement faire parade de sa victoire en présence des personnes qu'il a dépouillées.
C'est à n'y pas croire !

— Belle dame, répondit Rodach, la maison de votre père a grand besoin d'argent;
mettez que vous avez rempli un devoir
filial, et consolez-vous dans la paix de votre
conscience.

— Il y a du vrai là-dedans, reprit Van
Praët, et notre chère petite Sara pourra
toujours compter avec la succession de son
excellent père. Mais nous?

— Vous êtes les alliés naturels de la maison, répondit Rodach; vous suiviez une
fausse voie, je n'ai fait que vous rendre à
vous-mêmes.

Le Magyare n'avait pas encore ouvert la
bouche. A part l'effort qu'il faisait sur lui-
même, il semblait qu'une main mystérieuse
fût là pour le mater.

Il était maintenant le plus troublé de
tous. Son regard, si audacieux d'ordinaire,
ne se fixait sur le baron qu'à la dérobée.

Parfois, sa prunelle, agrandie tout à coup,
prenait une expression d'irrésistible effroi.

Il se détournait alors brusquement comme
pour fuir une vision obsédante ; en ces moments, on eût dit qu'il voyait derrière M. le
baron de Rodach un autre personnage,
vivant dans ses souvenirs.

Van Praët s'étonnait de son silence et se disait que ces vantards bruyants, hommes de pistolet et de sabre, sont toujours les premiers à capituler; Sara contemplait maintenant les formes herculéennes du Magyare avec une surprise dédaigneuse.

Quant aux trois associés de Goldberg, plus le temps passait, plus ils s'applaudissaient; leur partie devenait réellement magnifique et cet allié précieux changeait leur défaite en victoire.

Ils en étaient à se louer de la venue simultanée de leurs adversaires, qu'ils avaient regardée d'abord comme un si déplorable hasard. Tôt ou tard, en définitive, cette crise devait avoir lieu, et la présence du baron la faisait tourner à bien.

Quel trésor que cet homme! c'est à peine si, devant lui, Sara et Van Praët osaient balbutier quelques timides reproches! Quant au Magyare, le plus redoutable de tous, il se taisait tout à fait.

C'était, en vérité, comme le coup de baguette d'une fée! Quelques minutes auparavant, les associés de Paris courbaient la tête devant leurs adversaires menaçants. Ils étaient littéralement terrassés. Maintenant, ils respiraient: un rempart protecteur les couvrait, et plus la scène avançait, plus ils se sentaient assurés de profiter des dépouilles contestées.

Chacun d'eux, il faut s'en souvenir, était lié au baron par un pacte secret; chacun d'eux se voyait, dans un avenir prochain, maître unique de la maison de Goldberg.

La parole du baron vint elle-même modérer leur joie.

— Vous savez quelles sont nos conventions, messieurs, dit-il en s'adressant à eux; il règne entre vous un si parfait accord, que vous n'avez, à proprement parler, qu'une seule pensée. Je suis bien aise de dire ici que j'ai trouvé chez chacun de vous une dose égale d'abnégation et de loyauté.

Mira, Reinhold et Abel se regardèrent avec défiance.

— Avant de me charger des intérêts les plus chers de la maison, reprit Rodach, vous m'avez dit, tous les trois, qu'il vous serait agréable de me voir prendre la direction des affaires, à mon retour...

Rodach s'interrompit. Les figures des trois associés peignaient une commune inquiétude.

D'un côté, ils devinaient qu'ils s'étaient mutuellement trahis, et cela les étonnait assez peu; de l'autre, ils commençaient à voir que ce n'était pas uniquement en vue de leur bien-être que M. le baron de Rodach avait tiré les marrons du feu.

Aucun d'eux ne contesta son dire.

Pendant qu'ils se taisaient, penauds et embarrassés, madame de Laurens fit glisser son fauteuil sur le plancher jusqu'auprès de meinherr Van Praët, et ils se mirent tous deux à causer à voix basse.

— Je n'accepte pas entièrement l'offre que vous m'avez faite, reprit le baron; la direction générale des affaires est trop bien entre vos mains pour que je songe à vous l'enlever. Seulement, — ne vous étonnez pas si je parle ainsi devant madame et ces messieurs: j'ai dû les mettre au fait de nos récentes entrevues, de mes rapports avec feu le patricien Nesmer et de ma position vis-à-vis de vous; — seulement, disais-je, comme j'ai appris par ces expériences à me défier de la faiblesse humaine, je veux garder par devers moi toutes les garanties que les circonstances me procurent.

— Moi, disait pendant cela madame de Laurens à Van Praët, je ne suis qu'une femme, je ne puis rien. Mais vous?

— Eh! chère enfant, répliqua le Hollandais, que voulez-vous faire contre ce diable d'homme?

Sara désigna le Magyare d'un signe de

Le Magyare se laissa choir sur ses genoux dès que Rodach eut lâché prise. (Page 180, col. 1.).

tête rapide; il avait le front courbé jusque sur sa poitrine ; ses poings, crispés violemment, reposaient sur ses genoux.

Une rêverie sombre l'absorbait; il ne faisait plus guère attention à ce qui se passait autour de lui.

— Lui? murmura Van Praët répondant au signe interrogateur de Sara. S'il s'agissait de coups de sabre ou de pistolet, à la bonne heure !

— Quand on n'a pas d'autres moyens... prononça tout bas madame de Laurens.

— Peste! fit Van Praët en souriant, vous êtes une femme forte, ma petite Sara! On m'avait bien dit quelque chose d'approchant. Mais écoutons un peu M. le baron; ce qu'il dit nous regarde.

Ils prêtèrent l'oreille.

— J'ai mis les titres de meinherr Van Praët, poursuivit Rodach, et ceux du seigneur Yanos avec les lettres de change de mon ancien patron Zachœus Nesmer, dans cette cassette que vous savez. La cassette est, comme vous pouvez le croire, en lieu de sûreté! Elle contient maintenant bien des choses, et, si votre bon sens ne me répondait pas de vos intentions pacifiques, je vous mènerais très-loin sans prendre beaucoup de peine.

— Et l'argent? dit Mira.

— L'argent est une garantie d'une autre sorte. S'il ne s'agissait désormais que de solder la créance de mon ancien patron, je garderais cet argent et tout serait dit; mais vous m'avez offert, d'un commun accord, une part dans votre association, et je prends désormais un intérêt singulier à la prospérité de la maison de Geldberg. En conséquence, je ne me paye pas; j'attends. Cette somme sera intégralement consacrée aux besoins actuels de la maison, dont je me constitue le caissier unique à dater d'aujourd'hui.

L'embarras des trois associés augmentait à vue d'œil; ils auraient donné beaucoup pour pouvoir se concerter, ne fût-ce qu'un instant; mais la chose était impossible.

— Je ne saisis pas bien le fil de tout ceci, murmura Van Praët; mais je gagerais tout ce qu'on voudrait que nos coquins ne sont pas mieux traités que nous!

— C'est un homme étrange! pensa tout haut Sara : son but m'échappe! car est-ce bien pour de l'or qu'il a noué cette prodigieuse intrigue?

Rodach se leva sans se mettre en peine d'attendre la réponse des trois associés; il avait parlé; son vouloir était la loi.

Comme il saluait pour se retirer, Sara poussa le bras de Van Praët, qui ne voulut pas le laisser partir sans tenter un dernier effort.

— Monsieur le baron, dit-il en mettant de côté cette fois son éternel sourire, d'après les paroles qui viennent d'être prononcées, nous devons penser que vous assumez sur vous toute la responsabilité des faits dont nous avons à nous plaindre?

— Entièrement, monsieur, répondit Rodach.

— De sorte que, reprit le Hollandais, si nous avons à nous adresser à la justice...

La lèvre de Rodach se plissa imperceptiblement.

— Avant d'en venir là, meinherr Van Praët, interrompit-il, prenez, croyez-moi, les conseils de ces messieurs, et même, si vous y avez plus de créance, contentez-vous de l'avis de madame, qui vous détournera, j'en suis certain, d'un duel judiciaire engagé contre moi.

— Mon droit est évident.

— Je ne discute pas; mais faites-vous expliquer par M. de Reinhold, qui a la parole facile, ce que contient la cassette dont je parlais tout à l'heure.

— Vous abusez cruellement de vos avantages, monsieur! dit Sara.

— Belle dame, répliqua Rodach en se penchant vers elle, n'est-ce point encore être généreux que de se taire! Ce que je sais vaut plus de cent mille écus!

Il se redressa, tandis que Sara, au contraire, baissait la tête et se reculait involontairement.

En se reculant, elle arriva jusqu'auprès du Magyare immobile, qui semblait muet et sourd.

— D'ailleurs, poursuivit le baron en s'adressant à elle et à Van Praët, ce ne sont point des pertes définitives que vous faites. Est-ce donc un si grand malheur pour vous, madame, que de soutenir la maison de votre père? pour vous, meinherr Van Praët, que de venir en aide à de vieux amis?

— Je sais entendre la raillerie, monsieur le baron, répliqua tristement le Hollandais;

mais, ici, la raillerie est l'appoint d'une si grosse somme !

— Je ne raille jamais, meinherr Van Praët. Vous êtes dans la même situation que moi ; vous êtes créancier comme moi ; quand je serai payé, vous serez payé.

— Et ce moment arrivera...

— Sous peu, je vous l'affirme ! je laisse à ces messieurs, mes nouveaux associés, le soin de vous expliquer nos chances magnifiques et le plaisir de vous inviter à notre fête du château de Geldberg. Le filet est plein ; il nous reste à le retirer. Il nous reste encore à nous défaire d'un ennemi, qui est le vôtre...

— Le mien ?

— J'achève... et, ne pouvant préciser mieux, je vous réponds que vous serez payé, ainsi que tous les créanciers de Geldberg, après la mort du Fils du Diable.

Van Praët tressaillit à ce mot. En le prononçant, le regard de Rodach était tombé involontairement ou à dessein sur madame de Laurens.

Celle-ci détourna les yeux, comme si une voix mystérieuse l'eût accusée tout haut d'homicide.

— L'enfant vit-il donc encore ? demanda Van Praët.

— Madame et ces messieurs, répondit Rodach, vous donneront à ce sujet tous les renseignements nécessaires.

Il se dirigea vers la porte.

Une rage sourde rongeait le cœur de Petite ; c'était la première fois qu'elle était vaincue ; elle sentait trop rudement le pied qui pesait sur sa gorge.

Elle était tout auprès du Magyare, plongé dans une sorte d'engourdissement apathique.

Son œil eut un rayon d'espoir.

— Oh ! si je n'étais pas une femme, dit-elle jetant ces paroles calculées à l'oreille même d'Yanos, cet homme ne sortirait pas vivant d'ici !

Yanos se redressa brusquement. Ce fut comme l'étincelle qui touche une traînée de poudre.

D'un bond, il se mit entre le baron et la porte.

— Je suis un homme, moi ! s'écria-t-il répondant sans le savoir aux paroles de Petite, qu'il avait entendues comme en un rêve ; je ne te parle plus de mon argent, baron de Rodach ! je te parle de mon honneur outragé ! Tu ne sortiras pas d'ici !

Tout le monde s'était levé ; personne ne comprenait le sens de cette accusation nouvelle.

Rodach se tenait debout, les deux bras croisés sur sa poitrine en face d'Yanos, dont la fureur, longtemps contenue et faisant soudainement éruption, le rendait ivre.

La face d'Yanos avait des tiraillements convulsifs ! les veines de son front se gonflaient comme des cordes ; ses yeux arrondis s'emplissaient de sang.

Ses pistolets tremblaient dans sa main, à deux pouces de la gorge de Rodach.

Celui-ci ne sourcillait pas : c'était toujours la même figure, sereine et belle, miroir d'une âme intrépide, sur laquelle les événements extérieurs semblaient n'avoir point d'empire.

Une demi-seconde s'écoula, pendant laquelle les yeux du Magyare, brillant d'un enthousiasme sauvage, semblaient chercher deux places mortelles où mettre ses deux balles.

Puis un voile sombre tomba sur ses prunelles. Il frémit de la tête aux pieds. Une terreur soudaine passa parmi sa colère.

Le fantôme que voyait tout à l'heure son rêve était devant lui. Il prononça tout bas le nom d'Ulrich.

Sa paupière se baissa durant un instant.

Ce fut assez.

Les bras de Rodach s'ouvrirent par un mouvement plus rapide que la pensée, et se rejoignirent derrière les épaules d'Yanos.

Celui-ci poussa un rugissement de rage, qui s'étouffa en une plainte rauque et sourde : sa face devint violette, et sa langue pendit entre ses lèvres bleuies.

On entendit les deux pistolets tomber l'un après l'autre sur le plancher.

La lutte avait été bien courte ; l'étreinte, en revanche, avait été si vigoureuse, que le Magyare se laissa choir sur ses genoux dès que Rodach eut lâché prise.

Les assistants étaient frappés de stupeur.

— Tue-moi ! balbutia Yanos, dont la tête lourde oscillait sur ses épaules, tue-moi, car, puisque tu es un homme, la prochaine fois, je ne te manquerai pas !

Rodach ramassa froidement les deux pistolets, et les jeta au loin.

— Tu ne veux pas me tuer ! reprit le Magyare en se soutenant sur le coude ; veux-tu te battre contre moi ?

— Peut-être, répondit Rodach.

Yanos fit effort pour se relever.

— Quand ? s'écria-t-il vivement.

Rodach hésita un instant. En ce moment, on eût pu voir que l'effort terrible qu'il venait de faire n'avait point hâté son souffle et n'avait pas changé la couleur de son visage.

— D'ici à la fin du mois, répliqua-t-il de sa voix la plus froide, j'ai bien des choses à faire ! Il faudra que vous attendiez, vous aussi.

Il s'interrompit, et son regard alla chercher encore madame de Laurens.

— Attendre quoi ? rugit Yanos, qui, les genoux et les mains sur le plancher, ressemblait à une bête fauve.

Cette fois, les plus clairvoyants parmi les associés crurent distinguer dans l'accent du baron de Rodach, tandis qu'il répétait la réponse déjà faite à Petito et à meinherr Van Praët, une nuance d'ironie.

— La mort du Fils du Diable..., prononça-t-il lentement.

Il tourna le dos et disparut.

SIXIÈME PARTIE

LES BATARDS DE BLUTHAUPT

I

Le mois de février avait entamé sa seconde moitié depuis plusieurs jours.

Paris s'occupait énormément de la grande fête du château de Geldberg, dont la renommée racontait des merveilles.

L'émotion que causent chez nous certains événements n'est pas toujours en raison directe de leur importance. Tout en notre temps a besoin d'être *lancé*. Tragédies classiques, nains du Canada, cirage anglais, pianistes en bas âge, acteurs, auteurs, inventeurs, héros civils et militaires, polkas, mazurkas, redowas, homélies académiques et discours-ministres, tous hommes et toutes choses implorent humblement l'aide banale de la publicité.

L'annonce omnibus est la gloire; et la voix du peuple, la voix de Dieu, est désormais une marchandise dont on peut acheter un petit morceau pour quinze sous.

Une seule chose peut se passer de ces fanfares quotidiennes que la moderne renommée trompette à tant la note, c'est la nouvelle d'un grand désastre.

Ici, la presse peut se taire; sa voix est vaine : son cri n'ajoute rien à la clameur commune. Écoutez! Il y a vingt hommes tués, cinquante blessés! On a vu de pauvres petits enfants morts entre les bras de leurs mères! et les jambes rompues! et le sang!

Cela glisse le long des grandes routes avec la rapidité du télégraphe électrique; cela se sent et se devine; les choses inanimées en parlent. A ces récits lugubres, dont chacun est friand à son insu, toutes les puissances du globe réunies ne sauraient point barrer le chemin.

Ils passent de bouche en bouche; on frémit à les écouter; on les répète, on les brode, on les amplifie; et, si le *sinistre* est de taille convenable, l'univers obtient ce résultat capital que deux ou trois millions d'oisifs ont passé leur journée sans trop d'ennui.

Mais à toute autre nouvelle il faut prêter secours, et c'est la presse qui dispense, d'une main souvent peu équitable, la lumière et l'obscurité.

Des faits graves ont lieu que nul ne soupçonne, et tout à coup un événement insignifiant survient qui est dans toutes les bouches.

Quiconque veut faire parler de soi sans se noyer, sans se pendre ou sans laisser ses os, à la fleur de l'âge, sous les décombres d'une maison écroulée, doit rechercher les bonnes grâces d'un journal.

Ce que le journal prend sous sa protection vit vingt-quatre heures, et c'est énorme! Tel causeur à la mode peut même, s'il le veut bien, vous donner une gloire qui dure toute la semaine. Enfin, celui que le public a choisi pour son mentor préféré, l'homme qui, à force d'esprit, de verve et de style, a saisi pour un temps le sceptre envié de la critique, Jules Janin, par exemple, pourrait

exécuter ce tour de force de vous faire
exister jusqu'à la fin du mois.

Le journalisme daignait entourer de sa
souveraine bienveillance la fête de Geldberg.
Grâce à M. le comte de Mirelune qui était
très-répandu parmi la gent quasi littéraire,
les magnificences du vieux château d'Allemagne avaient fourni déjà bon nombre de
faits-Paris. Isidore Chauvinel et Sigismond
Coquelin, ces deux gros hommes qui ap-
prennent hebdomadairement aux épiciers ce
qui se fait dans le *grand monde*, en avaient
parlé deux fois chacun dans leur feuilleton.

Le *turf* faisait trève; on laissait le *sport*
tranquille, et, au lieu de barbarismes anglais, les lions du boulevard essayaient de
baragouiner des barbarismes allemands.

Une fois le premier pas fait, Paris s'en-
goue, Dieu sait comme; Geldberg faisait fureur; des récits miraculeux couraient depuis les plus nobles salons jusqu'à la
modeste arrière-boutique.

Le bon goût était de savoir; il n'était pas
permis d'ignorer, et quiconque eût paru
n'être point au fait aurait passé sur-le-
champ pour un sauvage ou pour un habitant du quartier Mouffetard.

Si Grimm eût existé à cette époque, vous
eussiez eu certainement une de ces lettres
fines et charmantes dont l'apparition est une
bonne fortune pour les lecteurs élégants; mais
Grimm ne devait ressusciter qu'à la fin
de 1845.

Et, vraiment, c'était un beau sujet de
causerie! Paris s'est ému souvent pour beaucoup moins, et il y avait dans cette fête des
profusions royales, dignes d'exciter la surprise de notre âge économe.

Nous ne citerons qu'un fait : la maison
avait envoyé des invitations nombreuses à
l'élite de la société parisienne; c'était, on
s'en souvient, des actionnaires de choix
qu'il lui fallait; sur la liste, on ne voyait
que ducs, marquis, généraux, pairs de
France; les *petits* vicomtes n'étaient que pur
fretin.

Quelques-uns avaient refusé, mais beaucoup avaient accepté. Au jour dit, des chaises de poste, voyez l'excès de délicate
courtoisie! étaient toutes timbrées aux armes
des familles qui devaient ne les occuper
qu'un jour.

Sur la route, en France et en Allemagne,
toutes les auberges avaient été retenues;
partout, de riches repas, préparés par les
illustrations culinaires de la capitale, attendaient le passage des nobles voyageurs.

Encore une fois, c'était royal, et les gens
qui se conduisent ainsi, financiers ou non,
méritent bien le bruit qu'on fait autour de
leurs largesses.

Aussi le succès était-il complet; les
femmes portaient des twines à la Geldberg.

Il y avait déjà des bonbons, des charlot-
tes et des suprêmes à la Geldberg.

On s'occupait d'établir des pendules, des
toilettes, des fauteuils, etc., le tout à la Geldberg.

Les marchands d'estampes avaient la litho-
graphie du vieux manoir; un Strauss quelconque publiait d'avance en valse les souvenirs de Geldberg, et le grand Musard faisait
rayonner le nom de Geldberg en tête de ses
plus fulgurants quadrilles.

Geldberg! Geldberg! on n'entendait que
ce nom, on ne voyait que ce mot. C'était une
fureur.

A Paris, les bals et les concerts se traî-
naient, tristes et honteux; les gens sachant
vivre avaient pudeur de s'y montrer ; car
c'était dire : «Nous ne sommes pas à Geldberg. »

Sur le boulevard Italien, on ne voyait plus
guère que des gants jaunes ayant servi deux
fois, et des bottes revernies ; le foyer de l'O-
péra faisait peine à contempler : Paris n'était
plus dans Paris.

Car, aux époques où notre fashion se
porte en masse sur un point quelconque du
globe, ce ne sont pas les absents seuls qui
nous manquent. Nous savons des cravaches
nécessiteuses et des éperons indigents qui,

ne trouvant point dans leur bourse vide de quoi franchir la barrière, se contentent de fermer leurs persiennes et de faire les morts. Les plus spirituels profitent de ces occasions pour rencontrer au garde du commerce et humer un peu le bon air de Clichy.

Ces lions malheureux sont aux véritables lions ce que les marmottes sont aux hirondelles.

Hirondelles et marmottes disparaissent, en effet, pendant la moitié de l'année : les unes s'envolent vers le beau soleil; les autres jeûnent, engourdies, dans un trou.

Il y avait, du reste, deux classes d'invitations bien distinctes. Les élus d'abord, à qui tous les honneurs étaient prodigués, chaises blasonnées pour faire la route, et, à l'arrivée, logement splendide entre les murs du château restauré.

Le nombre de ces invitations était naturellement assez limité; les invitations de seconde classe se multipliaient, au contraire, presque indéfiniment.

C'étaient de simples cartes d'admission aux bals, aux grandes chasses de la forêt, aux spectacles, et généralement à tous les épisodes de la fête qu'on avait jugés ne pouvoir se passer de la foule.

On n'avait pu jouer sur les lettres adressées personnellement aux nobles amis de la maison; mais, quant aux invitations de second ordre qui donnaient droit encore à de bien beaux priviléges, la spéculation s'en était emparée avec ferveur.

Cela se vendait à l'instar du bitume et de la houille. Comme la vogue s'était déclarée tout d'un coup, on avait obtenu, dès les premiers jours, des bénéfices fort respectables. Les jours suivants, la prime avait monté, monté si bien, qu'au moment où nous sommes arrivés, les cartes qui restaient dans la circulation atteignaient des prix fabuleux.

Et vraiment, à quelque taux que ce fût, n'en avait plus qui voulait. Tel Anglais ouvrait en vain son portefeuille de banknotes; tel Russe, prince et arrière-cousin de son

empereur, comme cela se doit, offrait inutilement la valeur d'une douzaine de paysans.

On racontait tant de choses inouïes! La fête durait déjà depuis plus de huit jours, et, à mesure que les nouvelles arrivaient à Paris, les désirs surexcités se changeaient en fièvre.

Les départs continuaient. La route d'Allemagne était incessamment sillonnée par toutes sortes de véhicules. Les diligences de Metz étaient trop petites pour le nombre des voyageurs qui, après s'être ruinés pour acheter leurs cartes, faisaient des économies sur les moyens de transport.

Un fait singulier, c'est que l'émotion produite par cette fête fashionable avait pénétré surtout dans le lieu le moins fashionable de Paris.

Aucun quartier de la ville ne s'en ressentait plus vivement que le Temple.

Ce n'est pas que le pauvre bazar comptât beaucoup de ses brocanteurs au nombre des heureux invités ; mais, parmi ses habitants, un grand nombre d'intérêts divers se rattachaient de manière ou d'autre à la fête.

Nous avons vu déjà partir pour l'Allemagne Mâlou et Pitois avec leurs sultanes favorites, en compagnie de Fritz et de Jean Regnault.

Une semaine environ après ce départ, nous aurions pu assister à une petite scène qui présageait au Temple la perte d'un de ses fidèles.

C'était un matin vers neuf heures. Le bonhomme Araby venait d'arriver à sa boutique et avait donné l'ordre à la Galifarde étonnée de fermer la porte de la rue.

Quand elle eut obéi, le vieillard la prit par les épaules et la poussa dans le petit magasin, où il n'y avait plus que d'immondes lambeaux, impossibles à vendre.

Depuis huit jours, en effet, le juif opérait une sorte de déménagement; il emportait chaque soir le plus qu'il pouvait d'objets sous sa houppelande râpée. Le jour, il envoyait chercher par Nono la Galifarde ses acheteurs ordinaires, et il vendait sans relâche.

Quant aux emprunteurs, ils n'avaient pas beau jeu ; Araby ne prêtait plus.

On avait beau lui proposer des intérêts exorbitants, il ne se laissait point séduire.

Chaque jour, une heure ou deux avant de se retirer, il faisait clore sa porte et s'enfermait à double tour dans son petit bureau.

Nono elle-même, bien qu'elle eût tâché de voir, poussée par sa curiosité d'enfant, n'aurait point su dire ce que le vieillard faisait seul ainsi pendant ces deux heures.

A travers les fentes de la porte du magasin, elle avait entrevu seulement son maître se glissant vers ce coin du bureau où les loques amoncelées atteignaient le plafond.

Mais le regard de la petite fille ne pouvait point pénétrer jusqu'au coin lui-même ; elle perdait de vue le bonhomme au milieu de la chambre, et ce qu'elle entendait alors ne lui apprenait rien.

C'était un bruit périodique et sourd qui durait jusqu'au coup de quatre heures.

A quatre heures, le vieillard venait à sa place accoutumée, où Nono le voyait s'asseoir tout essoufflé ; il essuyait son front baigné de sueur d'une main tremblante ; puis, après s'être reposé quelques instants, il s'échappait comme d'habitude par les derrières de la Rotonde.

Il va sans dire qu'il n'oubliait jamais de refermer la porte de son bureau.

Le matin dont nous parlons, Araby n'envoya point chercher ses acheteurs, il n'avait plus rien à vendre.

Dès qu'il fut seul dans son bureau, il se dirigea vers le monceau de guenilles qui cachait son coffre-fort ; il écarta les loques, comme nous l'avons déjà vu faire une fois, le jour où M. le baron de Rodach vint lui demander cent trente mille francs.

Mais il ne les écarta pas précisément au même endroit, et, au lieu de découvrir la caisse seulement, il mit à nu le sol.

A l'aide d'une vieille lame de fer sans manche, il descella deux carreaux qui joi-

gnaient leurs voisins, mais que nul ciment ne retenait.

Sous les carreaux, il y avait deux petits bâtons croisés. Araby les enleva.

Il était en présence d'un trou assez profond qu'il avait creusé de ses mains. C'était à cette tâche qu'il employait depuis huit jours la dernière heure de sa journée.

A côté du trou se trouvait encore la terre qu'on en avait extraite.

Araby se releva et ouvrit son coffre-fort.

Il y introduisit ses mains, qui frémissaient par intervalles et semblaient communiquer à tout son corps des secousses nerveuses.

Il ramena sur le devant des planchettes tout le contenu de la caisse, consistant en cinq ou six paquets de très-petite dimension, faits à l'avance et ficelés soigneusement.

Les plus gros de ces paquets étaient lourds au toucher et semblaient contenir des rouleaux d'or ; dans les autres, il n'y avait que des papiers, des billets de banque peut-être, car le bonhomme les contemplait avec un étrange amour.

Il resta durant quelques minutes devant son trésor, ainsi arrangé, comme on demeure triste et muet devant un ami cher qui porte un costume de voyage.

La bouche hésite à s'ouvrir, quand elle va prononcer des paroles d'adieu.

Il y avait sur le visage du vieillard une douleur profonde et solennelle.

Ses mains se joignirent ; un gros soupir souleva sa poitrine ; il se prit à parler doucement en langue allemande ; sa voix trouvait des accents tendres et mélancoliques.

On eût dit la plainte d'une mère auprès du berceau de son enfant décédé.

Il prit les petits paquets les uns après les autres, et les déposa auprès du trou avec précaution, comme s'il eût craint de leur faire éprouver un choc. Une fois le dernier paquet enfoui, le vieillard s'agenouilla, et mit sa tête chenue au niveau du trou.

La chaise de poste galopait, traînée par quatre fringants chevaux. (Page 187, col. 2.)

— Oh!... oh!... fit-il en un gémissement, si je ne vous retrouvais pas!...

Il fit un signe de tête caressant, et envoya de la main un dernier baiser à son trésor.

En deux ou trois minutes, le trou fut entièrement comblé, à l'aide de la terre réservée pour cet objet. Le vieillard y allait maintenant résolûment, et avec une sorte de fièvre.

Les carreaux reprirent place à leur tour; l'œil le plus curieux et le plus exercé n'eût point découvert facilement la trace de l'opération pratiquée.

Araby saupoudra de poussière tout le tour de la caisse, et regagna son fauteuil de cuir, sans se donner la peine de fermer le coffre-fort, vide maintenant.

Quand il s'assit devant son petit comptoir, dont la demi-lune était close, de grosses larmes coulèrent le long des rides de son visage.

Quelques minutes se passèrent encore dans ce désespoir morne.

Puis le vieillard ouvrit la porte à sa petite servante.

— Paresseuse! dit-il par habitude, qu'as-

tu fait, aujourd'hui, pour gagner le pain
que tu manges?... Paresseuse et gourmande !

La pauvre enfant, chétive et maigre, répondit par son seul aspect à l'une au moins
de ces accusations.

— Va vite, reprit Araby, me chercher
un revendeur de ferraille au *Pou volant*.

La *Galifarde* sortit.

Araby enfonça sur ses yeux sa casquette
de peau, et traversa derrière elle la place de
la Rotonde, en se dirigeant vers le centre
même du marché.

On ne l'avait jamais vu se montrer ainsi
au milieu du jour. Chose bien étrange, il
laissait sa boutique ouverte et abandonnée à
la merci du premier venu.

Les gamins du Temple lui improvisèrent,
comme toujours, une escorte bruyante ; quand
il entra dans le marché, tout le monde, marchandes et revendeurs, se joignit aux enfants
pour saluer son passage.

Il continuait sa route, chancelant, plié en
deux, mais impassible au milieu de toutes
ces clameurs.

Il atteignit enfin la baraque centrale, contenant le bureau de l'inspection.

On fait antichambre là comme dans tout
ministère. Araby, humble et patient, attendit
son tour dans un coin.

Quand son tour fut venu, il s'approcha de
l'employé et tira de sa poche un petit papier
couvert de chiffres.

— Monsieur, dit-il en soulevant à demi
sa casquette, j'ai payé un franc soixante-
cinq centimes pour mon loyer de la présente
semaine, et je suis forcé de partir aujour-
d'hui même.

— Eh bien? demanda l'inspecteur.

— Mon bon monsieur, il reste trois jours
à courir : cela donne vingt-trois centimes
cinquante-sept centièmes par chaque jour,
ce qui, multiplié par trois, fournit soixante

et dix centimes soixante et onze centièmes...
Je suis trop pauvre pour vous laisser cet ar-
gent-là.

— Vous ne pouvez ignorer, fit observer
l'inspecteur, que la semaine commencée...

— C'est quatorze sous qu'on me doit, interrompit le vieillard ; je dis quatorze sous,
car j'abandonne volontiers les soixante et
onze centièmes.

— L'administration ne peut pas...

— L'administration est riche, mon bon
monsieur, et j'ai bien de la peine à gagner
ma vie !

— A un autre ! dit l'inspecteur.

Araby se cramponna des deux mains à la
barrière de planches qui sépare l'inspecteur
du public.

— Vous ne pouvez pas me refuser ça !
s'écria-t-il ; l'argent du pauvre ne profite
pas. Tenez, je veux bien y mettre de ma
poche : rendez-moi cinquante centimes, et
tout sera dit.

L'employé, qui avait souri d'abord, fit un
geste d'impatience.

Les voisins d'Araby, qui tous avaient
quelque chose à demander, le prirent par les
épaules et le poussèrent dehors.

Araby fit vivement le tour de la baraque
et présenta sa face ridée à la fenêtre qui
s'ouvre du côté de la Rotonde.

— Mon bon monsieur! s'écria-t-il d'une
voix lamentable, je donne tout pour huit
sous.

L'inspecteur se leva et ferma la fenêtre.

Les doigts crochus de l'usurier battirent
la générale sur les carreaux.

— Voyons! six sous! cria-t-il à travers les
vitres; six pauvres sous!

Quand il vit que personne ne lui répondait.

son humilité feinte se changea en colère; il grinça des dents; il ferma ses poings étiques et prit le Très-Haut à témoin de l'injustice du publicain.

Les gamins l'entouraient et tiraillaient le drap mûr de sa houppelande, en criant :

— Auguy! auguy!

Il reprit, de guerre lasse, le chemin de la Rotonde, menaçant du poing ses persécuteurs et grommelant des malédictions bibliques.

Le marchand de ferraille l'attendait dans son échoppe.

Il vendit, après d'interminables débats, sa caisse de fer et les guenilles qui l'entouraient.

Puis il resta seul dans sa boutique complétement vide.

La petite Galifarde se tenait tapie à sa place ordinaire, derrière la porte du magasin. Ses grands yeux effrayés étaient fixés sur le vieillard; elle devinait; sa terreur était profonde. Elle sentait par avance l'angoisse prochaine de l'abandon et du dénûment.

Araby faisait le tour de son bureau vide, et une force mystérieuse l'attirait toujours à l'endroit où avait été sa caisse; il grommelait des paroles sans suite, et ses gestes étaient fous.

Plus de vingt fois il se dirigea vers la porte extérieure, et plus de vingt fois il revint dans ce coin aimé, où il laissait son âme.

Enfin, il fit sur lui-même un effort violent et franchit le seuil.

La petite Nono s'élança vers lui, les larmes aux yeux.

— Vous partez! dit-elle, vous ne reviendrez plus?... Que vais-je devenir!

Le vieillard la repoussa, mais sans rudesse.

— Fainéante! grommela-t-il; et pourtant je ne veux pas la laisser ainsi sans ressource!

Il fouilla dans la poche de sa houppelande et en tira une poignée de gros sous.

Parmi ces gros sous, il choisit, après un minutieux examen, le plus mince et le moins marqué.

— Tiens, dit-il avec une paternelle bonté, paresseuse! voilà qui te donnera le temps de chercher une autre place.

Il s'échappa en toute hâte, soit pour ne point revenir sur son mouvement de générosité prodigue, soit pour se soustraire aux remerciements de la Galifarde.

Il avait soixante et dix ans; c'était le premier sou qu'il donnât de sa vie!

Ce jour-là, pour la dernière fois, les gamins du Temple, riant et criant, firent la conduite au bonhomme Araby.

On ne le vit plus, vers neuf heures et demie, déboucher tous les matins par la rue de la Petite-Corderie.

Jusqu'à la fin de la semaine, son échoppe resta inoccupée; puis un autre locataire vint s'y installer.

Ce nouveau locataire, que chacun connaissait dans le marché pour un pauvre homme, n'y resta pas longtemps. Il disparut au bout de quinze jours; et bien des gens prétendirent depuis l'avoir rencontré dans un splendide équipage.

Mais les rumeurs qui courent sont folles! Le jour où le bonhomme Araby abandonna la Rotonde du Temple, n'y eut-il pas un marchand d'habits ambulant qui affirma l'avoir rencontré dans une magnifique chaise de poste, au delà de la barrière de la Villette, sur la route d'Allemagne?...

La chaise de poste galopait, traînée par quatre fringants chevaux, et le bonhomme Araby, habillé comme un monsieur, s'étendait sans façon sur les coussins, au milieu de deux ou trois belles dames.

On rit beaucoup de ce marchand d'habits qui avait sans doute trop bu à la barrière. Voyez un peu! le bonhomme Araby dans une chaise de poste avec de belles dames !

Quoi qu'il en soit, l'histoire du locataire, successeur d'Araby, et de son équipage, passa au nombre des chroniques du Temple. On disait volontiers que le vieil usurier avait enfoui un trésor sous les carreaux de sa boutique et que l'équipage en question n'avait pas d'autre origine.

Et il y avait presse pour louer cette bienheureuse échoppe.

Chaque locataire qui parvenait à s'y installer en retournait religieusement tous les carreaux.

Mais on ne trouvait rien. Il n'y avait jamais eu de trésor, ou bien l'homme à l'équipage avait tout pris.

L'homme à l'équipage se nommait Romain, dit Batailleur ; c'était l'ancien époux de Joséphine, protectrice de Polyte et marchande de frivolités au carré du Palais-Royal.

Quant au bonhomme Araby, nul ne se vanta de l'avoir aperçu, depuis la fameuse rencontre en chaise de poste.

Personne au Temple ne l'a oublié.

Les uns disent qu'il est mort.

Les autres racontent que, vers minuit, à la lueur tremblante du gaz, on voit encore parfois devant la Rotonde, sur la place déserte, un vieillard courbé en deux qui cherche les sous perdus entre les pavés.

II

AVANT LE DÉPART

Quatre ou cinq jours après le départ d'Araby, madame Batailleur quitta sa place du quartier des frivolités, au plus fort de la vente, pour se rendre en toute hâte sous le péristyle de la Rotonde ; elle venait de recevoir une lettre d'Allemagne.

Ce fut justement vers l'échoppe abandonnée du vieil usurier qu'elle se dirigea.

Elle trouva la petite Galifarde assise sur le seuil, en dehors.

La pauvre Nono semblait plus chétive encore et plus faible que de coutume ; ses yeux rougis se gonflaient à force de pleurer.

Certes, elle était bien malheureuse, du temps que le bonhomme venait tous les jours au Temple ; mais alors elle avait un asile et du pain.

Maintenant, elle n'avait plus rien, et, sans la charité de la jolie Gertrand, elle serait morte déjà durant ces cinq jours.

L'échoppe de l'usurier avait un nouveau maître qui lui avait permis jusque-là de coucher dans l'antichambre ; mais, outre qu'Araby avait vendu, en partant, son pauvre matelas, cinq jours avaient usé la patience hospitalière du nouveau maître de l'échoppe.

Le matin même, il avait déclaré à la pauvre petite fille qu'il lui faudrait chercher un autre abri pour la nuit suivante.

Pour comble de malheur, Gertrand, en apportant son aumône quotidienne, avait parlé d'un grand voyage, d'un voyage qui devait durer bien longtemps.

C'était la dernière ressource qui s'échappait, car le départ de Gertrand était fixé à ce jour-là même.

La petite Galifarde n'avait plus de larmes ; elle était assise sur la pierre, l'œil morne et la tête penchée ; ses mains se croisaient sur ses genoux. A la voir si frêle et si pâle, on pouvait prévoir que sa souffrance sur cette terre aurait un terme prochain et fatal.

Parmi toutes les marchandes du Temple, madame Batailleur était, nous l'avons dit, celle qui la traitait avec le plus de commisération. Nono l'aimait ; elle était si peu habituée à la pitié !

Mais l'intérêt que Batailleur portait à la pauvre enfant n'eût point été jusqu'à lui faire quitter sa place, à l'heure du travail, si quelque autre chose ne l'y avait poussée.

La lettre d'Allemagne qu'elle tenait encore à la main était de madame de Laurens, qui, sans lui rien avouer précisément, la mandait au château de Geldberg et la priait d'amener avec elle l'ancienne servante du prêteur Araby.

Petite avait toujours témoigné une ten-

dresse extraordinaire à la petite Galifarde ;
cette tendresse, elle l'expliquait en disant
que Nono ressemblait trait pour trait à Judith, l'enfant mystérieux de sa jeunesse, qui
était nul ne savait où.

Mais, de cet attrait vague qui portait la
grande dame vers la pauvre fille, à l'idée de
demander celle-ci au château de Geldberg,
il y avait loin.

Ce pouvait être un caprice, mais il était
bizarre, et Batailleur trouvait étrange le choix
du moment : une grande fête réunissant
l'élite du beau monde parisien.

La marchande ne savait vraiment que
penser.

Parfois, elle se disait : « C'est sa fille. »
D'autres fois, elle reculait, effrayée, devant
l'abominable tableau d'une mère heureuse
et riche laissant mourir de faim son enfant.

Une enfant que cette mère aimait uniquement sur la terre !

N'était-ce pas contradictoire et impossible ?

Certes ! Pourtant Batailleur ne pouvait
s'empêcher de douter ; l'œil de son intelligence n'était pas assez perçant pour avoir
pu sonder jusqu'au fond le cœur de Sara,
mais elle savait que c'était un abîme.

Quoi qu'il en fût, elle avait trop d'intérêt
à rester la servante dévouée de madame de
Laurens pour hésiter un seul instant.

Madame de Laurens ordonnait ; il était
sage d'obéir. Batailleur avait dépêché madame Huffé pour arrêter deux places aux
messageries Laffitte et Caillard.

Une demi-journée devait lui suffire pour
mettre en bonnes mains ses affaires cou-
rantes et donner les instructions nécessaires
pour ce qui concernait la maison de jeu à
son premier ministre, M. de Navarin, ancien
officier supérieur au service du roi des
Grecs.

Restait l'aimable Polyte ; mais ces cœurs
de reine surent, dans tous les temps, sacri-
fier l'amour à la politique. Personne n'ignore

ce que les Sémiramis et les Élisabeth faisaient de leurs favoris, dans les grandes
occasions.

L'infortuné lion était loin de s'en douter ;
mais le sort en était jeté : à moins d'un coup
de fortune, il passait désormais à l'état de
prince *in partibus*.

— Eh bien ! fifille, dit madame Batailleur
en tapotant la petite joue pâle de la Galifarde, nous avons donc comme ça de grosses
peines ?

— On m'a chassée d'ici, répliqua la pauvre enfant, dont les yeux brûlants retrou-
vèrent quelques larmes, et je vais coucher
cette nuit dans la rue !

— Oh ! que non pas ! reprit Batailleur en
souriant ; il fait trop froid, ma mignonne.

Nono frissonna de tous ses membres.

— Oui, oui, murmura-t-elle, il fait grand
froid sur le pavé !

La marchande se pencha et la prit par la
main.

— Tout ça, c'est des bêtises, fifille ! dit-
elle. J'ai l'idée que tu coucheras désormais
dans un bon lit. Je viens te chercher ; veux-tu
venir avec moi ?

Nono releva sur Batailleur ses grands
yeux noirs, embellis tout à coup par un
rayon d'espérance. Parmi cet espoir nais-
sant, il y avait encore beaucoup de crainte ;
elle était si bien habituée à souffrir !

— Avec vous ? répéta-t-elle timidement.
— Tu ne veux pas ?
— Oh ! mon Dieu ! s'écria la pauvre enfant, qui appuya ses petites mains jointes
contre sa poitrine, si j'étais avec vous, je
vous aimerais tant !

Batailleur avait un peu de bon dans l'âme ;

elle fut touchée. Elle souleva l'enfant entre ses bras, et lui mit sur le front une grosse embrassade.

— Si ça ne fait pas pitié! grommela-t-elle: sois tranquille, fifille, tu n'auras plus ni faim ni froid!

— Et quelqu'un m'aimera? dit l'enfant, dont le regard, humide encore, avait une expression charmante.

— Oui, sur ma foi, quelqu'un t'aimera! s'écria Batailleur; quand ça ne serait que moi, fifille!

Nono entoura de ses bras le cou de la marchande, et, dans le transport de sa joie, elle trouva le courage de lui rendre un baiser.

Batailleur s'essuya les yeux avec la mauvaise humeur d'un grognard qui se surprend à pleurer.

— Je te dis que c'est des bêtises, répéta-t-elle; en voilà assez! venons-nous-en.

Elle prit la petite fille par la main et l'emmena, sans rentrer dans le Temple, jusqu'à son appartement de la rue du Vert-Bois.

Là, elle commença sérieusement ses préparatifs de départ.

Et Dieu sait ce que la pauvre madame Huffé eut de fil à retordre! Elle sentit cruellement, ce jour-là, le malheur d'avoir perdu la position qu'elle occupait jadis dans le monde.

Heureusement que ce n'était qu'un coup de collier à donner, après quoi devaient venir quinze bons jours de paresse.

Car le voyage de madame ne pouvait durer moins d'une quinzaine. Quel joyeux temps pour madame Huffé et pour le matou Minet, son Polyte!

Le temple était donc veuf, par le fait, de deux personnages très-éminents : l'usurier Araby et madame Batailleur.

Il regrettait, en outre, l'absence du cabaretier Johann, maître de la *Girafe*, lequel

avait laissé la direction de son établissement au neveu Nicolas.

En ajoutant à ces trois départs ceux de Jean Regnault, de Mâlou, de Pitois et de Fritz, on verra que nous avions raison de dire que le Temple avait profondément ressenti le contre-coup de la fête de Geldberg.

Mais nous sommes encore bien loin de compte, et nous n'avons pas mentionné tous les voyageurs que le marché devait envoyer en Allemagne.

A surfaces égales, le bazar en guenille fournissait vraiment plus de membres à la brillante fête que n'importe quel quartier de la Chaussée-d'Antin ou des nobles faubourgs.

Il y avait d'abord Hermann et tous les convives allemands, anciens serviteurs de Bluthaupt, que nous avons vus trinquer gaiement, le soir du dimanche gras, dans la salle de la *Girafe*.

Ces bons garçons arrangeaient aussi leurs affaires et terminaient leurs préparatifs, car Hans Dorn avait parlé.

Hans avait parlé au nom d'un maître auquel chacun se faisait une joie d'obéir.

Ils n'étaient pas riches et ils risquaient l'existence de leur famille, en désertant le travail de chaque jour, mais ils étaient dévoués; ils allaient, pleins d'enthousiasme, et leurs cœurs battaient à la pensée de la patrie.

Hans Dorn, qui était leur chef, ne pouvait les laisser en arrière. Tout était sens dessus dessous dans sa maison; tandis qu'il arrêtait ses derniers comptes en homme d'ordre, la jolie Gertraud s'évertuait à faire malles et valises.

Elle n'avait jamais quitté Paris; un voyage était pour elle l'inconnu et le mystérieux; elle avait l'idée fixe de munir son père, de l'approvisionner complètement pour cette excursion lointaine.

Elle empilait dans la malle linge sur linge, habits sur habits, elle se désespérait de la voir si petite; elle y aurait mis volontiers les chaises, la table et le lit.

On peut avoir besoin de tout cela en voyage.

Aux habits, Gertraud joignait des robes, des tabliers, des fichus, des bonnets, tout le matériel enfin de sa fraîche toilette d'ouvrière aisée.

Car elle aussi avait sa place retenue à la diligence.

Le marchand d'habits avait hésité longtemps en songeant à la besogne qu'il devait accomplir au château de Goldberg; il se disait bien que Gertraud serait de trop à ses côtés.

Mais comment la laisser seule à Paris?

Gertraud, d'ailleurs, avait tant prié! elle ne voulait point quitter son père, et une voix secrète l'appelait vers cette Allemagne où était le pauvre Jean Regnault.

Il y avait maintenant bien des jours qu'elle n'avait reçu de ses nouvelles. Son visage, si joyeux naguère et si frais, portait désormais quelques traces de souffrance. Des rêveries pénibles avaient passé sur ce jeune front, et l'insomnie, longtemps ignorée, était venue mettre un peu de pâleur sur les joues de la jeune fille.

Mais, aujourd'hui, la mélancolie faisait trêve; Gertraud se démenait vive, affairée, alerte; elle allait de chambre en chambre déplaçant tout, et poursuivie par la peur d'oublier quelque chose. L'agitation trompait sa tristesse; parfois même, dans l'enthousiasme zélé de son travail, elle se surprenait à chanter quelques couplets de ses chansons aimées.

Vous l'eussiez reconnue alors pour la gentille enfant, insouciante et heureuse, dont le naïf sourire éclaira les premières pages de ce récit; mais bientôt sa paupière se baissait: le chant commencé mourait entre ses lèvres; il y avait comme un remords sur ses traits soudainement assombris.

C'est que l'image du pauvre Jean, tel qu'il s'était présenté à elle le matin du mardi

gras, venait de passer dans ses souvenirs. Elle le voyait morne, défait, brisé, comme un condamné le jour du supplice; que faisait-il à présent? où était-il? Était-ce bien vrai? Dans cette âme si bonne, l'idée du meurtre avait-elle germé?

Oh! que Gertraud se reprochait amèrement l'élan étourdi de sa joie!

Bien des fois, depuis l'heure de la séparation, elle avait cherché Geignolet pour l'interroger encore et mieux savoir; mais l'idiot avait tout oublié.

Et Gertraud était obligée de garder en elle-même sa douleur inquiète; elle ne pouvait pas même la confier à son père, qui avait eu jusqu'alors tous ses petits secrets.

Cette confidence eût accusé Jean Regnault.

Pauvre Jean! il s'était trop hâté! quelques jours encore et son dur sacrifice devenait inutile; un peu d'aisance rentrait sous le toit indigent des Regnault.

Un frère de Victoire, ancien fort de la halle, venait de mourir en lui laissant un modique héritage.

De sa chambre, Gertraud, (qui regardait, hélas! bien souvent de ce côté, pouvait voir des rideaux de cotonnade remplacer, à la fenêtre des Regnault, le lambeau de serpillière troué.

Mon Dieu! ce n'était pas la richesse, mais ce n'était plus la misère, et le bon joueur d'orgue eût été bien heureux!...

Gertraud n'avait pourtant pas gardé entièrement son secret. Un matin, elle avait traversé la petite cour et monté l'escalier de la vieille mère Regnault.

Elle était toujours bien reçue dans la pauvre demeure; tout le monde l'y aimait; cette fois, sa visite fut une source de larmes.

Longtemps après qu'elle eut repassé le seuil, madame Regnault et sa bru restaient encore en face l'une de l'autre, sans parole et comme anéanties.

Elles ne savaient pas ce qu'était devenu Jean: Gertraud venait de le leur apprendre.

Au bout de quelques minutes, Victoire prit la main de la vieille femme, qui était glacée.

— Ma mère, dit-elle, Dieu a rappelé à lui mon pauvre frère et nous avons maintenant de l'argent. Je vais partir pour l'Allemagne.

— Et moi aussi, répliqua la vieille femme.

Les derniers événements l'avaient rudement ébranlée ; elle semblait n'avoir plus qu'un souffle de vie.

— Vous êtes bien faible, ma mère, objecta Victoire, et moi, je suis forte encore.

— Il faut que je revoie notre Jean avant de mourir ! murmura l'aïeule. Je suis faible, c'est vrai ; mes heures sont comptées : c'est pour cela que je veux aller à sa rencontre, afin de ne pas perdre un jour.

— Mais nous avons un autre enfant, dit encore Victoire ; si nous partons toutes deux, qui veillera sur mon pauvre Joseph ?

— Il viendra avec nous. Cela coûtera bien cher, n'est-ce pas ? mais j'ai tant souffert, ma pauvre fille ! je te demande cette joie, de revoir mon Jean bien-aimé avant de mourir !

Victoire n'avait plus rien à répondre, et le départ fut fixé au lendemain.

Geignolet était là quelque part dans un coin, écoutant d'une oreille et dormant d'un œil.

Il se glissa au dehors et s'assit sur les marches poudreuses de l'escalier.

Ses yeux, fixés au sol, avaient comme une lueur de réflexion.

Il tira de sa poche son grand clou aiguisé qui avait maintenant du plâtre jusqu'à la tête.

Geignolet n'avait trouvé que de rares occasions de travail, depuis cette soirée où l'absence de Hans Dorn avait favorisé sa

besogne, pendant l'entrevue de Franz et de Denise. Il était prudent et patient ; malgré la vivacité de son désir, il savait attendre.

— Je ne veux pas m'en aller, grommela-t-il en quittant la marche où il s'était assis pour se mettre à cheval sur la rampe, sans avoir fini mon trou. Et le père Hans qui reste maintenant chez lui tous les soirs !

Il fit une grimace de mauvaise humeur et donna un grand coup de poing sur la rampe.

— Hue ! bourrique ! s'écria-t-il.

Puis il se prit à chanter sourdement :

Si j'étais assez fort,
Je passerais mes deux mains dans le trou.
Quand le père Hans est dans son lit,
Et je prendrais son cou ;
Car je sais bien comment on fait
Pour étrangler, pour étrangler...
La bonne aventure, ô gué !

Ses lèvres s'écartèrent en un sourire ; une lueur fauve et fugitive s'alluma dans sa prunelle, puis sa face redevint morne tout à coup.

Il se laissa glisser le long de la rampe jusqu'au bas de l'escalier et vint s'accroupir derrière la porte de la cour.

Il s'appuya contre la muraille, immobile et feignant de sommeiller.

On était encore au matin ; il resta là sans bouger jusqu'au soir. Pendant sept à huit heures, son œil, demi-fermé, guetta sans relâche la porte de Hans Dorn.

Celui-ci sortit vers la brune ; son départ était également fixé au lendemain, et il lui fallait régler diverses affaires.

Gertraud l'avait accompagné jusque dans la cour, et Geignolet entendit Hans Dorn qui disait :

— Couche-toi de bonne heure, ma fille. On ne dort guère dans les nuits de voyage.

La voiture des Messageries Laffite et Caillard, où était Hans Dorn, allait en tête. (Page 195 col. 1.)

Moi, je rentrerai tard, peut-être ; ne m'attends pas...

Le marchand d'habits gagna la place de la Rotonde et Gertraud rentra.

Le cœur de l'idiot battait sous l'étoffe grossière de sa veste.

Il attendit une demi-heure encore. Quand la nuit fut tout à fait tombée, on eût pu le voir se couler sans bruit le long des murs de la cour, puis monter, pieds nus, l'escalier de Hans Dorn..

Gertraud, qui s'était endormie à moitié, crut ouïr en rêve ce bruit inexplicable qu'elle avait entendu déjà, le soir où Jean Regnault était venu lui demander des habits.

III

LA CHAISE DE POSTE

Vers minuit, l'idiot redescendit l'escalier de Hans Dorn. Il traversa la cour en rampant et rentra chez sa mère.

Ses mains étaient en sang et ses habits tout blancs de plâtre.

— Pas de jaunets ! grommelait-il d'un air découragé, pas de jaunets pour emplir ma bouteille !

Il se coucha. Avant de se coucher, il mit sous la paille qui lui servait d'oreiller un paquet de petite dimension, enveloppé dans un mouchoir que Hans Dorn aurait pu reconnaître pour son bien.

Le contenu de ce paquet était anguleux et résistait au toucher; on devinait des papiers sous la toile.

Geignolet balbutiait, en cédant au sommeil qui le gagnait :

— Les petits clous ! C'étaient les petits clous dorés que je prenais pour des jaunets !

Le lendemain, tandis que Gertraud faisait la malle de son père, Victoire achevait, de son côté, les préparatifs de voyage. On avait mis à Geignolet une veste neuve, et il ne se sentait pas de joie.

Sous cette veste boutonnée apparaissait une grosseur, formée par le paquet de la veille.

— Qu'as-tu donc là, Joseph? lui demanda sa mère.

L'idiot roula ses yeux hagards et s'enfuit à l'autre bout de la chambre.

Victoire voulut s'approcher. L'idiot fronça le sourcil et s'arma de son grand clou, pointu comme un poignard.

Vers quatre heures de l'après-midi, l'aïeule, Victoire et Geignolet prirent le chemin des Messageries royales.

Quelques minutes après, Hans Dorn et sa fille se dirigeaient vers les voitures Laffitte et Caillard, où ils trouvèrent Herman et ses braves compagnons, déjà installés, les uns sur l'impériale, les autres dans la rotonde.

Aux Messageries royales, pendant que la famille Regnault s'asseyait aux places les

moins chères, Joséphine Batailleur, baronne de Saint-Roch, prenait possession d'un coin d'intérieur et recevait des mains respectueuses de madame Huffé ses menues provisions de voyage : un monstrueux panier qui avait peine à passer par la portière, et dont les vastes flancs renfermaient veau, poulet, jambon, pâté, vin, liqueurs, fromage et autres vivres, le tout calculé pour une traversée de quinze jours.

La portière allait se refermer sur Batailleur et la petite Galifarde, qui était gentille comme un ange, avec sa robe toute neuve et ses beaux cheveux lissés en bandeaux pour la première fois de sa vie. Madame Huffé s'essayait à sa dernière révérence et méditait des larmes d'adieu; le postillon était sur son siège; on allait partir, lorsque Polyte, éperdu, vint accrocher sa grosse main gantée à la portière.

— Joséphine ! Joséphine ! dit-il d'une voix étouffée, si tu me quittes comme ça, je vais faire un malheur !

Joséphine détourna la tête; Polyte voulut lui prendre les mains; elle les retira.

Le lion du Temple sentit son cœur défaillir : pour se faire une idée de son angoisse, il faut penser aux rois qui perdent leur trône ou aux sous-préfets destitués.

— Joséphine ! Joséphine ! murmura-t-il d'un ton déchirant; ça t'est donc bien égal de me voir me périr ?

Batailleur voulut résister encore, mais elle ne put retenir un coup d'œil; ce fut sa perte. Polyte était frisé par le perruquier; il avait une cravate rouge, une chemise violette, un habit bleu, un gilet jaune et un pantalon vert, un pantalon volé par Mâlou et Pitois !

Batailleur ne l'avait jamais vu si *rupin !*

D'un mouvement invincible, sa main caressa les rudes cheveux de Polyte; elle eut ce sourire des Catherine qui se raccommodent avec les Orloff.

— Monte, dit-elle, mon petit !

Polyte, transporté d'allégresse, s'insinua entre sa reine et la Galifarde étonnée.

La diligence partit.

Madame Huffé haussa les épaules.

— Si c'est de la justice, grommela-t-elle, que des personnes qui ont eu des positions dans la société servent du monde pareil !

Elle ne songeait pas, l'antique Ariane, à ce que lui eût coûté, en semblable circonstance, l'absence de son matou Minet !

Les diligences de la rue Notre-Dame-des-Victoires et de la rue Saint-Honoré se rejoignirent, suivant la coutume, à un quart de lieue de la barrière ; puis, faisant trêve à ce galop brillant et intéressé qui ébranle le pavé de Paris, elles se mirent à marcher d'un trot tranquille et lent, à la suite l'une de l'autre.

On eût dit que chevaux, conducteurs, postillons, faisaient assaut de calme et de patiente lenteur.

Il en est ainsi depuis qu'une excentricité judiciaire a tué ces pauvres Messageries françaises, qui avaient le double tort d'aller bon train et de ne pas trop écorcher les voyageurs.

La voiture des Messageries Laffite et Caillard, où étaient Hans Dorn et ses amis, allait en tête ; à une centaine de pas derrière elle trottaient les Messageries royales, avec Batailleur, son favori et son panier de provisions.

De temps à autre, une chaise de poste prenait les bas-côtés de la route et dépassait, sans grande peine, les lourds véhicules de la bourgeoisie voyageuse.

Le jour baissait; on était à quatre ou cinq lieues de Paris. Au moment où les maisons de Pomponne blanchissaient à l'horizon, une dernière chaise de poste passa comme un tourbillon sur la droite de la route.

Les chevaux, baignés de sueur, fumaient; les roues glissaient sur le sol avec une incroyable rapidité. C'était comme une locomotive lancée à toute vapeur.

Les voyageurs de la première diligence eurent à peine le temps d'apercevoir cette chaise, qui disparut pour eux dans un nuage de poussière. Ils purent remarquer seulement qu'elle avait un aspect mystérieux et bizarre; les stores en étaient fermés hermétiquement; on ne voyait que le postillon penché en avant et fouettant ses chevaux à tour de bras.

En dépassant la seconde diligence, la chaise de poste ralentit imperceptiblement sa course fougueuse ; une main souleva l'un des stores rouges et fit un signe.

Herman et les Allemands qui étaient sur l'impériale poussèrent en chœur une acclamation.

Hans, assis dans l'intérieur, se pencha tout entier en dehors de la portière et mit sa main sur sa poitrine.

Le store rouge retomba. La chaise de poste rasa le sable comme une hirondelle dont l'orage menaçant abaisse le vol, et disparut au loin dans la nuit naissante.

. . . .

La nuit se faisait noire ; la chaise de poste aux stores baissés courait toujours, silencieuse et rapide.

Bien que la fête de Goldberg fût avancée, il y avait encore sur la route d'Allemagne bon nombre d'invités retardataires, et les berlines de voyage abondaient.

Si bien attelés que fussent ces équipages fashionables, la chaise de poste les devançait tous.

Tant qu'il avait fait jour, les commentaires n'avaient pas manqué ; cette voiture close dont les chevaux, lancés à fond de train, semblaient disputer un prix de course, avait excité partout la curiosité.

C'était une gageure ; c'était un Anglais, rongé de spleen, qui se cachait entre quatre murailles de bois, comme un chat-huant dans son trou; c'était, suivant des imaginations plus riantes, un joli couple, brûlant le pavé sur le chemin du bonheur.

Pour être du genre troubadour, cette dernière hypothèse avait néanmoins quelque succès.

On se représentait, derrière le voile opaque de ces stores, un beau garçon, capitaine d'état-major, auditeur au conseil d'État, ou chanteur italien : ce sont là les trois métiers qui séduisent.

On se représentait une charmante jeune fille, rouge de honte et de plaisir, hésitant de tout son cœur entre les larmes et le sourire; ou bien, une douairière puissante, empaquetée de soie, empanachée, bien conservée et toute fière d'avoir conquis son ténor : une enfant de seize ans ou une femme de cinquante; il n'y a plus que celles-là pour courir en chaise de poste.

Les premières se font enlever; les autres enlèvent.

On disait cela dans les équipages, et des choses bien plus fines encore; car le monde se fait observateur, et, au lieu de s'occuper bonnement du beau temps et de la pluie, nos conversations dissertent comme des romans de mœurs.

La chaise de poste allait son train d'enfer, insoucieuse, assurément, de tout le bruit qui se faisait autour d'elle.

Une fois la nuit venue, les stores se relevèrent; mais, dès qu'on traversait une ville ou un village, les stores se baissaient de nouveau.

Chaque fois qu'on arrivait aux relais, une main sortait par la portière et payait grassement le prix des guides; une bouche invisible ordonnait au nouveau postillon de brûler le pavé, promettant un royal pourboire.

Il y avait une circonstance assez remarquable : depuis une quinzaine, la route de Metz, surchargée de voyageurs, manquait bien souvent de relais. Aux bureaux de poste, on ne savait où donner de la tête. Les chaises qui passaient, quelle que fût la qualité de leur con-

tenu, attendaient bien souvent, et se laissaient rejoindre par la lourde diligence.

C'était, mise en action, la fable du lièvre et de la tortue.

Mais notre chaise, à nous, ne subissait jamais ces incommodes retards. Des chevaux frais l'attendaient partout, comme si un courrier attentif l'eût précédée.

Banqueroutiers, Anglais pris de spleen, ou amoureux de contrebande, les mystérieux voyageurs étaient servis à souhait.

En trois heures, ils avaient déjà fait près de quinze lieues.

On venait de quitter Saint-Jean-les-Deux-Jumeaux; la voiture roulait en rase campagne. Les stores se relevèrent des deux côtés à la fois.

La nuit était sans lune. A peine voyait-on la ligne grisâtre de la route parmi les champs noirs comme de l'encre; une obscurité complète régnait à l'intérieur de la chaise; et, à supposer même qu'un regard curieux eût voulu profiter de l'ouverture des stores, ce regard n'aurait aperçu que la nuit.

Tout ce que l'œil pouvait faire, c'était de distinguer, à la longue, trois formes sombres adossées aux coins de la voiture...

Encore eût-il fallu pour cela une prunelle aiguë, et surtout patiente, car l'existence de ces formes noires ne se révélait guère que par de rares et imperceptibles mouvements. Au repos, elles restaient confondues avec les parois de la chaise.

L'oreille eût été meilleure ici que l'œil. Les trois voyageurs, en effet, s'entretenaient et semblaient avoir bien des choses à se dire. Ainsi l'oreille vous apprenait tout d'abord qu'il n'y avait point de femmes parmi eux : c'étaient trois voix, diversement accentuées, mais toutes mâles au premier chef.

— Vous aurez beau faire, Otto, disait l'une d'elles, chargée d'une légère nuance d'apathie, je l'aime depuis que je sais qu'il est joueur.

— Et moi, s'écria une autre voix, vive et
fanfaronne, depuis que j'ai appris ses tours
de petit don Juan, je suis fou de lui, ma parole
d'honneur!

La troisième voix qui s'éleva était grave et
sonore.

— Vous serez fous toute votre vie, dit-
elle d'un ton de reproche où il y avait de
complaisantes tendresses; fi! Goëtz! le jeu
vous a-t-il donc donné tant de bonheur? Et
vous, Albert, avez-vous donc tant à vous
louer des femmes?

— Eh! oh! firent-ils ensemble.

Puis Goëtz ajouta:

— J'ai gagné bien des fois.

— Et j'ai trouvé peu de femmes cruelles,
ajouta Albert, qui dut caresser dans l'ombre
sa moustache noire ou blonde, s'il portait des
moustaches.

— Mais, grâce au jeu, peut-être, mon frère
Goëtz, reprit celui qu'on appelait Otto, et
vous, Albert, grâce aux femmes, sans doute,
vous avez négligé durant ces derniers jours
votre devoir le plus cher! Et qui sait, à
l'heure où nous sommes, quels périls sont
suspendus sur la tête de l'enfant!

Les deux ombres qui avaient nom Albert et
Goëtz poussèrent à l'unisson un gros soupir.

— C'est une chose étrange! dit Goëtz d'un
air contrit, dans tous les pays du monde
je suis joueur. Mais, dès que je sens l'air
de Paris, je deviens fou!

— J'en offre autant, dit Albert; dès que
j'entre dans Paris, je sens le diable qui
me prend par les oreilles. Toutes les femmes me paraissent adorables! Grisettes,
bourgeoises, grandes dames, tout m'est bon,
je ne choisis pas!...

— Ce n'est pas comme ailleurs, poursuivit Goëtz; les croupiers de Paris sont des
gentilshommes! Et, tenez, j'avais découvert une maison de jeu, dans le quartier du
Palais-Royal, où j'aurais perdu ma chemise
avec plaisir.

— Moi, j'avais mis la main sur une petite
comtesse!...

— Le banquier m'avait plu dès le premier abord: un homme parfaitement distingué.

— Une créature délicieuse! J'en avais fait,
à peu de chose près, ma maîtresse; mais
vous sentez que je ne peux pas vous dire son
nom.

— Parbleu! s'écria Goëtz, ça nous est bien
égal. La première fois que j'entrai chez
cette baronne, car c'est une baronne, une
vraie baronne qui tient l'établissement...

— La baronne de Saint-Roch, prononça
Otto dans son coin.

— Tiens! tiens! fit Goëtz étonné, vous
connaissez cela? Mais, au fait, qui ne connaissez-vous pas? Donc, la première fois que
j'y entrai, chez cette baronne, devinez qui je
vis? Notre petit Gunther en personne, le
jabot fripé, les cheveux à la diable, jouant
comme un intrépide et perdant avec un aplomb
enchanteur!

— Moi, je l'ai vu aussi, dit Albert, au bras
de la plus jolie femme que j'aie jamais adorée!

— Sara! interrompit tout bas Otto.

— Ma parole d'honneur! s'écria l'homme
à bonnes fortunes, vous êtes un peu sorcier, mon frère! et l'on aurait de la besogne à vouloir se cacher de vous. Sara, c'est
vraiment son nom; et, si ce n'avait été
l'enfant, je crois, morbleu! que j'aurais été
jaloux, car, depuis quatre ou cinq jours, je
la cherchais dans Paris comme une âme en
peine.

— Ne l'aviez-vous pas revue au bal Favart?

— Si fait; un seul instant.

— Et vous l'aimez encore?

— Je ne sais trop. Avec elle, voyez-vous,
toutes les folies sont possibles.

Goëtz bâilla.

— C'est bien étonnant, dit-il, que notre Albert, qui a tant d'esprit, ne puisse parler que d'amourettes. Ah! la bonne semaine, mes frères! Quel bordeaux et quel champagne il y a dans ce Paris! je crois que le vin du Rhin lui-même y est meilleur que chez nous. Mais laissez là vos belles, Albert; moi, je mettrai de côté le jeu et le vin: deux bonnes choses pourtant! car notre frère Otto est au-dessus des faiblesses humaines et le voilà qui nous prend en grandissime pitié. Voyons, Otto, êtes-vous encore fâché contre nous?

Celui-ci fut quelques secondes sans répondre.

— Je vous aime, dit-il enfin en adoucissant sa voix grave; je sais ce qu'il y a de noble dévouement dans vos cœurs! Mais vous n'avez point vieilli depuis les jours de notre jeunesse. Vous êtes toujours les étudiants étourdis de Gœttingue et de Heidelberg. Autrefois, quand nous ne jouions que notre vie, chacun de nous pouvait s'endormir sur le danger; mais à présent nous ne nous appartenons pas; et c'est une chose douloureuse à penser, mes frères : vous avez pu déserter tous les deux, en même temps, la garde du fils de notre sœur!

Otto parlait si bas, que le bruit des roues glissant sur le sable du chemin étouffait presque le son de sa voix.

Si quelque lueur soudaine eût éclairé la nuit qui régnait à l'intérieur de la chaise de poste, on aurait vu les deux autres voyageurs, le rouge au front et la tête penchée avec tristesse.

IV

CINQ POINTS D'ÉCARTÉ

Les deux voyageurs, que nous avons entendu nommer Albert et Goëtz, écoutaient d'un air soumis et triste; ils ne songeaient ni l'un ni l'autre à repousser ces reproches, qui trouvaient de l'écho au fond de leurs consciences.

— C'est vrai, dit enfin Albert, qui perdit sa fanfaronnerie enjouée, nous avons manqué à notre devoir.

— Nous avons quitté notre poste! ajouta Goëtz dont la voix indolente avait pris un accent ému.

Leurs mains cherchèrent celles d'Otto dans l'ombre.

— Frère, dirent-ils ensemble, pardonnez-nous!

— Pardonnez-nous, reprit Albert. Dieu vous a donné la sagesse pour nous trois: Et, si nous avons fait quelque chose de bien en notre vie, ce fut toujours en exécutant vos ordres.

— Vous n'étiez pas là, poursuivit Goëtz; vous restiez tout le jour dans la maison de Geldberg. Et que sommes-nous sans vous? De vieux enfants, qui n'ont pas encore appris à se conduire!

Il y avait quelque chose de singulièrement touchant dans cette prière soumise de deux hommes forts, qui s'humiliaient volontairement et demandaient grâce, avant de chercher une excuse.

Otto les écoutait avec émotion. Comme il ne répondait point encore, les deux frères crurent qu'il leur gardait rancune, et Albert continua :

— Sur mon honneur! Goëtz et moi, nous avons été tous les jours, matin et soir, à la maison de la rue Dauphine; nous demandions M. Franz, et l'on nous répondait qu'il était toujours à Paris. Nous aurions dû nous informer mieux, peut-être.

— Oui, oui, interrompit Goëtz, et moi surtout, j'aurais dû deviner la vérité; car notre petit Gunther n'avait pas reparu à la table de lansquenet.

— Le mal, conclut Albert en soupirant, c'est que, durant toute une semaine, nous avons fait de la nuit le jour, vivant Dieu sait où, et fuyant votre présence, frère Otto. Il faut tout vous avouer ; nous sommes des misérables ! nous nous étions dit : « Sur ce mois dérobé à une captivité qui doit durer autant que notre vie, prenons huit jours, huit jours d'oubli, d'ivresse et de joie !... vivons encore une semaine, nous, dont l'existence ne sera plus qu'une longue agonie. Soyons heureux et faisons provision de gais souvenirs, pour tout le temps que nous mettrons ensuite à mourir dans nos cellules de la prison de Francfort ! »

Albert se tut, Goëtz l'imita ; ils attendaient tous les deux la sentence de leur frère.

Celui-ci serra doucement leurs mains, unies entre les siennes.

— Dieu qui voit au fond de nos âmes, murmura-t-il, aurait peut-être plus à me pardonner qu'à vous ; car, moi aussi, j'ai été faible. Un jour, j'ai ouvert mon cœur à une pensée qui n'était point celle du devoir. Tous les trois nous avons failli, mes frères ; expions tous les trois notre faiblesse, et ne perdons plus une seule des minutes qui nous restent.

— Nous le jurons ! s'écrièrent à la fois Goëtz et Albert.

— Dans huit jours, reprit Otto, il faut que chacun de nous s'en souvienne, nous ne compterons plus au nombre des vivants : avant que le neuvième jour soit accompli, nous devons livrer et gagner notre dernière bataille. Soyons prêts et soyons forts.

— Nous sommes prêts, dirent les deux frères.

— J'ai passé ma dernière nuit d'amour, ajouta Albert.

— J'ai gagné ma dernière partie, dit Goëtz non sans un léger soupir, et vidé ma dernière bouteille de bordeaux ! Morbleu ! murmura-t-il en aparté, c'était du

château-latour, de l'année de la comète !

— Plaise au ciel maintenant, reprit Otto, que nous arrivions à temps pour le sauver !

— Le danger est-il donc si grand ? demanda Albert, dont l'inquiétude faisait trembler la voix. Vous ne nous avez point dit le contenu de cette lettre que vous avez reçue ce matin ; nous en sommes à savoir seulement que ce petit diable de Franz, trompant notre surveillance, est parti pour Bluthaupt, déjà depuis une semaine.

— La lettre est de Gottlieb, répondit Otto ; il est revenu habiter, sur mon ordre, le domaine de ses anciens seigneurs ; il devait me tenir au courant de ce qui se passe à la fête. Sa lettre est longue. Plusieurs piéges ont été tendus à notre Gunther, qui n'a pas su les éviter complétement, et qui reste sans défiance : une légère blessure qu'il a reçue est presque guérie ; là n'est pas le péril. Ce qui me fait trembler, c'est la dernière partie de la lettre de Gottlieb ; il n'en sait pas assez lui-même pour s'expliquer clairement ; mais il me dit avoir surpris quelques mots d'une conversation tenue derrière les fossés de Bluthaupt, entre le chevalier de Reinhold et deux étrangers, inconnus dans le pays.

« Ils parlaient à voix basse, et Gottlieb, caché dans les broussailles qui croissent sur le bord de la douve, ne pouvait saisir que des lambeaux de phrase à la volée.

« Voici ce qu'il a pu comprendre :

« On prépare au château un grand feu d'artifice ; Franz, qu'on entoure de toutes sortes de flatteries, doit être chargé de tenir la mèche.

« Et quelque pièce pointée d'avance... »

Otto n'acheva pas ; un frisson avait secoué les membres d'Albert et de Goëtz.

— Et ce feu d'artifice, murmura le dernier d'une voix haletante, doit avoir lieu ?...

— Demain.

Il y eut un long silence.

Les roues de la chaise de poste se prirent à sauter bruyamment sur l'anguleux pavé de Montmirail.

Les stores tombèrent comme d'eux-mêmes.

Quand la ville fut traversée, et que la chaise roula de nouveau sur le sable désert de la route, Otto reprit la parole.

— Nous arriverons à temps avec l'aide de Dieu, dit-il en cherchant maintenant à calmer les terreurs qu'il avait provoquées ; notre chaise va comme le vent, la route fuit ; il n'y a guère plus de quatre heures que nous avons quitté Paris...

— Oui, murmura Goëtz ; mais le chemin est long d'ici jusqu'à Bluthaupt.

— Du courage ! reprit Otto, et de l'espoir ! quelque chose me dit que nous arriverons.

Les deux autres frères étaient accoutumés à écouter cette parole comme un oracle ; il y avait, d'ailleurs, dans leurs natures, dissemblables sur tous autres points, un élément pareil : l'insouciance.

Au bout de cinq minutes, ils avaient repris leur humeur confiante.

— Depuis huit jours, dit Otto, c'est à peine si je vous ai entrevus, mes frères. Je sais que Goëtz a réussi en Hollande, comme Albert en Angleterre. Mais voilà tout ; et, maintenant que je vais me trouver peut-être en face du Magyare et de Van Praët, sans parler des trois associés, il me serait indispensable de connaître certains détails. Par exemple, le Magyare a parlé de son honneur outragé. Albert, vous pourriez sans doute m'expliquer cela.

— Avec la plus grande facilité, répondit l'homme à bonnes fortunes, dont la voix reprit, malgré lui, un léger accent de fanfaronnade infatuée.

— Et vous, Goëtz, sauriez-vous dire pourquoi meinherr Van Praët m'a prié tout bas de ne point révéler les moyens employés par

moi, par vous plutôt, pour lui arracher le pouvoir écrit de retirer des mains de son homme d'affaires les fameuses lettres de change.

Goëtz se mit à rire franchement.

— Oui, oui, frère, dit-il, je puis vous expliquer la chose ; cela vous prouvera du moins, ce qui n'est pas inutile, dans l'intérêt de la morale, que le vin et les cartes peuvent être bons à quelque chose... Mais, avant de commencer, ne pensez-vous pas qu'il serait à propos de donner signe de vie à nos provisions ? Cette route inhospitalière n'a point d'auberge pour nous, et voilà plus de six heures que je n'ai dîné !

Il tira des poches de la chaise divers comestibles mis en réserve à la hâte, et arrangea un repas sur ses genoux, à tâtons.

Albert et Otto l'imitèrent.

— Si l'on veut, dit Goëtz la bouche pleine, je vais commencer mon histoire.

« Le matin du mardi-gras, je vous quittai, emportant avec moi un petit bout de rôle que j'avais casé de mon mieux dans ma mémoire, et deux lettres, écrites de votre main, mon frère Otto, toutes deux adressées à M. Abel de Goldberg, avec la date du surlendemain, jeudi 8 février.

« Le jeune M. Abel eut la bonté de me conduire jusqu'au premier relais, pour être bien sûr que vous partiez... »

La nuit cacha le sourire d'Otto ; Albert et Goëtz laissèrent éclater tous les deux leur gaieté revenue.

Ce dernier poursuivit :

— Il paraît que, la veille, vous aviez fait au jeune monsieur d'énormes compliments ; car, tout le long de la route, il joua la modestie la plus réjouissante. Moi, je n'étais pas

Sa pipe s'échappa de sa main et roula par terre; il ferma les yeux. (Page 204, col. 1.)

en verve, et je ne trouvai d'autre politesse à lui faire que l'offre d'un verre de punch à Luzarches. Il me refusa, sous prétexte qu'il n'avait pas déjeuné.

« Je soupçonne que ce fade mignon déjeune avec du café au lait. Il me donna ses instructions, tant bien que mal, et j'eus le plaisir de lui souhaiter le bonjour.

« A Compiègne, où je m'arrêtai une demi-heure, je me fis servir un pâté de Strasbourg, et l'hôtelier me dit qu'il avait en cave du chambertin de 1827...

— Passons! interrompit Otto.

— Passons, si vous voulez, reprit Goëtz; mais non pas sans boire le chambertin qui était par délices!

Goëtz huma un verre de bordeaux au souvenir de ce chambertin précieux.

— Je vois bien qu'avec vous, poursuivit-il, je dois arriver tout d'un coup au bout de mon voyage.

« Donc, nous sommes en Hollande, dans la cité nette et propre d'Amsterdam.

« Nous entrons dans une maison propre et nette, lavée à grande eau, comme un chaudron, depuis les caves jusqu'au grenier : un domestique batave vient prendre mon nom et fait crier le plancher sous son pas lourd pour aller dire d'une voix nasillarde, à la porte de son maître :

« — Herr van Rodach ! »

« Je m'avance. Du diable si je reconnais ce gros petit vieillard, court et chauve, à face lustrée comme un poupard de cire ; je ne l'avais vu qu'une fois, là-bas, à Bluthaupt, et il y avait vingt ans de cela.

« Le petit vieillard, au contraire, me reconnut parfaitement et au premier coup d'œil, grâce sans doute à une visite que vous lui aviez faite, comme chargé d'affaires de Zachœus Nesmer.

« Il m'honora de l'accueil le plus cordial. Nous dînâmes. Je vous en prie, ne vous impatientez pas ; le dîner fait ici partie intégrante et nécessaire de mon histoire.

« Il commença vers midi et demi, il finit vers quatre heures, parce que le bon meinherr Van Praët était couché sous la table.

« Ah ! ah ! il paraît que le digne homme ne veut pas qu'on sache cela ! Quel mal pourtant ?...

« Je dois dire que c'est un fort aimable convive et d'un excellent caractère ; sa cave est particulièrement distinguée. Il boit sec, il cause bien et il fait volontiers sa partie au dessert.

« Nous n'avons eu ensemble que des relations très-agréables, et nous n'avons pas quitté un seul instant le ton de la plus parfaite cordialité.

« C'est lui, ma foi ! qui me porta le premier défi. Nous étions à manger je ne sais quel poisson, avec des pommes de terre bouillies et du beurre fondu quand il décoiffa son premier flacon de porto.

« — Monsieur le baron, me dit-il, n'êtes-vous pas des environs de Heidelberg ?

« — Si fait, meinherr ; je suis né bien près du beau château de Rothe, qui appar-

tient maintenant aux associés de Mosès Gold.

« — Oh ! oh ! s'écria-t-il, le beau château de Rothe ne leur appartiendra pas longtemps désormais, non plus que le beau château de Bluthaupt ! Mais on dit que les gens de Heidelberg sont les premiers buveurs du monde, après les Hollandais de la vieille roche. Voulez-vous essayer contre moi, monsieur le baron ? »

« Je goûtai le porto ; il était fort acceptable. Je répondis comme je le devais au défi courtois de l'honnête Fabricius.

« Il y avait déjà neuf bouteilles alignées au rebord de la table, que l'excellent homme ne bronchait pas encore. Il mangeait solidement et sans se presser. Il ne parlait plus guère, ce qui me donnait grande idée de son expérience, car la parole enivre presque autant que le vin.

« Moi, je ne m'étais pas ménagé le moins du monde au commencement du repas, et il me sembla que la dixième bouteille était double.

« J'eus peur, et, pour la première fois de ma vie, l'idée me vint de tricher au jeu.

« Le valet batave m'avait attaché au cou une belle grande serviette. Tout en présentant mon verre, je lâchai légèrement le nœud, de manière à laisser un vide entre ma serviette et le menton.

« C'était grand dommage, en conscience, de perdre de si bon porto ! mais il n'y avait pas à dire, deux verres de plus et j'étais roulé !

« Ma serviette, lâchée, formait une sorte de bec, à la hauteur de mon menton. Ce fut par là que je bus désormais, prodiguant à mon gilet et à ma chemise rasade sur rasade.

« Le vin coulait tout le long de ma poitrine. J'étais dans un bain de porto.

— Et Van Praët ne s'apercevait pas de cela ? interrompit Albert.

— Il y avait entre son œil, luisant comme une escarboucle, et ma toilette trempée, répondit Goëtz, la magnifique serviette de toile de Hollande. A dater de ce moment, comme vous pouvez le croire, la lutte ne fut pas très-longue à soutenir. L'honnête Fabricius y allait bon jeu, bon argent. A la onzième bouteille, il m'appelait son père. A la douzième, il pleurait comme une fontaine, en m'avouant que les Anglais, depuis la révolution belge, venaient pêcher des huîtres jusque dans le port d'Ostende! A la treizième, il mit ses deux coudes sur la table, et me raconta comme quoi il avait fait de l'or jadis avec le vieux Gunther de Bluthaupt...

« Cette bonne histoire qu'il me confiait, seulement parce que j'étais son père, lui procurait un rire inextinguible. De ma vie je n'avais vu Hollandais si heureux! Il se prenait le ventre à deux mains; il cachait son nez dans son verre et lançait au plafond sa serviette, que le valet batave ramassait religieusement.

« — Ah! me dit-il enfin, énervé à force de rire, c'était le bon temps! J'aimerais à revoir cette vieille masure de Bluthaupt. Mais vous voilà ivre comme un bourgmestre, monsieur le baron!. Vous tournez sur vous-même et vous allez tomber! »

« Mon gilet avala d'un trait une énorme rasade.

« — Oh! oh! dit Fabricius, puisque vous avez quatre mains, vous pouvez bien boire dans deux verres. Mais j'aurais honte, moi, si j'étais ivre ainsi!

« — Ivre ou non, répondis-je, je parie que je vous gagne une partie d'écarté!

« — Holà! Corneille, s'écria-t-il en essayant vainement de se lever, des cartes, mon fils! apporte des cartes. Je vais lui gagner sa chemise. »

« On apporta des cartes. Van Praët déca-

cheta le paquet d'une main molle et tremblante.

« — Que voulez-vous jouer? dit-il. Moi, je ne vous prends pas en traître. Je suis de sang-froid et vous êtes ivre.

« — Au diable! m'écriai-je en feignant de chanceler, je n'ai jamais été si sain d'esprit, et je jouerais en ce moment mon nom de gentilhomme contre une pipe de vin de Xérès!

« — Oh! oh! le brave compagnon! grommela Van Praët; quel dommage qu'il ait une si pauvre tête!

« — Ah çà! répliquai-je, vous m'échauffez les oreilles, vieux Silène!... »

« Il se tenait les côtes, et grondait en oscillant sur son fauteuil :

« — Oh! oh! le voilà qui m'appelle vieil ivrogne! Tu vas voir, Corneille; tout à l'heure il va me tutoyer!

« — Voyons, repris-je en frappant la table du poing, finissons-en! Je suis riche, morbleu! et vous aussi; nous sommes gens de bonne foi tous les deux. Voulez-vous jouer votre signature contre la mienne? »

« Il battit des mains et poussa un grognement de joie.

« — Va chercher du papier, Corneille! s'écria-t-il, du papier, une plume et de l'encre. Voilà un homme qui va sortir d'ici plus pauvre qu'un mendiant! »

« Corneille mit sur la table tout ce qu'il fallait pour écrire, et nous signâmes tous deux une feuille de papier en blanc.

« Le bon Fabricius avait peine à se tenir en équilibre sur son siége; ses yeux rougis lui sortaient de la tête.

« — Jouons vite, dit-il, car j'ai peur de

vous voir tomber ivre-mort avant la fin de la partie. »

« Je donnai les cartes; il fut deux bonnes minutes à regarder son jeu; puis il écarta le roi et deux atouts.

« Je fis le premier point.

« — Allume ma pipe, Corneille, dit-il; ce pauvre homme ne sait pas jouer, et c'est pitié de lui gagner son argent.

« Après deux autres minutes d'efforts pénibles, il parvint à me donner cinq cartes; sa pipe mettait entre lui et moi un épais nuage de fumée.

« J'avais le roi, je fis la vole.

« — Vois, Corneille! s'écria-t-il en retournant son verre vide dans sa large bouche; voici déjà quatre points de faits! Ah! ah! que va devenir ce pauvre diable? »

« Au coup suivant, je fis le cinquième point.

« — Vous avez perdu, dis-je.

« — Ah! ah! ah! murmura-t-il, écoute-le, Corneille! il dit que j'ai perdu; mets-le dans un bon lit et va chercher un médecin. Ah! ah! les gens ivres! »

« Sa pipe s'échappa de sa main et roula par terre, il ferma les yeux, après m'avoir lancé un dernier regard de souveraine compassion, et glissa de son fauteuil sur le carreau.

« Il n'était pas tombé tout à fait encore, qu'on entendait déjà ses sonores ronflements.

« Je déchirai mon blanc-seing et je mis le sien dans mon portefeuille.

« Rentré à mon hôtel, je fis un petit paquet, composé de ce même blanc-seing, rempli à l'aide d'un pouvoir pour retirer les traites des mains de l'homme d'affaires, et de la lettre préparée par notre frère Otto.

« La poste n'était pas partie encore, j'adressai le tout à Paris... »

V

LA DANSEUSE

Goëtz se tut. On n'avait pas besoin de voir sa physionomie, et le son de sa voix disait assez l'orgueil de sa victoire.

— A vous, Albert, reprit-il en se servant à tâtons une nouvelle tranche de pâté; voyons si vous avez fait mieux!

— Ma foi! répondit Albert, avec une feinte modestie, j'ai fait ce que j'ai pu, mon brave Goëtz; mais il faut convenir que le Magyare Yanos n'est pas d'aussi facile composition que votre bonhomme de Van Praët... En somme, j'ai atteint à peu près le même résultat que vous; mais il y a eu du hasard dans mon fait, et, si je n'avais pas rencontré sur mon chemin une ravissante femme...

— Ah! ah! interrompit Goëtz, cela ne pouvait pas manquer!

— Pas plus que le vin et les cartes dans votre histoire, mon frère Goëtz, dit Otto.

— Ne raillez pas, reprit Albert; les femmes ont toujours été ma providence! et souvenez-vous combien de jolies mains ont aidé, grâce à moi, nos évasions des cachots d'Allemagne! Ne serions-nous pas encore dans la prison de Francfort, si la fille du guichetier?...

— Bah! fit Goëtz, une malheureuse lime qu'elle nous donna! tandis que le vin et les cartes nous procurèrent la confiance du digne maître Blasius.

— Chaque vice a ses mérites, conclut Otto froidement; on en peut vivre parfois, jusqu'à ce qu'on en meure. Passons.

— Quand je quittai M. le chevalier de Reinhold, qui était venu me faire la conduite jusqu'aux messageries, reprit Albert, j'étais en proie à un certain embarras; ses instructions m'avaient bien appris la position de la maison de Geldberg vis-à-vis du Magyare, mais elles ne me donnaient aucun moyen de trancher la difficulté. Je partis, comptant sur le hasard et notre bonne étoile.

« Il était dix heures du matin, à peu près, quand je descendis à la douane de Londres. J'avais le temps. Je remontai à pied les rues qui vont des bords de la Tamise à l'intérieur de la Cité.

« En passant auprès d'une de ces chapelles catholiques qui se multiplient de plus en plus à Londres, je vis devant moi, sur le trottoir, un soulier mignon qui toucha lestement le marchepied d'un équipage pour arriver d'un bond léger jusqu'à la première marche du petit perron de la chapelle.

« Ce n'était pas un pied d'Anglaise. Il appartenait à une femme assez petite, à la taille souple et fine, dont la figure se cachait presque entièrement derrière un riche voile de dentelle.

« J'ai tant de gracieux souvenirs, s'interrompit Albert en riant, que tout cela se brouille un peu dans ma cervelle! Je ne sais pas bien toujours mettre le nom, au premier aspect, sur ces jolies figures, connues et parfois aimées, qui croisent souvent ma route.

« Je connaissais la tournure de cette femme; je l'avais vue quelque part : j'avais dû l'adorer.

— Mais, dit Otto, le Magyare Yanos?

— Nous y arrivons; cette femme joue dans mon histoire le rôle du dîner dans celle de Goëtz : c'est le principal.

« Je m'étais arrêté à la contempler, et je cherchais à préciser mes souvenirs. Elle se retourna sur le seuil même de la chapelle,

et je crus bien voir que son regard me cherchait, à travers les mailles de son voile.

« Je montai les degrés à mon tour, et j'entrai. Elle était agenouillée à l'ombre d'une colonne; son voile, rejeté en arrière, découvrait maintenant l'exquise beauté de son visage. Je la reconnus.

« Vous n'avez pas été sans entendre parler de la belle Hongroise de Vienne, qui dansa le premier pas de polka sur le théâtre particulier de l'empereur; la blonde Éva, qui rendit folle toute la cour d'Autriche? Je m'étais trouvé à Vienne, au plus fort de son succès. Un jour qu'on la portait en triomphe au sortir du théâtre, je la vis et je devins amoureux d'elle.

— Et vous le lui déclarâtes, murmura Goëtz, ce qui la flatta incomparablement. Vous vous aimâtes comme des tigres pendant trois jours, puis vous passâtes mutuellement à d'autres exercices. Il fait un froid de Sibérie, et je donnerais deux louis pour un verre de punch !

— Il y a du vrai dans ce que vous dites, mon frère Goëtz, reprit Albert; seulement, mettez quinze grands jours au lieu de trois. Ce n'était, ma foi pas une conquête ordinaire! des cheveux blonds, des yeux noirs, un sourire d'enchanteresse et la taille la plus divine qui se soit balancée jamais sur les planches d'un théâtre. Elle m'aimait à l'adoration. Au bout de quinze jours, elle fut enlevée par un membre du Parlement anglais, et la polka faillit mourir du coup.

« Depuis, j'avais entendu dire à Bade que le membre du Parlement avait dépensé pour elle un petit million et s'était fait tuer en duel, pour ses beaux yeux, par un des plus riches négociants de la Cité de Londres, qui l'aurait bel et bien épousée. »

Otto fit un geste d'impatience dans son coin.

— Quand les danseuses sont sages, poursuivit sentencieusement Albert, elles font toujours comme cela des fins recommandables. Notez bien que ma liaison avec Éva s'était rompue au beau moment et avant que l'indifférence eût remplacé la passion.

« En la retrouvant ainsi à l'improviste, et plus charmante que jamais, je sentis mon caprice se réveiller; s'il faut l'avouer, j'oubliai même quelque peu les affaires de la maison de Geldberg et le Magyare Yanos.

« Je m'adossai contre un pilier de la chapelle, guettant un regard d'Éva et disposé à tout abandonner pour elle.

« Sa prière fut longue. Soit ferveur, soit hasard, elle ne tourna pas une seule fois la tête. Seulement, quand elle se leva pour gagner sa voiture, nos yeux se rencontrèrent.

« Une nuance rosée descendit de son front à sa gorge; elle rabattit vivement son voile et pressa le pas pour sortir de la chapelle.

« Je la suivis. Au moment où ses chevaux s'ébranlaient, sa main blanche sortit de la portière et me fit un petit signe.

« C'en fut assez; j'étais fou. La voiture partit au galop; je voulus suivre à pied la voiture. Dix minutes après, je m'arrêtais, épuisé, à quelque carrefour de la Cité.

« L'équipage d'Éva venait de disparaître au tournant d'une rue, et l'atteindre était désormais impossible.

« Je m'éveillai. Ne pouvant mieux faire, je pensai au Magyare. Je me dirigeai tristement vers l'adresse indiquée par le chevalier de Reinhold.

« Le Magyare Yanos demeure dans une de ces petites rues qui tournent et se mêlent derrière Saint-Paul.

« On est tenté d'avoir pitié des malheureux réduits à vivre dans ces ruelles étroites et humides; mais ces malheureux sont presque tous quatre ou cinq fois millionnaires.

« Quand j'eus pesé sur le petit bouton de cuivre qui brillait à gauche de la porte d'Yanos, un énorme groom, vêtu en cavalier hongrois, et brodé d'or des pieds à la tête,

vint me demander, d'un air solennel, mon nom et le but de ma visite.

« On n'entre pas comme on veut chez le seigneur Georgyi; sa maison est une place de guerre, et tout y inspire des idées d'assaut et de bataille. Je traversai, à la suite du groom, une série de pièces dont l'ameublement avait quelque chose d'oriental. Le Magyare avait dédaigné les modes de Londres; il s'était fait une maison à la manière de son pays, au milieu de ce plat confort qui nivelle toutes les demeures anglaises.

« — Restez ici, me dit le groom en entrant dans une dernière pièce, meublée avec une magnificence véritable, et d'où l'on apercevait, par une porte ouverte, les murailles nues d'une salle d'armes; je vais venir vous chercher.

« Je restai seul, debout, au milieu de la chambre, percée de quatre portes : celle de la salle d'armes qui envoyait jusqu'à moi des cliquetis de fer et des cris d'assaut, celle par où j'étais entré et deux autres, symétriquement placées à ma droite et à ma gauche.

« La porte de droite avait donné issue au groom. Mon regard, qui faisait le tour de la chambre, s'arrêta sur celle de gauche, dont la draperie fermée retombait jusqu'à terre.

« Il me sembla que le rideau de soie s'agitait légèrement; je regardai mieux : une ouverture se fit; une tête s'encadra dans les plis écartés de la draperie.

« — Éva ! » m'écriai-je en m'élançant.

« Les draperies étaient retombées; je les écartai de nouveau, et mon regard plongea dans un délicieux boudoir, au centre duquel une pile de coussins s'affaissaient sous le beau corps d'Éva...

« Elle mit un doigt sur sa bouche, puis elle m'envoya un baiser.

« J'entendis le talon éperonné du serviteur hongrois résonner sur les dalles de la chambre voisine, et je me hâtai de laisser retomber la draperie.

« — Venez ! » me dit le groom.

« Le cliquetis de fer et le bruit de sandales avaient cessé; on m'introduisit dans le cabinet du seigneur Georgyi, situé à droite de la salle d'armes.

« Le Magyare était assis devant son bureau; il n'avait pas pris le temps de quitter la veste de cuir matelassée qui portait d'innombrables marques de coups de sabre, il essuyait ses cheveux et son front baignés de sueur. »

« — Je vous reconnais, me dit-il brusquement et sans m'engager à prendre un siége; je me souviens que vous avez essayé de me faire peur autrefois, à l'aide de je ne sais quelle ressemblance. Pourquoi êtes-vous revenu ? »

« L'accueil était assez décourageant, d'autant que notre frère Otto m'avait recommandé de rester dans les voies pacifiques; parlez-moi du digne Van Praët pour recevoir son monde !

« Il y avait deux manières de se conduire : je ne pouvais pas, comme vous, mon frère Goëtz, jouer une très-spirituelle comédie; on ne m'en eût vraiment pas donné le temps. Je dus rester dans les limites de mon rôle d'ambassadeur.

« Je parlai au nom de la maison de Geldberg. Le Magyare me laissa dire, non sans jeter des regards de convoitise impatiente vers la salle d'armes, où il avait laissé un assaut en souffrance.

« Quand j'eus achevé, il se leva.

« — Le vieux Geldberg était un coquin, me dit-il; mais il valait mieux que ses associés. Ce Regnault, surtout, dont vous êtes l'envoyé, est le plus grand misérable de la terre ! Si ce que je vous dis là vous offense, je suis prêt à vous en rendre raison. »

« J'avais envie de montrer mon savoir-faire à ce grand diable de sauvage et de le prendre au mot !

« Mais, à l'occasion, je sais être vertueux; je contins ma colère, et refusai son offre galante avec un sourire.

« — Seigneur Yanos, lui dis-je, si le malheur voulait que nous vinssions à nous combattre, j'ai contre vous d'autres armes que le sabre. Puisque vous vous souvenez de moi, vous ne pouvez avoir oublié que Zachœus Nesmer m'avait fait son confident et que je sais bien des choses ! »

« Le sauvage fronça ses gros sourcils.

« — Il faut être bien fort ou bien fou, murmura-t-il, pour venir me menacer ainsi jusque chez moi ! Écoutez, baron de Rodach. Dans mon pays, dès qu'un étranger a passé le seuil d'une maison, l'hospitalité le couvre et je suis resté fidèle à toutes les coutumes de mon pays. Je répondrai par des paroles à vos menaces : d'ordinaire, j'en agis autrement. Puisque vous avez des armes contre moi, ne m'épargnez pas, je vous conseille, car vous n'avez rien à espérer de ma bonne volonté. Je hais et je méprise ces gens qui vous envoient : c'est là ma réponse à votre message. Quant à ce que vous pouvez savoir de ma vie passée, agissez! Je suis naturalisé Anglais; Londres a des tribunaux qui accueillent toutes les plaintes. Seulement, je n'aime pas beaucoup tous ces bavardages de palais, et, le cas échéant, je vous montrerai une manière que j'ai d'y couper court. »

« Il me tourna le dos. L'instant d'après, j'entendais dans la salle d'armes ce bruit de ferraille qui avait salué mon arrivée.

« Le groom me montra la porte d'un geste extrêmement significatif.

« J'étais battu à plates coutures. Ma première pensée fut de faire irruption dans la salle d'armes, et de payer le sauvage coquin en sa propre monnaie; mes doigts frémissaient d'aise à la pensée de saisir une poignée de sabre. Mais je vaux mieux que ma réputation, il faut en convenir, et, quand j'ai dans la tête des instructions de notre frère Otto, je deviens prudent comme un diplomate.

« Je repris le chemin de la rue.

« En passant devant la chambre où j'avais vu la charmante figure d'Éva, mon regard se tourna involontairement vers la draperie. La draperie retombait.

« — Ceci est l'appartement de madame? » demandai-je au groom.

« Le groom ne me fit même pas l'honneur de me répondre.

« J'étais dans la rue, la porte du Magyare venait de se refermer sur moi. Ma visite avait bien duré en tout dix minutes, et je n'avais aucun moyen de la renouveler.

« Je remontai vers Saint-Paul, la tête basse et songeant tristement à ma déconvenue.

« A côté de l'église, je me rangeai pour laisser passer une voiture qui courait vers le Strand. La roue de cette voiture me toucha presque en passant, et un billet, jeté par la portière, vint tomber à mes pieds.

« L'équipage, lancé à pleine course, tournait déjà l'angle de Fleet street.

« Je ramassai le billet, qui était de l'écriture d'Éva.

« Il contenait ces mots seulement :

« *La signora di Mantova, Grosvenor place, Pimlico.*

« Je sautai dans un cab qui, en une demi-heure, me conduisit de l'autre côté du parc Saint-James.

« La signora di Mantova possédait dans Grosvenor place un petit réduit, coquet et charmant, comme Londres entier n'aurait

pas pu en fournir un second. Éva m'attendait dans son boudoir.

« Oh! la délicieuse femme que cette Éva! je crois vraiment que j'oubliais encore mon ambassade...

« Elle était là chez elle; s'il existe au monde une créature qui soit excusable d'avoir une petite maison, c'est assurément une danseuse mariée.

« Que de caresses et que d'adorations! je vis bien qu'elle n'avait jamais cessé de m'aimer.

« — Qu'as-tu donc, mon Albert? me dit-elle en me voyant reprendre mon air soucieux, après le premier moment de plaisir.

« — Je suis venu à Londres, répondis-je, pour obtenir trève de votre mari, qui fait à ma maison une guerre à mort.

« — En vérité... et tu n'as pas réussi?

« — Non.

« — Pauvre cher Albert !... comment peut-on te refuser quelque chose?... Sois tranquille, j'arrangerai cela. »

« Je secouai la tête en assombrissant davantage mon air de tristesse.

« — Tu le voudras, mon bel ange, répondis-je avec un gros soupir; mais tu n'auras pas le temps !

« — C'est donc bien pressé?

« — Il faut que cela soit aujourd'hui même ! »

« Éva se prit à songer.

« — Il faut, poursuivis-je, que l'ordre du seigneur Yanos soit à la poste ce soir, pour arriver samedi à Paris... ou bien il sera trop tard. »

« Elle réfléchit encore deux ou trois secondes; puis elle jeta ses jolis bras autour de mon cou.

« — Et tu serais bien heureux de réussir?

Elle était agenouillée à l'ombre d'une colonne, son voile rejeté en arrière. (Page 205, col. 2.)

dit-elle en attachant sur moi ses yeux limpides et souriants.

« — Oh! bien heureux!

« — Cette lettre, reprit-elle, il ne la fera
pas; mais si je t'apportais un blanc-seing?

« — Cela suffirait.

« — Eh bien! dit-elle, tu auras ce blanc-
seing.

« — Le Magyare a donc grande confiance
en toi, Éva?...

« — Il m'adore...

« — Et toi?

« — Il me bat. »

« Sa prunelle eut un éclair de haine, puis
elle se prit à rire follement.

« Elle se leva; ses pieds mignons effleu-
rèrent le tapis, en dessinant une danse vive
et gaie.

« Tout en dansant, elle jeta son écharpe
sur ses épaules.

« A bientôt! » dit-elle.

« Un baiser toucha mon front; elle était
déjà sur le seuil.

« — Dans deux heures! me cria-t-elle de
loin; devant la Poste. »

« Je sortis à mon tour ; je ne savais pas trop si je devais compter sur cette promesse étrange.

« J'arrivai devant la Poste vers quatre heures, et j'entrai dans un *public-housse*, dont les fenêtres donnent sur la rue.

« Je m'assis à une table, les yeux fixés sur la porte du bureau qui me faisait face.

« Le temps passait, les facteurs arrivaient les uns après les autres, avec leur cloche et leur sac.

« Encore quelques minutes, c'en était fait !

« — Elle n'aura pas pu, pensai-je en préparant tristement celle de vos lettres, Otto, qui prévoyait un échec. Fou que je suis d'avoir espéré ! »

« Fou que j'étais de craindre ! n'était-elle pas belle et amoureuse ? Je vis une forme svelte glisser sur le trottoir ; je m'élançai ; un papier passa de sa main dans la mienne.

« — Ne me parlez pas ! murmura-t-elle ; on m'épie. A demain !

« Elle disparut dans l'ombre naissante, et je crus voir, sur le trottoir opposé, la taille haute et arrogante du Magyare Yanos. »

VI

PETITE

Otto venait de faire sonner sa montre ; il était deux heures après minuit.

La chaise de poste allait toujours comme le vent.

La nuit était opaque et profonde.

— Que ne donnerais-je pas pour savoir au juste où nous sommes ! murmura-t-il ; mon Dieu ! si nous allions arriver trop tard !

— Si nous n'avons pas de mauvais relais à la frontière, répliqua Goëtz, et si nous trouvons des chevaux tout prêts à Obernburg, je garantis que nous arriverons à temps.

— Dieu vous entende, mon frère ! dit Otto.

Puis il ajouta de ce ton d'homme qui veut tromper son inquiétude :

— Voyons, Albert, achevez votre récit.

— Il est achevé, répondit Albert. Vous savez maintenant pourquoi le Magyare vous a parlé de son honneur outragé... Pauvre Éva ! peut-être a-t-elle payé bien cher son dévouement !...

Il poussa un gros soupir.

— Pauvre Éva ! dit-il encore ; je lui avais dit : « A demain. » Mais nos jours sont comptés ; il fallait partir. Et je ne la reverrai jamais.

Il se tut.

— Bah ! s'écria Goëtz ; un verre de vin, mon frère. Qui sait ce que l'avenir nous réserve ? Dans huit jours, nous serons sous les verrous, c'est vrai ; mais on revient de partout, excepté de l'autre monde.

Albert repoussa le verre de vin ; Goëtz le but à sa place.

— Et vous, Otto, dit-il, quand les autres travaillent, vous n'avez pas coutume de rester oisif. Qu'avez-vous fait ?

— Pendant que vous jouiez mon rôle à Londres et en Hollande, répondit Otto, je jouais un peu le vôtre à Paris : je fréquentais la maison de jeu de la rue des Prouvaires, Goëtz, et je donnais des rendez-vous à une de vos maîtresses, Albert.

— Est-ce bien vrai? dirent ensemble les deux frères.

— Parfaitement vrai. De plus, je faisais escompter une traite de cent trente mille francs par un marchand de haillons du Temple. En outre, je surveillais notre Gunther de mon mieux, et plût à Dieu que je n'eusse jamais abandonné ce soin à personne!

« Vous savez déjà ma conduite vis-à-vis des trois associés de la maison de Geldberg.

« Je vous parlerai seulement de cette maîtresse de notre frère Albert, à qui j'ai donné des rendez-vous, et qui m'a fourni, en revanche, cent mille écus pour parer à la crise de la maison.

— Peste! fit l'homme à bonnes fortunes, je ne me connaissais pas de maîtresse si bien en fonds.

— C'est cette Sara, dont nous prononcions le nom tout à l'heure, dit Otto.

— Sara de Ligny?

— Sara de ce que vous voudrez... Elle a comme cela bien des noms, et je pourrai vous dire tout à l'heure celui de son mari avec celui de son père.

« Il faut m'écouter, Albert, car vous allez vous retrouver face à face avec cette femme.

— Au château?

— Au château. Mais, en vérité, plus j'y pense, plus je me trouve avoir fait le Lovelace à vos dépens, mes frères. J'ai vu aussi une de vos maîtresses, Goëtz.

— A moi? dit le joueur; je n'en ai pourtant guère.

— La comtesse Esther.

— Ah! une bonne fille, celle-là! interrompit Goëtz, comme s'il eût parlé de la plus sans gêne de toutes les lorettes; sera-t-elle aussi à Bluthaupt?

— Sans contredit; mais Bluthaupt aura un jeu d'enfer et des festins de Balthasar. Ce ne sont pas les femmes que je crains pour vous, mon frère Goëtz.

« Mon histoire regarde surtout Albert.

« Cette Sara fut autrefois la maîtresse du docteur portugais Mira, l'un des assassins de notre père et de notre sœur.

« Elle avait à peine dix-sept ans alors. Le docteur, commensal de sa famille, abusa d'elle sans doute. Le fruit de cette séduction fut un pauvre enfant, qui a maintenant une quinzaine d'années...

— Peste! fit Albert; dix-sept et quinze... ceci la met dans les respectables.

— Elle est belle et vous êtes faible, dit Otto, dont la voix eut une légère nuance de sévérité; prenez garde.

« Depuis lors, elle s'est mariée; depuis lors, elle a noué intrigues sur intrigues; mais elle a su conserver toujours une influence extraordinaire sur son premier amant.

« Celui-ci est, vous le savez, l'un des chefs de la maison de Geldberg, qui représente pour nous le patrimoine de notre Franz.

« De tout temps, le docteur eut le droit de puiser à pleines mains dans cette caisse qui fut opulente, mais qu'une perversité folle a vidée. Sara était exigeante; elle était insatiable! Le Portugais donnait, donnait : Sara demandait toujours.

« Si bien que des sommes énormes y passèrent, et c'est par millions qu'il faut compter les prodigalités du docteur.

« Abel m'avait chargé d'aller à Amsterdam; Reinhold m'avait confié ses intérêts à Londres : le docteur me donna mission d'effrayer Sara et de lui faire rendre gorge.

« Cette femme est forte; elle est habile; mais il y a autour d'elle trop de crimes...

— Des crimes? dit Albert.

— Des crimes infâmes, et pour lesquels le vice lui-même n'a pas de pitié.

« Cette femme a deux sœurs, la comtesse Esther, qu'elle a perdue, et une pauvre enfant, à l'âme angélique et bonne, qu'elle a tâché en vain de perdre.

« Cette femme a un mari qui l'aime, et qu'elle tue.

« Elle a un fille, elle, la millionnaire, une fille qui meurt de faim sous ses yeux !

« Son dernier amant était un enfant brave et beau, un de ces cœurs choisis, où tout est confiance, audace, amour. Le matin du lundi gras, cet enfant devait périr sous l'épée d'un spadassin ; elle le savait : et vous l'avez vue, vous, Goetz, tranquille et séduisante, dans le cabinet du café Anglais.

— C'était Franz ! murmura Albert avec une sorte d'épouvante.

— C'était Franz. Au lieu de l'épée aveugle d'un enfant, le fer du spadassin rencontra une arme exercée ; il tomba. Le lendemain, cette femme trouva un autre de ses amants, un homme robuste et vaillant, qui a dépensé sa bravoure en folies et qui passe pour dégainer trop volontiers : Albert le bâtard de Bluthaupt.

— Moi ? dit Albert étonné.

— Moi, répondit Otto, qu'elle prenait pour vous.

« Et si vous saviez que de séductions entassées, que d'enivrements calculés, que d'amour prodigué, que de flatteries, que de caresses !

« Elle voulait mettre dans votre main loyale, Albert, le fer brisé du spadassin ; elle voulait que vous poursuiviez la bataille commencée, et que votre bras, plus sûr, achevât ce que Verdier n'avait pas pu faire. »

La nuit cachait la pâleur mortelle d'Albert ; sa gaieté vive et fanfaronne était bien loin de lui.

Il avait aimé cette femme. Tout à l'heure encore, le souvenir de cette femme avait réveillé en lui de doux souvenirs.

— Et qu'avez-vous fait ? murmura-t-il.

— J'ai promis, répliqua Otto froidement, et Sara vous attend au château de Bluthaupt, Albert.

« Ceci se passait dans votre maison de jeu,

Goëtz. Avez-vous remarqué certaine loge grillée ?

— Pardieu ! le confessionnal de la princesse ! Navarin n'avait jamais voulu me dire... Ah ! c'est cette femme damnée qui est la princesse ?

— Elle-même ! Nous étions seuls tous deux.

« Franz entra. Sur ses lèvres errait ce confiant sourire que nous connaissions à notre Margarethe heureuse. Oh ! je vous le jure, à voir le regard de cette femme percer les rideaux de la loge comme un dard, et se fixer, venimeux, sur l'enfant, j'ai eu peur pour la première fois de ma vie.

« Je me disais :

« — Elle est belle, sa prunelle fascine, ses caresses aveuglent ; si le malheur voulait que Gunther échappât à notre surveillance... »

Il n'acheva pas.

Dans le silence qui suivit, on entendit la respiration oppressée des trois frères.

— Que Dieu ait pitié de nous ! dit Albert ; si nous avons commis une faute, le châtiment serait trop cruel.

La montre d'Otto, interrogée, sonna trois heures et demie.

— Comme le temps vole, dit-il, et comme nous allons lentement !

Les chevaux précipitaient leur course ardente ; mais il semblait à son impatience terrible que la chaise restait stationnaire.

— J'entrai chez elle, reprit Otto, le 8 février, à midi. Je ne me dissimulais pas le danger qu'il y avait à lui déclarer la guerre ; mais la maison chancelait et il faut que notre Gunther ait la noble fortune de ses aïeux.

« Elle vint à moi souriante et sûre de son empire.

« — Deux grands jours sans me voir !
Savez-vous que vous me délaissez ?

« — Madame, répondis-je, ce n'est point
ici une entrevue d'amour ; je viens au nom
du docteur José Mira, ou plutôt au nom de
la maison de Geldberg. »

« Elle me regarda d'un air étonné.

« — Je vais de surprise en surprise, murmura-t-elle après un instant de silence et en
donnant à sa voix des inflexions dédaigneu-
ses ; Albert, que j'ai connu si fier, si gentilhomme, Albert réduit au rôle d'agent
d'une maison de commerce ! J'attendais,
en effet, quelqu'un, et l'on m'avait menacée
de me parler d'affaires ; mais j'étais, certes,
à cent lieues de penser que ce serait vous !»

« Elle me montra du doigt un siége, et
s'assit elle-même ; son sourire était devenu
railleur ; on voyait aisément combien peu elle
craignait les suites de cette entrevue.

« — Ne trouvez-vous pas, reprit-elle, que
me voilà dans la situation de cette grande
dame de vaudeville qui s'éprend d'un beau
jeune homme, et qui dans ce beau jeune
homme reconnaît plus tard son tapissier ?
La dame dut faire une grimace à peu près
semblable à la mienne et parler de meubles.
Parlons d'affaires. »

« Elle se renversa sur son fauteuil. Je de-
meurais immobile et j'attendais.

« — Je crois deviner, poursuivit-elle, le
but de votre ambassade. José Mira devait
m'envoyer ce matin un millier de louis qu'il
me doit...

« — Qu'il vous doit ?

«— Qu'il me doit, répéta-t-elle d'un accent
assuré ; il n'aura pas osé venir lui-même me
demander du temps et vous vous présentez
à sa place. Je dois penser que vous avez
obtenu une place de commis dans la maison
de Geldberg.

« — Je me suis donné celle de caissier,
madame, répondis-je.

« Son sourire moqueur se troubla légèrement.

« — La maison de Geldberg, repris-je, me
doit, ou plutôt doit à l'héritier de Zachœus
Nesmer, mon pupille, des sommes assez considérables. A l'aide de moyens dont le détail vous intéresserait peu, je me suis convaincu que la maison était à deux doigts
d'une banqueroute. J'ai fait alors la part
des chances bonnes et mauvaises, et, voyant
qu'il restait d'excellentes ressources, je me
suis déterminé à soutenir la maison.

« — Que de bonté, monsieur !

« — Le fait est que j'aurais pu l'écraser sans
peine ; mais ce qui m'a déterminé, surtout
après mûres réflexions, c'est l'état où se trouve
la caisse vis-à-vis de vous, madame. »

« Jusqu'à ce moment, Sara n'avait pas
conçu l'ombre d'une inquiétude. Comment
penser que le docteur, son complice, son esclave, avait osé parler ?

« Mais à ces derniers mots, son regard
prit une nuance de frayeur.

« — Je ne vous comprends pas, monsieur,
dit-elle.

« — Madame, je vais tâcher de me faire
comprendre. Le docteur évalue à environ
deux millions cinq cent mille francs les sommes enlevées dans la caisse de Geldberg, Reinhold et Compagnie.

« — C'est du délire !

« — Il n'y a point de reçus, à la vérité ;
mais il compte, pour remplacer les quittan-
ces qui lui manquent, sur votre bonne foi
d'abord... »

« Sara haussa les épaules.

« — Ensuite sur certains petits secrets,
dont il se prétend le maître. »

« Sara fit effort pour cacher son agitation
croissante.

« — C'est donc la guerre que José Mira me déclare ? dit-elle.

« — Oui, madame.

« — Et vous vous joignez à lui, vous, Albert ?

« — Madame, jusqu'à un certain point. Pour tout ce qui regarde la maison, il est évident que nos intérêts sont communs ; mais, pour tout le reste, surtout pour ce qui tient à ce jeune homme dont vous m'avez parlé avant-hier, je puis rester votre allié ; ceci d'autant mieux que l'existence de ce jeune homme menace la prospérité de Geldberg, et, par conséquent, mes propres intérêts.

« — Intérêts ! intérêts ! Oh ! baron, vous que j'ai connu si prodigue !

« — On prend de la prudence, madame.

« — Mais ce docteur vous a donc tout révélé ?

« — Il m'a appris quelques petites circonstances. Mais je dois vous dire que j'en savais déjà bien long, à cause de mon intimité avec Zachœus Nesmer.

« — Saviez-vous donc tout cela, lorsque vous m'avez rencontrée pour la première fois ?...

« — Je savais tout, madame, excepté votre vrai nom, que vous m'aviez caché. »

« Elle réfléchit durant quelques secondes. Peut-être me mesurait-elle à ce compromis que je lui laissais entrevoir et se demandait-elle si elle se servirait de moi contre Franz tout en me combattant pour tout le reste.

« C'était là, en définitive, sa situation vis-à-vis des associés de Geldberg.

« — En somme, dit-elle après un silence, quel est le message du docteur ?

« — La maison, répondis-je, a besoin de trois cent mille francs pour ce soir. »

« Son fauteuil recula, tant elle frappa du pied le tapis violemment.

« — Eh ! que me fait cela ? s'écria-t-elle ; à supposer que j'aie reçu de l'argent, pense-t-on que je l'aie gardé dans mon secrétaire ?...

« — On pense, madame, que vous avez beaucoup mieux ; on va plus loin même : on est certain que, grâce à une femme, appelée Batailleur, qui est votre prête-nom, vous possédez plus de quatre millions en valeurs diverses. »

Ses sourcils se froncèrent, et un sanglant désir de vengeance brilla dans ses yeux.

« — Ah ! murmura-t-elle, je vois qu'il vous a raconté tous ses rêves ! vous savez tout ce qu'il se figure ! Il ne vous a rien caché des chimères qui emplissent son cerveau malade. Monsieur, cet homme est fou ! je n'ai rien, et la maison de mon mari est sur le point de tomber.

« — Cela ne m'étonne pas, madame. De deux millions cinq cent mille francs que vous avez pris dans la caisse de Geldberg jusqu'à vos quatre millions, il y a quinze cent mille francs de différence ; peut-être avez-vous davantage. En tout cas, c'est bien assez pour expliquer la faillite de votre mari.

« — Monsieur !...

« — Madame, si mes souvenirs ne me trompent point, je vous ai promis avant-hier que le jour approchait où je vous dirais tout ce que je sais sur votre compte ; le jour est venu, et me voici prêt à tenir ma promesse. »

« Ses yeux se baissèrent sous mon regard.

« — Eh bien, murmura-t-elle, parlez !

« — Je passerai sous silence, repris-je, ce que je sais de votre vie galante : vos amants, votre maison de jeu même, tout cela me paraît véniel auprès du reste. Je laisserai de côté même la comtesse Esther, pauvre femme qui eût été bonne sans vous et dont vous poursuivez l'éducation avec tant de patience. Je commence à votre jeune sœur Lia...

« — Une hypocrite qui me déteste et qui m'aura calomniée. Mais, s'il vous plaît, monsieur, d'où savez-vous ce qui la concerne ?

« — D'où sais-je tout le reste?... C'était une enfant...

« — Un ange, n'est-ce pas? interrompit-elle d'un accent de raillerie.

« — Un ange, madame!... Et devant son innocence toute votre astuce s'est brisée! »

« Elle se força de rire.

« — Les lettres n'étaient pourtant pas de votre écriture, monsieur le baron, murmura-t-elle ; ainsi je ne puis dire que votre enthousiasme soit intéressé ; mais, au demeurant, qui peut savoir? Les anges ont parfois plus d'un fervent ; parmi ces fervents, les uns écrivent, les autres agissent. »

« Le rouge de l'indignation me monta au visage... »

Ici, Otto s'arrêta brusquement, comme s'il eût craint d'en avoir trop dit.

Albert et Goëtz ignoraient encore le nom de famille de Sara, et ne connaissaient point sa jeune sœur. Ils ne comprenaient trop rien à cette partie de l'histoire, sur laquelle Otto ne jugea point à propos de leur fournir une explication.

Ils avaient remarqué seulement, sans y attacher d'importance, que la voix de leur frère venait de prendre un singulier accent de chaleur.

Il poursuivit, mais son ton redevint tout à coup froid et calme :

« — Sara m'interrompit en redoublant d'ironie.

« — Passons, monsieur le baron, dit-elle, et laissons là cet ange dont je n'ai pu ternir la candeur... Après ?

« — Passons, en effet, madame, répondis-je ; car, ici, la loi des hommes ne peut rien. Arrivons à votre mari, que vous avez ruiné d'une main si patiente, et que vous assassinez avec tant d'ingénieuse barbarie !

« — Calomnies et démence, monsieur! Passez!

« Elle ne riait plus, pourtant, et sa lèvre tremblait.

« — Je passe, madame, et j'arrive à votre fille. »

« Elle se leva d'un bond ; ses yeux flamboyèrent ; sa main se posa sur ma bouche, forte et lourde comme la main d'un homme.

« — Silence! dit-elle les dents serrées et la pâleur sur la joue ; elle souffre! Oh! mais je l'aime! »

« Elle cacha sa tête entre ses deux mains.

« — Sortez! reprit-elle ; vous êtes fort, je le vois ; vous résister en ce moment serait folie! plus tard... mais l'avenir décidera.

— Vous n'avez pas répondu à mon message, dis-je en me dirigeant vers la porte.

« — Dans une heure, vous aurez vos trois cent mille francs. »

« Je sortis.

« Une heure après, cette femme dont je vous ai parlé sous le nom de Batailleur, vint m'apporter les cent mille écus.

« Depuis lors, j'ai revu Sara, hautaine et rassurée en face du docteur portugais, qui tremblait devant elle ; je l'ai revue au milieu de sa famille, — madame Sara de Laurens, fille aînée de Mosès Geld. »

La surprise arracha un mouvement aux deux frères.

— Avoir aimé une pareille femme ! dit Albert en baissant la tête ; c'est une punition de Dieu.

— Et la comtesse Esther est sa sœur? demanda Goëtz ; une bonne fille, pourtant, et belle femme !

— Et maintenant, reprit Otto, elle est au château de Bluthaupt, en face de notre Gunther, qui ne se doute de rien et qui l'aime encore peut-être ; tandis que Reinhold,

le Magyare et les autres associés tendent
leurs piéges sur les pas de l'enfant, elle
travaille de son côté ; soyez sûrs qu'elle
travaille sans relâche ! Priez Dieu, mes frères, car le fils de notre sœur est en grand
danger de mort !

Le silence régna dans l'intérieur de la voiture.

Il faisait nuit encore lorsque la chaise de
poste, qui avait traversé Metz au grand galop,
quitta la route royale pour prendre un chemin de traverse menant à la frontière.

Entre Saint-Avold et Forbach, les trois
frères descendirent de voiture et se prirent
à marcher à pied, à travers champs, sous la
conduite d'un homme du pays.

La chaise, vide, avait continué sa route.

La nuit, brumeuse et noire, ne permettait
pas de voir à dix pas devant soi ; ils passèrent
la ligne des frontières sans éveiller même
un qui-vive.

A une demi-lieue de France, non loin des
rives de la Sarre, la chaise de poste les attendait ; ils payèrent leur guide.

— Oh ! oh ! s'écria celui-ci en pesant deux
pièces d'or dans le creux de sa main, il doit
y avoir quelque chose de fameux sous vos
manteaux, mes maîtres ?

— Trois bonnes paires de bras, mon camarade, répondit Albert, avec trois bonnes
épées.

— Et de l'appétit, ajouta Goëtz.

— Tout ça ne regarde pas le Zollwerein,
pensa le guide, qui reprit en chantant la
route de France.

Quand la voiture eut traversé la Sarre, il
était à peu près sept heures du matin.

Les premiers rayons du jour éclairaient
au loin la campagne ; mais, dans l'intérieur
de la chaise, les stores baissés prolongeaient
la nuit.

Peu à peu, cependant, le jour vainqueur
glissa un premier rayon à travers les rideaux
opaques ; une lueur vague se fit.

On aurait pu distinguer confusément trois
hommes qui sommeillaient, ensevelis dans
leurs manteaux.

Il fallait bien garder quelque force pour
la lutte prochaine.

. . . .

Les heures du jour s'écoulèrent.

Le crépuscule du soir se faisait sombre
déjà.

Sur la route d'Obernburg au château de
Bluthaupt, trois cavaliers couraient à bride
abattue.

VII

L'ÉCHELLE HUMAINE

D'Obernburg au château de Bluthaupt, la
route, d'ordinaire déserte et silencieuse, présentait, ce soir-là, un aspect de vie.

On y voyait bon nombre de voitures, depuis la calèche parisienne jusqu'au véhicule
antique et sans nom du pauvre hobereau allemand. Quelques dignes bourgeois d'Obernburg, solennellement montés sur des chevaux de labour tenaient, en croupe leurs compagnes.

Ces couples gras et lourds, se dandinant
à l'amble, ne donnaient aucune idée de la
ballade de Bürger.

Çà et là des groupes de paysans se hâtaient.

Et tout ce monde suivait la même direction ; voitures, chevaux et piétons, se
rendaient au vieux schloss de Bluthaupt.
Depuis quinze jours environ, le pays était
en fièvre. La modeste cité d'Obernburg, où
naguère encore le passage d'un voyageur
faisait presque événement, regorgeait maintenant d'étrangers et ne pouvait suffire
à ses hôtes. Il en était de même de tous les
bourgs ou petites villes avoisinant le manoir
des anciens comtes.

Comme nous l'avons dit, la grande fête de
Geldberg avait deux sortes d'invités : ceux

Oh! oh! s'écria celui-ci en pesant deux pièces d'or dans le creux de sa main. (Page 216, col. 1.)

de première classe étaient logés au château ; les autres cherchaient asile où ils pouvaient, c'était et vraiment pour le pays une excellente aubaine ; — une si bonne aubaine que les bourgeois d'Esselbach s'ingéniaient depuis huit jours à inventer une source d'eau minérale ou ferrugineuse qui pût ramener chaque année les bourses aimables de ces visiteurs.

Ceci n'est point une idée impraticable. Quiconque possède un puits bourbeux peut affirmer que ce puits, souverain pour les rhumatismes, guérit radicalement les maux d'estomac.

Une table de roulette, un salon de conversation et des annonces dans les journaux de France, voilà ce dont on ne peut se passer.

Tant il est vrai que la fameuse recette de *la Cuisinière bourgeoise* : « Pour faire un civet, prenez un lièvre, » n'est pas si naïve qu'on veut bien le dire.

Toutes ces bonnes gens, cheminant sur la route de Bluthaupt, causaient. Dans les voitures, sur les chevaux et parmi les piétons, le sujet d'entretien était le même.

On n'entendait qu'un nom : « Geldberg !
Geldberg ! » on ne causait que d'une chose :
le grand feu d'artifice qui devait être tiré, ce
soir même, sous les murailles du château.

Ce ne pouvait être rien d'ordinaire. Jusqu'ici, la maison s'était exécutée royalement, et l'on avait lieu d'espérer un magnifique spectacle.

Nos trois cavaliers, partis d'Obernburg à
la brune, galopaient intrépidement. La route
était large aux environs de la ville ; ils passaient sans crier gare ; le galop rapide de
leurs chevaux s'étouffait sur l'herbe du chemin.

Au bruit prochain de leur course, on se
retournait, quelque chose glissait comme
un trait dans les ténèbres ; puis rien.

La nuit était sans lune, comme celle de
la veille ; ceux qui avaient de très-bons yeux
distinguaient bien trois cavaliers lancés à
pleine course ; mais nul ne pouvait voir la
couleur de leurs manteaux dont les plis
flottaient au vent.

A une lieue de la ville, les trois cavaliers
s'étaient arrêtés brusquement devant un
groupe de villageois à pied, et l'un d'eux
avait demandé :

— A quelle heure se tire le feu d'artifice ?
— En voilà un qui parle comme il faut
l'allemand, au moins, se dit-on à l'entour.
— Le feu d'artifice, gracieux monsieur,
répondit un paysan ; il doit être bien près
de brûler. On dit que ça se verra de loin, et
nous allons toujours ; mais nous n'espérons
guère être arrivés à temps au bas de la montagne ; vous, par exemple, avec vos bons
chevaux...

Les trois chevaux bondissaient, blessés à
la fois par l'éperon, et un *merci !* arrivait
de loin à l'oreille du villageois, avant qu'il
eût fini sa phrase.

Nous n'avons pas besoin de dire que les
cavaliers étaient nos trois voyageurs de la
chaise de poste aux stores baissés.

De Paris à la frontière, ils avaient trouvé
des relais tout préparés ; mais, une fois en
Allemagne, la vitesse de leur course avait
dû se ralentir. Ils craignaient la police, sans
doute ; car plus d'une fois ils avaient quitté
la grande route pour prendre des chemins
de traverse.

Ils étaient en retard d'une heure sur leur
propre calcul ; un heure, ce pouvait être la
perte de leur espoir le plus cher, la victoire
de l'usurpation criminelle et lâche sur le
droit, la mort d'un homme !

Ils allaient, debout sur les étriers, l'œil
fixé au loin vers l'Occident, où devait paraître la première lueur du feu d'artifice.

Comme ils arrivaient au bas de la montagne, à l'endroit où nous avons vu jadis Jacques Regnault, le Magyare Yanos et le
prêteur Mosès quitter la route pour prendre
la traverse de Bluthaupt, un trait de feu
jaillit vers le couchant et jeta sur le ciel
noir une gerbe d'étoiles.

Le cœur des trois frères cessa de battre.

Mais, avant que la faible détonation de la
fusée eût renvoyé jusqu'à eux son écho
lointain, Otto avait enfoncé l'éperon dans le
ventre fumant de son cheval.

— En avant ! s'écria-t-il d'une voix changée par l'angoisse ; en avant, pour le sauver
ou pour le venger !

Les chevaux, haletants, précipitèrent leur
course furieuse ; ils traversèrent, ventre à
terre, la vaste lande, et laissèrent à droite
la grande avenue de mélèzes, au centre de
laquelle s'ouvrait le précipice de la Hœlle.

Ils dépassèrent en un clin d'œil le champ
où se couchaient les ruines blanches de l'ancien village de Bluthaupt : aucune lueur ne
se montrait dans la direction du château ;
cette fusée isolée n'était qu'un signal sans
doute.

Quelques minutes encore, et ils mettaient
pied à terre, tandis que leurs montures se
couchaient pantelantes sur le gazon.

Ils étaient derrière le château, sur cette plate-forme dépourvue d'arbres, située à l'opposite de la porte principale.

Devant eux, Bluthaupt dressait sa masse sombre, dont les mille échancrures apparaissaient à peine dans la nuit.

Aux fenêtres, on voyait çà et là briller quelques lumières, par-dessus les fortifications qui s'abaissaient à cette place.

La pelouse semblait déserte. Au delà du fossé large et profond, les trois frères voyaient comme une lueur faible qui se mouvait avec lenteur et en divers sens.

Quoiqu'on ne pût rien distinguer par cette nuit profonde, il était facile de calculer que cette lumière devait se trouver en dessous des murailles et sur les rocs taillés à pic qui formaient la base des fortifications.

Les trois frères n'avaient point ce qu'il fallait de loisir pour disserter sur cette lueur et deviner par quel moyen elle se trouvait ainsi suspendue au-dessus du précipice.

Trois coups venaient de sonner à la cloche enrouée du beffroi ; c'était huit heures moins le quart.

Maintenant que le bruit de leur propre marche n'emplissait plus leurs oreilles, nos trois voyageurs entendaient un bruit confus sortir des taillis voisins : c'étaient des murmures vagues qui allaient s'étouffant parfois et parfois s'enflant tout à coup.

De temps en temps, un éclat de rire s'élevait ; de temps en temps, un petit cri de femme.

Si les trois frères avaient eu l'esprit assez libre pour explorer la route parcourue, la source de ces bruits leur eût été d'avance expliquée.

Ils étaient comme au milieu d'une salle de spectacle immense ; le théâtre invisible se dressait devant eux, et, sans le savoir, ils venaient de traverser la foule disséminée des spectateurs.

Depuis l'ancien village de Bluthaupt jus-

qu'à la pelouse, il y avait du monde ; il y en avait dans les grands bois de pins, sous les arbres alignés de l'avenue et dans les taillis qui avoisinaient le château.

Beaucoup, parmi ces spectateurs impatients, avaient été témoins du passage rapide des trois frères ; mais, quand on attend, l'esprit rapporte tout à l'objet attendu. Chacun pensa que ces mystérieux courriers apportaient de la ville à franc étrier quelque pièce oubliée du feu d'artifice.

Cela fit diversion et l'on en avait grand besoin, car la soirée était glaciale et plus d'une charmante dame grelottait au bras de son cavalier.

Les trois frères, cependant, n'avaient pas tué leurs chevaux pour rester oisifs au bord d'un fossé.

Ils supposaient que Franz était à l'intérieur du château, ce qu'ils voulaient, c'était d'arriver jusqu'à Franz.

La douve, du côté de la plate-forme, cachait sa berge escarpée sous une épaisse chevelure de broussailles. Des ronces centenaires et mille plantes sauvages, nourries par l'humidité, jetaient en tous sens leurs pousses vigoureuses et suspendaient comme une rude toison au-dessus de l'eau endormie.

Les trois frères s'étaient agenouillés à quelques pas l'un de l'autre, le long de cette impénétrable bordure. Leurs mains tâtaient le sol et sondaient les broussailles.

— Il y a vingt ans que nous avons fait ce chemin pour la dernière fois, dit Goëtz ; le temps a bien pu boucher notre sentier.

— C'est à peine si la main passe à travers ce taillis ! répondit Albert. Trouvez-vous quelque chose, Otto ?

— Je cherche. Si l'on avait au moins quelque petit rayon de lune !

Ils poursuivirent silencieusement leur besogne durant une minute.

Puis Otto se redressa.

— Prenons notre élan et sautons, dit-il ; morts ou vivants, nous arriverons bien au fond du fossé.

Albert se releva à son tour, et fit quelques pas en arrière, comme s'il eût voulu tenter le saut le premier.

— Attendez ! dit Goëtz ; voici un trou assez large pour laisser passer une belette.

Albert et Otto se rapprochèrent de lui.

— C'est le sentier, dirent-ils en même temps ; les ronces ont grandi ; mais, en jetant nos manteaux d'avance, par-dessus le bord, nous passerons.

Otto s'avança vers le trou, Goëtz le retint et passa devant lui.

— Vous êtes la tête, vous, frère Otto, dit-il ; laissez faire un peu les bras.

Il s'accrocha des deux mains au gazon de la pelouse, et se plongea dans le trou à reculons. On entendit le grincement de ses habits, déchirés par les broussailles ; ses mains lâchèrent prise, il disparut.

La bordure de broussailles présentait maintenant un trou qui avait à peu près le diamètre du corps d'un homme.

Otto et Albert avancèrent à la fois la tête à l'orifice du trou.

Ils entendirent la voix de Goëtz, qui grommelait en bas du fossé :

— Du diable s'il me reste le quart de ma peau ! Allons ! venez, vous autres ! je suis le plus gros et vous glisserez là-dedans tout à votre aise.

Albert, imitant l'exemple donné, entra dans le fossé à reculons et disparut à son tour.

Puis enfin, Otto.

Goëtz lavait ses mains sanglantes dans l'eau froide de la douve.

— Vous n'êtes pas blessé ? demanda Otto.

— Chut ! fit Goëtz en montrant du doigt la lumière qui était maintenant juste au-dessus de leurs têtes, et qui semblait se balancer dans le vide ; on cause là-haut, et l'on travaille.

Les yeux d'Albert et d'Otto se relevèrent ; durant quatre ou cinq secondes, leurs regards essayèrent de percer l'obscurité.

A force de tâcher, ils aperçurent enfin, autour de la lumière, trois ombres qui s'agitaient, suspendues sous les murailles par une attache mystérieuse.

D'en bas, il était impossible de reconnaître à quel genre de besogne se livraient ces mystérieux ouvriers, on entendait parfois le grincement d'une vis ou d'un essieu, et parfois des mots sans suite tombaient jusque dans les profondeurs de la douve. C'étaient des mots français mêlés avec un jargon inconnu.

— Un coup de main, Blaireau, disait une voix gaillarde et de bonne humeur. Accroche-toi à cette pierre qui avance, et tire un peu à droite.

La réponse de Blaireau se perdit au passage, mais on entendit crier l'invisible essieu.

Les trois frères écoutaient et retenaient leur souffle.

— Ohé ! papa Johann, reprenait la première voix, appuyez sur la corde, sans vous commander, ou ça portera trop bas.

— Dieu de Dieu ! grommela une autre voix plus enrouée, c'est *tannant*, le métier de canonnier à vol d'oiseau .

Otto était entre Albert et Goëtz, qui sentirent à ce moment leurs bras serrés d'une convulsive étreinte.

— Entendez-vous? murmura Otto.

— Oui, répondit Goëtz ; mais je ne comprends pas.

— Ni moi, dit Albert.

— Il ne s'agit plus de suivre notre route accoutumée, reprit Otto, nous n'avons plus que quelques minutes, et qui sait si nous arriverions à temps? Le danger est là !

Sa main, étendue, montrait les trois hommes dont les silhouettes confuses apparaissaient autour de la lanterne.

— Nous ne sommes pas des oiseaux, murmura Goëtz.

— J'ai monté à l'assaut bien souvent, ajouta l'homme à bonnes fortunes, mais j'avais une échelle de soie, quelque chose pour appuyer mes pieds.

— Nous avons nos poignards, dit Otto qui roula son manteau sur sa tête et se jeta le premier dans l'eau glaciale de la douve.

En quelques brasses il fut sur l'autre bord ; ses frères le suivaient.

Saisis de froid et grelottant, sous les lambeaux trempés de leurs vêtements, ils commencèrent à gravir la rampe opposée.

Ils gardaient maintenant le silence, car ils approchaient des mystérieux ouvriers.

La route était abrupte et le terrain glissant ; ils avançaient avec peine, étouffant le bruit de leurs efforts.

— Ça doit y être, Bonnet-Vert, dit au-dessus de leurs têtes la voix enrouée de Pitois.

— Du temps que j'étais artilleur pour de bon, répliqua Mâlou, je passais pour un fameux pointeur ; et si nous n'avions pas déserté, je serais peut-être bien capitaine à l'heure qu'il est. Quant à cette vieille affaire-là, j'en réponds, c'est visé comme au polygone ; et le petit va être taillé en trois mille morceaux.

Les bâtards de Bluthaupt n'étaient pas maintenant à plus d'une trentaine de pieds des travailleurs, dont ils pouvaient distinguer tous les mouvements.

Ils s'arrêtèrent, le cœur serré, la respiration coupée.

Immédiatement au-dessous de la lanterne qui était suspendue à une corde, ils apercevaient une sorte de mortier fixé solidement à une saillie du roc.

Les trois ouvriers étaient attachés par le milieu du corps et se soutenaient chacun à l'aide d'un câble amarré au sommet des murailles. Ils étaient là en un lieu où nul pied humain n'aurait pu descendre sans secours.

La lanterne jetait ses lueurs faibles dans un rayon de deux toises et montrait le roc grisâtre coupé à pic. Au delà, tout était nuit profonde.

— Comprenez-vous à présent? dit Otto d'une voix contenue.

Goëtz et Albert mesuraient de l'œil la distance qui les séparait encore des travailleurs ; ils étaient comme atterrés ; ils ne répondirent point.

— La lettre de Gottlieb! reprit Otto ; Franz est chargé de tenir la mèche, et il est à son poste déjà, peut-être ! En tous cas, on connaît l'endroit précis où il s'arrêtera pour mettre le feu, et c'est sur cet endroit que la pièce est braquée.

— Voyons vivement, papa Johann! reprit en ce moment Mâlou, qui sembla vouloir compléter l'explication ; donnez-moi le boudin, que je l'attache comme il faut. Le petit monsieur va se tromper lui-même sa dernière soupe ; ça sera drôle !

Otto et ses frères recommençaient à gravir ; pendant une quinzaine de pieds encore, ils purent avancer en s'aidant de leurs poignards plantés dans les fentes du roc.

Mais, arrivés à un certain endroit, où se ménageait une étroite plate-forme qui permettait de se tenir debout, impossible de faire un pas de plus.

C'était à cet endroit-là même que les trois frères avaient disparu comme par magie la nuit de la Toussaint, en l'année 1824, alors qu'ils arrivaient de Heidelberg, trop tard, hélas! au secours de leur sœur Margarethe.

Otto se dressa sur la pointe des pieds et tâta le roc qui surplombait au-dessus de sa tête.

— Il faut monter, dit-il.

Albert et Goëtz laissaient pendre leurs bras le long de leurs flancs.

Il y avait vingt ans qu'ils n'avaient vu ce lieu, et le souvenir le leur avait montré moins impraticable; maintenant ils n'espéraient plus franchir ce gigantesque obstacle qui leur barrait la route.

Il eût fallu des ailes.

— Entrons, dit Albert; si Franz est sur la muraille, nous saurons bien le trouver.

— Notre route secrète est bien longue, répliqua Otto, dont la voix assourdie peignait une terrible angoisse, et qui sait si nous avons encore une minute! Il faut monter.

On entendit, en ce moment, la voix gaillarde de Mâlou, qui criait :

— Ohé! vieux Fritz, tournez la manivelle; la farce est jouée.

Un bruit aigre et discord se fit en haut des murailles, cela ressemblait au cri d'un ou bestan; les trois ouvriers à la lanterne se prirent à remonter lentement.

— Virez! virez! mieux que ça, papa Fritz, dit Blaireau d'un ton moitié plaisant, moitié craintif; ma montre dit deux minutes moins de huit heures, et je n'aimerais pas qu'on mît le feu avant que nous fussions là-haut.

— Deux minutes, répéta Otto, dont le courage semblait grandir en ce moment de péril suprême; si Dieu nous aide, c'est plus de temps qu'il ne faut!

Il entraîna Goëtz jusque sur le rebord de la plate-forme et le plaça juste sous la saillie du roc à laquelle Bonnet-Vert avait fixé le mortier.

— Pensez-vous, frère, dit-il, que vous puissiez nous porter tous les deux?

— J'essayerai, répliqua Goëtz.

— Montez, Albert, reprit Otto.

Albert obéit.

Goëtz se tenait ferme sur ses jambes; mais il était trop loin du roc, qui surplombait en cet endroit, pour pouvoir s'y appuyer.

Quand Albert fut monté sur ses épaules, Otto poursuivit :

— Vos mains peuvent-elles atteindre la rampe?

— J'y touche, répondit Albert, et ce mortier d'enfer est à peine à trois pieds au-dessus de ma tête. Oh! si je pouvais! si je pouvais!

Il trépignait, oubliant, dans son trouble, que ses pieds reposaient sur les épaules de Goëtz.

— Tenez-vous ferme, dit Otto en s'adressant à ce dernier; vous, Albert, appuyez-vous à la rampe et ne bougez pas.

Il fit le signe de la croix et prononça le nom de sa sœur Margarethe, comme on invoque une sainte, assise aux marches du trône de Dieu.

Le silence régna sur la plate-forme.

Goëtz sentit un poids de plus sur ses épaules endolories; un instant ses jambes robustes fléchirent; un instant son cœur cessa de battre.

Il y avait maintenant trois hommes suspendus à plus de cent pieds au-dessus de l'abîme.

Et nulle lueur pour les guider; et pas un fil pour les soutenir.

La nuit couvrait le travail prodigieux d'Otto, qui montait lentement, la sueur froide aux tempes, le long du corps frissonnant de ses frères.

Goëtz en équilibre au bord du précipice gémissait sous le fardeau trop lourd ; les mains d'Albert, convulsives et crispées, grattaient de l'ongle le roc glissant ; Otto montait, calme en face de la mort menaçante, et toujours intrépide.

VIII

VIEILLES HISTOIRES

— Hâtez-vous, mon frère Otto, dit Goëtz, écrasé sous l'angoisse terrible du moment, plus encore que par le double fardeau qui pesait sur lui ; je n'ai plus de forces !

Otto mettait un genou sur l'épaule d'Albert ; il sentit chanceler sous lui l'échelle vivante qu'il venait de gravir.

Ses deux bras s'élevèrent et saisirent la saillie du rocher, où il s'accrocha de toute sa force.

L'instant d'après, il se hissait à bout de bras et prenait pied sur le roc même.

Goëtz, soulagé, reprit haleine.

Otto chercha dans les ténèbres le boudin dont avait parlé Mâlou ; il ne le trouva pas ; pressé par le temps, il appuya ses deux mains robustes sur la gueule du mortier, qui tourna en grinçant sur son axe. . . . .

. . . .

De l'autre côté de la douve, on avait aperçu aussi cette lueur faible qui semblait courir le long des flancs du rocher.

Les plus clairvoyants avaient même distingué des formes humaines suspendues entre le ciel et l'abîme.

C'était tout ; impossible de savoir au juste ce que faisaient là ces étranges fantômes.

Ce qu'on pouvait prévoir, c'est qu'ils ar-

rangeaient quelque pièce importante du feu d'artifice.

Aussi tous les regards se fixaient-ils désormais précisément vers cet endroit ; on ne voyait plus rien depuis que la lanterne avait été remontée sur le rempart ; mais l'œil des spectateurs gardait cette place dans la nuit ; on ne la quittait point ; on craignait de la perdre ; c'était de là, sans doute, que devaient jaillir les merveilles attendues.

Bien qu'on fût encore en hiver et que le vent de février n'eût point adouci pour la circonstance son souffle piquant, il y avait autour des fossés de Geldberg innombrable compagnie.

Les invités privilégiés qui venaient de quitter les salles chaudes du château grelottaient bien un peu sous les arbres de l'avenue, mais, en somme, on avait pris contre le froid de victorieuses précautions. Les hommes boutonnaient jusqu'au menton leurs paletots parisiens ; les dames s'enmitouflaient dans de molles fourrures et garaient leurs pieds, grands ou petits, contre l'humidité du gazon, à l'aide de socques nouvellement inventés, et qui devaient conserver le surnom d'allemandes.

Les invités de seconde classe, en beaucoup plus grand nombre, et qui arrivaient des villes voisines, où ils avaient établi leurs quartiers, cherchaient volontiers à se mêler aux héros de la fête ; ils s'approchaient le plus possible de l'enceinte réservée où l'on avait placé de confortables sièges ; quelques-uns même, profitant de l'obscurité, forçaient la consigne et se prélassaient effrontément dans les fauteuils destinés à de plus forts actionnaires.

Car, il ne faut point l'oublier, au fond de tout cela il y avait à souscrire un capital de cent quatre-vingts millions.

Enfin, sur la lisière des taillis voisins, le long des haies et jusque sur la lande, s'éparpillait une autre foule qui n'était pas du tout invitée.

C'étaient de bons bourgeois d'Esselbach, d'Obernburg, etc., venus avec leurs familles ;

des paysans des environs, et d'anciens tenanciers de Bluthaupt.

Ces trois catégories de spectateurs parlaient fort différemment de la maison de Geldberg.

Les invités de première classe portaient la maison dans leur cœur ; on les hébergeait royalement, on leur promettait d'immenses bénéfices ; ils n'avaient pas assez de louanges pour ces banquiers probes et opulents, qui faisaient un si noble usage de leur fortune.

Le faubourg Saint-Germain était, sur ce sujet, du même avis que la Chaussée-d'Antin, et le faubourg Saint-Honoré n'avait pas d'autre opinion.

Les noms historiques, il y en avait, ma foi ! grand nombre, condescendaient gracieusement à tripler leurs capitaux. La pairie et la chambre élective, qui étaient là fort amplement représentées, s'unissaient en un touchant accord pour promettre des voix à la concession.

Il n'y avait, bien entendu, aucun esprit de parti dans cette réunion de famille ; comme on a pu le remarquer en mille et une circonstances, nos *whigs* et nos *tories* sont susceptibles de s'entendre, dès qu'on parle de chemins de fer.

Il faut savoir adoucir ses opinions trop farouches, quand il s'agit de servir son pays ; or, qui pourrait nier les avantages des voies ferrées ?

Évidemment, la prime ne fait rien à la chose.

Pour prétendre le contraire, il faut être un misérable n'ayant ni feu ni lieu, un journaliste poussif vivant de scandale, un négateur, un rapin, un mauvais Français, un bizet, un sauvage !

Les invités surnuméraires n'étaient pas complétement du même avis : il y avait un peu de jalousie dans leur fait. A part les Anglais, qui avaient acheté leurs cartes un prix fou, c'était, pour le plus grand nombre, des lions de qualité douteuse, des oisifs, des bourgeois entêtés d'élégance, en un mot, le second marc de la fashion.

Parmi ces gens-là, on n'avait pas honte de se plaindre ! On avouait que les fêtes de Geldberg étaient magnifiques ; mais on parlait d'appâts, de piéges : des cancans !...

Quant aux naturels du Wurtzbourg, ils allaient beaucoup plus loin. Cette grande famille de Bluthaupt, morte depuis vingt ans, avait laissée dans la contrée des souvenirs indélébiles.

On n'avait oublié qu'une chose, savoir : que le dernier comte était un homme faible et nul.

Tous les autres Bluthaupt, cela depuis des siècles, s'étaient montrés si véritablement grands seigneurs ! doux aux faibles, rudes aux forts, généreux, bons, secourables.

Et si malheureux !

On parlait d'Ulrich, assassiné par un poignard inconnu ; on parlait des trois bâtards de Bluthaupt, ces jeunes gens à la taille héroïque, qui s'étaient jetés seuls, un jour, dans une bataille contre les têtes couronnées.

A eux s'attachait un étrange prestige ; c'était à voix basse et avec un mystérieux frémissement qu'on prononçait leurs noms aimés.

Hélas ! ils avaient été vaincus dans la lutte. Le sort de leur famille avait pesé sur eux. On devait raconter longtemps aux veillées les bizarres aventures où se perdaient leur téméraire courage, leurs déguisements, leurs évasions merveilleuses.

Et le nombre de ces aventures ne pouvait plus s'accroître. Depuis un an, les lourds verrous de la prison de Francfort étaient entre eux et la liberté !

On ne devait plus voir ni le noble Otto, ni le bel Albert, au nom de qui battaient en secret tous les cœurs de femme, ni le joyeux Goëtz.

Une fois fermées, les portes de la prison de Francfort ne savaient plus ouvrir leurs battants doublés de fer ; Otto, Albert, Goëtz, les

C'étaient de bons bourgeois d'Esselbach venus avec leurs familles. (Page 223, col. 2.)

braves seigneurs! étaient là pour vivre et pour mourir.

Oh! que de haine pour les trafiquants avares qui les avaient remplacés! Car ces magnificences d'un jour étaient, pour les hommes du pays, comme un sarcasme sanglant.

Aujourd'hui, Geldberg jetait son or mal acquis par les fenêtres; mais hier il pressurait ses pauvres tenanciers : mais demain il allait faire payer à tous ceux qui tenaient à bail son immense domaine l'intérêt exorbitant de ses splendeurs folles.

Quand Dieu veut punir cruellement un pays, il tue les vrais seigneurs pour mettre des marchands à leur place.

Mais, n'avait-on pas dit autrefois, tous ceux qui avaient plus de vingt ans s'en souvenaient, que le dernier Bluthaupt n'était pas mort?

N'avait-on pas parlé d'un enfant dont le premier cri avait amené un sourire sur la lèvre mourante de la belle Margarethe?

Un fils accordé par le ciel à la vieillesse du comte Gunther.

Cet enfant que les mauvais serviteurs de Bluthaupt avaient appelé le Fils du Diable...

Qui sait? la Providence est patiente parfois durant de bien longues années.

On n'avait pas entendu parler, depuis lors, de ce pauvre enfant, qui n'avait jamais vu ni son père ni sa mère.

Mais on n'avait pas perdu tout espoir.

Il y avait des vieillards qui disaient en se signant que les *Hommes Rouges*, ces trois esprits attachés aux destinées de Bluthaupt, restaient parfois vingt et un ans sans paraître sur la terre.

Et ils demandaient à Dieu de vivre jusqu'à la fin de cette année, qui devait voir sans doute d'étranges choses.

Dans les montagnes du Wurtzbourg, on écoute encore les vieillards ; on attendait.

Au milieu de cette nuit noire qui entourait le vieux château, les villageois se sentaient portés, à leur insu, vers ces fantaisies superstitieuses qui meublent les têtes allemandes.

Des ruines de l'ancien village jusqu'à la pelouse, on ne parlait que des mystères de la destinée de Bluthaupt, et le nom des trois Hommes Rouges courait de groupe en groupe.

Dans les ténèbres, ces légendes mystérieuses acquièrent un intérêt extraordinaire, elles gagnaient de proche en proche, pour ainsi dire : des groupes de paysans, elles passaient parmi les invités surnuméraires, et de ceux-ci, franchissant les tentures de l'enceinte, elles arrivaient jusqu'au milieu des commensaux de Geldberg.

Le lieu était propice et le moment favorable ; il faut tuer l'attente.

Il y avait déjà près de quinze jours qu'on était réuni au château. Bien des allusions avaient dû être faites déjà et personne n'était sans avoir entendu parler, ne fût-ce que vaguement, de ces trois démons représentés sur l'écu de Bluthaupt. La curiosité se trouvait excitée de longue main ; tous ces Parisiens sont des Alcibiades qui *changent partout où ils voyagent*, comme le Joconde de M. Étienne : à l'ombre du Panthéon, ils sont sceptiques et ne croient à rien ; mais au fond des campagnes ils deviennent romanesques.

Ils ont pour la nuit, dans les sentiers déserts ; le cri du hibou leur donne la chair de poule ; sans avoir jamais appris le métier, ils évoquent du premier coup des spectres capables d'effrayer Anne Radcliffe elle-même.

Ils étaient au fin fond de l'Allemagne. La poésie brumeuse entrait dans leurs poitrines avec l'air qu'ils respiraient. Et quelle belle nuit pour causer de choses lugubres ! de grands arbres balancés par le vent d'hiver, un ciel en deuil et la masse sombre du vieux manoir apparaissant vaguement dans l'ombre ! Et les terreurs de cette solennelle mise en scène s'arrêtaient juste à point : on pouvait frémir comme au spectacle, mais impossible de trembler pour tout de bon ; on était trop, on se coudoyait ; le moyen en pareil cas de n'être pas brave ?

— Vous ne trouvez point de ces délicieuses traditions, disait madame la marquise de Beautravers, assez heureuse pour tenir le bras du jeune monsieur Abel, dans les maisons des petites gens. A mon château de Picardie, il y a comme cela des histoires incroyables !

Ce pouvait être une impertinence de grande dame ; Abel prit cela pour une flatterie.

— Vous savez, répliqua-t-il, que toutes ces légendes ne se rapportent pas précisément à nous, Geldberg. C'est toujours de Bluthaupt qu'il s'agit ; mais nous étions très-près parents des Bluthaupt.

— Les deux familles se valent, dit la marquise ; mais, en somme, quelle est l'histoire de ces trois Hommes Rouges ?

Madame la duchesse de Tartarie, débris impérial, veuve d'un sabre illustre et propre tante d'un bienfaiteur de la race chevaline, faisait la même question au docteur José Mira.

Un beau petit lion du balcon de l'Opéra interrogeait à ce sujet madame de Laurens, qui était bien triste, la pauvre femme ! car son mari se mourait.

Et de toute part c'était la même chose. Mirelune suait sang et eau pour mettre la légende à la portée d'une petite demoiselle de quinze ans, Athénaïs Chocard, qui devait avoir, disait-on, sept chiffres à son compte de tutelle. Le gentilhomme songeait à faire une fin, bien qu'il fût jeune encore, n'ayant pas dépassé quarante-cinq ans.

Ficelle, le fin vaudevilliste, s'escrimait contre l'intelligence épaisse de l'énorme épouse d'un notable commerçant de la rue Laffite, laquelle lui donnait à dîner toutes les semaines.

Quand le commerce se met à protéger les arts, rien ne lui coûte !

— Madame la duchesse, disait Mira de sa voix grave et compassée, vous êtes trop instruite pour ne pas me comprendre sur-le-champ.

La veuve du sabre impérial savait lire à peu près, et signait son illustre nom assez lisiblement, quand elle y mettait l'application convenable.

— Comme bien vous pensez, reprenait le docteur, ces choses ne sont pas historiques dans le sens rigoureux du mot ; et pourtant l'écusson des comtes de Bluthaupt, dont vous pourrez reconnaître les émaux dans la salle de justice, semble d'accord avec ces étranges traditions. Ce sont des armes *à enquerre*. Je vous demande pardon, madame la duchesse, d'employer ces expressions techniques.

— Nous connaissons cela, docteur, répliqua fièrement la veuve du héros ; nous avons, Dieu merci ! des armoiries à revendre, et je crois que mon fils les ferait peindre volontiers sur son chapeau.

— Cet écusson porte, reprit le docteur, de sable à trois bustes de gueules...

— Fi ! monsieur, s'écria la duchesse indi-

gnée ; un homme comme vous parler de gueule !

— Ma foi ! oui, madame, racontait un peu plus loin le jeune M. de Geldberg, je me suis laissé dire que ces trois Hommes Rouges étaient trois cadets de Bluthaupt qui firent merveille contre les Sarrasins, au temps des croisades. Les bonnes gens du pays affirment qu'en récompense de leurs hauts faits, Dieu leur donna le privilège de revenir parfois visiter le monde des vivants après leur mort.

— Et quelqu'un les a-t-il vus ? demanda la marquise de Beautravers.

— Comment ! quelqu'un, belle dame ? Vous trouveriez cent personnes dans le village qui les ont rencontrés face à face. Et tenez, Ghert, vous savez, ce vieux palefrenier qui traite *Victoria-Queen* depuis qu'elle est indisposée ?... Eh bien ! il a vu, par une nuit de la Toussaint, les trois Hommes, couverts de grands manteaux rouges comme le feu, glisser sous les murailles du château et rentrer en terre aux premiers rayons du crépuscule...

— Comme tout cela est naïf, gracieux, charmant ! dit la marquise. Ah ! l'Allemagne !

Le jeune M. Abel prémédita une galanterie très-forte.

— L'Allemagne a ses revenants, répliqua-t-il, l'Angleterre ses chevaux, Strasbourg ses pâtes, Bordeaux son vin, Pékin ses porcelaines, mais Paris, ajouta-t-il avec une intonation qu'on peut se figurer, Paris a ses jolies femmes !

— Je voudrais être un poète, déclamait cependant Mirelune en serrant doucement le bras d'Athénaïs Chocard ; et puisque ce sujet vous plaît, mademoiselle, je ferais pour vous seule une belle ballade.

La joue d'Athénaïs était plus écarlate que les fantastiques manteaux des trois Hommes Rouges.

— Si nous allions les voir ! murmura-t-elle toute tremblante ; oh ! comme j'aurais peur !

— Avant d'arriver jusqu'à vous, mademoiselle, dit le chevaleresque Mirelune, il faudrait passer sur mon cadavre !

— Mais enfin, disait la grosse épouse du notable commerçant, sont-ce des hommes comme vous et moi, monsieur Amable ?

— Oui et non, répondait Ficelle ; d'ailleurs, ma chère dame, tout ça n'est pas nouveau. On a fait *la Dame blanche*, et mille autre livrets que je pourrais vous citer. Moi qui vous parle, j'ai présenté au théâtre de l'Opéra-Comique, du temps qu'il était sur la place de la Bourse, un grand ouvrage en trois actes...

— Mais, enfin, y croyez-vous, vous ?

— Peuh ! fit le vaudeviliste, ça réussit et ça ne réussit pas ; le fantastique est usé ! Il faut de grosses charges et des larmes. Le public devient de plus en plus croûton.

— C'est égal, dit la grosse dame, moi je donnerais bien quelque chose pour voir ça.

— Je ne dis pas, riposta Ficelle. Avec un acteur capable et de beaux décors....

L'heure avançait ; quelques minutes encore et le signal allait être donné.

Mais ce sujet d'entretien, qui avait gagné comme une contagion de proche en proche, diminuait singulièrement l'impatience générale. On ne pensait plus guère au feu d'artifice ; les trois Hommes Rouges, voilà ce dont chacun s'occupait.

Les *on dit* se croisaient ; les hypothèses ricochaient d'un groupe à l'autre ; beaucoup de dames, amantes du merveilleux, pensaient que pour rendre la fête complète, les Geldberg auraient dû donner, avant le départ, une représentation des trois Hommes Rouges. Réellement, il était piquant de revenir à Paris sans avoir vu la moindre apparition !

A un certain moment, M. le chevalier de Reinhold, qui accompagnait madame la vicomtesse d'Audemer et Denise, se trouva auprès de Sara.

— Comme ce quart d'heure est long ! murmura-t-elle.

— Patience ! répondit Reinhold ; cela vaut la peine d'attendre.

Sara reprit sa conversation avec le petit lion, et Reinhold continua de dire des fadeurs à la vicomtesse.

Denise se taisait. Elle avait une vague frayeur, en songeant que Franz allait se trouver au milieu des pièces d'artifice.

Dans toute l'enceinte réservée il n'y avait peut-être qu'eux seuls, avec Julien d'Audemer, qui entretenait tout bas sa belle comtesse, à ne point parler des trois démons de Bluthaupt.

Le timbre fêlé du beffroi sonna le premier coup de huit heures.

C'était le signal ; tous les regards se concentrèrent sur le château.

Reinhold, Mira et madame de Laurens ne se contentèrent pas de regarder : ce coup de cloche produisit sur eux un effet analogue et bizarre.

Sara quitta brusquement le bras de son petit lion ; Reinhold abandonna madame d'Audemer étonnée, et le docteur, cédant à une distraction peu flatteuse pour la duchesse de Tartarie, planta là ce vieux souvenir de nos conquêtes.

Ils s'élancèrent tous les trois en avant, poussés par une irrésistible envie de voir ; ils se rencontrèrent à la limite de l'enceinte.

Deux ou trois secondes s'écoulèrent durant lesquelles toutes conversations avaient cessé, rompues par le silence profond de l'attente.

Une lueur brilla au sommet des murailles ; les mains du docteur, du chevalier et de madame de Laurens, se joignirent dans l'ombre, ils ne disaient rien ; ils ne respiraient plus. La lueur décrivit une courbe rapide, et une douzaine de jets de feu s'élancèrent dans

toutes les directions, traçant des lignes étin-
celantes.

Une de ces lignes descendait droit à la
douve; quand elle fut arrivée à son point
d'arrêt, une forte détonation retentit.

Les mains des trois complices se serrèrent,
glacées.

IX

LE FEU D'ARTIFICE

Ce fut comme le coup de baguette d'un enchanteur puissant. La détonation retentit,
prolongée à la fois par les échos du schloss
et ceux de la forêt. Les ténèbres vaincues re-
culèrent. La foule, assemblée autour du vieux
manoir, surgit tout à coup de l'ombre, éclairée
comme en plein jour. Le paysage connu re-
naissait sous des couleurs étranges et nouvelles : et, de toutes parts, la nuit, repoussée
pour un instant et prête à reconquérir sa
place usurpée, entourait le tableau comme
un grand mur d'ébène.

Au-dessus des têtes, le ciel se teignait d'une
pourpre sombre; le château, qui semblait
embrasé des fondements jusqu'au faîte, disparaissait derrière une pluie ardente, dont
les mille étincelles descendaient, remontaient
et retombaient encore.

Vous eussiez dit des jets de feu liquide,
lancés par des myriades d'invisibles tuyaux.
Ils jaillissaient dispersant et mêlant leurs
fougueux tourbillons. Les couleurs changeaient; la fumée épaisse, mais lumineuse,
se teignait de mille nuances fantastiques.

Le pourpre combattait l'azur et mettait des
reflets de sang aux branches dépouillées des
arbres; des nuages grisâtres roulaient qui,
lentement, se teignaient d'émeraude, pour
prendre soudain l'éclat opulent de l'or.

C'était un chaos splendide, un incendie
gigantesque, une confusion inouïe d'ombres
mouvantes et de radieuses clartés.

Durant la première seconde, on n'entendit
que le cliquetis éclatant des artifices, ré-
percuté par les graves échos de la montagne.

Puis un cri s'éleva dans la foule émue.

Mille voix, étouffées par une mystique
frayeur, disaient ensemble :

— Les voilà! les voilà!

Les trois complices montraient, au premier
rang de l'assemblée brillante réunie dans
l'enceinte, leurs figures livides.

Ils ne disaient pas, eux : « Les voilà! »
mais bien : « Le voilà! »

Et leurs visages bouleversés peignaient
une stupéfaction inexprimable.

C'est que leurs regards ne se fixaient point
au même endroit que ceux du reste de l'assemblée; ce qu'ils regardaient, eux, c'était
la place où Franz avait dû mettre le feu à
la première traînée de poudre.

Cette traînée communiquait avec le mortier braqué par Màlou et Pitois au pied des
fortifications.

Màlou avait été artilleur en sa vie : la pièce
devait être pointée comme il faut, et Franz
devait disparaître, broyé par la charge du
mortier, au plus beau moment du feu d'artifice.

Aussi madame de Laurens, Reinhold et
Mira, doutaient du témoignage de leurs
yeux; car la pièce avait fait son effet; ils
venaient d'entendre le bruit plein et reten-
tissant de la décharge parmi les éclats aigus
des pétards, et, à travers les premiers flocons
de fumée, ils apercevaient Franz debout à
son poste; Franz sain et sauf, Franz qui souriait et saluait de loin l'assemblée.

Y avait-il donc une cuirasse magique autour de cette poitrine?

Ils regardaient. Autour d'eux un mouvement se faisait dans la foule; tout le monde
se précipitait en avant; la plate-forme était
envahie.

Invités de première classe, invités surnuméraires et gens du pays se mêlaient maintenant sur la pelouse qui faisait face aux der-

rières du château, et l'agitation gagnait, loin de s'éteindre.

De toutes parts on répétait :

— Les voilà! les voilà!
— Les trois Hommes Rouges!!!

Sara, Reinhold et le docteur étaient maintenant en arrière, et seuls à peu près dans l'enceinte, avec Van Praët et le Magyare.

Leurs regards cessèrent enfin de se fixer sur Franz pour chercher la cause de l'agitation générale.

Sara, la première, poussa un cri contenu, et leva sa main étendue vers l'endroit où était braqué le mortier. Mira et Reinhold demeurèrent bouche béante et comme frappés de stupeur.

L'averse de feu continuait de ruisseler du haut des murailles, et faisait à ce lieu central comme un cadre de lumière ardente.

Au milieu de ce cercle flamboyant, et sur lequel l'œil ne pouvait se fixer sans être ébloui, trois hommes de grande taille, exactement semblables entre eux et drapés dans de longs manteaux écarlates, se tenaient debout sur une saillie du roc.

Ils dressaient, immobiles, leurs tailles fières et uniformes, auxquelles l'immense brasier, sans cesse en mouvement, donnait des proportions surnaturelles.

Ils semblaient regarder tous les trois l'enceinte réservée, et il y avait dans leur pose comme une hautaine menace.

La foule, cependant, murmurante et agitée, continuait de prononcer le nom des trois Hommes Rouges; parmi les invités de Geldberg, quelques-uns essayaient le rôle d'esprits forts, et disaient que cette apparition, préparée, faisait partie du feu d'artifice.

Mais le plus grand nombre frémissait d'une terreur involontaire, qui allait croissant toujours.

La pluie de feu cessa; il y eut un entr'acte de quelques secondes. La forêt, la vaste lande, les taillis et le château rentrèrent pour un instant dans l'ombre.

Durant ces quelques secondes, bien des paroles furent échangées à demi voix, qui, toutes, avaient trait aux trois Hommes Rouges.

Et tous les yeux se fixaient, tendus et curieux, vers l'endroit où ils allaient reparaître, aux lueurs de la première fusée.

Le feu se ralluma, jetant comme une énorme parure de diamants sur les murailles du château et sur les rocs qui lui servaient de base.

Depuis le fond du fossé jusqu'au sommet des remparts, il n'y avait pas un pouce de terrain qui n'eût sa blanche étincelle; tout était illuminé, clair, éclatant; les saillies du rocher n'avaient plus d'ombres, on apercevait les plus petits objets comme en plein soleil, et c'est à peine, si un lézard, habitant les murs demi-ruinés, eût trouvé où se cacher sur cette surface éblouissante.

Pourtant les regards avides cherchèrent en vain les trois grands fantômes avec leurs rouges manteaux.

Ils avaient disparu.

Le précipice était sous leurs pieds, il n'y avait au-dessus de leurs têtes qu'une rampe infranchissable.

Il fallait que la terre se fût ouverte pour leur donner asile.

. . . .

On s'amusait magnifiquement chez les Geldberg. Ce n'était pas de ces financiers dont l'avarice combat sans cesse l'orgueil et qui lancent fastueusement des milliers d'invitations pour laisser mourir de faim et de soif la cohue malheureuse de leurs hôtes. Ils faisaient les choses grandement, et comme ces traitants prodigues qui ont laissé leurs noms dans les fastes galants de l'ancienne monarchie.

Tout était réglé comme il faut: l'ennui n'avait pas le temps de se glisser entre les plaisirs échelonnés habilement.

C'était tous les jours quelque chose de

nouveau, et, tous les jours, les splendeurs de la veille se trouvaient dépassées.

L'ordonnateur de ces belles fêtes faisait preuve, en vérité, d'une imagination inépuisable.

Tout le monde était content ; personne ne songeait à hâter l'instant du départ ; c'était un succès grand et complet, si grand et si complet, que deux ou trois embryons littéraires, qui étaient parvenus à se glisser parmi la foule, avaient la bonté de ne point trop regretter le confortable de leurs mansardes et les joies quotidiennes de leurs dîners à vingt-cinq sous.

Or, quand ces boutures d'écrivains de génie ne se plaignent pas très-haut, c'est qu'il n'y a pas moyen de se plaindre.

Types lamentables de méchanceté impuissante, ils sont maigres de rage ; dès quinze ans, la jalousie amère arrêta leur crue ; l'éclat d'autrui, qui les blesse, fait grincer leurs dents de roquets venimeux. Ils s'agitent, furieux, entre les jambes des hommes de taille ordinaire ; et chaque fois qu'une renommée surgit, dans quelque genre que ce soit, vous voyez écumer l'aigre et pâle verjus qui coule au lieu de sang dans leurs veines.

Ils sont chétifs ; ils trempent leurs plumes de roitelet dans une encre saturée de fiel, mais qui ne marque pas ; leurs ongles sont des griffes émoussées ; quand ils mordent, on en est quitte pour se gratter.

Avec quelques cuillerées de cette eau, annoncée chez tous les apothicaires comme souveraine contre les insectes nuisibles, on en purgerait la république des lettres.

Mais on ne daigne pas...

A Goldberg, ces petites créatures mangeaient, buvaient et se taisaient à leurs moments perdus ; ils s'essayaient même à faire d'affreux dithyrambes à la louange des amphytrions.

Là, comme partout, ils passaient inaperçus ; le propre de leur misère, c'est de n'être pas plus remarqués quand ils chatouillent que quand ils égratignent.

La fête qui marchait glorieuse, éblouissante, n'avait pas besoin de ces obscurs suffrages. Son but commercial avait été dès l'abord merveilleusement rempli, et nulle maison en Europe ne possédait désormais un crédit supérieur à celui de la maison de Goldberg.

Il va sans dire que, dans le nombre des invités, il y avait des courtiers chargés d'agir et surtout de parler dans l'intérêt de la maison. Ce n'étaient point de ces agents vulgaires qui *font mousser* les entreprises à la bourse, commis-voyageurs en millions, dont le compérage, facile à reconnaître, ne trompe que les dupes prédestinées.

C'étaient des hommes du grand monde, de beaux noms ; il est comme cela de ces courtiers dont les aïeux illustres ont gouverné des provinces et gagné des batailles.

Et si vous saviez quels courtiers cela fait ! un courtier pareil vaut dix agents de l'espèce ordinaire !

Ils croisent en pleine terre, dans les deux nobles faubourgs ; leurs écus sont à la salle des croisades ; ils n'ont point la poitrine assez large pour les décorations gagnées par leurs mérites.

Ils sont comtes, marquis, ducs quelquefois ; le malheur des temps leur a laissé deux ou trois châteaux, mais pas assez de chaumières.

En cet âge de plomb, il faut que tout le monde travaille pour vivre, et l'un des métiers les plus doux inventés par notre belle civilisation est assurément celui de chauffeur d'actions.

Aux jours de Fontenoy, c'était fort bien de coindre l'épée ; maintenant le carnet est infiniment mieux porté.

Il faut être un héros pour gagner vingt mille francs par an avec une épée vertueuse ; il faut être un pauvre diable pour ne pas gagner quatre à cinq mille écus par mois avec un carnet sans préjugés.

Cela fait une différence.

Monsieur le comte, monsieur le marquis,

ou monsieur le duc, n'a point oublié, soyez-en certains, la gloire de ses aïeux ; mais au lieu de la continuer, il l'exploite.

Ne faut-il pas bien que la gloire serve à quelque chose?

Assurément, si les vieux seigneurs du temps de François Ier ou même de Louis XIV voyaient leurs fils, soudoyés par la finance, râ-cler la peau des bourgeois, à la suite de Ro-bert-Macaire, ils entreraient en fort méchante humeur ; mais ce serait le tort qu'ils au-raient. Les siècles ont marché : autres temps, autres coutumes ; nous sommes des philoso-phes ; arrière l'honneur et les perruques!...

Goldberg, comme toutes les maisons puis-santes, avait su enrôler bon nombre de ces nobles courtiers. Il en avait de mâles ; il en avait aussi qui appartenaient à la plus belle moitié du genre humain.

Grâce à ces auxiliaires qui agissaient dans la mesure d'une parfaite convenance et avec un savoir-vivre exquis, la maison comptait en dansant. Ses chefs, tout en ayant l'air exclusivement occupés de la fête, mêlaient à l'agréable une forte dose d'utile.

A part des choses commerciales, il y avait du bon et du mauvais dans les affaires pri-vées. Le chevalier de Reinhold était toujours au mieux avec madame la vicomtesse d'Au-demer, qui lui avait promis positivement la main de sa fille ; Julien était fou de la com-tesse Esther.

Julien n'avait pourtant pas oublié tout à fait le mystérieux billet reçu au bal Favart, et qui l'avait tant ému quelques semaines au-paravant.

Il se souvenait de cet avertissement étrange qui accusait le chevalier de Reinhold du meurtre de son père, et qui, lacéré par ha-sard, laissait planer des soupçons graves sur la famille de sa fiancée. Il avait relu le billet plus d'une fois, et il savait par cœur ces paroles effrayantes :

« Ta sœur va épouser l'assassin de ton père, et toi, la fille de... »

Il se souvenait encore des doutes qui l'a-vaient assailli le lendemain du bal de l'Opéra-Comique, lorsqu'il avait cru reconnaître, après coup, la comtesse Esther dans sa belle compagne de la veille.

Mais Julien joignait à un cœur franc et facile un esprit faible : il aimait Esther, et il employait tous ses efforts à éloigner ces gênants souvenirs.

Tout ce qu'il avait pu faire, c'était de remplir sa promesse à l'égard des trois bâ-tards de Bluthaupt, ses oncles. Il avait dit : « Je les verrai, je saurai ce qu'ils savent sur la mort de mon père. »

En se rendant de Paris en Allemagne, il s'était arrêté, en effet, dans la ville libre de Francfort-sur-le-Mein. Il avait demandé l'autorisation de pénétrer auprès des trois frères ; mais les trois frères étaient au se-cret, et l'autorisation lui fut péremptoire-ment refusée.

Pour d'autres motifs, madame de Laurens, le docteur Mira et le chevalier de Reinhold, en passant à Francfort-sur-le-Mein, deman-dèrent aussi à voir les trois bâtards de Blu-thaupt.

Un doute vague s'était éveillé dans leur esprit, peut-être, et ils voulaient s'assurer par eux-mêmes.

Ils ne furent pas beaucoup plus heureux que le jeune vicomte Julien. Cependant, grâce à l'influence qu'ils avaient gardée en Allemagne, ils pénétrèrent jusque dans l'inté-rieur de la prison, dont ils purent admirer la tenue excellente.

De mémoire de geôlier, personne ne s'é-tait évadé jamais de la prison de Francfort.

Sara, le docteur et Reinhold comptèrent les guichetiers et mesurèrent d'un œil inté-ressé la belle épaisseur des murailles.

De corridor en corridor, maître Blasius, l'ancien majordome de Bluthaupt, les con-duisit jusqu'aux trois cellules contiguës où les bâtards étaient renfermés.

De toutes parts, on répétait : « Les voilà ! les voilà ! Les trois Hommes Rouges !!! » (Page 230, col. 1.)

X

LA CHAMBRE DE FRANZ

On ne pouvait franchir ces portes closes qui étaient entre les bâtards de Bluthaupt et la liberté. Là devait s'arrêter l'exploration. Mais c'en était assez. Il y avait aux trois portes un tel luxe de verrous et de cadenas !

Petite et ses deux compagnons, l'esprit désormais tranquille, poursuivirent leur route vers le château de Geldberg.

Julien avait fait à peu près de même ; à l'impossible nul n'est tenu. Il avait essayé, il avait échoué ; sa conscience ne lui reprochait rien.

Au château, il trouva la comtesse Esther, et bientôt il ne songea plus à autre chose qu'à son amour.

De ce côté, tout allait donc pour le mieux pour les Geldberg. D'autre part, Van Praët et le Magyare Yanos s'étaient laissé prendre jusqu'à un certain point à l'enthousiasme général. Ils voyaient de leurs yeux l'effet produit : cent quatre vingt millions d'ac-

tions souscrits en quelques semaines, c'était
là un résultat que l'œil le moins clairvoyant
ne pouvait manquer de reconnaître !

Ils étaient rassurés désormais sur le
compte de leur créance. Le bon Hollandais
n'avait plus besoin de dépenser son éloquence à calmer Yanos, qui avait accepté
la situation et qui attendait à peu près pa-
tiemment.

L'ancienne ligue s'était resserrée, et les
deux associés manquants étaient remplacés,
savoir : Zachœus Nesmer par M. le baron de
Rodach, qui restait à Paris, d'où il envoyait
régulièrement les fonds nécessaires à la fête,
et Mosès Geld par madame de Laurens.

Celle-ci avait fait la paix avec le docteur
José Mira. Petite avait oublié, en apparence
du moins, la révolte du Portugais, et le Portugais s'était refait esclave.

Au moment où il était question de tant
de millions, on ne pouvait vraiment pas se
brouiller pour une pauvre somme de cent
mille écus !

Surtout en considérant que cette somme
était dépensée dans l'intérêt commun. Le
baron de Rodach, en effet, remplissait avec
une exactitude scrupuleuse son office de caissier ; grâce aux sommes qu'il avait procu-
rées, la crise avait abouti à bien, et quoique
l'argent ne manquât point au château de
Geldberg, les paiements se faisaient à Paris
d'une façon courante et régulière.

Ce baron était en vérité un homme précieux, et sans lui la maison de Geldberg
n'eût pas vécu peut-être à l'heure où se
donnait cette fête opulente du château d'Allemagne !

On pouvait bien l'admettre pour associé
aux lieu et place de son ancien patron Zachœus Nesmer.

Ils étaient donc de nouveau six alliés,
comme au début de cette histoire ; le jeune
M. de Geldberg restait en dehors de l'association secrète.

Aujourd'hui comme autrefois, les six alliés
se détestaient entre eux, se défiaient les uns

des autres et poursuivaient le meurtre d'un
homme.

Il y avait pourtant une différence entre le
temps présent et le passé : cette différence
était tout entière dans la position du baron
de Rodach vis-à-vis de ses confrères.

Chacun de ces derniers, excepté le seigneur
Yanos, avait essayé sous main de conclure
avec le baron un traité de paix particulier.

Madame de Laurens, le docteur Mira,
Reinhold et l'excellent Van Praët lui-même
avaient cherché à se concilier cet homme,
dont l'énergie puissante leur faisait peur.

En même temps, ils s'étaient ligués tous
ensemble contre lui.

Ils ne demandaient pas mieux qu'à le
frapper, tout en ayant l'air d'implorer sa
protection ; il y avait au cœur de chacun
d'eux un instinct de haine, comprimé par la
terreur plus forte.

Quelque chose leur disait que l'intérêt
commun était d'écraser le baron; mais ils
n'osaient pas ; eussent-ils osé, comment
faire ?

Entre eux et le baron, il y avait comme un
rempart formidable ; ils tremblaient rien
qu'à l'idée de l'attaquer. Ces événements
récents, dont ils avaient été en quelque sorte
les témoins, environnaient pour eux le baron
d'un tel prestige, qu'ils se regardaient comme
vaincus d'avance en cas de combat.

Il n'y avait pas à se raidir dans un doute
impossible ; cet homme avait fait preuve d'une
puissance qui dépassait les bornes de l'imagination.

Depuis la scène du 10 février, les moins
crédules ne le voyaient plus qu'à travers un
nuage en quelque sorte diabolique.

Ce qu'il avait fait, tout le monde l'avait
vu, et nul ne pouvait l'expliquer.

Quand un problème est décidément insoluble, la pensée s'en éloigne avec fatigue, et
l'espérance tenace se réfugie dans les chances
inconnues de l'avenir. Les associés repoussaient l'idée du baron, au milieu de leurs

prospérités nouvelles, et invoquaient contre lui le hasard propice.

Un seul, parmi eux, comptait sur son bras et appelait la lutte; encore n'était-ce pas toujours.

Il y avait des moments où le seigneur Yanos sentait défaillir son cœur et cherchait en vain sa bravoure indomptée. Chez lui, la haine était fougueuse, parce qu'il avait été insulté; mais l'épouvante était plus grande, parce qu'il croyait davantage aux choses surnaturelles.

Il était devenu sombre et taciturne; ses journées se passaient à errer dans les environs du vieux schloss. Et plus d'une fois, à la nuit tombante, quelque paysan attardé dans les bois de Bluthaupt s'était signé avec effroi à la vue de cette grande ombre qui gesticulait dans les ténèbres, et dont la bouche prononçait de sourdes paroles.

Il allait lentement et la tête baissée; les derniers rayons du jour éclairaient son costume bizarre, dont la coupe semblait rehausser encore sa gigantesque stature. On le voyait s'arrêter parfois, rejetant en arrière le drap rouge de son calpak, et tendant ses deux bras comme pour repousser quelque effrayant fantôme.

D'autres fois, on l'avait vu tirer son sabre au milieu d'une allée déserte; la lame polie avait jeté dans la nuit ses fugitives étincelles.

Le Magyare, saisi de vertige, se battait contre le vide.

Les autres associés le laissaient à son humeur noire, et poursuivaient leur œuvre de sang.

Jusqu'ici, la fête n'avait rempli qu'un des deux buts proposés. Le crédit était relevé sur des bases magnifiques, mais Franz vivait.

Depuis l'arrivée en Allemagne, pas un seul jour ne s'était passé dans l'inaction; on avait travaillé en conscience; chacun avait fait son devoir. Malou dit Bonnet-Vert, et Pitois dit Blaireau, avaient montré tous les deux des talents d'assassin estimables; Fritz, ivre du matin au soir, avait fait ce qu'il avait pu.

Jean Regnault lui-même, le pauvre malheureux, après s'être échappé durant les premiers jours, et avoir erré dans les bois comme un sauvage pour se soustraire à sa tâche fatale, était revenu enfin de lui-même, poussé par le froid et la faim.

Le cabaretier Johann, général en chef des estafiers de Geldberg, l'avait reçu à bras ouverts, comme l'agneau égaré qui rentre au bercail.

Jean avait rendu çà et là quelques petits services, sans bien savoir ce qu'il faisait. Un voile épais et lourd était sur son intelligence; il ne raisonnait plus.

Mais, malgré tous ces efforts réunis, Franz se portait à merveille.

Deux ou trois chutes sans importance et une égratignure à l'épaule, tel avait été le résultat unique de ce grand déploiement de forces.

Là pâlissait la bonne étoile de Geldberg. Franz était la pierre d'achoppement où trébuchait et s'arrêtait l'heureuse chance de l'association.

Aussi n'avait-on pu agir contre lui comme on l'avait espéré d'abord, sans façon et tout uniment. Bien que le baron de Rodach n'eût pas eu le temps de réaliser complétement son projet à l'égard de Franz, et de lui faire un équipage de prince, le jeune homme tenait cependant un assez brillant état au château de Geldberg.

Hans Dorn, qu'il avait institué son banquier à Paris, lui avait prêté des sommes considérables, en égard surtout aux situations respectives du créancier et du débiteur, dont l'un était un pauvre marchands d'habits, et l'autre un orphelin sans fortune; mais ils ne comptaient pas plus l'un que l'autre : Franz allait en avant, tête baissée, avec l'étourderie de son âge et de sa nature, et le marchand d'habits, contre l'ordinaire des prêteurs, même les plus débonnaires, ne semblait jamais si heureux qu'au moment où le contenu de son escarcelle vide enflait les poches de son jeune ami.

On doit penser si Franz et lui s'entendaient à merveille !

Hans Dorn, cependant, avait parfois des refus pour les demandes de l'*enfant*, comme il l'appelait. Ce n'était jamais lorsqu'il s'agissait d'argent. Mais Franz avait voulu savoir ; le dévouement soudain du marchand d'habits lui donnait à penser beaucoup, et il était convaincu que la lumière attendue viendrait pour lui de ce côté.

Il interrogeait ; il tournait et retournait le brave Dorn dans tous les sens ; c'était toujours en vain.

Cependant le marchand d'habits avait beau ne point répondre, Franz voyait en lui le serviteur et l'agent de ce mystérieux personnage qu'il connaissait sous le nom de cavalier allemand.

Dans l'idée de Franz, ce cavalier allemand était ou son propre père ou l'envoyé de son père.

Et, bien souvent, il se surprenait à détailler au fond de sa mémoire les nobles traits de cet homme, qu'il y trouvait profondément gravés.

Il l'avait vu deux fois, à quelques heures de distance : la première fois, au bal Favart sous trois costumes différents ; la seconde, au bois de Boulogne, l'épée à la main.

Quel noble visage et quelle beauté fière ! Franz hésitait entre deux sentiments qui se combattaient en lui : c'était d'abord la rancune de l'enfant abandonné, mais c'était aussi les premiers élans de cette tendresse du fils qui croit reconnaître son père...

Plus il allait, plus cette préoccupation prenait place au fond de son cœur.

Le cavalier allemand, quel qu'il fût, occupait sans cesse sa rêverie : Franz songeait à lui avec un respect mêlé d'amour ; Franz n'espérait qu'en lui.

Ce qui ne l'empêcha pas d'enfreindre ses conseils, et de partir pour le château de Goldberg en compagnie des premiers invités, parmi lesquels se trouvait Denise.

Ne fallait-il pas bien suivre Denise ?

Franz n'avait eu garde de confier ce départ à son ami Hans Dorn, ni même à la petite Gertraud, pour qui d'ordinaire il n'avait point de secrets.

Il voulait aller à Geldberg, et le cavalier allemand était d'un avis contraire ; Franz avait ses raisons pour penser que le cavalier allemand pourrait bien, le cas échéant et par excès de sollicitude, lui barrer le chemin de vive force.

Il était parti, joyeux comme un écolier qui devance l'heure des vacances ; sa garde-robe était dans un état splendide, et il avait la bourse très-bien garnie.

En vérité, ce n'était déjà plus le petit commis des bureaux de Geldberg. Ses espoirs, insensés ou non, lui donnaient un singulier aplomb, qu'augmentait sa passagère opulence.

L'idée du baron de Rodach fut réalisée à peu de chose près, bien qu'il n'y eût point mis la main.

Franz fit de l'effet parmi le monde brillant rassemblé à Geldberg. Il était jeune, il était charmant ; on pouvait le croire riche.

Les femmes s'occupèrent de lui énormément, ce qui lui valut l'attention jalouse de ces messieurs.

Être regardé par les femmes et envié par ces messieurs, tel est assurément le but le plus magnifique que puisse rêver l'imagination d'un jeune homme portant moustache naissante et cœur de lion.

Franz était à la mode ; il fallut changer de tactique à son égard. Il ne s'agissait plus de le guetter à l'affût comme un gibier, et de lui envoyer une balle par derrière.

Cela eût fait trop de bruit. La réunion entière se serait émue, et les suites d'un pareil assassinat ne pouvaient être calculées.

Les associés durent prendre des biais ; on tendit des piéges plus ou moins adroitement : Franz les évita.

La plupart des tentatives furent néanmoins bien près de réussir ; une surtout.

Franz revint un soir au château, la figure
pâle et la chemise ensanglantée.

Il y avait eu chasse au sanglier du côté
d'Esselbach, et Franz avait reçu dans le
fourré une blessure à l'épaule.

Quelque tireur maladroit...

Cette blessure lui valut de bien doux regards, et redoubla l'intérêt tendre dont l'entourait la partie féminine de l'assemblée.

Elle lui valut mieux que cela.

Durant les deux ou trois jours qu'il fut
obligé de rester dans sa chambre, Lia de
Geldberg et Denise furent ses garde-malade.

Denise était là pour Franz, et Lia pour
Denise.

Le séjour du château avait rapproché les
deux jeunes filles.

Lia, qui souffrait, avait grand besoin d'une
amie. Elle n'avait point revue Otto depuis
cette rencontre à l'hôtel de Geldberg, qui
lui avait donné tant de bonheur et à la fois
tant de peine. Otto la fuyait; elle ne pouvait
deviner pourquoi, mais elle se souvenait
avec un serrement de cœur des derniers instants qu'ils avaient passés ensemble.

Dès lors, une sorte de pressentiment lui
avait annoncé son malheur.

Elle ne se plaignait point; tout ce qu'elle
souffrait restait au fond de son âme; elle ne
disait rien de sa détresse à Denise elle-même,
qui l'avait faite sa confidente.

C'était une nature simple, mais fière et forte.
Ceux qui voyaient son doux et mélancolique
sourire l'auraient pu prendre pour une de
ces jeunes filles qui cherchent, trop heureuses,
d'imaginaires tristesses, et qui se reposent,
vivantes élégies, dans les rêves sombres,
évoqués à plaisir. Dieu seul voyait ses larmes.

Denise lui contait ces mille détails d'un
amour heureux, et combattu seulement par
des obstacles de famille. Lia écoutait, attentive, émue; elle s'oubliait pour jouir du bonheur de son amie; le sourire navrant qui
était au fond de son cœur se voilait un instant pour renaître plus aigu aux heures de
solitude.

Sa tristesse ne pesait jamais sur autrui.
Elle savait sourire, malgré sa peine amère,
et Denise elle-même ne soupçonnait pas la
blessure mortelle de son âme.

Denise, toute seule, n'aurait pas pu s'installer au chevet de Franz; mais ce rôle de
garde-malade allait à la fille de la maison,
et il était naturel qu'elle se fit assister par sa
meilleure amie.

Ce furent trois jours charmants. Franz se
faisait plus malade qu'il ne l'était, afin de
prolonger ces douces heures qu'il passait
entre les deux jeunes filles.

Comme il eût été amoureux de Lia, s'il
n'avait pas aimé Denise !

Ils causaient; sa gaieté vive animait l'entretien; le présent était beau, l'avenir plein
de promesses; dans tout ce château, rempli
de pensées de fête, il n'y avait pas un recoin
qui fût si joyeux que cette chambre de blessé.

Toute chose a un terme, et les meilleures
sont, hélas! celles qui durent le moins. La
vicomtesse d'Audemer, avertie, peut-être par
le chevalier de Reinhold, qui voyait dans le
jeune Franz un rival de plus en plus redoutable, mit fin assez brusquement à ces longues et bonnes visites.

Denise ne désobéissait jamais à sa mère.
Dans cette extrémité, Lia fut encore la providence des deux amants.

La chambre qu'elle occupait au château de
Geldberg était séparée de celle de Franz par
un mur épais; mais leurs fenêtres voisines
donnaient sur cette pelouse où nous avons
vu récemment la foule assemblée pour assister au feu d'artifice.

C'étaient les derrières du château. Les
passants étaient rares dans cette campagne
inhabitée. Tout le mouvement d'allées et
venues des invités se faisait du côté de la
porte principale.

Franz se mettait à sa fenêtre; Denise s'accoudait à celle de Lia; ils pouvaient se parler encore.

La chambre habitée par Franz était une
grande pièce aux ornements gothiques, don-

nant d'un côté sur la campagne, et de l'autre
ayant la vue sur la cour d'entrée et la porte
principale du château.

Il couchait dans un grand lit de bois noir
à galerie sculptée, et dont les quatre pieds,
contournés bizarrement, s'appuyaient sur une
estrade.

La cheminée large et haute avançait son
manteau jusque dans la chambre.

De place en place, au centre des panneaux
de la boiserie sombre, on remarquait des
carrés longs qui semblaient avoir été protégés autrefois contre l'action de l'air par des
cadres suspendus.

XI

LE PASSAGE DU COMTE NOIR

Il y en avait beaucoup, et les clous qui les
avaient supportés étaient encore fichés dans
la muraille ; mais il ne restait pas un seul cadre.

En fait d'ornements antiques, on remarquait
seulement, à droite et à gauche de la porte
d'entrée, deux trophées d'armes formant pa-
noplie complète.

Les hauberts d'acier, noircis par le temps,
portaient encore, à la place du cœur, l'écusson
des comtes : un champ noir avec trois hommes
rouges.

Nous avons vu déjà les émaux de ces deux
écussons briller, durant une froide soirée du
mois de novembre, aux lueurs du foyer allumé
dans la grande cheminée. Nous avons vu les
longs rideaux de laine retomber autour du lit
d'où s'échappaient des plaintes étouffées.

Franz couchait dans la chambre où étaient
morts le vieux Gunther de Bluthaupt et la
belle comtesse Margarethe.

Il y avait vingt ans que le comte de Bluthaupt et sa femme étaient morts assassinés
dans cette chambre. Mais, à part les cadres
d'or, enlevés par une main rapace ou jalouse,
le temps n'y avait rien changé.

Nous eussions reconnu, autour de la vaste
cheminée, les siéges où s'asseyaient, dans
la nuit fatale de la Toussaint, Zachœus Nesmer,
le roide intendant de Bluthaupt, le gros physicien Fabricius Van Praët, et le docteur
portugais José Mira préparant son *élixir de vie*.
A droite de l'âtre se dressait le haut fauteuil
armorié où reposait d'ordinaire le maître de
Bluthaupt.

Dans l'embrasure de la fenêtre donnant
sur la cour, nous eussions reconnu encore
la place où Hans Dorn le page et la servante
Gertraud s'entretenaient pendant que la comtesse Margarethe gémissait derrière ses rideaux.

Au centre de la pièce, enfin, nous eussions
retrouvé sur le parquet cette tache noirâtre
que le doigt tremblant de Gertraud avait
montrée au page, et qui marquait la place
où les trois Hommes Rouges, sortant de terre,
avaient jeté mort, une certaine nuit, cet hôte
mystérieux de Bluthaupt qui portait le nom
de baron de Rodach.

Durant vingt années d'abandon, une épaisse
couche de poudre avait recouvert la trace
funèbre ; mais, quand le château s'était paré
pour la fête, la tache de sang avait reparu
sous la poussière.

La petite porte de l'oratoire où la comtesse
avait son prie-Dieu était condamnée, ou du
moins fermée en dedans, et Franz en ignorait
l'usage.

Le matin, quand les premiers rayons du
crépuscule éclairaient peu à peu le sommeil
de Franz, si quelque vieux et fidèle vassal
de Bluthaupt avait pu pénétrer à l'improviste
dans cette chambre, il eût été saisi d'une
étrange illusion.

Ces vingt ans écoulés n'étaient-ils qu'un
rêve? Ce visage délicat et doux dont le repos
souriait parmi les longues boucles d'une
chevelure blonde, n'était-ce pas le visage de
Margarethe?

De Margarethe heureuse, jeune et n'ayant
pas encore appris les larmes?

Ce ne pouvait être assurément ni le chevalier de Reinhold, ni aucun de ses complices, qui avait choisi, pour la donner à Franz, l'ancienne chambre de la comtesse. Ces rapprochements sont pénibles, en effet, aux âmes les plus endurcies, et l'on ne pouvait voir là qu'un hasard.

L'appartement de Lia faisait, en quelque sorte, pendant à cette pièce ; il était seulement plus petit, et tout récemment orné à la moderne. Comme celui de Franz, il regardait d'un côté la campagne ; de l'autre, il donnait sur une cour intérieure où s'élevait la chapelle demi-ruinée des comtes.

C'était la jeune fille elle-même qui avait choisi cette retraite, et sans doute elle avait été guidée dans cette préférence par un vague désir de solitude, car le reste de la famille s'était établi dans l'aile opposée du château. Les Geldberg et leurs associés occupaient cette suite d'appartements qu'avait fait arranger autrefois, pour son usage, l'intendant Zachœus Nesmer.

Si Lia cherchait en effet la solitude, il lui aurait été difficile de tomber mieux : sa chambre n'avait pour voisine que celle de Franz, dont elle était séparée par une épaisse muraille. Elle était, du reste, entièrement isolée, et formait l'extrême pointe du château, du côté des grands bois qui entouraient l'ancien village de Bluthaupt.

Pour préciser mieux, nous dirons que l'une de ses fenêtres, dominant la partie basse du rempart, était située immédiatement au-dessus de cette rampe abrupte où les hôtes de Geldberg avaient vu la fantastique apparition des trois Hommes Rouges pendant le feu d'artifice.

Tant que durait le jour, Lia ne profitait guère de cette solitude. Elle était forcée de se mêler trop souvent à la foule des invités, et quand elle pouvait s'esquiver sans rompre en visière aux convenances, Denise venait bien vite lui demander asile.

Mais le soir elle était seule. Tandis que les salons du château resplendissaient de lumières et de parures, on eût pu voir du dehors une faible lueur briller à la fenêtre de Lia.

Ces heures de la nuit étaient à elle. Denise, heureuse, retrouvait Franz au milieu des plaisirs de la soirée ; elle n'avait plus besoin de Lia. Lia pouvait s'enfuir et fermer à double tour la porte de sa chambre.

Elle était là si loin de la fête que les échos joyeux n'arrivaient plus jusqu'à elle.

Derrière cette porte fermée, il n'y avait que le silence ; au delà des fenêtres, la campagne déserte et noire où les cimes hautes des mélèzes se balançaient lentement au vent d'hiver, la cour abandonnée, et la bise pleurant dans les ogives dépouillées de l'antique chapelle.

Tout cela était bien triste, mais ce n'était pas à cause de cette tristesse que le cœur de la pauvre enfant se serrait.

A peine avait-elle dépassé le seuil de la porte et poussé derrière elle le verrou protecteur, que tout son courage factice tombait. Elle s'asseyait, brisée, au pied de son lit, et ses yeux, qui naguère encore souriaient, se baignaient tout à coup dans les larmes.

Un nom venait sur sa lèvre, toujours le même, hélas ! ce nom, qu'elle avait prononcé avec un élan de joie si ardente en voyant le baron de Rodach debout au milieu du salon de l'hôtel de Geldberg :

— Otto ! Otto !

Mon Dieu ! qu'avait-elle fait pour tant souffrir ?

Otto ne l'aimait plus ; elle se souvenait de son dernier regard, où il n'y avait qu'une pitié sévère. Et, depuis lors, des semaines s'étaient écoulées ; elle avait vu une fois, une seule fois, le matin du mardi-gras, Otto rôder dans les environs de l'hôtel.

Mais il n'était pas entré, et pas un mot depuis !

Elle n'avait point oublié. C'était au moment même où elle apprenait le nom de son père à Otto que le visage de celui-ci avait pris tout à coup cette teinte sombre et froide. Auparavant, il semblait si joyeux de la revoir !

Y avait-il donc une malédiction mystérieuse sous ce nom de Geldberg ?

Lia fermait les yeux de sa conscience et ne voulait point réfléchir ; elle avait peur de trouver trop bien la cause de l'abandon d'Otto ; ce qu'elle savait de son amant, et de la mission qu'il s'était imposée en cette vie, ouvrait tout un horizon à sa pensée ; mais elle se détournait de cet horizon avec terreur, elle aimait mieux rester aveugle et douter.

Parfois d'ailleurs, et c'étaient les seuls moments de joie qu'elle eût dans sa retraite, parfois, son esprit se révoltait contre le soupçon odieux. N'était-ce pas un homme vénérable que Moïse de Geldberg ? n'était-ce pas un saint vieillard, un patriarche ?

Elle s'était trompée, elle s'était entourée d'effrayants fantômes, alors qu'il n'y avait dans la réalité que deux semaines de séparation et de silence.

Otto reviendrait, Otto l'aimait ; oh ! elle avait tant prié Dieu !

Ses mains blanches et pâles se joignaient ; ses grands yeux noirs se levaient vers le ciel ; ses larmes se séchaient sur sa joue brûlante.

Elle était belle appelant ainsi la prière à son aide, et offrant sa douleur à Dieu comme un sacrifice ; quelque chose de saint reposait parmi l'exquise perfection de ses traits. Elle était belle, si belle qu'on se sentait pris, en la regardant, par de vagues tristesses.

Les poëtes disent que la beauté trop parfaite est, comme le génie trop puissant, un présage de malheur sur notre pauvre terre.

Ils semblent, le haut génie et la beauté divine, égarés dans ce monde qui n'est point leur patrie ; ils passent mélancoliques et fiers, gardant le secret de leurs souffrances,

et aspirant à la mort comme d'autres espèrent le bonheur.

Il y avait dans le secrétaire de Lia une petite cassette en bois de rose, que nous avons vue ouverte et dispersant son contenu précieux sur une table dans le pavillon de gauche de l'hôtel Geldberg.

A ses heures solitaires, Lia rouvrait sa cassette aimée et lui demandait des consolations ; elle relisait ces lettres, dès longtemps apprises par cœur, où Otto lui parlait d'amour.

Comme il savait parler d'amour ! comme chacune de ses paroles descendait vite au fond de l'âme !

Toutes les joies rêvées jadis revenaient radieuses ; des joies célestes, de pures tendresses, l'idée qu'un ange peut se faire du paradis !

La foule fatiguée cherchait déjà le sommeil après le plaisir, que Lia restait debout encore, veillant à la lueur de la petite lampe et relisant les pages adorées.

Pendant les dix ou douze premières nuits de son séjour au château de Geldberg, rien n'était venu troubler sa solitude. Un soir, elle s'arrêta effrayée, au milieu de cette lettre, chère entre toutes, où Otto la suppliait à genoux de l'aimer.

C'était pendant le magnifique feu d'artifice offert par la maison de Geldberg à ses hôtes.

Lia s'était esquivée, suivant son habitude, pour se donner entière à ses pensées, qui n'étaient point celles de la foule.

Elle tournait le dos au feu, qui resplendissait au delà de sa fenêtre, et dont les lueurs vives jetaient jusque dans sa chambre des clartés éblouissantes.

En un moment où les jets de lumière faisaient trêve, il lui sembla entendre sous ses pieds un bruit étrange. C'était quelque chose de semblable à cet autre bruit qu'elle entendait naguère, à Paris, sous le pavillon de l'hôtel.

Ce bruit, qui revenait jadis chaque jour,

Cette blessure lui valut de bien doux regards. (Page 237, col. 1.)

le matin à neuf heures et le soir à cinq heures, la poursuivait-il jusqu'au château de Geldberg ?

C'était bien la même chose : des pas sourds et lents qui retentissaient sous le parquet même de sa chambre. Elle se leva tremblante et reprise par ses anciennes terreurs.

Son esprit était frappé d'avance, et son courage, qui s'épuisait à souffrir, ne pouvait plus rien contre ses vagues épouvantes.

A Paris, elle quittait sa chambre la nuit, se réfugiait dans la partie habitée de l'hôtel; ici, nul secours à espérer dans sa retraite isolée.

Le bruit se fit entendre durant quelques secondes à peine, puis le silence se rétablit.

En même temps, le feu d'artifice éclata de nouveau, lançant ses gerbes lumineuses tout le long des remparts. Les murmures lointains de la foule arrivèrent jusqu'à l'oreille maintenant attentive de Lia.

Ce fut tout.

Mais à dater de cette soirée, elle entendit le même bruit chaque jour et chaque nuit.

Ce n'était point à des heures régulières, comme à Paris; et parfois, lorsque la fatigue parvenait à fermer ses yeux, vers l'approche du matin, elle était réveillée en sursaut par ces bruits inexplicables.

De même qu'à Paris elle s'était informée auprès du jardinier de l'hôtel, de même, à Geldberg, elle interrogea les vieux serviteurs du château.

La réponse fut la même : il n'y avait rien au-dessous de sa chambre, qui, formant angle saillant, reposait sur un massif de maçonnerie.

Et pourtant on ne pouvait point le nier, ce bruit était ailleurs que dans son imagination; il revenait fréquemment, et toujours le même; parfois, Lia croyait ouïr, en même temps que des pas, comme un son de voix étouffées.

Elle restait seule avec ses terreurs.

. . . .

Or voici ce que disait une des innombrables traditions, accréditées dans le pays, sur l'antique race de Bluthaupt :

Le fameux comte Noir, Rodolphe de Bluthaupt, ce diable incarné qui mettait à mal toutes les filles de ses vassaux, avait un grand respect pour la comtesse Berthe, sa femme, qui était une sainte.

Ce respect, comme on le pense, n'empêchait point le gracieux seigneur de délaisser bel et bien sa comtesse.

Il faisait pis que pendre; et Berthe, quoique belle encore, vivait dans l'abandon le plus absolu.

Mais le comte Noir avait du moins ceci de bon, qu'il prétendait cacher ses excès à sa femme.

Tous les soirs, à la tombée de la nuit, il faisait fermer à grand fracas les portes du château; le couvre-feu sonnait au beffroi, et la consigne des arbalétriers veillant au-dessus du pont-levis était de mettre à mort quiconque tenterait de sortir, fût-ce le seigneur comte lui-même.

On dit que madame Berthe dormait bien paisiblement, sur la foi de cette consigne héroïque.

Quand les bonnes âmes des manoirs voisins venaient lui parler des déportements nocturnes de son seigneur, elle souriait finement dans le haut collet de sa robe, et montrait de son doigt blanc la tour de garde où se postaient les veilleurs de nuit.

Les bonnes âmes en étaient pour leurs avertissements charitables.

Mais le diable, en vérité, n'y perdait rien.

Tous les soirs, une heure après le couvre-feu, le comte Noir éteignait sa lampe; il était censé se coucher. Au lieu de cela, il ouvrait la porte de sa chambre à petit bruit et gagnait, suivi par quatre ou cinq écuyers, mécréants comme lui, mais les plus joyeux vivants du monde, la chapelle de Bluthaupt.

Il y avait un passage souterrain qui commençait quelque part dans la chapelle même, ou dans les caveaux funéraires, et qui aboutissait, la tradition ne savait où...

Suppléant ici à la tradition mal informée, nous dirons que le passage aboutissait derrière le château, sous le rempart, à la place même où nos voyageurs de la chaise de poste aux stores baissés avaient formé une manière d'échelle humaine pour atteindre jusqu'au mortier traîtreusement braqué contre le jeune Franz.

La légende ne savait point non plus, et, sur ce, nous ne sommes pas mieux instruits qu'elle, si le comte Noir avait fait pratiquer lui-même le passage souterrain, ou s'il l'avait trouvé tout fait.

Sincèrement, nous pensons qu'il était bien capable d'en avoir eu la première idée.

Quoi qu'il en soit, il en usait immodérément. De la bouche du passage, fermé par un quartier de roc, jusqu'à la pelouse située de l'autre côté du fossé, la route était difficile; mais le comte et ses écuyers damnés avaient de bonnes jambes, et ne s'inquiétaient point de si peu.

Tant que durait la nuit, ils couraient les

environs à cheval, menant bonne vie dans les cités voisines, et défonçant à l'occasion les portes des chaumières.

Si bien que c'était une calamité dans toute la contrée.

Filles et femmes y passaient, de gré souvent, de force parfois.

On ne voyait par les chemins, dit la légende, que petits mendiants sans nom, fils des œuvres de monseigneur.

Le comte Noir mourut, comme il arrive aux bons et aux méchants. Sur son lit d'agonie, il fit confession de ses péchés à madame Berthe, et lui donna le secret du passage.

Le secret passa de père en fils dans la race de Bluthaupt, sans que jamais profane pût le pénétrer.

Les comtes mourants le confiaient au fils aîné de la famille, qui le gardait sa vie durant.

Il y avait pourtant une exception établie en mémoire de la comtesse Berthe, et qui faisait loi dans la famille.

Pour éviter le renouvellement des débauches secrètes du comte Noir, et afin de se lier les mains à lui-même, tout maître de Bluthaupt qui prenait dame la conduisait, la nuit même des noces, dans la chapelle de Bluthaupt.

Là, sans témoins aucuns, il se mettait à genoux devant la tombe de Berthe, et tirait de sa poche une grosse clef rongée de rouille, dont il faisait hommage à l'épousée.

C'était la clef du passage du comte Noir, dont la porte s'ouvrait dans les caveaux de la chapelle.

Cet usage s'était conservé religieusement depuis le temps de madame Berthe jusqu'à Gunther de Bluthaupt, qui avait donné la clef à la comtesse Margarethe.

Ils étaient morts tous les deux, et dans le pays on pensait que la connaissance du passage mystérieux était perdue pour jamais.

Mais du vivant de Margarethe et de Gunter, le vieux comte, qui nourrissait pour les bâtards de Bluthaupt une haine dédaigneuse

et obstinée, avait défendu qu'ils pussent franchir jamais la grille du château.

Margarethe n'avait au monde pour l'aimer que ses trois frères. Timide et faible, elle n'avait point osé résister de front à la volonté de son mari ; seulement Klauss, le chasseur de Bluthaupt, avait porté une fois aux trois frères un paquet contenant la grosse clef rongée de rouille. . . . .

. . . .

A l'heure où Lia de Geldberg entendit pour la première fois ce bruit inconnu qui interrompit sa lecture chère et lui causa tant de frayeur, les trois frères de la comtesse Margarethe, Otto, Albert et Goëtz, entraient au château de Geldberg par le passage secret du comte Noir.

XII

Les fêtes allaient se succédant sans relâche ; les plaisirs du lendemain ne ressemblaient point à ceux de la veille ; c'était un génie charmant qui présidait à ces joies fashionables, et il semblait que l'imagination féconde des chefs de la maison de Geldberg fût aussi parfaitement inépuisable que leur caisse.

Le lendemain du feu d'artifice, il y avait eu grande représentation dramatique. Des artistes de premier ordre, attirés par l'appât d'une prime royale, étaient venus jouer les pièces en vogue sur le théâtre improvisé de Geldberg.

Succès complet : pièces et comédiens avaient été applaudis à tout rompre. Chacun était de si aimable humeur, que le *Triomphe du Champagne et de l'Amour*, glissé par son ingénieux auteur, Ficelle, après la grande pièce, récolta quelques complaisants bravos.

C'était le second succès de ce joli ouvrage, imprégné d'une morale douce et facile.

Vingt ans auparavant, sous le titre de *la Bouteille de champagne*, il n'avait été sifflé qu'à demi.

Amable Ficelle, l'auteur principal, et M. le comte de Mirelune, qui était un peu collaborateur, bâillèrent avec transport dans les bras l'un de l'autre, après la représentation.

Il y avait maintenant une quinzaine de jours que les premiers invités avaient franchi le seuil du château. Quinze jours de fêtes, c'est bien long ; mais le temps avait passé comme par enchantement, et l'ennui s'était tenu toujours à distance.

Le programme s'épuisait cependant. On devait repartir pour Paris sous quelques jours, et plusieurs commençaient à sentir d'avance que le terme de ces belles fêtes serait le bien arrivé.

Il restait deux choses à voir qui soutenaient la curiosité émoussée des hôtes de Geldberg.

Depuis l'arrivée au château, on avait parlé du grand bal masqué de la mi-carême, et d'une chasse aux flambeaux dans l'ancien parc des comtes.

Le bal devait dépasser toutes les magnificences connues. Chacun en avait pu voir les préparatifs dans cette immense salle, soutenue par des piliers gothiques, où se rendait autrefois la haute justice des seigneurs de Bluthaupt.

Cette salle que nous avons vue, dans le prologue de notre histoire, occupée par les serviteurs du schloss, se chargeait maintenant d'ornements splendides appropriés au style antique de sa construction intérieure.

Quant à la chasse nocturne, les détails principaux en avaient été réglés d'avance dans le mystère de nombreux conciliabules. Les ordonnateurs de la fête, présidés par le jeune M. Abel, empereur du sport, et réunis à Mirelune et à Ficelle, qui avaient naturellement voix délibérative, s'étaient inspirés de quelques pages charmantes du livre *les Tourelles*, où Léon Gozlan, avec sa verve

pittoresque et hardie, a décrit les brillantes excentricités d'une chasse semblable.

Ils avaient un théâtre sans rival dans les vieilles forêts de Bluthaupt, ils avaient mille bras empressés et de l'or à pleines mains. Forts de ces ressources, ils prétendaient lutter d'audace et de bizarres merveilles avec l'imagination opulente du romancier.

C'était une copie, mais une grande et riche copie, avec la nature sauvage du Wurtzbourg, au lieu des bois civilisés où tentaient vainement de s'égarer les courtisans de Louis XIV.

Ficelle, Mirelune et leurs collègues ne voyaient que cela dans la chasse annoncée : Mira, Reinhold et madame de Laurens, sans parler de Van Praët et du Magyare, y voyaient encore autre chose.

Le cas échéant, c'était une occasion de réparer bien des échecs, et la pensée des associés de Geldberg rêvait, au milieu de cette nuit éclairée une aventure qu'ils n'avaient certes point trouvée dans la féerique description de Gozlan.

Le bal de la mi-carême et la chasse aux flambeaux devaient être en quelque sorte les deux derniers actes de la fête.

A part ces deux représentations attendues, les invités n'espéraient plus rien.

C'était deux ou trois jours après le feu d'artifice. Malgré les efforts des associés, qui avaient répandu le bruit que cette apparition étrange des trois Hommes Rouges, sous le rempart du château, était une comédie concertée à l'avance, une certaine émotion restait dans l'esprit des hôtes de Geldberg.

Au dehors, cette émotion était bien plus grande ; des bruits étranges se répandaient de tous côtés; les anciens vassaux des comtes, qui étaient nombreux encore autour du château, vivaient dans l'attente de quelque événement extraordinaire.

Cette apparition des trois démons de la famille voulait dire assurément quelque chose; mais il y avait un fait bien plus extraordinaire et bien plus significatif.

On n'a point oublié que les paysans du Wurtzbourg regardaient avec terreur cette lumière jadis brillant au sommet du donjon le plus élevé du schloss, la tour du Guet.

Cette lumière était, suivant la croyance commune, la vie du vieux Gunther et l'âme de Bluthaupt.

L'âme de Bluthaupt s'était éteinte la nuit de la Toussaint, en l'année 1824.

Des gens dignes de foi prétendaient avoir vu tout récemment une lueur à peine saisissable trembler derrière les losanges plombés de la fenêtre du vieux donjon.

Le feu mystérieux allait-il se ranimer? l'âme de Bluthaupt allait-elle revivre?

On parlait de ces choses tout bas le soir, aux veillées. Les amis du vieux temps se comptaient. Il y avait de vagues pressentiments de dangers et de victoires.

Il faisait un temps froid et brumeux; les hôtes de Geldberg, confinés dans leurs appartements ou réunis au salon, ne songeaient point à braver le brouillard humide de cette sombre matinée d'hiver.

Franz seul était descendu au jardin pour rafraîchir son cerveau agité, peut-être aussi dans l'espérance de rencontrer Denise, auprès de qui madame la vicomtesse d'Audemer veillait maintenant comme une sentinelle attentive.

Il était en costume de chasse, et son fusil reposait sur son épaule.

Il traversa les grandes allées du jardin de Geldberg, où ses guêtres enfonçaient jusqu'à la cheville dans l'herbe blanche de givre. Le jardin était complétement désert; Franz passa la grille chancelante, et se prit à descendre le flanc abrupt de la montagne.

Il allait, la tête inclinée; et les chevreuils des taillis voisins n'avaient pas à redouter beaucoup l'arme qu'il oubliait sur son épaule.

De temps en temps, il se retournait pour jeter un regard distrait vers le vieux manoir, dont les toitures à pic se saupoudraient d'une légère couche de frimas.

Il ne se rendait nul compte des impressions ressenties, mais son cœur battait plus vite, et sa rêverie devenait plus profonde, à voir de loin trancher sur le ciel gris l'imposante silhouette du manoir.

Des idées inconnues étaient dans son cerveau. Il se prenait à bâtir par la pensée le château de ses pères, car ses espoirs avaient grandi depuis son départ de Paris, bien que nul fait nouveau ne fût venu les ranimer dès longtemps.

Cet homme, en qui ses rêves voyaient un père, était un Allemand. La patrie de sa famille était peut-être l'Allemagne, et sa pensée, habituée à s'égarer dans les exagérations d'un beau songe, comparait involontairement l'immense manoir qui dressait devant lui ses murailles féodales à la demeure de ses ancêtres.

Comme ils avaient dû être grands dans le passé ces comtes de Bluthaupt dont le souvenir remuait encore le pays après tant d'années! Franz avait causé souvent avec les bonnes gens de la montagne; il savait l'histoire de l'antique forteresse et les mille légendes qui couraient sur les seigneurs à la tête sanglante.

Il n'y avait plus d'héritiers pour ces gloires.

Franz soupirait, et suivait à pas lents la voie tortueuse qui menait des remparts aux maisons du village.

La rêverie de Franz devenait triste; il se représentait cette blonde fille d'Allemagne, la dernière comtesse, mourant captive derrière ces sombres murailles. Elle n'avait pas vingt ans, et les vieillards qui l'avaient vue parlaient avec des larmes dans les yeux de sa douceur et de sa beauté angéliques.

Ce n'était point là un de ces drames qui vous apparaissent à travers le voile des temps, une noire tragédie du moyen âge. Quelques années à peine avaient passé sur la légende funèbre, et il y avait de nombreux témoins pour parler encore de la belle Margarethe et de Gunther de Bluthaupt, cet étrange vieillard adonné aux sciences magiques, qui occupait ses nuits à faire de l'or.

Franz arrivait à un endroit où le sentier, changeant de direction brusquement, tournait autour d'une perrière abandonnée; ce coude lui montra le château sous un autre aspect; il voyait maintenant la partie des remparts où avait été tiré le feu d'artifice.

Au-dessus de l'enceinte basse et confondue avec le roc taillé à pic, il apercevait la fenêtre de Lia; cette fenêtre où le charmant visage de mademoiselle d'Audemer venait tous les jours lui sourire.

Adieu, rêves et légendes! Un rayon de soleil perça la brume mélancolique; tout semblait se réjouir autour de Franz, dont le cœur bondissait d'espérance et de joie.

Denise l'aimait! Cette fenêtre lointaine lui semblait comme un point lumineux au milieu de la sombre citadelle.

Le soleil levant, qui perçait à grand'peine le brouillard, mettait aux carreaux étroits des reflets roses.

C'était comme un sourire.

Franz releva sa joue mutine où jouaient les boucles humides de ses cheveux; il avait oublié sa tristesse; il envoya de loin un baiser vers la fenêtre, et reprit sa route gaiement.

Sa marche, qui naguère se traînait avec lenteur, était légère et vive; il fredonnait sans savoir un couplet de la petite chanson que Gertraud avait coutume de chanter en suivant les points délicats de sa broderie.

Tout à coup, il se tut pour prêter l'oreille; sa chanson avait, quelque part au-dessous de lui, au milieu des taillis noyés encore dans la brume, comme un faible et mystérieux écho.

Il s'arrêta pour écouter mieux.

La route avait tourné de nouveau, et il se trouvait de l'autre côté de la perrière, à un quart de lieue environ du château.

Devant lui, sur la droite, à quatre ou cinq cents pas, les masures du nouveau village de Bluthaupt montraient leurs toits rustiques parmi la brume; sur la gauche, il ne voyait que des roches entassées confusément, au delà desquelles s'étendaient les bois qui faisaient le tour de la montagne, rejoignant par une ligne circulaire les ruines de l'ancien village et la route d'Obernburg.

A l'endroit même où il se trouvait, de grandes pierres déchiquetées et moussues, entre lesquelles croissaient quelques pins rabougris, s'amoncelaient çà et là sur le bord inférieur de la perrière.

La route courait en biais sur la pente trop rapide de la montagne; mais un petit sentier taillé à pic, qui semblait fait pour desservir quelque demeure invisible, descendait directement vers les grandes roches confinant à la forêt.

Franz s'était arrêté au point de jonction du petit sentier et de la route principale.

Il y avait sur son visage de l'étonnement, de la joie et de l'inquiétude.

La voix qui avait répété sa chanson partait d'en bas, l'écho devait être caché parmi les roches ou sur la lisière de la forêt.

C'était une voix fraîche et jeune; et vraiment, si ce n'eût été folie, Franz aurait cru reconnaître dans la chanteuse la jolie fille de Hans Dorn.

Mais le moyen de penser?...

Le premier couplet se termina par certaine roulade que Gertraud attaquait à merveille, et qui fit tressaillir Franz comme s'il eût vu à trois pas de lui le minois souriant de la gentille brodeuse.

Il se pencha au-dessus du sentier, tendant l'oreille et cherchant à percer du regard le voile de brume qui couvrait encore la vallée.

Il ne vit rien. Entre ces roches sauvages il n'y avait pas trace d'habitation humaine.

Mais le second couplet de la chanson monta jusqu'à lui.

Franz attendit deux ou trois secondes, puis, incapable de se contenir, il entonna le refrain à tue-tête.

Le silence se fit dans la vallée ; Franz restait debout au milieu de la route, immobile, la bouche ouverte à demi, et ne sachant trop s'il avait rêvé.

— Gertraud ! Gertraud ! cria-t-il.

Point de réponse.

Franz haussa les épaules, et se prit lui-même en pitié, comme un homme qui vient de commettre un acte de démence.

Appeler du fond de l'Allemagne la petite Gertraud qui était à Paris !

Malgré ce beau raisonnement, au lieu de continuer sa route vers le nouveau village, il se mit à descendre le sentier à pic, en s'aidant des pieds et des mains.

Le soleil montait ; la brume s'éclaircissait peu à peu.

Il avait fait déjà une centaine de pas parmi les rochers qui semblaient jetés comme au hasard à la base de la montagne, lorsqu'un cri faible s'éleva devant lui.

— Père ! père ! dit en même temps une voix bien connue ; venez vite, voilà M. Franz.

Celui-ci se retourna vivement, et aperçut, adossée à un énorme quartier de roc, une maisonnette dont la couleur se confondait exactement avec celle de la pierre, et qu'il avait dépassée sans l'apercevoir.

Gertraud était debout sur le seuil, et gesticulait en appelant quelqu'un à l'intérieur.

Franz s'élança, plus joyeux encore que surpris ; l'instant d'après, il était entre Hans Dorn et sa fille.

Il donna une bonne poignée de main au marchand d'habits, et baisa amplement Gertraud, suivant sa coutume.

Hans Dorn n'y trouvait point à redire sans doute, car il se bornait à regarder Franz de tous ses yeux, comme s'il n'eût pu se rassasier de le voir.

Il y avait sur son franc et bon visage une émotion profonde.

Il s'était découvert à l'aspect du jeune homme, et restait devant lui tête nue.

— Allons, père Dorn, dit Franz, n'allez-vous pas faire des façons avec moi ? Ah çà ! du diable si je m'attendais à vous voir ici. Que venez-vous donc faire à Geldberg ?

Une nuance d'embarras se répandit sur les traits du marchand d'habits.

— Je suis né sur les domaines de Bluthaupt, répliqua-t-il, et je viens visiter ma famille.

— Mais voyez donc, père, s'écria Gertraud, comme M. Franz est changé !

Bien qu'il fût presque complétement remis de sa blessure, Franz gardait en effet pourtant un reste de pâleur.

— C'est vrai, murmura Hans Dorn, l'air du pays ne lui vaut rien, ma fille, et je bénis Dieu de ne pas le retrouver encore plus malade.

Franz éclata de rire et fit un petit geste de menace.

— Ah ! père Dorn, dit-il, voici qui vaut un aveu ; vous n'étiez pas étranger, je pense, à ces beaux avertissements anonymes qui me parvenaient avant mon départ pour l'Allemagne.

— Je ne vous comprends pas, répliqua le marchand d'habits.

— Bien ! bien ! vous êtes un homme discret, père Dorn ; mais nous reparlerons de cela plus tard. Pardieu ! vous me l'avez donnée bonne, avec votre menaçante lettre du cavalier allemand ! Ma parole d'honneur ! j'ai tremblé pendant dix grandes minutes ! non pas pour moi, mais pour une autre personne dont le nom était prononcé dans la lettre.

Ah ! ah ! c'était bien imaginé ! Mais je ne suis plus un enfant, Dieu merci ! père Dorn, et malgré ces mystérieux espions qui venaient s'informer de moi chaque soir chez mon concierge, j'ai pris bel et bien la clef des champs.

— Et vous êtes venu seul, dit Hans Dorn, seul et sans défiance au milieu de vos ennemis.

Franz haussa les épaules, et se tourna vers Gertraud, qui le regardait en souriant.

— Écoutez cela, petite sœur, s'écria-t-il ; ma parole ! si j'avais la moindre prédisposition à perdre la tête, votre père me ferait croire que je suis quelque chose comme l'héritier de Bluthaupt !

XIII

LA TÊTE-DU-NÈGRE

Si Franz eût regardé Hans Dorn en ce moment, il eût été frappé sans doute de l'effet produit par ses dernières paroles.

Le marchand d'habits avait détourné la tête ; il était pâle et ses paupières tremblaient.

Mais Franz, qui, en de certains moments, portait ses espérances jusqu'à l'exagération la plus folle, retombait bien bas à ses heures de sang-froid. Il croyait dire ici une de ces choses énormes qui dépassent toute vraisemblance, et auxquelles on ne répond pas.

— Si je n'avais pas eu bonne tête, reprit-il, voilà déjà trois semaines que je serais fou à lier, du fait de mes meilleurs amis ! On a voulu me faire croire, dans de bonnes intentions sans doute, que j'étais entouré par un cercle de mystérieux assassins !

Tandis que Franz parlait, Gertraud regardait, étonnée, la figure de son père. L'émotion profonde et soudaine qui avait pris Hans Dorn, au moment où Franz prononçait au hasard le nom de Bluthaupt, avait été pour la jeune fille comme une demi-révélation ; jusqu'à ce moment le marchand d'habits n'avait fait aucune confidence. Le secret qu'il avait à garder n'était pas le sien.

De temps en temps, quand la rêverie le prenait à l'improviste, quelques paroles tombaient bien de ses lèvres ; mais Gertraud, qui écoutait curieuse, n'en savait pas assez long pour donner un sens précis à ces phrases entrecoupées.

Des larmes lui venaient aux yeux quand le marchand d'habits prononçait le nom bien-aimé de sa mère ; elle se sentait au fond du cœur une tendresse pieuse pour cette noble race des comtes, à qui Hans Dorn gardait un si dévoué souvenir.

Cette famille de Bluthaupt se liait dans sa pensée à la patrie absente et à la mémoire de sa mère.

Elle n'avait jamais raisonné ce sentiment qui était dans son âme comme une religion enseignée dès les jours de l'enfance.

Sa mère chérie avait été la servante de Bluthaupt, et le nom de la belle comtesse Margarethe, prononcé devant elle, éveillait en son cœur ce doux respect qu'on a pour la sainte préférée.

Depuis trois semaines, Hans Dorn s'échappait bien souvent à parler du passé ; mais tout ce qui concernait la maison de Bluthaupt avait, dans la mémoire de Gertraud, cette forme étrange et vague des récits merveilleux. Elle ne pouvait s'accoutumer à rapporter au présent ces lointaines histoires, dont la date avait précédé sa naissance. C'étaient des traditions déjà vieilles, et l'idée ne lui venait même pas de les rapprocher de la réalité.

Ce fut là, sur le seuil de la petite cabane tapie au milieu des rochers, au bas de la montagne de Bluthaupt, qu'elle entrevit pour la première fois, et bien confusément encore, le mot de l'énigme.

Une sorte de lumière se fit dans son esprit ; elle se souvint du cavalier allemand,

Franz s'était arrêté au point de jonction du petit sentier et de la route principale. (Page 246, col. 2.)

ce héros des fantastiques récits de Franz, cet homme que son père respectait à genoux.

A qui Hans Dorn pouvait-il obéir ainsi en esclave, sinon à un fils de Bluthaupt?

Elle s'étonna de n'avoir point deviné; la cause de l'amour inexplicable que Hans Dorn avait montré à l'enfant lui fut révélée à cette heure.

Elle comprit la tendresse dévouée qu'elle-même ressentait presque à son insu depuis le premier jour où elle avait aperçu Franz.

Le rouge lui monta brusquement au visage.

Était-elle en face de son seigneur? Ce jeune homme inconnu qu'elle avait vu entrer une fois, pauvre et suppliant, dans la maison de son père, était-il l'héritier de cette race puissante qu'on l'avait accoutumée dès le berceau à vénérer comme divine?

Était-ce là le fils des comtes?

Durant le premier instant, son regard prit une expression de crainte respectueuse; elle vit comme une auréole autour du front souriant de l'enfant; puis, elle baissa les yeux, attendrie, car son cœur était celui de sa mère, et il y avait en elle plus d'amour encore que de respect.

Pendant cela, le marchand d'habits faisait effort pour se remettre; car, plus il voyait Franz, étourdi toujours et personnifiant l'imprudence, plus il craignait de lui confier ses propres secrets. Impossible de servir Franz autrement qu'à son insu. Il était de ces gens qui jouent cartes sur table avec les filous, et le jour où on lui aurait mis entre les·mains sa propre partie, elle eût été perdue pour jamais.

Franz n'avait point aperçu le trouble du marchand d'habits; quant à celui de Gertraud, il n'y donna qu'une attention médiocre, et l'attribua tout entier à la joie de cette réunion imprévue. C'était, sous ce rapport, l'homme le plus commode qui se pût rencontrer.

— En quittant Paris, reprit-il, je croyais me mettre à l'abri de ces avertissements qui auraient fini par me donner la fièvre chaude. Il y a loin de la rue Dauphine au château de Geldberg! Je ne sais comment cela s'est fait; les avertissements et les menaces ont trouvé un moyen de m'y suivre. J'ai rencontré ici un brave homme, ou plutôt une demi-douzaine de braves gens, qui renchérissent sur le zèle de mes conseillers de Paris. Si je les croyais, je n'oserais pas mettre un pied devant l'autre.

— Mais, interrompit Hans Dorn, qui était parvenu à reprendre son sang-froid,·depuis que vous êtes au château, ne vous est-il pas arrivé assez d'accidents pour donner raison aux·craintes de vos amis?

— Savez-vous donc déjà mes histoires? demanda Franz en attachant sur l'ancien page de Bluthaupt un regard perçant.

— Non, répliqua ce dernier; c'est une question que je vous adresse.

— C'est que vous me paraissez savoir bien des choses, père Dorn, reprit le jeune homme; en tout cas, vous avez prononcé le mot : ce sont des accidents qui me sont arrivés.

— Accidents, accidents! répéta le marchand d'habits.

— Racontez-nous donc tout cela, monsieur Franz, dit Gertraud, qui était à la fois curieuse et d'avance effrayée.

— Des misères, petite sœur! ce n'est vraiment pas la peine de prendre ce visage grave, et j'aime bien mieux votre joli sourire. Sais-je, moi, le compte de mes prétendus périls? D'abord, j'ai failli être percé de part en part de la propre main de mon ami Julien d'Audemer.

— Le frère de mademoiselle Denise? murmura Gertraud.

— J'intercède auprès de vous pour ce pauvre vicomte, dit Franz d'un ton de grave ironie; j'ai lieu de craindre qu'il ne soit pas de mon parti comme il le devrait dans certaines affaires. (Il lança un regard d'intelligence à Gertraud.) Mais, sur mon honneur et ma conscience, devant Dieu et devant les hommes, je déclare qu'il n'a point voulu m'assassiner!

Il haussa les épaules, et prit un accent de pitié.

— Voyez-vous, mes bons amis, poursuivit-il, on a vraiment beau jeu quand on veut faire des monstres de tout! Les aventures les plus simples se changent en dramos formidables. Il s'agissait tout bonnement d'un grand assaut d'armes entre mon camarade Julien et moi. Je voulais voir un peu ce que valait la fameuse leçon de Grisier! Le fleuret de Julien se cassa. Un brave garçon nommé Mâlou, qui nous servait de prévôt, remit à Julien un second fleuret que nous n'examinâmes ni l'un ni l'autre, à cause de la chaleur du combat.

— Il me semble avoir entendu prononcer ce nom de Mâlou à Paris, murmura Hans Dorn.

— Le pauvre diable eut une belle peur, continua Franz, en voyant mon sang couler à la première passe. Le fleuret, qui avait glissé sous mon aisselle, était aiguisé par hasard.

— Par hasard? répéta Hans avec amertume.

— Mon Dieu, oui! Le lendemain, il y avait chasse au chien courant; je rencontrai pour la première fois dans les chaumes cet honnête donneur d'avis qui, depuis lors, m'a poursuivi comme une proie. Il me corna aux oreilles un tas de fadaises, à savoir qu'on en voulait à ma vie, et que ce jour-là même il m'arriverait malheur. On m'avait mis entre les mains un joli fusil allemand que j'avais grande hâte d'essayer; je me défis de mon importun, et je courus après la chasse. Au premier coup que je tirai le fusil éclata entre mes mains.

— Sainte Vierge! dit Gertraud avec effroi; vous fûtes blessé?

Hans Dorn était pâle.

— Pas une égratignure! s'écria Franz; mais eussé-je été blessé, à qui la faute? On ne peut pas empêcher l'Allemagne, qui est le pays classique de la pacotille, de produire des fusils détestables! La blessure que j'ai reçue provient d'une autre chasse, une chasse au sanglier. Je n'ai jamais bien su lequel de ces messieurs eut la maladresse de m'envoyer une balle dans l'épaule. Ce fut bien un petit malheur! et, en conscience, je ne l'avais pas volé, car je fis la folie de quitter mon poste pour m'avancer dans la voie. Le tireur inconnu me prit sans doute pour la bête.

Hans Dorn avait les yeux cloués à terre, et ses sourcils se fronçaient; Gertraud joignit les mains.

Franz poursuivit d'un ton de gaieté croissante:

— Quand les Parisiens se mêlent d'aller à la chasse, il arrive comme cela toujours de petites aventures! Mais il en est une autre que je ne vous donnerais pas pour beaucoup

d'argent, quoique j'aie bonne envie de vous payer ma dette, père Dorn. J'avais toujours eu le désir de voir face à face quelques-uns de ces beaux brigands d'Allemagne, qui donnent tant de couleur aux romans et aux drames d'outre-Rhin. Ma foi! mon désir a été exaucé l'autre jour.

— Vous avez été attaqué? dit vivement le marchand d'habits.

— Assez bien, répliqua Franz, à l'heure convenable et dans un lieu commode, par trois grands gaillards costumés dans le dernier goût de messieurs les bandits.

Gertraud se prit à trembler; ce péril était bien plus que les autres à la portée de son intelligence.

Hans écoutait, immobile et le cœur serré.

— La nuit tombait, poursuivit Franz, qui cherchait évidemment cette fois à mettre de l'intérêt dans son récit; c'était au fond des grands bois qui bordent la traverse d'Esselbach à Heidelberg. J'allais seul et au hasard, songeant à toutes sortes de choses que je n'ai pas besoin de dire à ma petite sœur Gertraud, et qui vous intéresseraient assez médiocrement, père Dorn. Tout à coup, dans un fourré noir comme l'enfer, j'entendis un coup de sifflet; ma parole! le coup de sifflet y était! Un superbe coup de sifflet! Il eût fallu être bien jeune pour ne pas savoir ce que cela voulait dire. Je m'arrêtai, moitié tremblant, moitié curieux. Oh! les beaux bandits! petite Gertraud! Père Hans, les magnifiques brigands! Des masques noirs, des chapeaux à plumes, des ceintures chargées de pistolets, et des bottes évasées comme celles de l'ogre du petit Poucet! C'était peut-être Schinderhannes, peut-être Zaun, peut-être Schubry! Je pensais aux théâtres du boulevard, et je m'étonnais presque de ne point entendre la ritournelle qui annonce l'entrée en scène des acteurs.

Franz s'arrêta. Gertraud et son père attendirent durant quelques secondes, impatients et pressés de savoir.

— Eh bien ? murmura enfin la jeune fille d'une voix étouffée par la frayeur.

— Eh bien ! répéta Franz tristement, il y a toujours des fâcheux qui arrivent pour tout déranger ! Une demi-douzaine de bûcherons débouchèrent en hurlant une chanson germanique. Mes pauvres brigands détalèrent, et n'eurent pas même le temps de me demander la bourse ou la vie. J'aurais battu les bûcherons !

Hans respira longuement ; Gertraud ne put s'empêcher de sourire.

— Depuis, continua Franz avec un regret manifeste, je suis allé chercher cinq ou six fois mes bandits au même lieu, mais je n'ai jamais pu les rencontrer. Quand on perd l'occasion, c'est le diable !

Hans Dorn eut un mouvement de colère, tant cette insouciance lui sembla dépasser toute limite.

— Dieu vous a protégé malgré vous ! s'écria-t-il, il a frappé d'aveuglement ceux qui vous poursuivaient, car, en vérité, vous étiez bien facile à tuer, monsieur Franz.

— Ce sont les assassins qui manquaient, répliqua Franz ; sans cela, mon affaire était claire. Allons, père Hans, vous qui êtes un homme sage, pourquoi vous obstinez-vous à croire toujours ces billevesées ? Les brigands d'Allemagne sont connus dans l'Europe entière comme le vin de Johannisberg, et mes prétendus persécuteurs ne peuvent absolument rien à cela.

Les sourcils de Hans se froncèrent d'abord, comme si ces paroles eussent augmenté l'impression pénible qu'il ressentait ; mais son visage se dérida bien vite, parce qu'une pensée consolante vint à la traverse de ses craintes.

— Nous sommes là maintenant ! se dit-il.

Il était debout sur le seuil de la cabane ; Franz et Gertraud se tenaient en dehors.

C'était une belle matinée d'hiver ; le soleil avait dissipé la brume peu à peu, et ses rayons obliques mettaient de pâles reflets d'or aux arêtes vives des roches et à la cime dépouillée des taillis.

Le paysage confus qui disparaissait tout à l'heure sous un nuage blanchâtre se montrait maintenant plus distinct ; on voyait d'un côté la vallée demi-circulaire, où quelques prairies d'un vert brillant coupaient la sombre uniformité du bois ; à l'endroit où la courbe de la vallée se perdait derrière le nouveau village, on apercevait une nappe blanche et unie comme une glace.

C'était l'étang de Geldberg, qui méritait presque le nom de lac.

De l'autre côté enfin, l'œil retrouvait, au sommet de la montagne, la haute masse du manoir, dont les toitures aiguës s'éclairaient gaiement à cette heure, et empruntaient au givre matinier, frappé par les rayons du soleil, comme une parure d'étincelles rosées.

Entre la cabane et le château s'échelonnaient ces grandes roches dont nous avons parlé déjà, et qui avaient caché la maisonnette aux regards de Franz lorsqu'il avait ouï, pour la première fois, la chanson de Gertraud au bord de la perrière.

Quatre ou cinq de ces roches se groupaient à une centaine de pieds au-dessus de la cabane, et l'une d'elles, remarquable par sa grosseur et sa forme presque sphérique, semblait pendre sur la descente, toujours prête à se détacher.

A regarder cette énorme pierre, on croyait voir de loin la tête d'un géant grossièrement sculptée.

Elle était noire au milieu des autres rochers, auxquels la mousse qui les recouvrait donnait une teinte blanchâtre.

Les gens du pays lui avaient donné un nom ; elle s'appelait *la Tête-du-Nègre*.

Les jours de grande tempête, quand le vent

soufflait du haut de la montagne, on avait vu plus d'une fois, au dire des gens du village, l'énorme pierre trembler sur sa base étroite.

Mais le vent avait beau faire rage, elle était là depuis le commencement du monde, et bien qu'elle chancelât toujours, ni tempêtes ni tremblements de terre n'avaient pu déranger son menaçant équilibre.

Au moment où Franz achevait son histoire de brigands, les yeux de Gertraud, qui s'étaient tournés par hasard vers la *Tête-du-Nègre*, prirent tout à coup une expression étonnée.

Du côté où le rocher faisait ombre aux rayons du soleil levant, elle avait cru apercevoir la silhouette d'un homme, tranchant sur le ciel bleu.

Ce fut l'affaire d'une seconde.

Comme elle essayait de voir mieux, la silhouette disparut, perdue derrière le rocher.

Gertraud crut s'être trompée.

— Est-ce tout? dit le marchand d'habits, qui semblait faire maintenant contre fortune bon cœur.

Le regard de Gertraud s'attacha de nouveau sur Franz; elle ne songeait plus à cette espèce de fantôme qui venait de se montrer auprès de la roche noire.

— Ma foi! répondit le jeune homme, je crois que je suis à peu près au bout de mon rouleau. Voyons donc, reprit-il en comptant sur ses doigts : le fleuret déboutonné, le fusil crevé, la blessure à l'épaule, les brigands. Il me semble pourtant que j'ai eu d'autres aventures.

Il fouilla sa mémoire et garda le silence durant quelques secondes.

— Des bagatelles! poursuivit-il, de pures bagatelles! Et malgré vos prétentions, père Dorn, vous ne pourrez pas voir là autre chose que du hasard. Je suis fort mauvais cavalier; à la première promenade que nous avons faite

dans les environs, on m'avait mis sur un diable de cheval aussi sauvage que celui de Mazeppa. Je n'avais garde d'avouer mon ignorance en fait d'équitation, cela m'eût donné un vernis détestable. Je piquai des deux bravement, dès qu'on entra dans l'avenue, et voilà mon démon de coursier lancé comme un tourbillon! La bride, qui ne tenait guère, se cassa dans ma main. Il fallait voir la course que nous fîmes à travers monts et vaux!

« C'était vraiment un noble animal! il redressait sa svelte encolure, et ses naseaux soufflaient de grands cônes de fumée, et il allait comme le vent!

« Moi, je me cramponnais de mon mieux à sa crinière, et je me demandais dans quel trou nous allions tomber tous les deux.

« Petite sœur, ne vous effrayez pas. Après une heure de course enragée, mon démon sentit l'écurie et s'arrêta tout tranquillement à la grille de Geldberg.

« Et j'en fus quitte pour un habit de chasse très-bien fait qui avait laissé ses basques aux ronces de quelques haies, un chapeau accroché dans les taillis et une demi-douzaine d'égratignures.

« Que dites-vous de cela, père Dorn?

— Je dis que votre étoile est bonne, monsieur Franz, et que ce cheval vicieux aurait bien pu ne ramener qu'un cadavre à la grille du château de Geldberg.

— Autre épouvantable péril! s'écria Franz, et vraiment, si j'avais été crédule, cette équipée aurait bien pu m'effrayer! Il y avait course en traîneaux et joute de patineurs sur l'étang de Geldberg, qu'on disait gelé à une grande profondeur. La veille, j'avais rencontré un de mes donneurs d'avis dans les ruines de cet ancien village que longe la route d'Obernburg.

« Il m'avait dit, en son style spécial : « Prenez garde! la glace est épaisse, mais la « perfidie est profonde; prenez garde de laisser « votre corps au fond de l'étang de Geldberg! »

« Je pris l'avertissement pour ce qu'il valait, et le lendemain je choisis une excellente paire de patins.

« J'aurais voulu que vous m'eussiez vu, petite sœur Gertraud ! Autant je suis triste cavalier, autant je suis bon patineur ! Une fois arrivé sur l'étang, je laissai derrière moi tous ces dandys parisiens qui sont autant de poules mouillées ; il n'y avait pour me suivre que ce brave garçon nommé Màlou, qui, bien entendu, ne faisait pas partie de la compagnie, mais qui prenait ses ébats à part.

« Morbleu ! quel coureur ! il finit par prendre l'avance sur moi, et m'entraîna loin de la foule dans un lieu où la glace semblait admirable.

« Nous filions comme des locomotives, et nous étions séparés tout au plus par une dizaine de pas.

« A un certain moment, Màlou fit un brusque détour et me laissa passer devant.

« Mes patins grincèrent sur la glace, devenue tout à coup rugueuse ; j'étais lancé d'une telle force, que je franchis l'obstacle en un clin d'œil, mais je sentis fort bien la glace faiblir sous mes pieds.

« Elle avait dû être rompue en cet endroit quelques heures auparavant.

— Et vous avez pu douter du piége qui vous était tendu ! s'écria le marchand d'habits.

— Parfaitement, répondit Franz ; d'autant plus que le pauvre Màlou, voyant que j'avais franchi l'obstacle, ne voulut point rester en arrière et s'avança pour me rejoindre.

« Il n'avait pas d'élan ; la glace mince et toute nouvelle rompit sous le poids de son corps. Il prit là un bain froid des plus complets, je vous jure.

— Et vous l'aidâtes à se sauver ! interrompit Hans Dorn.

— Parbleu !

— Eh bien ! je vous promets, moi, que ce Màlou ne vous aurait pas rendu la pareille.

— Par exemple ! madame de Laurens, qui a été pour moi plus charmante que jamais depuis le commencement de cette fête, m'avait engagé à le prendre pour valet de chambre, tant elle a grande confiance en lui.

Hans secoua la tête et se tut.

— Mais vous avez votre système, reprit Franz, et vous n'en sortez pas. Quant à moi, je ne puis croire à toutes ces folies. Je suis persuadé que mes donneurs d'avis sont des gens pleins de bonnes intentions ; c'est tout ce que je puis faire pour eux. Mon Dieu ! mais, si je les croyais, il ne me resterait plus qu'à me pendre pour éviter d'être assassiné ! Ils ont un talent pour changer les choses les plus simples en affreux périls ! Ne m'avaient-ils pas annoncé solennellement que je sauterais comme une grenade, si je tenais la mèche au feu d'artifice de l'autre jour ? J'ai tenu la mèche pourtant et me voilà.

Franz avait mis le poing sur la hanche, et regardait le marchand d'habits en face ; ses traits s'étaient animés au feu de son récit, et sa charmante figure exprimait énergiquement cette témérité fougueuse qui était le fond de son caractère.

Gertraud l'admirait de tout son cœur, car les femmes aiment le courage, même lorsqu'il devient folie.

Le marchand d'habits garda le silence durant un instant ; quand il prit la parole, sa voix était grave et recueillie.

— Vous voilà ! répéta-t-il lentement, et parce que le danger ne vous a pas atteint, vous refusez d'y croire. Mais que savez-vous, monsieur Franz, si une main providentielle ne l'a pas éloigné de vous ?

Franz perdit son sourire fanfaron ; il y avait de l'autorité dans l'accent de Hans Dorn.

— Vous pouvez me faire croire à cette main providentielle, murmura le jeune homme ; dites-moi que vous étiez ici déjà lors du feu d'artifice.

— Je n'y étais pas, répondit le marchand d'habits.

— Eh bien! alors, s'écria Franz vivement, qui voulez-vous...?

— Monsieur, interrompit Hans Dorn d'un ton de sévère reproche, le jour où l'épée de Verdier menaça votre poitrine, il y eut un bras pour l'écarter, ce bras ne fut pas le mien!

Franz rougit et baissa la tête.

Pendant une minute entière, il réfléchit, les yeux fixés au sol et les sourcils contractés ; puis il releva son front mutin et fit un geste de révolte.

— Non, non, non! dit-il par trois fois; on veut me rendre poltron et maniaque! Morbleu! ajouta-t-il en montrant du doigt au hasard la *Tête-du-Nègre*, si ce rocher venait à nous tomber sur le corps, vous seriez capable d'en accuser mes ennemis imaginaires.

Il allait parler encore, mais sa voix se glaça dans son gosier; ses yeux s'ouvrirent, démesurément agrandis; une pâleur livide se répandit sur sa joue.

Au moment précis où il prononçait ces mots : « Si ce rocher nous tombait sur le corps, » la *Tête-du-Nègre* se prit à osciller visiblement sur sa base.

On eût dit qu'une main mystérieuse et puissante la poussait en avant.

Franz restait saisi, incapable de prononcer un mot ou de faire un mouvement.

Hans et Gertraud, qui ne voyaient rien, ne savaient point expliquer son trouble subit.

La *Tête-du-Nègre* était située de telle sorte, que sa chute ne pouvait manquer d'écraser, non-seulement nos trois interlocuteurs, mais encore la cabane.

Un quart de seconde se passa ; une secousse plus sensible vint ébranler la roche suspendue; Franz ouvrit la bouche sans pouvoir produire aucun son et leva le doigt en l'air.

Les regards de Hans et de sa fille suivirent en même temps la direction indiquée.

Un double cri d'agonie s'étouffa dans leur gorge.

La *Tête-du-Nègre*, arrachée de sa base, bondissait vers eux avec fracas le long du flanc de la montagne.

XIV

L'APPARITION

Franz se jeta, par un mouvement de générosité irréfléchie, entre l'énorme masse et la jeune fille, comme s'il eût voulu la protéger contre un péril que nulle force humaine ne pouvait conjurer.

En quittant la base où elle avait gardé, durant des siècles, son tremblant équilibre, la roche surnommée la *Tête-du-Nègre* fit deux ou trois tours sur elle-même avec une sorte de lenteur; puis sa vitesse, multipliée suivant la loi des distances parcourues, devint semblable à celle d'un boulet de canon.

Elle bondit sur la rampe, écrasant tout sur son passage.

Si Franz n'eût point quitté la place qu'il occupait naguère, pour se jeter, avec sa vaillance étourdie, au-devant de Gertraud, il eût été littéralement anéanti.

La *Tête-du-Nègre* roula en effet, rapide comme la foudre, à l'endroit même où il se tenait naguère debout, et broya sous son poids énorme les gros pavés qui défendaient le seuil de la cabane.

Elle continua sa route impétueuse vers le fond de la vallée, déracinant d'autres roches en chemin et brisant, comme autant de brins de paille, les vieux troncs de pins épars sur la descente.

On vit s'ouvrir une large trouée dans le taillis, et la pesante masse disparut parmi les arbres.

Hans Dorn, Gertraud et Franz demeurèrent un instant comme pétrifiés; ils n'avaient plus ni souffle ni parole; leurs yeux, grands ouverts, restaient cloués, par une sorte de fascination, à la trace béante que la pierre avait laissée au bord du taillis.

Cela dura quelques secondes, au bout desquelles Franz, recouvrant sa liberté d'esprit tout à coup, leva son regard vers la place vide où reposait naguère la *Tête-du-Nègre*.

C'était maintenant une petite plate-forme, entourée de roches de médiocre grosseur que séparaient d'étroites fissures.

— Ma foi ! dit Franz, nous l'avons échappé belle ! Un pied de plus à gauche, nous étions lancés lestement dans l'autre monde.

— Vous n'êtes pas blessé, monsieur Franz ? balbutia Gertraud, dont la joue était plus blanche que le linge de sa collerette.

— Oh ! les coquins maudits ! murmura Hans Dorn qui avança la tête en dehors du seuil pour regarder à son tour l'endroit d'où la *Tête-du-Nègre* avait été précipitée.

Son œil resta fixé longtemps sur l'étroite plate-forme.

— Ils se sont enfuis, reprit-il, et Dieu vous a protégé encore une fois, monsieur Franz !

— Vraiment ? répliqua celui-ci en retrouvant toute l'allègre franchise de son sourire.

— Voici une chose qu'on ne peut traiter de bagatelle ; en notre vie, je ne crois pas que nous voyions jamais la mort de plus près.

Le marchand d'habits et la jeune fille se signèrent.

Franz prit un air sérieux pour les imiter.

— Je remercie Dieu de vous avoir épargnée, petite sœur, dit-il ; car, malgré ma bonne volonté, je n'étais pas de force à vous défendre.

Hans avait toujours les yeux fixés sur la plate-forme ; son émotion le rendait muet.

— Allons, allons, père Hans ! dit le jeune homme en changeant de ton brusquement, ne regardez pas tant de ce côté, et surtout n'abusez pas de l'argument que le hasard vous donne ! ... je devine tout ce que votre imagination voit en ce moment : des hommes postés derrière la roche et l'ébranlant de leurs mains pour me la jeter à la tête comme une petite pierre ! ... Rêves que tout cela, mon brave ami ! ... la roche est tombée parce que le temps avait miné sa base.

Hans secoua la tête gravement.

— Je ne dirai rien, monsieur Franz, répliqua-t-il. Je ne suis pas assez habile pour rendre la vue aux aveugles ; seulement j'ouvrirai les yeux pour vous à l'avenir.

Une voix prononça le nom de Hans Dorn à l'intérieur de la cabane. Franz se retourna au nom de cette voix, et vit dans le demi-jour de la pièce d'entrée un paysan chevelu qui appelait du doigt le marchand d'habits.

Franz se jeta vivement en arrière.

— Oh ! oh ! s'écria-t-il, dans quel piège suis-je tombé ! Vous êtes donc alliée avec mes persécuteurs, petite Gertraud ?

— Pourquoi cela ? demanda la jeune fille étonnée.

— C'est que je viens de reconnaître dans ce brave homme l'honnête Gottlieb, général en chef de mes donneurs d'avis.

Il baissa la voix, et prit la main de Gertraud entre les siennes.

— Mais voilà votre père qui s'en va, petite sœur, reprit-il ; nous allons pouvoir causer un peu de Denise. J'ai bien des choses à vous raconter.

Ils s'éloignèrent à quelques pas du seuil.

Hans s'était rendu à l'appel du paysan Gottlieb.

Celui-ci ouvrit une porte située au fond de la pièce d'entrée, et introduisit le mar-

Il baissa la voix et prit la main de Gertraud entre les siennes. (Page 256, col. 2.)

chand d'habits dans une seconde chambre de grandeur moyenne, où six ou sept hommes étaient réunis.

Ils étaient tous découverts, à l'exception d'un seul qui se tenait debout, à part du gros de l'assemblée.

Nous eussions reconnu là Hermann et les autres convives allemands du cabaret de la *Girafe*. L'homme qui restait debout au milieu de la chambre était M. le baron de Rodach...

Au dehors, Franz et Gertraud s'entretenaient.

Ils avaient traversé le sentier sur lequel s'ouvrait la porte de la cabane, et se trouvaient engagés parmi les rochers qui parsemaient de ce côté toute la base de la montagne.

— J'espère toujours, disait Franz, j'espère plus que jamais, car elle m'aime !... Mais que d'incertitude, ma pauvre Gertraud ! quand il faudrait si peu de chose, un nom et de la fortune, pour être parfaitement heureux !

— Vous appelez cela peu de chose ? murmura la jeune fille.

— Fût-elle pauvre et fille d'un mendiant, répliqua Franz, j'aurais encore tant de bonheur à l'aimer !

Ces paroles vont droit au cœur des femmes.

— Vous êtes bon, monsieur Franz, reprit Gertraud, et quelque chose me dit que vous ne souffrirez pas longtemps ; mais, par grâce ! ne méprisez pas ainsi les avis de ceux qui vous aiment ! Prenez garde !

— Vous aussi ! interrompit Franz avec reproche.

Puis un sourire malin éclaira les jolis traits de son visage.

— Écoutez, petite sœur, reprit-il, vous êtes ma confidente ; je ne vous cache rien, à vous. A vrai dire, je ne m'occupe pas beaucoup de tous ces dangers réels ou imaginaires ; mais, cependant, je ne suis pas si aveugle que j'ai voulu le faire paraître. Sans admettre que je sois le point de mire d'une troupe d'assassins, et que chacun de mes pas soit menacé d'un piége, je commence à croire que j'ai des ennemis, et cela soutient en moi ces espoirs que vous étiez toute prête à traiter autrefois de folie.

— J'ai changé, dit Gertraud sans réfléchir.

Franz la regarda en face, mais il ne l'interrogea point encore.

— Mon ennemi naturel, poursuivit-il, est d'abord M. le chevalier de Reinhold : je crois cet homme capable de tout ; et comme il a sujet de me haïr ! je tuerais celui qui me prendrait le cœur de Denise !

Ses sourcils froncés se détendirent.

— Pauvre chevalier ! continua-t-il avec une gaieté railleuse, je l'ai vaincu malgré son blanc et son rouge, malgré ses pantalons à mollets, malgré son corset, malgré sa perruque blonde ! Pour en revenir, petite Gertraud, j'ai joué l'incrédulité auprès de votre père, afin de l'impatienter et de le faire parler.

— Voyez-vous cela ! dit Gertraud qui le regarda en dessous.

— Mais, reprit Franz, je suis un pauvre diplomate, et je n'ai rien pu contre la discrétion de Hans Dorn. Voyons, petite sœur, ajouta-t-il d'une voix insinuante et pleine de caresses ; avec vous, je ne joue pas la comédie : je vous prie tout simplement en grâce de me dire ce que vous savez.

— Je ne sais rien, répliqua Gertraud en rougissant.

Franz secoua la tête.

— Vous savez, reprit-il tristement, mais vous ne voulez rien dire ; j'aurais pourtant grand besoin d'être consolé ! Excepté Denise, ma pauvre Gertraud, tout le monde est contre moi. La vicomtesse raffole de plus en plus de son chevalier de Reinhold, l'un des futurs directeurs du fameux chemin de fer. Julien lui-même, mon ancien ami, est au nombre de mes adversaires. La comtesse Lampion l'a tout à fait subjugué ! leur mariage est désormais une chose certaine, et le grand bal de la mi-carême leur servira de bal de fiançailles.

« Ces Geldberg ont tant d'argent ! moi, je suis pauvre toujours, malgré les dépenses que je fais. Julien et la vicomtesse voient en moi l'obstacle qui sépare Denise d'une immense fortune.

« Ils me guettent, ils m'épient, je ne puis plus approcher de Denise sans voir arriver monsieur le vicomte, un sourire impertinent sous la moustache et tout prêt à me chercher querelle.

« Ma parole d'honneur ! je mourrais à la peine, s'il n'y avait pas ce bon ange de Lia qui nous console et qui nous aide.

« Mais Denise prend de l'inquiétude ; de toutes les promesses que je lui ai faites devant vous, là-bas, à Paris, pas une n'a été réalisée !

« Je lui avais dit : Je suis riche, je suis noble ; je vais savoir le nom de mon père. Hélas ! petite sœur, je ne mentais pas ; mais parfois mon cœur se serre et une voix s'élève en moi qui me dit : « Tu te trompais ! »

Il y avait un découragement amer dans l'accent du pauvre Franz.

Ces dernières paroles semblaient mendier une espérance et une consolation.

— Il n'y a pas de temps perdu, répliqua Gertraud ; voilà quinze jours à peine...

— Près de trois semaines, petite sœur, interrompit Franz ; c'est demain la mi-carême, et rien ! pas une nouvelle ! je suis resté au point où j'en étais lors de mon départ pour l'Allemagne. Je ne sais plus comment calmer les craintes de Denise ; mon imagination a épuisé toutes ses ressources, et je n'ai plus de courage.

Franz poussa un soupir à fendre l'âme ; mais, avant que Gertraud eût essayé seulement de combattre ce grand désespoir, Franz rejeta en arrière sa belle chevelure blonde, et redressa son front où jouait un sourire.

— Bah ! dit-il, ai-je bien le cœur de me plaindre ! elle m'aime, que me faut-il de plus ?

Il passa le bras de Gertraud sous le sien.

— Mais je suis un grand égoïste, petite sœur ! reprit-il ; je vous parle de moi, toujours de moi. Dites-moi bien vite ce qui vous est arrivé depuis que je ne vous ai vue, dites-moi si le pauvre Jean Regnault...

Franz s'interrompit, parce qu'il sentit le bras de Gertraud tressaillir contre son flanc. Il leva les yeux sur elle et l'interrogea d'un regard inquiet.

La figure de la jeune fille était pâle comme à l'instant où la roche précipitée l'avait mise à deux doigts de la mort ; ses lèvres blêmes frémissaient. Était-ce la question de Franz qui avait fait naître cette détresse subite et profonde ?

Ils étaient à une cinquantaine de pas de la cabane qui disparaissait à leurs yeux maintenant, cachée par les accidents du sol inégal et tourmenté.

La place où se dressait naguère la *Tête-du-Nègre* restait au contraire visible pour eux. Ils l'apercevaient de profil, et pouvaient voir l'étroit rebord de la plate-forme qui s'avançait comme une corniche au-dessus du vide.

C'était vers ce point que se fixaient les yeux de Gertraud, effrayés et comme fascinés.

Franz, qui s'était arrêté court, se retourna vivement pour suivre la direction de cet étrange regard.

— Est-ce qu'il nous tombe un autre rocher sur le corps ? dit-il.

Gertraud ne répondit point.

Le regard de Franz, après avoir parcouru rapidement la plate-forme qui était vide, revint vers Gertraud ; la jeune fille tremblait à son bras, ses traits exprimaient de l'angoisse et de l'horreur.

Franz ne devinait point la cause de ce trouble subit et inexplicable.

— Qu'avez-vous, petite sœur ? murmura-t-il.

Gertraud resta muette ; son regard se détournait maintenant de la plate-forme avec une sorte d'épouvante.

Son bras était glacé sous le bras de Franz. Malgré le vent de cette matinée d'hiver, des gouttes de sueur perlaient sous ses beaux cheveux. Ses jambes fléchissaient.

Elle avait cet aspect immobile et morne que la fable prête aux malheureux frappés par l'aspect redoutable de la face de Méduse.

Tandis que Franz parlait naguère de ses craintes et de ses espoirs, Gertraud, qui l'écoutait avec l'intérêt tendre d'une sœur, avait le visage tourné vers le piédestal vide de la *Tête-du-Nègre*.

Ses yeux se fixaient au hasard sur la plate-forme, et mesuraient à son insu l'énorme vide laissé par la roche tombée.

Elle avait vu surgir tout à coup sur le rebord même de la pierre un front livide que couronnait une chevelure hérissée, puis lentement, le reste d'un visage plus pâle que celui d'un mort.

Franz prononçait en ce moment le nom de Jean Regnault.

Cette tête de fantôme, qui se penchait au-dessus du vide, et dont le corps disparaissait derrière les roches, jetait du côté de la cabane un regard épouvanté.

Il y avait sur ses traits une agonie terrible, et une épouvante que nulle parole ne saurait peindre.

L'apparition ne dura pas plus d'une seconde; le pâle visage se cacha derrière le bord de la plate-forme et lorsque Franz se retourna, on ne voyait déjà plus rien.

Mais Gertraud avait eu le temps de reconnaître Jean Regnault. . . . .

. . . .

XV

GAIETÉ DE JOHANN

Quand, le matin, Franz était sorti du château de Goldberg, il se croyait seul; mais il avait un invisible compagnon qui déjà plus d'une fois avait épié sa promenade solitaire.

Johann, le cabaretier de la *Girafe*, l'avait suivi de loin, depuis le haut de la montagne, et ne s'était arrêté qu'en le voyant au seuil de la maison de Gottlieb.

Il avait alors remonté la rampe de toute la vitesse de ses jambes et regagné le château.

Malou et Pitois étaient en vacances sans doute avec leurs épouses, car Johann, qui avait besoin d'aide, ne trouva ni l'un ni l'autre.

Quand les vétérans manquent, on se rabat sur les conscrits.

Quelques minutes après, on aurait pu voir Johann redescendre de la montagne, accompagné de Regnault.

Chacun d'eux portait sur l'épaule un fort levier de fer.

En arrivant aux environs de la perrière dont Franz avait fait le tour, ils ralentirent leur course et commencèrent à prendre des précautions. Johann prit les devants, et au lieu de suivre le sentier à pic qui conduisait à la cabane de Gottlieb, il se glissa de roche en roche jusqu'à la *Tête-du-Nègre*.

— J'avais marqué cet endroit-là, grommela-t-il en appuyant son épaule contre l'énorme pierre qui se prit à osciller, comme elle faisait toujours au moindre effort; avance ici, Jean, mon fils, tu vas gagner ton argent à bon marché!

Jean Regnault ne se fit pas attendre; il allait comme un automate sur les traces du marchand de vin.

Il était maigre et défait; ses traits étaient à peine reconnaissables; il y avait en lui un aspect de misère qui faisait compassion.

Ses yeux ternes avaient tout à coup des éclairs hagards; sa physionomie changée peignait le sommeil de l'intelligence.

Rien qu'à le voir, on devinait l'état de son âme. C'était un pauvre être que la souffrance avait anéanti, un enfant trop faible contre le malheur, et qui tâchait de s'engourdir pour échapper aux élancements de son agonie.

Ceux qui connaissaient sa famille auraient pu penser que la main de Dieu l'avait frappé comme son jeune frère et qu'il était devenu idiot.

Il avait sa raison pourtant; et la preuve, c'est que durant les cinq ou six premiers jours de son arrivée à Goldberg, il avait passé son temps dans les bois, vivant Dieu sait comme, et fuyant d'instinct l'exécution du sanglant contrat qui le liait au marchand de vin Johann.

En Allemagne, comme à Paris, il se disait : « Je mourrai, mais je ne tuerai pas... »

Et pourtant cette pensée de tuer était en lui à toutes les heures du jour et de la nuit.

Il y avait pour lui, en ce monde, un être abhorré; l'idée de cet homme le mettait en fureur, et lui arrachait le reste de sa raison.

Cet homme était son mauvais génie, cet

homme lui avait enlevé l'amour de Gertraud, son unique espoir de bonheur : ne l'avait-il pas vu, charmant et joyeux, coller sa bouche entr'ouverte sur la main de la jeune fille !

Et quelques heures après, dans la maison de jeu, alors que le hasard avait amassé devant lui la somme qui devait sauver son aïeule, il l'avait retrouvé, ce beau jeune homme à la figure de femme !

Et au moment où il reconnaissait ces traits doux et souriants, la chance tournait, les louis d'or et les billets de banque disparaissaient comme par magie.

La mère Regnault, qui allait être sauvée, retombait au plus profond du malheur.

Et, le lendemain, Jean vendait sa conscience.

C'était lui, c'était l'adolescent maudit qui le poussait vers le crime, après lui avoir arraché ses beaux espoirs !

Jean ne voulait pas remplir sa promesse, gagner son argent, comme disait Johann ; sa main frémissait d'horreur à l'idée de toucher le poignard.

Mais c'était seulement lorsqu'il s'agissait de la ·victime inconnue poursuivie par le maître de la *Girafe*. Quand la pensée de Jean se tournait vers son rival, quand son rêve éveillé lui représentait la scène du lundi-gras dans la chambre de Hans Dorn (la main de Gertraud effleurée, le bruit d'un baiser, le sourire vainqueur de l'étranger), ses doigts frémissaient encore, mais c'était d'aise, et le poignard détesté, il eût voulu cette fois le tenir !

Oh ! point de grâce, sa haine était mortelle ; il avait tant souffert.

Pendant cinq ou six jours, il supporta le froid et la faim, perdu dans les grands bois qui entouraient le château de Goldberg. Le soir, il frappait à la porte de quelque cabane, demandant un morceau de pain et l'hospitalité.

Des esprits plus robustes que le sien n'eussent point résisté peut-être à l'effet accablant de cette longue solitude, toute pleine de visions sombres et de cruelles pensées.

Sa nature morale fléchit. Au bout de six ·jours, il n'avait plus ni volonté ni force. Johann le rencontra et l'emmena prisonnier sans résistance.

Ce matin, il venait là sur les pas de Johann, parce qu'on le lui avait commandé ; le seul effort dont il fût capable, c'était de mettre un voile sur sa pensée, afin de se cacher à lui-même le fond de sa conscience.

Et pourtant, parmi ces ténèbres où s'endormait sa pauvre âme réduite à l'inertie, il y avait une résolution vague, mais obstinée : Jean ne voulait point tuer.

Johann le plaça derrière la *Tête-du-Nègre*, et mit son levier sous la roche.

— Fais comme moi, dit-il.

Jean n'hésita pas ; il ne demanda point le but de ce travail étrange ; la nuit qui emplissait son cerveau ne lui laissait point la faculté de raisonner, et il n'avait nul désir de savoir.

Les leviers, agissant d'accord, poussaient imperceptiblement la roche vers le bord de la plate-forme.

Johann riait dans sa barbe.

Au bout de quelques minutes, il cessa de travailler pour essuyer son front en sueur.

— Ça va, murmura-t-il, ça va ; il y aurait de quoi en écraser trente comme lui !...

Jean laissa tomber son levier et. regarda le marchand de vin en face.

Il avait compris par hasard.

— Il y a donc un homme là-dessous ? demanda-t-il d'une voix sourde et paresseuse.

— Prends ton levier, mon petit, répliqua Johann, au lieu de répondre ; nous n'en avons pas pour deux minutes, désormais !...

Jean ne bougea pas.

— Je ne veux plus, dit-il.

— Comment! s'écria Johann en colère; tu recules?

— Je ne veux plus, répéta Jean avec ce calme imperturbable des cœurs découragés ; je crois qu'il y a un homme là-dessous; il faut que je voie.

Du côté où se trouvait Jean Regnault, la *Tête-du-Nègre* dépassait de beaucoup le bord de la plate-forme ; c'était à dessein que Johann lui avait choisi ce poste.

Pour pouvoir jeter les yeux en bas, il fallait que Jean changeât de place avec le cabaretier.

Il l'essaya; Johann le repoussa sans effort.

— Écoutez, dit le joueur d'orgue que cet incident ne pouvait émouvoir, si vous ne me laissez pas faire ce que je veux, je vais crier.

— Et moi, je vais te tuer, répliqua Johann en brandissant sa lourde barre de fer.

— Tant mieux ! dit Jean avec fatigue.

Les bras du cabaretier tombèrent; il se rangea.

— Regarde donc, mulet, dit-il ; je ne peux pas faire la besogne tout seul, et si tu es cause que l'affaire manque, il sera toujours temps de t'arranger.

Jean mit sa tête en dehors de la roche, et son regard descendit jusqu'au seuil de la maison de Gottlieb.

Il ne vit ni Gertraud ni Hans Dorn, qui étaient cachés derrière le montant de la porte.

Il vit Franz.

Sa joue pâle devint rouge comme du feu.

Il se rejeta en arrière, et resta les bras pendants devant Johann.

Sa physionomie n'exprimait rien, sinon une stupéfaction morne. Mais un combat terrible se livrait au fond de son cœur.

Deux ou trois fois sa joue amaigrie devint pâle, puis pourpre.

Sa bouche s'ouvrait comme s'il eût voulu parler; mais sa gorge se refusait à laisser sortir un son.

Johann l'avait poussé de côté pour qu'on ne pût pas le voir d'en bas; il n'avait point opposé de résistance.

— Eh bien! dit le cabaretier impatient de reprendre sa besogne, as-tu vu?...

Jean fit un signe de tête imperceptible.

— Y sommes - nous? demanda encore Johann.

Les sourcils de Jean se froncèrent; un éclair de fureur brilla dans son œil; puis deux larmes roulèrent lentement sur sa joue.

Johann ne savait plus que croire, et pensait que le pauvre diable devenait fou.

Jean serra son front à deux mains.

— C'est lui, murmura-t-il, je l'ai reconnu!...

— Qui ça? demanda le marchand de vin.

Au lieu de répondre, Jean leva vers le ciel ses yeux humides et prononça le nom de Gertraud.

Johann resta un instant la bouche ouverte et plongé dans un étonnement joyeux.

Puis il éclata de rire au risque d'éventer son embuscade.

Il se souvenait de sa conversation avec Jean, sur la place de la Rotonde, à la suite de l'orgie du cabaret des *Fils Aymon*.

Cette folle idée, qui était venue à l'ivresse du pauvre joueur d'orgue, était-elle donc la réalité?

— Comment! reprit-il, abondant avec intention dans le sens du joueur d'orgue, tu ne savais pas encore ça, mon petit? mais je te l'avais dit là-bas, sur le Carreau!...

— Mon Dieu! mon Dieu! murmurait Jean, si loin de Paris! est-ce possible?

— Tu n'as qu'à voir, mon fils; ce qui est sûr, c'est que la petite Gertraud en tient pour lui de la bonne manière, et qu'il la fait aller, la pauvre mignonne, il faut voir!

— Il la trompe? balbutia Jean.

— Un peu, mon fils.

Jean saisit le levier qui était à terre et redressa brusquement sa taille courbée; il avait à cette heure la force d'un athlète.

Un cri sourd sortit de sa poitrine, et il enfonça le levier sous le roc.

Johann ne le laissa pas en arrière.

La *Tête-du-Nègre*, qui ne tenait plus à rien, perdit son équilibre et tomba.

Au moment où elle quittait sa base, Johann saisit le joueur d'orgue à bras le corps et le coucha par terre.

On entendit un cri du côté de la vallée, puis un profond silence se fit. Jean voulut regarder, mais les bras robustes du marchand de vin l'enchaînaient au sol.

— Ce n'est pas pour te faire du mal, mon petit, disait ce dernier, tu as travaillé comme il faut; mais si nous l'avons manqué, il va lever la tête en l'air, et il ne ferait pas bon pour nous d'être aperçus en ce lieu.

Après quelques efforts impuissants, Jean demeura immobile; sa conscience parlait; il était écrasé sous les remords.

Johann ne le lâcha qu'au bout de plusieurs minutes; pendant tout ce temps, le marchand de vin avait tenu l'oreille au guet; aucun son n'était parvenu jusqu'à lui du bas de la montagne; il acquérait tout doucement la certitude que *la chose était faite.*

— Si le cœur t'en dit, mon fils, murmura-t-il enfin, avance un petit peu et regarde; mais pas d'imprudence; ne montre que le bout de ton nez!...

Pour toute réponse, Jean se mit à ramper sur la plate-forme et pencha sa tête au-dessus de la saillie.

Ses yeux avides tombèrent sur le seuil de la maison de Gottlieb; il n'y avait plus personne.

Jean se sentit un poids de glace sur le cœur. Cet enfant, qui souriait là, naguère si heureux et si beau, n'était plus maintenant qu'un cadavre broyé par le passage du roc, qui n'avait pas même laissé de traces.

Jean s'accrochait des deux mains à la saillie de la plate-forme; un vertige le poussait en avant.

Il avait oublié sa grande haine; cette fièvre qui le tenait naguère avait disparu pour le laisser abattu et brisé.

— Eh bien? demanda Johann.

— Je ne vois rien, répondit le joueur d'orgue.

— Pas un petit peu de rouge devant la maison?

Jean frissonna et se recoucha par terre. Johann avança la tête à son tour.

— Comme ça vous a nettoyé l'endroit, grommela-t-il. La *Tête-du-Nègre* aura emporté le petit bonhomme jusque dans les taillis. Eh bien! Jean, mon fils, en voilà un qui n'embrassera plus jamais la petite Gertraud.

Jean se souleva sur le coude, tandis que le marchand de vin revenait en arrière.

— On ne voit rien, balbutia-t-il, pas une goutte de sang; n'y a-t-il pas espoir qu'il a pu se sauver?

Johann éclata de rire.

— Farceur de petit Jean! s'écria-t-il, est-il gai avec ses espoirs. Allons, allons, fiston, cette besogne-là m'a donné un appétit du diable; viens-tu déjeuner?

— Je n'ai pas faim, murmura Jean.

Johann se leva sur ses genoux, puis sur ses pieds, et se glissa entre deux roches pour regagner le sentier à pic qui conduisait à la perrière.

— Je vais m'en aller tout doucement pour te donner le temps de me rejoindre, dit-il. N'oublie pas ton levier; moi, j'emporte le mien.

Il fit un signe de tête à Jean qui restait couché sur la terre, et disparut dans l'étroit passage.

Il y avait des années que son revêche visage n'avait exprimé tant de bonne humeur. Avec mille écus de rente, on tient une place dans le monde, et Johann venait de se compléter mille écus de rente.

Pendant qu'il remontait vers le château, Jean restait plongé dans une sorte d'engourdissement. Ses yeux grands ouverts et mornes regardaient fixement le vide; il ne bougeait pas.

Il ne sentait pas le froid du sol qui roidissait ses membres; n'eût été le souffle pénible qui soulevait à intervalles inégaux sa poitrine oppressée, on l'aurait pu prendre pour un homme mort.

Le temps passait : au bout d'un quart d'heure, un bruit léger se fit dans le défilé par où Johann avait rejoint le sentier de la perrière.

Jean n'entendait pas.

Mais tout à coup il se souleva, galvanisé par une terreur soudaine : un doigt venait de toucher son épaule. Il poussa un cri sourd, pensant que l'homme assassiné sortait de terre.

Il glissa un regard épouvanté entre ses paupières demi-closes.

Puis son corps se rejeta en arrière, tandis que ses mains jointes s'appuyaient contre sa poitrine qui haletait.

— Gertraud! murmura-t-il comme en un rêve, oh! Dieu me punit; je suis fou.

Gertraud était là près de lui, si pâle et si changée qu'il croyait être le jouet d'une vision.

XVI

JEAN ET GERTRAUD

Gertraud était debout auprès de Jean; ses mains se joignaient tombantes; toute cette gaieté insoucieuse et vive, qui souriait naguère sur son charmant visage, avait disparu : une pâleur mate et uniforme remplaçait le joyeux vermillon de sa joue.

A ceux qui l'avaient vue dans la maison de son père, si alerte et si heureuse, il eût fallu plus d'un coup d'œil pour la reconnaître.

En ce moment, il semblait que des mois entiers, peut-être des années, avaient passé sur cette figure d'enfant; elle était belle autant que jadis, mais sa beauté s'était transformée.

Au lieu de ce limpide et radieux regard, reflet charmant de bonheur et de jeunesse, sa prunelle avait comme un voile; ses yeux ne riaient plus : ils se baissaient, tristes et sévères.

Et tout le reste de sa personne avait changé comme ses traits. Au lieu de son pas leste et bondissant, c'était maintenant une démarche lente; sa taille souple s'affaissait; son front s'inclinait sous un fardeau de douleur.

La souffrance est un fier niveau! Ces pauvres filles que nous voyons trotter sur le pavé de Paris, ces petites ouvrières qui ont eu le malheur de défrayer, sous le nom de *grisettes*, tant de romans pitoyables et tant de niais vaudevilles, peuvent devenir, à l'heure de l'angoisse, belles et tragiques comme des reines.

Il ne faut pas se les représenter toujours essuyant leurs yeux rouges avec un coin de leur tablier de coton écossais. Tout martyre

Jean mit sa tête en dehors de la roche et son regard descendit jusqu'au seuil de la maison. (Page 262, col. t.)

est noble. Quand son cœur se brise, la grisette devient femme, et M. Paul de Kock n'a pas le droit de lui pincer le menton.

Jean resta longtemps devant Gertraud, silencieux et la tête baissée. La jeune fille le regardait avec une mélancolie sévère, sous laquelle perçait encore sa tendresse sans bornes.

— Jean, dit-elle enfin d'une voix basse et lente, vous m'aviez promis de ne jamais être criminel.

Le joueur d'orgue cacha son front entre ses deux mains.

— Ce n'est donc pas un rêve? murmura-t-il. Mon Dieu! mon Dieu!

— Tous ceux que vous aimiez autrefois sont ici, reprit Gertraud. Cache-t-on la nouvelle d'un malheur? Votre mère et votre aïeule ont fait la route d'Allemagne afin de vous retrouver.

— Savaient-elles donc? murmura Jean à qui les mains retombèrent le long de son flanc.

— Elles savent tout.

La physionomie abattue du joueur d'orgue exprima une nuance d'étonnement.

— Qui a pu le leur dire? balbutia-t-il.

— Moi, répondit Gertraud.

Jean releva sur elle ses yeux timides et indécis.

— Et vous? dit-il encore.

— Moi, je vous aimais bien, Jean, répliqua Gertraud dont la voix tremblait; je n'ignorais jamais rien de ce qui vous regardait. Quand vous me quittâtes après cette conversation que je n'oublierai point et qui me laissa la mort dans l'âme, je vous suivis; ne pouvant courir après vous dans les rues de Paris, je pris un aide qui s'attacha à vos pas, et qui vous épia depuis le Temple jusqu'à la cour des Messageries. Cet aide était votre pauvre frère Joseph; il revint me dire votre entretien avec Johann sous les piliers de la Rotonde; il avait tout entendu.

— Tout? murmura machinalement le joueur d'orgue.

— Tout! répéta Gertraud. Vous alliez en Allemagne pour gagner une somme d'argent dont le prix devait être un meurtre.

Un sanglot souleva la poitrine de Gertraud, mais ses yeux restèrent secs.

Jean se tordait les mains.

— Mon Dieu! mon Dieu! répétai t-il sans avoir la conscience de ce qu'il disait, si vous saviez!

— Ce meurtre, poursuivait Gertraud d'une voix qui s'étouffait de plus en plus, je ne voulais pas y croire. Je priais Dieu pour vous et pour moi, Jean. Mais Dieu n'a pas écouté mes prières. J'ai vu ce qu'une longue vie n'effacera point de ma mémoire.

— Oh! oh! fit le joueur d'orgue en un gémissement, ayez pitié de moi, Gertraud! Si vous saviez! si vous saviez!

Un sourire amer plissa la lèvre pâle de la jeune fille.

— Je sais, répliqua-t-elle, je ne sais que trop!

Elle s'interrompit; la voix lui manquait.

Jean avait sous la paupière des larmes de sang qui ne voulaient point jaillir.

— Oh! c'est toujours ainsi, poursuivit Gertraud, dont l'œil sec jeta vers le ciel un regard de reproche; il y avait un enfant qui s'était intéressé à notre misère et à notre amour, Jean; un seul être dans tout ce grand Paris! Il était bon, franc, généreux. Il était le fils d'une noble famille, et il avait pour ennemis des hommes puissants qui voulaient le tuer après lui avoir volé son héritage.

— Oh! oh! fit Jean qui tourmentait de sa main son front en feu.

— Ils sont riches, reprit Gertraud, ils ont de quoi payer des assassins!

Jean fit un geste de supplication.

— Gertraud! Gertraud, dit-il avec un accent de douleur déchirante, j'avais promis pour sauver ma mère! ma pauvre grand-mère qu'on emmenait en prison! Oh! si vous l'aviez vue pleurer et se débattre! ses cris me perçaient le cœur, et je devins fou. Je promis; mais, sur mon salut! Gertraud, et sur le nom saint de Dieu, je vous jure que je ne voulais point tenir ma promesse.

Gertraud secoua la tête d'un air incrédule.

— Croyez-moi! croyez-moi, par pitié! reprit Jean, les mains jointes; vous qui savez le fond de mon cœur, pensez-vous que je fusse capable d'un crime?

— J'ai vu... dit Gertraud.

Jean pressa des deux mains ses tempes amollies et tremblantes.

— C'est vrai! dit-il tout bas, tandis que

ses yeux s'égaraient ; je suis un meurtrier, et je n'espère plus, mais il faut que vous m'écoutiez, Gertraud. Vous auriez pu me sauver d'une seule parole, et si vous m'aviez dit, alors que je vous quittai, la moitié seulement de tout ce que je viens d'entendre, le pauvre jeune homme vivrait encore, et je ne serais pas un criminel.

Il s'interrompit pour respirer ; la jeune fille attendait.

— J'étais bien pauvre, reprit Jean ; j'é-tais bien malheureux déjà, et quand on n'a sur la terre qu'un seul bien, Gertraud, on a bien peur de le perdre !

« J'étais jaloux ! Oh ! je ne le suis plus, et, au prix de mon sang, je voudrais lui ren-dre la vie.

« J'étais jaloux ! je me sentais si éloigné de vous, et si indigne !

« Un soir, ce soir où je vous empruntai des habits, vous me laissâtes dans la pièce d'entrée en me donnant l'ordre de ne pas regarder derrière moi.

« Je vous aurais obéi, Gertraud, comme toujours, mais j'entendis dans la chambre de votre père le bruit d'un baiser.

« Je me retournai malgré moi ; je vis la figure de ce jeune homme penchée sur votre main.

— Sur ma main ? répéta Gertraud étonnée.

— La veille, je l'avais vu déjà causer avec vous dans la cour.

— Mais il y avait une autre femme que moi dans la chambre de mon père, interrom-pit Gertraud.

Jean s'appuya contre une roche, parce que ses jambes défaillaient, mais il y avait un sourire autour de sa lèvre.

— Ce sera une consolation pour ma der-nière heure, murmura-t-il, et ce sera un châtiment cruel de mon crime, Gertraud !

ma Gertraud ! vous n'aviez pas cessé de m'aimer !

— Et Dieu sait que je n'aurais jamais aimé que vous, répliqua la jeune fille dont la joue prit une teinte rosée.

Jean avait fini son explication ; il ne parla même pas de la scène de la maison de jeu, et de cette colère délirante qui l'avait saisi en reconnaissant, dans l'homme qui lui enle-vait son or, l'amant prétendu de Gertraud.

Cette colère avait passé ; c'était la jalousie seule qui avait entraîné son bras.

— On m'a conduit ici, ajouta-t-il seule-ment avec une sorte de calme qui étonna Gertraud, et l'on m'a mis en main cette barre de fer. Je vous l'ai dit, j'aurais mieux aimé mourir que de tuer ; mais c'était lui, je l'ai reconnu ! il y avait si longtemps que je souffrais ! Je ne sais ce qui s'est passé en moi, et je me fais horreur quand j'y songe.

Il s'arrêta encore ; son front se releva ; il regarda en face la jeune fille, qui se sentit trembler.

— Vous êtes bonne, Gertraud, reprit-il ; quand je serai mort, je suis sûr que vous me pardonnerez. Je vous laisse mes deux mères à consoler. La pauvre aïeule est bien vieille ; ne lui dites pas pourquoi je suis mort !

Gertraud ouvrit la bouche ; sa voix s'étouffa dans son gosier.

Elle ne put que saisir la main de Jean.

Celui-ci l'attira sur son sein et la baisa au front comme une sœur.

Puis il se dégagea de son étreinte, et fit le signe de la croix.

— Adieu ! dit-il en marchant d'un pas ferme vers le bord de la plate-forme.

Ce fut pour la jeune fille un moment d'angoisse que nulle parole ne saurait peindre.

Elle n'avait qu'un mot à dire pour arrêter Jean, et sa gorge étranglée refusait passage à toute parole.

Elle ne pouvait pas même s'élancer pour le retenir.

Elle était comme pétrifiée.

Durant une seconde, elle souffrit mille fois la mort ; elle s'efforçait avec désespoir, et ses facultés paralysées la clouaient, muette et immobile, à sa place.

Jean allait se précipiter ; elle voyait la résolution farouche peinte sur son visage : un instant encore, et il allait être trop tard.

Son cœur se brisait, car elle pensait qu'elle seule était cause de cette mort ; elle lui avait laissé croire que Franz avait succombé.

Et Jean se taisait parce qu'il ne pouvait supporter l'idée de son crime imaginaire.

C'était une torture inouïe.

Jean fit le dernier pas ; il s'arrêta au bord de la plate-forme, et mesura d'un œil froid la profondeur du précipice.

Son corps se pencha en avant ; au moment où il allait s'élancer, un cri d'agonie s'échappa enfin de la poitrine de Gertraud.

Jean s'arrêta en équilibre.

A ce moment même, une voix jeune et gaillarde monta du fond de la vallée.

Elle chantait gaiement la chanson favorite de la jolie brodeuse.

Jean écouta ; cet air était le plus aimé de ceux que jouait son orgue.

Comme il écoutait, Gertraud le vit tout à coup frémir de la tête aux pieds et se rejeter en arrière.

Il venait de voir Franz sortir de la maison de Gottlieb et poursuivre son chemin, le fusil sur l'épaule, en chantant comme un bienheureux.

Jean restait là, bouche béante et les yeux sortis de la tête ; il n'en voulait point croire le témoignage de ses sens.

Gertraud s'était traînée jusqu'à lui ; elle était agenouillée à ses pieds.

— Je ne pouvais pas. Oh ! je ne pouvais pas, balbutia-t-elle.

Puis elle s'arrêtait pour remercier Dieu avec passion.

Le regard de Jean l'interrogeait toujours.

— Je ne pouvais pas, reprit-elle, une main de fer étreignait ma gorge... Oh ! Jean, sait-on comme on aime ! Écoutez ! la pierre a passé tout auprès de lui. Si elle l'avait tué, je ne serais pas là pour vous le dire, car j'étais derrière lui avec mon père.

Jean, dont la joue s'était colorée légèrement, redevint plus pâle à la pensée de ce danger horrible qu'il n'avait point soupçonné.

Il tomba sur ses deux genoux, auprès de Gertraud agenouillée. Leurs bras s'entrelacèrent, leurs prières muettes montèrent unies vers le ciel.

La voix rauque de Johann se fit entendre au loin, du côté du château.

— Jean ! petit Jean ! criait-elle.

La lèvre du joueur d'orgue effleura le front de Gertraud, puis il se releva.

— Est-ce que vous allez encore avec cet homme ? demanda la jeune fille effrayée.

— Oui, répondit Jean.

Sa taille s'était redressée, et une intrépide volonté brillait dans son œil.

— Jean ! petit Jean ! criait de loin le cabaretier Johann.

— J'ai ma tâche désormais, poursuivit le joueur d'orgue, en aidant la jeune fille à se relever. Adieu, Gertraud ! Je réparerai ma faute, ou vous ne me reverrez plus.

Il disparut entre les roches, après lui avoir jeté de loin un dernier baiser.

Jean était parti déjà depuis plusieurs minutes que Gertraud restait encore sur la plate-forme, immobile et pensive.

Depuis une demi-heure à peine, tant de choses s'étaient passées ! Tous ces événements, étroitement enchaînés, se mêlaient dans son cerveau trop plein. Malgré ce qu'il y avait d'heureux dans le dénouement de son entrevue avec Jean Regnault, son cœur se serrait.

Elle était là, tout près du bord de la plate-forme où elle avait vu le pauvre joueur d'orgue se pencher en équilibre entre la vie et la mort. Elle était à la place même où se dressait naguère la Tête-du-Nègre, cette arme gigantesque à l'aide de laquelle Jean, frappé de folie, avait voulu commettre un assassinat.

Elle avait à se réjouir, puisque Franz et Jean vivaient ; mais elle avait à se désoler, puisque Jean était coupable.

Elle s'appuyait à l'une des grandes pierres qui faisaient autrefois comme une ceinture à la Tête-du-Nègre. Une larme perlait encore sous sa paupière demi-close, et son front rêveur s'inclinait sur sa main.

Au milieu de sa méditation triste, une douce pensée vint et mit un sourire à sa lèvre.

— Pauvres femmes, murmura-t-elle ; depuis hier, elles cherchent en vain ; je vais les rendre bien heureuses !

Elle songeait à Victoire et à la mère Regnault, qui, arrêtées en route par des recherches inutiles, n'étaient arrivées dans le pays que la veille.

La vieille femme s'était rendue tout de suite au château de Geldberg ; elle avait demandé son petit-fils Jean, mais personne n'avait voulu lui répondre.

Tout ce qu'elle avait récolté, c'était les railleries lâches d'une valetaille toujours prête à insulter le faible.

Gertraud l'avait vue dans la soirée de la veille et lui avait rendu un peu de courage.

Ce qui mettait maintenant un sourire sur le visage abattu de la jolie fille, c'était l'idée de consoler la mère de Jean et d'aller lui porter l'espérance.

Madame Regnault habitait une des cabanes du village ; Gertraud au lieu de redescendre vers la maison du paysan Gottlieb, qui était la demeure de son père et la sienne, remonta le sentier à pic et prit le chemin du village.

Au moment où elle longeait les bords de la perrière, entourée de broussailles, elle entendit sur sa droite une voix monotone et cassée qui chantait un air familier à ses oreilles.

C'était ce chant bizarre inventé par Geignolet, l'idiot, et auquel il adaptait les paroles improvisées de sa chanson.

Gertraud s'arrêta et s'approcha de la haie, dont elle écarta les branches épineuses.

L'idiot disait :

> Le père Hans avait mis la petite boîte
> Dans l'armoire, tout en haut, tout en haut...

Puis, il s'interrompit pour rire avec fatigue comme un homme ivre.

Gertraud intriguée et ne saisissant qu'imparfaitement le sens brisé de la chanson, parvint, après bien des efforts, à glisser son regard au travers de la haie.

Elle vit l'idiot assis par terre, de l'autre côté, auprès d'un tas de gros sous qu'il caressait d'une main amoureuse.

Son autre main tenait une bouteille dont le goulot disparaissait fréquemment dans sa large bouche.

Sa figure blême avait pris des teintes pourpres ; il était ivre.

Quand il cessait de boire, il revenait à ses gros sous et il chantait en balançant sa tête difforme :

> La petite Gertraud m'en a donné,
> J'en ai volé à la Galifarde ;
> Mais j'en ai eu bien davantage
> Avec le vieux monsieur
> Qui porte un faux toupet.
> La bonne aventure, ô gué.

Il se coucha à terre, à plat ventre et mit sa tête sur les sous.

Puis il se retourna pour boire encore.

Sa bouteille était vide ; il la lança dans la perrière avec indignation.

— J'ai soif ! grommela-t-il en rampant à quatre pattes, comme une bête fauve.

Il mit dans la poche de sa veste neuve une poignée de sous, et fit un trou en terre pour enfouir le surplus de son trésor.

Tandis qu'il travaillait, des paroles confuses tombaient de sa bouche, parmi lesquelles Gertraud distinguait souvent le nom de son père.

Quand il eut achevé sa besogne, il franchit la haie d'un seul bond, et Gertraud le vit courir vers le village, chancelant, tombant, se relevant et criant à tue-tête :

— Tant que j'en voudrai, j'aurai de l'eau-de-vie... Hue ! bourrique !...

SEPTIÈME PARTIE

LE BARON DE RODACH

I

LA CHAMBRE DE ZACHŒUS

Dans cette même matinée, la majorité des associés s'était réunie dans une des chambres composant autrefois l'appartement de Zachœus Nesmer, l'intendant de Bluthaupt.

Cette chambre était située tout à fait à l'opposé de celle de Franz; elle en formait pour ainsi dire le pendant symétrique, séparée qu'elle en était par toute la longueur du château. Ses fenêtres donnaient, l'une sur la cour d'entrée, l'autre sur la grande avenue de mélèzes qui descendait jusqu'à la traverse de Heidelberg.

Jadis, dans le bon temps de l'association, quand Mosès Geld, le prêteur de la Judengasse, et ses compagnons arrivaient, le soir, au schloss pour rendre visite à leur camarade Zachœus, la première lueur qui frappait leurs regards, en entrant dans l'avenue, partait de la fenêtre de cette chambre amie. L'intendant y faisait sa retraite favorite, et c'était là qu'avait eu lieu ce bon souper, si cordial et si joyeux, de la nuit de la Toussaint, en l'année 1824.

On avait bu entre ces vieilles murailles, on avait mangé de tout cœur, tandis que la comtesse Margarethe et le vieux Gunther agonisaient à l'autre bout du château.

C'était dans cette chambre que le doux Fabricius Van Praët faisait sa demeure, depuis le commencement de la fête. On l'avait choisie, d'un commun accord, pour lieu de réunion, parce que, en l'absence de Mosès Geld, l'excellent Fabricius était maintenant le doyen d'âge des associés.

Un bon feu brûlait dans la vaste cheminée. A l'un des coins du foyer, madame de Laurens, enveloppée d'une chaude douillette, mettait ses petits pieds sur la galerie de cuivre ciselé.

A l'autre coin, le bon Fabricius fourrait ses mains potelées dans les manches de sa robe de chambre, et digérait paisiblement son repas du matin.

En face du foyer s'asseyaient le docteur Mira et le seigneur Yanos Georgyi.

José Mira était grave et austère comme de coutume; mais il le cédait de beaucoup en ce moment à son voisin le Magyare.

Le visage de celui-ci peignait une sorte d'apathie sombre; sa joue, que le sang venait empourprer si souvent naguère, était pâle; ses gros sourcils se fronçaient au-dessus de ses yeux éteints; il semblait souffrir.

Le jeune M. Abel de Geldberg et le chevalier de Reinhold manquaient à la réunion tous les deux; on attendait le chevalier, et le jeune monsieur n'avait point été convoqué.

C'était assez l'habitude. Depuis l'arrivée au château, la présence de Van Praët et du Magyare amenait souvent des discussions dans lesquelles le fils de Mosès Geld eût été de trop.

Il était bien l'un des chefs de la maison; mais cet ostracisme ne pouvait point le blesser, parce que *Victoria-Queen* indisposée réclamait ses soins affectueux.

En attendant la venue de Reinhold, on causait de choses et d'autres, et le valet Klaus desservait le déjeuner du Hollandais.

Il y avait déjà bien longtemps que ce Klaus était dans la maison; c'était un homme de confiance, et l'on ne se gênait pas beaucoup devant lui.

Néanmoins l'entretien languissait; Mira était taciturne comme de coutume; le Magyare, dans une méditation lugubre, ne prononçait pas une parole.

Depuis le départ de France, on ne l'avait pas vu s'égayer une seule fois; à table, il buvait silencieusement, et trouvait une humeur plus sombre au fond de son verre. Entre les repas, il errait seul dans les bois, et s'enfonçait au plus profond des fourrés, si quelqu'un venait à croiser sa route, par hasard.

Chasses, bals, joutes, promenades brillantes, le laissaient toujours solitaire et morne.

La vue du château de Geldberg avait paru produire sur lui, dès l'abord, une impression sinistre. Reinhold, qui écoutait volontiers aux portes, prétendait l'avoir entendu parler seul, bien des fois, la nuit dans sa chambre.

Sa voix était alors pleine de terreurs; il prononçait le nom de Bluthaupt; il demandait pitié à Dieu.

Et il prononçait encore un autre nom, un nom de femme : c'était d'un accent plaintif et profondément désolé.

— Il s'est marié, disait Reinhold; il a été trompé, comme le sont régulièrement tous ces grands gaillards à éperons et à moustaches... Il n'y a que les hommes de taille moyenne pour fixer les femmes! et il se frappe la poitrine comme un malheureux ; et il croit que sa mésaventure est un châtiment direct de ses peccadilles d'autrefois.

Reinhold disait tout cela un peu au hasard, mais son hypothèse arrivait bien près de la réalité. A part les souvenirs lugubres qu'éveillait en lui la vue de la demeure de Bluthaupt, Yanos était blessé au cœur.

Il avait mis tous ses espoirs dans l'amour d'une femme, et les quelques heures que le baron de Rodach avait passées à Londres avaient brisé d'un seul coup son bonheur.

Outre le remords, il n'y avait en lui qu'une seule pensée : la vengeance. Il attendait le baron de Rodach.

Restaient, pour soutenir l'entretien, madame de Laurens et le bon Fabricius.

Mais Sara, ce matin, n'était pas d'humeur causeuse, elle s'enfonçait paresseusement dans son fauteuil; ses yeux demi-clos semblaient caresser une forme chère évoquée par sa rêverie; ses lèvres s'entr'ouvraient parfois pour un sourire.

Son corps était là, faisant acte de présence, et son âme était ailleurs.

Par le fait, le digne Fabricius avait, lui tout seul, les charges de la conversation. Et le fardeau n'était pas trop lourd pour un Hollandais si éloquent.

Il avait déjeuné; il était en un de ces moments propices où l'on parle d'abondance, sans s'inquiéter trop de la disposition de l'auditoire.

Du reste, si ses associés ne l'écoutaient point, il avait du moins un auditeur attentif dans la personne de Klaus, qui prêtait l'oreille sans faire semblant de rien, et ne perdait pas une seule de ses paroles.

Klaus prolongeait sa besogne à plaisir.

Il desservait la table de cet air grave et fier que nous lui avons vu dans l'antichambre de Geldberg, lorsqu'il était revêtu du fameux habit noir.

Deux minutes auraient dû lui suffire à enlever la table où Van Praët avait déjeuné seul, mais il travaillait déjà depuis un gros quart d'heure, et il n'avait pas fini.

Jean resta longtemps devant Gertraud, silencieux et la tête baissée. (Page 265, col. 1.)

Personne n'avait remarqué que Klaus fût un domestique curieux. Sa lenteur n'excitait ni inquiétude ni surprise; on n'y prenait point garde.

— C'est une chose extraordinaire, dit Van Praët en chauffant ses pantoufles, que la puissance des souvenirs! Quand je m'éveille entre ces murailles connues et que je vois entrer le matin ce bon garçon de Klaus, je suis toujours tenté de lui demander des nouvelles de Zachœus. Klaus était déjà au château dans le temps... Vous vous souvenez bien de lui, docteur?

— Oui, répondit Mira.

— Ah! les bonnes soirées que nous avons passées ici! reprit Fabricius; Nesmer n'était pas ce qu'on appelle un joyeux compagnon, mais il buvait comme une éponge, et il n'y paraissait pas. Ça fait toujours plaisir de voir un homme qui porte le vin comme il faut! Ah! ah! docteur, vous ne buviez guère, vous, mais vous faisiez boire! Je ne peux jamais penser sans rire à ce diable d'élixir de longue vie!

La maigre figure du Portugais grimaça.

— Et mon laboratoire! poursuivit Van Praët. Mes jambes se font roides, et je n'ai pas encore eu le courage de monter les cent marches du donjon. Mais il faudra bien que j'aille revoir mon creuset et mes cornues !

— Je croyais que c'était déjà fait, murmura le Portugais.

« Les paysans disent qu'ils ont vu de la lumière tout en haut de la tour du Guet, ces dernières nuits.

— Vraiment? s'écria le Hollandais.

— On aura logé là, peut-être, quelque domestique.

— Je me suis informé; on n'y a logé personne.

Klaus tendait l'oreille et glissait vers le foyer des regards sournois.

Van Praët se frotta les mains.

— Allons, dit-il, cette histoire-là vous a une bonne odeur de maléfice ! Qui sait si le diable n'a pas établi son domicile là-haut ?

Le Magyare s'agita sur son fauteuil, et baissa les yeux en fronçant le sourcil davantage.

— Mais nous ne sommes pas réunis pour parler de ces sornettes, poursuivit Van Praët; je m'étonne que Reinhold ne soit pas à son poste; c'était lui qui nous avait convoqués.

— Le motif de la convocation se devine, dit le docteur; causer encore, causer toujours sur cet enfant qui glisse entre nos doigts comme une couleuvre! Si l'on avait moins causé jusqu'à ce jour, peut-être aurait-on pu agir davantage.

— Parbleu ! répliqua Van Praët, le petit bonhomme ne me gêne qu'indirectement, moi; mais je trouve que vous en parlez bien à votre aise, docteur! Reinhold et notre chère Sara ont fait ce qu'ils ont pu.

Madame de Laurens releva sa tête pensive avec une certaine vivacité, en entendant prononcer son nom; Fabricius lui fit un petit signe amical.

— Qu'est-ce? demanda-t-elle.

— Nous parlons de ce jeune Franz, répondit le Hollandais, et je dis, pour ma part, que je parierais volontiers un millier de florins de son côté. Nous l'appelons le *Fils du Diable ;* je crois que ce nom-là lui porte bonheur et que monsieur son père s'occupe énormément de lui.

— Il a d'autres protecteurs que cela ! murmura madame de Laurens.

— Ah ! soupira le Hollandais, si j'étais vaillant et fort comme notre brave ami le Magyare, je ne laisserais pas ainsi l'association dans l'embarras! Par le diable ! il y aurait longtemps que j'aurais cherché querelle au petit coquin, pour avoir un prétexte de l'envoyer en l'autre monde.

Cette sortie était si peu d'accord avec les mœurs habituelles du doux Fabricius, que Mira et Petite le regardèrent en même temps.

Il se prit à cligner de l'œil d'un air d'intelligence; son but évident était d'échauffer le Magyare.

Mais celui-ci semblait ne point entendre, il demeurait immobile et plongé toujours dans ses noires pensées.

Le Hollandais haussa les épaules avec dépit.

— Quelqu'un de vous, demanda tout à coup madame de Laurens, a-t-il connaissance de l'arrivée de M. le baron de Rodach dans le pays?

Klaus, qui pliait la nappe avec une lenteur calculée, eut un tressaillement.

Van Praët et Mira ouvrirent de grands yeux étonnés.

— Le baron de Rodach ! prononcèrent-ils tous les trois à la fois.

— Y pensez-vous, chère belle? ajouta Fabricius : hier même, la maison a reçu de l'argent et une lettre du baron, datée de Paris.

— Qu'importe? dit Sara.

— Il me semble...

— Les tours de force ne lui coûtent rien! Avez-vous oublié cette étrange fantasmagorie qui est restée pour nous inexplicable ?

— Paris, Londres, Amsterdam! prononça d'une voix creuse le Magyare, qui regardait toujours Sara en face.

— Si je ne m'étais pas assuré par moi-même, en passant par Francfort, murmura le docteur, de la présence des trois bâtards...

— Mais vous vous en êtes assuré, interrompit Petite, vous, Reinhold et moi. Il est moins difficile d'être à la fois à Paris et à Goldberg qu'en même temps à Londres, à Amsterdam et à Paris.

Yanos fit un signe de tête affirmatif et crédule.

— En bonne logique, dit Fabricius dont la sérénité se troublait pourtant un peu, on ne conclut jamais d'un miracle à un autre.

— Mais qui vous fait croire?... commença le docteur en s'adressant à Sara.

Madame de Laurens avait perdu cet air de rêverie heureuse qui faisait sourire ses traits naguère. Son joli visage, dépouillant pour un instant sa grâce exquise, revêtait une apparence froide et ferme ; sa voix elle-même, se transformant soudain, prenait ces inflexions sèches et cette précision rapide qui faisaient d'elle, au besoin, un excellent avocat.

— Mon opinion, dit-elle en interrompant le docteur, est que M. le baron de Rodach nous a suivis à Goldberg, et qu'il n'a pas quitté les environs du château depuis notre arrivée.

— Mais quel intérêt?... voulut dire encore José Mira.

Petite hésita durant un instant.

— J'ai balancé longtemps, répliqua Petite, et cette question que vous m'adressez, docteur, je me la suis faite moi-même bien des fois. Je n'y puis pas répondre aujourd'hui plus qu'hier. Il y a entre nous et ce jeune Franz un mystérieux bouclier, contre lequel viennent se briser tous nos efforts.

— Ne peut-on mettre sur le compte du hasard?... voulut dire Van Praët.

— Si fait, interrompit Petite ; le hasard joue son rôle dans tout, et ce jeune Franz a du bonheur, je le sais. Mais le hasard est pour tout le monde, et s'il avait seul présidé à la lutte, sur tant de parties jouées, nous aurions bien une partie gagnée. Écoutez! s'il ne fallait qu'une preuve de l'intervention d'un protecteur puissant dans la lutte engagée, je vous citerais l'étrange spectacle auquel nous avons tous assisté, le soir du feu d'artifice. Est-ce le hasard, pensez-vous, qui a détourné le mortier pointé par des mains exercées?... Est-ce le hasard qui a produit cette apparition inattendue des trois Hommes Rouges?

Van Praët et Mira ne trouvaient point de réponse; le Magyare écoutait de toutes ses oreilles.

Klaus cherchait autour de lui quelque chose à ranger, un moyen quelconque de prolonger son séjour dans la chambre.

— Souvenez-vous! reprit Sara ; le coup d'épée donné à Verdier dans le bois de Boulogne coïncida parfaitement avec l'arrivée du baron à Paris : le duel eut lieu le matin du lundi-gras, et ce fut le lundi-gras, vers midi, que M. de Rodach se pré-

senta pour la première fois à l'hôtel de Geldberg.

— C'est vrai, dit le docteur ; mais encore faudrait-il d'autres preuves : cet homme
nous a servis si puissamment !

— Nous autres femmes, répliqua Petite,
nous ne classons pas les preuves de la même
façon que vous : celles que vous méprisez,
nous les mettons souvent au premier rang ;
et souvent encore, nous mettons avant toute
preuve ces inspirations soudaines, ces secrets pressentiments que vous vous faites
un mérite de repousser avec dédain. Je
n'ai rien pour vous convaincre ; seulement,
lorsque mes souvenirs me reportent à certaine entrevue qui eut lieu à Paris entre moi
et M. le baron de Rodach, je me rappelle
plusieurs circonstances qui ne me frappèrent
point alors : nous parlâmes de Franz et nous
parlâmes du Verdier.

— Comment cela peut-il se faire ? demanda
le docteur avec soupçon.

— Cela se fit, et je me souviens que cet
homme avait en lui quelque chose qui me
donnait instinctivement de la frayeur. Il me
promit de se battre contre Franz. Eh bien !
c'est cette promesse même et la manière dont
elle fut faite qui fondent en grande partie
ma certitude. N'y a-t-il pas d'ailleurs un fait
certain ? il nous a tous trompés, vous, docteur, vous, meinherr Van Praët, vous, seigneur Yanos !...

Le Magyare baissa les yeux comme si une
lumière trop vive les eût choqués tout à
coup ; sa poitrine rendit une plainte rauque.

— Et le chevalier de Reinhold, reprit
Sara, et mon frère Abel, et moi ! ·

Sa prunelle eut un éclair de courroux.

— En sommes-nous à nous demander encore, s'écria-t-elle, si cet homme est notre ennemi ?

— Il espère être notre associé, dit le docteur.

— Notre héritier plutôt, répliqua Sara
vivement. ·

— Il nous soutient pour que la succession soit meilleure. Écoutez, il se passe
d'étranges choses dans ce pays, des bruits
courent parmi les tenanciers de Bluthaupt ;
et ces bruits, qui nous menacent de mort
tous tant que nous sommes, ne sont pas
sortis de terre, on les a fait naître.

— Qui les a fait naître ?

— Le chevalier sait ces choses aussi bien
que moi. N'était-ce pas vous, don José Mira,
qui disiez tout à l'heure que les paysans pré-
tendent avoir vu de la lumière au haut du
donjon nommé la tour du Guet ?

— C'était moi, répondit le docteur.

— Eh bien ! vous qui êtes versé dans la
connaissance de ces vieilles et absurdes traditions qui courent sur les anciens maîtres
du château, vous ne pouvez ignorer la plus
vieille et la plus absurde de toutes : cette
lueur, c'est l'*âme de Bluthaupt !*

II

CONCILIABULE

A ce mot : « l'âme de Bluthaupt, » le valet
Klaus laissa échapper encore un mouvement.

Yanos écoutait, l'oreille tendue et la bouche ouverte.

— Je me souviens, murmura Van Praët ;
on disait cela de mon temps.

— On le dit encore, poursuivit Petite ;
et je ne vous ai pas appris ce qui est plus
grave peut-être : on a vu dans les bois et dans
le village des gens de Paris.

— Ah ! fit le docteur.

— Des gens du Temple ! reprit madame
de Laurens ; de ces Allemands émigrés qui
avaient quitté le Wurtzbourg autrefois, pour
ne point servir les meurtriers du Bluthaupt !

Par un mouvement instinctif, Mira, Van Praët et le Magyare lui-même tournèrent la tête, pour voir s'il n'y avait personne à portée d'entendre.

Klaus venait de quitter la chambre.

Aucun des associés ne remarqua que la porte restait légèrement entrebâillée.

— Ces gens de Paris, poursuivit madame de Laurens, d'après le dire de Johann, sont tous dévoués corps et âme à la mémoire de leurs anciens seigneurs, et je crois, moi, que le baron, changeant de parti, s'est ligué avec ce jeune Franz pour partager nos dépouilles après la victoire.

Van Praët tira ses mains des manches de sa robe de chambre; le docteur eut recours à sa tabatière d'or.

Le Magyare était redevenu impassible en apparence.

— Mais alors, dit Mira, le jeune homme saurait son origine?

— Je le crains, répliqua Petite.

— Et nous n'avons pas pu! soupira Van Praët.

— Nous essayerons encore, répondit madame de Laurens, dont l'œil avait des rayons intrépides; si j'étais homme, nous n'essayerions qu'une fois!

Van Praët prit la main du Magyare.

— Yanos, mon brave camarade, murmura-t-il, vous entendez tout cela. Songez que vous êtes aussi menacé que nous.

Yanos releva la tête et regarda de nouveau madame de Laurens.

— Mais j'attends, moi, dit-il en contenant sa voix qui voulait éclater; je suis prêt, j'attends qu'on me dise où est cet homme!

— Bravo, Yanos! dit le Hollandais, je vous reconnais là, mon vaillant ami!

— Vous demandez où il est, reprit Sara; mais vous vous trouvez côte à côte avec lui tous les jours: l'autre soir, vous n'étiez séparé de lui, à table, que par ma jeune sœur Lia.

Les traits d'Yanos, qui tout à l'heure rayonnaient de farouche fierté, vinrent à exprimer la répugnance et le dédain.

— Vous me parlez encore de cet enfant? murmura-t-il.

— Et de quoi donc parlerais-je?

— Moi, je songeais à un autre.

Yanos croisa ses bras sur sa poitrine, et garda le silence un instant. Son visage mâle et régulier avait en ce moment un reflet inusité de pensée; il semblait dominé par d'entraînants souvenirs.

— J'ai tué, dit-il enfin, tandis qu'un sombre orgueil brillait dans son regard: je ne m'en repens pas! Mais demandez à Fabricius Van Praët, madame, et demandez à José Mira, si celui que j'ai tué n'était pas capable de se défendre! C'était un homme dans toute la force de l'âge, un homme robuste, brave comme un lion, et l'Allemagne entière connaissait son adresse à manier l'épée.

« On vous a dit peut-être, madame, que nous étions six, cette nuit-là, dans la chambre du comte Ulrich de Bluthaupt, on vous a menti! Derrière moi, il y avait cinq bras paralysés par l'épouvante. Demandez à José Mira, et demandez à Fabricius Van Praët, ils étaient là tous les deux, mais ils tremblaient! »

Ni le docteur ni le Hollandais ne jugèrent à propos de protester.

— Seul à seul, poursuivit le Magyare; un contre un! une forte épée vis-à-vis de mon sabre. C'est comme cela que j'assassine, moi, madame; mais je ne tue pas les enfants!

Van Praët et Mira échangèrent un coup d'œil sournois, qui était la condamnation de cette doctrine romantique en fait de meurtre.

Sara contemplait le Magyare en femme qui s'y connaît; il y avait autour de la tête d'Yanos comme une auréole de sauvage grandeur.

— Seigneur Georgyi, dit-elle après un court silence, ce n'est pas d'aujourd'hui que je connais votre intrépidité. J'ai entendu bien souvent parler de vous, et pour mettre en doute votre bravoure, il faudrait que je ne fusse point la fille de mon père.

La figure d'Yanos s'éclaira, et le rouge lui monta au front, tant il était sensible à cette flatterie de femme.

— Vous ne voulez pas combattre plus faible que vous, reprit Petite; c'est pousser peut-être un peu loin la générosité, mais qu'à cela ne tienne! d'autres pourront se charger de Franz, le baron de Rodach est aussi notre ennemi.

Yanos se leva et repoussa son fauteuil en arrière.

— Pour celui-là, dit-il, tandis que la pâleur revenait à sa joue, ce ne sera jamais trop tôt. Pouvez-vous me dire où il se cache?

— J'espère le pouvoir, répliqua Petite.

— Un instant! s'écria Van Praët, Il ne faut pas aller à l'aveugle, cet homme a contre nous d'autres armes que son épée.

— La cassette! murmura le docteur.

Le Magyare haussa les épaules; Sara fit elle-même un geste d'impatience.

— Aucun de nous n'y peut rien, madame, dit le docteur, répondant à ce geste; vous le savez, la cassette est déposée en mains sûres à Paris, elle contient de quoi nous perdre.

— De quoi vous perdre, vous? répliqua Sara.

— Chère belle, dit Van Praët doucement, nous et votre respectable père Moïse de Geldberg...

Sara baissa la tête et ses sourcils se froncèrent.

— Que m'importe tout cela! s'écria le Magyare en frappant son pied contre la terre; ce Rodach m'a insulté, il a fait de moi un misérable! Quand même cette cassette contiendrait une sentence de mort...

— Il y a bien quelque chose comme cela. brave Yanos, interrompit la voix flûtée du chevalier de Reinhold, qui se fit entendre du côté de la porte; mais ne vous désolez pas trop, votre sentence de mort et la nôtre sont désormais en bonnes mains.

Tout le monde se retourna; on vit entrer M. le chevalier de Reinhold, dont la figure plâtrée triomphait au plus haut degré.

Il portait un paquet assez volumineux sous les revers de son paletot blanc.

M. le chevalier de Reinhold était d'humeur ravissante. En passant par l'antichambre, où Klaus s'obstinait à ranger une foule de choses qui étaient parfaitement à leur place, il avait pincé, ma foi! l'oreille du grave Allemand, comme font les professeurs aux espiègles du collége.

Mais il ne s'était point arrêté, parce qu'il avait entendu de l'autre côté de la porte la voix de son terrible ami le Magyare.

Ce dernier, et meinherr Van Praët, depuis leur arrivée au château, faisaient contre fortune bon cœur, et ne parlaient plus des énormes créances qu'ils avaient sur la maison de Geldberg.

Cette question était réservée jusqu'à la fin de la fête, et cédait la place à une affaire plus pressante, qui regardait le jeune Franz. De celle-là le seigneur Yanos ne voulait point s'occuper; cependant, les mesures prises par la maison de Geldberg avaient si admirablement réussi ; son crédit ébranlé se rétablissait sur des bases si larges que le seigneur Yanos ne concevait presque plus de craintes au sujet du paiement de ses lettres de change : il avait vraiment bien autre chose en tête.

Mais, tout en donnant trève à la maison de Geldberg, il gardait une rancune dédaigneuse au malheureux chevalier de Reinhold.

A part la soustraction de lettres de change, Yanos, on s'en souvient, avait subi un outrage personnel : c'était avec l'aide de sa propre femme que le baron de Rodach était parvenu à le tromper.

Yanos aimait cette femme avec passion. Il considérait le chevalier de Reinhold comme l'auteur indirect de sa honte.

Dieu sait que le pauvre chevalier avait tenté tous les moyens de fléchir cette rancune ! Il n'y avait point de caresse qu'il n'eût essayée, point de flatterie timide qu'il n'eût mise en usage ; rien n'y faisait : le Magyare restait froid, dédaigneux, hostile.

Et Reinhold sentait qu'au moindre cas de guerre, il aurait à supporter le poids de ce courroux à grand'peine contenu.

Il redoublait d'efforts : la peur lui avait donné de l'esprit et des ressources.

Et comme, dans son opinion, rien n'était plus dangereux que l'apparence de la crainte, il gardait de son mieux cet air de suffisance éventée que nous lui connaissons.

Sa conduite changeait, du reste, comme tournent les girouettes, au moindre souffle du vent ; tantôt il descendait aux complaisances les plus exagérées · il était obséquieux, servile, rampant ; d'autres fois il essayait le rôle de bouffon : il tâchait d'amuser et de plaire ; d'autres fois encore, singeant l'homme indispensable, il travaillait à faire croire que son génie seul avait sauvé la maison.

Enfin, à de longs intervalles, la velléité de regimber lui venait ; il prenait la prétention de se draper dans sa double qualité de gentilhomme et de chef d'une maison de banque millionnaire. C'était alors une curieuse lutte entre ses prétentions et sa peur ; il recevait des rebuffades d'un visage hautain, et se redressait devant le mépris avec cette fierté poltronne des gens qui lèvent le front en baissant les yeux.

Mais ce matin, il n'était nullement embarrassé de son maintien ; la joie le débordait, et toute sa personne exprimait la plus complète satisfaction.

Il entra ; la porte, qu'il ne se donna pas la peine de refermer, resta entr'ouverte derrière lui.

Il s'arrêta un instant auprès du seuil.

— Mille excuses pour mon retard, belle dame et chers messieurs, dit-il ; j'espère que vous me pardonnerez, car je n'ai pas perdu mon temps.

— Que parliez-vous du contenu de la cassette ? demandèrent à la fois Van Praët et Mira.

— J'ai parlé du contenu de la cassette ? prononça négligemment le chevalier ; ma foi ! c'est bien possible.

— Sauriez-vous... commença madame de Laurens.

— Belle dame, interrompit Reinhold, un instant de répit, je vous prie ! Si vous saviez tout ce que j'ai fait ce matin, vous auriez pitié de moi !

Il tira de sa poche un mouchoir de batiste pour s'éventer avec toute la grâce nonchalante d'une jolie femme.

— Mais vous disiez... insista Van Praët.

— Mon excellent ami, je vous demande grâce ! je disais que le brave Yanos peut se battre désormais en toute sûreté de conscience avec ce triple coquin de Rodach.

Il se sourit à lui-même, et ajouta complaisamment :

— Je pense que triple est le mot.

Il se détermina enfin à traverser la chambre d'un pas de danseur, et s'approcha du foyer.

— Par grâce, monsieur, dit Sara, expliquez-vous !

Le Magyare avait dressé l'oreille, et interrogeait Reinhold d'un œil avide.

— Pas avant de vous avoir présenté mes hommages, belle dame, répliqua ce dernier en dessinant un merveilleux salut. Veuillez me donner des nouvelles de votre chère santé.

Sara fronça le sourcil avec impatience, le sourire de Reinhold n'en devint que plus joyeux.

— Bonjour, meinherr Van Praët, reprit-il; comment vous portez-vous, seigneur Georgyi? cela va bien, docteur?

Il inséra l'index et le pouce dans la boîte d'or ouverte de Mira, ét fit mine de prendre une prise de tabac, afin d'avoir occasion de secouer ensuite son jabot avec l'impertinence traditionnelle des acteurs qui représentent des gens de cour.

Il avança un fauteuil entre Petite et le docteur.

Tous les yeux étaient fixés sur lui, et il jouissait au plus haut degré de cette attention excitée. Cela flattait l'enfantillage qui entrait dans sa nature à si forte dose.

Les associés, qui le connaissaient sur le bout du doigt, se taisaient; ils savaient que le plus sûr moyen de le faire parler était de ne point l'interroger.

— Ma foi! dit-il, mes bons amis, je crois avoir fait ce matin une excellente besogne, c'est-à-dire, je ne crois pas, je suis sûr!

Il fit le geste de s'asseoir, puis il se ravisa

brusquement; une idée venait de traverser sa cervelle.

Il voûta son dos, il ramena ses épaules en avant, et se prit à marcher dans la chambre en faisant des contorsions bizarres.

Tout en marchant, il fredonnait d'une voix assourdie :

> Le père Hans a mis la petite boîte
> Tout en haut de l'armoire, tout en haut...

Les associés se regardèrent.

— Que signifie cela? murmura madame de Laurens.

— Il est fou! dit Van Praët.

Le chevalier éclata de rire.

— Hue! bourrique!... s'écria-t-il.

— Par le ciel! gronda le Magyare, cet homme voudrait-il se moquer de nous?

L'étrange gaieté du chevalier tomba comme par enchantement.

— Je vois bien, belle dame, dit-il en évitant les regards courroucés d'Yanos, que vous n'êtes pas en état de plaisanter...

Ce disant, il prit définitivement place entre Mira et madame de Laurens.

— Soit, poursuivit-il, ne plaisantons plus! aussi bien il s'agit d'une chose très-sérieuse. Mais vous me pardonnerez un accès d'innocente gaieté quand vous saurez mon histoire. Ma parole d'honneur! voyez-vous, c'est fantastique, et ces choses-là n'arrivent qu'à moi.

— Nous vous pardonnons, repartit Sara, si vous ne nous faites pas attendre davantage.

— Belle dame, je suis à vos ordres. Figurez-vous que j'étais sorti ce matin pour prendre langue avec Johann, et gourmander un peu nos gens; car la situation se prolonge

Personne n'avait remarqué que Klaus fût un domestique curieux. (Page 273, col. 1.)

d'une façon déplorable, et si nous laissons le petit drôle retourner à Paris, Dieu sait quand nous le rattraperons.

— Mon bon ami, interrompit Van Praët, nous savons cela aussi bien que vous. Après?

— Patience ! Johann avait pris la clef des champs ainsi que Màlou et Pitois, qui sont deux bavards, parlant beaucoup et agissant peu. Il n'y avait là que ce pauvre diable de Fritz qui était en train de s'enivrer. Je l'ai laissé avec sa bouteille d'eau-de-vie, et je suis descendu vers le village, pensant rencon-

trer quelqu'un de nos hommes en chemin.

« Comme j'arrivais à moitié route, j'aperçus, au travers du brouillard, à une vingtaine de pas devant moi sur le bord de la perrière, un être d'aspect si étrange que je refusai de croire au témoignage de mes yeux.

« C'était un enfant de douze à treize ans, vêtu à la mode des ouvriers de Paris ; tout à l'heure, j'ai essayé d'imiter devant vous sa démarche gauche et dégingandée.

« Je l'entendais murmurer ce monotone refrain que je répétais naguère :

Le père Hans a mis la petite boîte, etc...

— Je ne devine pas, interrompit le docteur, ce que tout cela peut avoir d'intéressant pour nous, monsieur le chevalier.

Reinhold mit une nouvelle dose de satisfaction dans son sourire.

— Vous allez voir ! répliqua-t-il.

III

TRIOMPHE DE REINHOLD

Reinhold frappa sur son estomac, à l'endroit où le revers de son paletot blanc se gonflait et accusait la présence d'un paquet.

— Vous allez voir ! répéta-t-il ; à mesure que j'avançais, il me semblait que j'avais aperçu déjà quelque part cette difforme tournure. Mes souvenirs s'éveillaient ; je me rappelai enfin où j'avais rencontré ce pauvre diable : c'est sur le Carreau du Temple, à Paris. Docteur José Mira, cela commence-t-il à vous paraître drôle ?

— Non, répliqua le grave Portugais.

— Alors, je me tais, riposta le chevalier ; je ne veux pas abuser de vos moments précieux.

— S'agit-il du baron de Rodach dans votre histoire ? demanda Yanos.

— Beaucoup, cher seigneur.

— Eh bien ! je vous écoute, moi. Allez !

Reinhold accepta cette rude approbation comme il eût fait du compliment le plus flatteur.

— J'abrége, poursuivit-il, afin de contenter plus tôt votre curiosité, seigneur Yanos ; mais je vous préviens qu'il y aura autre chose au bout de mon histoire que la curiosité satisfaite. Dès que je reconnus ce malheureux idiot et mendiant, auquel les gens du Temple ont donné un sobriquet grotesque, Geignolet, je crois, je pressai le pas, décidé à l'atteindre.

« Comme j'allais y réussir, une idée baroque traversa sa pauvre cervelle : il sauta par-dessus les broussailles qui entourent la perrière et se coucha dans l'herbe glacée.

« Je n'étais plus séparé de lui que par la haie, et je pouvais voir tous ses mouvements.

« Il ne chantait plus, il avait mis dans sa bouche le goulot d'une bouteille, et buvait avidement.

« Quand il eut fini de boire, il tira de dessous sa blouse un paquet de papiers qu'il éparpilla autour de lui sur l'herbe.

« J'avançai la tête entre les branches. Je vous donne en mille à deviner ce que je vis !

— Epargnez-nous, chevalier, dit madame de Laurens.

— J'attends ! ajouta le Magyare dont les gros sourcils se fronçaient.

Reinhold hésita un instant entre le désir de flatter Yanos par une prompte obéissance et l'envie de filer son histoire suivant les règles du roman.

Il était sûr d'un succès, et il le voulait complet.

A vrai dire, son auditoire n'était pas pourtant des plus bienveillants ; Petite, Mira et le Magyare manifestaient sans façon leur impatience.

Il n'y avait guère que l'excellent et courtois Van Praët qui fît preuve de longanimité.

Reinhold lui adressa un sourire de reconnaissance.

— Qu'il vous suffise de savoir en ce moment, reprit-il, que ces papiers étaient de telle sorte que j'aurais donné cinquante mille écus à l'instant même pour les avoir.

— Diable ! fit Van Praët.

— Quelque folie ! grommela le Portugais.

— Je passai résolûment au travers de la haie, déterminé à prendre l'idiot à l'improviste.

« Ma vue ne l'effraya pas ; il resta à demi-couché au milieu de ses papiers épars.

« Tiens, tiens, dit-il seulement, voilà le *bausse*. »

« C'est le nom qu'on me donne au Temple.

« — Où as-tu pris ces papiers, Geignolet ? » demandai-je d'un air sévère.

« Il me toisa de son œil sombre et farouche.

« — Je suis plus grand que vous, murmura-t-il ; si vous voulez me faire du mal, je vous jetterai dans le trou.

« — Je ne veux pas te faire de mal, mon pauvre enfant ; mais j'aime beaucoup les vieux papiers, et, si tu veux, je t'achèterai ceux-ci.

« — Combien ? s'écria l'idiot dont les yeux brillèrent.

« — Ce que tu voudras. »

« Il arrondit ses deux mains jointes en forme de vase, puis il secoua la tête, ne trouvant pas le récipient assez volumineux.

— Ma casquette ! s'écria-t-il en découvrant sa tête hérissée ; je veux plein ma casquette de sous.

« — Tu les auras, » dis-je.

Et je tirai de ma poche trois ou quatre pièces de cinq francs, qui étaient assurément l'équivalent, pour le moins, du prix demandé.

« Mais ce n'était pas le compte de l'idiot.

« Il secoua gravement la tête, et me montra sa casquette tendue.

« Je fus obligé de prendre ma course, et d'aller changer mes pièces de cinq francs contre des gros sous dans la ferme la plus voisine.

— Et quand vous revîntes, interrompit Petite, vous eûtes les papiers ?

— Attendez donc, belle dame !

— Non, interrompit le Magyare à son tour ; moi, je ne veux plus attendre.

Reinhold avait fait provision de style et de couleur pour rendre cette partie de son récit pittoresque et attachante ; il jeta un regard piteux vers le Magyare, et n'osa point désobéir.

— Allons ! dit-il en essayant de sourire, je suis seul contre quatre.

Et avec une répugnance visible, où perçait encore pourtant une bonne dose de vanité triomphante, il entr'ouvrit les revers de son paletot blanc.

— Ces papiers, dit-il, les voici, c'est tout bonnement le contenu de la fameuse cassette...

Si Reinhold avait craint de manquer son coup de théâtre, il dut être rassuré complétement. Les quatre associés se levèrent tous à la fois.

— La cassette du baron ! s'écrièrent Mira et Petite.

— Avec mes lettres de change ? dit Van Praët.

Le Magyare seul ne prononça pas une parole.

Les papiers furent étendus sur la table qui venait de servir au déjeuner ; on en fit de l'œil un rapide inventaire. D'un seul regard, le clairvoyant Van Praët découvrit ses lettres de change au milieu d'une trentaine d'autres chiffons.

Il les plaça dans son portefeuille, tandis que Mira maugréait contre l'imprudence du chevalier.

Yanos, avec beaucoup moins d'empressement, prit aussi les traites et les serra.

Mais cette trouvaille inespérée semblait vraiment le toucher assez peu.

Reinhold s'enflait comme un paon qui fait la roue.

— Je vous ferai remarquer, messieurs, disait-il avec emphase, que ce diable de baron n'exagérait en rien la vérité, lorsqu'il nous disait que notre condamnation à tous était au fond de cette cassette. Voici toute notre correspondance de 1824, qu'il avait trouvée dans le secrétaire de son patron Zachœus. Bravo Yanos, cette lettre est de vous. Voilà votre signature, digne Van Praët! Voici la mienne! Et quant à vous, belle dame, cette épître, qui contient de quoi faire pendre un homme est écrite en entier de la main de votre vénérable père! Ah! depuis que l'association existe, je crois que personne ne peut se vanter de lui avoir rendu un service pareil!

— Il est certain, dit madame de Laurens, que vous avez droit à nos remerciements, monsieur de Reinhold.

— Moi, je vous vote toutes sortes d'actions de grâces, mon bien-aimé camarade! s'écria Van Praët attendri à la pensée de ses lettres de change.

Mira gardait le silence, il pensait que le chevalier aurait bien pu trouver tout cela, et le garder pour lui.

— Maintenant, reprit Petite, qui n'était pas femme à perdre de vue son idée, M. de Rodach est sans armes contre nous; rien n'empêche de l'attaquer en face. Seigneur Yanos, êtes-vous toujours prêt à tenter l'aventure?

— Qu'on me dise où il est, répliqua le Magyare, et dans une heure j'aurai vu la couleur de son sang.

Comme Sara hésitait à répondre, le sourire du chevalier se fit plus vaniteux.

— Je vois bien, dit-il, qu'il me faudra encore vous tirer d'embarras à cet égard. Si vous m'aviez laissé raconter tout au long mon histoire, vous n'en seriez plus à faire de ces questions-là.

— Vous savez où il est? demanda vivement Yanos.

— Peu de choses m'échappent, seigneur Georgyi; et malgré la légèreté qu'on met à me traiter parfois, je puis rendre à l'occasion des services d'un certain prix.

— Parlez, je vous en prie! s'écria Petite qui le dévora du regard.

— On a donc l'obligeance de vouloir bien m'écouter maintenant? C'est fort heureux! Eh bien! je ne ferai pas le cruel : voilà ce que je sais :

« Mon Geignolet était ce matin d'humeur très-communicative... Avant même d'avoir vu le trésor de gros sous dont je l'ai comblé, sa bouteille l'avait disposé à faire au premier venu toutes les confidences possibles. Il ne parle guère que l'argot du Temple, mais je suis un peu versé dans cette langue et je comprenais parfaitement.

« Il paraîtrait que la demeure de sa famille est voisine du domicile d'un certain marchand d'habits nommé Hans Dorn, que Johann m'avait signalé depuis longtemps comme un des plus entêtés partisans de Bluthaupt.

« Soit dit entre parenthèses, ce Hans Dorn est maintenant en Allemagne, suivant toute probabilité.

« L'idiot Geignolet était à la fenêtre de sa mère, le matin du lundi-gras, lorsqu'il vit un grand monsieur entrer chez son voisin Hans Dorn. Il savait que le marchand d'habits passait dans le Temple pour avoir beaucoup d'argent caché chez lui.

« Et Geignolet aime l'argent, qui lui sert à remplir sa bouteille.

« De sa fenêtre, il regardait souvent avec envie dans la chambre de Hans Dorn.

« Ce matin-là, il vit le grand monsieur tirer de dessous son manteau un objet dont la nature lui échappa, mais qu'il prit de loin pour des pièces d'or, tant cela brillait au soleil!

« C'était la cassette, qu'entourait un cordon de clous de cuivre.

« Hans la serra sur le plus haut rayon de son armoire. *Tout en haut, tout en haut,* comme dit la chanson de l'idiot.

« Geignolet, qui est un gaillard, fit un trou dans la muraille, derrière la ruelle du lit de Hans ; il entra, Dieu sait comme ! il ouvrit la cassette sans la briser, et fut bien désappointé, le pauvre diable ! quand il vit dedans une liasse de chiffons au lieu des *jaunets* convoités.

« Il prit les papiers, en désespoir de cause, plutôt pour nuire que pour se faire du bien ; il referma la cassette après l'avoir remplie avec les cendres du poêle, et sortit par son trou.

« Le plaisant, c'est que M. le baron de Rodach a probablement dans ses mains, à l'heure qu'il est, sa terrible cassette remplie de cendres !

« C'est ce qu'on appelle un pistolet de paille !

— Mais le baron, dit madame de Laurens, cela ne nous apprend pas où il est ?

— Laissez faire Geignolet ! c'est notre oracle. Geignolet est en Allemagne depuis deux jours à peine, et il a déjà rencontré trois fois le grand monsieur qui porta la cassette chez Hans Dorn.

— Ah ! fit le Magyare qui était tout oreilles.

— Vous voyez bien que j'avais deviné, murmura Petite ; il est ici.

Van Praët s'occupait à faire un paquet des papiers jadis contenus dans la cassette. Il n'y manquait que les lettres de change tirées de Londres et d'Amsterdam sur la maison de Geldberg.

Mira contemplait le paquet d'un air de chagrin ; si le hasard eût fait tomber cette arme entre ses mains, il n'aurait pas été homme à s'en dessaisir étourdiment.

— Je pense que mon ami Geignolet m'en a donné pour mon argent, reprit Reinhold, qui triomphait toujours.

— A-t-il su vous dire le principal ? demanda madame de Laurens, la retraite du baron de Rodach ?

— Nous y arriverons, belle dame. Les trois fois que Geignolet a rencontré le grand monsieur, le grand monsieur sortait de certaine chaumière située à quatre ou cinq cents pas du village, au bas de la montagne, sous la roche que les gens du pays nomment la *Tête-du-Nègre*.

— C'est la maison de Gottlieb, dit Van Praët, un brave garçon, qui déjà de mon temps était vassal de Bluthaupt.

— Et qui s'en souvient, à ce qu'il paraît, ajouta Reinhold ; il y a dix à parier contre un que le baron se cache chez lui.

Van Praët ouvrit son secrétaire, et y plaça le paquet qu'il venait d'attacher avec soin.

Yanos se dirigea vers la porte sans prononcer une parole.

Le chevalier de Reinhold ouvrit la bouche pour interroger, mais Petite lui serra fortement le bras.

— Silence ! murmura-t-elle ; il va chercher ses armes...

Au moment où le Magyare entrait dans l'antichambre, Klaus venait d'en sortir par la porte opposée.

Depuis l'arrivée de Reinhold, Klaus était là, immobile et l'oreille au guet.

Il descendit précipitamment l'escalier, et s'engagea au pas de course dans un long corridor qui reliait l'une à l'autre les deux ailes du château.

Parvenu au bout du corridor, il ouvrit une porte massive donnant accès dans une cour de peu d'étendue et complétement hors d'usage.

Cette cour touchait d'un côté au rempart, de l'autre aux derrières de la chapelle.

Klaus regarda tout autour de lui avec inquiétude pour voir si personne ne l'épiait.

La cour était déserte, ainsi que la partie du rempart qui la dominait.

Klaus entra dans la chapelle par une brèche que le temps avait pratiquée aux murailles.

L'intérieur de la chapelle montrait encore les restes d'une magnificence antique; mais c'était une ruine.

Le vent sifflait dans les fenêtres complétement dégarnies de leurs vitraux, et l'eau du ciel, filtrant par la voûte désemparée, avait ruiné peu à peu les ornements de la nef.

Le sol était jonché de débris de colonnes et de statues; il ne restait plus que les piliers de marbre du maître-autel.

Klaus traversa la chapelle, et gagna le chœur, dont les stalles vermoulues ne gardaient plus aucune trace de sculpture. Il ouvrit une petite porte située derrière l'autel, et descendit les marches roides et humides d'un escalier souterrain.

Il était dans les caveaux mortuaires des anciens comtes de Bluthaupt.

C'était une large salle, soutenue par des piliers massifs entre lesquels s'élevaient des tombeaux.

Une lampe mourante placée sur une des tombes envoyait aux objets de vagues lueurs.

Quand la mèche ranimée jetait par instants une lumière plus vive, on voyait sortir de l'ombre les statues des vieux comtes, couchées sur le dos, les bras en croix sur la poitrine, avec leur grande épée le long de leur flanc.

Klaus se signa en entrant dans cette salle funèbre.

— Êtes-vous là ? murmura-t-il ensuite.

Personne ne répondit.

Klaus tremblait parmi tous ces morts.

La tombe sur laquelle était posée la lampe supportait trois statues de porphyre rouge couchées côte à côte.

C'étaient les trois fils du comte Noir, ceux-là mêmes qui, suivant la légende, revenaient de temps en temps sur terre pour fêter la naissance ou la mort des Bluthaupt, les trois Hommes Rouges.

Les lueurs vacillantes de la lampe mettaient à leurs visages de pierre comme un reflet vivant.

L'idée venait à Klaus que peut-être ils allaient se lever et marcher.

— Êtes-vous là? répéta-t-il d'une voix étouffée.

Personne ne répondit encore.

Mais il se fit un bruit sourd au fond du souterrain, et quelques secondes après, aux dernières lueurs de la lampe, trois formes humaines se dessinèrent vaguement entre les colonnes.

IV

LA TOUR DU GUET

Le lendemain était le jeudi de la mi-carême. C'était le soir que devait avoir lieu ce fameux bal masqué dont les convives de Geldberg se faisaient fête depuis leur arrivée.

Les Parisiens cantonnés à Obernburg, Esselbach et autres quartiers, triomphaient ce jour-là. Ils avaient eu froid, et leur estomac était saturé de choucroute; les billets qu'ils avaient payés, pour la plupart un prix exorbitant, ne leur avaient guère donné jusqu'ici que le droit de regarder de loin les magnificences de Geldberg; ils n'avaient pas précisément à se plaindre, puisque tout était beau, prodigue, splendide; mais ils commençaient à s'apercevoir que rien de tout cela n'était fait pour eux, et qu'ils vivaient des miettes échappées à la table des privilégiés.

Ils commençaient à s'avouer qu'ils faisaient en quelque sorte partie des décors et accessoires de la fête. Quand il fallait du monde pour grossir un cortége, pour emplir une salle de spectacle, pour faire foule enfin, on s'empressait de les convoquer. Ils ne se faisaient jamais prier; ils arrivaient à la première sommation, afin d'utiliser leurs frais; on les recevait admirablement, mais, l'occasion passée, on les oubliait.

Et ils étaient alors réduits aux joies congrues d'Esselbach et d'Obernburg; ils regardaient tristement leurs cartes inutiles, et qui ne valaient guère mieux que les billets de faveur des théâtres, de Paris les soirs d'entrées *généralement suspendues*.

Le piquant, c'est qu'ils étaient là, dans ces petites rues du voisinage, confondus avec les fournisseurs de toute sorte qu'on avait mandés de France. Lions et lionnes du numéro deux coudoyaient, hélas! tailleurs, coiffeurs et modistes des deux sexes!

Mais en ce bienheureux jour de la mi-carême, l'arrière-ban des invités allait prendre une éclatante revanche; tout le monde était du bal; plus de distinction entre les privilégiés et les invités *extra-muros!*

Ce bal hospitalier, et encore la grande chasse aux flambeaux du lendemain, pouvaient compenser bien des jours de dépit et d'attente.

Après cela, on pouvait s'en retourner à Paris, et se donner la douce joie d'exciter l'envie des simples en répétant sur tous les tons :

— Ah! c'était bien beau!... bien beau!... Ah! cher, ou chère, je vous plains de n'avoir pas vu cela!... Une occasion pareille ne se représentera jamais!

Et les descriptions! et les broderies! et le roman! On a vu la merveille, on en peut parler : c'est la gloire. Qui va s'enquérir si l'on était assis dans un bon fauteuil, au milieu du salon, ou debout, appuyé contre la porte de l'antichambre ?

Dès le matin, il régnait à l'intérieur du château une certaine agitation. Dans les corridors on ne rencontrait que domestiques affairés et caméristes en émoi. Chacun faisait ses préparatifs de longue main; c'était une lutte engagée entre le dedans et le dehors, et les dames s'armaient de tous côtés en conscience pour cette bataille de luxe et de coquetterie.

En ce qui regardait la maison de Geldberg elle-même, les préliminaires du bal étaient entièrement achevés; tout était prêt, et la salle, fermée dès la veille, cachait pour quelques heures encore ses magnificences inconnues, qui attendaient l'admiration de la foule.

Cependant, les gens de Geldberg n'étaient pas oisifs, tant s'en fallait; bien que toutes les mesures fussent prises, ils avaient ce matin un surcroît de besogne.

Quelques invités de la plus respectable espèce avaient attendu en effet jusqu'au dernier moment pour quitter Paris et se rendre à la fête. Il en était arrivé la veille et cette nuit même.

Or, c'était là un fort grave embarras, parce que le château était plein, du rez-de-chaussée aux combles.

A cette occasion, il arriva un petit événement qui occasionna une certaine rumeur parmi la livrée, et dont l'écho parvint jusqu'aux chefs de la maison.

Il restait à caser certain monsieur hors de puissance de femme, et qui, se montrant d'aimable composition, déclarait que le moindre coin lui suffirait.

C'était charmant; mais il fallait trouver un coin.

Le chevalier de Reinhold consulté indiqua, l'une après l'autre, toutes les chambres qu'on avait négligé de restaurer, et qui, néanmoins, s'étaient trouvées successivement remplies : il n'y avait plus de place nulle part.

A force de chercher, le chevalier parla de cette pièce abandonnée qui formait le plus haut étage de la tour du Guet, et qui avait servi autrefois aux mystérieuses expériences du vieux Gunther.

Il y avait encore, parmi les domestiques du château, deux ou trois serviteurs des anciens comtes ; c'est assez dire que la livrée de Geldberg n'ignorait aucune des légendes qui couraient sur la famille éteinte de Bluthaupt.

La plupart des valets de Paris affectaient, à l'endroit de ces vieilles histoires, une très-superbe incrédulité ; mais le diable n'y perdait rien.

Après la légende des Trois Hommes Rouges, dont ils s'occupaient énormément, la plus connue était celle qui racontait comme quoi le dernier seigneur de Bluthaupt, avec l'aide maudite du démon, avait essayé de faire de l'or dans son laboratoire de la tour du Guet.

On ressassait d'autant plus volontiers cette fantastique histoire, que, depuis deux ou trois jours, un bruit étrange s'était répandu dans les campagnes voisines. On disait que cette lueur surnaturelle dont parlait la légende, *l'âme de Bluthaupt*, s'était rallumée durant ces dernières nuits au sommet de l'antique donjon...

Quand l'ambassadeur dépêché vers Reinhold revint à l'office, et qu'il parla de préparer la chambre de la tour du Guet, il y eut une hésitation grave parmi la livrée.

D'esprits forts, on n'en trouva plus...

Personne ne se souciait de monter là-haut, et d'affronter les périls inconnus de cette diabolique retraite.

Cependant il fallait agir.

Cinq ou six valets et autant de servantes, armés, les uns de bâtons, les autres de couteaux de table, se formèrent en corps d'armée, et tentèrent la périlleuse ascension.

A la première volée de l'escalier tournant, on souriait un peu ; à la seconde, on s'entre-regardait ; à la troisième, chacun serrait machinalement son arme, et se sentait prendre d'idées très-noires.

On y voyait à peine dans cette vis étroite éclairée seulement par des meurtrières.

Aux dernières marches de la troisième volée, le bataillon s'arrêta comme un seul homme ; il y avait encore un étage.

On tint une sorte de conseil, et quand on se remit en marche, nous devons le dire à la honte du genre masculin, ce furent les servantes qui prirent les devants.

L'armée arriva devant une petite porte en plein cintre, dont le battant unique gardait des restes d'inscription.

La cage de l'escalier, les marches poudreuses, la porte, jusqu'aux lettres à demi effacées, tout cela vous avait vraiment un certain air de sortilège !

Les servantes cependant se rangèrent en haie, et l'un des domestiques, porteur d'un énorme trousseau de clefs, en essaya plusieurs dans la serrure ; sa main tremblait à faire compassion.

Au bruit de la première clef essayée, on entendit comme un mouvement à l'intérieur de la chambre.

Toutes les figures devinrent blêmes.

Les hommes voulaient redescendre ; mais les filles, en qui la curiosité combattait la crainte, tenaient bon encore.

Nina, la jolie camériste de madame de Laurens, arracha le trousseau de clefs des mains du valet poltron, et se mit vaillamment en besogne.

Tandis qu'elle éprouvait les clefs l'une après l'autre, on entendit, mais distinctement cette fois, un bruit de verre brisé.

Nina venait d'introduire dans la serrure une clef qui faisait jouer le pène ; rien ne retenait plus la porte. La jeune fille poussa résolûment le battant, qui demeura immobile.

— Le diable est derrière !... murmura une voix dans l'escalier.

— Aidez-moi, dit Nina à ses compagnes ; il n'y a qu'à pousser...

La cassette du baron! s'écrièrent Mira et Petite. (Page 283, col. 2.)

Mais la porte semblait plus inébranlable ouverte que fermée.

— Il faudrait un levier pour enfoncer cela! dit la camériste de madame de Laurens.

L'idée fut accueillie avec un véritable enthousiasme; chacun redescendit beaucoup plus vite qu'il n'était monté; cette retraite ressemblait à un sauve-qui-peut général.

On était descendu sous prétexte de cher-cher un levier; le levier fut trouvé, mais personne ne remonta.

M. le chevalier de Reinhold, à qui le cas fut rapporté, haussa les épaules avec mépris, et ordonna d'envoyer des ouvriers pour faire le siége du donjon. Il ne manqua pas, comme on peut le penser, de gourmander sévèrement la lâcheté de ses gens.

Les poltrons ne pardonnent point à la peur d'autrui.

En somme, on avait bien des choses à faire au château ce matin-là; quand il s'agit de trouver des ouvriers, l'histoire des bruits entendus et de l'inexplicable résistance de cette porte ouverte était déjà publique.

Nina et ses compagnes affirmaient avoir senti parfaitement l'effort d'un bras robuste qui défendait la porte par derrière.

Il ne se rencontra pas un homme pour tenter de nouveau l'aventure.

On délogea Ficelle pour caser le monsieur, et le siége du donjon fut remis au lendemain.

Une chose singulière, c'est que, vers le milieu du jour, Klaus gravit les marches de l'escalier tournant sans que personne l'en eût prié.

Il portait à sa main son panier, qui semblait contenir des provisions.

Sans doute il connaissait le mot magique, qui mieux qu'une clef vulgaire ouvrait la petite porte du laboratoire, car le battant tourna sur ses gonds rouillés à la première pression de sa main.

Quand il redescendit, il n'avait plus son panier de provisions.

La journée se passa; le soir, à l'heure où les premières voitures amenant les invités du dehors arrivaient à la grille du château, madame de Laurens était seule dans sa chambre à coucher avec Joséphine Batailleur.

Il y avait déjà deux ou trois jours que celle-ci était arrivée de Paris. Depuis qu'elle avait mis le pied au château, madame de Laurens avait éloigné de sa personne Nina et son autre caamériste.

Elle avait fait faire un lit à Batailleur dans une chambre attenant à son propre appartement.

La marchande du Temple avait amené avec elle une enfant qui passait pour sa fille.

C'était une jolie petite créature à l'air souffrant et doux; les gens du château ne l'avaient vue qu'une fois, au moment de l'arrivée; depuis lors, elle n'avait point quitté la chambre de madame Batailleur.

Sara n'avait pas entièrement achevé de s'habiller pour le bal; elle était encore à sa toilette, où Batailleur remplaçait sans trop de désavantage les deux caméristes absentes.

Pour donner au bal plus de caractère, la plupart des invités s'étaient concertés d'avance sur la question des costumes.

Sara, ainsi que sa sœur Esther, faisait partie d'un quadrille qui devait représenter les principaux personnages des *Mille et une Nuits*. Elle portait la riche veste brodée et la robe de cachemire toute parsemée de pierreries de la belle Zobéide : un poignard recourbé pendait à sa ceinture, et il ne lui manquait que le haut turban de perles dont Batailleur fixait en ce moment l'éblouissante aigrette.

Petite attendait, assise devant sa glace. Ce costume oriental, qui semblait fait tout exprès pour son genre de beauté, lui donnait des grâces nouvelles; elle était si charmante, que Batailleur, tout en activant sa besogne, lui jetait des œillades où il y avait à la fois de l'admiration et de l'orgueil, car Batailleur se disait que cette beauté était bien un peu son ouvrage.

Petite avait les yeux fixés sur son miroir; mais elle ne se voyait point; sa pensée était bien loin de la fête prochaine. Elle rêvait.

Sa rêverie en ce moment était chagrine; on voyait la courbe délicate et noire comme le jais de ses sourcils se froncer par instants : ses lèvres se relevaient en un sourire méchant et amer.

La chambre où elle se trouvait était ornée avec goût, mais ne rappelait en rien les magnificences érotiques de son boudoir de Paris. Par une porte ouverte, on apercevait l'intérieur de la pièce occupée par la marchande du Temple; on y voyait deux lits, dont l'un disparaissait à moitié derrière de longs rideaux tombants.

Le regard de Sara se dirigeait souvent vers ce lit, et alors sa physionomie s'adoucissait tout à coup jusqu'à exprimer l'amour le plus tendre.

— Tout de même, dit Batailleur en essayant le turban sur ses deux mains arrondies, voilà un article qu'on ne trouverait pas dans beaucoup de magasins de la capitale ! Ma chère madame, ajouta-t-elle avec un mouvement d'orgueil bien légitime, je parie que vous ne regrettez pas vos deux criquettes de femmes de chambre.

— Non, répliqua madame de Laurens avec distraction.

— A la bonne heure !... Voyons, nous coiffons-nous ?

— Pas encore, dit Sara, j'ai le temps.

— Ah ! si c'était moi, s'écria la marchande, comme je serais pressée de voir tout ça !... Ça va-t-il être soigné, mon Dieu ! quand j'y pense ! Mais il n'y a pas à dire non, voyez-vous, quand mon Polyte entrera pour jouer son rôle, il faut que je puisse le regarder un petit peu.

— Nous verrons cela, ma bonne.

— Ah dame ! c'est qu'il est très-bien avec son grand manteau. Il n'est pas bête, allez, Polyte, sans que ça paraisse !

Petite se leva, et entra sans répondre dans la chambre de Batailleur ; elle se dirigea vers le lit entouré de rideaux.

Une bougie qui brûlait sur la table éclairait la chambre faiblement. Sara souleva les rideaux, et découvrit le visage d'une petite fille endormie.

C'était encore une de nos connaissances du Temple : Nono, la pauvre servante du bonhomme Araby.

Elle sommeillait, la tête appuyée sur son bras grêle. Ses traits étaient bien pâles, à l'exception de deux taches d'un rouge vif qui enluminaient les pommettes de ses joues.

Sa bouche s'entr'ouvrait pour donner passage à son souffle, régulier, mais pénible ; peut-être était-ce l'effet d'un rêve : elle semblait souffrir.

Mais elle était charmante sur ce lit blanc, et ses grands cheveux, épars sur l'oreiller de mousseline, faisaient un cadre gracieux à la beauté de son visage.

Ses traits avaient une délicatesse exquise, et rappelaient vaguement ceux de Sara ; on avait peine à penser que naguère un dénûment horrible pesait sur cette jolie et frêle créature.

Sara la contemplait avec des yeux ravis ; elle joignait les mains comme si sa bouche distraite eût rencontré malgré elle des paroles de prière.

— La cacher toujours ! toujours ! murmura-t-elle ; il y a donc des supplices qui n'ont pas de fin !

Batailleur l'avait suivie en étouffant le bruit de ses pas pour ne pas éveiller l'enfant.

— Je ne sais, reprit Sara dont la voix s'attrista subitement ; elle a l'air plus malade ce soir... Le docteur Saulnier est-il venu ?

— Je l'attends, répondit Batailleur ; mais, bah ! à cet âge-là, il y a toujours de la ressource !... Et quand la petite saura qu'elle est la fille d'une noble dame, ça la repiquera drôlement, et tout de suite !

— Quand le saura-t-elle ? murmura madame de Laurens, qui baissa la tête.

— Dame !... répliqua Batailleur, le cher homme finira peut-être par s'en aller, quand le diable y serait !

Sara croisa ses bras sur sa poitrine en un mouvement brusque ; on voyait son sein battre par soubresauts faibles et contenus sous la brillante étoffe de son costume.

— Il y a une malédiction sur moi ! dit-elle à voix basse, rien ne me réussit ! Autour de moi les menaces s'accumulent, et quelque main mystérieuse semble s'opposer partout à l'accomplissement de mes vœux. Si l'on pouvait croire en Dieu !

Elle s'arrêta, et passa le revers de sa main sur son front.

— Quand je vous écrivis, reprit-elle, pour faire venir l'enfant, je croyais bien que tout serait fini à votre arrivée. M. de Laurens était dans un état tel que sés deux médecins m'avaient avoué l'imminence du danger. Mais ces maladies sont étranges. Le lendemain, il était mieux que jamais. Et qui sait si tous, tant que nous sommes, nous ne mourrons pas avant lui ?

— Allons donc ! dit Batailleur.

Petite secoua la tête.

— Je n'avais jamais eu de pressentiments, murmura-t-elle, et je me raillais de toutes ces choses que la raison ne peut point expliquer. Mais, depuis une semaine, mes nuits sont tourmentées; il me vient à l'esprit des pensées inconnues. J'ai peur !

— Un peu de fièvre, interrompit la marchande.

— Peut-être est-ce là ce qu'on appelle les remords ? murmura madame de Laurens comme en se parlant à elle-même.

Batailleur était à bout de consolations; elle se tut.

Petite garda le silence durant une minute.

Puis elle se pencha au-dessus de sa fille endormie, et sa lèvre effleura le front de l'enfant.

— Comme elle brûle ! murmura-t-elle. Ah ! c'est qu'elle a tant souffert ! Si je la perdais, savez-vous bien que je serais la plus malheureuse des femmes; car je me dirais parfois que je suis la cause de sa mort.

— Dame ! répliqua Batailleur, le fait est que ça serait un peu ça !

Sara lui jeta un regard où il y avait une navrante détresse.

— Non! oh non ! balbutia-t-elle, ce n'est pas moi. Pourquoi me dites-vous cela, vous, qui savez comme je l'aime ?

— C'est que, ma chère madame...

— Voulez-vous donc me tuer? D'ailleurs, elle ne mourra pas ! elle est si jeune! c'est une enfant ! Ah ! ces mères qui savent prier sont heureuses ! ajouta-t-elle en passant ses doigts dans les cheveux mêlés de sa fille. Judith ! Judith ! mon trésor bien-aimé ! que j'aurais de joie à donner tout cet or amassé si longuement pour te rendre la force et la vie !

Un faible sourire vint se jouer sur les lèvres entr'ouvertes de la petite Galifarde.

— Ne dirait-on pas qu'elle m'entend ? s'écria madame de Laurens, heureuse tout à coup. Voyez ! cet air de souffrance qui nous faisait peur a disparu. Comme elle sera belle dans un an d'ici ! Folles que nous étions de penser à la mort !

On frappa en ce moment à la porte extérieure de la chambre.

— Ce doit être le médecin, dit Batailleur.

Petite regagna aussitôt son appartement.

Aux yeux du médecin Saulnier, elle n'avait que faire auprès de cette enfant, qui était la fille de la marchande du Temple.

Et pourtant, que n'eût-elle pas donné pour entendre ce qui allait se dire au chevet de Judith !

Elle ferma la porte de son appartement, et resta tout auprès, collant tour à tour son œil et son oreille à la serrure.

Le docteur Saulnier entra, et alla s'asseoir auprès du lit de l'enfant.

Sara le vit prendre la lumière, et regarder attentivement le visage de Judith, après lui avoir tâté le pouls durant plus d'une minute; puis elle le vit secouer la tête, tandis que ses lèvres prononçaient des paroles qui n'arrivaient point jusqu'à elle.

Ces paroles, Sara croyait les deviner.

Le médecin tendit la bougie à Batailleur, afin d'avoir ses deux mains libres.

Il examina Judith pendant un instant encore, puis il souleva la couverture.

L'œil de Sara s'agrandissait derrière la serrure ; son âme était dans son regard.

Mais, soit hasard, soit volonté, Batailleur changea de place, et mit sa taille épaisse entre la porte et le lit.

Sara ne vit plus rien.

V

CONSULTATION

Le médecin Saulnier disait à madame Batailleur :

— Il y a longtemps que cette pauvre enfant souffre ?

— Oui, répondait Batailleur, qui jouait gauchement son rôle de mère ; je pense qu'il n'y a pas mal de temps.

— Vous ne le savez pas au juste ? demanda le docteur étonné.

— De quoi ? Si fait ! En voilà une idée ! ça serait drôle que je ne le saurais pas !

Saulnier, après avoir tâté le pouls de la pauvre Nono endormie, releva les yeux sur la marchande.

— Avait-elle un médecin à Paris ? demanda-t-il encore.

— Oui... non... parbleu ! fit coup sur coup Batailleur.

Saulnier ne comprenait point l'embarras de cette femme, et de vagues soupçons lui venaient ; ce fut en ce moment que Sara le vit secouer la tête.

Puis, en observant le sommeil de Judith, il poursuivit :

— Le caractère de l'enfant était-il gai ?... Semblait-elle heureuse ?

— Ma foi ! dit Batailleur, pas trop, la pauvre fille !

— C'est que, murmura Saulnier, elle est bien malade !

Un énergique juron tomba des lèvres de Batailleur.

— Eh bien ! dit-elle ensuite en frappant son pied court et gros contre le parquet, faut avouer tout de même que ce n'est pas de la chance !

— Il faut que je voie la poitrine de la malade, dit le docteur ; tenez-moi la bougie.

C'est la chose redoutée, le mal terrible qui ne pardonne pas ; on le craint dans l'échoppe indigente comme dans les riches salons. C'est la mort cauteleuse, qui vient à pas lents et sûrs étouffer la belle jeune fille ou l'adolescent au seuil de la vie.

Ce mot *poitrine* a dans la bouche des médecins un accent funeste, que chacun saisit, et qui déchire le cœur des mères.

Elle est si cruelle, cette mort qui semble choisir la jeunesse et la beauté ! et l'on en voit tant autour de soi de ces pâles fleurs qui tombent !

Par une sorte d'instinct charitable, Batailleur voulut cacher à madame de Laurens ce qui allait se passer.

Elle se mit entre le lit et la porte.

Le médecin Saulnier souleva la couverture ; il posa sa main, puis son oreille contre la poitrine de l'enfant, dont le sommeil lourd continuait.

Non content de ces indices, il dénoua le cordon qui retenait la chemise de Judith, afin de compléter ses observations. Mais à peine la toile se fut-elle ouverte que le docteur se redressa en fronçant le sourcil.

— Qu'est-ce là ? dit-il.

Son doigt tendu montrait des tâches bleuâtres qui marbraient la pauvre poitrine de l'enfant.

La bougie tremblait dans les mains de Batailleur.

— Serait-ce vous?... commença Saulnier, dont les traits exprimaient du dégoût et de l'indignation.

— Moi! se récria Batailleur avec énergie; si je tenais celui qui a fait ça, je l'étranglerais!

— Votre fille n'était donc pas avec vous à Paris?

— On n'est pas millionnaire; l'enfant était en place. Oh! le vieux coquin d'Araby!

Saulnier ramena vers l'enfant son regard où il y avait une pitié profonde.

— Ce n'est pas vous, dit-il en s'adressant à Batailleur; je le crois. Il fallait être une bête féroce pour accabler ainsi cette frêle créature! Cette nuit, il n'y a rien à faire. Je reviendrai demain matin.

Le docteur se dirigea vers la porte par où il était entré.

— Et pensez-vous qu'il y ait du danger? demanda la marchande en le reconduisant.

— Elle est bien faible! répondit Saulnier; mais à cet âge... Demain nous pourrons mieux juger.

Il s'esquiva pour éviter de nouvelles questions.

Sara s'élança dans la chambre.

— Qu'a-t-il dit? s'écria-t-elle; rappelez-vous bien chacune de ses paroles, Joséphine, et dites-moi tout!

— Mon Dieu! répliqua Batailleur, c'est drôle les médecins, vous savez, chère madame; celui-ci n'a pas dit grand'chose.

— Mais enfin?

— Il a dit ceci, puis ça, des bêtises!

— Ah! fit Petite, vous me mettez à la torture!

— Eh bien! que voulez-vous? il a dit que c'était un malaise, une petite fièvre de croissance.

— Vraiment!

— Tiens! il a dit que la petite n'était pas forte. Nous savions ça aussi bien que lui. Mais quant à concevoir des inquiétudes, il n'y a pas de quoi.

— Il a dit cela?

— Tout au juste.

Madame de Laurens respira longuement. Ses yeux étaient fixés sur sa fille; elle ne voyait point que le visage de Batailleur, d'ordinaire hardi jusqu'à l'effronterie, exprimait de l'hésitation et de la contrainte.

Elle ne voyait que sa Judith.

— Mon Dieu! dit-elle en rappelant son sourire, si vous saviez, ma bonne, quelles idées folles emplissaient mon cerveau, là-bas derrière cette porte! Il me semblait entendre la voix du docteur prononcer toutes sortes de menaçantes paroles. Ces quelques minutes m'ont paru longues comme un siècle!

Elle s'interrompit brusquement, et regarda Batailleur en face.

— Mais pourquoi a-t-il secoué la tête? demanda-t-elle.

— Il a secoué la tête? répliqua la marchande. Ah! oui, je me souviens; ces médecins voient des affaires d'État dans tout, l'oreiller était trop bas; il l'a rehaussé.

Sara avait repris la place qu'elle avait occupée naguère au chevet de sa fille. Le sommeil de cette dernière était plus tranquille en ce moment; Petite n'osait pas l'embrasser, de peur de l'éveiller, mais elle la caressait d'un regard souriant.

— Quand je pense, murmurait-elle en appuyant ses mains contre la couverture, que j'aurais pu apprendre, en entrant ici, quelque chose qui m'aurait tuée, et qu'au lieu de cela, j'ai le cœur plein de joie! car vous ne voudriez pas me tromper, n'est-ce pas, ma bonne Batailleur? tout ce que vous m'avez dit est la vérité? D'ailleurs, ne le vois-je pas par mes yeux! Tenez! comme son joli visage sourit, et comme sa joue prend de belles couleurs!

La marchande fouillait sa cervelle pour trouver quelque chose à répondre; c'était en vain. Elle faisait de son mieux pour paraître gaie; elle était sur des épines.

Depuis que le médecin avait prononcé le mot fatal, Batailleur voyait sur les traits de l'enfant les signes connus de l'effrayante maladie; ces belles couleurs elles-mêmes dont parlait Sara, c'était le symptôme de cette fièvre intermittente qui fatigue le sommeil des poitrinaires.

— Chère madame, dit-elle pour mettre fin à cette scène, ne voulez-vous point achever votre toilette de bal?

Petite avait oublié le bal; elle jeta un regard chagrin sur son costume.

— Que j'aimerais bien mieux rester là toute la nuit! murmura-t-elle, à la voir, à veiller sur elle, à deviner ses rêves!

Elle repoussa son fauteuil avec lenteur, s'arrachant à regret de cette place aimée; puis elle s'approcha de nouveau, heureuse d'avoir trouvé un prétexte pour rester une minute encore.

— J'y pense, dit-elle, quelle idée a donc eue le docteur de soulever la couverture?...
— Je n'ai pas vu... balbutia la marchande dont l'embarras redoubla d'une manière visible.

— Je l'ai bien vu, moi, reprit Sara, et c'est vous qui m'avez empêchée d'en voir davantage.

Ses doigts froissaient la couverture avec une sorte d'envie.

— On est enfant quand on aime bien, pensa-t-elle tout haut; je voudrais regarder son petit cou blanc, ses bras nus qui doivent être roses! Je ne l'ai jamais vue, moi, ma fille!

Elle fit le geste de soulever la couverture.
Batailleur se précipita au-devant d'elle pour l'en empêcher.

— Y pensez-vous, chère madame? dit-elle, il fait froid, et l'enfant est en sueur!
— Froid? répliqua Sara; d'où vient donc que je brûle, moi qui suis demi-nue? Il faut si peu de temps, d'ailleurs, pour glisser un regard!

Batailleur appuyait ses deux mains sur la couverture que madame de Laurens voulait toujours soulever.

— Laissez, dit cette dernière avec un commencement d'impatience, laissez, ma bonne!

La marchande ne bougea pas.
Les sourcils de Sara se froncèrent légèrement, et son œil exprima une nuance d'inquiétude.

— Laissez! répéta-t-elle d'un ton plus impérieux.

Et comme la marchande n'obéissait point encore, elle ajouta d'une voix déjà changée:

— Vous me feriez croire à un malheur... Laissez, vous dis-je!

— Écoutez, murmura Batailleur, quand les enfants ont comme ça la fièvre... il ne faut pas... que sais-je ?...

Sa phrase s'acheva en un bourdonnement confus.

Sara lui ordonna une dernière fois de lâcher prise.

Batailleur n'osa plus résister, mais elle joignit les mains en balbutiant machinalement :

— Je vous en prie... croyez-moi... ne regardez pas !...

C'était souffler le feu pour l'éteindre.

D'un geste violent, Sara souleva la couverture qui retomba l'instant d'après, parce que sa main paralysée ne pouvait plus la tenir.

Elle venait de voir ces larges taches bleuâtres qui marbraient le cou et les bras de sa fille.

Elle devint d'abord pâle comme une morte ; puis son front s'empourpra subitement pour faire place aussitôt après à une pâleur plus livide.

Des tressaillements convulsifs agitaient tout son corps et bouleversaient les belles lignes de son visage ; ses yeux brûlaient ; elle était si effrayante à voir, que Batailleur, frappée de crainte, tremblait.

— Je vous avais bien dit... commença-t-elle.

Un geste raide de Sara lui coupa la parole.

Il y eut un long silence, pendant lequel madame de Laurens releva une seconde fois la couverture pour compter avec une sombre attention les meurtrissures qui couvraient le corps de sa fille.

À mesure qu'elle regardait, les muscles de sa figure se détendaient lentement ; ses paupières battirent ; deux larmes ardentes roulèrent sur sa joue.

Ce fut l'affaire d'une seconde ; les larmes se séchèrent, et les yeux de Sara eurent un éclair terrible.

— Qui a fait cela ?... murmura-t-elle d'une voix stridente et brisée.

Batailleur hésitait à répondre ; madame de Laurens lui prit le bras et le serra jusqu'à lui arracher un cri de douleur.

— Qui a fait cela ? répéta-t-elle avec effort.

La marchande balbutia le nom d'Araby.

Les dents de Petite grincèrent ; elle lâcha le bras de Batailleur, où l'empreinte de ses doigts restait marquée.

Nulle plume ne saurait peindre ce qu'il y avait en elle de haine et de colère.

— Araby ! répéta-t-elle, comme si ce nom abhorré désormais eût déchiré sa lèvre au passage, Araby ! Araby !

Elle appuya ses poings fermés contre son front.

— Tigre ! tigre ! dit-elle avec un furieux élan de rage, et il n'est pas là pour que je me venge !

Ses yeux revinrent vers l'enfant, dont la bouche entr'ouverte exhalait des plaintes faibles, parce que le froid piquait sa poitrine nue.

Sara se laissa tomber sur ses deux genoux ; la douleur sans bornes dominait en elle de nouveau la colère.

Elle appuya sa tête contre le matelas, et demeura comme abîmée dans son angoisse.

Il y avait un contraste bien étrange entre cette détresse désespérée et le luxueux éclat du costume de bal.

Elle s'arrêta devant le lit de l'enfant, dont sa main étendue montra le pâle visage. (Page 303, col. 1.)

L'œil hésitait blessé entre cette toilette frivole, qui éveillait des idées de plaisir, et le désespoir de cette mère agenouillée qui sanglotait tout bas.

Il y avait quelque chose de plus poignant dans cette détresse qui semblait railler la riante parure du bal

La marchande n'osait plus parler ni bouger.

Sara se redressa soudain, parce qu'une toux creuse souleva la poitrine de l'enfant.

Elle resta muette, tandis que ses yeux disaient une épouvante navrée.

Puis tout à coup son regard s'alluma sous ses sourcils froncés violemment.

— Araby! dit-elle encore, oh! je le trouverai. Mais ce n'est pas lui tout seul! Et je crois que je vais la venger!

Ses lèvres se relevèrent; cela ressemblait presque à un sourire.

— C'est lui qui n'a pas voulu! reprit-elle; c'est lui qui m'a forcée de fermer les portes de ma maison à mon enfant! Sans lui, aurait-elle été jamais sous les ongles de ce monstre ? Ah ! je ne croyais pas pouvoir le haïr davantage !

Elle tourna le dos au lit, et se dirigea vers sa chambre à coucher.

— Venez, ma bonne, dit-elle d'une voix qui ne tremblait plus; je suis en retard. Achevez ma toilette.

Batailleur croyait rêver. Ce calme, brusquement revenu après l'effrayante colère, achevait de l'abasourdir.

Il ne manquait plus rien à la toilette de Sara ; elle jeta un dernier regard à son miroir, et trouva la force de sourire.

Ses traits ne gardaient aucune trace de sa récente agonie; elle portait la tête haute, et l'aigrette de diamants qui ornait sa coiffure orientale mettait d'éblouissants reflets dans sa prunelle.

Elle était plus charmante que jamais; et certes, nul n'aurait pu deviner ce qu'il y avait au fond de son cœur.

Parfois seulement, sous l'arc lustré de ses grands cils, une flamme sournoise s'allumait.

Ceux qui l'auraient vue alors auraient senti du froid dans leurs veines, c'était comme la langue agile et venimeuse du serpent, qui se montre à demi sous de gracieuses fleurs gaiement épanouies.

Elle sortit de sa chambre sans dire un mot à Batailleur.

Le docteur Saulnier, qui était en Allemagne pour veiller à la santé de M. de Laurens, habitait une chambre voisine de l'appartement de ce dernier.

C'était chez lui que Sara se rendait.

— Docteur, dit-elle en l'abordant, vous me voyez toute inquiète.

Saulnier, surpris par cette visite inattendue, lui avança silencieusement un fauteuil.

On sait que le jeune médecin voyait en elle un ange de douceur et de vertu.

— Je viens vous consulter, reprit Sara qui se laissa choir entre les bras du fauteuil.

— Pour vous, madame ?

— Plût à Dieu !... Mais non, c'est toujours pour mon pauvre Léon, que je vois souffrir sans cesse, et que nous ne pouvons soulager.

— Il faut espérer, madame... commença le docteur.

— Pendant que j'y pense, interrompit Petite avec cette vivacité des gens qui veulent fixer au passage un souvenir fugitif, je serais bien aise de vous adresser une question. Nous reviendrons tout à l'heure au véritable sujet de ma visite.

— Entièrement à vos ordres, répliqua Saulnier.

— Asseyez-vous là, près de moi, docteur. N'avez-vous pas été, ce soir, chez cette femme que j'ai prise tout récemment auprès de moi ?

— Il n'y a pas plus d'un quart d'heure que j'en suis sorti.

— Pauvre Batailleur ! Voilà des années qu'elle est à mon service, et je m'intéresse tout particulièrement à elle. Vous avez vu sa fille ?

— Oui, madame.

— Voyons, docteur, reprit Sara dont la voix eut un imperceptible tremblement; vous pouvez être franc avec moi : on ne dit pas tout à la pauvre femme assise au chevet de son enfant malade ; mais moi...

Elle s'arrêta, et reprit avec un effort violent qui ne parut point au dehors :

— Moi, voyez-vous, je ne suis pas sa mère. Il faut ne me rien cacher.

— Pourquoi vous cacherais-je quelque chose ? demanda Saulnier, qui ne conçut pas l'ombre d'un soupçon.

— Sans doute, répliqua Petite en jouant l'indifférence. Cela ne me regarde pas. Et ce que j'en fais, c'est pour cette malheureuse femme.

— Vous avez, madame, un cœur excellent !

— Que dites-vous de l'état de cette petite fille ?

Saulnier secoua la tête ; Sara était prête à défaillir. La réponse attendue était pour elle la vie ou la mort.

— Je vais vous causer du chagrin, madame, répliqua le médecin, puisque vous portez de l'intérêt à la mère : cette pauvre enfant se meurt d'une maladie de poitrine.

La pâle figure de Sara n'exprima rien du désespoir profond qui lui étreignait l'âme.

Son regard resta froid ; pas un des muscles de sa face ne bougea.

— Mais, dit-elle avec lenteur, et d'une voix glacée, il y a bien encore quelque espoir de la sauver, n'est-ce pas ?

— Non, répondit le docteur.

La tête de Sara se pencha sur sa poitrine. Le docteur, qui la regardait, se disait :

— Comme elle est complaisante et bonne !

Sara resta, durant une minute, écrasée sous son angoisse muette. Puis la force extraordinaire qui était en elle reprit le dessus.

— Pourquoi songer au malheur d'autrui, dit-elle, quand on est soi-même si à plaindre ? Docteur, j'ai l'âme tourmentée de scrupules. Quand je me vois ainsi parée pour le bal, il me vient des remords. Pendant ces heures de plaisirs, mon pauvre Léon souffre.

— Toujours cette pensée ! murmura le médecin, oh ! vous l'aimez bien, madame !

— Si je l'aime ! répliqua Petite qui joignit ses mains en levant les yeux au ciel ; tenez, je veux vous dire tout de suite ce qui m'amène. C'est une folie, peut-être, mais je ne vis pas depuis que cette idée m'est venue. Quand ces crises affreuses le prennent, et qu'il reste des heures entières anéanti, s'il ne se trouvait personne à son réveil pour aider le premier effort de la vie qui revient ?

— C'est impossible ! interrompit le docteur.

— Oh ! laissez-moi achever. Je suis si malheureuse quand ces idées-là me poursuivent ! S'il appelait en vain quelque jour ! si personne n'entendait ses cris faibles !

— C'est impossible, madame, répéta le docteur, vous vous faites des terreurs imaginaires. Germain, le valet de chambre de M. de Laurens, est un serviteur fidèle. Il comprend la responsabilité qui pèse sur lui.

Petite ne put réprimer un geste d'impatience.

— Mais enfin ? dit-elle en insistant.

— Madame, vous me mettez dans un grand embarras, répliqua le docteur avec une hésitation manifeste ; je n'ai, pour ma part, aucune espèce d'inquiétude, je vous en donne ma parole d'honneur ; et pourtant, ma réponse va nécessairement augmenter vos craintes.

— Il y a donc du danger ? prononça tout bas Petite en feignant la plus extrême épouvante.

— Il n'y a pas de danger, puisque le fait est impossible, dit le docteur avec conviction ; mais, ajouta-t-il d'une voix moins assurée, si le fait était possible...

Il avait peur d'achever.

— Eh bien ? dit Sara.

— Eh bien ! il y aurait danger !

— Un danger grave ?...

— Un danger de mort soudaine !

Madame de Laurens respira fortement ; ce
pouvait être un soupir d'effroi...

VI

CARESSES QUI TUENT

Germain, le valet de chambre de M. de
Laurens, ne détestait pas absolument le vin
du Rhin.

Quelques minutes à peine s'étaient passées
depuis la visite au docteur, mais Petite avait
employé comme il faut ces quelques minutes.

Elle était seule avec son mari dans l'appartement de ce dernier.

Germain n'était pas à son poste ; il avait
profité de la présence de Sara pour descendre
à l'office, et voir un peu les vivants ; à l'office, il rencontra Mâlou, qui était un entrai-
nant compère, et qui semblait l'attendre.

Mâlou s'était fait l'ami de tout le monde
au château ; on aime les anciens militaires.

Un flacon fut débouché. Pauvre Germain !
il restait nuit et jour à l'attache, et pareille
débauche ne lui était pas souvent permise.

Petite se tenait debout, le coude appuyé
sur la tablette de la cheminée.

Elle chauffait tour à tour ses pieds mignons,
enchâssés dans des babouches brodées de
perles.

On eût dit qu'elle se posait de manière à
montrer à la fois tous les charmes exquis de
sa taille et de son visage.

Il y avait en elle, à ce moment, cette grâce
plus parfaite, cet attrait concentré de la
femme qui veut séduire.

L'agent de change la contemplait en extase.

Il était levé depuis le matin ; ses crises
mettaient entre elles maintenant d'assez longs
intervalles ; ce séjour au château de Geldberg
était pour lui un temps comparativement

heureux ; Sara se montrait clémente, et il
retrouvait de la joie à vivre.

Il espérait guérir.

Sara commençait à prendre pitié ; l'amour
vient ainsi quelquefois. Et toutes ses souffrances passées, ce n'était pas un prix trop
élevé pour l'amour de Sara !

A la contempler si belle, il se sentait reprendre du cœur, son sang se réchauffait
dans ses veines ; il redevenait jeune et fort.

— Que vous êtes bonne d'être revenue !
dit-il ; je n'espérais plus guère votre visite,
Sara.

— Aurais-je voulu aller au bal sans vous
voir ? répondit cette dernière avec douceur.

Mais, derrière cette douceur, il y avait
comme une préoccupation impossible à secouer ; les yeux de Sara voulaient sourire,
et, c'était étrange, ce sourire blessait.

L'agent de change ne voyait en elle que la
grâce incomparable et la beauté qui le faisaient esclave.

— Vous ne me détestez donc plus, Sara ?
murmura-t-il, quêtant un mot de tendresse.

— Non, répliqua Petite.

C'était bien peu, et pourtant l'âme de
M. de Laurens s'inondait de joie.

L'avenir ! l'avenir ! Il n'y avait plus de
haine ; l'amour viendrait ; oh ! que de délices
dans l'amour après ce long martyre !

Laurens eut un sourire, puis son front se
couvrit d'un nuage.

— Vous allez être bien belle à cette fête,
madame, dit-il, et je ne vous verrai pas ! Je
vous ai répété bien des fois cela, mais c'est
toujours vrai, Sara ; ce costume vous sied
par-dessus tout, et jamais je ne vous ai trouvée si charmante !

Petite cambra sa taille, et fit onduler d'un
mouvement coquet l'aigrette de son turban.

— Flatterie! dit-elle.

— Non! oh! non. Tous ceux qui vous voient doivent vous adorer, et vous serez belle pour tous cette nuit, Sara, excepté pour moi.

Il se leva comme pour éprouver sa force revenue ; ses jambes ne chancelaient plus guère.

— Si j'osais, prononça-t-il timidement, je vous avouerais ma folie, Sara. J'ai envie d'aller à ce bal.

— Pourquoi non ? répliqua Petite, que sa distraction emportait de plus en plus.

— Hélas! vous n'y songez pas, reprit l'agent de change ; vous êtes bonne, et la présence d'un pauvre malade gâterait votre plaisir.

L'œil de Sara, qui se fixait dans le vide, retomba tout à coup sur M. de Laurens.

— Non, dit-elle, votre présence ne pourra que me rendre joyeuse. Si vous vous sentez la force de venir, venez.

L'agent de change hésitait.

— Je vous en prie ! ajouta Petite doucement.

Laurens lui baisa la main avec un transport de gratitude.

— Merci! merci! murmura-t-il, vous êtes un ange de bonté, mais il faut être costumé pour aller à ce bal.

— Un malade ! répondit Petite ; d'ailleurs, vous avez cette robe de chambre de brocart; avec cela et un masque...

— C'est vrai, c'est vrai ! s'empressa de dire l'agent de change.

Il s'élança, dans toute la force du terme, vers son cabinet de toilette.

Petite le suivait du regard, et ses sourcils se froncèrent, tant elle lui trouvait le pas ferme et vif.

Au bout de quelques minutes, Laurens reparut. Les plis amples de la robe serrée autour de la taille dissimulaient sa maigreur, et son visage rayonnait ; il était beau; il se redressait en une vigueur nouvelle ; sa maladie semblait un rêve.

Petite cacha le sourire amer qui relevait sa lèvre.

— Venez, dit-elle, l'heure presse.

Elle donna sa main à l'agent de change, et ils sortirent.

Au lieu de prendre le chemin des salons, Petite se dirigea vers son propre appartement.

Et pour expliquer ce détour, elle dit :

— J'ai oublié mon éventail de plumes, et puis il vous faut un masque.

Ce fut Batailleur qui vint ouvrir la porte ; Petite lui fit signe de s'éloigner, et comme la marchande voulait se retirer dans la pièce où dormait l'enfant, Sara lui dit d'une voix impérieuse et sèche :

— Pas par là ! Esther doit m'attendre, ajouta-t-elle en se reprenant. Allez lui dire, ma bonne, que je suis à elle dans un instant!

L'agent de change et sa femme étaient seuls ; ils s'assirent l'un auprès de l'autre sur la causeuse.

Ceux qui connaissaient madame de Laurens auraient vu en l'examinant de près que la tempête couvait derrière son froid sourire. Par moments, ses lèvres se plissaient et devenaient pâles ; ses sourcils remuaient comme s'ils eussent voulu se rapprocher menaçants. Elle était obligée de baisser les paupières de temps en temps pour cacher l'éclair qui, malgré elle, s'allumait dans ses yeux.

L'agent de change ne voyait que sa beauté sans rivale, et s'arrêtait pris à son sourire.

Sara semblait se retenir et attendre. Elle prolongeait la situation avec cette avarice du chat qui économise sa cruelle jouissance, et qui joue longtemps avant de frapper le dernier coup.

Son cœur était plein de haine ; elle souffrait, elle aussi, et il lui fallait toute sa force pour rester calme en apparence, malgré les élancements de son angoisse. Durant cette soirée, des blessures terribles et répétées avaient touché la partie vulnérable de son cœur ; elle avait été martyre, elle voulait être bourreau.

Il lui était doux de torturer pour tromper sa peine.

— Léon, dit-elle en renversant sa tête charmante sur le dossier de la causeuse, vous paraissez rajeuni de dix ans, ce soir.

— Je vous l'ai dit souvent, Sara, répliqua l'agent de change, vous êtes la maîtresse de ma vie, et il ne vous faut qu'un peu de compassion pour faire des miracles.

Petite ramena son beau corps en avant, et mit sa main blanche sur l'épaule de son mari.

— Je vous ai donc fait bien du mal? murmura-t-elle, tandis que ses yeux lançaient une flamme aiguë à travers la frange de ses longs cils.

— Du mal? Oh! oui, j'ai été bien à plaindre! Mais la faute en était-elle à vous, Sara? C'est moi qui n'ai pas su me faire aimer.

— Pauvre Léon! reprit l'enchanteresse en lui touchant doucement les cheveux; vous êtes beau, pourtant! Où avais-je les yeux, et que vous manque-t-il pour plaire?

Laurens ne savait si ses oreilles ne le trompaient point; était-ce une illusion? Il craignait de s'éveiller.

Sara pencha vers lui sa tête souriante.

— Mon Dieu! reprit-elle, vous êtes jeune, et nous aurions de beaux jours pour réparer la tristesse oubliée.

— Oh! soupira l'agent de change, si Dieu me donnait ce bonheur!

— Se connaît-on soi-même, poursuivit Sara avec des inflexions de voix molles et comme balancées; sait-on ce qu'on a tout au fond de son âme? Je m'interroge souvent, et ma conscience ne veut pas me répondre. Je lui demande si je vous hais ou si je vous aime, Léon.

La terreur et l'espoir passaient tour à tour sur le visage de Laurens.

Sara poursuivit encore, et son accent était plus rêveur :

— La femme est un être étrange! nous frappons parfois notre idole, Léon. Que sais-je? Il est en moi une voix qui prononce votre nom bien souvent.

Son regard voilé parlait de tendresse ; Laurens était ivre.

— Et si je vous aimais? demanda-t-elle en mettant son front jusque sous la lèvre de son mari.

— Mon Dieu! mon Dieu! murmura l'agent de change en extase.

Sara souriait; sa prunelle alanguie semblait mendier un baiser.

L'agent de change se pencha lentement, lentement; sa bouche s'arrondit; il allait oser.

Sara souriait toujours; mais, au moment où les lèvres de Léon touchaient son front incliné, elle se dressa sur ses pieds comme un ressort d'acier qui se détend.

Elle était debout devant son mari qui ne la reconnaissait plus, tant sa physionomie s'était soudain transformée. Son sourire s'imprégnait de raillerie méchante et cruelle, ses yeux étaient fixes et durs; tout en elle peignait la haine froide, longue, impitoyable.

— Fou que vous êtes! dit-elle, vous ne vous souvenez donc plus?

VII

ARME DE FEMME

La tête de l'agent de change tomba lourde sur sa poitrine, qui rendit un gémissement.

— Vous avez donc oublié l'enfant? reprit Sara; vous ne savez donc plus que vous m'avez frappée au cœur autrefois, et qu'en ma vie je n'ai jamais rien pardonné!

Elle relevait sa tête hautaine, et belle comme la Terreur tragique; sa voix, qui n'éclatait pas encore, avait des vibrations profondes.

— Je croyais, balbutia Laurens, que vous aviez enfin pitié.

— Pitié! répéta-t-elle en lui saisissant le bras; que veut dire ce mot dans votre bouche? Venez!

Elle l'arracha de la causeuse où il s'asseyait, et l'entraîna vers la chambre de Batailleur.

Elle s'arrêta devant le lit de l'enfant, dont sa main étendue montra le pâle visage.

— Pitié! dit-elle encore; voyez!

L'agent de change était comme frappé de la foudre; ses idées vacillaient dans son cerveau.

Durant un instant, son regard égaré alla de la petite fille à Sara, et de Sara à la petite fille.

Son œil éteint se ralluma au feu d'une colère aveugle.

Sa raison ne parlait plus.

Cette enfant, il la reconnaissait, non pas à ses propres traits, mais à ceux de sa mère..

C'était comme le premier anneau de cette chaîne de malheurs qui accablait si lourdement sa vie.

Il ne haïssait qu'un être en ce monde, c'était la fille de Sara; par un mouvement irrésistible et fou, il s'élança vers le lit, les mains crispées.

Mais Sara se mit au-devant de lui, et le contint avec la vigueur d'un homme. Laurens n'essaya pas même de se débattre.

— Il y a quinze ans qu'elle souffre! murmura Petite en tournant vers l'enfant ses yeux subitement adoucis, cinq ans de plus que vous, monsieur. Et qu'avait-elle fait pour souffrir?

Laurens ne répondait pas; à peine avait-il l'air de comprendre.

— Elle a quinze ans, poursuivit Sara; les enfants malheureux ne grandissent pas. Ceux qui ne l'ont jamais vue ne lui donnent pas les deux tiers de son âge. Elle a tant pleuré! Si vous aviez voulu lui laisser place dans la maison de sa mère, elle serait grande maintenant, oh! grande et belle!

Laurens était toujours immobile, les yeux fixes et frappés.

Sara fit un pas en arrière, et vint se mettre auprès de l'oreiller de sa fille, dont le sommeil était tranquille en ce moment.

— Je ne sais pas si vous vous souvenez, dit-elle; Judith avait quatre ans. Je vins vers vous, suppliante et soumise: je vous demandai grâce pour moi et pour elle; pour moi, victime d'une manœuvre infâme; pour elle, qui ne savait même pas le malheur de sa mère! Vous étiez jeune; vous aviez la conscience de votre force supérieure et de l'autorité sans contrôle que la loi donne au mari sur la femme.

« Vous me repoussâtes, vous fûtes impitoyable !

« M'aimiez-vous alors? je le crois; mais il fallait étouffer cet amour, monsieur !

« Imprudent et fou que vous étiez ! D'après le code que vous avez fait, vous autres hommes, vous aviez le droit de me mépriser, de me chasser !

« Et vous vous mîtes à m'aimer davantage!

« Rappelez-vous bien, monsieur, que je ne vous ai prié qu'une seule fois. Depuis ce jour, où notre sort à tous deux fut décidé, le nom de ma fille n'est jamais sorti de ma bouche; j'ai été, aux yeux du monde, votre femme aimante et dévouée; à vous tout seul, j'ai montré parfois la haine qui était pour vous dans mon cœur.

« A personne, à personne, entendez-vous! et jugez ce que j'ai souffert, je n'ai pu montrer mon amour pour mon enfant. »

Un premier et léger tressaillement se fit parmi les muscles du visage de l'agent de change.

Sentant peut-être la crise prochaine, il se retourna pour gagner son appartement.

— Restez! dit Petite.

Laurens resta.

Devant ce malheureux qui ne se défendait pas, et qui gardait, vis-à-vis de son bourreau armé, sa passive obéissance, on eût dit que la colère de Sara devait tomber.

Mais il y avait comme un trésor de fermeté implacable dans le cœur de cette femme.

Et puis elle était auprès du lit de Judith, de Judith, qu'un vague et poignant remords l'accusait d'avoir laissée mourir !

Il lui fallait crier bien haut : A l'assassin ! pour ne pas entendre la voix de sa propre conscience.

C'était le moment fatal; elle avait presque peur de faiblir; elle rouvrait elle-même ses blessures pour envenimer sa haine.

Elle se représentait ces taches sinistres qu'elle avait comptées sur le corps de son enfant; elle se répétait ce mot qui tuait ses espoirs et qui couronnait le long crime de sa vie par un châtiment terrible :

— POITRINAIRE!

Et son courroux grandissait sourdement, malgré le défaut de résistance. Elle parvenait à chasser la pitié de son âme endurcie; elle frappait sans honte ni fatigue, comme si la lutte soutenue eût excusé l'obstination de sa rage.

— Restez! répéta-t-elle; il faut que vous sachiez tout aujourd'hui. Vous êtes ruiné, monsieur; à l'heure qu'il est, vos créanciers font vendre votre charge, peut-être. Eh bien! moi, je suis riche à plusieurs millions, et les tribunaux ne peuvent rien à cela, soyez sûr; j'ai consulté, je sais la loi! Ma fortune est aussi bien hors de votre portée que si je l'avais enfouie à cent pieds sous terre !

Laurens avait passé longtemps pour un des négociants les plus honorables de Paris. Malgré sa conduite irréprochable, il avait vu son crédit tomber de jour en jour. Sara ne lui apprenait rien; il savait que sa ruine venait d'elle.

Il était commerçant et fils de commerçant, et la faillite, pour un homme dans sa position, c'est plus que la ruine, c'est le déshonneur.

Il souffrait tant, que cette pensée ne pouvait pas augmenter beaucoup sa détresse; cependant Sara put constater sur ses traits des convulsions plus marquées; il appuya de la main au bois de lit de Judith.

— C'est pour elle, monsieur, reprit Sara, dont l'œil tourné vers l'enfant était plein de caresses, toute cette fortune que j'ai amassée à vos dépens, elle est pour ma fille, qui n'est point la vôtre. Ma haine pour vous, c'est mon amour pour elle. N'est-il pas temps

L'Hermite s'arrêta en face du vieux Moïse, et demeura un instant debout les bras croisés. (Page 310, col. 2.)

que les rôles changent? Hier, vous aviez une maison dont vous lui fermiez durement la porte; demain, elle aura un palais : viendrez-vous nous y demander asile?

L'agent de change s'appuya plus fortement à la colonne du lit.

Sa crise le prenait; il luttait déjà contre le mal victorieux.

Ce que lui disait maintenant Sara irritait de plus en plus ses nerfs en révolte; mais le coup principal avait été porté au moment où elle s'était démasquée brusquement, pour déchirer, à deux mains en quelque sorte, ce cœur malade qu'elle venait de chauffer jusqu'au délire et à l'extase.

— Madame, dit l'agent de change, il me reste encore assez de force pour gagner ma chambre. Hâtons-nous. Il faut au moins que le monde ignore...

Sara haussa les épaules avec dédain.

— Le monde! interrompit-elle; vous savez bien que le monde est aveugle et sourd! il n'a d'yeux que pour les illusions, d'oreilles que pour les mensonges. Le monde me croit votre providence; et s'il vous voyait mourir à mes pieds, je vous prendrais jusqu'au misérable bénéfice de sa pitié. Restez encore, monsieur!

— Je ne puis, je ne puis! balbutia Laurens, dont la main livide se crispait sur le bois du lit.

— Moi, je le veux.

— Vous voulez donc me tuer, madame?

— Oui, répondit Petite avec un calme effrayant.

Elle le regardait en face; il chancelait; ses yeux blancs noyaient leurs prunelles sous ses paupières vibrantes.

Sara le regardait toujours et suivait avec une horrible froideur la marche de cette agonie.

— Vous l'avez dit, reprit-elle, je veux vous tuer! je le veux depuis longtemps, et ma volonté sera faite.

Laurens essaya de parler; ce fut un râle confus qui sortit de sa bouche.

Sara s'animait dans sa tâche monstrueuse; ses yeux s'allumaient par degrés, fascinateurs et homicides, comme ceux de la Gorgone antique.

La fureur venait.

— Je veux vous tuer, répéta-t-elle en assourdissant sa voix; vous tuer! vous tuer!

Il semblait que ses lèvres éprouvaient à prononcer ce mot quelque affreuse volupté.

— Comme tu seras vengée, ma fille! s'écriat-elle en se tournant vers Judith avec un geste emporté; vois cet homme, il est malheureux autant que tu vas être heureuse! ses jambes chancellent sous le poids de son corps; toi, tu es forte et jeune!

Car elle ne voulait point avouer la menace suspendue sur la tête de sa fille; elle voulait la victoire tout entière, avec l'accablant contraste entre son triomphe à elle et la défaite de son mari!

— Vois, poursuivit-elle en s'adressant toujours à l'enfant dont le visage n'exprimait qu'innocence et douceur; vois cet homme qui t'a fait tant de mal! il se débat contre le châtiment qui l'écrase; et toi tu as achevé tes jours de peine; tu n'as plus à vivre que de longues années de bonheur. Oh! que tu es adorée, ma fille! Et comme on le déteste!

Le corps de Laurens oscilla, prêt à perdre l'équilibre; Sara s'élança pour le soutenir. La sinistre comédie était jouée.

— Venez, dit-elle, en changeant de ton subitement, et tâchez de prendre sur vous; je vais vous conduire à votre chambre.

Il est constaté que, dans les maladies nerveuses, un puissant effort de volonté peut retarder la crise imminente. L'agent de change réussit à marcher lentement vers la porte avec l'aide de sa femme; ils sortirent.

Nono la Galifarde ignorait, la pauvre enfant, ce qui venait de se passer à son chevet: elle dormait toujours son paisible sommeil.

En traversant les corridors, M. et madame de Laurens rencontrèrent quelques invités descendant à la salle de bal.

Petite mettait à soutenir les pas tremblants de son mari une angélique complaisance; on était ému d'admiration à la voir si belle, attachée ainsi par son devoir à cet homme dont l'agonie se prolongeait depuis des années.

Quoi qu'aient dit les poëtes sur les vertus de la femme, on ne trouve pas beaucoup de dévouements pareils. La tendresse s'use, l'abnégation se lasse, et il y avait si longtemps que Sara jouait le rôle d'ange gardien!

En entrant dans son appartement, l'agent

de change eut encore la force de monter sur son lit ; mais à peine sa tête touchait-elle l'oreiller que la crise commença, crise affreuse et comme il n'en avait jamais subi.

Germain n'était pas encore revenu ; Sara se trouvait seule dans la chambre du malade. Pendant tout le temps que dura la crise, on n'eût découvert, sur sa pâle figure, ni effroi ni pitié.

Au bout d'une longue demi-heure, les convulsions cessèrent, et, suivant l'habitude Laurens demeura étendu sur son lit, immobile comme un cadavre.

Sara mit la main sur son cœur qui ne battait presque plus ; elle fit glisser les rideaux du lit sur leurs tringles.

On frappait à la porte en ce moment. C'était la comtesse Esther, avec son fiancé Julien, et deux ou trois autres invités, qui venaient chercher Sara ; en son absence, on ne pouvait former le fameux quadrille des *Mille et une Nuits*.

— Eh bien! Petite, s'écria Esther, nous vous attendons depuis une heure!

— Chut! fit Sara en montrant le lit : je n'aime pas à le laisser seul avant qu'il soit endormi.

— Oh! dit Julien, nous savons que vous êtes la perle des femmes.

— Mais maintenant, ajouta Esther, allez-vous venir?

Sara réclama encore le silence d'un geste, puis elle regagna le lit sur la pointe des pieds ; elle entr'ouvrit les rideaux et fit mine de regarder derrière avec sollicitude.

Laurens ne bougeait pas.

Elle laissa retomber les rideaux.

— Je vous suis, dit-elle en souriant; il dort.

Tout le monde repassa le seuil, et Sara, qui sortit la dernière, ferma la porte à clef en dehors.

Quelques instants après, Germain, le valet de chambre, revint de l'office : il était entre deux vins. Il s'arrêta un instant devant cette porte close; puis il redescendit, charmé d'avoir trouvé un prétexte de boire une autre bouteille.

Quelques instants après encore, on eût pu entendre dans la chambre de M. de Laurens des plaintes faibles; cela dura deux ou trois minutes.

Après quoi, le silence se fit, interrompu seulement par quelques joyeux accords qui montaient par bouffées de la salle du bal.

VIII

L'ERMITE

La salle que nous avons décrite, au commencement de cette histoire, comme servant de lieu de réunion aux valets de Bluthaupt, et qui était autrefois la chambre de justice des comtes, présentait, au moment de l'entrée de Sara, un coup d'œil véritablement magique : des lignes de feu dessinaient, mêlaient leurs festons le long des murailles, dont les crevasses se cachaient sous une riche tenture de velours.

Tout cela brillait à éblouir ; l'or se mirait dans les cristaux ; du seuil, on apercevait comme une pluie d'étincelles qui se mouvaient dans l'atmosphère tiède et parfumée.

Puis l'œil s'habituait à ces splendides clartés. On voyait la partie vivante du spectacle. La foule s'agitait sous ce grand jour : les hommes chamarrés d'or, portant les costumes de tous les temps et de tous les pays ; les femmes couvertes de diamants et rendant aux lustres étincelles pour étincelles.

Il fallait ce luxe prodigue des invités de Geldberg pour que la féerique magnificence de la salle n'écrasât point les toilettes, et il fallait ce luxe de la salle pour répondre dignement à l'opulente fantaisie des parures.

Il y avait quatre quadrilles, dont l'un empruntait ses costumes aux contes merveilleux du bonhomme Galand, un autre aux imaginations baroques des mandarins tailleurs du Céleste-Empire, un troisième au goût bizarre de la Renaissance, un quatrième enfin à la crâne élégance du règne de Louis XIII.

Ces quatre groupes principaux faisaient tableau. Tout autour d'eux, les fantaisies individuelles se remuaient et leur formaient un cadre mobile.

Cela ne ressemblait point à nos bals publics de Paris, où la foule travestie est tachée de place en place par le triste et fastidieux habit noir. Le *pékin* n'existait pas ; le domino lui-même, cette hideuse et charmante chose, était complétement banni. Vous ne voyiez que mousquetaires coudoyant des lettrés de Chine, faccardins et kalanders se frotter contre des seigneurs de la cour du roi gentilhomme ; des dames d'honneur de Marie de Médicis, des princesses persanes, des victimes du Directoire, des Andalouses, des Grecques, des Écossaises ; Abd-el-Kader, Schamyl, Ibrahim-Pacha, Yo-té-té, Jupiter, Mahomet, Napoléon, l'Antéchrist.

Tout cela dansant, valsant, polkant, mazurkant aux sons des violons de Tolbecque.

C'était plein de mouvement, de vie et de lumière.

Au premier coup d'œil, il était impossible de s'y reconnaître ; tous les visages disparaissaient sous le masque, et l'excentricité des costumes déguisait les tournures. A la longue pourtant, nous eussions fini par distinguer nos divers personnages.

Le docteur José Mira, portant la robe longue et le haut bonnet du magicien, donnait le bras à une caricature antique munie de paniers et de falbalas, qui n'était autre que madame la duchesse de Tartarie, belle femme de 1809.

Reinhold, en Figaro, papillonnait autour autour de madame d'Audemer, qui semblait encore fort jolie sous son costume Pompadour.

Denise et Franz faisaient partie du quadrille Louis XIII.

Esther en Dame de Beauté, Julien sous la casaque de Simbad le Marin, se mêlaient au groupe oriental.

Le jeune M. Abel de Geldberg avait eu le bon goût de se déguiser en jockey : casaque rouge, toque bleue, ceinture verte, culotte couleur de chair, bottes à revers blancs.

Il était le cavalier de madame la marquise de Beautravers, au bras de laquelle il regrettait sincèrement la compagnie préférée de *Victoria-Queen.*

La petite demoiselle de quinze ans que Mirelune courtisait dans des vues solides avait un chapeau de paille, des rubans bleu-tendre et une houlette ornée de coquelicots ; elle lisait Florian, le soir, en cachette, avant de s'endormir.

La grosse banquière de la rue Laffite chez qui dînait souvent Ficelle resplendissait en odalisque.

Mais on ne voyait au bras de ces deux dames ni Mirelune ni Ficelle.

En revanche, on apercevait de temps à autre, tantôt ici, tantôt là, un groupe qui faisait grande sensation dans le bal.

Ce groupe voulait évidemment représenter la tradition superstitieuse qui restait présente à tous les esprits.

Il était composé de trois hommes rouges se tenant par le bras et drapés dans de longs manteaux rouges.

Ils rappelaient assez exactement cette apparition étrange que les invités avaient vue la nuit du feu d'artifice ; le bruit courait qu'ils étaient eux-mêmes cette apparition.

Aussi, à leur approche, les femmes éprouvaient des frémissements pleins de charme.

Ils étaient tous les trois de taille inégale ; les deux plus grands marchaient d'un pas délibéré ; le troisième semblait embarrassé dans son costume, qu'il portait pourtant avec la vaniteuse solennité d'un paon qui fait la roue.

On s'évertuait dans la salle à reconnaître

ces trois hommes, et personne n'y pouvait parvenir.

Il y avait déjà bien une heure que le bal était entré dans sa plus brillante période, l'orchestre se taisait, et il se faisait dans la foule une sorte de silence, accompagné d'une agitation curieuse.

Chacun voulait voir et s'approcher.

C'était un événement.

Le vieux M. de Geldberg, seul démasqué au milieu de ces mille visages uniformément couverts de loups de velours, venait de faire son entrée.

Depuis le commencement de la fête, il ne s'était montré que bien rarement, et à des occasions choisies.

On ne le prodiguait point ; à de longs intervalles, on l'exhibait comme un saint dans une châsse, et on l'offrait à la vénération de tous.

Bien ménagées, ces exhibitions faisaient un effet énorme, et donnaient à la famille une couleur toute patriarcale.

C'était encore une source de crédit.

Ce soir, le vieux Moïse, montrant à tous ses cheveux blancs et son front respectable, traversait lentement la salle, appuyé sur le bras de ses deux filles aînées.

On chuchotait sur son passage, on prononçait tout bas des paroles de louange; que c'était bien là le type de l'honnête homme arrivé doucement au soir de sa vie.

Et comme il était récompensé ! Y avait-il au monde une famille plus vertueuse et meilleure que la sienne ? Ces deux jeunes femmes à la beauté parfaite, qui appuyaient son grand âge, c'étaient ses filles ; cette enfant jolie comme un ange, qui le suivait au bras de madame d'Audemer, c'était Lia, une douce fleur, qui promettait ce que les autres tenaient : c'était sa fille encore.

Autour de lui, ses associés, le sévère et savant docteur Mira ; le bon, le charitable chevalier de Reinhold ; Fabricius Van Praët, ce modèle des commerçants honorables ; le fier Magyare Yanos, et enfin Abel de Geldberg

lui-même, formaient comme une garde du corps.

Tous ces gens lui étaient attachés par le respect et l'affection sans bornes.

Il passait là, le riche et heureux vieillard, donnant à chacun des sourires pleins de bienveillante condescendance.

C'était un roi daignant se montrer à sa cour.

Quand on y réfléchissait bien, on se disait en vérité que cette famille de Geldberg était unique en ce monde. Que de tendresse pieuse dans les soins donnés par ces charmantes femmes à leur vieux père ! et aussi que de bonheur serein sur le front vénérable du vieillard.

Le ciel doit ces calmes félicités à une vie pure et sans reproches.

Arrivé au milieu de la salle, M. de Geldberg donna un signal, et les danses recommencèrent plus joyeuses que jamais.

Pendant que l'orchestre précipitait les notes cadencées d'un quadrille à la mode, un homme de haute taille, le visage entièrement caché par une longue barbe noire qui venait rejoindre le bas de son masque, faisait son entrée sans être remarqué par personne.

Cet homme, qui se glissait silencieux dans la foule, allait produire bientôt une sensation presque aussi grande que les trois Hommes Rouges ou le vieux M. de Geldberg lui-même.

Il était vêtu d'une longue robe de bure à capuchon, ceinte à la hauteur des reins par une corde de chanvre ; ceux qui l'aperçurent les premiers le désignèrent sous le nom de l'ermite, et c'est ainsi que nous l'appellerons.

Le vieux Moïse de Geldberg semblait heureux de toutes les joies qui l'entouraient ; il regardait, d'un œil bénin et débonnaire, les magnificences du bal, l'excellent vieillard ! le digne homme ! le vrai patriarche ! Tout en dansant, dames et cavaliers croisaient à son intention un feu roulant de louanges ; il était le lion ; l'assemblée entière se cotisait pour lui faire un succès de triomphe.

On se disait :

— Voyez que de bonté sur sa physionomie!
Et que d'intelligence encore dans la vivacité
de son regard!

— Voyez! il y a toute une conscience
pure dans ce bon sourire!

Moïse saisissait bien quelqu'une de ces
phrases au passage; de tout cet encens, il
respirait ce qu'il fallait pour s'enivrer doucement. Il rayonnait; le bonheur qu'il avait
à sentir ses deux bras appuyés au bras de
ses filles se rehaussait d'un légitime orgueil.

Ce moment devait rester dans ses souvenirs parmi les plus belles heures de sa vie.

L'ermite à la longue barbe se frayait lentement un passage au travers de la foule, et
se dirigeait justement vers le groupe formé
par le vieux Moïse et sa famille.

Nul ne songeait à le remarquer.

Il arriva jusqu'auprès d'Abel, qui lui barra
la route.

L'ermite dégagea sa main des longs plis
de sa robe de bure et fit mine d'écarter le
jeune M. de Geldberg.

— Vous ne pouvez passer, dit ce dernier.
— Pourtant je veux passer, répliqua l'ermite.

Abel prit un air de maître.

— Ne voyez-vous pas à quelles gens vous
vous adressez? dit-il en soulevant son masque à demi; les priviléges du bal cessent,
monsieur, dès qu'il s'agit de mon honoré
père.

L'ermite posa le revers de son poignet sur
la poitrine d'Abel, et l'écarta comme il eût
fait d'un enfant.

— Laissez! murmura-t-il en suivant sa
route; on veut rendre hommage de plus
près à votre honoré père, mon jeune monsieur.

Abel toisa l'ermite par derrière d'un regard

inquiet; cette voix éveillait en lui de vagues
souvenirs.

Mais les voix changent sous le masque; il
ne savait que penser.

L'ermite passa entre madame de Laurens
et le docteur José Mira; il s'arrêta en face du
vieux Moïse, et demeura un instant debout,
les bras croisés sous sa robe.

Le vieillard, dans son orgueil content, regardait benoîtement cet homme inconnu, et
pensait bien que c'était là le prélude de quelque ovation nouvelle.

Aussi, quand l'ermite fit un dernier pas
vers lui, le bonhomme avança complaisamment la tête pour mieux ouïr.

L'ermite ménagea sa voix de manière à
n'être entendu que de M. de Geldberg lui
seul.

Il prononça un mot, un seul.

Ce mot avait sans doute quelque vertu magique, car une grimace d'épouvante remplaça
le bénin sourire du vieillard. Il fit un pas en
arrière, et ses yeux se fixèrent, terrifiés, sur
le masque de l'ermite. Ses jambes chance-
lèrent, ses lèvres se prirent à remuer sans
produire aucun son. Esther et Sara, qui le
soutenaient, sentirent son bras maigre trembler convulsivement sous l'étoffe ouatée de
sa douillette.

Le mot prononcé par l'ermite était pourtant tout simplement le nom de ce vieil usurier du Temple qui prêtait des sous à la petite semaine dans un trou de la Rotonde.

L'ermite avait dit tout bas en se penchant
à l'oreille du chef opulent de la famille de
Geldberg:

— Araby!

Ces trois syllabes, murmurées doucement,
avaient frappé le vieillard comme un coup
de massue.

— Monsieur! monsieur! s'écrièrent à la
fois Esther et Sara, qu'avez-vous donc dit
à notre père?

L'ermite les regarda tour à tour, et s'inclina par deux fois avec une courtoisie grave.

— Belle dame, répliqua-t-il tout bas en s'adressant à la comtesse, et de manière à être entendu d'elle seulement, je disais que fiançailles ne sont pas toujours mariage.

Et avant qu'Esther troublée pût répondre, il poursuivit en s'adressant à Sara, et en haussant la voix davantage encore :

— Et je disais aussi, belle dame, qu'il faut bien des coups parfois pour tuer un homme! Vous avez choisi un poison sûr, mais que l'attente est longue, n'est-ce pas? et que cette tombe ouverte met de temps à se refermer!

Le groupe formé par la famille de Geldberg était en ce moment le point de mire de tous les regards. Chacun put remarquer le trouble subit et profond du vieux Moïse et de ses deux filles.

Esther et Sara avaient baissé la tête sans répondre. Le vieillard jetait tout autour de lui ses regards craintifs et stupéfaits.

On se demandait à la ronde : « Qui donc est cet ermite, et qu'a-t-il pu dire pour mettre en si fâcheux état le bon M. de Geldberg? »

L'ermite devenait un personnage; on le contemplait avec une curiosité croissante. Mira, Reinhold et Van Praët éprouvaient à observer cette scène une vague frayeur.

Le Magyare seul ne prenait pas garde. Il se tenait debout en avant du groupe, portant son belliqueux costume hongrois, qu'il avait fait seulement plus riche pour la circonstance. Le masque ne dissimulait pas entièrement la sombre expression de son visage.

Il songeait, et ne voyait rien de ce qui se passait autour de lui.

Le vieux Moïse s'appuyait, faible et prêt à défaillir, au bras de ses deux filles tremblantes.

— Retirons-nous, murmurait-il d'une voix à peine intelligible. Retirons-nous. Seigneur! Seigneur! ayez pitié de moi!

Esther et Sara obéirent. Elles reprirent leur marche et passèrent tête baissée devant l'ermite, immobile toujours et les bras croisés sur sa poitrine.

Ils se trouvaient au centre de la salle, et la route était longue jusqu'à l'une des portes.

La foule s'ouvrit pour leur livrer un passage.

Il y avait tout à l'entour un murmure étonné.

Tous les yeux dévoraient l'ermite; on s'attendait à quelque chose; la scène étrange devait avoir sans doute son dénouement et son explication.

Derrière le vieillard et ses deux filles marchaient Denise et Lia, qui ne comprenaient rien à ce qui venait de se passer.

L'ermite prit la main de mademoiselle d'Audemer, qui se reculait timide, et la baisa.

— Aimez-le de tout votre cœur, mon enfant, lui dit-il, et faites-le bien heureux quand vous serez sa femme.

Denise devint toute rose sous son masque; cet homme allait chercher au fond de chaque cœur la plus intime pensée.

Comme les deux jeunes filles allaient le dépasser, il leur barra le chemin et se plaça devant Lia.

Durant quelques secondes il resta muet; on eût dit qu'un poids était sur sa poitrine.

Il ne toucha point la main de Lia, mais il se pencha jusqu'à son oreille.

— Pauvre enfant! murmura-t-il avec un accent de sensibilité profonde; demain vous ne croirez plus au bonheur sur cette terre; espérez en Dieu!

Il se détourna brusquement; l'émotion étouffait sa voix.

Moïse de Goldberg et ses deux filles continuaient cependant leur route vers la porte de la salle.

On était entre deux quadrilles, et l'attention générale se portait sans partage sur cette énigme, dont le mot échappait à chacun.

Cette ovation du chef de la maison de Goldberg, entamée si pompeusement, avait une fin malheureuse; mille bruits commençaient à courir dans la foule, et les suppositions les plus folles trouvaient créance parmi les invités, curieux de savoir. On arrivait au fantastique. L'une des moins bizarres, parmi les hypothèses avancées, disait que cet ermite était l'ancien chapelain de Bluthaupt, venu on ne savait d'où, pour prononcer le nom de ses maîtres à l'oreille du vieux Moïse de Goldberg.

Car tout mystère filtre à la longue, et, malgré le respect emphatique professé par tout le monde à l'endroit du vieux patriarche, personne n'était sans avoir entendu parler vaguement de la fin tragique des derniers Bluthaupt.

On n'accusait point; on donnait à plaisir à tous ces vieux récits d'invraisemblables couleurs; mais les soupçons restaient.

L'attention excitée gênait évidemment les membres de la famille de Goldberg. Petite appela M. le chevalier de Reinhold, et lui dit quelques mots à voix basse.

Le chevalier se dressa sur ses pointes, et fit de loin un signe aux musiciens de l'orchestre.

La salle, où depuis une grande minute régnait une sorte de silence, s'emplit de bruits harmonieux; l'orchestre préludait.

Un mouvement eut lieu; ceux qui étaient trop loin pour avoir observé la scène que nous venons de décrire s'empressèrent vers leurs danseuses; le bal retrouva sa vie bruyante et agitée.

Néanmoins une longue haie de curieux resta sur le passage des associés de Goldberg.

On n'était pas indiscret; on avait du moins un prétexte; la famille avait exhibé son chef afin qu'on lui décernât une manière d'ovation solennelle, on ne pouvait pas laisser sortir ainsi sans honneur le vieillard vénérable.

D'autant mieux que l'ermite, qui était resté un instant en arrière, fendait de nouveau la presse et se rapprochait du groupe évidemment fugitif. Le petit drame allait avoir un second acte.

Après les quelques mots glissés à l'oreille de Lia, qui s'appuyait maintenant toute pâle au bras de mademoiselle d'Audemer, on avait vu le fameux ermite demeurer un instant pensif et comme absorbé dans sa rêverie. Au moment où la famille de Goldberg accomplissait le deuxième tiers de son trajet, il parut s'éveiller tout à coup et s'élança pour la rejoindre.

La foule des invités, ouverte un instant pour donner passage à la procession domestique, s'était refermée : l'ermite, qui était un homme robuste, la fendit sans efforts apparents, et arriva en quelques secondes auprès de Moïse de Goldberg.

Devant le vieillard se tenaient le docteur José Mira, le chevalier de Reinhold et le Magyare Yanos.

L'ermite passa sans s'arrêter auprès d'Esther, et se trouva derrière le docteur.

On vit celui-ci tressaillir, comme tous ceux à qui l'ermite avait jusqu'alors adressé la parole.

L'ermite venait de l'écarter de la main assez brusquement, et lui avait dit tout bas :

— Rangez-vous, s'il vous plaît, savant inventeur du breuvage de vie !

Ce mot avait rajeuni Mira de vingt ans, et lui avait montré le vieux Gunther tenant d'une main mal assurée son gobelet d'or rempli de poison.

Le Madgyar se précipita sur ses traces. (Page 315, col. 1.)

L'ermite l'avait dépassé, sans ajouter une parole, et avait glissé son bras sous celui du chevalier.

Au contact de ce bras, le pauvre Reinhold se sentit venir la chair de poule ; il aurait voulu être à cent pieds sous terre.

— Décidément, lui dit l'ermite, vous êtes un pauvre homme, monsieur le chevalier ! vous vous êtes donné bien du mal pour voler le contenu de certaine cassette...

Les dents de Reinhold claquèrent, et une sueur froide mouilla les rubans de son masque.

— Croyez bien... commença-t-il.

— Taisez-vous ! interrompit l'ermite qui lui serra le bras.

Reinhold n'avait pas même la force de regarder autour de lui pour chercher assistance.

L'ermite entr'ouvrit sa robe de bure, et le chevalier crut qu'il cherchait un poignard.

S'il n'eût point détourné la tête avec

épouvante, il aurait aperçu, derrière les plis grossiers de la robe, un pourpoint de soie taillé suivant la mode gracieuse de la cour d'Élisabeth d'Angleterre, et tout resplendissant de pierreries.

IX

FANTASMAGORIE

Mais le mouvement de l'ermite fut si rapide que le chevalier ne vit ni pierreries ni pourpoint de soie.

Au lieu d'un poignard, cependant, ce fut une liasse de papiers que l'ermite montra.

— L'idiot Geignolet ne vole pas seulement à Paris, murmura-t-il, et son clou peut ouvrir plus d'une serrure. Pauvre fou que vous êtes ! Vous m'avez laissé tout ce qui peut vous perdre, et vous m'avez enlevé tout ce qui peut vous servir ! Il ne manque rien ici, sauf les traites exigibles sur la maison de Geldberg.

Reinhold voulut prononcer les noms de Van Praët et du Magyare, mais la terreur lui coupait la parole.

Rien n'était donc au-dessus du pouvoir de cet homme !

Sa frayeur était si visible que la curiosité du cercle qui l'entourait arrivait à son comble.

La foule se rapprochait tant qu'elle pouvait.

Dans le reste de la salle, on dansait gaiement aux accords de Tolbecque et de son orchestre.

Le groupe des Geldberg était maintenant à quelques pas de la porte, et le Magyare, resté étranger à tout ce qui venait de se passer, atteignait déjà le seuil.

Au moment où il allait sortir, l'ermite lâcha brusquement le bras de Reinhold, repoussa le gros Van Praët, qui lui faisait obstacle, et toucha l'épaule du seigneur Georgyi.

Celui-ci se retourna.

Ils étaient tous deux de grande taille et robustes tous deux. L'idée vint aux curieux que cette dernière scène ne ressemblerait point aux autres.

Car, jusque-là, l'ermite semblait avoir frappé toujours sans jamais subir de représailles.

Tous les yeux s'ouvrirent; on eût donné des centaines d'actions du chemin de fer pour savoir ce qui allait se dire.

—Un mot, s'il vous plaît, seigneur Georgyi ! murmura l'ermite en sortant de la salle à moitié, pour se poser en face de son interlocuteur.

— Que me voulez-vous ? demanda le Magyare.

— Je veux vous dire, répliqua l'ermite, que depuis hier vous cherchez très-vaillamment cet homme qui vous fit naguère une visite à Londres.

Yanos se redressa comme un cheval qui sent l'éperon.

L'ermite poursuivit :

— Et qui se servit de votre femme pour...

Il n'eut pas le temps d'achever : Yanos, poussant un rugissement de colère, lui avait saisi les deux mains à la fois.

— Ne lâchez pas ! dit Reinhold à son oreille, c'est le baron de Rodach.

La poitrine de Yanos s'enfla en un mouvement de rage satisfaite.

— Je le tiens donc enfin ! s'écria-t-il avec un éclat de voix.

C'était la première parole entendue par les invités curieux.

Ce fut la dernière.

Malgré la vigueur apparente du Magyare, l'ermite se dégagea de son étreinte comme en se jouant.

— Il n'est pas temps encore, murmura-t-il.

Et il s'élança dans le corridor.

Le Magyare se précipita sur ses traces.

Durant les premiers instants, il put le suivre le long des galeries brillamment éclairées; mais l'ermite paraissait connaître à fond le château.

Après plusieurs détours, il arriva dans d'étroits et longs corridors, où les lueurs du bal ne pénétraient plus.

Le Magyare le distinguait à peine comme une ombre courant devant lui.

A un certain endroit où les ténèbres étaient plus épaisses, la voix de l'ermite s'éleva dans la nuit :

— A demain ! dit-elle.

L'ombre disparut comme par enchantement.

Le Magyare, essoufflé, se trouvait au pied du petit escalier tournant qui conduisait à la tour du Guet.

Le Magyare Yanos avait été, durant plusieurs mois, le commensal de Zachœus Nesmer, à l'époque où Van Praët et Mira ménageaient l'agonie lente du vieux Gunther de Bluthaupt. Il connaissait alors parfaitement le château, mais de longues années avaient passé depuis ce temps-là; Yanos avait pu oublier.

A l'endroit où l'ermite fugitif venait de disparaître, une obscurité presque complète régnait. On n'avait d'autre lumière que les rayons perdus d'une lampe située derrière un coude du corridor, et dont les murailles noires répercutaient faiblement la lumière.

La galerie se prolongeait à perte de vue et n'offrait, en apparence, aucune issue latérale.

Cette disparition subite de l'ermite avait l'air d'un coup de magie, et l'idée vint au Magyare que le sol s'était entr'ouvert pour lui livrer passage.

Depuis son arrivée en Allemagne, le seigneur Georgyi était en proie à une sorte de maladie morale. Il souffrait. Le souvenir de sa femme infidèle le poursuivait cruellement, et sa vie se passa en des alternatives de colères fougueuses et de mornes tristesses.

Ce n'était pas tout; d'autres souvenirs plus lointains semblaient se lier avec son angoisse jalouse. Ses nuits étaient pleines de fantômes, et il croyait à la vengeance de Dieu.

D'obsédantes terreurs l'étreignaient à l'improviste, et abattaient ce brutal courage que nul péril humain n'aurait pu faire fléchir.

En ce moment, le choc qu'il venait de subir rendait son imagination plus vulnérable encore. Il sentit la fièvre sinistre qui brûlait ses nuits sans sommeil monter à son cerveau, des spectres se dressèrent devant lui dans les ténèbres, et il recula, brisé d'épouvante, parce qu'il voyait, en travers du corridor, un cadavre étendu, les cheveux dans la poussière.

Il mit ses deux mains sur son front en feu; le nom d'Ulrich tomba de sa bouche comme une plainte suppliante.

Il n'osa pas faire un pas de plus pour visiter l'endroit qui avait servi d'issue à l'ermite.

Il se prit à marcher à reculons, la main sur la garde de son sabre, et rappelant son courage défaillant, pour se défendre contre ses invisibles ennemis.

Arrivé au bout du corridor, il respira comme s'il eût évité un danger au-dessus de ses forces; il était enfin hors de ces effrayantes ténèbres où sa fièvre mettait tant de visions.

La lampe brûlait à quelques pas de lui ; sa raison revenait ; il se retrouvait lui-même.

Des pas se faisaient entendre à l'extrémité

opposée de la galerie et dans la direction de la salle de bal.

Le Magyare continua de s'avancer, et fut bientôt en face du bon Van Praët, de Reinhold et de Mira, que suivaient des domestiques armés.

— Vous ne l'avez pas rejoint? demanda vivement Reinhold.

Van Praët éleva une lanterne qu'il tenait à la main jusqu'à la hauteur du visage de Yanos.

—Comme vous êtes pâle, dit-il, mon vaillant ami! Voici la première fois que je vous vois trembler.

D'instinct, l'orgueil du Magyare se révolta ; il voulut se redresser, mais sa tête s'inclina de nouveau, lourde, sur sa poitrine.

— Je pense qu'il ne vous a pas mieux traités que moi, mes bons camarades, reprit Van Praët en baissant la voix pour n'être pas entendu des domestiques. Il m'a parlé de mes cornues et de mon creuset, le diable d'homme! Il sait tout!

— Tout! répéta le docteur d'un air accablé.
— Mais où est-il? demanda Reinhold ; nous sommes en nombre, et peut-être...
— Venez! interrompit le Magyare.

L'image d'Éva, son unique amour en ce monde, venait de traverser son esprit, et le courroux lui rendait sa vaillance.

Il se mit à marcher résolûment vers la partie du corridor où il s'était arrêté naguère, anéanti par l'épouvante.

La lanterne de Van Praët éclaira bientôt, à l'endroit où l'ermite avait disparu, un couloir étroit et sombre, où se montraient les basses marches d'un escalier tournant.

La terre ne s'était pas ouverte sur les pas de l'ermite.

— C'est là ! dit le Magyare qui éprouvait comme un ressentiment de ses superstitieuses frayeurs.

Mira, Reinhold et Van Praët se regardèrent; l'escalier tournant conduisait au sommet de la tour du Guet.

— Peste ! fit le Hollandais ; c'est un pauvre domicile pour le noble baron de Rodach ! mais à la guerre comme à la guerre ! Il paraît qu'il sait se contenter de peu.
— Vous êtes sûr de l'avoir vu disparaître ici même, seigneur Yanos? demanda Reinhold.
— J'en suis sûr.

Reinhold baissa la voix jusqu'au murmure, comme s'il eût craint qu'une oreille ne fût ouverte dans l'ombre de l'escalier tournant.

— Alors, reprit-il, nous le tenons !

Parmi les associés, chacun se reportait à cette mystérieuse aventure arrivée le matin même. On s'expliquait maintenant cette étrange résistance que les domestiques de Goldberg avaient rencontrée lorsqu'ils étaient montés pour ouvrir la plus haute chambre de la tour du Guet.

Ils s'expliquaient en même temps les bruits qui couraient dans le pays et qui disaient que *l'âme de Bluthaupt* s'était ranimée au sommet du donjon.

Il y avait un intrus dans le laboratoire où meinherr Van Praët faisait jadis de l'or.

On ne connaissait d'autre issue à la tour du Guet que l'escalier donnant sur la galerie.

Van Praët, Reinhold et Mira se consultèrent un instant, puis ils ordonnèrent à un domestique d'aller chercher Johann, Mâlou et Pitois, à qui l'on avait donné asile dans les communs du château.

Le Magyare entendit cet ordre, et secoua la tête.

— S'il veut passer, pensa-t-il tout haut,

vos hommes avec leurs couteaux n'y feront rien. Il passera.

— C'est ce qu'il faudra voir, mon intrépide ami, répliqua Van Praët.

Johann et ses deux compagnons furent postés en sentinelle au bas de l'escalier; les associés regagnèrent la salle du bal.

Le plaisir avait effacé toute trace de l'émotion récente. On causait bien encore çà et là, autour des murailles richement vêtues, des faits et gestes de ce bizarre personnage dont l'aspect avait glacé la joie générale, mais un peu de mystère va bien partout, et au bal masqué mieux qu'ailleurs. Ces incidents donnent du piquant à une fête; il ne faut pas s'en plaindre, pourvu qu'on ne les prolonge point outre-mesure.

Ici la scène avait duré juste assez de temps pour piquer la curiosité sans lasser l'attention. Les invités avaient une vénération grande pour la maison de Geldberg; mais on constate volontiers l'embarras des gens qu'on vénère.

D'un autre côté, les Geldberg, qui avaient un intérêt à faire disparaître toute trace de ce moment de trouble, redoublaient d'entrain et de gaieté.

Le vieux Moïse s'était retiré. Personne n'en pouvait manifester aucune surprise, puisque ces exhibitions solennelles que la famille faisait de son chef étaient toujours aussi courtes que rares. Abel, Esther, Sara, semblaient se multiplier pour plaire à chacun. Le chevalier de Reinhold reculait littéralement les bornes de l'amabilité; il n'y avait pas jusqu'au docteur Mira lui-même qui ne fît des efforts assez malheureux pour être charmant.

Comme nous l'avons dit, le bal avait pour prétexte les fiançailles de la seconde fille de Mosès Geld, la belle comtesse Lampion, avec le jeune vicomte Julien d'Audemer. Le mariage devait avoir lieu à Paris dans quelques semaines. On en était aux compliments officiels. On en faisait à la vicomtesse, à Julien,

à Esther; tout le monde trouvait l'union admirablement assortie; et les beaux-fils du commerce transcendant, qui parle volontiers noblesse, les aveugles parlent bien des couleurs! disaient des balivernes assez innocentes sur la *bonté* des deux familles.

La vicomtesse recevait les compliments d'un visage radieux. Ce mariage était un de ses rêves les plus chers; elle ne se sentait pas de joie. Elle aurait bien voulu voir aussi avancée l'union de Denise avec le chevalier de Reinhold.

Mais les jeunes filles! les jeunes filles!

La danse reprenait plus vite; quelques masques tombaient, montrant çà et là de jolis visages alanguis par la fatigue du plaisir.

Le bal arrivait à ce moment attendu où les plus froids s'animent, et où l'abandon gracieux double la beauté des femmes. Il y avait comme une brise enivrée au-dessus de cette foule en joie: les toilettes se mêlaient en un resplendissant chaos; les paroles vives et gaies se croisaient; l'orchestre jetait parmi tout ce mouvement sa voix leste et entraînante.

C'était partout du rire et de la rêverie; ici la gaieté, là des soupirs novices; l'aveu timide de Chérubin; don Juan avec son audace toujours heureuse; un peu d'amour partout.

Esther et Sara étaient encore ensemble. Esther venait d'avouer à sa sœur que Julien avait pris sur elle, dans ces derniers temps, un empire absolu, et que de ce mariage dépendait le bonheur de sa vie: Petite félicitait et raillait à la fois.

En réalité, Petite était jalouse de ce bonheur qui semblait si sûr et si proche.

Elles venaient d'échanger leur confidences. Esther avait répété les paroles de l'ermite, non sans un frisson de crainte, et madame de Laurens avait inventé quelque fable pour ne point demeurer en reste.

Car elle ne pouvait pousser la confiance jusqu'à parler de cette lente mort de l'agent de change à laquelle l'ermite avait fait allusion.

— Je tremble, dit Esther. Qui peut être cet homme? Si sa menace allait se réaliser?

— Quelque envieux! répliqua Sara, et quant à sa menace, ne craignez rien, ma sœur: Julien vous aime, et vous êtes riche.

Denise d'Audemer et Lia restaient également sous le coup des mystérieuses paroles de l'ermite. Lia était venue à ce bal parce qu'on le lui avait ordonné. Elle était faible et souffrante; le choc éprouvé achevait de la briser.

Elle s'appuyait au bras de Denise, émue elle-même, et perçait la foule pour se retirer, car elle se sentait défaillir.

Cette voix qui lui défendait l'espoir pesait comme un poids de glace sur son cœur.

Elle sortit.

Au moment où Denise rentrait seule dans le bal, Franz s'approcha d'elle, et lui glissa rapidement quelques mots à l'oreille.

Ils étaient surveillés de près, et madame d'Audemer, alléchée par un premier succès, gardait chèrement sa fille à ce bon chevalier de Reinhold. Julien aidait sa mère dans cette tâche; car il était devenu Geldberg des pieds à la tête, et les prétentions de Franz lui semblaient un ridicule roman.

Depuis le commencement du bal, Denise et Franz n'avaient pu se joindre. Julien était à quelques pas; on voyait de loin la vicomtesse qui cherchait, inquiète. Il fallait profiter de l'occasion, mais n'en point abuser.

A quelques mots de Franz, on répondit par un *oui* prononcé bien bas; la dentelle du masque laissa voir un joli sourire.

Denise rejoignit sa mère, et Franz passa.

Comme il s'éloignait, un bras se glissa sous le sien.

— Vous voilà bien joyeux, monsieur! dit une voix connue à son oreille.

Franz rougit comme une jeune fille qu'on surprend à faire des signes du haut de sa fenêtre.

Dans la bonne foi de son âme, il plaignait sincèrement madame de Laurens, s'accusant de l'avoir abandonnée. Comme il aimait avec passion, et qu'il sentait, dans toute sa plénitude, le bonheur d'être aimé, il devinait aussi la peine amère de ceux qu'on n'aime plus.

Il croyait avoir abandonné Sara. La vue de cette pauvre femme qui devait, selon lui, tant souffrir, mettait toujours au fond de son cœur de la tristesse et des remords.

C'était Sara qui venait de passer son bras sous le sien.

— Que vous avez un goût gracieux, madame! murmura-t-il pour dire quelque chose, et que vous êtes belle sous ce costume!

Petite détourna la tête à demi.

—Je croyais que vous n'aviez plus le loisir de remarquer cela, répliqua-t-elle en donnant à sa voix un accent de mélancolie; il faut que nous nous expliquions franchement, monsieur. Le doute où je suis me fait plus souffrir que la certitude d'un malheur.

— Je ne vous comprends pas, balbutia Franz.

— Vous venez de donner un rendez-vous à mademoiselle d'Audemer?

— Quelle idée!

— J'en suis sûre.

— Je vous proteste...

— Pourquoi mentir? Je sais que vous l'aimez.

— Mais pas le moins du monde!

Les yeux de Sara brillèrent à travers les trous du velours. On eût dit qu'ils avaient le pouvoir de percer le masque de Franz.

Ils s'étaient arrêtés auprès d'un de ces piliers à bizarre architecture qui soutenaient l'ancienne salle de justice des comtes. Ce pilier, comme tous les autres, présentait une gerbe lumineuse jaillissant du sol, et arrivant jusqu'au monstre sculpté qui lui servait de chapiteau.

Autour d'eux, la foule passait et repassait. Un seul personage se tenait immobile de l'autre côté de la colonne.

C'était un homme, et il avait eu la lugubre fantaisie de se déguiser en spectre.

Un long voile blanc le couvrait de la tête aux pieds.

Il n'y avait pas très-longtemps qu'on l'avait aperçu dans le bal pour la première fois. Aux joyeuses apostrophes qu'on lui avait adressées çà et là, il n'avait pas répondu un seul mot, et c'était à la rigueur qu'il jouait son rôle de fantôme.

Il s'était promené dans la salle, semblant chercher quelqu'un à travers les trous pratiqués à son suaire. Son pas était tardif et chancelant.

Il n'y avait guère qu'une minute qu'il s'était arrêté derrière le pilier.

Depuis lors, on eût dit qu'il dévorait des yeux Franz et Sara.

Après la réponse de Franz, Sara et lui avaient gardé durant quelques secondes un silence embarrassé.

— Vous ne l'aimez pas? reprit enfin Petite.

— Non, répliqua Franz.

— C'est bien vrai?

— Puisque je vous l'affirme.

— Eh bien! prouvez-le-moi! je parie que votre rendez-vous est fixé à demain, pendant la chasse aux flambeaux.

— Mais il n'y a pas de rendez-vous... commença Franz.

Sara l'interrompit.

— C'est une si excellente occasion! dit-elle avec un léger accent de raillerie; il y aurait pourtant un moyen de me persuader.

— Lequel?

— Mais vous ne l'emploierez pas?

— Dites.

— A quoi bon?

Franz fit un geste d'impatience.

Le spectre s'appuyait immobile à la colonne. On l'eût pris pour une de ces funèbres figures taillées dans le marbre des tombeaux, si de faibles tressaillements n'eussent agité de temps à autre les longs plis de son suaire.

Sa tête voilée faisait seule saillie en dehors du pilier; Sara et Franz ne l'apercevaient point.

— Écoutez, reprit Petite, si je suis jalouse, c'est que je vous aime encore, moi! j'ai peur; rassurez-moi, par pitié! Je crois que vous avez donné ces heures de la chasse à une autre; si vous me les consacrez, je ne craindrai plus, et je serai bien heureuse.

On aurait pu entendre, sous le voile blanc du spectre, comme une plainte étouffée.

— Ces heures sont à vous comme toutes celles de ma vie, répondit Franz qui ne savait comment tourner la difficulté; où voulez-vous que j'aille vous rejoindre?

— Derrière le château, répondit Sara, qui eut sous son masque un sourire; dans ce camp où sont les ruines de l'ancien village de Bluthaupt.

— A quel moment?

— Une demi-heure après l'ouverture de la chasse.

— J'y serai, dit Franz.

Sara lui fit un petit signe de tête gracieux, et perça la foule.

Il y eut, sous le voile du personnage déguisé en spectre, comme un écho des dernières paroles de Franz.

Il se détourna pour suivre Sara du regard, puis on le vit se diriger péniblement vers l'une des issues de la salle.

Il traversa les longs corridors, et monta l'escalier qui conduisait à l'appartement de l'agent de change Léon de Laurens.

Il introduisit une clef dans la serrure de

cette porte, que Petite avait fermée à double tour sur son mari agonisant.

Il entra. Son suaire tomba, et découvrit la face hâve de Léon de Laurens lui-même.

Il se laissa choir sur le pied de son lit. Ses traits, minés par la souffrance, exprimaient une mortelle angoisse.

Il resta longtemps immobile, et semblable à un homme frappé de la foudre.

Puis, du fond de ses yeux caves, deux larmes roulèrent lentement sur sa joue.

Sa poitrine amaigrie se souleva; ses lèvres pâles s'entr'ouvrirent, et ces mots tombèrent comme en un sanglot déchirant :

— Je l'aime encore !

En quittant Franz, Petite avait rejoint le chevalier de Reinhold.

— Demain, lui dit-elle, après l'ouverture de la chasse, il sera dans les ruines de l'ancien village.

— Tout seul ? demanda le chevalier.

— Avec moi; prenez vos mesures en conséquence.

— Belle dame, disait le jeune M. Abel à madame la marquise de Beautravers, sa danseuse privilégiée, je ne sais si je rêve, mais il me semble que nos Hommes Rouges ont grandi de trois ou quatre pouces dans la soirée.

Madame la marquise braqua son binocle vers l'endroit indiqué.

— C'est vrai pourtant ! répliqua-t-elle ; je viens d'en voir passer un, et il me paraissait beaucoup plus petit. Mais, je vous prie, qui sont donc ces messieurs?

Abel abaissa le croc pommadé de sa moustache.

— Ceci est un grand secret, belle dame ! dit-il; on n'a pas voulu me le confier à moi-même. Mais, tenez ! en voilà un qui va intriguer madame la comtesse d'Audemer.

— En voilà un autre; s'écria la marquise, qui prend le bras de la comtesse, votre sœur !

— Charmant ! fit le jeune monsieur Abel; ils sont au grand complet ! Voici le troisième qui accoste ce petit Franz !

Tout cela était vrai. Les trois Hommes Rouges, qui, depuis le commencement du bal, jouaient un rôle passif, peu en rapport avec leurs fantastiques costumes, trouvaient enfin qu'il était temps d'agir.

Une triple scène s'entama en ce moment, qui rappelait un peu, de loin, pour les curieux, celle de l'ermite.

En effet, tous les gens accostés par les trois Hommes Rouges semblaient étrangement intrigués.

Le premier avait touché l'épaule de Franz, et lui avait dit d'un ton paternel :

— Vous êtes un étourdi, mon très-cher, et vous donnez beaucoup de mal à des hommes raisonnables qui valent cent fois mieux que vous !

Franz se retourna stupéfait.

Pendant cela, le second Homme Rouge murmurait à l'oreille du frère de Denise :

— Monsieur d'Audemer, vous êtes d'une pure et noble race, j'ai connu monsieur votre père, et j'étais son ami.

— Qui que vous soyez, monsieur, interrompit Julien, ces discours me semblent bien graves pour le costume que vous portez et le lieu où nous sommes.

— Je n'avais à choisir ni pour le lieu ni pour le costume, monsieur le vicomte, et ce sont en effet des choses bien graves que je vais vous dire !

Le troisième Homme Rouge s'était placé devant la vicomtesse, et l'avait séparée de la foule.

Je viens de la part de votre père, madame, répliqua l'Homme Rouge. (Page 322, col. 1.)

— Comtesse Hélène de Bluthaupt, lui dit-il d'un ton solennel et sévère, vous avez donc tout oublié?

X

COMME ON INTRIGUE

Denise dansait; le chevalier de Reinhold faisait l'aimable dans une autre partie de la salle; l'Homme Rouge avait choisi un moment où madame la vicomtesse d'Audemer était seule.

Le bal s'agitait autour d'elle et la laissait isolée.

Ce nom de Bluthaupt qu'on venait de lui donner, et qu'elle ne portait plus depuis si longtemps, la jeta tout d'un coup au beau milieu du passé. Un monde de souvenirs s'éveilla brusquement dans son esprit.

Malgré l'âge, elle avait conservé des restes de sa beauté froide et blonde. Jusqu'à ce moment, on avait vu briller sous son masque un teint fleuri comme celui d'une jeune femme : elle était si heureuse de l'opulent mariage de son fils! la joie lui ôtait vingt ans.

Les premières paroles de son mystérieux interlocuteur la secouèrent brusquement; elle devint toute pâle.

— Qui êtes-vous? demanda-t-elle avec trouble.

— Q'importe cela! répondit le troisième Homme Rouge; je suis une voix qui vous parle de votre famille assassinée.

La vicomtesse eut un tressaillement, mais sa tête se redressa hautaine, elle voulait combattre.

Son accent prit une teinte de raillerie.

— On m'a glissé déjà quelques chapitres de cet absurde roman, dit-elle; vous venez de la part de mes frères?

— Je viens de la part de votre père, madame, répliqua l'Homme Rouge, dont la voix se fit plus lente et plus solennelle, le comte Ulrich de Bluthaupt, de votre sœur la comtesse Margarethe, et de votre mari Raymond d'Audemer, tous trois morts par le crime!

La vicomtesse essaya un geste de dédain; mais son front se baissa, tandis que sa joue redevenait pourpre.

Elle fut obligée de s'appuyer au dossier d'un fauteuil.

— Laissez-moi, monsieur, murmura-t elle, je vous en prie, laissez-moi!

— Pardieu! disait pendant cela le premier Homme Rouge, qui tenait toujours le bras de Franz, mon jeune gaillard, si vous étiez resté mort dans quelque coin des bois de Geldberg, vous ne l'auriez vraiment pas volé!

— Bah! interrompit Franz, votre histoire est vieille, et je la sais sur le bout du doigt.

— Présomptueux et fou! grommela l'Homme Rouge; il tient de famille! Du diable! mon beau fils, ajouta-t-il tout haut, on m'avait bien dit que vous ne doutiez de

rien! En attendant, vous donniez du fil à retordre à ceux qui veillaient sur vous.

— Qui donc a le droit de veiller sur moi? demanda Franz d'un air mutin.

— Pardon de la liberté grande, monsieur! On osait prendre cette permission, et je pense qu'on la prendra plus d'une fois encore Bon Dieu! si l'on vous laissait faire, vous iriez vous jeter, en riant, dans le premier piège venu!

Franz frappa du pied avec impatience.

— Je n'aime pas ce ton-là, dit-il, et rien ne me déplaît comme d'être traité en enfant!

— Gracieux seigneur, répliqua le premier Homme Rouge, sans perdre son accent de franche raillerie, ne vous fâchez pas, au nom du ciel! on saura bien vous sauver malgré vous; et si vous pouvez seulement vous garder jusqu'à demain soir...

— Ah çà! interrompit Franz, moitié gai, moitié colère, vous me paraissez bien savant sur ce qui me concerne!

— Très-savant; mais tenez! un bon conseil, pendant que j'y pense : n'allez pas demain à cette chasse aux flambeaux.

— Par exemple! commença Franz, qui éclata de rire.

— Je m'attendais à cela. Eh bien! si vous y allez, promettez-moi, du moins, de ne pas vous séparer du gros de la foule.

— Pourquoi?

— Parce qu'on a eu le temps de recharger le fusil qui vous a envoyé une balle à l'épaule.

Le deuxième Homme Rouge et Julien étaient face à face.

Ce qu'on voyait du visage de Julien peignait le mécontentement et la colère. On devinait une provocation prête à tomber de sa lèvre plissée.

L'Homme Rouge disait d'un ton froid et calme :

— Ce n'est pas pour vous que je parle.

monsieur le vicomte; c'est pour votre père qui fut mon bienfaiteur. Je ne vous dis plus, comme autrefois : Vous allez épouser la fille d'un meurtrier...

— Autrefois? répéta Julien.

— Oui, ce n'est pas le premier avertissement que je vous donne. A Paris, la nuit du dimanche au lundi-gras...

— Au bal Favart! interrompit Julien.

L'Homme rouge s'inclina.

— Ah! fit le jeune vicomte en se rapprochant, c'était vous!

Il y avait dans son accent et dans sa pose une menace de violence.

La voix de l'Homme Rouge était de plus en plus calme.

— Je ne vous parle plus du passé, reprit-il; mais du présent. Cette femme dont vous aviez fait votre fiancée...

— Taisez-vous, monsieur! interrompit Julien qui lui saisit le bras.

Ce mot siffla entre ses dents serrées par la colère.

— Cette femme, reprit encore l'Homme Rouge sans s'émouvoir, est une...

La main de Julien se colla, convulsive, sur la bouche de l'Homme Rouge.

Celui-ci le repoussa, mais sans violence. A travers les trous de son masque, il regardait le jeune vicomte avec une évidente compassion.

— Vous l'aimez donc bien! murmura-t-il.

— Comme je n'aimerai jamais femme en ce monde! répliqua Julien d'Audemer.

L'Homme Rouge sembla hésiter.

En ce moment, il se passait dans le bal quelque chose d'étrange. Tandis que l'orchestre entraînait les danseurs aux accords sautillants d'une mazurka ultra-nationale, la mystérieuse trinité des Hommes Rouges, qui avait produit tant d'effet au commencement du bal, semblait s'être dédoublée.

Ce détail échappait au plus grand nombre, mais il y avait maintenant six Hommes Rouges dans la salle.

Six hommes qui portaient le fantastique manteau des démons de la légende.

La salle était immense et la foule compacte. Les six hommes aux manteaux écarlates se trouvaient disséminés. Personne ne songeait à les compter.

La triple scène dont nous avons entamé le récit se poursuivait, et à mesure qu'elle continuait, Franz, Julien et la vicomtesse d'Audemer se troublaient davantage en face de leurs interlocuteurs inconnus.

— Laissez-moi, monsieur! disait la vicomtesse.

— Quand vous m'aurez éloigné, répondait le troisième Homme Rouge de sa voix lente et sévère, vous resterez avec votre conscience, madame. Mais voyez si je n'avais pas raison de dire que vous avez tout oublié : vous êtes ici, souriante et gaie, depuis bientôt quinze jours, dans ce château où furent assassinés Gunther de Bluthaupt et votre sœur Margarethe.

— Calomnie! balbutia la vicomtesse.

— Oh! vous ne dites plus cela du fond du cœur, comtesse Hélène! vous avez peur de croire; mais il faudra bien vous rendre à l'évidence! Tenez, sans sortir de cette salle, je puis vous montrer les acteurs principaux de tous ces drames sanglants.

« Vous voyez bien cet homme, dont la tête hautaine dépasse celle de ses voisins son doigt étendu désignait le Magyare Yanos; cet homme, il y a maintenant vingt-deux ans, a mis son sabre dans le cœur du comte Ulrich, votre père. »

La vicomtesse tremblait et perdait le soufflc. Elle cherchait à se dégager de cette étreinte morale qui la tenait esclave; mais l'Homme Rouge mettait toujours sa grande taille entre elle et la foule.

— Vous aimiez bien votre sœur Margarethe autrefois, reprit-il, comtesse Hélène! Regardez ce vieillard; il montrait le docteur José Mira, c'était jadis le médecin de Bluthaupt. La pauvre Margarethe se couchait, pâle et brisée par les douleurs de l'enfantement. Vous vous souvenez comme elle était bonne et belle! Ce vieillard avait pour mission de la secourir : il l'empoisonna!

Les jambes de la vicomtesse fléchirent.

— Oh! c'est affreux! murmura-t-elle; laissez-moi! laissez-moi!

Sa plainte s'étouffa parmi les gerbes des notes joyeuses qui jaillissaient de l'orchestre.

— Je n'ai pas fini encore, reprit l'Homme Rouge en étendant la main vers le chevalier de Reinhold; celui-ci est le dernier, celui-ci est le fiancé choisi par vous pour votre fille, madame, et l'on vous a dit pourtant plus d'une fois déjà que le vicomte Raymond d'Audemer, votre mari, était tombé sous ses coups!

La vicomtesse, dont les jambes chancelaient, fut obligée de s'appuyer à un siége.

— Comment ajouter foi à ce mensonge? balbutia-t-elle.

— En voyant le témoin du crime, madame, en écoutant le récit d'un homme qui s'agenouilla, demi-mort, au bord du précipice, et qui dit le premier *De profundis* pour le salut de l'âme de Raymond d'Audemer.

La voix de la vicomtesse devenait si faible qu'on ne pouvait presque plus l'entendre.

— Je ne crois pas! dit-elle avec effort.

L'Homme Rouge entr'ouvrit les pans de son manteau et tira de son sein un petit portefeuille sur lequel étaient gravées les initiales de Raymond d'Audemer. Les longs plis de l'étoffe écarlate qui l'enveloppaient de la tête aux pieds laissèrent voir, en se séparant, un costume tout étincelant d'or et de pierreries. Ce fut l'affaire d'une seconde. Les pans du manteau se rejoignirent; la vicomtesse n'avait point pris garde.

L'Homme Rouge poursuivit, d'un accent étouffé :

— Il y a vingt ans, durant la nuit de la Toussaint, je trouvai un cadavre sur la traverse de Heidelberg, au fond du trou que l'on nomme l'Enfer de Bluthaupt. Ce portefeuille était à lui, madame; le connaissez-vous?

XI

AVENTURES DE BAL

A la vue du portefeuille, la vicomtesse détourna les yeux, et son masque ne put cacher entièrement l'angoisse qui était sur son visage.

— Je n'avais pas vu le meurtre, reprit l'Homme Rouge, et je ne savais pas le nom du meurtrier. Mais Dieu mit un jour sur mon chemin un ancien serviteur du comte Gunther, que le hasard avait placé au bord de la Hœlle à l'heure même du crime. Le secret de sang pesait à la conscience du pauvre homme. Il me fit un aveu, et c'est grâce à lui que je peux vous dire : Celui-là est l'assassin de Raymond d'Audemer!

Son doigt tendu désignait de nouveau Reinhold, qui papillonnait gaiement parmi la foule, ne se doutant guère de ce qui avait lieu si près de lui.

Malgré les préventions entêtées de la vicomtesse, elle était émue profondément. Les paroles de l'inconnu avaient touché en elle une corde muette depuis longtemps, mais sensible encore. Elle avait aimé son mari avec dévouement et passion autrefois.

Il y eut un silence pendant lequel la vicomtesse, la tête basse et la respiration oppressée, semblait hésiter gravement.

L'inconnu demeurait immobile et attendait.

— Mais... dit enfin la vicomtesse qui trouvait ses mots avec peine, cet homme... cet ancien serviteur de mon oncle Gunther... où est-il?

— Rendez-vous demain, madame, répliqua l'Homme Rouge, une heure après l'ouverture de la chasse aux flambeaux, dans l'allée de mélèzes qui conduit à l'Enfer de Bluthaupt; le témoin du crime vous montrera lui-même l'endroit où trébucha le cheval de Raymond d'Audemer.

— J'irai, murmura la vicomtesse.

En ce moment la danse finissait. Le mouvement qui se faisait dans le bal ramena vers les deux interlocuteurs Reinhold et José Mira.

La vicomtesse, un instant écrasée sous le poids de ces effrayantes révélations, se révolta de nouveau, incrédule. Une idée lui traversa l'esprit comme un trait de lumière. Elle pensa qu'une intrigue jalouse, montée dans l'ombre parmi les invités de Geldberg, voulait entraver le double mariage de son fils et de sa fille.

C'était son rêve le plus cher. Oubliant son émotion récente, et forte de l'idée qu'on voulait la tromper, elle ne vit plus dans l'inconnu qu'un homme abusant du privilége de son masque et jouant une perfide comédie.

L'envie lui prit de voir à découvert le visage du calomniateur.

— A moi, monsieur de Reinhold! criat-elle.

L'Homme Rouge fit un mouvement de surprise. A peine aurait-on eu le temps de s'en apercevoir. Il reprit aussitôt une attitude fière et assurée.

Au cri de la vicomtesse, Reinhold et Mira s'avancèrent en même temps. Tous ceux qui avaient été à portée d'entendre cet appel, dont l'accent avait quelque chose de tragique. s'avancèrent curieux, et firent cercle autour de l'inconnu.

Par une coïncidence étrange, le même fait se reproduisait dans deux autres parties de la salle.

On entourait le premier Homme Rouge, que Franz avait saisi sans façon au collet; on entourait le deuxième Homme Rouge, à qui Julien d'Audemer venait de dire à haute et intelligible voix :

— Vous mentez!

Cela faisait un triple esclandre! Entre les contredanses, ce bal avait vraiment des incidents assez dramatiques.

On ne s'y prodiguait pas les coups de poings comme à l'Opéra; mais le fait pouvait être attribué à l'absence de sergents de ville.

La conversation de Franz et de son compagnon avait suivi son cours jusqu'à l'instant où ce dernier avait prononcé quelques paroles donnant à entendre qu'il connaissait les secrets de la destinée du jeune homme.

L'imagination de Franz était alors partie comme une traînée de poudre qu'on allume. Ses fantastiques souvenirs des derniers jours passés à Paris, ses espérances folles, ses désirs, ses craintes, ses rêves, tout cela s'était entrechoqué dans son cerveau.

— Je veux savoir! avait-il dit.

— Vous saurez tout demain, répliqua l'Homme Rouge.

— Aujourd'hui! à l'instant même! s'écria Franz hors de lui; je ne vous lâche plus avant que vous n'ayez parlé.

Quant à Julien, nous l'avons laissé dans une situation d'esprit qui rendait probable et imminente l'insulte projetée.

Au moment où il demandait grâce pour ainsi dire, l'Homme Rouge s'était arrêté, pris de compassion.

Mais l'Homme Rouge avait sans doute un intérêt plus fort que sa pitié.

Après un silence, il reprit la parole. Julien était livide à écouter.

— Avez-vous la mémoire si courte, disait l'inconnu, que vous ayez oublié votre joyeux souper du café Anglais, monsieur le vicomte? vous aviez là une belle maîtresse, sur ma parole!

Julien se souvenait de ses doutes; il sentait venir la révélation poignante; il avait envie de tuer cet homme pour arrêter les mots dans sa gorge au passage.

— Mais ces belles maîtresses, reprit l'Homme Rouge, ne sont pas bonnes à porter un nom comme celui de votre père, d'autant qu'elles ont souvent la mémoire admirablement ornée, et qu'elles regorgent de souvenirs. A ce propos, monsieur le vicomte, si vous gardiez quelques doutes, ayez la bonté de demander à la comtesse Esther des nouvelles d'un certain baron allemand qui avait nom Goëtz.

Julien voulut parler, mais il ne put.

— Un bon vivant que ce Goëtz! reprit l'Homme Rouge; ma foi! la comtesse et lui s'entendaient à merveille, bien que le baron n'eût point la bouffonne idée de l'épouser! et je pourrais vous raconter...

Julien demanda le silence d'un geste où il y avait autant de prière que de menace.

— Non, dit l'inconnu, répondant à ce geste, je ne peux pas me taire avant d'avoir achevé, car je suis l'ami du vicomte Raymond, depuis sa mort comme durant sa vie. Et ce ne sera pas sans être averti que son fils deviendra l'époux d'une femme perdue!

Le corps affaissé de Julien se redressa violemment. Tout son sang vint à sa joue.

— Vous mentez! s'écria-t-il en portant la main au masque de l'inconnu.

Celui-ci le repoussa sans perdre son calme. Mais un démenti, cela s'entend d'une lieue! La foule vint, avide de savoir.

De sorte que, dans l'immense salle, tout le monde avait son spectacle gratis. Ici, c'était la vicomtesse insultée; là, Franz qui tenait un homme au collet comme un voleur; là encore, Julien d'Audemer frémissant de rage en face de son adversaire.

Les Hommes Rouges étaient de haute taille tous les trois, et leurs regards dominaient ce flot confus de têtes.

Il y eut entre eux, de loin, comme un muet accord.

Tous trois serrèrent leurs manteaux autour de leurs tailles, et firent mine d'opérer leur retraite.

Ils étaient entourés de tous côtés et serrés de près; mais parmi la foule, à bien regarder le mouvement qui se fit, on eût pu croire qu'ils avaient d'assez nombreux auxiliaires.

Julien, Franz, le docteur et d'autres, voulurent leur fermer la route de force; un tumulte soudain s'éleva; des hommes que nul ne connaissait percèrent la foule et se mirent avec une maladresse feinte au-devant de Julien, de Franz, et de tous ceux qui prétendaient s'opposer à la retraite des trois manteaux rouges. Les dames criaient, effrayées; les hommes s'efforçaient à vide, ne sachant pas très-bien ce qu'ils voulaient. On se mêlait, on se poussait, on s'écrasait.

Reinhold cherchait partout le seigneur Yanos, dont l'aide eût été si précieuse en pareille circonstance; mais le Magyare avait regagné son appartement depuis plus d'une heure.

Les trois Hommes Rouges, suivant des lignes convergentes, s'avançaient lentement vers la porte principale.

Ils arrivèrent au seuil, protégés toujours par un cercle d'inconnus qui s'agitaient et faisaient semblant de vouloir les combattre.

Un instant, on les vit tous trois côte à côte, près du seuil. Leurs hautes tailles étaient exactement égales : vous eussiez dit trois épreuves calquées sur le même dessin.

Ils sortirent.

La foule, Julien et Franz en tête, se rua sur leurs traces dans l'antichambre. Cette mystérieuse cohorte qui avait protégé leur fuite se dispersa.

L'antichambre s'emplit, ainsi que les corridors voisins.

Et pendant qu'on cherchait à force, des voix s'élevèrent qui disaient :

— Les voilà ! les voilà !

Julien, Franz et les plus ardents revinrent sur leurs pas, ne soupçonnant point qu'on leur donnait le change.

Au beau milieu de l'antichambre, on se pressait autour de trois hommes vêtus de manteaux écarlates, qui faisaient de vains efforts pour se dégager.

Et tout le monde disait :

— Ce sont eux ! ce sont eux !

On les tenait à quatre chacun. Un passage fut ouvert à la vicomtesse, à Franz et à Julien.

— Otez-lui son masque ! s'écria madame d'Audemer en s'élançant vers le plus grand des trois.

Les deux autres furent livrés à Julien et à Franz.

Les trois masques tombèrent.

La vicomtesse se trouva en face de M. le comte de Mirelune.

Julien reconnut dans son adversaire Amable Ficelle, auteur du *Triomphe du champagne et de l'amour*, et de beaucoup d'autres vaudevilles.

Franz demeura les bras pendants devant la face rougeaude et déconcertée de l'aimable Polyte, le favori de madame Batailleur.

Poursuivants et poursuivis étaient également stupéfaits.

Il y eut un immense éclat de rire dans la foule qui, certes, ne comprenait rien à l'énigme, mais qui s'en amusait énormément.

Çà et là quelques voix s'élevèrent pour dire que ces trois Hommes Rouges n'étaient pas les vrais Hommes Rouges. On retourna danser. Le gros des invités commençait à trouver qu'on abusait étrangement de la légende, et chacun avait des Hommes Rouges par-dessus la tête.

Une heure environ après cet incident que la plupart prenaient pour une comédie concertée à l'avance et couronnée d'un assez médiocre succès, les associés de Geldberg étaient réunis en groupe dans la salle et causaient à voix basse.

— Il est évident, disait Reinhold, que ni Ficelle, ni Mirelune, ni ce pauvre garçon qu'on appelle, je crois, Polyte, ne sont pour rien dans tout cela. On a pourtant reconnu tout le monde à la grille !

— C'est-à-dire qu'on a essayé, répliqua Van Praët. J'étais à ma fenêtre, et j'ai vu tout le monde entrer à la fois. Les uns ôtaient leurs masques, les autres les gardaient. On n'arrêtait personne, et ces trois grands drôles ont bien pu passer inaperçus.

— Eux et d'autres, murmura madame de Laurens.

— Qu'entendez-vous par là ?

— J'entends que ces trois hommes n'étaient pas les seuls intrus qui fussent dans la salle. N'avez-vous pas remarqué cette manière de cohorte qui les suivait partout et semblait les défendre?

— Je parierais, dit Reinhold, que ce sont nos coquins d'Allemands du Temple!

— On pourra être plus sévère à la sortie qu'à l'entrée, reprit le docteur Mira, et placer une bonne garde à la grille.

— Je mettrai là Johann, ajouta Reinhold; il me rendra bon compte de ces figures suspectes.

— Il est bien entendu qu'on sera là en force, et qu'il sera fait main basse sur tous ceux qui se sont indûment introduits.

— Comme cela, nous aurons raison de nos trois Hommes Rouges.

Ils étaient à peu près au centre de la salle.

Non loin d'eux, madame la vicomtesse d'Audemer s'asseyait sur un fauteuil entre sa fille et son fils. Franz tournait autour de Denise; Esther causait avec Julien, qui restait pensif et sombre depuis son entretien avec l'inconnu.

Il répétait machinalement au dedans de lui-même ce nom de Goëtz que l'Homme Rouge avait prononcé.

Il avait envie de demander une explication à Esther; mais il n'osait pas, parce que son esprit faible préférait le doute à la certitude.

Les associés poursuivaient leur intime conciliabule. Ils en étaient à se demander quels étaient les acteurs de ce drame bizarre, et le nom du baron de Rodach venait répondre naturellement à cette question.

Le bal n'avait point ralenti sa joie bruyante. Quelques jeunes gens qui voulaient faire de l'effet, parmi lesquels il faut citer en première ligne M. Abel de Geldberg, avaient changé déjà deux ou trois fois de costume. L'assemblée était de plus en plus brillante, et il était vraiment difficile de voir un plus magnifique coup d'œil.

Mais, malgré tous leurs efforts, les jeunes gens qui voulaient faire de l'effet, et M. Abel de Geldberg lui-même, étaient radicalement éclipsés par certain seigneur de la cour d'Élisabeth, dont le costume splendide avait quelque chose de royal.

Les aiguillettes de son pourpoint de satin blanc étaient retenues à l'aide de larges boutons de diamants. Le cordon de la Toison-d'Or, étincelant de pierreries, descendait sur sa poitrine. L'ordre de la Jarretière tranchait sur la soie de ses chausses, et une plaque de rubis, rouge et brillante comme du feu, fixait à son feutre une plume rabattue.

Ce costume faisait valoir les formes exquises d'une taille noble et robuste à la fois. Impossible de rêver un port plus noble et plus fier!

Depuis son entrée, les femmes n'avaient plus d'yeux pour personne. Les jeunes gens à effet perdaient leurs peines, et la quatrième toilette de M. Abel de Geldberg n'avait pas même été remarquée.

Le seigneur de la cour d'Élisabeth accaparait tous les regards.

Il se promenait seul à travers les groupes, et n'adressait la parole à personne.

Il avait déjà passé deux ou trois fois devant l'endroit où les associés tenaient leur conférence secrète.

En un certain moment, le nom du baron de Rodach, prononcé par l'un des associés, arriva jusqu'à son oreille.

— Qui parle du baron de Rodach? demanda-t-il d'une voix haute et retentissante.

Les Geldberg restèrent comme frappés de stupeur.

Toutes les conversations s'arrêtèrent dans la salle. On regarda.

Le seigneur de la cour d'Élisabeth s'avança tête haute jusqu'au centre du groupe formé par les associés.

Là, il ôta son masque, et l'on vit la belle figure du baron de Rodach en personne.

Les pierreries de son costume envoyaient à ses traits un reflet étrange. La fière pâleur de son visage semblait rayonner. Les asso-

Des voix s'élevèrent qui disaient : « Les voilà! les voilà! » (Page 327, col. 1.)

ciés baissèrent la tête sous le calme éclat de son regard.

Il y avait en lui tant de force et de beauté, qu'on pouvait le croire au-dessus du reste des hommes.

Au moment où il se démasquait, il y eut dans la salle un long murmure d'admiration.

Parmi ce murmure, deux cris s'élevèrent que tout le monde entendit.

Goetz! dit Esther.
— Mon frère Otto ! dit en pâlissant la vicomtesse d'Audemer.

Franz, qui s'était approché, murmura comme en un rêve :

— Le cavalier allemand!

Le cri d'Esther frappa Julien au cœur, comme un coup de poignard.

Le cri de la vicomtesse fit tressaillir les associés de la maison de Geldberg.

C'était toute une révélation. Leurs ennemis étaient au milieu d'eux. Ils avaient affaire aux fils redoutés du comte Ulrich.

Le baron de Rodach s'inclina par deux
fois, la première avec un sourire à l'adresse
d'Esther, la seconde en regardant la vicomtesse.

Puis il se tourna vers les associés, qui évitaient de rencontrer ses yeux.

Son visage respirait toujours la même
tranquillité sereine.

— Eh bien! dit-il, messieurs, êtes-vous
contents de moi?

Reinhold balbutia une réponse inintelli-
gible.

— Je n'ai point voulu laisser finir ces
belles fêtes, reprit le baron de Rodach, sans
me montrer au milieu de vous, mes amis et
mes associés : la crise commerciale est terminée, ma présence n'était plus nécessaire
à Paris, je suis venu me réjouir avec vous.

— Et bien vous avez fait, monsieur le
baron! répondit madame de Laurens, qui
réussit la première à reprendre sa présence
d'esprit.

— Nous sommes heureux... commença
Van Praët.

— Enchantés... dit lugubrement le docteur.

— Ravis! fit Reinhold, avec une grimace
qui aurait bien voulu être un sourire.

— Mais, reprit madame de Laurens, j'espère que vous ne nous avez pas fait l'injure
de descendre ailleurs qu'au château. Vous
êtes ici chez vous, monsieur le baron, et je
vais vous faire préparer un appartement.

Pour la première fois, l'accent de Rodach
prit une nuance d'ironie.

— Mille grâces, madame, répondit-il ; je
suis touché comme je le dois de votre offre
aimable, mais je ne puis l'accepter.

Il se tourna vers Reinhold et Mira.

— Vous savez ce que je vous ai dit, lors
de notre première entrevue, ajouta-t-il ;
vous me demandâtes, ce jour-là, mon adresse,
et je vous répondis: « J'aime le mystère par
goût, c'est une manie. » Je n'ai pas changé
depuis lors, madame et mes chers associés...
permettez-moi de ne point vous dire ma
retraite.

L'orchestre jeta un doux prélude de
valse.

Rodach prit la main de madame de Laurens.

— Voulez-vous bien m'accepter pour votre
cavalier? dit-il avec un beau sourire.

Sara, pâle et tremblante, se mit entre ses
bras.

Le souffle lui manquait.

Reinhold, Mira et Van Praët les regardèrent s'éloigner, mêlés au tourbillon de la
valse.

Franz restait immobile et les yeux grands
ouverts, à contempler cet homme qui semblait exercer sur chacun une puissance si
étrange.

— Je vais éveiller le Magyare, dit Reinhold à voix basse.

— Il ne faut pas qu'il sorte vivant du château! ajouta le docteur.

Le bras du baron s'arrondissait autour de
la taille de Sara; il l'entraînait défaillante
et brisée.

Toutes les femmes auraient voulu être à la
place de madame de Laurens...

XII

LIA

Lia de Geldberg était seule dans sa chambre. Il y avait longtemps déjà qu'elle avait

quitté le bal, souffrante et incapable de supporter ce fracas joyeux qui faisait un contraste blessant à l'amertume de ses pensées.

Depuis quinze jours, Lia craignait; l'espérance l'abandonnait peu à peu; aujourd'hui, le désespoir était venu.

Tout au fond de son cœur résonnaient encore les paroles prononcées par l'ermite; on lui avait dit d'espérer en Dieu, parce qu'il n'y avait plus pour elle de bonheur sur cette terre.

C'était une belle âme, toute pleine de résignation douce et de force; mais ce dernier coup la frappait trop cruellement. Son courage fléchissait. Il faut du temps pour apprendre cette fermeté morne des cœurs vaillants qui n'espèrent plus.

Lia était couchée sur son lit, dans son frais et gracieux costume de bal. Sa robe blanche, encore agrafée, dessinait ses formes charmantes, et sur son front pâle se posait encore la riante couronne de fleurs.

Il faisait froid, mais son corps brûlait; la fièvre agrandissait ses yeux et changeait son regard.

Elle avait essayé de prier. Hélas! en ces premières heures d'angoisse, l'âme s'affaisse, et un voile épais dérobe la pensée de Dieu; la bouche ne sait plus trouver ces mots d'oraison qui consolent.

La pauvre enfant, agenouillée, était restée muette avec des grosses larmes sous la paupière et un nom dans le cœur : le nom d'Otto, qu'elle aimait davantage peut-être à mesure qu'elle espérait moins.

Elle s'était relevée, ne voulant point penser d'amour dans l'attitude sainte où l'on parle à Dieu; elle s'était assise sur le pied de son lit.

Oh! que ces heures sont amères où l'on voit, pour la première fois, glisser et fuir, comme les perles détachées d'un collier qui se brise, tous les espoirs aimés!...

Chaque bonheur devient une peine; les souvenirs chers s'empoisonnent, et, pour chaque sourire rappelé, il faut une larme.

Lia, la tête penchée, les mains jointes sur ses genoux, se souvenait, la pauvre fille! C'était bien près de là, aux environs d'Esselbach, que s'était passée son adolescence heureuse.

En arrivant à Geldberg, elle avait reconnu ce grand et fier château devant lequel le proscrit rêvait, alors qu'elle l'avait vu pour la première fois.

Dans les campagnes voisines, elle avait trouvé les sentiers connus où Otto lui parlait d'amour.

Otto était là, pour elle, sous ces grands arbres, où ils s'asseyaient naguère, émus tous deux et pleins de confiance en l'avenir.

Quelques mois à peine s'étaient écoulés depuis lors, et l'avenir, maintenant, c'était toute une vie de deuil.

Car la voix de l'ermite n'avait trouvé que bien peu d'espoir à tuer dans le cœur de Lia; elle acceptait cette sentence et n'y faisait point d'appel. On lui annonçait le malheur; elle avait compris, parce que le malheur, pour elle, c'était uniquement la perte d'Otto.

Brisée de douleur et de fatigue, elle voulut chercher le sommeil; le sommeil ne vint pas.

Durant une heure, on aurait pu la voir, blanche et pâle, étendue sur son lit; ses yeux ne pouvaient point se fermer.

Elle se releva et ouvrit sa fenêtre, donnant sur la campagne.

C'était une belle nuit d'hiver; la lune haute glissait lentement au ciel sans nuage.

Le paysage, éclairé vaguement, s'étendait à perte de vue et mêlait au loin ses lignes confuses que voilait une brume argentée. On voyait se dresser l'ombre noire des grands mélèzes aux flancs de la montagne; sur la route d'Obernburg, les ruines de l'ancien village de Bluthaupt blanchissaient dans l'herbe sombre, et ressemblaient aux tombes éparses d'un cimetière.

Tout cela était calme, désert, silencieux. Une mélancolie désolée s'exhalait de cette grandeur muette.

Le froid fit d'abord éprouver au front ardont de la jeune fille une sensation de bien-être, mais bientôt son corps transi eut une sorte d'engourdissement ; la fièvre redoublée mit un flux d'idées folles dans son cerveau. Elle se pencha sur l'appui de sa fenêtre ; le vide énorme qui était au-dessous d'elle l'attirait.

Elle se rejeta en arrière. Son esprit était frappé. Dans sa chambre, un bruit se faisait, ce même bruit qu'elle entendait bien souvent et qui semblait la poursuivre en Allemagne comme à Paris.

Elle s'arrêta, tremblante et l'oreille attentive. En ce moment de trouble, la frayeur s'empara d'elle bien plus vivement qu'à l'ordinaire ; son regard, qu'elle tourna vers la campagne, lui montra, mouvant et agité, chacun des objets qu'elle venait de voir immobiles. Les noirs mélèzes glissaient comme d'énormes fantômes sur la pente de la montagne ; les ruines blanches du vieux village se dressaient, semblables à des spectres revêtus de longs suaires.

Le bruit continuait ; Lia, sans autre pensée que de fuir cette épouvante qui l'affolait, ouvrit sa porte et se précipita dans le corridor.

Quatre heures de nuit sonnaient à l'horloge du château.

Dans le corridor, on entendait un lointain écho de la musique du bal.

Sans savoir, Lia se dirigea vers la fête, attirée par ce bruit qui la rassurait instinctivement.

Elle descendit l'escalier.

L'escalier donnait dans cette galerie où nous avons vu Klaus s'engager naguère en sortant de la chambre de Van Praët, après le conciliabule des associés de Geldberg.

A gauche, ce corridor aboutissait à la petite porte par où Klaus avait gagné la cour de la chapelle ; en suivant la galerie sur la droite, on arrivait à la partie habitée du château.

C'était ce chemin que Lia prenait toujours, et il est à croire qu'elle ne soupçonnait même pas l'existence de la porte conduisant à la chapelle en ruines.

Comme elle tournait à droite, après avoir franchi la dernière marche de l'escalier, un homme passa rapidement devant elle. La lampe qui brûlait à l'extrémité de la galerie laissait l'endroit où se trouvait Lia dans une complète obscurité ; d'ailleurs elle se trouvait cachée par la saillie de l'escalier : l'homme ne l'aperçut point et continua sa route à grands pas.

Malgré les ténèbres, la jeune fille avait entrevu son visage.

Elle s'appuya défaillante contre le mur.

On entendit le bruit de la porte de la cour qui s'ouvrait et se refermait.

Lia se redressa, galvanisée par une pensée soudaine.

Elle reprit sa marche, mais en sens inverse, et se dirigea, elle aussi, vers la petite porte.

Quand elle l'eut franchie, elle se trouva dans une cour de peu d'étendue, dont la lune éclairait d'aplomb le pavé recouvert de gazon. A sa gauche se dressait un rempart massif ; à sa droite était la chapelle ruinée dont elle avait admiré souvent de sa fenêtre la gothique architecture.

En ce moment, la lune jouait parmi les arceaux brisés, et découpait bizarrement les dentelles de pierre des grandes fenêtres en ogives.

Lia traversa la cour et entra dans la chapelle par la brèche béante où nous avons vu Klaus s'engager la veille.

Dans la chapelle, la lumière blafarde et pâle arrivait à la fois par les fenêtres sans vitraux, et par le large vide de la voûte démantelée ; de grandes masses éclairées saillaient dans la nuit noire ; les statues des saints, blanches et hautes, se dressaient dans leurs niches sombres, les piliers s'élançaient, svelte faisceaux de colonnettes, et n'avaient plus à leur sommet d'autre voûte que le ciel.

Le sol, pavé de carreaux noirs et blancs, montrait çà et là ses larges pierres tumulaires, qui recouvraient la dépouille mortelle des anciens chapelains de Bluthaupt.

Au moment où Lia mettait le pied dans la

chapelle, une porte située derrière le chœur tournait sur ses gonds en grinçant.

Lia tremblait, mais une main mystérieuse la poussait en avant. Elle baissa les yeux pour ne point voir ces hommes de pierre que la lune animait le long des murailles, et continua sa route, guidée par le bruit de la porte.

Après quelques efforts, elle parvint à l'ouvrir, et se trouva en face d'une sorte d'échelle taillée dans le roc humide.

Elle descendit.

Elle était dans le caveau mortuaire des comtes.

Le premier objet qui frappa ses regards fut une tombe large, supportant trois statues de chevaliers couchées côte à côte.

Sur cette tombe, une lampe brûlait, qui éclairait vaguement les sculptures des autres monuments funèbres.

Auprès du tombeau des trois chevaliers, un homme était debout, le dos tourné à la lumière. C'était bien celui que la jeune fille avait vu passer dans le corridor ; c'était pour lui qu'elle avait suivi dans les ténèbres ce chemin redoutable, mais elle hésitait à s'avancer maintenant, parce qu'elle ne découvrait plus son visage.

Peut-être s'était-elle trompée.

Elle restait partagée entre son désir qui l'entraînait en avant, et sa frayeur qui lui disait de fuir.

L'homme s'essuya le front ; il semblait rendu de fatigue, et sa haute taille s'affaissait lassée sous les plis amples de son manteau écarlate.

Il s'assit sur le bord de la tombe des trois chevaliers.

Ce mouvement mit ses traits en face des rayons de la lampe ; un cri s'étouffa dans la poitrine de Lia.

Cette fois, il n'y avait pas à s'y tromper, c'était bien le noble visage d'Otto.

Le cœur de la jeune fille s'inonda de joie ; ses craintes étaient oubliées ; avait-elle pu désespérer ?

Elle s'élança. Mais à peine avait-elle fait quelques pas qu'elle s'arrêta, frappée de stupeur.

Elle passa le revers de sa main sur ses yeux, qui battaient éblouis.

Un autre homme venait de sortir de l'ombre, une autre figure exactement pareille à celle d'Otto.

Était-ce un rêve ? Toutes ces choses étranges n'existaient-elles que dans le délire de sa fièvre ?

Comme elle s'interrogeait elle-même, une troisième figure surgit à la lumière, semblable encore aux deux autres.

C'étaient les mêmes traits, beaux et fiers, les mêmes tailles enveloppées dans des manteaux pareils.

Ils étaient là trois hommes avec une seule forme, trois reproductions du même être, trois types sortis du même moule, et l'illusion était si forte, que Lia ne savait plus lequel des trois était son amant !..

Elle pressait son front à deux mains ; elle appelait à son aide son intelligence ébranlée : elle se croyait folle !

L'ombre d'un pilier s'étendait sur elle, les trois hommes ne la voyaient point.

Les deux derniers venus se baissèrent, prirent, sous la tombe des fils du comte Noir, des pioches et une pelle.

Celui qui était arrivé le premier souleva la lampe, et ils gagnèrent un espace vide marqué au milieu du souterrain par une petite croix de bois.

Lia se colla, tremblante, à la pierre froide du pilier.

L'homme qui tenait la lampe la déposa sur le sol ; il prit à son tour une pioche, et tous trois se mirent à creuser la terre.

Ils travaillèrent longtemps en silence. Cinq fosses furent ouvertes, l'une à côté de l'autre.

Et chaque fois qu'une fosse était creusée, une voix s'élevait qui disait :

— Celle-ci est pour Fabricius Van Praët.

— Celle-ci pour le docteur José Mira.

— Celle-ci pour le chevalier de Reinhold.

— Celle-ci pour le Magyare Yanos Georgyi.

Quand ce fut au tour de la dernière, la voix dit :

— Celle-ci est pour le vieux Moïse de Geldberg.

Au nom de son père, Lia se laissa choir sur ses genoux.

Les trois hommes s'appuyèrent sur leurs pioches et demeurèrent un instant immobiles.

— Voilà plus de vingt ans, mes frères, dit celui qui était arrivé le premier, d'une voix triste et grave, que nous avons creusé une autre fosse au même lieu; nous étions jeunes alors, et notre sœur vivait! Durant ces longues années, avez-vous songé parfois à dire une prière pour le repos de l'âme du malheureux baron de Rodach.

— Il avait voulu déshonorer notre sœur! répondirent les deux frères d'un air sombre.

— Et nous l'avons puni de mort! répondit le premier, c'était le droit; mais on doit des prières à ceux qu'on envoie ainsi sous la main de Dieu sans leur donner le temps de se repentir. Moi, j'ai prié bien souvent, mes frères, car cet homme, nous l'avons dépouillé après sa mort, et c'est sous son nom que nous avons longtemps déjoué les poursuites de nos ennemis.

Celui qui parlait ainsi franchit les fosses ouvertes et s'agenouilla auprès de la petite croix de bois; les deux autres l'imitèrent.

On entendit dans le silence du caveau les versets latins du *De profundis*.

Puis les trois hommes se relevèrent.

— Notre besogne est finie pour cette nuit, dit le premier arrivé; allons nous reposer, car nous aurons bientôt besoin de toutes nos forces. Demain, s'il plaît à Dieu, ces cinq fosses seront pleines, et les serviteurs de Bluthaupt salueront le fils des comtes !.

Ils éteignirent la lampe et se dirigèrent tous les trois vers l'escalier de la chapelle.

Lia, plus morte que vive, les suivait.

Ils traversèrent la chapelle et la cour.

Au moment où celui qui était venu le premier allait rentrer, sur les pas de ses frères, dans le corridor où la jeune fille l'avait vu passer seul naguère, il se sentit retenu par le pan de son manteau.

Il se retourna; Lia était agenouillée sur le pavé à ses pieds.

La porte, cependant, s'était refermée sur les deux frères, engagés dans le corridor.

— Otto, murmura la jeune fille d'une voix défaillante, j'étais là, dans le caveau; j'ai tout vu, j'ai tout entendu. Je sais bien que je ne puis être à vous, désormais.

Une larme roula le long de sa joue pâle.

— Mais, je vous en prie, ajouta-t-elle en joignant les mains, épargnez la vie de mon pauvre père !

La lune tombait d'aplomb sur le visage de la jeune fille et illuminait son admirable beauté. Parmi l'angoisse de sa douleur sans bornes, il y avait comme un reflet de résignation suave et sainte.

Otto était ému jusqu'à ne point trouver de paroles; entre toutes les épreuves de sa vie, celle-ci était peut-être la plus amère.

Il releva la jeune fille et l'attira contre son cœur.

— Mon Dieu, murmura-t-il, ayez pitié d'elle et de moi !

Il y eut un silence durant lequel on n'entendit que l'effort pénible de leurs respirations oppressées.

— Lia, dit enfin Otto, je vous aimais, je

vous aime! Jamais une autre femme n'aura place dans mon cœur. Que Dieu vous fasse heureuse et me donne double part de souffrance!

La tête de la jeune fille s'appuya contre le sein du bâtard de Bluthaupt, et un sanglot souleva sa poitrine.

— Adieu! reprit Otto en essayant de se dégager; nous ne nous verrons plus en ce monde, Lia.

— Nous nous reverrons au ciel! murmura la jeune fille d'une voix qui semblait mourir.

Et comme Otto poussait la porte pour se retirer, elle ajouta, ranimée par un élan de dévouement filial :

— Mon père! vous ne m'avez pas promis la vie de mon père!

Otto s'arrêta, irrésolu.

— Je vous promets la vie de Moïse Geld, Lia, dit-il enfin; mais il faut que justice soit faite, et mieux vaudrait pour lui la mort, peut-être.

La porte retomba sur lui.

Lia se remit à genoux, et son front toucha l'herbe glacée qui croissait entre les pavés de la cour.

XIII

LE DÉPART POUR LA CHASSE

Le lendemain, vers sept heures du soir, on se levait de table au château de Geldberg. Le dîner avait eu lieu de bonne heure, à cause de cette fameuse chasse aux flambeaux qu'on attendait depuis trois semaines.

C'était le dernier acte de la fête; les invités devaient repartir pour Paris le jour suivant.

Point n'est besoin de dire que le repas avait été superbe. Les officiers de bouche de la maison de Geldberg s'étaient surpassés, voulant couronner dignement la série de leurs merveilles culinaires.

On avait bu et mangé démesurément, sous prétexte d'adieux; le dessert avait tourné au touchant, et les insectes de lettres, attendris par le champagne, avaient en vérité déclamé quelques méchants petits vers entre la poire et le fromage.

Ils sentaient de loin les parfums trop connus de leur cuisine bourgeoise, et ils se bourraient de vivres comme le prévoyant chameau qui va traverser le désert.

En somme, il y avait une certaine émotion parmi les convives. On voyait partout des joues enluminées et des poitrines carrément élargies.

En quittant le salon, les jambes de M. le comte de Mirelune éprouvèrent de légères et agréables oscillations. Quant à Ficelle, il était gris, ma foi! mais gris comme un homme qui s'occupe sérieusement de couplets.

Il enfilait l'un à l'autre tous les calembours consignés dans ses vaudevilles, et les glissait à l'oreille de son Mécène féminin, la grosse épouse du notable commerçant de la rue Laffite.

Au commencement du repas, on eût pu remarquer chez les membres de la maison de Geldberg une sorte de préoccupation affairée, mais ils avaient réussi à prendre le dessus.

Madame de Laurens n'avait jamais été si charmante; M. le chevalier de Reinhold ne s'était jamais montré plus joyeux.

Il n'y avait qu'Esther qui gardait sur son front comme un voile de tristesse. Julien ne s'était point placé à table auprès d'elle. La belle comtesse cherchait incessamment les regards de son fiancé, qui semblaient la fuir.

Julien s'asseyait à côté de sa mère; celle-ci tenait rigueur au chevalier de Reinhold, et se renfermait dans un silence pensif.

C'étaient là de légères taches sur un fond brillant; personne ne les remarquait, et la joie générale n'en était point altérée.

Une demi-heure après le dîner, la foule des convives descendait les escaliers du château, se dirigeant vers la cour principale, où l'on entendait un grand bruit. C'étaient les cris de piqueurs et de palefreniers, les notes perdues données par la trompe qu'on essayait, les aboiements des chiens, et le trépignement des chevaux dont le pied impatient frappait le sol.

Le jeune M. de Geldberg était en selle, au seuil de la cour. Cette soirée devait être mémorable dans sa vie. En sa qualité de sportman très-méritant, il était le directeur et le chef de cette partie de la fête.

Au moment où les premières dames mettaient le pied dans la cour, il fit un signe et emboucha sa trompe. Une joyeuse fanfare éclata, sonnée par tous les veneurs à la fois.

Il y avait dans la cour une meute très-nombreuse, et les équipages de chasse étaient entendus suivant le système allemand.

Les dames qui pouvaient se donner le titre d'écuyères sautèrent sur de fringants chevaux capables de suivre la chasse; les autres, quoique revêtues de l'uniforme d'amazone, s'assirent sur des palefrois débonnaires ou même sur les prudents coursiers de leur voiture.

La grille fut ouverte à deux battants, et la chasse sortit.

C'était une nuit sombre, mais sèche; de gros nuages sans pluie couvraient le ciel.

En franchissant la grille, les invités se trouvèrent en face d'un admirable spectacle.

L'immense paysage qu'on découvrait le jour, du sommet de la montagne, était en quelque sorte dessiné dans la nuit par de longues lignes de lumière. La forêt resplendissait; chaque arbre avait sa ceinture de feu. Le long des routes que devait suivre la chasse, l'illumination allait traçant de capricieuses courbes, qui se mêlaient dans la nuit sombre comme les lignes entrelacées d'un parapho.

Et tous ces feux, multipliés à l'infini, perdaient leurs lueurs dans les grandes ténèbres. Ils brillaient comme autant d'étoiles, mais de loin ils semblaient ne point éclairer les objets environnants.

Cela faisait l'effet d'une immense arabesque, tracée avec des pointes de diamants sur un gigantesque fond de velours noir.

Pour ménager un contraste sans doute, les ordonnateurs de la chasse avaient laissé dans l'ombre la pente de la montagne où s'asseyait le château de Geldberg. On voyait l'illumination commencer tout au bout de la grande avenue.

Ce fut par cette voie que la chasse s'engagea.

Les invités du dehors et les gens du pays étaient là en foule, les uns à pied, les autres équipés pour le courre.

Il y eut un hourra pour les dames, et le cortége descendit l'avenue.

On n'était pas encore en train; la meute pelotonnait, dans l'ombre, ses couples muets.

Il y avait, parmi les femmes surtout, un peu d'hésitation, car la forêt de Geldberg était pleine de dangereux passages, et, si splendide que fût l'illumination, il était impossible de croire, avant d'avoir vu, qu'elle pût remplacer la lumière du jour.

Le départ s'opérait lentement et avec une sorte d'embarras. On voyait çà et là des laquais secouant des torches rouges et chevelues. Les chevaux s'effrayaient; la meute, étonnée, s'amassait en troupeau et refusait d'avancer.

Le jeune M. de Geldberg, en costume anglais sur un patron tout à fait supérieur, prenait la tête de la cavalcade. Il avait mis *Victoria-Queen* au trot, et tenait déjà cette attitude malade, pénible, éreintée, qui remplace chez nous, grâce au progrès de l'art équestre, la fière mine des cavaliers du vieux temps.

Il s'agitait beaucoup; il donnait des ordres

Elle se releva et ouvrit la fenêtre donnant sur la campagne. (Page 331, col. 2.)

d'une voix brève et napoléonienne; il trouvait parfois dans sa mémoire des mots britanniques qui, vu la circonstance, faisaient
un effet prodigieux.

C'était en somme un gentleman bien pas-
sable, et *Victoria-Queen*, son élève, faisait
l'éloge de ses capacités.

Il y eut une halte au bout de l'avenue, entre la traverse de Heidelberg et la lisière de
la forêt.

La partie mâle des invités entoura le jeune
M. de Geldberg, comme un état-major bien

appris se groupe autour du général en chef,
à l'heure solennelle de la bataille.

Le fils de Mosès Geld prit la parole d'une
voix haute et ferme.

Sans se tromper une seule fois, il divisa
les postes de chasse entre les assistants avec
une liberté d'esprit qui lui fit le plus grand
honneur. Il traça en peu de mots l'itinéraire
des dames, et donna le signal du départ dé-
finitif.

On avait fait le bois dans la matinée. Un
cerf courable avait été détourné dans les

taillis avoisinant l'étang de Geldberg. Durant tout le jour on l'avait gardé à vue, pour ainsi dire, et l'on était sûr du lancé.

C'était vers la plaine et l'étang de Geldberg que la partie active de la chasse devait se porter. Les dames et les paresseux avaient leurs places désignées à certains carrefours pour voir passer le cerf.

Les piqueurs cependant triaient la meute, et choisissaient les relais.

On était entré dans le cercle brillant formé par l'illumination. La nuit de l'avenue était loin déjà; chiens et chevaux, trompés par ce jour factice, prenaient leur ardeur matinière. Au signal donné, la chasse s'élança comme un tourbillon; voitures et piétons se dispersèrent dans des directions diverses.

XIV

LA CHASSE AUX FLAMBEAUX

L'emplacement où s'était faite la halte resta solitaire durant quelques instants.

Au bout d'un quart d'heure, on aurait pu voir une ombre se glisser dans le fourré à quelques pas de la lisière, et s'adosser immobile à un arbre.

A moins de l'avoir aperçu d'avance, il était impossible de distinguer maintenant ce personnage, qui était protégé contre le regard par l'ombre du tronc d'un mélèze, et semblait faire corps avec l'arbre auquel il s'appuyait.

On entendait de temps en temps et par bouffées le bruit lointain du galop des chevaux, les aboiements de la meute et le son adouci des fanfares.

L'air était froid, mais lourd et calme; pas une lumière ne s'éteignait dans la campagne scintillante, et le paysage gardait intacte sa merveilleuse parure.

Le pas d'un cheval résonna sur le gazon de l'avenue, et la silhouette d'un cavalier apparut confusément au loin. Il marchait au milieu de la voie, et à mesure qu'il approchait la lumière l'éclairait plus distinctement.

A vingt pas de la halte, on eût pu reconnaître le costume pimpant et la courte taille de M. le chevalier de Reinhold.

Comme il arrivait à l'endroit où la chasse s'était arrêtée naguère, il mit sa main au-devant de ses yeux, afin de regarder un objet qui passait par la traverse d'Heidelberg.

C'était encore un cheval avec son cavalier, dans lequel Reinhold crut reconnaître au premier aspect le docteur Mira, revêtu de sa longue redingote.

Il prononça le nom du Portugais; personne ne répondit.

Le chevalier s'était trompé de sexe. Le prétendu cavalier était une femme portant un costume d'amazone en drap de couleur sombre. Un voile épais lui couvrait le visage. Sous ce voile se cachaient les traits pâles et bouleversés de madame la vicomtesse d'Audemer, qui avait quitté la chasse, poursuivie par les paroles de l'Homme Rouge, et qui se rendait seule à la Hœlle de Bluthaupt.

Ses souvenirs avaient sommeillé longtemps; elle s'était endormie dans une crédulité volontaire; mais le sang de son père s'éveillait en elle, et son cœur avait parlé durant l'insomnie de la nuit précédente.

Elle voulait savoir, quoi qu'il pût lui en coûter désormais!

Elle laissa sur sa gauche la traverse de Heidelberg tourner la base de la montagne, et gravit toute seule, le cœur serré, la main tremblante, le sentier étroit qui conduisait à la bouche de la Hœlle.

La route était longue encore, et son courage défaillait déjà.

Le chevalier arrêta sa monture au centre du carrefour. Il était là sans doute à un rendez-vous, car il attendit.

Une minute environ après le passage de la vicomtesse, une autre amazone, qui sui-

vait aussi la traverse de Heidelberg, s'a-
vança au galop léger d'un charmant cheval.
Impossible de prendre celle-ci pour le docteur José Mira ! Un spencer de satin empri-
sonnait sa taille souple et fine ; c'était une
jeune fille, et une charmante jeune fille,
selon toute probabilité.

Elle glissa dans le demi-jour, et poursuivit sa route. L'idée vint au chevalier que
c'était Denise d'Audemer ; mais quelle apparence ! il avait laissé Denise entre Julien et
sa mère, au beau milieu de la foule, sur la
route de l'étang de Geldberg...

Qu'elle fût ou non Denise, l'amazone ne
prit pas le même chemin que la vicomtesse ;
elle laissa sur la droite le sentier qui montait
au trou de la Hœlle, et continua de descendre la traverse de Heidelberg.

— Je crois que l'autre était aussi une
femme ! grommela Reinhold. Où diable
vont-elles donc comme ça ?...

Il n'avait pas achevé qu'une troisième
amazone, venant comme les deux autres de
l'étang de Geldberg, tourna court à quelques
pas de lui, et enfila au grand galop l'a-
venue.

Elle passa si près de Reinhold qu'il sentit
le vent de sa course.

— Aux ruines... dit-elle.

Reinhold avait reconnu madame de Laurens.

Quelques minutes après, les gens qu'il
attendait arrivèrent presque en même
temps. C'étaient le docteur portugais et Fabricius Van Praët.

— Ma foi ! dit le Hollandais en s'essuyant
le front, voici une belle fête ! J'avais une
idée, tout en galopant sur ce diable de cheval qui me secoue les côtes ! On aurait pu
faire un ballon.

— Ah ! ah ! interrompit Reinhold, qui ne

put s'empêcher de sourire en songeant à
l'ancien métier de Fabricius.

— Un ballon, répéta ce dernier, pareil à
celui que j'enlevai à Leyde en 1820. C'était
un aérostat de forme ovale, au centre de
gravité duquel était attachée une corde qui
soutenait un cercle d'artifice.

José Mira haussa les épaules.

— Nous ne sommes pas venus pour parler
de fadaises, dit-il.

— Mon excellent ami, répliqua vivement
Fabricius, la science aérostatique n'est pas
une fadaise, et vous verrez que les ballons
remplaceront les chemins de fer ! En attendant, vous avez un peu raison, parlons du
présent. Ne verrons-nous pas le Magyare ?

— Le Magyare ne veut point se mêler de
cette affaire, répondit Reinhold ; d'ailleurs
il a bien autre chose en tête ! Depuis la fin
du bal, il faisait sentinelle, l'épée à la main,
au pied de l'escalier de la tour du Guet.

— Il attend le baron ? demanda Mira.

— Et il l'attendra quinze jours s'il le faut,
répliqua le chevalier ; son valet hongrois
est auprès de lui qui tient un sabre de re-
change et deux paires de pistolets chargés.
Si le baron est dans la tour, son affaire me
paraît claire.

— Et où pourrait-il être ? demanda Van
Praët. Les gardes que vous avez mis à la
grille du château pendant le bal sont des
hommes sûrs ?

— Très-sûrs, répliqua Reinhold, et ils ont
soulevé tous les masques. Il est clair comme
le jour que Rodach n'a pu quitter Geldberg !

— Au moins ne nous gênera-t-il pas
pour notre expédition ! grommela le docteur. Où en sommes-nous ?

Reinhold se frotta les mains.

— Si la chasse du cerf est aussi bien orga-
nisée que la nôtre, répondit-il, je plains le

pauvre animal. C'est arrangé avec un goût parfait ! Le petit coquin ne peut éviter Charybde que pour tomber dans Scylla !

— Je réponds de son poste de chasse, dit Mira ; j'y ai placé moi-même l'homme que vous savez.

— Moi, ajouta Van Praët, je viens de colloquer maître Pitois sous la *Tête-du-Nègre*, vis-à-vis cette maison du paysan Gottlieb où Franz va si souvent.

— Et moi, reprit Reinhold, j'ai posté Mâlou dans les ruines de l'ancien village... et je viens de voir madame de Laurens qui courait au rendez-vous à bride abattue.

— Moi, pour le poste de chasse ! dit le docteur ; c'est au bord de l'étang, et il y a un certain vieux saule qui cache mon homme admirablement.

— Moi, pour la *Tête-du-Nègre*, ajouta Van Praët ; si vous voyiez comme mons Pitois est bien installé entre deux roches !

— Fritz, le petit joueur d'orgue et Johann, reprit Reinhold, font office de bataillon volant ; ils cherchent, et ce serait bien le diable si nous perdions encore cette partie avec un si beau jeu !

— Nous n'avons plus qu'une nuit, murmura le docteur : si nous la perdions !...

— Bah ! firent ensemble Reinhold et Fabricius.

Un relancé sonné à quatre trompes se fit entendre dans la plaine. Les trois associés prêtèrent l'oreille un instant afin de s'orienter, puis ils s'éloignèrent au grand trot dans la direction de la chasse.

— Si nous nous perdons, avait dit Reinhold, dans deux heures nous nous retrouverons à ce carrefour.

Après le départ des trois associés, la Hœlle resta déserte durant une ou deux minutes. Quand on eut cessé d'ouïr le bruit de leurs chevaux, un mouvement léger se fit dans les ténèbres du bois. La grande

ombre que nous avons vue se coller au tronc d'un mélèze se détacha de l'arbre lentement, et un cri aigu retentit dans le silence de la forêt.

Ce cri avait des intonations étranges et reconnaissables. Nous l'avons entendu deux fois déjà : la première au moment où les bâtards de Bluthaupt s'échappaient de la prison de Francfort ; la seconde au bal de l'Opéra-Comique, alors que se jouait, sous les yeux de Franz, cette bizarre comédie du cavalier allemand, du major et de l'Arménien.

Ce cri était un signal convenu dès longtemps entre les trois frères, et qui leur avait servi bien souvent dans leur vie de proscrits.

Une seconde s'était à peine écoulée, qu'un cri pareil se faisait entendre dans les taillis, à une distance considérable ; un troisième écho, si faible qu'on pouvait à peine le saisir, arrivait de la plaine.

La personne cachée dans le bois se tut et attendit.

Le premier effet de son appel fut l'arrivée d'un homme en costume de paysan, qui tenait un cheval par la bride.

Quelques instants après, un double galop se fit ouïr, et deux cavaliers s'arrêtèrent au milieu de la Hœlle. Leurs visages disparaissaient sous de grands chapeaux rabattus, et ils étaient enveloppés dans de grands manteaux rouges. Notre homme du bois, qui s'était mis en selle, portait exactement le même costume.

— Ami Dorn, dit-il au paysan, vous allez rester là, car ils vont revenir : vous, Goëtz, au bord de l'étang ; vous, Albert, auprès de la maison de Gottlieb, sous la *Tête-du-Nègre* ; moi, aux ruines du village.

Leurs éperons piquèrent le flanc de leurs chevaux qui bondirent ; la lueur brillante de l'illumination montra un instant les plis écarlates de leurs manteaux qui flottaient au vent.

Puis ils disparurent chacun dans la direction indiquée.

Hans Dorn resté seul sortit du cercle de lumière, et alla s'appuyer à son tour contre le tronc du mélèze.

XV

LES RUINES

Tandis qu'Albert tournait le château pour se rendre à la maison de Gottlieb, et que Goëtz descendait au galop vers la plaine, Otto remontait l'avenue pour gagner les ruines de l'ancien village de Bluthaupt.

Le champ où se trouvaient ces ruines restait un peu en dehors des routes préparées pour la chasse ; néanmoins l'illumination voisine y envoyait de vagues clartés.

Otto descendit de cheval à deux cents pas du champ, et tourna sa bride autour d'un pin de montagne ; il poursuivit sa route à pied, et prit, en arrivant aux abords des ruines, de minutieuses précautions pour étouffer le bruit de sa marche.

Il savait que madame de Laurens était déjà au rendez-vous, et que Mâlou, dit Bonnet-Vert, veillait caché dans quelque coin.

Il se glissa doucement derrière un pan de muraille resté debout, et fit l'examen des lieux.

Son regard fut ébloui d'abord par l'éclatante ceinture de feu qui brillait au loin, laissant le centre du champ dans une obscurité presque complète ; mais les bords larges de son chapeau aidant, il parvint à s'isoler de cette lumière, et à distinguer les objets qui l'entouraient.

A une cinquantaine de pas, madame de Laurens se promenait lentement, et s'arrêtait de temps à autre pour interroger d'un regard inquiet la voie éclairée ; à l'endroit où s'arrêtait sa promenade circulaire, Otto voyait une forme noire demi cachée dans les décombres, et qui tenait à la main un objet répercutant faiblement les feux lointains de l'illumination : un canon de fusil sans doute.

Otto prit à sa ceinture une longue paire de pistolets, et en renouvela les capsules.

Comme il s'acquittait de ce soin, il aperçut tout près de lui, derrière le même pan de muraille, un personnage sur lequel il ne comptait pas.

Ce personnage s'appuyait des deux mains à la pierre, et semblait exténué de fatigue. Otto fut longtemps avant de distinguer ses traits, qui restaient dans l'ombre. A force de regarder, il crut pourtant reconnaître l'agent de change de Laurens.

Il s'avança vers lui, et toucha du doigt son épaule.

Laurens se retourna en tressaillant.

— Ne vous effrayez pas, dit Otto d'une voix douce et comme fraternelle, un secret surpris par moi reste toujours un secret, car je puis compter à peine au nombre des vivants. J'ai compassion de vous, monsieur de Laurens, et je voudrais vous secourir.

— Je ne vous connais pas, balbutia l'agent de change, qui le regardait d'un œil étonné.

— Moi, je vous connais, répondit le bâtard de Bluthaupt ; je vous plains et je vous sers, comme je plains et sers toutes les victimes de cette femme.

Laurens baissa la tête.

— Quelle femme ? murmura-t-il.

Otto étendit le doigt vers Sara, dont le pas plus vif disait l'impatience croissante.

M. de Laurens s'agita sans relever la tête, et reprit :

— Je suis bien malade ! il y a un voile au-devant de mes yeux, je crois que ce n'est pas elle.

La pitié serra le cœur d'Otto.

— C'est elle, répliqua-t-il pourtant, la fille aînée de Moïse de Geldberg.

Et comme la poitrine de l'agent de change rendait un gémissement sourd, il ajouta :

— Vous l'aimez donc bien, monsieur de Laurens ?

Celui-ci ne répondit point, mais il releva la tête avec lenteur, et Otto vit deux larmes rouler sur sa joue pâle.

Il y eut un silence.

— Écoutez, reprit le bâtard de Bluthaupt; depuis votre départ de Paris, je suis comme le chef de la maison de Geldberg. J'ai dû m'occuper de vos affaires. Il y a longtemps que je m'intéresse à vous, monsieur ; j'ai relevé votre crédit, et vous êtes désormais riche autant que jadis.

Laurens remit ses deux mains sur la pierre poudreuse, et répondit d'un accent morne :

— Que m'importe cela !

Puis il ajouta en redressant tout à coup sa taille affaissée :

— N'est-ce pas lui que j'aperçois là-bas ?
— Qui ? demanda Otto.
— Celui qui doit venir.

L'agent de change glissa sa main dans son sein, et serra le manche d'un poignard.

Otto croisa ses bras sur sa poitrine; il mesurait avec stupéfaction la misère profonde de cet homme.

— C'est donc sur lui que vous voulez

vous venger, dit-il ; mais c'est un enfant! mais il a cédé, comme on fait à son âge, aux artifices de cette femme !

— Elle l'aime ! interrompit Léon de Laurens.

— Elle l'aime ! répéta Otto avec amertume; oh! vous ne la connaissez donc pas tout entière! Entendez-moi, car il est peut-être temps encore de vous guérir. Votre passion a résisté au vice prestigieux, au crime, peut-être ; mais l'avez-vous vue telle qu'elle est, souillée, honteuse, infâme?

— Taisez-vous ! interrompit l'agent de change, je l'aime, vous dis-je, je l'aime !

Otto lui prit les deux mains, et les serra entre les siennes.

— Vous m'écouterez, poursuivit-il, dussé-je vous y contraindre par la force.

Laurens se débattit un instant, puis il redevint immobile.

Otto parla. Ce qu'il y avait en lui d'éloquence haute et grave débordait en ce moment de son cœur irrité.

Il prenait la vie de cette femme, depuis les jours de sa jeunesse, et la jetait dépouillée sous les yeux de M. de Laurens.

Ce dernier haletait et demandait grâce; mais Otto faisait comme ces médecins qui tranchent dans la chair vive et douloureuse pour vaincre un mal invétéré.

Il ôtait à Sara son vêtement de beauté incomparable; il arrachait un à un ses charmes décevants; il mettait son âme toute nue, et montrait d'un doigt ferme la corruption hideuse qui ne se cachait plus derrière le voile trompeur d'un sourire de sainte.

Cela faisait horreur, honte et dégoût!

Quand il eut achevé, il lâcha les bras de Laurens.

— Eh bien ! dit-il, l'aimez-vous encore ?

L'agent de change se couvrit le visage de ses mains.

— Je ne sais, murmura-t-il avec un sanglot ; mon Dieu ! mon Dieu ! que je voudrais mourir !

Franz ne venait pas. Sara frappait du pied, Mâlou s'ennuyait à son poste et sifflotait *Larifla*, sa mélodie favorite.

Un bruit tumultueux et croissant se fit du côté de la plaine. Quelque chose passa, rapide comme une flèche, le long de la voie illuminée.

Puis le bruit devint fracas. Meute et chevaux se précipitèrent sur les traces de ce quelque chose, qui était le cerf, lancé dans les taillis de la plaine.

Le pauvre animal semblait suivre docilement une route tracée. Une fois hors du fourré, il n'avait plus osé y rentrer. La double ligne de l'illumination lui était une infranchissable barrière.

Il allait au beau milieu de la voie, les jambes pliées et ses bois en arrière. Cette lumière inusitée, derrière laquelle il voyait les ténèbres profondes, le déroutait et trompait son instinct.

La meute chassait à merveille. Les piqueurs manœuvraient comme il faut. C'était une magnifique partie !

La calvacade passa au grand galop. On put entendre la voix du jeune M. Abel de Geldberg, qui enfilait l'un à l'autre tous les termes de vénerie qu'il avait appris par cœur.

Puis la voix des chiens s'étouffa peu à peu. Quelques accords de trompe arrivèrent affaiblis.

Puis le silence.

XVI

DEUX COUPS DE FEU

Il y avait une demi-heure que madame la vicomtesse d'Audemer était au bord de la Hœlle, en compagnie de Fritz, l'ancien courrier de Bluthaupt.

Fritz avait au côté une énorme gourde dans laquelle il puisait à chaque instant de larges gorgées.

Il était ivre.

La vicomtesse avait sur le visage une mortelle pâleur.

— Écoutez donc, grondait Fritz d'une voix sourde, puisque vous voulez savoir !... Aussi bien, plus je le répéterai, moins j'en aurai lourd sur la conscience peut-être !... Ils veulent me faire tuer un enfant qui ressemble aux vieux portraits des comtes... Plus d'une fois, dans le bois, je l'ai mis au bout de mon fusil... Sais-je pourquoi je n'ai pas tiré ?...

— Mais Raymond d'Audemer ? interrompit la vicomtesse.

— Raymond d'Audemer ?... c'était un beau seigneur !... Je me souviens de lui... Il vint au château de Rothe pour épouser la fille du comte Ulrich... la gracieuse comtesse Hélène... Ah ! ah ! comme ils étaient tous joyeux dans ce temps-là !... Pourquoi le pauvre Fritz est-il resté vivant, quand ses seigneurs sont morts ?...

Il renversa dans sa bouche la gourde à demi vide.

— Je vous en prie, au nom de Dieu ! dit la vicomtesse, quel est le nom de l'assassin de Raymond d'Audemer ?

Fritz regarda tout autour de lui avec inquiétude.

Toute cette partie de la montagne était plongée dans les ténèbres ; seulement, à travers les broussailles dépouillées de feuillage qui s'enchevêtraient au bord de la Hœlle, on voyait la traverse de Heidelberg brillamment éclairée.

Avec de bons yeux, on eût pu même distinguer, tout au fond du vaste entonnoir, deux personnes qui causaient assises l'une près de l'autre, un jeune homme et une jeune fille.

Mais ni Fritz, ni la vicomtesse, n'en étaient à remarquer des choses de ce genre.

— Parlez plus bas!... disait l'ancien courrier de Bluthaupt; si vous saviez comme on entend derrière ces arbres!... Vous voyez bien ce grand mélèze?... Dieu semble l'avoir frappé comme il m'a maudit... Ses branches tombent une à une, parce qu'il fut le témoin du crime... J'étais là derrière, et je tremblais. Le cheval de Raymond d'Audemer s'était arrêté à l'endroit où nous sommes...

La vicomtesse se recula saisie d'horreur.

— Celui qu'on appelle maintenant le chevalier de Reinhold, poursuivit Fritz, venait derrière le vicomte...

— C'est donc bien vrai! interrompit madame d'Audemer.

Fritz avala une gorgée d'eau-de-vie.

— Il s'appelait alors Jacques Regnault, reprit Fritz; il poussa le cheval, le cheval sauta; j'entendis ce cri qui a fait de moi un damné!... Mais je ne veux pas tuer l'enfant, parce qu'il ressemble aux vieux portraits des comtes...

La vicomtesse s'était mise à genoux au bord de la Hœlle; elle priait.

Quand elle eut achevé sa prière, elle voulut interroger encore. Fritz dormait, couché tout de son long dans l'herbe froide.

La vicomtesse, pâle comme une statue, se mit en selle et descendit la montagne.

Hans Dorn veillait à son poste.

Il entendit, du côté de la traverse, une voix essoufflée qui l'appelait par son nom.

Il s'avança jusque sur la lisière, et, presque aussitôt après, il vit son jeune voisin

de la place de la Rotonde, Jean Regnault, qui tournait le coude de la traverse en courant de toute sa force.

Jean n'avait plus de chapeau; l'illumination éclairait son visage en désordre, que sillonnaient de grosses gouttes de sueur.

— Hans Dorn!... monsieur Dorn! criait-il avec épuisement, où êtes-vous?

Hans se montra; Jean vint s'appuyer haletant au tronc d'un arbre.

— Venez vite! reprit-il. Oh! venez vite!... Johann va le tuer!...

— Qui?... demanda le marchand d'habits en frissonnant.

— M. Franz!... Oh! venez vite!...

Hans Dorn s'élança d'instinct; mais, après quelques pas, il s'arrêta, et regarda autour de lui avec détresse.

— On m'a dit de rester ici, murmura-t-il; si c'était un nouveau piège!...

Jean le tirait par ses vêtements, et cherchait à l'entraîner.

— Mais venez donc! s'écria-t-il; le pauvre jeune homme ne se doute de rien, et parle d'amour sur la traverse, au fond du trou de la Hœlle!... Johann gravit la montagne... et quand il sera au bord du précipice... que Dieu vous pardonne, monsieur Hans, car vous aurez perdu une minute!

Hans marchait, mais lentement, et il y avait de la défiance dans le regard qu'il jetait au joueur d'orgue.

— Ne me croyez-vous donc pas? reprit celui-ci. Mon Dieu! que faut-il vous dire?... Vous êtes le père de Gertraud que j'aime!... Ah! si j'avais eu un fusil, je ne serais pas venu vers vous... Mais j'étais seul et

Ils étaient là, l'un près de l'autre, les mains unies, muets de tendresse et de bonheur. (Page 346, col. 2.)

sans armes... Je me souvenais de vous avoir vu passer tout à l'heure dans la traverse, tenant un cheval par la bride... Je suis accouru, je vous trouve, et c'est vous qui refusez de sauver M. Franz !

— Marchez !... dit Hans Dorn en jetant son fusil sur son épaule.

Le joueur d'orgue s'élança, et prit le sentier que madame d'Audemer avait suivi à cheval pour se rendre au sommet de la montagne.

La route était rude; Hans Dorn et lui couraient de leur mieux.

Jean était toujours en avant, car les années avaient alourdi le pas du père de Gertraud.

Jean disait :

— Nous arriverons à temps peut-être... Johann s'était posté d'abord dans la traverse, mais il a eu peur des lumières ; et je l'ai vu gravir le flanc de la montagne... la route est presque impraticable, et il va lentement pour ne point faire de bruit... Mais hâtez-vous, monsieur Dorn, au nom de Dieu !

Hans faisait des efforts surhumains ; il allait, penché en avant et gravissant cette côte roide avec une ardeur de jeune homme ; mais il ne pouvait rendre à ses muscles leur souplesse de vingt ans.

L'avance du joueur d'orgue grandissait. Jean s'arrêta.

— Écoutez, dit-il, donnez-moi votre fusil... j'arriverai le premier.

— J'arriverai avant toi ! s'écria Hans dans un dernier effort.

Un instant, en effet, il devança le joueur d'orgue, mais l'haleine lui manqua bientôt, et il fut obligé de modérer sa course.

— Donnez-moi votre fusil ! répéta Jean ; qui sait combien de secondes nous restent?...

Hans Dorn tendit l'arme que le joueur d'orgue saisit ; ce dernier redoubla de vitesse, comme s'il eût reçu une impulsion nouvelle, et bientôt il y eut un intervalle entre lui et le marchand d'habits.

Hans Dorn vit bien que tout espoir de salut était désormais dans le jeune homme.

— Jean, cria-t-il de loin, courage, mon fils ! Si tu le sauves, je te jure devant Dieu que Gertraud est à toi !

Jean bondit comme si ces mots lui eussent donné des ailes.

Le trou de la Hœlle de Bluthaupt s'ouvrait, comme nous l'avons dit au prologue de cette histoire, au sommet d'un plateau d'une certaine étendue, et juste au milieu d'une longue allée de mélèzes.

Quand le marchand d'habits arriva au bout de cette allée, Jean était déjà bien loin.

Hans Dorn poursuivit sa course.

Vers le milieu de l'avenue, il s'arrêta

court, parce qu'une détonation venait de retentir.

La lumière du coup lui montra, sur le bord de la Hœlle, un groupe de deux hommes, tous deux armés, et tous deux le fusil en joue.

L'un, qui était debout, abaissait le canon de son arme vers le fond de l'entonnoir ; l'autre, qui était à genoux, semblait viser son compagnon à la tête.

La lueur dura la vingtième partie d'une seconde, et cette étrange silhouette disparut...

Mais ce fut pour reparaître, car une deuxième lumière se fit, produite par le coup de feu de l'homme à genoux.

L'instant d'après, Jean Regnault revenait à pleine course en brandissant son fusil au-dessus de sa tête.

Depuis une demi-heure, Franz et Denise causaient au fond de la Hœlle. C'était là qu'ils s'étaient donné rendez-vous la veille au bal.

Il y avait longtemps qu'ils ne s'étaient vus ainsi seul à seul, et ils étaient bien heureux.

Ils s'entretenaient de leurs espoirs et de leurs craintes, puis ils repoussaient la frayeur importune pour s'arranger à deux un doux avenir.

Les saillies de l'entonnoir et les roches éboulées les protégeaient contre la lumière trop vive ; la chasse aurait pu passer le long de la traverse sans les apercevoir.

Au contraire, d'en haut, on les voyait distinctement par derrière.

Et certes, s'ils redoutaient une surprise, ce n'était point de ce côté...

Ils étaient là, l'un près de l'autre, les mains unies et à bout de paroles ; ils se souriaient, muets de tendresse et de bonheur.

Le premier coup de feu retentit au sommet de la Hœlle ; une balle siffla entre la tête de Franz et celle de Denise.

Et pourtant ces deux têtes étaient bien

près l'une de l'autre, car leurs blonds cheveux se touchaient...

Franz se dressa sur ses pieds en sursaut ; Denise poussa un cri d'épouvante.

A cet instant, le bruit du second coup de feu résonna, enflé par les échos de la Hœlle.

Cette fois, aucune balle ne siffla aux oreilles des deux amants ; mais il se fit un grand bruit dans les broussailles qui croissaient aux parois du précipice.

Une masse inerte et lourde tomba aux pieds de Franz.

C'était le cadavre de Johann, le cabaretier de la *Girafe*, au marché du Temple.

XVII

APRÈS LA CHASSE

Il était environ minuit.

La chasse continuait au dehors, mais elle tirait à sa fin, car on avait entendu sonner la *sortie de l'eau*, du côté de l'étang de Geldberg.

Madame de Laurens était seule dans le grand salon du château. Elle avait encore son costume d'amazone, et s'asseyait auprès du foyer, dans une bergère antique où son corps gracieux disparaissait presque tout entier.

Elle regardait d'un œil fixe et distrait les grandes · bûches qui fumaient au fond de l'immense cheminée.

Un domestique entra.

— Madame a sonné ? dit-il.

— Oui, répliqua Petite ; quand MM. de Reinhold, Mira et Van Praët reviendront de la chasse, vous leur direz que je suis au salon.

Le domestique sortit.

Sara retomba dans sa rêverie chagrine. De temps en temps, son regard interro-

geait avec impatience les aiguilles de la pendule gothique.

Au bout d'un quart d'heure à peu près, elle entendit la grille grincer en tournant sur ses gonds.

Elle se leva aussitôt, et courut à la fenêtre.

C'étaient les trois associés de Geldberg ; Sara les vit descendre de cheval et traverser la cour. Ils s'entretenaient vivement ; on devinait, aux gestes de Reinhold, qu'il annonçait à ses compagnons une excellente nouvelle.

Petite haussa les épaules avec dépit, et alla reprendre son siége.

L'instant d'après, les trois associés faisaient leur entrée.

— Belle dame, s'écria Reinhold qui devançait ses compagnons, je veux être le premier à vous annoncer la grande nouvelle !...

— Victoire ! victoire ! dit Van Praët en passant le seuil à son tour.

Petite les regardait d'un œil froid et découragé.

— Réjouissez-vous, belle dame, reprit Reinhold. Toutes nos traverses sont finies... Avez-vous entendu là-bas deux coups de feu sur la montagne ?

Sara fit un signe de tête affirmatif.

— Les balles qui chargeaient ces fusils, poursuivit Reinhold, valaient pour nous cent fois leur pesant d'or... Nous n'avons plus rien à craindre, madame... Franz est couché là-bas au fond de la Hœlle de Bluthaupt !

Les trois associés se frottèrent les mains à l'unisson.

— Ce n'a pas été sans peine ! dit Fabricius Van Praët.

— Je commençais à croire, ajouta le docteur, que nous n'en viendrions jamais à bout!

Sara eut un sourire amer et dédaigneux.

— Gardez votre triomphe pour une occasion meilleure, dit-elle. Franz est couché dans son lit, et se porte à merveille à l'heure où je vous parle.

Mira et Van Praët perdirent leur air joyeux.

Reinhold essaya de rire.

— Ah çà! dit-il, ce n'est pas à moi qu'il faut conter ces choses-là, belle dame! Je pourrais presque affirmer que j'ai été témoin de ce qui s'est passé... Je rôdais sur la route de Heidelberg vers dix heures, lorsque j'ai rencontré Johann, qui m'a fait descendre de cheval pour me montrer une chose assez curieuse, mais qui ne m'a pas enchanté au premier abord... C'était, ma foi! mademoiselle d'Audemer en tête à tête avec ce petit coquin de Franz.

« J'ai dit à Johann : Je vais m'éloigner, tu feras de ton mieux.

« La route était aussi claire qu'en plein jour; Johann a grimpé jusqu'au haut de la Hœlle pour se ménager une retraite sûre en cas de malheur.

« Au bout de dix minutes, j'ai entendu deux coups de feu, et je suis revenu au galop.

« J'ai trouvé toutes les lumières éteintes sur la route aux abords de l'entonnoir, et, dans ce fait, j'ai bien reconnu la prudence habituelle de mon ami Johann.

« J'ai poussé mon cheval jusqu'à l'endroit même où j'avais vu mademoiselle d'Audemer avec ce petit Franz. Il n'y avait là qu'un cadavre... »

Le chevalier prononça ces derniers mots de ce ton péremptoire qui n'admet pas de réplique.

Madame de Laurens l'avait laissé parler jusqu'au bout sans l'interrompre.

— Et avez-vous pris la peine, dit-elle, de mettre pied à terre pour examiner de près le cadavre?

— C'eût été dangereux, répliqua le chevalier; on aurait pu me surprendre...

— Monsieur de Reinhold, vous avez eu tort! cela vous eût épargné le chagrin que je vais vous causer. Le cadavre couché au fond de la Hœlle est très-probablement celui de votre bon ami Johann.

— Comment pouvez-vous savoir?...

— J'ai rencontré tout à l'heure, à la grille du château, Franz et mademoiselle Denise d'Audemer, qui rentraient de compagnie.

— Est-ce bien possible? balbutia le chevalier stupéfait.

— J'ai vu, répliqua froidement madame de Laurens.

Il y eut un silence. Sara s'enfonçait dans sa grande bergère, et regardait toujours le feu qui fumait tristement dans le foyer.

La mine des trois associés s'allongeait de plus en plus.

Reinhold ne disait plus rien.

— Mais alors, murmura enfin Van Praët, nous pourrions bien être perdus!...

— C'est mon avis, dit Sara.

Puis elle ajouta en se redressant lentement :

— D'autant mieux que Franz sait à l'heure qu'il est, peut-être, le nom de son père, et l'intérêt que nous avons à le combattre.

— Pourquoi pensez-vous cela? demanda le docteur.

— Je ne sais, on devine; quand il a passé près de moi, il m'a jeté un regard étrange. Ceux qui l'ont sauvé ont dù parler.

Les trois associés baissèrent la tête, et pas

un parmi eux ne trouva la force de faire une objection.

— Je n'ai pas tout dit encore, reprit Petite ; n'avez-vous pas remarqué sur l'esplanade, au-devant du château, des groupes nombreux qui parlent à voix basse, et qui regardent nos vieilles tours en prononçant de mysté-rieuses paroles?

— Ceci n'est pas très-inquiétant, répliqua Reinhold ; ce sont des paysans qui attendent le retour de la chasse.

— Ce sont en effet des paysans, monsieur le chevalier, mais je vous jure qu'ils ne songent guère au retour de la chasse. Ils re-gardent, tout au haut de la tour du Guet, cette lueur qui brille, et ils se disent que *l'âme de Bluthaupt* va renaître.

— Folie que tout cela! grommela le che-valier.

— Non, monsieur, ce sont des choses trop sérieuses! On a travaillé, soyez-en certain, l'esprit crédule de ces pauvres gens. Cet homme, que nous appelions le baron de Ro-dach, n'a pas perdu les heures qu'il a passées dans les environs de Bluthaupt! Nous sommes enveloppés dans une trame ténébreuse où nous périrons tous jusqu'au dernier si nous ne parvenons à la rompre!

Les trois associés n'essayèrent point de cacher leur frayeur ; Sara seule était calme et froide.

On pouvait mesurer en ce moment ce qu'il y avait de puissance et de force au fond de cette âme perdue.

— Mais enfin que faut-il faire? murmura Van Praët.

Sara se leva toute droite.

Sa taille exiguë sembla prendre des pro-portions viriles ; elle était belle et grande comme ces reines que la tragédie antique nous montre se révoltant contre les dieux.

— Il faut vaincre! dit-elle d'une voix qui

résonna vibrante et ferme. Nous savons où sont nos ennemis. Cette lueur, que les paysans superstitieux prennent pour l'*âme de Blu-thaupt*, c'est la lampe qui éclaire le baron de Rodach, Otto le bâtard, et ses frères peut-être. Ils sont enfermés dans cette chambre étroite et sans issue. Si le feu prenait au second étage du donjon, ils disparaîtraient sans laisser de trace.

— C'est vrai! murmura le docteur.

— Pendant cela, reprit madame de Lau-rens, nous nous rendrions à la chambre de Franz, car il n'est plus temps de se fier à des mains étrangères. Franz dort... Tous nos ennemis disparaîtraient à la fois.

Les trois associés hésitaient.

Sara les contemplait avec mépris.

— Il vous faut un homme, n'est-ce pas, dit-elle, pour marcher au-devant de vous et frapper? Eh bien! allons chercher le Magyare Yanos!

Elle traversa le salon et gagna le corridor; Van Praët, le docteur et Reinhold la suivaient la tête basse, et avec une répugnance visible.

— Pitois et Malou doivent être de retour, dit Sara en s'adressant au chevalier; veuillez aller les chercher, monsieur de Reinhold, nous allons avoir besoin de leur aide.

Reinhold s'éloigna.

Petite et les deux autres associés conti-nuèrent leur route.

Presque tous les valets de Geldberg avaient suivi la chasse; il n'y avait personne dans les longs corridors du château.

Au pied de l'escalier de la tour du Guet, Petite et ses deux compagnons trouvèrent le seigneur Georgyi, qui veillait armé comme pour une bataille.

— Seigneur Yanos, lui dit Petite, il y a, suspendue au-dessus de nous tous, une terrible menace! Cet homme que vous attendez ne viendra pas. Pourquoi n'iriez-vous pas le chercher?

Le front du Magyare devint pourpre.

— Je suis monté déjà plus d'une fois auprès de cette porte maudite, répliqua-t-il avec honte; mais je ne sais combattre que les hommes, et qui sait ce qu'il y a au sommet de cette tour?...

Petite avait mesuré ses paroles selon la connaissance parfaite qu'elle avait du caractère de Yanos.

Elle affecta un grand étonnement.

— Dois-je croire, dit-elle en contenant sa voix, que le seigneur Georgyi a eu peur?

Le Magyare fronça le sourcil, mais il ne répondit pas.

— Ceci me fait craindre, reprit madame de Laurens, pour le service que nous venions vous demander, seigneur Yanos, car il y a du danger.

Le Magyare redressa brusquement sa grande taille.

— Je suis prêt, répliqua-t-il; faut-il combattre contre deux hommes à la fois?

— Peut-être, répliqua Petite; vous êtes armé, ce jeune Franz que vous dédaigniez naguère a trouvé de puissants défenseurs.

— Conduisez-moi, interrompit Yanos, et montrez-moi mes adversaires!

Reinhold arrivait en ce moment avec Pitois et Màlou, qui portaient encore en bandoulière leurs fusils de chasse.

— Montez par ici, leur dit Petite, en indiquant l'escalier de la tour du Guet.

Puis elle ajouta en s'adressant au Magyare:

— Ce que nous allons faire est au-dessous de votre vaillance, seigneur Yanos; restez ici, vous ne m'attendrez pas longtemps!

Elle s'engagea dans l'escalier sur le pas des deux voleurs du Temple.

Mira, Van Praët et Reinhold avaient l'air de ne trop savoir s'ils devaient demeurer ou la suivre.

Elle se tourna vers eux et dit:

— Je n'ai pas besoin de vous; pendant que je travaillerai là-haut, procurez-vous des armes.

Sur son ordre, Màlou et Pitois s'arrêtèrent dans l'escalier de la tour, à l'étage qui précédait immédiatement le laboratoire du vieux Gunther.

Petite n'improvisait point ce qu'elle faisait en ce moment. Il y avait plus de deux heures qu'elle avait quitté le lieu du rendez-vous assigné la veille à Franz. Elle avait eu le temps de réfléchir et de se préparer.

Cet étage était habité par quelque hôte de Geldberg, qui suivait probablement la chasse maintenant; Petite s'était munie de la clef; elle ouvrit la porte, et fit entrer ses deux compagnons.

— Vous êtes des gens dévoués? dit-elle en parcourant la chambre d'un rapide regard.

— Je crois bien! répliqua Màlou.

— Avez-vous vu, reprit madame de Laurens, quand vous êtes rentrés au château, cette lumière qui brille au sommet de la tour du Guet?

— Parbleu! répondit Pitois, il y a sur l'esplanade une vingtaine de gobe-mouches, à radoter qu'il y a là-haut un vieux magicien qui fait ses manières. On n'entend personne, pourtant!

Sara prêta l'oreille durant quelques secondes.

— On n'entend rien, dit-elle, c'est vrai,

mais il y a quelqu'un, j'en suis sûre ; il y a même plusieurs personnes, peut-être, et ce sont des gens qui nous gênent.

— Connu ! fit Mâlou. Mais on dit qu'il ne ferait pas bon forcer la porte.

— Voyons, dit Petite, je ne voudrais pas vous exposer au moindre danger, mes braves garçons, mais ne pourrait-on pas tourner la difficulté ? Si le feu prenait dans cette chambre, par exemple !...

— Fameux ! s'écria Pitois ; les murs sont en pierres de taille, ça ferait son trou, et puis voilà !

— Le fait est, appuya Mâlou, qu'on les fumerait là-haut sans beaucoup de dégâts !

— Et vous sentiriez-vous de force ? commença madame de Laurens.

— Allons donc ! interrompirent à la fois les deux voleurs, comme si ce doute les eût gravement offensés.

Puis Bonnet-Vert ajouta :

— Nous avons fait un peu les incendies dans l'Ouest avant les Glorieuses. Blaireau a la main pour ces choses-là, ma petite dame.

Pitois se rengorgea.

— Mais il faut qu'on paye, dit-il.

— Vous aurez le double de ce qu'on vous a promis pour tout le voyage, répliqua Petite.

— Alors, ça va ! s'écria Mâlou, qui défit le lit en un tour de main, et jeta la paillasse au milieu de la chambre.

— Voilà le combustible nécessaire ! ajouta-t-il ; est-ce tout, ma petite dame ?

— Non, répondit Sara. Quand vous aurez mis le feu, vous refermerez la porte, et vous vous tiendrez dans l'escalier avec vos fusils tout armés. Si quelqu'un sort de la chambre au-dessus...

— Nous les descendrons, interrompit Mâlou.

Sara fit un signe affirmatif.

— Et vous aurez soin, reprit-elle, de crier au voleur de toutes vos forces.

Les deux habitués des *Fils-Aymon* éclatèrent de rire en même temps.

— Comme ça, dirent-ils, on croira que les coquins d'en haut ont mis le feu ! C'est joliment imaginé, tout de même, ma petite dame, pour une jeune personne qui n'en fait pas son état !

— Allons, Blaireau, mon fils, à la pâte !

La toile de la paillasse fut déchirée du haut en bas, et son contenu s'éleva en un monceau à côté du lit.

Sara redescendit l'escalier de la tour.

Dans le corridor elle retrouva les associés de Geldberg ; Reinhold, Mira et Van Praët avaient pris des épées.

Sara pensait bien qu'ils n'auraient point occasion de s'en servir ; l'arme convenable était ici le poignard ; mais il fallait faire croire au seigneur Yanos qu'une bataille était imminente.

Car on avait besoin du Magyare pour aller en avant et donner un peu de courage aux trois associés.

— Venez, dit Petite, c'est moi qui vais vous montrer le chemin !

Elle ouvrit la marche en effet : chaque fois que la troupe silencieuse passait devant une des fenêtres de la galerie, on voyait la campagne illuminée au loin.

La dernière croisée était ouverte ; par cette issue, avec la froide bise de la nuit, les notes affaiblies du cor parvenaient jusque dans la galerie.

On sonnait l'hallali de l'autre côté de l'étang de Geldberg.

— Ils ne savent pas qu'ils font d'une pierre deux coups ! murmura Van Praët avec son bon sourire; ils croient ne sonner qu'une mort.

— Hâtons-nous, dit Sara; la chasse va revenir, et nous n'avons que le temps!

Ils montèrent sans bruit l'escalier qui conduisait à la chambre de Franz.

Arrivée auprès de la porte, Sara l'ouvrit avec précaution, puis elle s'effaça pour laisser passer ses compagnons.

Le Magyare entra le premier : il tenait un poignard à la main ; derrière lui venaient les trois associés de Geldberg armés d'épées.

Sara franchit le seuil la dernière, comme ces chefs intrépides qui ferment la marche pour barrer le passage aux fuyards.

La chambre de Franz était éclairée par une lampe qu'il avait oublié d'éteindre sans doute avant de se coucher, et qui brûlait sur la tablette de la haute cheminée.

La lueur répandue par cette lampe rendait les objets suffisamment distincts; on voyait les meubles antiques, les deux armures de fer aux côtés de la porte, et tout au fond de la chambre l'immense lit à galerie, entouré de ses rideaux fermés.

Le regard d'Yanos fit d'abord le tour de la chambre, plutôt pour chercher l'ennemi à combattre que pour en connaître les détails.

Mais, au moment où ses yeux tombaient sur les armures de fer, il tressaillit, et fit un pas à reculons.

— C'est ici! murmura-t-il avec une sorte d'horreur.

Mira, Reinhold et Van Praët gardèrent le silence; ils étaient pâles et ils tremblaient.

Les quatre associés avaient reconnu en même temps la chambre du meurtre, où ils n'avaient pas remis les pieds depuis vingt années.

Yanos glissa un regard vers la porte, comme s'il eût songé à la retraite; il était faible contre les funèbres souvenirs qui l'assaillaient.

Mais il rencontra en chemin le regard froid et dur de madame de Laurens.

Il resta immobile.

— Eh bien! dit Sara.

Le Madgyare ne bougea pas.

Sara s'avança vers lui, et lui serra le bras avec la force d'un homme.

— Vous avez donc peur! dit-elle d'une voix basse, mais stridente.

Yanos ne sentit point l'aiguillon comme d'habitude.

— Il y a vingt ans, pensa-t-il tout haut, durant cette nuit, quelqu'un me dit aussi : « Avez-vous peur? » Je vins jusqu'à cet endroit où mon pied se pose maintenant, et l'épée d'un homme mort croisa mon épée.

Sara fit un geste de colère, et se retourna vers les trois autres associés.

— Et vous? dit-elle.

Personne ne répondit.

Elle arracha le poignard que Reinhold tenait de la main gauche.

— Lâches! lâches! lâches!!! répéta-t-elle par trois fois; il n'y a donc ici que moi pour avoir le cœur d'un homme!

Elle brandit son arme, et s'avança résolûment vers le lit.

Le rouge monta enfin au visage du Magyare.

Il ne dit que deux mots :

— Arrière, femme!

Puis il s'élança vers le lit avec un mouvement de rage, et fit glisser les rideaux sur leurs tringles.

Une lutte terrible venait d'avoir lieu. Quatre cadavres étaient couchés sur le sol (Page 354, col. 1.)

Son bras levé pour frapper retomba comme paralysé le long de son flanc, tandis que les trois associés et Petite elle-même poussaient un cri de terreur.

C'était quelque chose d'étrange, et qui devait en effet remplir leurs cœurs d'épouvante.

Au devant du lit de Franz, les associés de Geldberg revoyaient cette apparition terrible qu'ils avaient vue, vingt ans auparavant, à la même place, près du berceau du fils de la comtesse Margarethe :

Trois hommes, de taille athlétique, vêtus de longs manteaux rouges, et l'épée nue à la main.

Cette fois seulement ils avaient la tête découverte, et leurs traits ne se cachaient plus sous les larges bords de leurs feutres.

C'étaient trois nobles visages, fiers et graves, trois visages si exactement pareils, qu'on ne pouvait les contempler sans se croire le jouet d'une illusion.

Ils étaient immobiles tous trois ; ils portaient haut la beauté sereine de leurs fronts intrépides, et regardaient en face les assassins.

Derrière eux, dans l'ombre, on apercevait les traits jeunes et gracieux de Franz, qui souriait endormi.

Le premier mouvement de Reinhold, de Van Praët et de Mira avait été de s'enfuir ; mais la porte s'était refermée derrière eux, et Hans Dorn veillait debout sur le seuil.

En même temps la porte de l'oratoire de la comtesse Margarethe, ouverte à demi, laissait voir les mâles figures d'Hermann et des autres Allemands du Temple.

L'un des Hommes Rouges descendit de l'estrade qui était au-devant du lit, et fit un pas vers le Magyare :

— Yanos Georgyi, dit-il d'une voix sombre et lente, je vous avais promis que vous trouveriez ici l'homme que vous cherchiez. Jetez ce poignard et tirez votre épée ; je suis le fils d'Ulrich de Bluthaupt !

XVIII

LA JUSTICE DE BLUTHAUPT

. . . .
. . . . On avait placé des torches dans les vieux candélabres de la cheminée ; une lumière rougeâtre et intense éclairait les moindres recoins de la chambre de Franz.

Une lutte terrible venait d'avoir lieu. Quatre cadavres étaient couchés sur le sol ; Reinhold, Van Praët et Mira gisaient dans leur sang.

Le Magyare était tombé sur le dos, et ses yeux, grands ouverts, semblaient menacer encore. L'épée d'Otto restait dans sa poitrine.

Il n'y avait plus là qu'un seul des bâtards de Bluthaupt, celui qui a traversé notre récit sous le nom du baron de Rodach.

Mais la porte de l'oratoire restait entr'ouverte, et l'on pouvait deviner que les autres n'étaient pas loin.

Franz s'était éveillé en sursaut au bruit de la bataille. Il s'appuyait sur le coude, et regardait d'un œil plein d'épouvante et de stupéfaction, tantôt la grande silhouette d'Otto, qu'il voyait par derrière, tantôt les quatre cadavres étendus sur le sol.

Madame de Laurens s'était laissé choir sur un fauteuil ; sa joue était pâle, son front se ridait, mais elle ne baissait pas la tête.

Derrière elle, sa sœur Esther se cachait le visage pour ne point voir le sang.

Auprès de la porte, le jeune M. Abel, appuyé contre la muraille, et les yeux hors de la tête, restait comme frappé de la foudre.

Dans un coin, le vieux Moïse, à demi mort de frayeur, se pelotonnait sur lui-même : il n'osait ni bouger, ni respirer ; on entendait ses dents claquer les unes contre les autres.

Ces trois personnages n'étaient pas venus là de leur propre mouvement, et les messagers qui les étaient allés chercher se tenaient debout encore auprès de chacun d'eux.

C'étaient nos Allemands du Temple.

Le silence et l'immobilité régnaient dans la chambre. Otto demeurait les bras croisés sur la poitrine, en face du Magyare vaincu.

Quand il prit la parole, chacun écouta en frémissant, tant on sentait qu'il était le maître.

— Il n'y a pas assez de monde encore ici, dit-il ; qu'on fasse venir madame la vicomtesse d'Audemer, son fils et sa fille.

Un Allemand sortit.

— Qu'on fasse venir, reprit le baron de Rodach, ces pauvres gens du Temple, madame Regnault et ses enfants ; ils doivent être au château, Hans les a prévenus.

Un autre messager s'éloigna.

— Qu'on se rende, reprit encore Otto, dans l'appartement de madame de Laurens ;

il y a là une enfant qui passe pour la fille de sa servante, et dont la place est marquée parmi nous.

Sara ne pouvait plus pâlir.

Au moment où le troisième Allemand allait franchir le seuil, Rodach le rappela du geste, et lui dit quelques paroles à voix basse ; Sara crut entendre le nom de son mari.

Quelques minutes après, tous ceux qu'on avait mandés arrivèrent successivement. Chaque fois que la porte s'ouvrait, on entendait un cri de surprise et de terreur, puis le silence régnait de nouveau dans la chambre, parce que ceux qui venaient d'entrer restaient, comme les autres spectateurs de cette scène sanglante, saisis par la stupeur et muets.

On vit arriver la famille d'Audemer, les Regnault, suivis par la fille de Hans Dorn, et la petite Galifarde que conduisait le paysan Gottlieb.

Tout le monde se rangea, immobile, le plus loin possible des cadavres.

Il n'y eut que la mère Regnault qui vint s'agenouiller auprès de son fils en pleurant.

Elle mit la main sur le cœur du chevalier, qui ne battait plus. Sa poitrine affaiblie rendit une plainte. Elle baisa le front du mort avec une tendresse passionnée, et resta sans mouvement ni voix au milieu de la chambre.

Les autres attendaient sous le poids d'une horreur commune ; personne n'osait ni interroger ni plaindre.

Franz regardait de tous ses yeux, et on était encore à se demander si ce n'était point le plus bizarre de tous les songes.

Au milieu du silence profond qui régnait dans la chambre, la voix du baron s'éleva sonore et calme.

— Il y a vingt ans, dit-il, ces hommes qui sont morts maintenant ont assassiné toute une noble famille, Ulrich de Bluthaupt, Gunther de Bluthaupt, et sa femme la comtesse Margarethe... Il est ici un cinquième coupable qui m'écoute, et qui pourrait dire si mes paroles sont vérité ou mensonge.

Le vieux Moïse joignit les mains comme pour implorer pitié, et murmura :

— Seigneur ! Seigneur !... c'était pour mes pauvres enfants !

— Le poignard des meurtriers, reprit Rodach, s'arrêta devant un berceau où dormait le dernier héritier de Bluthaupt.

« Le fils de Gunther et de Margarethe fut sauvé.

« Comtesse Hélène, vos frères avaient à venger trois meurtres ; mais ils prennent le ciel à témoin que ce n'est point la vengeance... »

Il montra du doigt les cadavres des quatre associés.

— Tant que ces hommes auraient vécu, poursuivit-il, une menace serait restée suspendue sur la tête du dernier comte. Les bâtards d'Ulrich se sont mis bien des fois entre le trépas et sa poitrine... Mais qui sait si les bâtards d'Ulrich vivront longtemps encore ? Il fallait que Gunther de Bluthaupt pût marcher dans la vie sans trouver un piége ouvert au-devant de chacun de ses pas !

Franz écoutait, dévorant chacune de ses paroles.

Les assistants retenaient leur souffle, accablés pour ainsi dire sous la solennité de ce moment.

Esther et Abel baissaient la tête ; Sara se forçait à garder une attitude de défi.

Jean Regnault ouvrait de grands yeux ; une lueur se faisait dans l'intelligence émue de Denise.

Geignolet, accroupi derrière sa mère, tendait le cou pour avancer sa tête difforme et stupide, afin de regarder de plus près les cadavres, et il grommelait :

— Oh ! oh ! quatre d'un coup ! et le monsieur à la perruque y est.

Nono, la petite Galifarde, glissait ses regards timides vers Sara qui ne la voyait point et tremblait, soutenue par Gertraud.

A part la voix du bâtard de Bluthaupt, on n'entendait dans la chambre que les sanglots de la mère Regnault qui priait pour son fils.

— Mais, murmura la vicomtesse, savez-vous donc où est le fils de ma sœur?

— Je le sais, répondit le baron, et depuis vingt ans mes frères et moi nous veillons sur lui.

« La justice humaine est impuissante parfois; s'il y a crime à vouloir la suppléer, que Dieu nous juge!

«Ce que nous avons fait, mes frères et moi, nous l'avons fait avec réflexion et volonté. Les fosses de ces hommes sont creusées d'avance sous la chapelle. »

Il se tourna vers le lit de Franz, qui était couché tout habillé sur les couvertures.

— Levez-vous, Gunther de Bluthaup! dit-il...

Au dehors, et dans le reste du château, il y avait grand tumulte.

Au dehors, les paysans rassemblés sur l'esplanade considéraient, depuis le commencement de la nuit, dans une attente superstitieuse, cette lueur qui brillait à la fenêtre de l'ancien laboratoire du comte de Gunther, au sommet de la tour du Guet.

Madame de Laurens avait deviné juste. Une rumeur avait été répandue dans le pays, qui annonçait pour cette nuit même des événements extraordinaires.

Les anciens tenanciers de Bluthaupt, opprimés par les Geldberg, ne demandaient qu'à espérer un changement de maîtres.

Ils étaient là, se disant que l'*âme de Bluthaupt* n'avait pas reparu depuis plus de vingt ans au sommet de la tour du Guet.

C'était assurément un signe et une promesse!

Tout à coup, tandis qu'ils causaient légendes et vieilles traditions, une lumière plus vive se fit aux fenêtres du donjon, mais ce n'était plus au sommet de la tour : la fenêtre éclairée était celle de l'avant-dernier étage.

La lueur grandissait cependant, et augmentait d'intensité. Ce fut bientôt comme un incendie, et sur ce fond ardent deux ombres noires semblaient s'agiter comme des démons dans le feu de l'enfer.

Il ne vint à l'esprit de personne que cet incendie pût être un accident naturel. L'imagination des bonnes gens voguait en pleine fantaisie. Minuit venait de sonner au beffroi du château : c'était l'heure des choses de l'autre monde.

Les anciens tenanciers de Bluthaupt éprouvèrent une sorte de consternation à voir la fumée épaisse qui entoura bientôt le vieux donjon. A cette tour s'attachait pour eux un mystérieux respect; c'était comme la partie sacrée de l'antique manoir.

Mais une voix s'éleva au milieu de la foule :

— Ce sont les péchés de notre seigneur le comte Gunther, dit-elle ; quand la chambre où il menait ses maléfices sera brûlée, Satan n'aura plus où mettre le pied dans le bon château de Bluthaupt.

On se signa; et l'on attendit avec une impatience croissante, comme si cet incendie eût été le premier acte du mystère annoncé.

A l'intérieur du manoir, les valets s'agitaient pour éteindre le feu. La chasse était rentrée, on avait des bras tant qu'on voulait. La seule chose qui pût étonner, c'est que les maîtres du château ne se montraient point.

Tout en cherchant à éteindre le feu, on fit main basse sur Màlou et Pitois, qu'on avait trouvés sur le théâtre de l'incendie.

Ces drôles prétendaient avoir reçu des Geldberg eux-mêmes mission de mettre le feu parce qu'il y avait des bandits cachés à l'étage supérieur.

On peut juger s'il était possible de les croire !
Le plancher de ce dernier étage venait d'ailleurs de s'écrouler, et l'on n'avait trouvé nulle trace de ces prétendus bandits.

Malou et Pitois furent mis en lieu sûr, en attendant que la justice prononçât sur le mérite de leur système de défense.

Franz était debout auprès du bâtard de Bluthaupt.

Son regard se baissait. Il y avait sur ses traits une émotion profonde, mais son attitude était fière et digne.

On avait enlevé les corps des quatre associés pour les porter sous la chapelle.

Hermann, Gottlieb et les autres Allemands du Temple essuyaient le plancher sanglant.

— Mosès Geld, dit le baron de Rodach, reconnaissez-vous ce jeune homme pour l'enfant de Gunther de Bluthaupt et de la comtesse Margarethe?

Le vieillard roula ses petits yeux gris, et garda le silence.

— Mosès Geld, reprit Rodach, je vous ai laissé la vie parce qu'un ange s'est mis entre mon épée et vous, et aussi parce qu'il me fallait un témoin des choses passées depuis vingt ans ; mais j'ai contre vous, sachez-le, des armes plus terribles que l'épée elle-même ! Reconnaissez-vous ce jeune homme pour le fils de Gunther de Bluthaupt et de la comtesse Margarethe ?

Sara se tourna vers son père comme pour l'endurcir dans son refus ; mais le vieillard se souvenait de la scène de la Rotonde : il était subjugué.

— Oui... répondit-il d'une voix à peine intelligible.

La vicomtesse et Julien firent un mouvement ; jusque-là ils avaient douté encore. Le trouble de Denise la faisait plus char-

mante. L'impression d'horreur éprouvée en entrant dans cette chambre avait fui. Elle ne songeait plus qu'à Franz : elle le contemplait à la dérobée, mille fois heureuse des dangers évités. Elle avait le cœur gros d'espoir et d'allégresse.

Un monde de pensées s'agitait dans le cerveau de Franz.

Le baron de Rodach poursuivit :

— Nous avons ici trop de témoins pour que vous puissiez reprendre la parole prononcée, Mosès Geld, et ceci vaut un acte de naissance, car vous seul désormais aviez intérêt à nier la vérité. Maintenant il va sans dire que le fils de Bluthaupt doit rentrer dans l'héritage de ses pères.

Il y eut un regard échangé entre Abel, Esther et Petite.

— Le fils de Bluthaupt, comme vous l'appelez, répliqua cette dernière, aura le château de Goldberg et le château de Rothe.
— Cela ne suffit pas, dit le baron ; Bluthaupt possédait tout le pays entre Esselbach et Obernburg. Il faut que la restitution soit complète.

Sara laissa échapper un geste de colère contenue.

— Notre fortune entière n'y suffirait pas, monsieur, murmura timidement Abel.
— Il le faut! répéta Rodach.

Puis il ajouta en étendant le doigt vers la pendule :

— Le temps me presse, je vous donne une minute pour vous consulter ; madame de Laurens, qui connaît le contenu de certaine cassette, pourra vous fournir d'excellents conseils.

Esther, Abel et Sara profitèrent de la permission, et se prirent à parler à voix basse

Tandis qu'ils s'entretenaient, le vieux Moïse de Goldberg quitta son coin tout doucement, et se glissa au milieu d'eux à pas de loup.

— Mes enfants! mes pauvres enfants! dit-il, ne refusez rien à cet homme, qui est puissant et impitoyable!

Esther et Abel hésitaient.

— Nous laisser dépouiller ainsi! pensa tout haut madame de Laurens, les sourcils froncés et les dents serrées.

— Écoutez, reprit le vieux Goldberg dont la voix tremblante était pleine de caresses; si vous saviez comme je vous aime, mes pauvres enfants! Allez! vous ne serez pas pauvres encore! Il me reste quelques centaines de mille francs cachés quelque part, je ne garderai rien pour moi, rien! je vous donnerai tout!

— Eh bien? dit M. de Rodach.

— Ils acceptent! répondit précipitamment le vieux Goldberg.

Le silence de la famille ratifia ces paroles.

Les yeux du baron, qui se fixaient en ce moment sur le vieillard, eurent une expression de pitié. Mais ce ne fut qu'un instant, et il reprit bientôt son air impérieux et froid.

— Reste une question à résoudre, poursuivit-il; ces quatre hommes que la justice de Bluthaupt a mis à mort, il faudra expliquer leur disparition.

— Il me semble que vous seul... commença madame de Laurens.

— Vous vous trompez, interrompit Rodach; c'est encore vous que cela regarde; entendez-moi bien, et n'essayez pas de discuter! Ce vieillard est sujet à des accès de folie.

Mosès Gold se redressa.

— Vous le ferez enfermer, poursuivit Rodach, et comme on met tout ce qu'on veut sur le compte d'un homme frappé de démence...

Moïse baissa la tête de nouveau; il avait compris : ses enfants allaient être ses juges.

Ceux-ci reculaient presque devant cet excès d'infamie.

— Monsieur! monsieur! dit Abel.

— Je vous le demande à vous-mêmes, interrompit encore Rodach : est-ce un homme sain d'esprit que ce millionnaire, ayant nom M. de Goldberg, qui va vendre des haillons et prêter à la petite semaine, sous le sobriquet d'Araby, dans la Rotonde du Temple?

A ce nom d'Araby, Hans, Gertraud et tous les Allemands de Paris ouvrirent de grands yeux.

Esther et Abel levèrent sur le vieillard un regard interrogateur.

Moïse, immobile et comme pétrifié, ne niait pas...

Sara s'était redressée. Ses yeux, où brûlait un feu sombre, se fixaient sur son père.

— Ah! dit-elle d'une voix sourde, c'est vous qui êtes Araby!

Plus rapide que la pensée, elle s'élança vers la petite Galifardo qui essayait de se cacher derrière Gertraud, et l'entraîna jusqu'auprès du vieillard.

— Est-ce vrai, Judith? demanda-t-elle.

— Oui, répondit tout bas l'enfant.

Sara lui arracha le fichu de soie qui se nouait autour de son cou, et la poitrine de la petite fille apparut, portant encore les marques de la cruauté du juif.

Il y avait un râle dans la gorge de Sara; elle écumait de fureur.

XIX

LA JUSTICE DE DIEU

Le regard de madame de Laurens erra, sanglant et sombre, de la poitrine blessée de l'enfant au visage épouvanté du juif.

— C'est vous qui avez fait cela ! prononça-t-elle avec effort ; on dit qu'elle va mourir ! c'est vous qui l'aviez tuée ! Ah ! je ne suis pas la fille d'Araby, le vendeur de haillons ! Qu'importe à mademoiselle de Geldberg qu'on mette à Charenton un usurier du Temple !

Les yeux du vieillard se remplirent de larmes.

— Sara ! balbutia-t-il ; ma petite Sara chérie ! c'était pour vous !

Il essaya de lui prendre la main ; madame de Laurens le repoussa d'un geste impitoyable.

— Vous êtes fou, dit-elle.

Alors le malheureux vieillard, la joue pâle et les mains jointes, se traîna vers ses deux autres enfants, qui détournèrent la tête.

Les témoins de cette scène avaient froid jusqu'au fond du cœur.

Moïse de Geldberg resta un instant comme atterré ; puis ses yeux, mouillés de pleurs encore, se levèrent au ciel.

— C'était pour eux, mon Dieu, ce que j'ai fait ! murmura-t-il ; pour eux, toute une vie d'efforts et de crimes ! Seigneur ! Seigneur ! écoutez la voix d'un père ! Enfants ingrats, je vous maudis !

Sa taille chancelante s'était redressée ; si bas qu'il fût tombé, il y avait en lui à cette heure quelque chose d'austère et de solennel.

Esther et Abel demeuraient immobiles et muets. Sara, haussant les épaules avec raillerie devant la malédiction paternelle, voulut se retourner vers sa fille.

Mais l'enfant, qui n'avait rien appris, avait la science du cœur. Elle sentait ce qu'il y avait d'horrible dans cette fille reniant son père.

La blessure qui venait de frapper Mosès Gold fit saigner le cœur de madame de Laurens à son tour.

Elle vit son enfant qui la fuyait avec effroi et dégoût.

A ce coup, et pour la première fois peut-être, sa conscience parla ; on la vit devenir pâle, et son regard eut un voile.

Sans savoir, elle murmura ce qu'avait dit son père :

— Ma fille ! c'était pour toi !

Elle était au milieu de la chambre, seule et comme abandonnée.

En ce moment, la porte s'ouvrit, et la dernière personne mandée par le baron de Rodach entra.

C'était l'agent de change Léon de Laurens, qui traversa la chambre à pas lents et vint se placer à côté de sa femme.

Il lui toucha l'épaule du doigt.

Sara se retourna.

Un instant ils demeurèrent muets et face à face ; leurs prunelles se choquaient.

M. de Laurens n'était plus le même homme. Son visage était sévère. Il avait l'air d'un maître et d'un juge.

Sara essaya d'abord de soutenir son regard, puis sa paupière se baissa.

— Madame, lui dit l'agent de change, je ne vous aime plus.

Il y avait dans ces paroles tout un avenir de châtiment terrible.

. . . .

Les invités de Geldberg se disaient, en traversant les corridors du château, que l'hospitalité de leur amphitryon était prodigue.

Le dernier acte de la fête devait être la chasse aux flambeaux. Cette chasse terminée, voilà qu'on annonçait encore autre chose !

Il s'agissait d'une cérémonie solennelle ; on parlait d'un fils de Bluthaupt retrouvé : un vrai roman !

Les portes de la chambre de Franz étaient toutes grandes ouvertes, et les hôtes de Geldberg y entraient en foule.

Le jeune M. Abel disait à haute et intelligible voix :

— Notre vénéré père a enfin trouvé ce qu'il cherchait depuis si longtemps, le fils de Gunther de Bluthaupt, son bienfaiteur et son ami !

Franz était debout sur l'estrade, devant le lit. Autour de lui, les anciens tenanciers de sa famille, qu'on avait introduits au château, s'agenouillaient et rendaient hommage.

Quand le dernier vassal se fut relevé, on vit sortir de l'oratoire Albert et Goëtz, vêtus de leurs manteaux rouges. Ils se rangèrent auprès d'Otto, et tous trois, l'épée nue à la main, mirent un genou en terre.

Aux extrémités de la salle, on n'entendait pas ce qu'ils disaient, mais on vit le jeune comte Gunther de Bluthaupt les relever tous les trois et se jeter dans leurs bras tour à tour.

— Ma parole ! dit Mirelune, c'est presque touchant !

— Peuh ! fit le vaudevilliste ; un enfant perdu qu'on retrouve ! ça court les rues !

— On parle d'un million de rentes ! chuchotait madame la marquise de Beautravers.

Madame la duchesse de Tartarie s'essuyait les yeux en pensant au roi de Rome.

Madame d'Audemer cependant, avec son fils et sa fille, s'était approchée de Franz.

Julien serra la main de son ancien ami d'un air embarrassé.

— Comte, dit madame d'Audemer avec la grâce noble qu'elle avait quand elle voulait, je n'ai point oublié que je suis Bluthaupt. Vous êtes le chef de la famille : c'est à vous qu'il appartient de marier mademoiselle d'Audemer.

Franz et Denise souriaient, le rouge au front et la joie dans le cœur.

A l'autre bout de la chambre, le bon marchand d'habits Hans Dorn joignait les mains de Gertraud et de Jean Regnault. Nono la petite Galifarde faisait partie de ce groupe, où elle avait un père et une sœur.

———

Il y avait déjà longtemps que l'illumination s'était éteinte peu à peu dans la campagne endormie.

Aucune lumière ne brûlait plus aux fenêtres du château de Bluthaupt.

Le crépuscule du matin qui allait poindre mettait des couches moins sombres à l'horizon du côté de l'orient.

Derrière le château, à la place où s'était tiré le feu d'artifice quelques jours auparavant, un bruit se fit parmi le silence profond qui régnait aux alentours.

Il y avait une oreille ouverte pour entendre ce bruit. On voyait une forme blanche à la fenêtre de Lia de Geldberg.

Presque immédiatement au-dessous de cette fenêtre, trois hommes apparurent successivement sur la petite plate-forme où nous avons vu naguère les bâtards de Bluthaupt former une sorte d'échelle humaine pour détourner un mortel danger de la tête de Franz.

Par rapport aux fenêtres du château, les trois hommes qui venaient de se montrer

AVIS. — LE FILS DU DIABLE sera terminé dans la prochaine livraison ; nous avons choisi, pour mettre à la suite, un de ces beaux ouvrages comme il s'en rencontre rarement dans les publications populaires : L'ENFANT TROUVÉ, par ÉTIENNE ÉNAULT. Nous ne pouvons faire un plus grand éloge de ce sentimental roman qu'en disant d'abord qu'il peut être lu par tout le monde et que le héros de cette touchante histoire, l'Enfant trouvé, est un des plus beaux types d'intelligence et de loyauté, et un des plus nobles caractères qu'on puisse présenter à des lecteurs pour conquérir, dès les premières pages, leurs plus vives sympathies.

Afin qu'ils puissent juger de notre choix, nous leur offrons la première livraison de ce beau livre (dont les dessins sont magnifiques) avec la dernière du FILS DU DIABLE. Ces deux livraisons, réunies en une seule double, ne leur seront vendues que 10 centimes.

Enfants ingrats, je vous maudis!... (Page 359, col. 1.)

sur la plate-forme étaient masqués par la saillie du roc.

Ils descendirent jusqu'au fond de la douve, et gravirent la rampe opposée.

Hans Dorn était sur la pelouse, tenant par la bride trois chevaux tout équipés.

Il tint successivement l'étrier à chacun des trois hommes, et leur baisa la main respectueusement.

— Que Dieu vous garde, mes gracieux seigneurs ! dit-il avec tristesse.

Les trois hommes poussèrent leurs chevaux en criant un adieu.

A cet adieu, il y eut comme un écho faible et plaintif du côté du château de Bluthaupt.

Et la forme blanche qui était à la fenêtre de Lia sembla s'affaisser sur elle-même ; on ne la vit plus.

Les trois hommes galopaient en silence dans la direction d'Obernburg.

ÉPILOGUE

MAITRE BLASIUS

On était au dernier jour du mois de février. Six heures venaient de sonner à l'horloge enrouée de la prison de Francfort-sur-le-Mein.

Maître Blasius, le geôlier en chef, dînait tout seul d'un air bien mélancolique, et trouvait à peine la force de se verser de temps à autre quelque ample rasade de vin du Rhin.

Il se disait :

— Ce n'étaient que des bâtards, après tout ! et le sang de Bluthaupt était mélangé dans leurs veines ! C'est égal ! je ne m'attendais pas à cela... Mettre ainsi dans l'embarras un vieux serviteur de la famille !

Il poussa un gros soupir, et but un grand verre.

— J'ai retardé tant que j'ai pu ! reprit-il ; mais la visite se fera demain, c'est bien sûr ! et ils ne seront pas là ! Morbleu ! c'est que le sénat est bien capable de me planter dans une cellule à leur place !

Il repoussa son assiette et mit sa tête entre ses deux mains.

— Ah ! maître Blasius ! maître Blasius ! murmura-t-il d'une voix gémissante, votre bon cœur vous a fait faire bien des sottises en votre vie !

— On vous demande, maître Blasius ! dit en ce moment un guichetier qui montra sa tête à la porte.

— Qu'on entre ! répondit le geôlier en chef avec l'insouciance du découragement.

La porte s'ouvrit tout à fait, et trois hommes vêtus de longs manteaux écarlates entrèrent.

Ils demeurèrent tous trois debout au-devant du seuil, et l'un d'eux dit :

— Le trentième jour n'est pas encore achevé, maître Blasius.

Le geôlier en chef se frotta les yeux. Sa débonnaire figure peignit l'étonnement et la joie.

— Je savais bien qu'ils reviendraient, les excellents garçons ! s'écria-t-il. Bonsoir, Otto, mon maître ! bonsoir, Albert et Goëtz, mes joyeux amis ! Ah ! ah ! ce n'est pas moi qui aurais douté un seul instant de votre parole !

Il se leva pour aller toucher la main des trois frères.

— Et vous voilà bien fatigués, mes fils ! reprit-il en mettant un verrou à la porte derrière eux. Morbleu ! il ne sera pas dit que je vous aurai laissé rentrer dans votre cellu-

les sans boire un coup à votre biênvenue !
Asseyez-vous là tous les trois, et trinquons
comme de vrais Allemands !

Les trois frères prirent place. Maître Blasius alla chercher dans une·armoire deux
couples de flacons de vin du Rhin.

— Nous avons le temps, poursuivit-il, et
pourvu que vous dormiez demain matin
dans vos lits, tout ira bien, j'en réponds.

Il emplit les verres à la ronde, et but coup
sur coup à la santé d'Otto, son maître, et à
celle de ses joyeux amis Albert et Goëtz.
Ces trois rasades achevèrent de le mettre
en belle humeur.

— Meinherr Otto, dit-il, j'ai passé de tristes soirées depuis votre départ. Du diable
s'il y a dans toute.la prison un coquin d'assez
bonne compagnie pour faire décemment ma
partie d'impériale ! Ah ! vous êtes d'aimables
compagnons, mes fils ! Vive le seigneur Otto
· pour la sagesse, Goëtz pour la bouteille, et
Albert pour la petite histoire d'amourette !
Buvez, mes enfants, buvez ; vous êtes ici chez
vous, morbleu ! et je parie bien que vous
n'êtes pas fâchés de revoir un vieux camarade !

Ceci était au moins douteux.
Maître Blasius, cependant, joignait l'exem-
ple au précepte, et buvait en conscience.
Tout à coup il se frappa le front.

— Ah çà ! dit-il, j'y pense... vous n'étiez
pas partis d'ici seulement pour vous prome-
ner, mes garçons... vous vouliez ramener
un Bluthaupt dans le château de ses pères...
Je suis curieux de savoir ce qui est advenu
de tout cela !
— Si nous avions échoué, maître Blasius,
répondit Otto, vous ne nous verriez pas ce
soir à votre·table, car nous serions morts
tous trois à la tâche.

Le geôlier ouvrit une large bouche, et
posa son verre sur la table.

— Ah ! ah ! dit-il, vous avez gagné la bataille !... et il y a un comte entre les murs
du vieux schloss !...
— Un vrai comte, maître Blasius, jeune,
beau, brave et riche !

La figure du geôlier changea. Parmi la
familiarité protectrice de ses manières, on
vit poindre un commencement de respect.

— De sorte que, murmura-t-il, si vous
étiez libres une fois, vous ne seriez plus des
aventuriers sans feu ni lieu, mes chers
maîtres...

A cette question indirecte, aucun des trois
frères ne répondit.
Le vieux Blasius avala son verre et se
gratta le front. Il avait évidemment quelque chose en tête.

— Après tout, grommela-t-il en se parlant
à lui-même, c'est un vil métier que celui de
geôlier, quand on a eu l'honneur de porter
la chaîne d'argent au service des comtes !...
Dites-moi, mes maîtres, pensez-vous que
Bluthaupt aurait quelque bonne volonté pour
un vieux serviteur de son père ?
— Je le pense, répondit Otto qui échan-
gea avec ses frères un rapide regard.

Jusqu'alors la physionomie des trois bâtards avait peint uniformément l'insouciance
froide du courage résigné. Leurs yeux s'é-
clairèrent en ce moment, comme si un rayon
d'espoir eût réchauffé leur apathie.

— Buvez ! reprit le geôlier en chef, ma
foi ! je pense de temps en temps aux choses
du passé... l'air libre de nos forêts du Wurtzbourg vaut mieux que la lourde atmosphère
de la prison, n'est-ce pas, mes maîtres ?
Il fronça le sourcil, et donna un coup sur
la table.

— Je devrais dire notre prison, ajouta-t-il avec un mouvement de colère; car je suis captif, moi aussi, de par tous les diables!... Je voudrais bien savoir si Bluthaupt a un majordome au château.

— Pas encore, que je sache, répliqua Goëtz.

Le vieux Blasius sourit dans sa barbe, comme s'il eût caressé chèrement une pensée amie.

— Oh! oh! reprit-il, vous êtes de bons seigneurs, vous trois!... et je suis sûr que vous donneriez volontiers un coup d'épaule à un pauvre diable qui ne vous a jamais fait de mal!...

Son accent était de plus en plus respectueux.

— Est-ce que vous avez quelque chose à nous demander, maître Blasius? dit Otto.

— On ne sait pas, mon gracieux seigneur; l'âge vient... et j'ai la fantaisie de mourir au pays... Voyons! parlez-moi franc comme de vrais gentilshommes!... le fils de votre sœur vous aime-t-il assez pour me rendre, à votre prière, ma place de majordome?

— Assurément, répliquèrent à la fois Albert et Goëtz.

Otto ajouta de sa voix grave qui éloignait jusqu'à l'idée du mensonge:

— S'il ne vous faut que cela pour être heureux, maître Blasius, je prends sur moi de vous promettre l'emploi de majordome au château de Bluthaupt.

Le vieux geôlier prit son verre, puis il le repoussa; il était ému, et il hésitait grandement. Au bout de quelques secondes de silence, il ôta son bonnet et mit ses deux coudes sur la table.

Ses yeux clignèrent souriants, tandis qu'il regardait les trois frères en face.

— Si c'est comme cela, mes gracieux seigneurs, dit-il enfin, vous pourrez bien vous évader encore une fois... Mais vous ne partirez pas seuls, si vous daignez admettre un pauvre vieillard à l'honneur de votre compagnie...

FIN DE LA SEPTIÈME ET DERNIÈRE PARTIE.

AVIS. — La présente livraison est double, et contient la première livraison de L'ENFANT TROUVÉ, par Étienne ÉNAULT. Ces deux livraisons réunies doivent être vendues 10 centimes seulement à tous nos lecteurs.